외국인의 한국고전학 논저 선집 2

서양인의 한국고전학 선집 2

― 한국 한문고전의 발견과 동아시아의 한문맥 ―

역주자

이진숙　세명대학교 산학협력단 연구원
배윤기　부산대학교 교양교육원 강사
강영미　고려대학교 시간 강사
이상현　부산대학교 인문학연구소 HK 교수

이 책은 2011년도 정부(교육과학기술부)의 재원으로 한국학중앙연구원
(한국학진흥사업단)의 지원을 받아 수행된 연구임(AKS-2011-EBZ-2101)

외국인의 한국고전학 논저 선집 2

서양인의 한국고전학 선집 2
― 한국 한문고전의 발견과 동아시아의 한문맥 ―

초 판 인 쇄　2017년 11월 20일
초 판 발 행　2017년 11월 30일

역 주 자　이진숙·배윤기·강영미·이상현
감 수 자　정출헌·권순긍·최성희·한재표
발 행 인　윤석현
발 행 처　도서출판 박문사
책 임 편 집　최인노
등 록 번 호　제2009-11호

우 편 주 소　서울시 도봉구 우이천로 353 성주빌딩 3층
대 표 전 화　02) 992 / 3253
전　　　송　02) 991 / 1285
홈 페 이 지　http://www.jncbms.co.kr
전 자 우 편　bakmunsa@hanmail.net

ⓒ 이진숙 외, 2017. Printed in KOREA

ISBN 979-11-87425-60-1　94810
　　　979-11-87425-58-8　94810(set)

정가 42,000원

외국인의 한국고전학 논저 선집 2

서양인의 한국고전학 선집 2
─ 한국 한문고전의 발견과 동아시아의 한문맥 ─

이진숙·배윤기·강영미·이상현 역주

정출헌·권순긍·최성희·한재표 감수

박문사

한국에서 외국인 한국학에 대한 연구는 지금까지 주로 외국인의 '한국견문기' 혹은 그들이 체험했던 당시의 역사현실과 한국인의 사회풍속을 묘사한 '민족지(ethnography)'에 초점이 맞춰져 왔다. 하지만 19세기 말~20세기 초 외국인의 저술들은 이처럼 한국사회의 현실을 체험하고 다룬 저술들로 한정되지 않는다. 외국인들에게 있어서 한국의 언어, 문자, 서적도 매우 중요한 관심사이자 연구영역이었기 때문이다. 또한 그들 역시 유구한 역사를 지닌 한국의 역사·종교·문학 등을 탐구하고자 했다. 우리가 이 책에 담고자 한 '외국인의 한국고전학'이란 이처럼 한국고전을 통해 외국인들이 한국에 관한 광범위한 근대지식을 생산하고자 했던 학술 활동 전반을 지칭한다.

『서양인의 한국고전학 선집－한국 한문고전의 발견과 한국의 구술문화』는 1900~1920년대 사이 출판된 단행본 혹은 국내 학술지에 수록된 서양인들의 대표적인 한국고전학 논저들을 엮어 놓은 것이다. 외국인의 한국고전학이란 전체적 얼개와 맥락에서 본다면 이 시기의 가장 중요한 특징은 한문과 국문이 분리되며 한국의 근대어가 형성되는 과정이라고 말할 수 있다. 한국의 한문고전이 발견되며, 향후 한국 주재 일본인 민간학술단체에 의해 대량출판되며, 한국의 종교, 역사, 문학을 구성하는 지식의 대상으로 한문고전이 새롭게 소환되는 양상을 볼 수 있다. 또한 한국의 근대화로 말미암아 한문고전은 고전이라는 개념에 부응하는 대상으로 전환된다. 한국학의 담당주체란 측면

5

에서 본다면, 1910년 이전에는 개신교 선교사라고 볼 수 있지만, 이후 한국주재 일본인 민간학술단체로 변모된다고 말할 수 있다. 또한 한국의 근대지식인이 서양인, 일본인과 함께 한국의 번역장과 학술장에 동참하는 모습이 등장한다.

여기에 수록된 서구어로 된 한국고전학 논저는 당시 한국의 한문고전을 탐구한 서양인의 한국학 논저이다. 처음에는 한국의 구어와 한글을 주목했지만, 오랜 한국문화체험을 통해 서양인들은 한국에서 차지하는 한자, 한문의 영향력과 중요성을 인식하게 된다. 즉, 동아시아의 한문맥을 주목하게 된 것이다. 모리스 쿠랑(Maurice Courant, 1865~1935)이 『한국서지』를 통해 개척한 한국의 고전세계가 서양인들의 학술 및 번역의 장에서 유통되는 시기이다. 요컨대, 한문고전을 통해 다양한 근대지식을 생산하는 서양인들의 한국고전학 논저를 만날 수 있는 것이다. 특히, 주목되는 사건은 왕립아시아학회 한국학술지부의 창립과 함께 벌어진 게일(James Scarth Gale, 1863~1937)과 헐버트(Homer Bezaleel Hulbert, 1863~1949), 두 사람 사이의 지면 논쟁이다. 이 논쟁은 당시 개신교 선교사 한국고전학의 수준을 잘 보여주는 것이었기 때문이다. 이 논쟁을 통해 한국의 구술문화와 한문고전을 주목한 두 사람의 서로 다른 지향점이 제시된다. 또한 이 논쟁을 중재한 존스(George Heber Jones, 1867~1919)가 보여주는 한국고전작가론의 새로운 지평도 주목해야 될 지점이다.

안타깝게도 헐버트, 존스는 이 생산적인 학술교류를 지속할 수 없었고, 이후 한국에 홀로 남겨지게 될 인물은 게일이었다. 1910년대 이후 게일의 한국고전학은 과거 중국적인 것이며 한국문화의 종속성으로 규정되던 한국 한문고전에 대한 인식의 전환을 보여준다. 게일은 한국의 한문고전 연구를 통해, 한국민족의 영혼과 내면을 발견하며 한국을 새롭게 인식하게 된다. 그에게 한국문학과 문화는 더 이상 서구의 문명론적 시각에서 비춰진 열등하며 야만적인 대상이 아니었다. 그가 발견한 한국민족은 서구보다 오래된 학술, 종교, 문학을 지니고 있었던 문명이었기 때문이다.

목차

일러두기

1. 저자명, 논저명, 간행물명, 권수, 호수, 출판지, 출판사, 출판연도 등 원문의 서지사항은 장제명 뒤에 병기했다.

2. 외국인명 또는 지명 표기는 외래어 표기법과 국립국어원 홈페이지에서 제공하는 '외래어 표기 용례'를 따랐다. 서양인명의 경우 해당 인명이 본서의 처음 나올 때에만 전부 ( )안에 병기하여 생몰년과 함께 모두 밝혀 적었고, 이후에는 생략했다. 다만, 해당 저술의 논자의 경우에는 각 논저의 첫 머리에 약식으로 다시 반복하여 밝혔다.

3. 서양서나 잡지가 거론될 때, 번역서 내지 일반화된 번역명이 있는 경우에는 이를 제명으로 제시했다.

4. 각 논저에 대한 이해를 제공하기 위해, '해제'를 수록했다. '해제' 는 저자 소개, 논저의 전반적인 내용과 학술사적 의의, 저술 당시 의 상황 등을 밝히도록 노력했다. 더불어 해당 논저를 상세히 분석한 논문을 참조문헌으로 제시했다.

5. 원문의 띄어쓰기, 들여쓰기, 행갈이 등은 가급적 변개하지 않았으며, 원문 자체에 포함된 오탈자, 오식 등은 수정하지 않은 채, 정정 내용을 주석으로 제시했다. 원문 저자의 각주는 각주에서 영어, 번역문 순으로 배치하고 [원주]라고 표시했다. 나머지 각주는 모두 역주자들의 것이다.

6. 원문의 번역은 직역을 원칙으로 했지만, 원문의 의미를 해치지 않는 범위에서 국문 문장에 가깝게 의역했다. 번역문의 ( )는 저자의 것(원문)이고, 번역문의 [ ]는 역주자가 추가한 것이다.

제1부

왕립아시아학회 한국지부
게일-헐버트의 지면논쟁

▌해제 ▌

1823년 인도에 첫 지부를 개설했던 영국 왕립아시아학회는 홍콩(1847), 스리랑카(1847), 중국(1857), 일본(1877), 말레이시아(1877)에 이어 1900년 한국지부를 설립하게 된다. 왕립아시아학회 한국지부의 첫 모임은 1900년 6월 16일 서울 유니온 클럽 도서실에서 17명이 참석함으로 성사되었다. 여기서 참석자들은 학회의 임원선출 및 공식적인 헌장을 채택하였다. 이 학술단체의 탄생에 있어서 최대 공로자는 존스와 감리교 선교사들이 주축이 되어 발간된 개신교 선교사들의 영미정기간행물, *The Korean Repository*의 멤버들이었다. 특히 존스는 왕립아시아학회 중국 및 일본지부와 직접 접촉했으며 런던에 설립 계획을 보고하여 허락을 받아 냈다. 이후 왕립아시아학회 한국지부 학술지는 3년 동안 9편의 논문을 출판했으며, 러일전쟁에서 한일합방에 이르는 시기에 발간을 잠시 중단했다. 1911년부터 학회의 모임을 다시 시작하여, 이후 1941년 12월까지 총 30권 67편의 논문을 출판했다.

우리가 번역한 게일-헐버트의 논문, 게일-존스의 토론문은 왕립아시아학회 한국지부의 첫호에 수록된 것이다. 게일과 헐버트는 학회의 첫발표자로서 선정되어, 학회는 두 사람에게 각각 한국에 미친 중국의 영향력을 고찰해 줄 것과 한국의 고유한 역사에 관해 이야기해 줄 것을 의뢰했다. 게일-헐버트 두 사람은 의뢰받은 주제에 관해 충실히 연구를 진행했고, 서로에 있어서 상반된 논지를 펼친 결과물을 각각 1900년 10월 24일, 11월

29일에 발표했다. 헐버트의 글은 게일의 발표문에 대한 일종의 반론적 성격을 지니고 있었고, 토론문에는 이에 대한 재반론을 게일이 펼친 글과 게일-헐버트의 발표를 중재하는 성격을 지닌 존스의 글이 함께 수록되어 있다. 한국민족의 기원과 역사에 대하여 게일, 헐버트가 보여준 지면논쟁은 당시 개신교 선교사들의 한국고전학의 지평과 그 수준을 잘 보여주는 사건이다. 또한 이 논쟁의 장에 참여했던 게일, 헐버트, 존스의 향후 행방도 이 지면논쟁과 함께 주목해보아야 할 지점이다.

▌참고문헌

김승우, 『19세기 서구인들이 인식한 한국의 시와 노래』, 소명출판, 2014.

이상현, 『묻혀진 한국문학사의 사각, 외국인의 언어·문헌학과 조선후기-식민지 언어문화의 생태』, 박문사, 2017.

이상현, 『한국고전번역가의 초상, 게일의 고전학 담론과 고소설 번역의 지평』, 소명출판, 2013.

이용민, 「게일과 헐버트의 한국사 이해」, 『교회사학』 6권 1호, 한국기독교회사학회, 2007.

제1장

한국문화에 미친 중국고전문화의 영향력을 논하다

- 게일, 「중국이 한국에 미친 영향」(1900)

J. S. Gale, "The Influence of China upon Korea," *Transactions of the Korea Branch Of Royal Asiatic Society* 1, 1900.

게일(J. S. Gale)

▌해제 ▌

　게일의 「중국이 한국에 미친 영향」(1900)은 1910년대 이전 게일의 한국고전학 논저에서 가장 중요한 논문이다. 그는 1888년 한국에 입국한 이래, 한문고전을 함께 공부하는 한국어학습을 수행했다. 1892년 즈음에 그는 한국어회화가 어느 정도 가능해지고, 한문으로 된 성서를 읽을 수 있는 수준이 되었다. 이후 한국어사전 및 한국어문법서의 편찬, 성서를 비롯한 『천로역정』 등의 번역과 같은 문서선교사업을 통해, 한국에 대한 그의 이해 및 인식수준은 높아져 갔다. 왕립아시아학회 한국지부 학술지 창간호에 실린 게일의 논문은, 한국에서 선교활동을 통해 그가 인식했던 당시 한국문화의 정체성을 보여주는 논문이며 또한 모리스 쿠랑의 한국고전학, 유럽 동양학자의 동양학 연구경향을 수용한 논문이기도 하다. 즉, 중국(학)을 매개로 한 한국에 대한 인식을 잘 보여주는 논저이다.

이 시기 게일의 한문고전에 대한 인식은 1910년대 이후와 큰 차이점이 있다. 무엇보다 그는 초기 한국의 한문고전 속에 중국문화와 구분된 한국만의 독창성이 존재하지 않는 것으로 인식했다. 그럼에도 그의 한문고전 학습에는 새로운 한국어문체를 위한 한자, 한문을 활용하는 층위, 실용적인 목적이 있었다. 즉, 그 원인은 당시 한문고전이 한국사회에 점하고 있던 위상과 과거 한국 유가지식층의 문학관 및 역사관과도 깊은 관련이 있다. 하지만 더 큰 이유는 게일이 모리스 쿠랑의 선행연구(『한국서지』(1894~1896, 1901)), 외국인의 중국학 관련 논저를 참조하여 한국고전세계에 접근한 측면이 더욱 크다. 게일은 이 논문을 통해 한국에 대한 중국문화의 영향력을 고찰했으며, 그는 한국문화 전반이 모두 중국문화의 영향을 받아 형성되었음을 논증하고자 했다. 기자 조선을 기원으로 삼고 한국고대사, 한문과 한글의 위상, 한국과 중국의 외교사, 역사관, 교육 등과 같은 주제를 다뤘다. 특히, 그 논증의 근거가 『서경』을 비롯한 중국 문헌들과 『동국통감』, 『동몽선습』, 『아희원람』 등의 한국 문헌들을 자세하게 분석하여, 중국이 한국인의 삶, 문학, 사상, 역사에 지대한 영향을 미쳤음을 고찰했다.

┃ 참고문헌 ─────

김승우, 『19세기 서구인들이 인식한 한국의 시와 노래』, 소명출판,
2014.
이상현, 『묻혀진 한국문학사의 사각, 외국인의 언어·문헌학과 조선후
기-식민지 언어문화의 생태』, 박문사, 2017.
이상현, 『한국고전번역가의 초상, 게일의 고전학 담론과 고소설 번역
의 지평』, 소명출판, 2013.
이용민, 「게일과 헐버트의 한국사 이해」, 『교회사학』 6권 1호, 한국기
독교회사학회, 2007.

For three thousand years the Great Empire (大國 Tā-guk) has forced its history and teachings upon the little Eastern Kingdom (東國 Tong-guk), with evident desire to annex the same, not so much by force of arms as by appropriating the thoughts and minds of men. How well[1] she has succeeded let us endeavour to see.

3천년 동안 대국(大國: the Great Empire)은 작은 동국(東國: the Eastern Kingdom)을 군대가 아닌 사상과 정신으로 사람들을 감화시켜 합병하고자 하는 명백한 목적을 가지고서 대국의 역사와 경전을 강요했다. 중국이 어떻게 그 목적을 이루었는지 살펴보자.

Korea, in her relations with China, has ever been called the East Kingdom or Eastern State (東國 Tong-guk or 東方 Tong-bang), while

─────
1 minds of men, How well(원문): minds of men. How well

China is none other to her than Tā-guk, the Great Empire, or Chung-guk (中國), the Middle Kingdom. This in itself, by its expression of relationship, will give a hint as to the influences that have been at work through the centuries gone by.

한국은 중국과의 관계에서 항상 동국(東國), 혹은 동방(東方: Eastern State)으로 불린 반면에 중국은 대국(the Great Empire) 혹은 중국(中國: the Middle Kingdom)으로 불린다. 두 나라의 관계를 표현하는 이 단어만으로도 지난 수세기 동안 한국에 미친 중국의 영향력을 엿볼 수 있다.

In a brief survey of this influence it will be necessary to note first just at what periods the Empire has touched the Peninsula.

중국의 영향을 다룬 이 간략한 개관에서, 정확히 어느 시기에 중국이 처음으로 한반도에 영향을 주기 시작했는지 알아보는 것이 필요하다.

In 1122 B.C. the Viscount of Keui (箕子), a man great in the history of China, who refused allegiance to the one that let him out of prison because in his mind he was a usurper, and swore unending fealty to the tyrant that put him there, because in his mind he ruled by the divine right of kings-this Chinaman. Keui-ja (箕子), made his way to the East Kingdom, set up his capital in P'yŭng-yang (平壤), and

19

became, first and foremost, the father of Korea. Being a famous scholar, the author, no less, of the Great Plan (洪範 Hong-pŭm), one of the most important sections of the Book of History, it is not surprising that his name has come down to us over a period of three thousand years.

기원전 1122년 중국 역사의 위인인 기자(箕子: the Viscount of Keui)[2]는 자신을 감옥에서 풀어준 이를 왕권 찬탈자라 하며 그에게 충성하는 것을 거부하고, 자신을 감옥에 가둔 독재자를 신성한 왕권의 통치자라 하며 그에게 평생 충성할 것을 맹세했다. 이 중국인 기자는 동국으로 이동하여 평양(平壤)에 수도를 세운 후, 무엇보다도, 한국의 시조가 되었다. 유명한 학자이자 『서경(書經: the Book of History)』에서 가장 중요한 홍범(洪範: the Great Plan)[3]의 저자이기도 한 그의 이름이 3,000년 이상 우리에게 전해진 것은 놀랍지 않다.

In his train came some five thousand followers, men who were equally faithful to the traditions of the fathers, and who refused allegiance to the usurping Chus (周). [This interpretation of loyalty

---

2 기자(箕子: the Viscount of Keui): 고조선시대 전설상으로 전하는 기자조선(箕子朝鮮)의 시조. 이름은 서여(胥餘)·수유(須臾). 기자조선이란 기자동래(箕子東來) 전설에서 나온 것이다. 그 내용은 중국의 은(殷)·주(周) 교체기에 주나라의 무왕(武王)이 은나라를 빼앗자 현인(賢人) 기자가 BC 1122년 조선으로 건너와 기자조선을 건국하고 범금8조(犯禁八條)를 가르쳤으며, 무왕에 의해 조선왕에 봉해져 단군조선을 교체했다고 한다.

3 홍범(洪範: the Great Plan): 『서경(書經)』의 홍범구주(洪範九疇). 우(禹)가 정한 정치 도덕의 아홉 원칙으로, 오행, 오사, 팔정(八政), 오기, 황극, 삼덕, 계의, 서징(庶徵) 및 오복과 육극을 이른다.

exists so universally in the minds of Koreans, and is so firmly embedded there, that we are inclined to think it was learned of Keui-ja, or at some distant date very long ago.] But most important of all, were the writings and customs introduced at this time: they are said to be poetry (詩 Si), history (書 Sŭ), ceremony (禮 Ye), music (樂 Ak), medicine (醫 Eui), witchcraft (巫 Mu), the principles of life (陰陽 Eum-yang), divination (卜筮 Pok-sŭ), and various arts (百工 Păk-kong). These embrace most of Korea's present civilization, and certainly they include what has had more to do with Korean thought and custom than any other influence, namely, the Eum-yang or the two principles in nature.

그를 따라 약 5,000명의 중국인이 들어왔다. 그들도 선조들의 전통에 충실하여 찬탈국인 주(周)에 충성하기를 거부했다. (충에 대한 이 해석은 한국인들의 정신에 매우 보편적으로 확고히 자리 잡고 있기 때문에 우리는 그들이 충을 기자에게서 배웠거나 아니면 아주 오래 전 먼 옛날부터 있었던 것으로 본다). 그러나 무엇보다 가장 중요한 것은 이 시기에 글(writing)과 관습이 도입되었다는 것이다. 여기에는 시(詩), 서(書), 예(禮), 악(樂), 의(醫), 무(巫), 생명의 원리인 음양(陰陽), 복서(卜筮), 백공(百工)이 있는데 현재 한국 문명의 대부분을 포함한다. 이들 중 한국의 사상과 관습에 가장 큰 영향을 준 것은 바로 자연의 두 원리인 음양이다.

Ki-ja[4] also gave his adopted people laws for the protection of society. A note is appended here in the old history, which is interesting in the light of the present day. "He found the character of the people fierce and violent,"and so, with the express purpose of influencing them by an object lesson, he planted many willows, the willow being by nature a gentle yielding tree. For this reason P'yŭng-yang was called the "Willow Capital," and to this day letters addressed to that city are marked Yu-kyung (柳京) the Willow Capital.

　　또한 기자는 그의 백성이 된 한국인에게 사회보호법을 주었다. 여기에는 오늘날의 관점에서 볼 때 흥미로운 고대사의 한 부분이 있다. "그는 백성들의 성격이 거칠고 폭력적인 것을 알았다." 그래서 그는 사물을 통해 백성들을 감화하고자 부드럽게 잘 휘어지는 것이 특징인 버드나무 여러 그루를 심었다. 이 때문에 평양은 '유경(Willow Capital)'으로 불렸고 오늘날까지 이 도시로 가는 편지에는 유경(柳京)[5], 즉 버드나무 수도라는 직인이 찍힌다.

---

4 Ki-ja: 위에서는 Keui-ja로 표기했다.
5 유경(柳京: Yu-kyung): 평양의 별칭으로 버드나무가 우거진 대도시라는 뜻이다. 유경에 대한 고사는 양귀비(楊貴妃)와 당(唐)나라 현종(玄宗)의 로맨스로 유명한 화청지(華淸池) 가에 심어진 버드나무에서 유래한다. 그래서 장안(長安)을 별칭(別稱)으로 '유경'이라 하였다. 『연려실기술(燃藜室記述)』 역대전고(歷代典故) 기자조선(箕子朝鮮)편을 보면, "기자가 조선의 풍속이 억세고 사나운 것을 보고, 버드나무의 본성이 부드럽다는 이유로 백성들로 하여금 집집마다 버드나무를 심게 하였다. 이때문에 평양을 일명 '유경(柳京)'이라고 한다"라는 내용이 있다. 또, "평양(平壤) 대동강(大同江) 동쪽 기슭에 긴 느릅나무 숲이 길 좌우에 늘어서 있는데, 가로로 10 리나 뻗었다. 세상에서 전하기를, '기자(箕子)가 백성(百姓)들에게 심게 하여 흉년(凶年)의 굶주림에 대비한 것이다.'라고 한다"고 했다.

In 193 B.C. a Chinese general called Wi-man (衛滿), who had made his escape on the fall of the Chin (秦) dynasty, marched into P'yŭng-yang and drove out Keui-jun (箕準), the descendant and successor of Keui-ja, forty-two generations removed. Wi-man, who has no place of honour reserved him in any of Korea's temples of fame, has surely been overlooked, for while he brought nothing of literature to commemorate his invasion, he brought the top-knot, which still stands in the forefront of Korean civilization.

기원전 193년 중국의 장군인 위만(衛滿)은 진(秦)이 멸망하자 도망쳐 평양으로 들어와 기자의 42대 후손이자 계승자인 기준(箕準)을 몰아내었다. 위만은 그의 침략을 기념할 수 있는 문헌을 가져오진 못했지만 오늘날까지 한국 문명에서 가장 중요한 위치를 차지하는 상투(top-knot)를 한국에 가지고 왔다. 그럼에도 한국의 명예의 전당 어느 곳에도 그를 기리는 곳이 없는 것으로 보아 그는 분명 한국인들에게 홀대를 받은 것이 분명하다.

A friend of mine, who loves the ancients, was scandalized one day by his eldest son coming home with top-knot cut. He beat the boy, and then sat for three days in sackcloth and ashes fasting for the son who had been lost to him by the severing of the top-knot. A good Confucianist also who accompanied me to Yokohama, was so pestered by remarks about his head ornamentation that he was obliged to have it cut. The Japanese barber, smiling broadly, asked,

"How can you ever repay the favour I do you?" The friend replied, in Korean, under his breath, "To behead you, you wretch, would be the only fit pay." It is one of the great gifts of China—cherished and prized and blessed is the top-knot.

옛 것을 사랑하는 나의 한 친구는 어느 날 장남이 상투를 자르고 집으로 돌아오자 분개하여 아들을 때렸다. 그리곤 3일 동안 향을 피우고 상복인 삼베옷을 입고 앉아 아무 것도 먹지 않았다. 그에게 상투를 자른 아들은 이미 죽은 자식과 같기 때문이다. 나와 요코하마에 함께 간 한 훌륭한 유교학자 또한 그의 머리 장식에 대한 논평에 심기가 몹시 불편하여 머리를 자를 수밖에 없었다. 일본인 이발사가 환히 웃으며 "머리를 잘라드렸으니 보답으로 저에게 뭘 해 주시겠습니까?"라고 하자 그 친구는 한국말로 "네 이놈, 네 목을 자르는 것이 네가 받아 마땅한 대가일 것이다"라고 중얼거렸다. 상투는 중국이 준 가장 큰 선물로, 한국인들은 상투를 소중히 간직하고 애지중지하며 신성시한다.

On the entrance of Wi-man, Ki-jun went south to Keum-ma (金馬) or modern Ik-san (益山) of Chulla Province (全羅道), where he set up the kingdom of Ma-han (馬韓), of course carrying with him the Chinese civilization and customs of his forefathers. We are told that the people of these regions were uncivilized; that though they built their walls of mud and thatched their huts, yet they made the door through the roof.[6] [Would this account for the fact that there is no native word for door, and that we have only the Chinese word mun (門)?] They valued not gold or silver or silk, but were brave and skilful at handing the bow and the spear.

위만이 들어오자 기준은 남쪽인 금마(金馬), 즉 지금의 전라도(全羅道) 익산(益山)으로 갔다. 그는 이곳에 중국 문명과 선조들의 관습에 토대를 둔 마한을 세웠다. 이 지역의 사람들은 야만인이고, 흙벽을 만들고 움막에 초가지붕을 얹었지만 문이 지붕으로 나 있었다고 한다. (이것이 문에 해당하는 토속어가 없고, 한자 문(門)만 있는 사실을 설명할까?) 그들은 금, 은, 비단을 가치 있게 생각하지 않지만, 용감하고 활과 창을 다루는 솜씨가 뛰어났다.

At this time also, fugitives from the Chin (秦) kingdom, who had made their way across the Yellow Sea to Mahan, were given land to the east, which they called Chin-han (辰韓). They set up their capital at Kyöng-ju (慶州) and became a subject state paying tribute to Mahan.

또한 이 시기, 진(秦)나라의 도망자들이 황해를 건너 마한에 들어왔

---

6 yet they made the door through the roof: 마한의 문화적 특징 중 하나인 '초가지붕을 이었으며 문을 위쪽으로 내었다'는 것과 관련된 설명이다. 그리피스는 또한 마한에 대해 "마한의 부족들은 취락을 이루고 농사를 지으며 살았지만 소나 말을 부리거나 타지는 않았는데 이는 아마 그들에게 그러한 가축이 없었기 때문으로 보인다. 그들의 집은 재목 위에 흙으로 만든 것으로서 지붕에 문이 있었다"라고 하였다.(W.E.그리피스 지음, 신복룡 역주, 『은자의 나라 한국』, 집문당, 1999, pp69~70.)

다. 그들은 동쪽 땅을 하사받고 이곳을 진한(辰韓)이라 불렀다. 그들은 경주(慶州)에 수도를 세우고 마한에 조공을 바치는 속국이 되었다.

Thus at the beginning of the second century B.C. we find a Chinaman ruling at P'yŭng-yang, the descendent of another Chinaman at Ik-san, and fugitives from the Chin kingdom of China in authority at Kyöng-ju.

이리하여 기원전2세기 초 한 명의 중국인은 평양을, 또 다른 중국인의 후손은 익산을, 중국 진나라 피난민들은 경주를 각각 통치하였다.

Following this, in 107 B.C. when U-kŭ (右渠) the grandson of Wi-man, failed to pay tribute, Mu (武帝) of the Han dynasty took forcible possession of all North Korea, and divided it into four provinces, making Nak-nang (樂浪) of P'yŭng-an (平安), Nim-dun (臨屯) of Kang-wŭn (江原), Hyŭn-t'o (玄免) of Ham-kyŭng (咸鏡), and Chin-bun (眞蕃) of Pāk-tu-san (白頭山).

이후, 기원전 107년 위만의 손자인 우거(右渠)가 한나라에 조공을 바치지 않자, 한나라 무제(武帝)는 한국의 북쪽 전역을 강제로 취한 후 이곳을 평안(平安)의 낙랑(樂浪), 강원(江原)의 임둔(臨屯), 함경(咸鏡)의 현도(玄免), 백두산(白頭山)의 진번(眞蕃), 4개의 군(群)[7]으로 나누었다.

---

7 4개의 군(群): 한사군(漢四郡). 고조선 멸망 후 고조선과 예맥(濊貊)의 땅에 한 (漢)나라가 설치한 4개의 군현이다. 약 1년에 걸친 전쟁 끝에 고조선을 멸망시킨

In 81 B.C. these were combined by the Chinese Emperor So into two. Thus we see China's hand, at the opening of the Christian era, stretching all the way from the Ever-white Mountain to the far south.

기원전 81년 중국의 소제(昭帝: Emperor So)는 이 4군을 2군으로 통합했다.[8] 이리하여 서기 초에 중국의 영향력은 백두산에서 먼 남쪽 지방까지 모든 곳에 뻗어 있었다.

In 246 A.D. there was war between Pē (廢帝) of the Wi (魏) dynasty and Ko-gu-ryŭ (高句麗), in which 60,000 Chinese are said to have perished. Ko-gu-ryŭ, by an act of treachery, assassinated the Chinese general, whose forces were then compelled to retire. This was the first time that Korea seems to have held her own though the fact is, that she was entirely under Chinese leadership.

246년 위(魏)의 폐제(廢帝)[9]와 고구려(高句麗) 사이에 전쟁이 일어

한나라는 BC 108년 고조선의 옛 땅에 낙랑(樂浪)·진번(眞蕃)·임둔(臨屯)의 3군 (郡)을 설치했고, 이어 BC 107년에는 20여 년 전 창해군(滄海郡)을 설치했던 예 맥의 땅에 현도군(玄菟郡)을 설치했다. 그리하여 4군을 유주(幽州) 관할 아래 둠 으로써 오랜 야욕이던 동방경략을 완성했다. 한은 4군의 산하에 많은 현(縣)을 두고 중앙정부에서 군태수(郡太守)·현령(縣令)·속관(屬官)을 직접 파견해 다스 렸다.

8 기원전 81년……두 군으로 통합했다: 한(漢)나라가 4군 가운데 진번과 임둔의 2 군을 폐하고 진번의 속현들은 낙랑군에, 임둔의 속현들은 현도군에 속하여 관 할 받도록 한 것은 BC 82년의 일이다. 게일이 언급한 "기원전 81년"은 오류이다.
9 위나라의 폐제(廢帝: Pē): 조방(曹芳, 231-274)을 일컫는다. 자는 난경이며 초 사 람이다. 위 명제 조예의 양자이다. 위 청룡 3년(235)에 제왕이 되었고, 경초 3년 (239)에 태자가 되어 조예가 죽은 뒤 즉위하였다. 가평 6년(254), 사마사가 조정

났고[10] 이 전쟁에서 6만 명의 중국인이 죽었다고 한다. 고구려가 간계로 위나라 장군을 암살하자 위의 군대는 후퇴하지 않을 수 없었다. 한국이 이때 처음으로 자기 영토에 대한 주도권을 가지게 된 것처럼 보이지만 실상 한국은 이 당시 전적으로 중국의 지배를 받고 있었다.

In 296 A.D. an attack was made on Ko-gu-ryŭ by the Yŭn (燕) emperor of China and victory gained, but on digging up the remains of Sŭ-ch'un (西川), the king's father — who had died in 266 — many of the Chinese soldiers were killed by repeated shocks of terror, and finally sounds of music emanated from the grave. This so impressed the general with the fact that great spirits were in possession of the place, that he withdrew from the campaign and led his soldiers home.

296년 중국의 연(燕)나라는 고구려를 공격하여 승리를 거두었다. 그러나 266년에 서거한 선왕 서천왕(西川王)[11]의 유해(遺骸)를 파는

을 전횡하는 데 불만을 품고, 하후현, 이풍, 장집 등의 대신들과 모의하여 그를 죽이려 하였다. 일이 사전에 누설되어 폐위당하고 제왕의 신분으로 번국으로 돌아갔다.

10 246년······전쟁이 일어났고: 『삼국사기』 고구려본기 동천왕 16년조를 보면, "16년(242)에 임금께서 장수를 보내시어 요동 서안평(西安平)을 쳐서 깨뜨렸다.[十六年, 王遣將, 襲破遼東西安平.]"라고 되어 있는데, 이 시점을 시발로 하여 고구려와 위나라 사이에는 244~246년 동안 여러 차례 전쟁이 있었다. 그런데 게일은 246년에 일어난 환도성 전투에 집중하여 기술한 듯하다.

11 서천왕(西川王: Sŭ-ch'un. 왕의 아버지): ?~ 292(서천왕 23). 고구려의 제13대 왕(270~292 재위)이다. 서양왕(西壤王)이라고도 한다. 이름은 약로(藥廬)·약우(若友). 중천왕의 둘째 아들로 255년(중천왕 8) 태자로 책봉되었다가, 270년 12월 왕이 죽자 즉위했다. 280년 숙신(肅愼)이 침입해 변방의 주민을 살해하자, 동생 달가(達賈)를 보내 격퇴했다. 이어서 왕은 숙신의 600여 호를 지금의 농안[農安] 지역 부근 부여 남쪽의 오천(烏川)에 이주시키고, 주변의 숙신부락 6~7개소를 부

순간, 많은 중국 병사들이 반복되는 공포의 충격으로 죽었고 마침내 음악 소리가 무덤에서 흘러 나왔다. 연나라 장군은 대신령들이 이곳을 장악하고 있다고 굳게 믿어 전투를 포기하고 병사들을 이끌고 고국으로 돌아갔다.

Spirit sounds disturb the peace of the people of the Peninsula more than any household cares or anxieties for material things. Many of you, no doubt, have heard it said that on damp cloudy days the spirits of those killed in the Japan war of 1592 still collect in South Whang-hă and terrorize the country with their wailings, and that dragon horses are heard neighing night after night. This spirit thought has come from China and is most deeply rooted in the native's being. I once said to a hunter, who was going into the mountains late at night. "Are you not afraid to venture in the dark?" His reply was, "I wait in attendance on the mountain spirit and so have no need to fear."

귀신 소리는 집안의 근심거리나 물질적인 것에 대한 불안 등 그 어떤 것보다 한반도 사람들의 마음의 평화를 깨뜨린다. 여러분들은 습기 찬 흐린 날이면 1592년 일본 전쟁 때 죽은 사람들의 영혼이 황해 남쪽에 모여 곡을 하여 나라를 공포에 떨게 한다는 이야기, 그리고 밤마다 용마[龍馬]의 울음소리를 들었다는 이야기를 분명 들었을

용민(附庸民)으로 삼았다. 아울러 그 전공으로 달가를 안국군(安國君)에 봉하고, 군사관계의 일을 관장하게 함과 동시에 숙신의 여러 부락을 다스리게 했다. 286년에는 동생 일우(逸友)와 소발(素勃)이 역모를 꾸미자 그들을 처형했다. 죽은 뒤 서천원(西川原)에 장사지냈다.

것이다. 이 귀신 사상은 중국에서 유래한 것이지만 한국인들에게 매우 뿌리 깊게 박혀있다. 나는 밤늦게 산으로 들어가는 사냥꾼에게 "밤에 산에 가는 것이 두렵지 않습니까?"라고 물은 적이 있다. 그는 "나는 산신령을 잘 모시니 두려워할 이유가 전혀 없습니다"라고 대답했다.

The superstitious terror that drove back the Yŭn general still exists. Last December a man of some note in church circles was drowned in the Han River. I am told that his spirit comes out of the water frequently and alarms the people of Hāng-ju,

연나라 장군을 몰아내었던 미신과 관련된 공포는 여전히 존재한다. 작년 12월, 교회 쪽에서 다소 저명한 사람이 한강에 빠져 죽었는데 그의 영혼이 물 밖으로 자주 나와 행주(Hāng-ju) 사람들을 놀라게 한다는 이야기가 있었다.

In 372 A.D. when Ku-bu (丘夫) was king of Ko-gu-ryŭ, Emperor Kan-mun (簡文) of the Chin (晋) dynasty sent over Buddhist sûtras (佛經), images and priests, and from that date Buddhism existed in the Eastern Kingdom. Buddhism has been one of the secondary influences in Korea, though at the present time it is relegated to an entirely obscure place and is of no reputation. At this time also schools were established for the study of the Classics.

372년 구부(丘夫, [소수림왕])가 고구려의 왕이 되었을 때, 진나라 간문제(簡文: Emperor Kan-mun)는 불경(佛經), 불상, 승려를 고구려에 보냈다. 불교는 그때부터 동국에 있게 되었다. 지금은 외딴 곳으로 밀려나 아무런 명성이 없지만 불교는 한국에 두 번째로 큰 영향을 미쳤다. 또한 이때에 중국 고전 연구를 위한 학교가 설립되었다.

In 612 A.D., in the reign of Yung-yang (嬰陽), Yang (楊帝) of the Su (隨) dynasty, who became enraged at the failure of Ko-gu-ryŭ to pay tribute, sent an army of 1,133,800 men, in twenty-four divisions, twelve on each side. The history reads "extending its array like the limitless sea," the object of the invasion being to utterly destroy Ko-gu-ryŭ. After much fighting in which Eul-ji-mun-tŭk (乙支文德) led the soldiers of Korea, the Chinese army, wasted and famished, beat a retreat. They reached the Ch'ung-ch'ung (淸淸) river, and there before them seven Spirit Buddhas walked backwards and forwards in mid stream, in such a way as to allure them to destruction, making them think that the water was shallow. Half and more of them were drowned and the remainder are said to have fled to the Yalu, 450 li, in a day and a night. Only 2,700 of the vast army returned home. Korea has erected seven temples outside of An-ju, near the river where deliverance was wrought for her, the seven temples corresponding to the seven Spirit Buddhas.

612년 영양왕(嬰陽) 때, 수(隨) 나라 양제(楊帝)는 고구려가 조공을

31

바치지 않는 것에 분노하여 1,133,800명의 군사, 좌우 각각 12사단, 모두 24사단을 보냈다. 역사는 수의 침략의 목적은 고구려를 완전히 멸망시키는 것으로 "늘어선 군사가 끝없는 바다 같았다"라고 기록한다. 수나라 군대는 을지문덕(乙支文德)이 이끄는 한국군과 여러 번 전투를 벌인 후 지치고 군량미가 떨어져 황급히 후퇴했다. 그들이 청청강(淸淸江, [살수])에 도착했을 때 부처의 일곱 영[靈]이 강 가운데를 왔다 갔다 걸어 다니며 물이 깊지 않다고 믿게 만들어 그들을 파멸로 유인하였다. 그들 중 절반 이상이 익사하였고 나머지는 하루 낮 하루 밤 만에 450리 떨어진 압록강[Yalu, 鴨綠江]까지 도망쳤다고 한다. 그 많은 군사들 중 겨우 2,700명만이 고향으로 돌아갔다. 한국은 부처님이 도와주신 강[淸淸江] 근처인 안주[安州] 외곽에 부처의 일곱 영에 상응하는 일곱 개의 절을 세웠다.

The Su dynasty of China has but little place in the thought of Korea. The O-ryun-hăng-sil (五倫行實) tells only three stories selected from its history, two illustrative of filial piety and one of wifely devotion; but the second emperor of that dynasty, Su-yang, is remembered as the swell emperor of all time, his name to-day being the synonym for over-dress and extravagance.

한국인들은 수나라를 대단하게 생각하지 않는다. 『오륜행실도(五倫行實圖)』[12]는 수나라 역사에서 단 3가지 이야기만을 뽑아 전한다.

---

12 『오륜행실도(五倫行實圖: O-ryun-hăng-sil)』: 게일은 '오륜행실'이라고 말했는데, 『오륜행실』이라는 책은 없고 『오륜행실도』라는 책만 있다. 게일이 '오륜행

두 이야기는 효를, 다른 하나는 아내의 정절을 예증하기 위한 것이다. 2대 황제인 수양제의 이름은 오늘날 겉치장, 사치와 동의어로 사용되고 그는 향락의 황제로 기억된다.

We come now to the time of greatest influence, the period of the Tangs (唐). In the year 627 A.D., the Chinese Emperor Ko-jo (高祖) united all the known world under his sway, and received from the three kingdoms of Ko-gu-ryŭ (高句麗), Păk-che (百濟) and Sil-la (新羅), tribute and ambassadors. He gave to the king of Ko-gu-ryŭ the title Duke of So-tong, to the king of Păk-che Duke of Tă-pang, and to king of Sil-la Duke of Nak-nang.

중국의 영향력이 가장 컸던 시기는 당(唐)나라 때이다. 627년 당고조(高祖)는 세상에 알려진 모든 곳을 그의 지배하에 두었다. 그는 고구려, 백제, 신라로부터 조공과 사신을 받았고, 고구려, 백제, 신라의 왕을 각각 소동공, 대방공, 낙랑공에 봉하였다.[13]

In 632 A.D. the Queen of Sil-la, Tŭk-man (德曼), received a present from Tă-jong (代宗), the second emperor of the Tangs, consisting of

---

실도'를 줄여서 '오륜행실'이라고 말한 듯하다.
13 그는 고구려 왕을……봉하였다: 589년 수가 중국을 통일했다. 그 후 얼마 지나지 않아 삼국은 바로 수에 조공을 했다. 백제 왕은 중국 황제로부터 '대방군공 백제왕'으로, 고구려 왕은 '요동군공 고구려 왕'으로, 신라 왕은 '낙랑군공 신라 왕'으로 임명받아 책봉 체제 내의 조공국이 되었으며 각각 영토의 지배를 공인받았다. 게일이 말한 So-tong은 요동을 뜻하는 듯하다.

a picture of the peony and several of the flower seeds. She remarked on seeing it that there were no butterflies in the picture and that she concluded the flower must have no perfume — a surmise which proved to be correct. From that date the peony became the king of flowers in Korea, which too tells its story of China's influence.

632년 신라 여왕 덕만(德曼, [선덕여왕])은 당의 2대 황제인 태종(代宗)에게서 모란 그림과 모란 씨 몇 점을 선물로 받았다. 선덕 여왕은 그림을 보곤 즉시 그림 속에 나비가 없으니 분명 꽃에 향기가 없을 것이라고 말하였다. 이 추측은 정확한 것으로 밝혀졌다.[14] 그때부터 모란은 한국에서 꽃 중의 꽃, 화왕이 되었다. 모란은 또한 한국의 역사에 미친 중국의 영향력을 말해준다.

In 651 A.D. the king of Sil-la sent his two sons to wait on the emperor of the Tangs. One was a noted Confucian scholar, acquainted likewise with Buddhism and Taoism, and him the emperor made Minister of the Left. It seems as though the bond that had for a time been loosened during the minor dynasties of China, was once again tightening.

---

14 이 추측은 정확한 것으로 밝혀졌다: 『삼국유사(三國遺事)』에 이와 관련된 내용이 보인다. 신라의 선덕여왕이 공주였을 때 중국 당나라 왕이 모란 그림 1폭과 모란 씨 3되를 보내왔다. 그때 모든 사람들은 모란꽃에서 대단한 향기가 날 것이라고 주장했으나 선덕여왕만은 그림에 벌과 나비가 그려져 있지 않은 것을 보고 향기가 없을 것이라고 했다. 실제로 모란 씨를 심어 꽃을 피워보니 향기가 나지 않아 모두 선덕여왕의 뛰어난 관찰력에 감탄했다고 한다.

651년 신라왕은 두 아들을 당나라에 보내 황제를 모시게 했다. 한 사람은 유명한 유학자로 불교와 도교에도 정통했다. 황제는 그를 좌상으로 삼았다. 중국의 소수 왕조들이 집권하는 동안 한동안 느슨해진 중국과 한국의 유대관계가 다시 강화된 듯 했다.

In 660 A.D. T'ă-jong of Sil-la sent to China for help against the kingdom of Păk-che, and Emperor Ko-jong (高宗) sent in response 130,000 soldiers. After a long and hard struggle Păk-che and Ko-gu-ryŭ were wiped out. At the close of the war the Tang general, Sŭ Chung-bang (蘇正方), took as prisoners from Păk-che, King Eui-ja, the crown prince, many courtiers, eighty-eight generals, and 12,807 of the people. From Ko-ku-ryŏ he took King Po-jang, his three sons and over 200,000 of the people. A great feast of rejoicing was held in the capital of the Tangs and sacrifice was offered to the spirits of the dead.

660년 신라 태종은 백제와 맞서기 위해 당의 도움을 요청했다. 당 고종(高宗)은 이에 대한 화답으로 130,000명의 군사를 보냈다. 오랫동안의 힘든 전쟁이 끝나자 백제와 고구려는 역사에서 지워졌다. 전쟁 막바지에 당나라 장군 소정방(蘇正方)은 포로로 백제의 의자왕, 태자, 여러 신하, 88명의 장군, 12,807명의 백제인을 데리고 갔다. 고구려로부터는 보장왕, 그의 세 아들, 200,000명의 고구려인을 포로로 데리고 갔다. 큰 축하연이 당의 수도에서 열렸고 제를 올려 죽은 영혼들을 위로했다.

For 246 years Korea's name was Sil-la, though it was in reality only a province of the Tang kingdom.

　　246년 동안 한국의 이름은 신라였다. 그러나 사실상 신라는 당나라의 한 지방에 불과했다.[15]

Like a small voice comes the single word concerning Japan "In the year 673 A.D. the name of Wă-guk (倭國) was changed to Il-pon (日本)."

　　일본과 관련된 단일어가 조그맣게 들린다. "673년에 왜국(倭國)의 이름은 일본(日本)으로 바뀌었다."[16]

In 684 A.D. a noted character appears upon the scene, whose name was Sŭl-ch'ong (薛聰). His is the first name mentioned in the Yu-hyŭl-lok (儒賢錄) or Record of Noted Men. His father was a famous Buddhist and his mother a Chinese woman of rank.[17] His influence

---

15 사실상 신라는 당나라의 한 지방에 불과했다: 신라를 당나라의 속국으로 치부한 이 견해는 게일의 극단적 사고방식의 단면을 보여준다. 그리피스는 신라와 당나라의 관계가 "가장 밀접"하여 예술·문화·풍속을 가장 자유롭게 전파받았다는 식으로 표현했으며,(W.E.그리피스 지음, 신복룡 역주, 『은자의 나라 한국』, 집문당, 1999, p89) 헐버트는 신라의 문명이 고도로 발달한 점에 관심을 기울였을 뿐 당나라와의 상관관계를 드러내어 언급하지 않았다.(H.B.헐버트 지음, 신복룡 역주, 『대한제국멸망사』, 집문당, 2006, pp100~103)

16 673년에 왜국(倭國: Wă-guk)의 이름은 일본(日本: Il-pon)으로 바뀌었다: 삽입된 이 인용구는 차기체 필기의 방식을 연상케 한다. 인용구의 출처는 『동국통감』 삼국기의 신라 문무왕 경오년(670) 8월의 기사이다. "○倭國更號日本, 自言: '近日所出, 以爲名.'" 게일은 독서후기를 정리하는 듯한 스타일로 글을 써내려가고 있다.

was equal to his attainments, which were entirely of a Chinese order. He taught the Classics (經書 Kyŭng-sŭ) and so edited and prepared them that posterity might understand their thought. He invented also the Ni-t'u (吏套), as explained in the Korean Repository of February, 1898, by Mr. Hulbert. They are forms for endings and connectives indicated by Chinese characters and they prove that Sŭl-ch'ong was in every way a representative of the influence of Chinese teaching and philosophy.

684년 역사의 장에 한 유명한 인물이 등장한다. 그의 이름은 설총으로 유명한 사람을 기록한 책인 『유현록(儒賢錄, Record of Noted Men)』에 첫 번째로 그 이름이 올라 있다. 그의 아버지는 유명한 불교도이고 그의 어머니는 지위가 높은 중국 여인이었다. 그의 영향력은 그의 업적에 상응하는데, 전적으로 중국식의 훌륭한 업적이다. 그는 경서(經書, the Classics)를 가르쳤고, 경서를 편집하고 다듬어 후손들이 경서를 잘 이해할 수 있게 했다. 또한 그는 이두(吏套)[18]를 개발했다. 이 부분은 헐버트씨가 만든 「한국휘보(The Korean Repository)」의 1898년 2월 호에 설명되어 있다. 이두는 어미와 연결어를 한자(漢字)

---

17 his mother a Chinese woman of rank: 설총의 어머니는 태종 무열왕의 둘째딸 요석 공주(瑤石公主)인데, 중국인이라고 말한 것은 착오인 듯하다.

18 이두(吏套: Ni-t'u): 이두(吏讀)는 한자의 음과 뜻을 빌려 우리말을 적던, 신라에서 발달한 표기법으로, 이두(吏頭)·이토(吏吐)·이투(吏套)·이서(吏書)라고도 쓴다. 넓은 의미로는 한자차용 표기법 전체를 가리켜 향찰·구결 및 삼국시대의 고유명사 표기 등을 총칭하는 말로 쓰이나, 좁은 의미로는 한자를 국어의 문장 구성법에 따라 고치고 이에 토를 붙인 것만을 가리키며 향찰·구결 등과는 다른 의미로 사용된다.

로 표시하는 방식이다. 이는 설총이 모든 면에서 중국의 사상과 철학의 영향을 대표하고 있음을 증명한다.

His is the first Korean name that appears as one of the spirits attendant on Confucius in the Mun Temple (文廟). His stand is number forty-eight on the east side of the Master. See Cho-tu-rok (俎豆錄).

설총은 공자를 모시는 영령[英靈]들 중의 한 분으로 문묘(文廟)에 그 이름이 올라간 최초의 한국인이다. 그는 공자의 오른쪽 48번째에 있다. 『조두록(俎豆錄)』[19]을 보라.

Under the gentle hint of a figure he once warned King Sin-mun of Sil-la against the increasing influence of the palace women. Said he, "In days gone by, when His Highness the Peony came to live among us, he was planted in the park, and in spring time bloomed and grew with beautiful stalk and highly coloured flowers. The Peach and Plum came to pay their respects. There came likewise a maiden-flower, the Cinnamon Rose, green-cloaked and red-skirted, tripping nimbly along, to say to the king, 'This humble person has heard in her obscurity of Your Majesty's munificence, and comes to ask if she may share the palace.' Then there entered the Old Man Flower,

---

19 『조두록(俎豆錄: Cho-tu-rok)』: 『동국문헌록(東國文獻錄)』 상권의 부록으로 붙어 있다. 신라 이래 주요 인물들의 약력을 수록한 책이다.

Păk-tu-ong, wearing sack-cloth and bowing on his staff. He said 'Outside the city on the road-way I hear it said that though Your Majesty has viands of every richness, yet you need medicine. Though you dress in Chinese silk, yet need a common knife-string as well. Is it not so?' The peony king replied 'The old man's words are true, I understand them; yet it is hard to dispense with the Cinnamon Rose,' 'But remember,' said the gray-bearded flower, 'that if you company with the wise and prudent, your reign will prosper; but if with the foolish, Your Majesty will fall. The woman Ha-heui (憂姬) destroyed the Chin dynasty; the woman Sŭ-si (西施), the O (吳) dynasty (both of China); Mencius died without meeting a man that could save the day; P'ung-dang (馮唐) held only a low office till he was white with age. If it was so with the ancients, how will it be now in our day?' King Peony replied 'Peccavi; I shall mend my ways.' When Sin-mun (神門) heard this allegory, his countenance coloured and he said 'Your words are full of thought."

설총은 은근한 비유로 신라의 신문왕에게 궁녀들의 영향력이 커지는 것을 경계하도록 암시했다. 설총이 신문왕에게 말했다. "지난 날 화왕이 우리 사이에 살기 위해 왔을 때, 그를 정원에 심었더니 봄에 아름다운 줄기와 매우 화려한 꽃을 피웠습니다. 도화와 이화가 와서 경의를 표하였습니다. 푸른 망토와 붉은 치마를 입은 처녀 꽃인 장미가 아장아장 걸어와 화왕에게 말하길, '소인은 먼 곳에서 임금님께서 관대하다는 소리를 듣고 궁궐에서 지낼 수 있을까하고 왔습니다.' 라고 했습니다. 그때 삼베옷을 입고 지팡이를 짚고 구부정한 노인 꽃인 백두옹이 들어와 '저는 성 밖의 길을 가다가 임금님께서 진수성찬을 드시지만 약이 필요하다는 소리를 들었습니다. 임금님께서는 중국 비단 옷을 입으셨으나 또한 보통 사람의 날줄[20] 또한 필요합니다. 그렇지 않습니까?'라고 했습니다. 모란 왕이 답하길, '저 노옹의 말이 옳고 그 뜻을 알겠지만, 장미를 버리기가 어렵구나.' 라고 했습니다. 흰 수염의 꽃이 말하길, '그러나 기억하십시오. 만약 현명하고 신중한 사람과 함께 한다면 임금님의 시대는 번성할 것입니다. 그러나 어리석은 자와 함께 한다면 임금님은 망할 것입니다. 우희(虞姬: Ha-heui)[21]는 중국 진나라를 망하게 했고, 서시(西施)는 중국 오(吳) 나라를 망하게 했습니다. 맹자는 그를 구해 줄 사람을 만나지 못하고 죽었고, 풍당(馮唐)은 늙어 백발이 될 때까지 하급직만을 맡았습니다. 옛사람도 그러했는데 하물면 오늘날은 말해 무엇 하겠습니까?'라고 했습니다. 이에 화왕이 답하길, '잘못했소. 마음을 바꾸겠소.'라고 했습니다." 신문왕이 이 우화를 듣고 얼굴이 붉어지며 "그대의 이야기는 많은 것을 생각하게 하는구나"라고 했다.

I mention the story to show you the mind of Sŭl-ch'ong, for he is regarded as the first of Korean scholars, yet the persons, the kingdoms, the pictures that occupy his thoughts are all of China.

---

20 날줄: 원문은 'knife-string'인데, 씨줄과 날줄을 엮어서 만드는 삼베옷을 말하는 듯하다.
21 우희(虞姬: Ha-heui): 게일이 적어놓은 한자표기를 보면 '우희'인데, Ha-heui라는 영어표기를 참조하면 '하희'가 된다.

이 이야기를 하는 것은 여러분들에게 설총의 정신을 보여주기 위해서이다. 그는 최초의 한국 학자로 간주되지만 그의 생각을 차지하는 인물, 나라, 그림들은 모두 중국의 것이었다.

At this particular time attention seems to have been drawn suddenly to signs and omens.[22] For example, in 766 A.D., two suns are said to have arisen in one day; three meteors fell into the palace enclosure, and a comet appeared in the west — all boding evil. This is taught by the Confucian classic Spring and Autumn, where earthquakes, comets, eclipses, are spoken of as portents of evil, death to kings, etc,

이 특정 시기에 사람들의 관심을 갑자기 끈 것은 상[象]과 전조[前兆]인 듯하다. 예를 들면, 766년 하루에 두 개의 태양이 떠오르고, 세 개의 운석이 궐내로 떨어지고, 혜성이 서쪽에 나타났다 한다. 모두 불길한 상이다. 유교의 경전인『춘추(春秋, the Confucian classic Spring and Autumn)』에 의하면, 지진, 혜성, 일식은 왕의 죽음과 같은 불운한 일이 일어날 징조이다.

I find in the book A-heui-wŭl-lam (兒戲原覽), which is a primer for

---

22 signs and omens: sign은 어떤 일이 일어날 것에 대한 전체적인 맥락을 미리 보여주는 작은 상을 말하는 것이고, omen은 구체적인 상을 보여주는 것은 아니지만 불길한 예감을 강하게 느끼는 것을 말한다. sign이 구체적인 상으로 보여주는 것임에도 지나치기 쉽고, omen은 상으로 보여주지 않아서 추상적이지만 벗어나지 힘든 강한 힘을 느끼는 것을 말한다. sign과 omen이 조금의 차이가 있지만 여기서는 크게 구별하지 않고 사용하는 듯하다.

children and an ideal book from a Korean point of view, a chapter on omens and signs, citing examples of these since the days of Yo and Sun, and there are storms of blood, showers of rice, hail stones of rocks, rain squalls of sticks, frosts of white hair, tiger and snake stories that out-do the wildest West. All of which are referred to particular times in China.

나는 아동용 입문서이고 한국인의 관점에서 이상적인 서적인『아희원람(兒戱原覽)』[23]의 한 장이 요순시대 이후의 전조와 상(象)을 예로 인용하며 다루는 것을 발견했다. 피 폭풍(storms of blood: 피바람), 쌀 소나기(showers of rice: 싸락비), 돌우박(hail stones of rocks), 나무 돌풍(rain squalls of sticks: 장대비), 흰머리 서리(frosts of white hair: 흰 서리발),[24] 호랑이 그리고 뱀 이야기들은 가장 야생적인 미국 서부를 뛰어 넘는다. 이 모든 징조들은 중국의 특징 시대와 관련 있다.

When General Kim-nak of Ko-ryǔ (高麗) died on the battle-field,

---

23 『아희원람(兒戱原覽)』: 조선 말기의 학자 장혼(張混)이 어린이용으로 지은 책. 1803(순조 3)년에 간행되었으며, 모두 1권이다.
24 『아희원람』의 '변이'에는 역대에 일어났던 변이들이 열거되어 있다. 창힐이 글자 만드는 일을 끝내자 하늘에서 곡식비를 내렸고 귀신이 밤에 울었다는 이야기로 시작하여 요임금 때에 열개의 해가 나타나 초목이 마르고 타죽었다는 내용으로 이어진다. 특히 하늘에서 피비, 석회비, 금비, 납비, 쇠비, 얼음비, 비단비, 곡식비, 심지어는 사슴비가 내렸다는 이야기가 나온다. 또 양나라 혜왕과 성왕 때는 뼈비가 내렸고 당나라 정원 연간에는 나무비가 내렸는데 크기가 손가락만 했고 길이가 1촌이나 되었다고 한다. 이 외에는 털비, 머리통만한 우박 등이 내렸던 변고를 적고 있다. 우리말에서 자연현상을 말하는 싸락비, 싸락눈, 장대비 등의 비유가 원래 있었던 변고에서 기인하는 듯하다. 변고에서 있었던 것으로 전해지는 사실이 실제의 자연현상에 대한 명칭으로 변용되었던 것으로 보인다.

King Tă-jo made an image in his honour and called all the ministers to a feast. When wine was drunk, he passed some to the image, and lo! it opened its mouth, swallowed the spirit and then danced before them. This also was an omen.

> 고려(高麗)의 김락[金樂]²⁵ 장군이 전쟁터에서 죽었을 때 태조 왕건은 그를 기리는 초상[肖像]을 만들고 모든 대신들을 잔치에 초대했다.²⁶ 그는 술을 마시고 초상에 술을 건넸다. 아니 이럴 수가! 초상이 입을 벌려 술을 마시고는 그들 앞에서 춤을 추는 것이 아닌가. 이 또한 전조였다.

At this time the matter of filial piety became so firmly fixed in the Korean's mind, and of such distorted importance, that he began from the year 765 A.D., to cut off fingers, etc., to feed parents on the blood.

---

25 김락(金樂: Kim-nak): ?~927(태조 10). 고려의 개국공신. 918년(태조 1) 고려가 건국되자 이등공신이 되었다. 927년 원보(元甫) 재충(在忠)과 더불어 대량성(大良城: 지금의 합천)을 공격하여 무너뜨리고 후백제의 장군 추허조(鄒許祖) 등 30여인을 사로잡았다. 같은 해에 견훤(甄萱)의 군사가 신라를 쳐서 경애왕을 자살하게 하였다는 소식을 들은 태조가 군사를 이끌고 견훤의 군사와 공산(公山: 지금의 대구)에서 크게 싸울 때 대장 신숭겸(申崇謙)과 함께 위급해진 태조를 구하고 전사하였다. 태조는 지묘사(智妙寺)를 세워 그의 명복을 빌었으며, 아우 철(鐵)을 원윤(元尹)으로 삼았다. 1120년 예종은 그와 신숭겸을 추도하여 향가「도이장가(悼二將歌)」를 지었다. 시호는 장절(壯節)이다.

26 태조 왕건(王建)은 그를 기리는 초상(肖像)을 만들었고 모든 대신들을 잔치에 초대했다: 고려 태조 때 후삼국 통일에 공이 있는 사람에게 공신호를 주었는데, 제정된 시기는 분명하지 않다. 다만, 936년(태조 19) 고려가 후삼국을 통일한 뒤 940년 신흥사(新興寺: 神興寺)를 중수하면서 이곳에 공신당(功臣堂)을 두고 동쪽과 서쪽 벽에 삼한공신을 그려 넣었다고 한다. 이들을 삼한벽상공신(三韓壁上功臣)이라고 불렀다. 이때의 연회 때 벌어진 광경에 대해서 이야기하고 있는 듯하다.

The practice of blood-feeding seems to be of Korean origin. It certainly shows how the native has attempted to out-do Confucius in his fidelity to this particular teaching of the master. A short time ago I saw a man who had lost a finger of the left hand, and on inquiry he showed me a certificate that he had received from the government expressive of their approval of his filial piety.

이때 효의 문제는 한국인의 정신에 매우 확고하게 뿌리 내린다. 그러나 효의 중요성은 너무도 왜곡되었다. 어느 정도인가 하면 한국인은 765년부터 부모에게 생피를 먹이기 위해 손가락 등을 자르기 시작했다. 피를 먹이는 관습은 한국에서 기원한 것 같다. 이것은 한국인이 공자의 이 특정 가르침에 충실하기 위해 공자를 능가하려고 했다는 것을 분명히 보여준다. 얼마 전 나는 왼쪽 손가락 하나가 없는 남자를 보았다. 내 질문에 그는 나에게 그의 효심을 인정해주는 정부에서 내린 증명서를 보여주었다.

The second name mentioned in the Record of Noted Men, is that of Ch'oé Chi-wǔn (崔致遠), who was also a Kyöng-ju man. His influence ranks next to that of Sǔl-chong, and we look for the place that China had in his life. We are told that he made a journey to the Tang kingdom when he was twelve years of age, that he graduated at eighteen and lived in China sixteen years.

『유현록』에 언급된 두 번째 이름은 최치원(崔致遠)이다. 그 또한 경주 사람이다. 그의 영향력의 순위는 설총 다음이었다. 그의 삶에서 중국이 차지한 위치를 알아보자. 그는 12살 때 당나라로 건너가 18세에 과거 급제한 후 중국에서 16년을 살았다고 한다.

He and Sŭl-ch'ong are the two seers of Ancient Korea, and theirs are the only names of Sil-la that appear in the Confucian temple; his being forty-eighth on the west side, corresponding to Sŭl-ch'ong's, forty-eighth on the east. These two show in how far the influence of China had extended toward the minds and thoughts of the people of the Peninsula at that date and what prestige an acquaintance with the Tang kings gave to each one in his own country.

최치원과 설총은 고대 한국의 두 선지자이다. 신라인 중 그들만이 문묘에 이름이 올라가 있다. 최치원의 위치는 좌 48위로 우 48위인 설총에 상응한다. 두 사람을 통해 중국의 영향력이 그 당시 한반도 사람들의 정신과 사상에 어느 정도까지 확산되었는지를 알 수 있다. 또한 당나라 황제들과 안면이 있다는 것이 고국 땅에서 두 사람에게 어떤 명성을 가져다주었는지도 알 수 있다.

From the accession of Wang-gŭn (王建), King of Ko-ryŭ, in 918 A.D., we read constantly of dragons and of references to dragons. Wang-gŭn was said to be bright in mind, dragon faced and square-browed. With him came astrology (天時 Ch'un-si) and geography (地理 Chi-ri), handed down from Mencius; military forms (戰法 Chŭnpŭp), from Kang T'ă-gong (姜太公), and spiritualism(神明 Sin-myung) from all the seers.

918년 고려 왕건(王建)의 즉위 이후 계속해서 용과, 용과 관련된 이야기가 나온다. 왕건은 총명하고 얼굴이 용상이며 이마가 네모난 것으로 전해진다. 왕건 때부터 맹자의 천시(天時)와 지리(地理), 강태공의 전법(戰法), 모든 예지자의 신명(神明)이 전해졌다.

Signs and omens, all viewed from the point of and described in the terms of Chinese philosophy, pointed to the call of Wang-gŭn and the establishment of the capital in Song-do.

중국 철학의 관점에서 바라본 것이고 중국 철학의 용어로 기술된 모든 상와 전조는 왕건의 천명[天命]과 송도를 수도로 가리켰다.

We read (Tong-guk T'ong-gam) that the king chose a day (擇日 Tăk-il) for the opening of the ancient treasure-houses. The term Tăk-il, or Choice of Day, has come down to us from the Sŭ-jŭn or Book of History. The most illiterate native in the country, when he says "The attainment of health and blessing (生氣福德 Sāng keui pok tŭk) depends on the choice of day (Tāk-il)," bears witness to the universal influence of the most dignified of Chinese Classics — even the Canon of History.

우리는『동국통감』에서 왕이 고대의 보물 창고의 문을 여는 날짜를 정했다는 것을 알았다. 날을 정한다는 의미인 택일(擇日)은『서전[書傳]』에서부터 전해진 것이다. 한국의 일자무식꾼이 "생기복덕 (生氣福德)은 택일에 달려 있다"고 말할 때, 그는 중국 고전 중에서도 가장 권위 있는 중국고전-정확히 말하면『서경[書經]』이 한국에 미친 보편적 영향을 증언한다.

In 933 A.D., the Imperial Calendar first made its way to Korea, and with it came the emperor's sanction of the new name, Ko-ryǔ, for the united kingdom.

933년 중국의 책력이 처음으로 한국에 들어왔다. 이와 함께 중국 황제는 통일된 왕국의 새로운 이름인 고려를 인정한다는 인가서를 보냈다.

In 958 A.D., in the reign of Kwang-jong, another factor entered, showing the influence of China, and serving to bind Korea still closer to her, and that was the Kwa-gū (Examination). It dealt with the Confucian Classics only, and was an examination in Si (詩), Pu (賦), Eui (義), Eui-sim (疑心), P'yo (表), Ch'ăk (策) and Kang-gyǔng (講經), as it developed afterwards, though at that time it was called Si, Pu, Song (頌) and Ch'ăk. Si is the name of a poetic composition of eighteen couplets, with seven characters to the line; Pu consists of twenty couplets of six characters; Eui and Eui-sim deal with the explanation of set passages; P'yo has to do with memorial forms; Ch'ăk answers questions, and Kang-gyăng is an oral examination.

958년 광종 재임 시 중국으로부터 과거(Examination)가 도입된다. 과거는 중국의 영향을 보여주는 것이며 한국을 중국에 더 속박하는 또 하나의 요인이다. 과거는 유교 경전만을 다루고, 시(詩), 부(賦), 의(義), 의심(疑心), 표(表), 책(策), 강경(講經) 시험을 본다. 이 시험들은 나중에 발전된 것이고 도입 당시에는 오직 시, 부, 송(頌), 책의 시험만 보았다. 시는 18개의 이행연구를 짓는 시험으로, 각 행은 7글자[칠언(七言)]이다. 부는 6글자[육언(六言)]로 된 20개의 이행연구이다. 의와 의심은 정해진 글귀를 설명하는 것이다. 표는 상소문 형식이고, 책은 질문지에 답을 적는 것이고, 강경은 구술시험이다.

This national ceremony, imported from China, has shaken the country from end to end, and every eye since then has seen the influence of the Kwa-gŭ.

중국에서 들어온 이 국가 의식은, 이 나라를 끝에서 끝까지 흔들었다. 그 이후 과거의 영향은 자명했다.

In the reign of Sŭng-jong, who came to the throne in 982 A.D., among a set of rules proposed by the scholar Ch'oé Seung-no, the eleventh reads."In poetry, history, ceremony, music, and the five cardinal relationships, (O-ryun) let us follow China, but in riding and dressing let us be Koreans."

982년 왕위에 오른 성종 재위 시, 학자 최승로는 일련의 규범을 제
안한다. 11번째 규범은 다음과 같다. "시, 서, 예, 악, 오륜은 중국을
따르고, 승마와 복식은 한국식으로 한다."[27]

At this time war began with the Kŭ-ran (契丹) Tartars, for Korea
steadily resisted any advance on the part of these, claiming that she
owed allegiance to great China only — then the Songs — and not to
barbarian tribes.

이때 타타르족인 거란(契丹)과의 전쟁이 시작되었다. 한국은 그
당시 송나라인 대중국에게만 충성하고 야만족은 상대하지 않겠다
고 하며, 거란족의 접근을 계속 거부했다.

In 1022 A.D. we read that Han Cho(韓祚) brought from China
literature dealing with subjects which till to-day absorb the minds
and fortunes of Koreans. They were the Chi-ga-sŭ(地家書), or Writings

---

27 『동국통감』의 고려 성종 원년인 임오년(982) 여름 6월에 최승로가 상서(上書)한
   내용 중 11번째 항목이다. "중국의 제도는 따르지 않을 수 없으나, 각 지방의 풍
   속이나 습관은 각기 그 지방의 고유한 습성에 따르게 되니, 다 변화시키기는 어
   려울 것 같습니다. 예악(禮樂)·시서(詩書)의 가르침과 군신(君臣)·부자(父子)의
   도리는 마땅히 중국을 본받아 비루함을 개혁해야 되겠지마는 그 나머지 거마
   (車馬)·의복 제도는 그 지방 풍속에 따라 하고 사치하고 검소함이 중도를 얻으
   면 되는 것이지 구태여 남의 것에 영합할 필요는 없습니다.[華夏之制, 不可不遵,
   然四方俗習, 各隨土性, 似難盡變. 其禮樂詩書之敎, 君臣父子之道, 宜法中華, 以革
   卑陋, 其餘車馬衣服制度, 可因土風, 使奢儉得中, 不必苟同.]"

Pertaining to Geomancy; the Yang-t'ăk Chip-ch'an(陽宅集撰), the Law of House Selection, and the Sŭk-chŭn(釋典), Rules for the Two Yearly Sacrifices offered to Confucius. We also read of the Keui-u-je (祈雨祭) or Sacrifice for Rain, which His Majesty observed. I believe, in this year of grace 1900.

1022년 한조(韓祚)는 오늘날까지 한국인의 정신과 운명을 지배하는 주제를 다룬 중국 문헌을 가지고 왔다. 그것은 바로 풍수지리와 관련된 지가서(地家書)[28], 집을 선택할 때 따라야 할 법을 다룬『양택집찬(陽宅集撰)』, 일 년에 두 번 공자에게 제를 지낼 때 지켜야 할 법을 다룬『석전(釋典)』이다.[29] 또한 서기 1900년도 올해에 임금이 지낸 바 있는, 비가 오기를 기원하는 기우제(祈雨祭)가 있었다.

At this time General Kang Kam-ch'an, a Korean who had defeated the Tartar tribes, was highly complimented by Injong, the emperor of the Songs. He sent an ambassador to bow to Kam-ch'an and to say to him that he was the Mun-gok constellation that had fallen upon Korea. This too is in the language of Chinese astrology.

---

28 지가서(地家書): 풍수지리에 근거를 두고 묏자리나 집터 따위의 좋고 나쁨을 알아보는 책의 총칭.

29 『동국통감』의 고려 현종 13년인 임술년(1022) 5월 기사에, "한조가 송나라로부터 돌아왔는데, 황제가 성혜방·음양이택서·건흥력과 석전 한 장을 하사하였다.[五月韓祚, 還自宋, 帝賜聖惠方陰陽二宅書乾興曆釋典一藏.]"라고 되어 있다. 『성혜방』은 의서(醫書)인데 게일은 언급하지 않았고, 『음양이택서』는 『양택집찬(陽宅集撰)』이라 했다. 『석전』은 불경을 이르는 말인데 게일이 '일 년에 두 번 공자에게 제를 지낼 때 지켜야 할 법을 다룬' 서적으로 오해한 것이다.

이때 거란을 물리친 고려의 장군 강감찬은 송나라 황제 인종에게 큰 칭찬을 받았다. 황제는 사신을 보내 그에게 감사하고 그를 한국에 떨어진 문곡성(Mun-gok constellation)이라 칭했다. 이 또한 중국 점성술의 언어로 되어 있다.

In the year 1057 A.D., near Whang-ju, a meteor fell that startled the people greatly. The magistrate sent it up to Seoul and the Minister of Ceremony said, "At such and such a time a meteor fell in the Song kingdom, and other stars fell elsewhere in China. There is nothing strange or unusual about it." So they returned the stone to Whang-ju. This constant reference to the Great Empire shows in what measure at that date Korea was under its influence. At this time also a Chinaman called Chang-wan (張瑗), made a copy of writings, on Tun-gap (遁甲 magic) and Keui-mun (奇文 legerdemain), brought them to Korea and had them placed in the government library.

1057년 황주 근처에 운석이 떨어져 백성들이 크게 놀랐다. 지방관은 운석을 서울로 올려 보냈다. 예부 장관이 말했다. "모일 모시에 운석이 송나라에 떨어졌고, 다른 별들도 중국의 다른 곳에 떨어졌으니, 이상할 것도 특이할 것도 없습니다." 그리하여 그들은 그 운석을 황주로 되돌려 보냈다.[30] 이 끝도 없는 대국에 대한 언급은 그 당시

---

30 이 내용은『동국통감』의 고려 문종 11년인 정유년(1057) 봄 정월의 기사에 나온다. "春正月乙未, 隕石于黃州, 聲如雷. 州上其石, 禮司奏曰: '昔宋有隕石, 秦有星墜. 晉唐以降, 比比有之, 此常事也. 不關災祥, 今以爲異而聞奏, 實爲妄擧, 請下, 有司罪之.' 制可, 遂還其石."

한국이 어느 정도로 중국의 영향 하에 놓여 있었는지를 보여준다. 이때 또한 중국인 장완(張瑗)이 둔갑(遁甲: 마술), 기문(奇文: 속임수)에 관련된 글들을 필사하여 한국에 들어와 [31] 관청의 서고에 보관했다.

The more we read the more are we forced to the conclusion that Korea was under a mesmeric spell at the hands of the Great Middle Kingdom. The (O-hăng) Five Elements or Primordial Essences, as they appear in the Great Plan to the Book of History, written by the Viscount of Keui, perhaps more than any other teaching, had already taken full possession of Korea. Let me read this to you as a sample from the Tong-guk Tong-gam (東國通鑑): "In the first month of Eul-hă (1095 A.D.) the sun had on each side of it glaring streamers or arrows, with a white bow shot through the centre. Six days later the same phenomena were repeated," and all the people waited to see what the omen meant. "In the second moon when the king desired to muster out the troops, the chief minister said: 'Soldiers are designated by the symbol metal (金), spring by wood (木), Metal cuts wood, so if you move troops in spring time you will oppose the fixed laws of nature (天地生生之理 Ch'ŭn chi săng săng chi ri).' The king did not regard this counsel and so he died in the fifth moon."

---

31 중국인 장완(張瑗: Chang-wan)이 둔갑(遁甲: 마술), 기문(奇文: 속임수)에 관련된 글들을 필사하여 한국에 전하였다: 고려 문종 11년 가을 7월 송나라에서 귀화한 장완이 둔갑삼기법을 익히고 육임점을 시험하여 태사감후를 제수하였다는 기사가 있다. 여기서 둔갑을 magic이라 했고 기문을 legerdemain이라고 했는데, 사실상 둔갑삼기법과 육임법은 인간의 운명을 점치는 점성술의 하나이다.

읽으면 읽을수록 한국은 대중국이 건 최면에 빠져 있다는 결론을 내리지 않을 수 없다. 기자가 쓴『서경』의 홍범(Great Plan)에 나타나는 것처럼, 만물의 근원인 다섯 가지 원소(Five Elements or Primordial Essences)인 오행은 다른 어떤 가르침보다 이미 한국을 장악했다. 『동국통감(東國通鑑)』의 한 예를 보자. "1095년 을해 정월, 해의 양쪽은 띠, 즉 화살로 이글거렸고, 해의 중심을 통과하는 흰색의 활이 있었다. 6일 후 같은 현상이 반복되었다." 모든 사람들이 이 전조의 의미를 알고자 기다렸다. "왕이 군대를 소집하고 싶었던 음력 2월에 재상은 이렇게 말했다. '군사의 상징은 쇠 금(金)이고, 봄의 상징은 나무 목(木)입니다. 쇠는 나무를 자릅니다. 만일 봄에 군대를 움직인다면 자연이 정한 법칙인 천지생생지리(天地生生之理)를 어기는 것입니다.' 이 조언을 무시한 왕은 음력 5월에 죽었다."[32]

In 1106 A.D. we have another example of divining by the Book of Changes before King Ye-jong went out to fight the Lao-tung Tartars.

1106년 고려 예종이 요동의 거란족을 물리치기 위해 출전하기 전에『주역』의 예언을 참고한 것을 알 수 있다.

---

32 『동국통감』에는 고려 선종 갑술년(1094)에 이와 같은 기사가 보인다. 게일은 년도와 간지를 잘못 적었다. 원문은 다음과 같다. "十一年【宋紹聖元年, 遼大安十年】春正月壬辰, 日傍東西有彗, 白虹衝日, 戊戌亦如之. ○二月, 以天變赦. ○王將閱兵, 御史臺奏, 兵金也, 克木, 方春盛, 德在木, 而閱兵, 逆生氣也. 不允. …… ○五月壬寅, 王薨于延英殿. ……" 게일은 "해의 양쪽은 띠, 즉 화살로 이글거렸고, 해의 중심을 통과하는 흰색의 활이 있었다"라고 했는데, 원문을 보면 화살은 혜성, 흰색의 활은 흰 무지개로 되어 있다. 혜성을 직접적으로 표현하지 않고 의역했으며, 활과 무지개의 형태적 유사성에 착안하여 의역한 것이다. 또, '생기(生氣)'를 '천지생생지리'로 풀어써서 강조한 점에서 원문과 차이가 있다.

Little remains to be noted in the history of Korea, as the great period of China's influence closes with the Tangs. It is true that the Song dynasty that followed was greatly honoured, and thirty four stories in the O-ryun-hăng-sil are taken from its history. The Mings too have been remembered and revered because they brought to an end the hated barbarian Wŭn dynasty, which had been set up by the descendants of Gengis in 1280 A.D.. To quote from a native author, "The Barbarian Wŭn destroyed the Song dynasty, took possession of all the empire and ruled for a hundred years. Such power in the hands of vandals was never seen before, Heaven dislikes the virtue of the barbarian. Then it was that the great Ming empire, from mid-heaven, in communication with sages and spirits of the past, set up its reign of endless ages. But alas! the Doctrine of Duty (三綱 Sam-gang) and the Five Constituents of Worth (五常之道 O-sang ji-do), along with Heaven and Earth had seen their first and last. Before the time of the Three Kingdoms (夏 Ha, 殷 Eun, and 周 Chu 1122 B.C.), holy emperors, intelligent kings, honest courtiers and conscientious ministers conferred together; days of peace were many, days of war few; but after the Three Kingdoms, vile rulers, turbulent ministers and traitors together worked ruin; days of war were many, days of peace few. Thus the state rises and falls according as the Great Relationships are emphasized or forgotten. Should we Koreans not be careful?"

당을 마지막으로 그 이후 한국의 역사에서 두드러진 중국의 영향을 찾아보기 어렵다. 한국이 후대에 건국된 송나라를 숭상하여 오륜행실의 34가지 이야기를 송나라 역사에서 취한 것은 사실이다. 또한 한국인들은 1280년 징기즈 칸의 후손들이 세우고 한국인들이 야만인으로 증오하는 원나라를 명나라가 멸망시켰기 때문에 명나라를 존경하고 기억한다. 한국인 저자가 쓴 글을 인용해보자. "야만족 원나라는 송 왕조를 멸망시켰고, 제국의 모든 소유를 빼앗았으며, 백년 동안 중국을 지배하였다. 파괴자들의 수중에 그런 권력이 주어진 경우는 만고에 없던 일로 하늘은 야만족의 덕(virtue)을 싫어한다. 그러나 대명제국이 중천에서 옛 현인과 위인을 만나 세세의 통치를 이룩하였다. 그러나 슬프다. 삼강(三綱: the Doctrine of Duty)과 오상지도(五常之道: Five Constituents of Worth)가 천지를 따라 그 시작과 끝을 보였다. 삼국(하(夏), 은(殷), 주(周) 기원전 1122년) 시대 전, 거룩한 황제와 지혜로운 왕, 정직한 신하, 양심적인 대신들이 함께 협의하여 평화의 날은 많고 전쟁의 날은 적었다. 그러나 삼국 시대 이후 사악한 통치자, 난폭한 신하들, 반역자들이 함께 파괴를 일삼아 전쟁의 날이 많고 평화의 날이 적었다. 이와 같이 삼강오륜(the Great Relationships)을 받들거나 잊어버리는 것에 따라 나라가 흥하기도 하고 망하기도 한다. 어찌 우리 한국인들이 이를 경계하지 않을 수 있는가?"

"The founder of the Mings (明)," who was a personal friend of Tă-jo, the father of the present dynasty, "gave our country a name, even Cho-sŭn, and placed our rice kettle at Han-yang."

현 왕조의 시조인 태조와 사적으로 친구였던 "명(明)나라의 시조는 우리나라에 심지어 조선이라는 이름을 주고, 우리의 솥을 한양에 걸었다."[33]

You will notice from this that the Golden Age of Korea existed not in the Peninsula, but in China, and at a date prior to 1122 B.C. or the time of Keui-ja.

이 글을 통해 우리는 한국의 황금시대는 한반도가 아닌, 기원전 1122년 기자 시대 이전의 중국에 존재했음을 알 수 있다.

Later, in the Japan war, the Mings saved Cho-sŭn, and so to-day the only tan or altar in the city of Seoul is called Tă Bo-tan (大報壇), the Great Altar of Thankfulness erected in their honour, and six times a year sacrifice is offered to the three Ming emperors who had showed Cho-sŭn special favour.

이후 명나라는 임진왜란 때 조선을 구하였다. 오늘날 서울시에 있는 유일한 제단은 명나라를 기리기 위해 세운 대보단(大報壇: the Great

---

33 솥을 한양에 걸었다: 수도를 한양으로 정했다는 의미이다. 『동몽선습』에 "定鼎 于漢陽"이라는 구절이 있는데, 한양에 솥을 건 주체는 명태조(明太祖: 주원장) 가 아니라, 명태조로부터 국호를 받은 우리 민족이다. 게일은 『동몽선습』의 구 절의 주체를 혼동하여 명태조가 조선 국호를 내리고 한양에 솥을 걸어주었다는 식으로 오해했다. 참고로 이 구절과 관련된 『동몽선습』의 원문은 다음과 같다. "天命歸于眞主, 大明太祖高皇帝, 賜改國號曰朝鮮, 定鼎于漢陽, 聖子神孫, 繼繼繩 繩, 重熙累洽, 式至于今, 實萬世無疆之休."

Altar of Thankfulness)이다. 대보단에서는 일 년에 6번, 조선에 특별한 호의를 보여준 세 명의 명나라 황제에게 바치는 제를 지낸다.

The Ch'ŭngs (淸) of the present day are Manchu Tartars, barbarians of course, and their dynasty has no place of honour whatever in the mind of Korea.

오늘날의 청(淸)나라는 만주 타타르족[34]이고 야만족이라 한국인들은 마음속으로 청나라를 낮추어 보았다.

As mentioned before, the great period of influence closes with the Tangs and with the consolidation of the Peninsula into one kingdom under Ko-ryŭ. Until to-day Tang stands par excellence for all that is specially noted of China. Tang-yŭn is a Chinese ink-stone; Tang-in, a Chinaman; Tang-wha geui, Chinese porcelain; Tang-hong, Chinese red dye; Tang ko-keum, Chinese ague or intermittant fever; Tang-mūk, Chinese ink; Tang-myŭn, Chinese vermicelli; Tang-mok, Chinese or foreign cotton goods; Tang-na-gwi, Chinese donkeys; Tang-nyŭ, Chinese women; Tang-p'an, Chinese printed letters; Tang-sa, Chinese thread; Tang-sun, Chinese fans and Chinese junks; Tang-jā, Chinese medicine; Tang-ji, Chinese paper; Tang-ch'im, Chinese needles, Tang-ch'o, Chinese pepper, etc., etc.

---

34 여기서는 여진족을 가리킨다.

앞에서 언급하였듯이, 중국의 영향이 컸던 시기는 당이 멸망하고 또한 한반도가 고려의 이름으로 하나의 나라로 결속되자 끝났다. 오늘날 당은 중국과 관련되는 것 중에서도 최고를 의미한다. 당연[唐硯]은 중국의 벼루, 당인[唐人]은 중국 사람, 당화기[唐畵器]는 중국 자기, 당홍[唐紅]은 중국의 붉은 염료, 당[唐]고금은 중국 학질 혹은 간헐성 열병, 당묵[唐墨]은 중국 먹, 당면[唐麵]은 중국 국수, 당목[唐木]은 중국 혹은 외국의 면화제품, 당[唐]나귀는 중국 나귀, 당녀[唐女]는 중국 여인, 당판[唐板]은 중국의 활자판, 당사[唐絲]는 중국 실, 당선[唐扇, 唐船]은 중국 부채와 중국 선박, 당재[唐材]는 중국 약, 당지[唐紙]는 중국 종이, 당침[唐針]은 중국 바늘, 당초[唐椒]는 중국 고추이다. 기타 등등.

The histories that are read in native schools are never of Korea, but of China, and they all close with the Tang dynasty, if we except the short outline in the Tong-mong-sŭn-seup (童蒙先習). The T'ong-gam (通鑑), a work written by Chu-ja (朱子) of the Song dynasty, which is the regular history read by all scholars, deals with China from the Chus to the fall of the Tang dynasty. The Sa-ryok (史略) covers the time between Yo and Sun (堯 舜) and the fall of the Tangs. The Sŭ-jun (書傳), or Confucian Canon of History, takes us from the days of Yo and Sun to the Three Kingdoms (Ha, Eun, Chu).

『동몽선습(童蒙先習)』의 짧은 개관을 제외한다면, 한국의 학교에서 가르치는 역사는 한국의 역사가 아닌 모두 당나라로 끝이 나는 중국의 역사이다. 송나라 주자가 쓴『통감(通鑑)』은 모든 학자들이 읽는 기본 역사서로 중국의 주나라에서 당나라의 몰락까지를 다룬다.『사략(史略)』은 요순(堯舜) 시대에서 당나라의 멸망까지를 포함한다. 유교 역사 경전인『서전(書傳)』은 요순시대부터 삼국(하, 은, 주)시대까지 다룬다.

The impress of China has been so deep and lasting that Korean native histories are not only not studied, but are exceedingly hard to obtain. The Tong-guk Tong-gam is not sold in any of the book-stores, and yet it is a history of Korea dealing with the period from 2317 B.C. to 1392 A.D.

중국이 남긴 흔적은 너무도 깊고 영속적이라 한국인이 쓴 역사서들은 연구되지 않을 뿐만 아니라, 심지어 구하기도 매우 힘들다. 기원전 2317부터 서기 1392년까지의 시대를 다루는 한국 역사서인『동국통감』은 서점 어느 곳에서도 판매되지 않는다.

Korea has no native sages or Söng-in (聖人). Her sages, who are revered and worshipped high as the heavens, all come from China. Her first-rate sages or holy men are eight in number. Six of them are kings, Yo (堯), Sun (舜), U (禹), T'ang (湯), Mun (文), Mu (武), and two of them scholars, Chu-gong (周公) and Kong-ja (孔子) or Confucius. Her second-rate sages are An-ja (顔子), Cheung-ja (曾子), Cha-sa, (子思) and Māng-ja (孟子) Mencius, whose names appear

next to that of Confucius in the Mun (文廟) Temple or TāSūng-jǔn
(大成殿).

한국에는 한국 땅에서 난 성현 즉 성인(聖人)이 없다. 한국인들이
하늘처럼 숭배하고 떠받드는 성인들은 모두 중국인이다. 최고의 성
인(聖人, holy men)은 8명이다. 그 중 6명이 왕으로 요(堯), 순(舜), 우
(禹), 탕(湯), 문(文)왕, 무(武)왕이고, 2명은 학자로 주공(周公)과 공자
(孔子)이다. 그 다음 등급에는 안자(顔子), 증자(曾子), 자사(子思)와 맹
자(孟子)가 있다. 그들의 이름은 문묘(文廟) 혹은 대성전(大成殿)의 공
자 이름 옆에 있다.

Of those marked Ch'ǔl, (哲, 善) Wise Men, there are ten who have
places of honour in the same temple, and they are all Chinamen, six
are of No (魯), the native state of Confucius, two of Wi (魏), one of O
(吳) and one of Chin (秦).

그 다음 단계는 철(哲, 善)로 표시된 철인(哲人: Wise Men)으로 10명
이 문묘에 들어가는 영광을 얻는다. 그들 모두 중국 사람으로 공자
의 고국인 노(魯)나라 사람이 6명이고, 2명은 위(魏), 1명은 오(吳), 나
머지 1명은 진(秦)나라 사람이다.

Those of next rank, marked Hyǔn-in (賢人), Superior Men, are six
in number, all of the Song dynasty. Below these are the disciples, one
hundred and ten in all; ninety-four are Chinese and sixteen are

Korean. The two of Sil-la are Sŭl-ch'ong and Ch'oé Chi-wŭn who were mentioned before. There are two of Ko-ryŭ, An-yu (安裕), number forty-nine on the east side, and Chöng Mong-ju (鄭夢周), number forty-nine on the west. Why does this man of Ko-ryŭ, Anyu, hold a place among all these holy Chinamen? For this reason: he went to China in 1275 A.D. and brought home pictures of Confucius and of his seventy disciples, also dishes, for sacrifice; musical instruments; the Six Classics — the Book of Changes, Book of History, Book of Poetry, Ceremonies of Chu-gong, the Canon of Rites and the Annals of Confucius. He gave one hundred slaves to serve in the Confucian temple.

다음 등급은 현인(賢人: Superior Men)으로 6명이고 모두 송나라 사람이다. 그 아래에는 모두 110명의 제자들이 있는데, 94명이 중국인이고 16명이 한국인이다. 2명은 신라인으로 앞에서 언급한 설총과 최치원이고, 2명은 고려인으로 동쪽 49번째의 안유(安裕)[35]와 서쪽 49번째의 정몽주(鄭夢周)이다. 안유는 어떻게 해서 여기 이 성스러운 중국인들 사이에 있는가? 그 이유는 안유가 1275년 중국에 가서 공자와 제자 70명의 그림을 고려로 가지고 왔을 뿐만 아니라 제기와

---

35 안유(安裕: An-yu): 고려의 명신(名臣)이자 학자인 안향(安珦, 1243년~1306)이다. 본관은 순흥, 초명은 유(裕), 자는 사온(士蘊), 호는 회헌(晦軒), 시호는 문성(文成)이다. 1286년(충렬왕 12)에 왕을 따라 원나라에 건너갔다. 주자를 숭배하여 그의 초상을 항상 벽에 걸어 두고, 주자의 호(號)인 회암(晦庵)의 회(晦)자를 따서 스스로 호를 회헌(晦軒)이라고까지 할 정도였다. 이것은 주자의 저서를 보고 거기에 심취하였음을 의미하는 것으로 보통 그를 한국에 맨 처음 주자학을 받아들인 최초의 주자학자(朱子學者)라 보고 있다.

악기, 또한 육경, 즉『주역』,『서경』,『시경』,『주례』,『예기』,『춘추』
를 고려에 들여왔기 때문이다. 그는 100명의 노비를 두어 공자 사당
을 살피게 했다.

Up to this time there had been no Confucian colleges. He made his
home the first college, and so put into motion a force that was soon to
overwhelm Buddhism and all minor native superstitions. He wrote a
verse that is preserved still in the paragraph on his life in the Record
of Noted Men "All the incense lights burn to Buddha. From house to
house they pipe to demons, but the little hut of the teacher has its yard
o'ergrown with grass, for no one enters there."

　　이때까지 유교를 가르치는 대학이 없었다. 안유는 그의 집을 최초
의 대학으로 삼아 불교와 모든 소수 토착 미신을 억누를 힘을 가동시
켰다. 그는 시를 적었는데, 이것은 그의 삶을 기록한『유현록』의 한
문단에 여전히 남아 있다. "모든 향초는 부처를 위해 태워진다. 집집
마다 악귀를 위해 피리를 분다. 그러나 스승의 작은 오두막은 어느
누구도 출입하지 않아 잡초로 덮여 있다."

The other honoured one is Chŏng Mong-ju. We are told that he
established schools in the interests of Chinese study, and last of all,
like Pi-gan (比干) of China, he died for his master, King Kong-yang.
His blood was sprinkled on the stone bridge outside the east gate of
Song-do, and the wondering pilgrims gaze still at the marks that five

hundred years have not sufficed to obliterate.

한국인이 존경하는 또 한 사람은 정몽주이다. 그는 중국에 대한
연구를 진척시키고자 학교를 세웠다. 무엇보다도 그는 중국인 비간
(比干)처럼 그의 주군인 공양왕을 위해 죽었다. 그의 피는 송도 동문
밖 돌다리 위에 흩뿌려졌는데 순례자들은 500년이라는 시간이 지나
도 지워지지 않는 그 흔적을 불가사의하게 여기며 지금도 바라본다.

Of the one hundred and ten disciples twelve are men of the present
Cho-sǔn dynasty, all honoured for their faithfulness to the teachings
of Confucius.

110명의 제자 중 12명은 현 조선 왕조 사람들이다. 모두 공자의
가르침에 충실했기 때문에 공경을 받는다.

Such being the nature of these centuries of Chinese influence
Korea has to-day no life, literature or thought that is not of Chinese
origin. She has not even had a permanent Manchu occupation to
break the hypnotic spell of Confucianism. Even her language, while
possessing a basis of form entirely different from that of China, has
had the latter language so grafted into it, and the thought of the same
so fully made a part of its very essence, that we need the Chinese
character to convey it. This will account for the native contempt of
the native script. En-mun (諺文) has become the slave of Han-mun

(漢文), and does all the coolie work of the sentence, namely, the ending, connecting and inflecting parts, while the Han-mun, in its lordly way, provides the nouns and verbs.

중국이 한국에 미친 영향력의 성격이 이러하므로, 오늘날 한국인들의 삶, 문학, 사상 어느 것 하나 중국에 기원을 두지 않는 것이 없다. 만주(청나라)의 지배도 영속적이지 않아서 한국을 유교의 최면 상태에서 깨어나게 하지 못했다. 한국은 중국과 매우 다른 언어 형태를 가지고 있다. 그럼에도 한국은 중국 언어를 한국 언어에 접목시켰다. 중국과 한국은 동일하다는 생각이 사상의 바로 그 본질의 일부분을 구성하므로, 한국인들은 사상을 전하기 위해 한자가 필요하다고 생각한다. 이것이 한국인들이 토착 표기를 경멸하는 이유이다. 언문(諺文)은 한문(漢文)의 노예가 되어 문장의 모든 허드렛일을 한다. 즉 한문이 제왕처럼 명사와 동사에 사용되는 반면에 언문은 어미, 연결사, 어형변화 부분을 담당한다.

Out of a list of 32,789 words, there proved to be 21,417 Chinese and 11,372 Korean, that is twice as many Chinese as native words. At the present time, too, the language is being flooded by many new terms to represent incoming Western thought, and these are all Chinese.

32,789개 단어로 이루어진 어휘 목록에서 21,417개가 한자어이고 11,372가 한국어로, 한자어가 한국어의 2배에 이른다. 현재에도

한국어는 서구 사상의 유입을 표현하는 신조어로 넘쳐나는데 이들 신조어는 모두 한자어이다.

In the Han-mun dictionary, or Ok-p'yŭn (玉篇), there are 10,850 characters, In reading these, the native endeavours as far as possible to mark each character by some native word, which will approximately give the meaning, so he says Soi-keum or 'metal'-keum. In this search for native words that will approximately designate the character he finds himself lacking in the case of more than 3,000 characters. For 7,700 of them native words are found, but for the remainder nothing even approaching the meaning exists in the native speech.

한문 사전 즉 옥편(玉篇)에는 10,850 글자가 있다. 한자를 읽을 때 한국인들은 가능한 한 모든 한자에 이와 유사한 의미를 가진 토착어를 표시한다. 그래서 그는 쇠(금속) 금이라고 말한다. 한자와 유사한 의미를 가진 토착어를 찾는 검색을 하면, 상응하는 토착어가 없는 한자가 3,000개 이상으로 밝혀질 것이다. 7,700개의 한자에는 해당하는 토착어가 발견되지만 그 나머지에는 의미가 조금이라도 유사한 토착어가 없다.

To sit down and write a story in native language, or Anglo-Saxon, so to speak, is, we may say, impossible. Here is a sample of a laboured paragraph in pure Korean:

토착어 또는 앵글로 색슨어[고대 영어]로 앉아서 이야기를 적는 것은 불가능하다고 말할 수 있다. 순수 한국어로 힘들게 적은 한 문단을 예로 보자.

Ol yŭ-ram-e yŭ-geui wa-sŭ chi-nă-nit-ka a-mo-ri tŭ-un nal-i-ra-do tŭ-un-jul-do mo-ro-get-ko do i keul chŭ keul nŭl-li pogo keu ka-on-dă deus-sal p'u-rŭpo-ni ŭ-ri-sŭk-ko u-sŭ-un maldo man-ha na-ra il kwa sa-ram-eui ma-am-eul tŭ-rŭ al-get-to-ta i-je o-nan sa-ram teung u-e do yet sa-ram sseun mal-i it-nandā keu gŭt o-sŭo-myŭn do cha-ja po-ri-ra keu-rŭ-han-dã i nomi wei a-ni o-nan-go?

올 여름에 여기 와서 지내니까 아무리 더운 날이라도 더운 줄도 모르겠고 또 이 글 저 글 널리 보고 그 가운데 뜻을 풀어보니 어리석고 우스운 말도 많아 나라 일과 사람의 마음을 두루 알겠다. 이제 오는 사람 등 위에도 옛 사람 쓴 말이 있는데 그것 어서 오면 더 찾아보리라. 그러한대 이 놈이 왜 아니 오는고?

"This summer, we have come here to pass the time, and howsoever hot the day may be we do not notice it. We have been looking extensively through this writing and that, and have unravelled the thought therein and there are many stupid and ridiculous things, that let us know somewhat of national affairs and of the minds of men. And now on the back of the man that is coming are other writings written by the ancients. If they come at once we shall resume our search. Why does not the rascal come?"

"올 여름에 여기 와서 지내니까 아무리 더운 날이라도 더운 줄도 모르겠다. 이 글 저 글 널리 보고 그 가운데 뜻을 풀어보니 어리석고 우스운 말도 많아 나라 일과 사람의 마음을 두루 알겠다. 이제 오는 사람 등 위에도 옛 사람 쓴 다른 글들이 있다. 오면 즉시 연구를 재개 할 것이다. 그런데 이 놈은 왜 아니 오는가?"

A glance at a rendering of something the same in pure Chinese, which at the same time is pure Korean colloquial will show how much more full and rich the language is.

같은 내용을 순 한자어로 옮긴, 동시에 한국의 순수 구어체인 글을 보면, 그 언어가 얼마나 더 완전하고 풍성해지는가를 알 수 있다.

(Keum-nyŭn)-e-nan (chang-chang-ha-it)-eul (Puk-hau-san-sŭng) -e-sŭ (sŭ-gyŭn)-ha-ni (chŭng-sin)-i (soai-rak)-ha-yŭ (sin-t'ye)-ka (kang-gŭn)-ha-ta (pi-sŭ)-ha-gi-nan (Puk-han)-i (tye-il)-i-ra (sŭ-ch'ăk)- eul (yŭr-ram)-ha-go (i-wang-yŭk-tă-sa)-ral (sang-go)-ha-ni (ka-so)-rop-ko (u-mă)-han (sa-juk)-i (pul-so)-ha-yŭ (kuk-sa)-wa (in-sim)-eul (ka-ji)- ro-ta (si-bang) (ha-in) (pyŭn)-e (ko-in)-eui (keui-rok)-han (sŭ- chăk)-eul (pu-song)-ha-yot-ket-nam-dã (ko-dă)-ha-gi-ga (sim)-hi (chi-ri) ha-to-ta.

今年에는 蒼蒼夏日을 北漢山城에서 宿營하니 精神이 衰落하여 身
體가 康健하다 避暑하기는 北漢이 第一이라 書冊을 閱覽하고 已往歷
代事를 詳考하니 可笑롭고 愚昧한 史蹟이 不少하여 國史와 人心을 可
知로다 時方 下人 便에 古人의 記錄한 書冊을 付送하였겠는데 苦待하
기가 深히 支離하도다

"In the present year we passed the long summer days at the
mountain fortress of Puk-han, where our minds were freshened and
our bodies strengthened. The north fortress is first of all places at
which to escape the heat. We have searched widely through books
and have examined into the affairs of past generations and there are
ridiculous and stupid things not a few by which one can indeed know
of the affairs of nations and the minds of men. And now by courier
they will have sent other books written by the ancients. We wait with
impatience, for their coming seems long indeed."

"금년에는 창창하월을 북한산성에서 숙영하지 정신이 쇄락하여
신체가 강건하다. 피서하기엔 북한산이 제일이라 서책을 열람하고
기왕역대기를 고찰하니 가소롭고 우매한 국적이 부고하여 국사와
인심을 가지로다. 시방 하인 편에 고인의 기록한 서책을 부송하였겠
는데 고대하기가 심히 지난하도다."

Turning now to the popular literature of the day we find, with
scarcely an exception, that books written in the native script deal

with Chinese subjects and Chinese localities. Out of thirteen that I picked up of the most common, sold every-where throughout the city, eleven were Chinese stories and two Korean. Even the Sim Ch'ŭng Chŭn (심청전), which is said to make the women of Korea weep, has had to bring its subject down 1500 years from the Song dynasty and over a distance of 5000 li.

이제 오늘날의 대중문학을 살펴보자. 토착 표기로 적은 책이 다루는 이야기의 대상과 장소는 거의 예외 없이 중국이다. 도시 모든 곳에서 판매되는 가장 흔한 13권에서 11권이 중국 이야기이고 2권이 한국 이야기이다. 한국 여성들을 울게 만든다는 심청전마저도 5,000리나 떨어진 송나라에서부터 1,500년 전의 주제를 끌어온다.

The popular songs also breathe of China. The first sound that strikes the Korean baby's ear, like "Ak-a ak-a u-ji-ma-ra," goes on to speak of the famous ones whom the mother hopes the child may resemble, and they are the two emperors of antiquity, Yo and Sun, who lived 2300 B.C. The song that you hear so frequently when coolies beat the ground for the foundation of a house has in it references to four persons, The first is Kang T'ǎ-gong (姜太公), a Chinaman of the Chin dynasty, who died 1120 B.C.; the second is Mun-wang (文王), the emperor of that time; the third is Yi T'ǎ-bǎk (李太白), the famous Chinese poet who lived A.D. 699-762; the last is Han-sin (韓信), a Chinese soldier, who lived 196 B.C. All of these are

Chinese heroes whom even the coolie has deified and made gods of song.

　　대중가요 또한 중국으로 숨을 쉰다. "아가 아가 우지 마라" 처럼 한국 아기의 귀를 자극하는 첫 소리는 엄마가 아이가 장차 닮았으면 하는 유명한 인물들에 대한 이야기이다. 그들은 바로 기원전 2300년에 살았던 고대의 두 황제인 요, 순이다. 일꾼들이 집터를 다지기 위해 자주 부르는 노래에는 네 명의 인물이 나온다. 첫째가 중국 진나라 사람으로 기원전 1120년에 죽은 강태공(姜太公)이고, 둘째가 그 시대의 황제인 문왕(文王)이며, 셋째가 699-762년의 중국의 유명한 시인인 이태백(李太白)이고, 마지막이 기원전 196년의 중국 군인인 한신(韓信)이다. 그들은 모두 중국의 영웅들로 심지어 일꾼마저도 그들을 신격화하고 노래로 숭배한다.

In looking over the first two hundred odes of the Ch'ǔng Ku Ak Chang, I find forty-eight names of persons mentioned—all Chinamen, without a single exception. There are forty-four references to Chinese places and literary works, and eight references to Korean localities like the Diamond Mountains or Puk-han. However little the Chinese may seem to have occupied Korean territory, of the language, literature and thought they are in full possession.

　　『청구악장』[36]의 첫 200편에 언급된 48명을 살펴보면, 단 한 명의 예외도 없이 모두 중국 사람이다. 중국의 지명과 문학 작품에 대한 언급이 44번 나오고, 금강산과 북한 같은 한국지명은 8번 언급된다. 중국인들이 한국의 영토를 점령한 기간은 얼마 되지 않는다 해도, 중국은 한국의 언어, 문학, 사상을 완전히 장악하고 있다.

Children who go to school learn first to read the Thousand Character Classic, a book written by a Chinaman, Chu Heung-sa (周興嗣), who lived about 500 A.D. The next book is the Tong-mong-sŭn-seup, by a Korean author. It begins at once with the Five Cardinal Relationships of Mencius. His is the first name mentioned therein, while the whole book is an explanation of the principles illustrated by the O-ryun-hăng-sil, to which is attached a short outline of Chinese and Korean History.

아이들이 학교에 가서 처음 읽은 책은 500년경의 중국사람 주흥사(周興嗣)가 쓴 『천자문(the Thousand Character Classic)』이다. 다음 단계의 책은 한국인이 쓴 『동몽선습』이다. 이 책은 처음부터 맹자의 오륜(Five Cardinal Relationships)으로 시작한다. 맹자의 이름이 가장 먼저 언급되지만, 책 전체는 오륜행실도로 예증된 원리를 설명한다. 여기에 중국과 한국 역사 개관이 첨부되어 있다.

---

36 『청구악장(Ch'ŭng Ku Ak Chang)』: 『가곡원류(歌曲源流)』의 이본(異本)의 명칭. 1876(고종 13)년에 박효관(朴孝寬)과 안민영(安玟英)이 엮은 옛 가곡집이다. 『청구영언』, 『해동가요』와 함께 3대 시가집의 하나로 꼽힌다. 고구려의 재상 을파소(乙巴素)에서부터 조선 고종 때의 안민영에 이르기까지 1600여 년 동안에 걸친 여러 작품을 모아 실었다. 구절의 높낮이와 장단을 표시하였고, 남성이 부르는 노래인 남창과 여성이 부르는 노래인 여창으로 나누어, 곡조에 따라 배열해 놓았다.

The history begins with a reference to T'ă-geuk (太極), Eum-yang and O-ryun, and the names mentioned are those of the Heavenly Emperor (天皇氏 Ch'ŭn-whang-ssi), Earthly Emperor (地皇氏 Chi-whang-ssi), the Human Emperor (人皇氏 In-whang-ssi), the Bird's-Nest Emperor (有巢氏 Yu-so-ssi), and the Fire Emperor (燧人氏 Su-in-ssi) of the fabulous ages of China, antedating Yo and Sun and contemporary with pre-historic man. Tucked in at the end is a short outline of Korean history with fulsome reference to the benefits and blessings received from Great China.

> 『동몽선습』의 역사는 태극(太極), 음양, 오륜으로 시작하고 처음 언급되는 이름은 천황씨(天皇氏: the Heavenly Emperor), 지황씨(地皇氏: Earthly Emperor), 인황씨(人皇氏: the Human Emperor), 유소씨(有巢氏: the Bird's-Nest Emperor), 수인씨(燧人氏: the Fire Emperor)이다. 이들은 요순시대 이전의 중국의 전설 시대의 인물들로 선사시대에 속한다. 책 끝에 끼어져 있는 것은 한국 역사에 대한 짧은 개요인데 대중국으로부터 받은 도움과 축복을 장황하게 늘어놓고 있다.

Among works of universal note in Korea, none stand higher than the So-hak (小學) and O-ryun-hăng-sil, that illustrate the five laws of relationship. In the latter book the laws are emphasized by stories gathered from various times and sources. There are one hundred and forty-four stories in the five volumes. One hundred and twenty-six are taken from China, the Song, Han, and Tang dynasties being most largely represented, and eighteen from Korea.

한국의 일반 백성들에게 가장 널리 알려진 것은 소학(小學)과 인간 관계의 다섯 가지 법을 예증하는 『오륜행실도』이다. 『오륜행실도』는 다양한 시대와 출처의 이야기들을 모아 오륜을 강조한다. 총 5권에 144편의 이야기가 있다. 126편이 중국 특히 송나라, 한나라, 당나라를 소재로 하고, 18편이 한국을 다룬다.

There are in Korea what are called Sa-myung-il (四明日), Four Great Holidays. The first is the Chinese New Year; the second is Cold-Food Day (寒食 Han-sik) of the third moon, observed in commemoration of a Chinaman, Kă-chi-ch'oi, who lived in the 7th century B.C., and who perished in a burning forest rather than compromise his political integrity—and so they are supposed to honour him by lighting no fires on that day. The third day is Tan-o (端午) of the 5th moon, held sacred in honour of Kul-wŭn (屈原), also a Chinaman, who committed suicide about 314 B.C. The fourth noted day is the 15th of the 8th moon, the Chinese Harvest Home Festival.

한국에는 사명일(四明日)이라 불리는 4대 명절이 있다. 첫째는 중국의 신년이고, 둘째는 찬 음식을 먹는 날인 음력 3월의 한식(寒食)이다. 이 날은 정치적 신념을 더럽히기보다는 산에서 불타 죽는 것을 선택했던 기원전 7세기의 중국사람 개자추[介子推]를 기념하기 위한 날이다. 한국인들은 그를 기리기 위해 이 날에는 불을 지피지 않는다. 세 번째는 음력 5월 단오(端午)로 이 날은 굴원(屈原)을 기리기 위한 성스러운 날인데 그 또한 중국 사람으로 기원전 314년에 자살했다. 네 번째 명절은 음력 8월 15일로 중국의 중추절이다.[37]

Less important holidays are: first, the 15th of the 1st moon, called the People's Day (sa-ram-eui myŭng-il), when bridges are walked. Concerning this day a Chinese poet of the 8th century of our era, who died from overeating, wrote a celebrated verse. The second is Ch'ŭng-myŭng (清明), mentioned by poets of the Yang dynasty; the third is the third day of the third moon, at which time the swallows return to Kang-nam[38] (江南) China. The fourth is Nap-il (臘日), the Day of Winter Sacrifice, which has been handed down under various names from the Han dynasty. The fifth is the eighth day of the fourth moon, or the birthday of Sŭ-ka-mo-ne (釋迦牟尼). Formerly this was held on the 15th day of the 1st moon, but being so prominent, it partook too much of the nature of a national holiday, and so it was changed in the Ko-ryŭ dynasty by Ch'oi-si. Thus the Buddha gave way to Confucius. The sixth is Yu-tu (流頭) of the 6th moon, also a day whose origin is in China. The seventh is the seventh day of the seventh moon, the Crow and Magpie Day (牽牛 Kyŭn-u and 織女

---

37 한국의 사대 명절은 설, 단오, 추석, 동지를 이른다. 게일은 동지 대신 한식을 사명일에 포함시키고 있다.

38 음력 3월 3일에는 강남 갔던 제비가 한반도로 돌아오는 날인데 게일은 제비가 강남으로 돌아가는 것으로 잘못 알고 있는 것 같다. 뒤에도 9월 9일에 제비가 강남을 떠나서 한반도로 온다고 했는데 이것 또한 사실과 다르다.

chik-nyŭ), which of course is Chinese also. The eighth is the ninth of the ninth moon, when the swallows leave Kang-nam. The ninth is the winter solstice, called Bean Porridge Day. Kong Kong-ssi (共工氏), a Chinaman, who lived 2832 B.C., and in one of his playful moods broke the pillars of heaven and destroyed the props of earth, had a son that died and became a devil, a malignant and hurtful devil. It was discovered later that there was only one thing that he did fear and that was red bean porridge. For that reason the natives plaster it on the gate walls on this particular day to keep him out—Bean Porridge Day.

소명절로 첫째가 음력 1월15일 백성의 날로 다리[橋]를 밟는 날이 다. 서기 8세기 과식으로 죽은 중국 시인은 이 날을 기리는 시를 썼 다. 두 번째는 청명(淸明)으로 양나라의 시인들이 이 날을 언급했다. 세 번째는 음력 3월3일로 이때 제비는 중국 강남(江南)으로 돌아간 다. 네 번째가 동제(the Day of Winter Sacrifice)인 납일(臘日)이다. 한 나라 때부터 다양한 이름으로 전해져 온다. 다섯 번째가 음력 4월8 일의 석가모니(釋迦牟尼) 탄생일로 옛날에는 음력 1월15일에 지냈 다. 그러나 석가탄생일이 지나치게 국가적인 명절의 성격을 띠게 되 자 고려 최씨 때 기념일을 바꾸었다. 이리하여 불교는 유교에 굴복 했다. 여섯째가 음력 6월의 유두(流頭)로 이 날 또한 중국에서 유래한 것이다. 일곱째는 음력 7월7일로 까마귀(오)와 까치(작)의 날(견우[牽 牛]와 직녀[織女])로 또한 중국에서 유래한 것이다. 여덟째는 음력 9월 9일로 제비가 강남을 떠난다. 아홉째는 '팥죽날'(Bean Porridge Day)

로 불리는 동지[冬至]이다. 공공씨(共工氏)는 기원전 2832년의 중국 사람으로 장난스러운 마음에 하늘의 기둥을 부수고 땅의 지주를 파괴했다. 그에게는 악귀 즉 역귀가 된 아들이 있었다. 나중에 그 아들이 유일하게 무서워하는 것이 바로 팥죽으로 밝혀졌다. 이 때문에 토착민들은 악귀를 쫓기 위해 이 특별한 날인 '팥죽날'에 문기둥에 팥죽을 바른다.

In religion Koreans are ancestor worshippers, according to their interpretation of Confucius. They worship also Kwan-u (關羽), the Chinese God of War. Three large temples are erected to his honour, one within and two without the walls of the capital.

한국인의 종교는 조상숭배로 공자의 해석을 따른 것이다. 그들은 또한 '중국의 전쟁의 신'인 관우(關羽)를 숭배한다. 그를 기리기 위한 큰 절[관왕묘]이 세 곳에 세워졌는데 하나는 도성 안에 있고 나머지는 도성 밖에 있다.

In magic and divination they follow the teachings of Wun Chung-kang (袁天綱), a Chinese sorcerer; and so implicitly do they trust in the success of his divining, that his name has become an adverb of certainty in the Korean language, just as we might say that such and such is John-Smith sure to happen, where John Smith had proved himself as infallible a prophet as Wun Chung-gang has proved to the people of the Peninsula.

한국인들은 마술(magic)과 점(divination)에서 중국 마법사인 원천강(袁天綱)의 가르침을 따른다. 그들은 원천강의 예언대로 될 것을 마음속으로 믿기 때문에 원천강이라는 이름은 한국말에서 확실성을 의미하는 부사가 되었다. 이것은 우리들이 '존 스미스가 말하길 이러저러한 일이 반드시 일어난다고 하더라'하고 말하는 것과 같다. 존 스미스와 마찬가지로 원천강은 한반도 사람들에게 그의 예언대로 된다는 것을 보여주었다.

In domestic relationship, and in rank, office, and territorial division, we can follow the Chinese guide book, and be perfectly at home in Korea. The whole family system remains as handed down from the Flowery Kingdom. The laws at the present day are called (Tă-myŭng-yul 大明律), the Code of the Mings. The Ceremonies are those of the Three Kingdoms (三代禮 Sam-ta-rye). The six public offices are the same as those of China, the ranks, front and rear, with their nine degrees being identical.

가정 내의 관계와 관직의 등급, 영토 분할 문제에 있어 중국의 지침서를 따르면 한국에 완벽히 적용할 수 있다. 모든 가족 제도는 중화(Flowery Kingdom)에서 온 그대로이다. 오늘날의 법은 대명률(大明律)로 불린다. 예식은 삼대례(三代禮)를 따른다. 6개의 공직이 중국과 똑같고, 전후 관직은 9등급으로 동일하다.[39]

---

39 6개의 공직이 중국과 똑같고, 전후 관직은 9등급으로 동일하다: 조선시대 관직은 9품계인데 각 품계마다 정종이 있고 정과 종에 각기 상하가 있다.

As for proper names, they are not native like many of those of Japan. Original Korean names are lost in antiquity, and we have for persons, and nearly always for places, Chinese names. The name Seoul, which is native and not Chinese, might be considered an exception, but it is not for it is really a common and not a proper noun, meaning simply Capital.

한국의 고유명사들은 일본과 마찬가지로 대부분 토착어가 아니다. 원래의 한국식 이름이 먼 옛날에 소실되고, 중국식 인명과 거의 예외 없이 중국식 지명만 남았다. '서울'이라는 이름은 토착어로 중국어가 아니라 이의 예외로 생각할 수도 있지만 서울은 수도를 의미하는 보통명사일 뿐 고유명사가 아니다.

To sum up the great influences under their most prominent heads, they would probably be the T'ă-geuk (太極), the Absolute, which appears on the national flag, as well as on official gates and on the Independence Arch; the P'al-gwă (八卦), Eight Diagrams; the Eum-yang (陰陽), Positive and Negative Principles in Nature; the Yuk-gap (六甲), Cycle Symbols; the O-ryun (五倫) and O-hang (五行), the Five Relationships and the Five Elements.

중국의 영향을 가장 많이 받은 항목을 요약하면 다음과 같다. 관청문과 독립문뿐만 아니라 한국의 국기에 나타나는 태극(太極), 팔괘(八卦), 음양(陰陽), 육갑(六甲), 오륜(五倫), 오행(五行)이 그것이다.

These have been drawn from the Chinese Classics, and they rule to-day the thoughts and opinions of the most illiterate of Korea quite as much as they do those of the educated.

이 모두는 중국의 경전에서 유래한 것으로, 오늘날 한국의 지식층은 말할 것도 없고 일자무식자들의 생각과 의견까지 지배한다.

To illustrate and to conclude I translate from the A-heui Wŭl-lam (兒戲原覽). The preface reads, "Creation was not arranged in cosmic order from the first and so, off hand, it is not possible to answer for it. If those who night and day grind at study, fail to give a speedy answer to the question when asked them, how can a child be expected to reply? People like to hear but dislike to look and study. And now there come to me those who despise things distant from them and who are diseased with show of flower and lack of fruit.

결론을 대신하여 『아희원람(兒戲原覽)』을 번역한 것을 예로 제시한다. 서문은 다음과 같다. "세상이 처음부터 우주적 질서를 갖추어 창조가 된 것은 아니었다. 그래서 창조에 대해 즉답하는 것은 불가능하다. 주야로 공부를 하는 사람도 그 질문에 즉답을 하지 못하는데, 하물며 어린아이들은 말해 무엇 하겠는가? 사람들은 듣기를 좋아하지만, 보고 공부하는 것을 싫어한다. 그리고 지금 나에게 온 이들은 그들에게서 동떨어진 것은 경멸하고 열매 없는 화려한 꽃에 병든 사람들이다.

Let us then gather together the deeds and writings of the past and present, and taking the different schools, teachings, inscriptions and current rumours, trim them off, set them in order and make ten chapters out of the different works with their countless heads.

그러니 과거와 현재의 행동과 글을 모아, 여러 학파와 가르침 그리고 비문과 현재의 떠도는 소문들을 토대로 다듬고 정리를 해서 수많은 제목의 여러 작품에서 열 개의 장을 구성했다.

Amid great difficulty, you will know that it has been selected most carefully. How well it has been boiled down I leave you to judge."

Then the book begins:─

힘들게 알아가는 과정에서 여러분들은 그것이 최선의 선택이라는 것을 알게 될 것이다. 잘 정리되었는지의 여부는 여러분들의 판단에 맡긴다."

이어서 책은 다음과 같이 시작한다.

"In the Great Yŭk (太易 T'ă-yŭk), nothing was seen, In the Great First (太初 T'ă-ch'o), life began. In the Great Beginning (太始 T'ă-si), forms appeared. In the Great Opening Up (太素 T'ă-so), matter took shape. Before this came to pass we call it chaos, but now that it is finished we call it cosmos."

"태역(太易)에 아무 것도 보이지 않았다. 태초(太初)에 생명이 시작되었다. 태시(太始)에 형상이 나타났다. 태소(太素)에 물질이 형체를 띠었다. 태소가 일어나기 전을 우리는 혼돈이라 부른다. 태소가 완성된 지금 우리는 그것을 우주라 부른다."[40·41]

"The Symbols Kŭn (乾), and Kon (坤), denote the changes of the Absolute (T'ă-geuk). Before those two primary forms were divided life had no semblance, but on the division of the clear and the turbid, heaven appeared in form like an egg. Heaven is the greater, Earth the lesser. Without and within there is water filled up to the brim, and the whole revolves like a wheel."

"건(乾)과 곤(坤)이 상징하는 것은 절대적인 것(태극)의 변화를 의미한다. 이 근본적인 두 형태인 건과 곤이 나뉘기 전 생명은 외관을 띠지 않았다. 그러나 청(淸)과 탁(濁)으로 나누어지자, 하늘의 모양은 알처럼 되었다. 하늘은 더 크고 땅은 작다. 땅의 밖과 안에는 넘치도록 가득한 물이 있고, 전체는 마치 바퀴처럼 회전한다."[42]

---

40 이는 『아희원람』에 나오는 내용으로, 원문은 다음과 같다. "太易, 未見氣也. 太初, 氣之始夜. 太始, 形之始也. 太素, 質之始也. 自其未分而言, 謂之混淪. 自其旣分而言, 謂之天地." 이하 인용문도 출처가 동일.

41 태역(太易: T'ă-yŭk)에……우주라 부른다: 태역, 태초, 태시, 태소의 개념은 『회남자』에 처음으로 등장하는데, 우주가 혼돈에서 천지로 변화하는 찰나의 시간을 4가지 변화의 단계로 구분한 것이다. 혼돈에 속하는 시간은 태역·태초이고, 천지로 변화하는 시간은 태시·태소이다. 따라서 혼돈과 천지의 구분은 태시에서 비롯된다고 할 수 있다. 그런데 게일의 문장은 태소에서 혼돈과 천지가 구분되는 것으로 해석된다. 뿐만 아니라 게일은 태초에 생명이 시작된다고 번역했다. 원문은 '태초에 기(氣)가 비로소 생겨났다'이다. 이는 게일의 성경번역에도 일정정도 영향을 미쳤을 것으로 보인다.

"Heaven is the atmosphere of land and water (Su-t'o), which, being light and clear, flies upward and like a cover encircles the earth."

　"하늘은 수토[水土]의 기이다. 이것은 가볍고 맑아 위로 날아올라가 덮개처럼 땅을 에워싼다."[43]

"Earth is the atmosphere of land and water, which, being turbid, solidifies, rides upon the air, and, with its coolie load of water, floats along."

　"땅은 수토의 기이다. 혼탁해지면 굳어지고, 공기를 타며, 물을 등에 싣고서 떠다닌다."[44]

"Man is the concentrated essence of heaven and earth, evolved from the five elements, and spiritual beyond all other created things."

　"사람은 천지의 응축된 정기로, 오행(five elements)로부터 진화하였다. 사람은 모든 만물 중 가장 영적이다."[45]

---

42 "乾坤者, 太極之變兩儀. 未分其氣混淪, 淸濁旣分. 天形如鷄子. 天大地小, 表裏有水氣充其中, 運如車轂之運."
43 "天者, 水土之氣, 輕淸而升浮, 穹隆如覆盆冒之表."
44 "地者, 水土之氣, 重濁沈凝, 乘氣而立, 載水而浮."
45 "人者, 天地儲精, 得五行之秀, 靈於萬物."

"The Sun is the essence of the male principle in nature (T'ă-yang), is a king in his bearing, and on his breast are three crows' feet."

"해는 태양, 즉 자연의 남성 원리의 정수이다. 왕의 자태이고, 가슴에는 까마귀의 세 발이 있다."[46]

"The Moon is the essence of the female principle in nature (T'ă-eum), has a rabbit in her bosom, which has taken shape as her particular spirit."

"달은 태음, 즉 자연의 여성 원리의 정수이다. 그 가슴에 있는 토끼는 달의 특정한 영의 발현이다."[47]

"The Stars are the glory of the Yang, they are composed of the essence of mountains, rivers and other created things."

"별들은 양기의 영광으로 산천과 만물의 정수로 이루어진다."[48]

"Clouds are the atmospheres of mountains and rivers or collections of Eum and Yang."

"구름은 산천의 기(氣)이거나 혹은 음양의 집합물이다."[49]

---

[46] "日者, 太陽之精, 君象. 日中有踆烏三足."
[47] "月者, 太陰之精. 月中有兎. 月宗之精, 積而成獸."
[48] "星者, 陽之榮. 山川之精氣, 萬物之精, 上爲星."
[49] "雲者, 山川氣也. 陰陽聚而爲雲."

"Rain is the concentrated Eum of heaven and earth. When it is warm it rains, that is, it takes place when the Eum and Yang are in harmony."

　　"비는 천지의 응축된 음기이다. 음기가 따뜻해지면 비가 된다. 즉 음기와 양기가 조화될 때 비가 생긴다."[50]

"Frost occurs when the atmosphere of the Eum predominates. It is a change in the dew brought about by the cold."

　　"서리는 음의 기운이 강할 때 생긴다. 이슬이 추위로 변하면 서리가 된다."[51]

"Snow is the concentrated Eum of heaven and earth, and is the essence of the five grains."

　　"눈은 천지의 응축된 음기이고, 오곡의 정수(精髓)이다."[52]

"Wind is the servant of heaven and earth. When the universe is angry we have wind, and wind is the atmosphere of matter blown forth."

---

50 "雨者, 天地積陰, 溫則爲雨. 陰陽和而成."
51 "霜者, 陰氣勝則爲霜. 卽露寒而變."
52 "雪者, 天地積陰, 寒則爲雪. 陰陽凝而成, 爲五穀之精."

"바람은 천지가 부리는 하인이다. 우주가 분노할 때 바람이 불고, 바람은 물질의 기가 내뿜어진 것이다."[53]

"Thunder takes place when the Eum and Yang are at enmity. They give expression to their feelings in thunder, which goes bung bung like the beating of a drum, and passes in its course from left to right."

"천둥은 음양이 서로 적대적일 때 발생한다. 음양은 천둥으로 감정을 표현한다. 천둥은 북소리처럼 붕붕 거리며 좌우로 지나간다."[54]

"Lightning occurs when the Eum and Yang bow down from weight and the Yang of the springs and fountains flashes up to heaven. When the Eum and Yang quarrel with each other we also have lightning."

"번개는 음양이 무거워 가라앉았다 샘과 우물의 양기가 하늘 위로 번쩍일 때 발생한다. 음양이 서로 싸울 때도 번개가 생긴다."[55]

"The Rainbow is seen when the Eum and Yang meet in harmony,[56]

---

53 "風者, 天地之使, 天地怒而爲風. 大塊噫氣, 其名曰風."
54 "雷者, 陰陽相薄, 感而爲雷. 狀纍纍如雲鼓形, 左引右推."
55 "電者, 陰陽伏中泉, 陽上通於天, 陰陽相薄, 激而爲電."
56 The Rainbow is seen when the Eum and Yang meet in harmony: 게일은 "무지개는 음양이 조화를 이룰 때 보인다"라고 했는데, 원문에는 "무지개는 음양이 조화를 이루지 못할 때 생긴다[虹者, 陰陽不和則生]"라고 되어있다. 게일이 원문과 정반대로 번역한, 오역의 사례이다.

the bright variety being the male and the dim the female."

"무지개는 음양이 조화를 이룰 때 나타난다. 환하고 다채로운 것
은 남성적인 것이고 흐릿한 것은 여성적인 것이다."[57]

"Mist. There are waters of five colours in the mountains of
Kol-yun, and mist is the atmosphere of the red water that rises."

"노을. 곤륜산에는 오색수가 있다. 노을은 붉은 색 물 기운이 상승
한 것이다."[58]

"Fog is the result of the hundred noxious vapours when the Eum
overcomes the Yang, and so it fills the space between heaven and
earth."

"안개는 음기가 양기보다 강할 때 생기는 온갖 독기로 천지 사이
의 공간을 채운다."[59]

"The Milky Way is the chief of all the star atmospheres. It is the
essence of water that rises and floats along."

---

57 "虹者, 陰陽不和卽生. 此氣, 鮮盛者爲雄, 闇者爲雌."
58 "霞(노을), 崑崙山有五色水, 赤水之氣, 上蒸爲霞."
59 "霧者, 百邪之氣, 陰陽冒陽. 本于地而行于天."

"은하수는 모든 별 기운 중의 으뜸으로, 물의 정수가 올라가 둥둥 떠다니는 것이다."[60]

"There are nine stories to heaven. The highest story is where the stars travel, the second is where the sun travels and the lowest is where the moon makes its way. The disc of the sun is larger than that of the moon. In the moon there are visible objects, which are shadows of mountains and streams. In the remaining spaces we have the shadow of the sea, and they say there are shadows also of a striped toad and a cinnamon tree."

"하늘까지 아홉 층이 있다. 최상층에는 별이 다니고, 그 아래층은 해가 다니며, 최하층은 달이 다닌다.[61] 해의 둘레는 달보다 더 크다.[62] 달에는 물체들이 보이는데, 산과 강의 그림자이다. 그 나머지 공간에서는 바다의 그림자가 있고, 줄무늬 두꺼비와 계수나무의 그림자도 있다고 한다."[63]

The Five Elements of which the Korean talks so much and on which he builds so many theories are, metal, wood, water, fire, earth. These take their origin as follows; "When the dark atmosphere

---

60 "天河星爲元氣之英, 水之精也. 氣發而升, 精華上浮者."
61 "天有九層, 最上爲星行, 其次爲日行, 最下爲月行."
62 "日輪太, 月較少." 원문은 "해의 둘레는 크고, 달의 둘레는 해에 비해 비교적 작다"인데, 줄여서 표현했다.
63 "月中有物, 婆娑乃山河影, 其空處, 海水影. 又曰蟾桂地影也, 空處水影也."

solidifies we have water; when the red atmosphere shines forth we
have fire; when the green atmosphere floats in mid-heaven we have
wood; when the white atmosphere glances off into space we have
metal; when the yellow atmosphere bounds the sky we have earth."

오행은 한국인[아희원람의 저자]이 여러 번 거론하는, 그의 여러
이론들의 토대이다. 오행은 금, 목, 수, 화, 토이다. 오행의 기원은 다
음과 같다. "어두운 기가 굳어지면 물이 된다. 붉은 기가 빛을 발하면
불이 된다. 푸른 기가 중천에 떠다니면 나무가 된다. 흰색 기운이 우
주 속으로 반사될 때 쇠가 된다. 노란 기운이 하늘에 튕겼을 때 토가
된다."[64][65]

We have also an explanation of the objects and articles used in
every day life, and, faithful to his spiritual and intellectual fathers, the
Korean traces them all back to China, and in most cases to China of
the fabulous ages.

일상용품에 대한 설명도 있다. 영적이고 지적인 선조들에 충실한
이 한국인은 모든 일상용품의 기원을 중국으로, 대부분의 경우에는
중국의 전설 시대로 거슬러 추적한다.

---

[64] "五行者, 玄氣凝空, 水始生也. 赤氣炫空, 火始生也. 蒼氣浮空, 木始生也. 素氣橫空,
金始生也. 黃氣際空, 土始生也."
[65] 뒤에 "萬物者, 天氣下降, 地氣上升, 男女媾精, 萬物化生."라는 '만물'조가 있는데
생략되었다.

"Cooked food. In olden times men ate fruits and the blood of animals. The Emperor Su-in-ssi made a hole in a tree and by passing a string through caused fire, —from which date men cooked their food."

"화식. 옛날 사람들은 과일과 동물의 피를 먹었다. 수인씨가 나무에 구멍을 내고 줄을 지나가게 하여 불을 만들었다. 그때부터 사람들은 음식을 익혀 먹었다."[66]

"Clothes were first invented by Ho-jo [a Minister of the Yellow Emperor]."

"의복. 의복을 처음 만든 이는 황제(the Yellow Emperor)의 신하인 호조이다."[67]

"Houses. In olden times men lived in holes or slept out on the ground, but the Bird's-Nest Emperor (Yu-so-ssi), taught house framing, and the ancient Emperor Ko-whang-ssi first built houses. The latter had four eyes and could write characters as soon as he was born."

"가옥. 옛날 사람들은 굴에서 살거나 땅 위에서 잠을 잤다. 그러나

---

66 "火食, 古世, 食木實, 飮血, 茹毛. 燧人氏, 鑽木取火, 敎烹炊."
67 "衣服, 黃帝臣胡曹爲之. 古世, 絢髮潤首, 蔽皮衣薪."

유소씨(the Bird's-Nest Emperor)가 집의 토대를 세우는 법을 가르치고, 고대 황제인 고황씨가 처음 집을 만들었다. 고황씨는 눈이 네 개이고 태어나자마자 글을 썼다."[68]

"Ploughs were first made and used by the Spirit-Farmer Emperor, Sil-long-ssi, who had a man's body and an ox's head."

"쟁기를 처음 만들고 사용한 이는 신농씨(the Spirit-Farmer Emperor)이다. 그는 사람의 몸과 황소의 머리를 하였다."[69]

"Marriage was first instituted by the Sky-Emperor (Pok-heui-soi), who had a snake's body and a man's head. [He was the great inventor of the Eight Diagrams]."

"결혼 제도를 처음 만든 이는 복희씨(the Sky-Emperor)이다. 그는 뱀의 몸과 사람의 머리를 하고 있다(그는 팔괘의 위대한 창시자이다)."[70]

"Writing was invented by the three brothers of the Ancient Emperor (Ko-whang-ssi). One invented the characters, of India, one

---

68 "屋廬, 古世穴居野處. 有巢敎架橧, 古皇氏始敎廬扉." "The latter had four eyes and could write characters as soon as he was born"라는 부분은, 원문에 없는 내용을 부연한 것이다.
69 "耕耘, 神農氏斲木爲耜, 揉木爲耒, 始敎種谷."
70 "嫁娶, 上古未有布帛, 衣鳥獸皮. 故伏犧制以儷皮爲禮."

the characters of heaven, and one the characters of China."

"글을 처음 창안한 이는 고황씨의 삼형제이다. 한 사람은 인도의
글자를 만들고, 다른 사람은 하늘의 글자를 만들고, 나머지 한 사람
은 중국의 글자를 만들었다."[71]

"Books. Before the time of the Chin Kingdom (255 B.C.) there
were no books; writings were preserved on slips of bamboo. In the
Han dynasty, (206 B.C. to 23 A.D.) they were kept on silk [and so
to-day Koreans say, "Il-hom-eul Chuk-păk-e ol-li-ta," "He will have
his name inscribed on bamboo and silk"—meaning recorded in
history]."

"서책. 진나라(기원전 255) 이전에는 글을 죽간에 적어 보존했기
때문에 서책이 없었다. 한나라(기원전 206- 서기 23년) 때는 글을 비단
에 적어 보존했다. (그래서 오늘날 한국인들은 이름을 대나무와 비
단에 새긴다는 뜻으로 "이름을 죽백에 올린다"라고 하는데 이것은
그 이름이 역사에 기록된다는 의미이다.)"[72]

"The Calendar was constructed by Yung-sung, who lived 2780
B.C."

---

71 "字法, 史皇氏兄弟三人, 一造竺國字, 一造天宮字, 季爲詰造華字."
72 "書籍, 秦已上刊竹簡. 漢後縑帛傳寫. 五代馮道始錄梓."

"책력은 기원전 2780년의 사람인 용성[容成]이 만들었다."[73]

The Cycle Symbols, which have had so much to do with Korean thought, were invented by a Chinaman, Tă-yo, under direction of the Yellow Emperor. The basis of their thought was taken from the constellation Great Bear. The monthly cyclical characters were arranged by a combination of the Ten Celestial Stems and the Twelve Earthly Branches, making in all sixty years of the cycle.

> 육갑[六甲: Cycle Symbols]은 한국인의 생각과 아주 밀접한 관련을 가지는 것으로,[74] 황제(Yellow Emperor)의 명으로 중국인 태요[복희씨]가 만들었다. 육갑의 기초는 북두칠성에서 따온 것이다. 달마다 순환하는 글자는 10개의 천간[天幹]과 12개의 지지[地枝]로 정해지고, 60년이 일주기가 된다.[75]

Thus the whole list of Korea's customs, usages, and terms, are traced back to China, to the times of the Yellow Emperor and others who lived before the days of Yo and Sun. The list includes besides these, rank, sacrifice, ancestor worship, schools, sacrificial ceremonies, tablet, medicine, fortunetelling, fishing nets, city walls, parks, porcelain,

---

73 "曆書, 黃帝使容成作."
74 육갑(六甲)은 한국인의 생각과 아주 밀접한 관련을 가진다: 『아희원람』에는 없는 내용을 덧붙였다.
75 "六甲, 黃帝命大撓, 驗斗柄初昏所指月建, 以天幹十地枝十二配爲六十甲子. ○天皇氏始制古干支定歲所在. 十干亦曰十母, 十二支亦曰十二子."

wells, water pestles, sieves, brooms, mill-stones, kettles, boilers, food, sacrificial dishes, wine glasses, grain measures, saws, chisels, axes, bows, arrows, shields, spears, armour, boats, carts, chariots, coffins, head-stones, crowns, robes, head-bands, socks, clothes, shoes, combs, mirrors, spectacles, finger-rings, fans, paper, pens, ink, ink-stones, distilled and fermented liquors, songs, dancing, harps, guitars, violins, pipes, draughts, chess, dice, cards, dominoes, dancing girls, swinging, kite-flying, etc., etc.

이리하여 한국의 관습, 어법, 용어의 전체 목록은 중국의 황제 (Yellow Emperor) 시대로 그리고 요임금과 순임금 시대 이전의 여러 인물들로 거슬러 올라간다. 또한 목록에는 다음이 포함된다. 관직, 제사, 조상숭배, 학교, 제례, 위패, 의약, 점, 어망, 도성 벽, 공원, 도자기, 우물, 물레방아, 체, 빗자루, 맷돌, 주전자, 솥, 음식, 제기, 술잔, 되, 톱, 줄, 도끼, 활, 화살, 방패, 창, 갑옷, 배, 수레, 전차, 관, 주춧돌, 왕관, 예복, 망건, 버선, 의복, 신, 빗, 거울, 안경, 반지, 부채, 종이, 붓, 먹, 벼루, 증류주와 양조주, 노래, 춤, 거문고(금), 비파(슬), 아쟁, 피리, 바둑, 장기, 윷, 카드, 도미노, 기생, 그네, 연날리기 기타 등등.[76]

Medicine we are told was first discovered by the fabulous emperor called the Spirit-Farmer; his Korean name being Sil-long-ssi. To-day, natives, educated and uneducated alike, speak of medicine

---

76 『아희원람』에 나오는 여러 항목들을 일일이 언급하지 않고 표제만 인용하여 요약하였다.

as Sil-long-yu-ŭb (the calling handed down by the Spirit-Farmer Emperor).

> 의약을 처음 발견한 이는 '농부의 신(the Spirit-Farmer)'라 불리는 전설의 황제이다. 그의 한국식 이름은 신농씨이다. 오늘날 토착민들은 교육을 받았든 아니든 모두 의학을 신농유업(신농씨가 전해준 직업)이라 한다.[77]

Nets we are informed were first made by the Sky-Emperor, and were used to catch birds and fish with. So the Korean boys to-day sing—

"Che-bi-ral hu-rŭ-rü nā-gan-ta

Che-bi-ral hu-rŭ-rŭnā-gan-ta

Pok-hehi-ssi-eui mā-jan keu-meul-eul kŭ-tu-ch'ŭ tul-lŭme-go."

Off we go to catch the swallow,

Off we go to catch the swallow,

Wrapped and rolled and ready is the net of the Sky-Emperor.

> 복희씨(the Sky-Emperor)가 처음 만든 그물은 새와 고기를 잡는데 사용된다. 그래서 오늘의 한국 소년들은 다음과 같이 노래한다.
> "제비 후리러 나간다,
> 제비 후리러 나간다,

---

[77] "醫藥, 神農氏嘗百草, 始有之, 一日而七十毒."

복희씨 만든 그물 거둬 둘러매고."[78]

Harps of five strings were first made by the Spirit-Farmer. Mun
and Mu of the Chu dynasty, who were men of war, each added a
string, making seven in all; and to-day Koreans say "Mun hyŭn Mu
hyŭn-eun sal-pŭl-chi-sŭng-i-ra," "The Mun and Mu strings have the
sound of death and destruction."

5현의 거문고를 처음 만든 이는 신농씨이다. 전쟁의 남자들인 주
나라 문왕과 무왕이 각각 현을 더하여 거문고는 7현이 되었다. 오늘
날 한국인은 말한다. "문현 무현은 살벌지성이라." 즉 "문의 현과 무
의 현은 죽음과 파괴의 소리를 낸다."

A paragraph follows these lists which shows how precious in the
eyes of Korea is every character in the classics. It reminds one of the
Jew. "Thy saints take pleasure in her stones, her very dust to them is
dear."

이 목록 뒤에 나오는 단락은 한국의 눈에 중국 경전의 글자 하나
하나가 얼마나 소중한지를 보여준다. "그대의 성인들은 그녀의 돌
에서 기쁨을 찾았고, 그녀의 먼지조차도 소중하다"고 말한 유태인
이 생각난다.

---

78 『아희원람』에 이 노래는 보이지 않는다.

The Book of Poetry	(Si-chŏn)	has 39,124 characters.
The Book of History	(Sŏ-chŏn)	〃 25,700 〃
The Book of Changes	(Chu-yŏk)	〃 24,027 〃
The Ceremony of Chukeng	(Chu-ryè)	〃 45,860 〃
The Canon of Rites	(Yi-keui)	〃 99,027 〃
The Annals of Confucius	(Ch'un-ch'u)	〃 196,845 〃
The Analects	(Non-ö)	〃 12,700 〃
Mencius	(Măng-ja)	〃 34,685 〃
The Great Learning	(Tă-hak)	〃 1,733 〃
The Doctrine of the Mean	(Chung-yong)	〃 3,505 〃
The Book of Filial Piety	(Hyo-gyöng)	〃 1,903 〃

『시전(The Book of Poetry)』:	39,124자
『서전(The Book of History)』:	25,700자
『주역(The Book of Changes)』:	24,027자
『주례(The Ceremony of Chukeng)』:	45,860자
『예기(The Canon of Rites)』:	99,027자
『춘추(The Annals of Confucius)』:	196,847자
『논어(The Analects)』:	12,700자
『맹자(Mencius)』:	34,685자
『대학(The Great Learning)』:	1,733자
『중용(The Doctrine of the Mean)』:	3,505자
『효경(The Book of Filial Piety)』:	1,903자[79]

The numerical catagories also lead you at once away from Korea and up and down through China, noting the most unexpected things. Let me take one as a sample. It is the figure eight that we are at, "The Eight Fast Horses of Mok-wang" who lived 1000 B.C. These horses went at the rate of 330 miles a day, or as fast as an ordinary steamer. Their names translated freely read, Earth Breaker, Feather Flapper, Heaven Flyer, Landscape Jumper, Light Clearer, Sunbeam Heaper, Fog Conqueror, Wing Hanger. And so on and so on. The noted mountains, the distinguished men—all Chinese, not a Korean name in the whole long weary list of them.

수를 다룬 항목 또한 한국에서 곧장 벗어나 중국의 역사 이곳저곳에서 일어난 매우 기이한 현상들에 주목한다. 한 예로 살펴보자. 숫자 8을 다룬 항목은 기원전 1,000년에 살았던 "목왕의 팔준마"를 다룬다. 팔준마는 하루에 330마일의 속도로 달리는데 일반 증기선만큼 빠르다. 팔준마는 다양한 이름으로 옮겨진다. 절지(Earth Breaker), 번우(Feather Flapper), 분소(Heaven Flyer), 초경(Landscape Jumper), 유휘(Light Clearer), 초광(Sunbeam Heaper), 등무(Fog Conqueror), 괘익(Wing Hanger). 기타 등등. 명산, 명인의 목록에서 지루하고 장황하게 늘어놓은 것은 한국이 아닌 모두 중국의 지명과 인명이다.

---

79 이상은 『아희원람』의 내용을 그대로 차용한 것이다. 단, 『예기』의 글자수 99,027자는 『중용』과 『대학』을 함께 계산했다고 밝힌 『아희원람』의 주석은 인용되지 않았다.

As for general deportment too the Korean keeps in his mind's eye the nine forms advocated by Confucius which also appear in the numerical category under the figure nine.

평상시의 몸가짐에서 한국인은 마음의 눈으로 공자가 설파한 9 가지의 양식을 지킨다. 이 또한 숫자 9를 다룬 항목에 있다.

1st Stately walk: 2nd Humble hand, 3rd Straight eye, 4th Circumspect mouth, 5th Low voice, 6th Erect head, 7th Dignified manner, 8th Respectful poise, 9th Severe countenance.

첫째 당당한 걸음, 둘째 공손한 손, 셋째 정직한 눈, 넷째 신중한 입, 다섯째 낮은 목소리, 여섯째 곧은 머리, 일곱째 위엄 있는 태도, 여덟째 덕스러운 자세, 아홉째 준엄한 용모.

I Conclude the paper by a quotation from the close of the Tong-mong Sön-seup, "Our ceremonies, our enjoyments, our laws, our usages, our dress, our literature, our goods have all followed after the models of China. The great relationships shine forth from those above and the teachings pass down to those below, making the grace of our customs like to that of the Flowery Land; so that Chinese themselves praise us saying, 'Korea is little China.'"

『동몽선습』의 결론 부분을 인용함으로써 발표를 마무리하고자 한다. "우리의 의식, 우리의 즐거움, 우리의 법률, 우리의 어법, 우리의 의복, 우리의 문학, 우리의 물건들 모두 중국을 모방해왔다. 좋은 관계는 위에서부터 빛이 나고, 그 가르침은 아래로 전해져, 우리와 중화의 관습이 유사해지는 은총을 입게 된다. 그리하여 중국인들 스스로 우리에 대해 '한국은 작은 중국이다'라 칭송한다."[80]

---

80 『동몽선습』의 결론을 전문 제시하면 다음과 같다. "아! 우리나라가 비록 궁벽하게 바다 모퉁이에 자리잡고 있어서 영토가 편소(編小)하지만 예악법도와 의관문물을 모두 중화의 제도를 따라 인륜이 위에서 밝혀지고 교화가 아래에서 시행되어 풍속의 아름다움이 중화(中華)를 방불하였다. 이때문에 중화인들이 우리를 소중화(小中華)라고 일컬으니 이 어찌 기자(箕子)가 끼쳐준 교화 때문이 아니겠는가. 아! 너희 소자(小子)들은 의당 보고 느껴서 흥기(興起)할지어다.[於戲 我國雖僻在海隅 壤地編小 禮樂法度 衣冠文物 悉遵華制 人倫明於上 教化行於下 風俗之美 侔擬中華 華人稱之曰小中華 玆豈非箕子之遺化耶 嗟爾小子 宜其觀感而興起哉]"

제2장

한국의 고유문화를 논하다

- 헐버트, 「한국적인 것의 생존」(1900)

H. B. Hulbert, "Korean Survival," *Transactions of the Korea Branch Of Royal Asiatic Society* 1, 1900.

헐버트(H. B. Hulbert)

▌해제 ▌

헐버트의 「한국적인 것의 생존」(1900)은 게일의 논문에 대한 반론으로 한국만의 고유성을 밝히고자 한 논저이다. 게일-헐버트의 논문은 제명 자체가 논문의 요지를 명확히 보여준다. 즉, 헐버트의 논문제명인 'Korean Survival'이란 게일이 토론 부분에서 말하였듯이 "중국과 구분되는 한국의 차별화된 것으로 오늘날까지 남아 있는 것[what remains that is distinctive of Korea and that differentiates her from China]"을 의미한다. 'survival'의 의미는 어려움을 견디고 살아남았다는 의미를 담고 있듯이, 이 논문에서 'Korean survival'은 한국에서 발생하여 중국의 영향에도 불구하고 지금까지 전해지는 것들을 의미한다. 즉, '한국적인 것의 생존', '한국만의 고유한 것들', '살아남은 한국적인 것들' 등으로 문맥에 따라 다양하게 번역할 수 있다.

헐버트는 이러한 한국적 고유성을 단군을 비롯한 한국의 고대사, 한글, 한국어, 종교(민간신앙), 설화(민속) 등을 통해 근거를 제시하고자 하였다. 게일과 상반되는 그의 관점을 정리해보면 다음과 같다.

주요쟁점	Gale, "The Influence of China upon Korea"	Hulbert, "Korean Survivals"
한국사의 기원	• 기자	• 단군
삼한에 대한 관점	• 위만조선: 중국인 위만이 수립한 국가, 위만의 손자는 한나라에게 점령당함 (한사군) • 마한: 기준이 위만에게 쫓겨 남쪽으로 내려가 건립. • 진한: 만리장성 축성 시 진나라를 탈출한 사람들이 건립.	• 위만조선: 위만은 만주족 인물, 위만과 기자는 한국 전체를 대변할 만한 큰 세력이 아니라 여러 부족 중 하나에 불과. • 마한, 진한, 변한: 중국이 아니라 당시 토착세력의 영향력이 더 강한 국가
설총과 최치원에 대한 평가	• 설총의 이두: 중국의 사상을 보다 명확히 전달하기 위한 방편. • 최치원: 중국사상을 잘 정리하여 전달해준 인물	• 설총의 이두: 한국 고유의 언어와 문화를 발전시키게 한 최초의 시도 • 최치원: 중국의 사상에 정통한 탁월한 학자였지만, 정치적인 이유에서 한국에 큰 영향을 끼치지 못한 인물.
한국의 종교	• 조상숭배와 관우숭배	• 고유의 주술신앙과 샤머니즘, 불교
한국의 문물제도	• 한, 당, 송, 명 중심의 중화주의, 중국적인 것의 가치가 절대적. • 한국의 물품, 절기, 역사 한국인의 성품은 중국의 영향 아래 형성	• 단군 이래 한국인 특유의 성품과 기질을 바탕으로 자신의 고유한 문화와 역사를 간직함.

즉, 헐버트는 역사, 풍속, 종교, 언어, 문학 등에 있어 게일이 말한 논의에 배치되는 사례들을 제시한 셈이다. 이러한 그의 논리에 있어 기본적인 전제는 영국이 유럽대륙의 문화를 끊임없이 수용하면서 이를 영국의 토착적인 문화와 결합시켜 고유성을 창출한 점에 있었다. 즉, 그의 시각 속에서 한국 고유성을 도출하는 관점은 '중국 : 한국 = 라틴 문명 : 영국'이란 보편과 특수의 관계를 보여주는 유비에 있었던 셈이다. 또한 헐버트의 논문은 향후 한국 유가 지식층의 한문고전을 집중적으로 연구한 게일과 다른 길, 한국의 민간전승과 한글문학을 연구하는 길이 내재되어 있는 글이기도 하다.

▌참고문헌

김승우, 『19세기 서구인들이 인식한 한국의 시와 노래』, 소명출판, 2014.
이상현, 『묻혀진 한국문학사의 사각, 외국인의 언어·문헌학과 조선후기-식민지 언어문화의 생태』, 박문사, 2017.
이상현, 『한국고전번역가의 초상, 게일의 고전학 담론과 고소설 번역의 지평』, 소명출판, 2013.
이용민, 「게일과 헐버트의 한국사 이해」, 『교회사학』 6권 1호, 한국기독교회사학회, 2007.

We had the pleasure a short time since of listening to an able presentation of the subject of "China's Influence upon Korea" by the Rev. Jas. S. Gale. It would be difficult if not impossible to bring together a more complete array of the facts which argue the existence of such influence. But the impression left by the paper was that there is nothing in Korean society that is not dominated by Chinese ideas. If this is true, we have in Korea a condition of affairs that must be acknowledged to be unique; for Korea is a nation of over twelve million people who have preserved a distinct national life for more than two thousand years, and it would be strange indeed if there remained in the Peninsula nothing that is peculiarly and distinctively Korean. If Korea's subjection to Chinese ideals was complete in the days of the Tang dynasty and has continued ever since, there would be no one so hardy as to point to anything in the country and claim for it a native origin and survival after a lapse of fifteen hundred years. And yet, at the suggestion of our President, I have undertaken to present the other side of the picture and to point out what remains that is distinctive of Korea and differentiates her from China. In this sense it is merely supplementary to what we have already heard on the subject.

게일(James S. Gale) 목사님의 "중국이 한국에 미친 영향"이라는 훌륭한 발표를 오늘 듣게 되어 매우 기쁘다. 중국이 한국에 미친 영향력이 있었다는 사실을 이보다 더 완벽하게 열거하기는 불가능한 것은 아니지만 어려울 것이다. 그런데 게일씨의 발표문을 듣고 나면 한국 사회에서 중국의 지배를 받지 않은 것은 아무 것도 없다는 인상을 받게 된다. 그렇지만, 한국은 2000년 이상 독특한 민족적 삶을 보존해온 1200만 명이 넘은 사람들로 구성된 국가이다. 그러므로 한국에는 한국 고유의 것으로 인정받아야 하는 조건들이 분명이 있다. 독특하고 차별화된 한국적인 것이 한반도에 전혀 남아 있지 않다고 말하는 것이 오히려 더 이상하지 않은가? 한국의 종속이 당나라 때 절정에 이르러 그 이후 계속 이어졌다면, 이 나라의 어떤 것을 가리 키며 이것이 1500년의 시간 경과 후에도 살아남은 토착적 것이라고 주장할 수 있는 배짱 있는 사람이 과연 있을까? 존스(G. H. Jones) 회 장님의 제안으로, 나는 중국과 한국의 관계의 다른 면을 제시하고 중국과 차별화된 한국의 고유한 것으로 남아 있는 것을 살피는 임무 를 맡게 되었다. 이런 의미에서 나의 발표는 게일 목사님의 발표문 을 보완하는 정도이다.

The observations that I have to make divide themselves into two portions: first a short historical resumé, and second some natural deductions.

나의 관찰은 자연스럽게 두 부분으로 나누어진다. 즉 첫 번째는 짧은 역사적 개관이고, 두 번째는 몇 가지 자연스러운 추론이다.

Korean tradition tells us that the first civilizer of Korea was the Tan-gun (檀君), a purely native character, born on the slopes of Tă-băk Mountain (太白山). The wild tribes made him their king. He taught them the relations of king and subject; he instituted the rite of marriage; he instructed them in the art of cooking and the science of house-building; he taught them to bind up the hair by tying a cloth about the head. This tradition is universally accepted among Koreans as true. They believe his reign to have begun a thousand years before the coming of Keui-ja. We place no confidence in the historical value of the legend, but the Koreans do; and it is significant that according to the general belief in Korea the Tan-gun taught two, at least, of the most important of the Confucian doctrines, namely those concerning the government and the home. And from these two all the others may be readily deduced. The legend also intimates that the much respected top-knot, at least in all its essential features, antedated the coming of Keui-ja.

한국의 전설에 따르면 한국 최초의 문명인은 태백산(太白山) 기슭에서 태어난 순수 토착인인 단군(檀君)이다. 야만 부족은 단군을 왕으로 삼았다. 단군은 그들에게 군신 관계를 가르치고, 결혼 예식을 도입하고, 요리하는 법과 집 짓는 기술을 알려주고, 천으로 머리를 묶는 법을 가르쳤다. 한국인들은 이 전설을 사실인 것으로 보편적으로 받아들인다. 그들은 단군의 통치가 기자보다 1000년 앞선다고 생각한다. 우리는 단군 전설의 역사적 가치를 확신하지 않지만 한국인들은 이를 확신한다. 단군이 유교에서 가장 중요한 규범 중 적어도 두 규범인 통치 규범과 가정 규범을 가르쳤다고 대부분의 한국인들이 믿는다는 사실이 중요하다. 다른 모든 규범은 이 두 규범에서 쉽게 도출된다. 또한 단군 전설은 많은 이가 소중하게 생각하는 상투가, 적어도 상투의 모든 본질적인 특징이 기자가 한국에 오기 전에 이미 한국에 존재했었다는 것을 암시한다.

If the legendary character of this evidence is adduced against it, the very same can be adduced against the story of Keui-ja, at least as regards his coming to Korea. The Chinese histories of the Tang dynasty affirm that Keui-ja's kingdom was in Liao-tung (遼東). The histories of the Kin and Yuan dynasties say that Keui-ja's capital was at Kwang-nyŭng (廣寧) in Liao-tung. A Keui ja well is shown there to this day and a shrine to him. A picture of this great sage hung there for many years, but it was burned in the days of Emperor Sé-jong of the Ming dynasty. Even a Korean work entitled Sok-mun Heun-tong-no (續文獻通考), states that Keui-ja's capital was at Ham-p'yŭng-no (咸平路) in Liao-tung. The Chinese work Il-tong-ji , of the Ming dynasty, states that the scholars of Liao-tung compiled a book on this subject entitled Sŭng-gyŭng-ji (盛京志), in which they said that Cho-sŭn included Sim-yang (瀋陽, i.e. Mukden), Pong- ch'ŭn-bu (奉天府), Kwang-nyŭng and Eui-ju (義州), which would throw by far the larger portion of Cho-sŭn beyond the Yalu River and preclude the possibility of Keui-ja's capital being at P'yŭng-yang. I believe that P'yŭng-yang was his capital, but the evidence cited shows that it is still an open question and if the Tan-gun story is excluded because of its legendary character the Keui-ja story must be treated likewise. We have as many remains of the Tan-gun dynasty as of the Keui-ja. The Tan-gun altar on Kang-wha, the fortress of Sam-nāng (三郎) on Chŭn-dung Mountain, the Tan-gun shrine at Mun-wha and the grave of the Tan-gun at Kang-dong attest at least the Korean belief in their great progenitor.

　단군 전설이 전설적인 특성이 있다고 해서 증거로 채택되지 못한다면, 기자의 이야기도 마찬가지이다. 적어도 기자의 한국 도착과 관련된 부분만은 같은 이유로 증거로 채택되어서는 안 된다. 당나라의 중국 역사서들에는 기자의 나라가 요동(遼東)에 있었다고 확언한다. 금나라와 연나라의 역사서들도 기자의 수도는 요동의 광녕(廣寧)이라고 한다. 기자 우물과 기자 신당은 오늘날까지 광녕에 있다. 이 위대한 현인의 그림은 수년 동안 광녕에 걸려 있지만 명나라 세종 때 불에 타 없어졌다. 『속문헌통고(續文獻通考)』라는 한국인의 저서에서조차도 기자의 수도가 요동의 함평로(咸平路)에 있었다고 진술한다. 중국 명나라의 『일통지(一統志)』에 따르면, 요동의 학자들이 이 주제로 『성경지(盛京志)』라는 제목의 책을 편찬했는데 조선은 심양(瀋陽), 봉청부(奉天府), 광녕, 그리고 의주(義州)를 포함한다고 말하였다고 한다. 이는 조선의 대부분의 지역이 압록강 너머에 있었다는 것을 말하는 것으로 기자의 수도가 평양이었을 가능성을 사전 차단한다. 나는 평양이 기자의 도시였다고 믿지만, 살펴본 증거에 의하면 이 부분은 아직 확실하지 않다. 또한 만약 단군 이야기가 전설이라는 특징 때문에 배제된다면, 기자의 이야기도 반드시 같은 이유로 배제되어야 한다. 기자와 마찬가지로 단군 왕조의 수많은 유물이 남아 있다. 강화의 단군신전, 전등산의 삼랑(三郞)성, 문화의 단군사원과 강동의 단군묘는 한국인들이 단군을 그들의 위대한 시조로 믿고 있음을 보여주는 몇몇 증거들이다.

When Keui-ja came in 1122 B.C. he brought with him a mass of Chinese material, but we must note the way in which it was introduced. From the first he recognised the necessity of adapting himself and his followers to the language of the people among whom they had come. The Chinese language was not imposed upon the people. He determined to govern through magistrates chosen from the native population; and for this purpose he selected men from the various districts and taught them the science of government.

기원전 1122년 기자가 한국에 왔을 때, 그는 많은 중국 문물을 함께 가지고 왔다. 그러나 우리가 여기서 주목해야 할 것은 중국 문물이 유입되는 방식이다. 기자는 처음부터 그와 신하들이 그곳 백성들의 언어에 적응해야 할 필요성을 인식하여 중국의 언어를 그곳의 사람들에게 강요하지 않았다. 기자는 토착민 가운데서 지방관을 뽑아 통치하기로 결정하고, 이를 위해 다양한 지역 출신의 사람들을 뽑아 통치술을 가르쳤다.

The Chinese character was not introduced into Korea at this time as a permanency. The square character had not as yet been invented and the ancient seal character was as little known even among the upper classes as the art of writing among the same classes in Europe in the Middle Ages. The total absence of literary remains, even of inscriptions, bears evidence to the fact that the Chinese character played no part in the ancient kingdom of Cho-sŭn.

이 무렵에 중국의 한자가 한국에 도입되었지만 한자가 완전히 정착한 것은 아니었다. 예서[隷書]¹체는 아직 만들어지지 않았고, 상류층조차도 전서[篆書]²라는 글자체를 잘 몰랐다. 이것은 중세 유럽의 상류층의 경우와 다르지 않다. 문헌기록뿐만 아니라 금석문조차 남아있지 않다는 사실은 한자가 고조선에 전혀 영향을 미치지 못했다는 것을 증명한다.

The Keui-ja dynasty was overthrown by Wi-man in 193 B.C., but neither Wi-man nor his followers were Chinese. We are distinctly told that he was a native of Yŭn, a semibarbarous tribe in Manchuria. His coming, therefore, could have added nothing to the influence of China upon Korea. Only eighty-six years passed before Wi-man's kingdom fell before the Emperor Mu (武帝), of the powerful Han dynasty, and was divided into four provinces. But we must ask what had become of the Keui-ja civilization. The conquering emperor called the Koreans "savages." Mencius himself speaks of a greater and a lesser Măk (貊), meaning by greater Măk the kingdom of Cho-sŭn. This is considered an insult to the Keui-ja kingdom, for Măk was the name of a wholly barbarous tribe on the eastern side of

---

1 예서(square character): 한자의 모습이 네모난 틀에 맞추어진 모습으로 변화된 것은 한나라 이후이다. 갑골이나 금문은 글자의 크기도 같지 않았고, 길이나 넓이도 글자에 따라 달랐다. 여기서 말한 square character는 한자가 예서(隷書)로 변한 이후의 모양을 뜻하는 듯하다.

2 전서(ancient seal character): 옛날 부절이나 봉니(封泥)에 도장을 찍을 때에 썼던 글자체로, 전서를 말한다.

the Peninsula and the reference implies that Cho-sŭn was also savage. The celebrated Chinese work, the Mun-hon Tong-go (文獻通考), almost our only authority on the wild tribes of Korea at the time of which we are speaking, shows that almost the whole of northern Korea was occupied by the tribes of Ye (穢), of Măk (貊), of Nang-nang (樂浪) and Ok-jŭ (沃沮). The kingdom of Wi-man comprised only a portion of the province of P'yŭng-an. The evidence is made still stronger by the fact that the Emperor Mu gave the name of Nang-nang (樂浪), to the whole of north-western Korea, clean to the Yalu River. It seems plain that he considered the trans-Yalu portion of Wi-man's kingdom its most important part.

기자 왕국은 기원전 193년 위만에게 함락되었지만 위만과 그의 신하들은 중국인이 아니었다. 분명 위만은 만주의 반(半)야만 부족인 연나라 사람이었다. 그러므로 위만의 도착으로 중국이 한국에 미친 영향이 조금이라도 더 커졌다고 볼 수 없다. 통치 기간이 겨우 86년에 불과했던 위만 왕국은 강력한 한나라 무제(武帝)에게 멸망을 당한 후 4개의 지방으로 분할되었다. 그러나 여기서 우리가 묻지 않을 수 없는 것은, 기자 문명이 어떻게 되었나 하는 점이다. 정복왕 한무제는 한국인을 "미개인"으로 불렀다. 맹자도 대맥(greater Măk: 大貊)과 소맥(lesser Măk: 小貊)을 언급했는데, 대맥은 조선을 의미했다. 이는 기자 왕국을 모욕하는 말로 볼 수 있다. 왜냐하면 맥이란 한반도 동쪽 지역의 야만족을 통칭하는 이름인데, 조선을 대맥으로 지칭한 것으로 조선 또한 미개국임을 시사하기 때문이다. 중국의 명서인

『문헌통고(文獻通考)』는 논의 대상인 그 당시 한국 야만족을 다룬 우리가 참고할 수 있는 거의 유일한 권위서이다. 이 책에 의하면 한국의 북부 전역은 예(穢), 맥(貊), 낙랑(樂浪), 옥저(沃沮)라는 네 개의 부족이 점령하고 있었다. 위만 왕국은 평안 지방의 일부분만을 차지했다. 더 확실한 증거는 한무제가 한국의 압록강 이하 서북쪽 전체를 낙랑으로 명명했다는 사실이다. 한무제는 압록강 이하를 위만 왕국의 가장 중요한 부분으로 간주한 것이 분명하다.

It was not to be expected that Chinese could long continue to hold any portion of Korea. It was too far from the Chinese base and the intractability of the semi-barbarous tribes made the task doubly difficult. So we are not surprised to find that within a century the whole of northern Korea fell into the hands of Chu-mong (朱蒙), a refugee from the far northern kingdom of Pu-yu (夫餘). Tradition gives him a supernatural origin, but his putative father was a descendant of the oldest son of the Tan-gun.

중국이 한국의 어떤 지역을 장기간 계속해서 장악했다고 예상하기 어렵다. 한국은 중국의 본거지에서 매우 멀다. 또한 고분고분하지 않고 반[半]-야만적인 한국의 부족들 때문에 중국의 한국 지배는 그 어려움이 배가 되었다. 따라서 한 세기 내에 한국의 북쪽 전역이 그 위쪽에 있던 부여(夫餘)국에서 탈출한 주몽(朱蒙)의 손에 넘어간 것은 놀랄 일도 아니다. 구전은 주몽에게 초자연적인 기원을 주었지만, 그의 아버지로 추정되는 사람은 단군의 장자의 후손이다.

So here again we find no indication of Chinese influence. From almost the very first this new kingdom of Ko-gu-ryū was China's natural enemy, and while there were intervals of peace, for the most part a state of war existed between Ko-gu-ryŭ and the various Chinese dynasties which arose and fell between 37 B.C. and 668 A.D. The Mun-hon T'ong-go describes the manners and customs of Ko-gu-ryŭ in detail. It says nothing about Confucianism, but describes the native fetichism and shamanism in terms which make it plain that northern Korea had very largely reverted to its semi-barbarism — if indeed it had ever been civilized. Her long wars with China at last came to an end when the latter, with the aid of Sil-la, brought her to bay in 668 A.D.

여기서도 우리는 중국의 영향을 전혀 찾아 볼 수 없다. 새로운 왕국인 고구려는 바로 그 시작부터 중국의 천적이었다. 평화로운 시기가 간헐적으로 있었지만, 고구려와 기원전 37년과 서기 668년 사이에 명멸한 여러 중국 왕조들의 관계는 대부분 전시 상태에 있었다. 『문헌통고』는 고구려의 풍속과 관습을 자세히 기술한다. 그러나 이 문헌은 유교에 대해 전혀 언급하지 않지만 토착 물신숭배와 샤머니즘은 기술하고 있다. 이것은 만약 한국의 북부 지역이 중국의 영향으로 문명화된 적이 설사 있다 할지라도 다시 원래의 반-야만주의로 이미 되돌아갔다는 것을 명확하게 보여준다. 고구려와 중국의 장기간의 전쟁은 중국이 신라의 도움으로 668년 고구려를 멸망시킴으로써 종결된다.

We must now turn to the south where interesting events were transpiring. In 193 B.C. Wi-man drove Keui-jun out of P'yŭng-yang. He fled by boat with a handful of followers, landing finally at the site of the present town of Ik-san. At that time the southern part of Korea was occupied by three congeries of little states. The western and most powerful of these groups was called Ma-han (馬韓), the southern group was Pyön-han (卞韓) and the eastern group Chin-han (辰韓). These names were already in use in southern Korea long before the coming either of Keui-jun or the Chinese refugees from the Chin empire across the Yellow Sea. Keui-jun undoubtedly brought with him a civilization superior to that of the southern Koreans and so he found little difficulty in setting up a kingdom. This kingdom did not, however, include the whole of Ma-han. At first it probably included only a few of the fifty-four independent communities which composed the Ma-han group. He had with him only a few score of followers and he found in Ma-han a people differing from his own in language, customs, laws and religion. It is inconceivable that during the short period that this kingdom survived it could have exerted any powerful influence upon the general population of the Ma-han group. It was only a few years after Chu-mong founded Ko-gu-ryŭ that his two sons moved southward and settled well within the borders of Keui-jun's little kingdom and within two decades, by a single short campaign, they overthrew Ma-han and set up the kingdom of Păk-je(百濟). Thus we see that Păk-je was founded by people that were in no wise connected with the Chinese traditions.

우리는 이제 흥미로운 사건이 발생하고 있었던 남쪽 지역을 살펴봐야 한다. 기원전 193년 위만은 기준을 평양에서 몰아냈다. 기준은 소수의 신하들과 배를 타고 도망쳐 마침내 오늘날의 익산 지역에 착륙했다. 당시 한국의 남쪽 지방은 3개의 소국으로 구성된 연맹체 국가가 점령하고 있었다. 가장 강력한 집단인 마한(馬韓)은 서쪽을, 변한(卞韓)은 남쪽을, 진한(辰韓)은 동쪽 지역을 차지하고 있었다. 마한, 진한, 변한이라는 이름은 기준이 이곳에 도착하기 훨씬 전에, 그리고 황해를 건너온 중국 진나라 망명자들이 도착하기 훨씬 전에 이미 사용되고 있었다. 의심의 여지없이 기준은 남쪽 한국인들보다 훨씬 더 우수한 문명을 가지고 왔다. 그래서 기준은 별 어려움 없이 이곳에서 나라를 세울 수 있었다. 그러나 기준의 왕국은 마한 전체를 포함하지 않는다. 아마도 처음에는 마한을 구성하는 54개의 독립 부족 중 단지 몇 부족만을 차지했을 것이다. 기준을 따르는 무리들은 겨우 40-50명에 불과했고, 마한 사람들은 그들과 전혀 다른 언어, 관습, 법, 종교를 가지고 있었다. 이 왕국의 짧은 존속 기간을 고려할 때, 이 왕국이 전체 마한 사람들에게 어떤 강력한 영향력을 행사했다고 보기 어렵다. 주몽이 고구려를 건국한지 불과 몇 년 뒤 그의 두 아들은 남쪽으로 이동하여 기준의 작은 왕국의 국경 내에 정착했다. 20년도 안 되어 단 한 번의 짧은 전투로 그들은 마한을 정복하고 백제(百濟)를 건국했다. 백제는 중국 전통과 전혀 관련이 없는 사람들이 세운 국가였음을 알 수 있다.

But some time before this the kingdom of Sil-la had been founded in the south-eastern portion of the Peninsula[3]. We are credibly informed that at the time of the building of the great wall of China large numbers of Chinese fled from China and found asylum in southern Korea. Landing on the coast of Ma-han they were apparently considered unwelcome visitors, for they were immediately deported to the eastern side of the Peninsula and given a place to live among the people of Chin-han. They did not found Chin-han. The names of all the independent settlements of that group are preserved to us and none of them has a Chinese name. Chin-han had existed long before the coming of these Chinese. There is nothing in the records on which to base the belief that these Chinese immigrants had anything to do with the founding of the kingdom of Sil-la. The chiefs of five of the native communities agreed to unite their people under a single government, but the name they gave the kingdom was not Sil-la but Sŭ-ya-bŭl (徐耶伐), a purely native word. The name Sil-la was not applied to the kingdom until some centuries later, that is in 504 A.D., during the reign of King Chi-deung. It was in the same year that the horrible custom was discontinued of burying five boys and five girls alive when the body of a king was interred. The title of the king was Kŭ-sŭ-gan (居西干), a purely native word. The word "wang" was not

---

3 But some time before this the kingdom of Sil-la had been founded in the south-eastern portion of the Peninsula: 신라의 건국 시기가 백제의 건국 시기보다 앞섰다는 주장이다. 신라 중심으로 써진 역사자료인 『삼국사기(三國史記)』를 참조한 듯하다.

introduced till the name Sil-la was. The names of all the government offices and all official titles were pure native words. These are also preserved to us in the Mun-hon Tong-go which I have already mentioned. We have now noticed the origin of the three states which divided the Peninsula between them at about the beginning of our era and we find that in none of them was there any considerable Chinese influence manifest. Indeed it was not until five hundred years later that even the barbarous and revolting custom of burying people alive was discontinued, and even then it was discontinued only because a king on his death-bed gave most stringent orders that no children were to be buried alive with him.

　　백제가 건국되기 얼마 전에 이미 한반도의 동남쪽 지역에는 신라라는 왕국이 세워졌다. 상당수의 중국인들이 만리장성 축조 때 중국에서 도망쳐 나와 한국의 남쪽 지역에서 망명지를 찾았다. 마한의 해안가에 도착한 그들은 환영받지 못한 불청객이었음이 분명하다. 그들은 도착 즉시 한반도의 동쪽 지역으로 강제 추방되어 그곳의 진한 사람들 사이에서 살아야 했기 때문이다. 그들은 진한을 세우지 않았다. 진한의 모든 독립 집단들의 이름이 지금까지 보존되어 있고 그들 중 어느 집단도 중국식 이름을 가지고 있지 않다. 진한은 이들 중국인이 오기 훨씬 전에 이미 있었다. 이들 중국 이주민들이 신라 건국과 어떤 관련이 있다는 믿음을 뒷받침할 기록은 전혀 없다. 토착 5부족의 대표자들은 하나의 통치 하에 백성들을 단일화하기로 합의했다. 그러나 왕국의 이름은 신라가 아닌 순수 토착어인 서라벌

(徐耶伐)이었다. 신라라는 이름을 사용하게 된 것은 몇 세기 후 즉 504년 지증왕 때였다. 왕의 시신을 매장할 때 다섯 소년과 다섯 소녀를 함께 묻는 끔찍한 악습이 중지된 것도 같은 해 504년이었다. 왕을 지칭하는 명칭은 순수 토착어인 거서간(居西干)이었다. '왕'이라는 단어는 신라라는 국호와 함께 도입되었다. 모든 통치 기관과 관직의 이름은 순수 토착어이었다. 앞에서 언급한 문헌통고를 보면 이것을 알 수 있다. 지금까지 서기를 전후하여 한반도를 분할했던 세 국가의 기원을 살펴보았다. 그러나 어느 국가에서도 중국의 영향을 많이 받았다는 것을 명백히 드러내는 곳은 없었다. 심지어 사람을 생매장하는 야만적이고 혐오스러운 관습이 중단된 것도 건국 후 5세기가 더 지나서였다. 악습이 중지된 것도 죽기 직전 아이들을 함께 생매장 하지 말라는 왕의 엄격한 명령이 있었기 때문이었다.

There was at the same time a certain admixture of Chinese blood in Korea. In human society as in the vegetable kingdom we find that a wise admixture of the different species of a family produces the very best of results. The admixture of Celtic, Teutonic, Scandinavian and Norman blood produced the powerful combination which we call English. So the slight infusion of Chinese blood in Sil-la helped to produce a civilization that was confessedly far in advance of either Păk-je or Ko-gu-ryŭ.

동일시기에 중국인과 한국인의 피가 조금 섞였다. 식물계와 마찬가지로 인간 사회에서 같은 과의 다른 종이 적절히 섞임으로써 최상의 결과를 얻을 수 있다. 켈트, 튜턴, 스칸디나비아, 노르만 인들의 혈통이 조합되어 강력한 영국인을 만들 수 있었듯이 마찬가지로 중국의 혈통이 신라에 약간 주입됨으로써 신라는 백제나 고구려보다 훨씬 진보된 문명을 창출할 수 있었다.

But the kingdom of Sil-la was without a system of writing, and consequently adopted the system that the Chinese had brought with them. There can be no doubt that these Chinese brought many new ideas, which, being entirely foreign to the Koreans, had no corresponding words in their vocabulary. The Koreans therefore adopted the names along with the ideas. But in borrowing from the Chinese vocabulary the Koreans did it in no slaving way. They attached Korean endings to the Chinese words, compounded them with Korean words and in truth assimilated them to the genius of Korean speech as thoroughly as the Old English did the Romance dialects brought over by the Norman conquerors. Korean etymology and syntax differed so widely from the Chinese that Korean scholars despaired of blending the two, and in order to render a Chinese text intelligible they found it necessary to introduce the Korean endings. This was done by means of a system called the Ni-t'u, which was described some years ago in the Korean Repository.

그러나 신라에는 글자 체계가 없었기 때문에 중국인이 가지고 온 한자를 받아들였다. 이들 중국인들이 한국인에게는 매우 이질적인 새로운 사상을 많이 가지고 온 것이 분명했다. 유입된 이질적인 사상에 상응하는 말이 한국 어휘에는 없기 때문에 한국인들은 중국 사상을 받아들이면서 그 이름도 같이 받아들였다. 그러나 한국인들은 중국 어휘를 차용할 때 주체성을 잃지 않았다. 그들은 한국어 어미를 중국의 단어에 첨부하고, 중국 단어와 한국 단어를 혼합하여 사실상 중국 단어를 한국말의 특징에 철저히 동화시켰다. 마치 노르만 정복자가 유입한 로망스 방언이 고대 영어에 완전히 동화되었듯이 말이다. 한국어의 어원과 통사구조는 중국과 매우 다르기 때문에, 한국 학자들은 이 두 언어를 통합할 길이 없어 절망했다. 그리하여 그들은 중국 텍스트를 이해 가능한 것으로 만들기 위해서는 한국어의 어미를 도입할 필요성이 있음을 알게 되었다. 이것은 몇 해 전 『한국휘보』(Korean Repository)에서 설명하였던 '이두'라고 불리는 체계에 의해 수행되었다.

As a medium of writing the Koreans adopted the Chinese character and they still continue to use it. There has never risen a man in Korea to do for his country what Chaucer, Dante and Cervantes did for theirs, namely, write a classic in the native tongue and begin the good work of weaning the people away from a foreign system which restricts the benefits of erudition to the meagrest minority of the people. And yet Korea has not been wanting in men who recognised the need of a change. The first of these was Sŭl-ch'ong (薛聽), to whom reference was made in the paper read last month as being one of Korea's great men. It is true; but the foundation of his greatness

119

lies, it seems to me, in his attempt to make popular education possible in his native land. He it was who invented the Ni-t'u (吏套), which was a half-measure and therefore doomed to failure. But such as it was it was entirely anti-Chinese, at least in this respect that, by weaning the Koreans away from the Chinese grammatical system, the first step would be taken towards weaning them away from the whole system. He labored under far greater difficulties in this matter than did those who took the first steps toward freeing the English people from their bondage to the Latin. This difficulty was the entire lack of any phonetic system of writing in Korea. The highly inflected language of Korea is wholly unfit to be expressed in terms of the rigid, unyielding characters of China. The English on the other hand not only had a phonetic system similar to that of the Continent but they had almost identically the same alphabet. Such being the case it is small wonder that Sŭl-ch'ong failed.

한국인들은 한자를 글쓰기의 수단으로써 받아들였고 지금까지 계속 사용해 오고 있다. 한국에는 초서, 단테, 세르반테스처럼 모국 어로 고전을 저술하여 그 나라 백성들을 극소수 지식인만 혜택을 보는 외국 글자 체계로부터 분리하는 훌륭한 일을 한 작가가 나타나지 않았다. 그러나 한국에 그러한 변화의 필요성을 인식한 사람이 없었던 것은 아니었다. 그 첫 번째 인물은 설총(薛聰)이다. 그에 대해서는 지난달 논문에서 한국의 위인의 한 사람으로 언급한 바 있다. 설총 이 위대한 것은 그가 대중 교육을 고국에서 실시하려고 한 점에 있다고 나는 생각한다. 이두(吏套)를 창안한 사람이 바로 설총이었다. 그러나 이두는 임시방편이었으므로 태생적으로 실패할 수밖에 없었다. 그런 부분이 있긴 하지만 한국인을 전체 중국 체계로부터의 분리하게 만든 첫 발걸음이, 한국인을 중국 문법 체계로부터 분리하는 이두에서 시작되었다는 점에서 이두는 반(反)중국적이었다. 설총은 영국인들이 라틴어 종속으로부터 자유로워지기 위한 첫 걸음을 떼었을 때보다 훨씬 더 힘든 고생을 했다. 이러한 어려움은 한국에는 소리를 적는 문자 체계를 전혀 가지고 있지 못했기 때문이었다. 엄격하고, 고정적인 한자로는 다양한 굴절이 있는 한국어를 표현하기가 힘들었다. 이에 반해 영어는 대륙과 유사한 음성 체계를 가지고 있을 뿐만 아니라 거의 동일한 알파벳을 가지고 있었다. 그런 점에서 설총의 실패는 조금도 이상하지 않다.

Another great scholar of Sil-la was Ch'oé Ch'i-wun (崔致遠). At an early age he went to China, where he took high honours in the national examinations. He travelled widely — as far as Persia, it is said — and then came back to Korea to give his countrymen the benefit of his experience. But it soon became evident that the jealousy of his fellow-courtiers would let him do nothing. He was forced to flee from the court and find refuge among the mountains, where he wrote an interesting biographical work. It is natural enough that the Chinese mention him with enthusiasm because of his achievements in China. The Koreans owe him little except the lesson which he taught, that a Korean who denationalizes himself can hope to have little influence upon his fellow-countrymen.

    신라의 또 다른 대학자는 최치원(崔致遠)이었다. 최치원은 어린 시절 중국으로 건너가 중국의 국가시험에서 높은 성적을 거두었다. 그는 페르시아까지 여행을 할 정도로 두루 견문을 넓힌 후 한국으로 돌아와 동포들에게 그의 경험으로 얻은 성과물들을 나누고자 했다. 그러나 그는 동료 대신들의 질투로 아무 일도 할 수 없었다. 그는 하는 수 없이 조정에서 도망 나와 산속에 은신처를 마련하였다. 이곳에서 그는 전기(傳奇)⁴를 저술했다. 중국에서의 그의 업적 때문에 중국인들이 그에게 찬사를 보내는 것은 당연하지만, 한국인들은 그가 가르친 교훈을 제외하곤 그에게 신세를 진 것이 별로 없다. 그리하여 스스로 국적을 박탈한 한국인 최치원은 동포들에게 영향을 줄 수 없었다.

    Down through the history of Sil-la we find a constantly broadening civilization and a constant borrowing of Chinese ideas of dress, laws, religious and social observances. This is freely granted, but what we do not grant is that this borrowing made the Korean any less a Korean or moulded his disposition into any greater likeness to the Chinese than a tiger's fondness for deer moulds him into any likeness to that animal.

---

4 전기(傳奇: interesting biographical work): 헐버트는 최치원이 「곤륜산기(崑崙山記: Adventure Among the Kuen-lun Mountain)」를 지었다고 했는데(H.B.헐버트 지음, 신복룡 역주, 『대한제국멸망사』, 집문당, 2006, p369), 무엇인지 고증할 수 없다.

그 이후 신라의 역사 내내 우리는 문명의 지속적 확대 그리고 의복, 법률, 종교, 사회적 관습에서 중국식 사상의 지속적인 차용을 볼 수 있다. 이 점을 기꺼이 인정하지만 그럼에도 인정할 수 없는 것은 이러한 차용이 한국인을 덜 한국적으로 만들었거나 혹은 한국인의 성향이 중국인과 더 유사하게 되었다는 주장이다. 그것은 마치 호랑이가 사슴을 좋아한다고 해서 사슴과 비슷해지지 않는 것과 같은 맥락이다.

It was during the early days of Sil-la that Confucianism and Buddhism were introduced into Korea. Before the beginning of our era Chinese influence had been stamped out of the whole north and west of Korea and it was only with the impetus that Sil-la gave to the study of Chinese that this religion took firm root in Korean soil. I shall take up the matter of Confucianism and Buddhism later, and only mention them here to emphasize the date of their introduction.

유교와 불교가 한국에 도입된 것은 신라 초기였다. 서기가 시작되기 전 중국의 영향은 한국의 북서 전역에서 이미 근절되었다. 이 종교가 한국 토양에 확고한 뿌리를 내리게 된 것은 신라가 한문 연구에 박차를 가하면서부터였다. 나중에 유교와 불교의 문제를 다룰 것이다[5]. 여기서 두 종교를 언급하는 것은 단지 두 종교의 도입 시기를 강

---

5 Confucianism and Buddhism: 불교와 유교는 신라사회에 같이 들어와 있었다. 그런데 불교는 한문으로 경전이 번역되었지만 원어는 산스크리트어임에 반해, 유교의 경전은 모두 한문으로 되어 있었다. 따라서 불교의 융성은 승려들로 하여금 산스크리트어를 공부하는 분위기를 만들어냈고, 유교는 한문에 대한 연구를

조하기 위해서이다.

Sil-la finally, with the help of the Chinese, gained control of nearly the whole of the Peninsula, but for many years there was a sharp dispute between her and China as to the administration of the northern provinces. It was only when Sil-la assumed control of the whole Peninsula that the people began to be moulded into a homogeneous mass.

　　신라는 마침내 중국의 도움으로 한반도 전역을 대부분 장악하게 되었다. 그러나 신라와 중국은 수년 동안 북쪽 지방의 통치를 두고 첨예한 갈등 관계에 있었다. 신라가 한반도 전체를 지배하게 되었을 때 비로소 한국인들은 단일 민족의 틀을 갖추기 시작했다.

In the tenth century Sil-la fell before the Ko-ryŭ (高麗) dynasty and the palmy days of Buddhism were in sight. During the next five hundred years Chinese influence in Korea was almost exclusively along Buddhistic lines. It was during this period that the law was promulgated requiring every third son to become a monk, and that the pagoda was erected in this city. But, as I shall attempt to show later, Buddhism cannot be cited as Chinese influence in any proper sense.

─────────────

　　통해서 우리 문화에 토착화되었다. 곧, 헐버트는 이러한 연구가 우리 언어와 민속에도 많은 영향을 미쳤다고 보고 있다.

10세기에 신라는 고려(高麗)에 멸망하고 불교의 전성시대가 시작되었다. 그 다음 오백년 동안 중국의 영향은 거의 불교를 통해서만 이루어졌다. 세 번째 아들은 모두 승려가 되어야 한다고 정한 법이 공표된 것도 그리고 도성에 탑이 세워진 것도 바로 고려 시대였다. 나중에 밝히겠지만 엄격하게 말하자면 불교는 중국이 한국에 미친 영향의 예가 될 수 없다.

With the beginning of this dynasty in 1392 happier days were in store for Korea. Sweeping reforms were instituted. King Se-jo (世祖) ordered the casting of metal types in 1406, thus anticipating the achievement of Gutenberg by nearly half a century. These were Chinese characters, but the same king ordered the construction of a phonetic alphabet that would make possible the education of the masses. This command resulted in the composition of an alphabet which for simplicity and phonetic power has not a superior in the world. It was a system capable of conveying every idea that the Korean brain could evolve or that China had to lend. It would be as absurd to say that the Korean requires the Chinese written language with its widely divergent grammar as to say that the Englishman needs the Latin written language with all its grammatical system. But the alphabet never became popular among the upper or educated class. The reason is two-fold. In the first place, this upper class had been so long accustomed to a system that appealed to the eye rather than to the ear that the change was too radical. It would be like asking

125

a painter to stop expressing his ideas on canvas and do it on the piano instead. The whole technique of the art must be relearned. The artistic spirit might enable him to do it, but the effort would be too great a strain on the patience to render his acquiescence probable. In the second place, the use of the Chinese character was an effectual barrier between the upper and the lower classes. The caste spirit, which has always been pronounced in Korea was fed and strengthened by the use of Chinese; for only a leisure class could hope to learn the "Open Sesame" to learning. The retention of the Chinese character grew out of no love for Chinese ideas, but from intellectual inertia on the one hand and caste prejudice on the other.

1392년 조선의 개국으로 더 행복한 날들이 한국을 기다리고 있었다. 전면적인 개혁이 이루어졌다. 세조(世祖)는 1406년[6] 금속활자의 주조를 명했는데, 이는 구텐베르크의 업적을 거의 반세기 앞서는 것이었다. 금속활자는 한자로 만들어졌다. 그러나 세조[7]은 대중 교육을 가능하게 할 표음문자를 만들 것을 명하였다. 그리하여 단순하면서도 모든 발음을 표기할 수 있는 세계에서 가장 우수한 글자가 창조되었다. 이것은 한국인의 머리에서 나올 수 있는 사상이나 중국에서 빌려야 할 사상 등, 모든 사상을 전달할 수 있는 문자 체계였다. 한국인이 매우 다양한 문법을 지닌 한자문어를 필요했다고 하는 것은 영

---

6 세조(世祖): 1406년은 태종의 재위시절로 헐버트가 태종을 세조로 오인한 듯하다.
7 세조: 한글은 창제한 이는 세조가 아닌 세종으로 헐버트가 세종을 세조로 오인한 듯하다.

국인이 복잡한 문법 체계를 가진 라틴문어를 필요했다고 말하는 것
만큼이나 어리석은 말이다. 그러나 그 글자는 상류층 혹은 식자층에
서 한 번도 인기를 누린 적이 없다. 이유는 두 가지이다. 먼저 이때의
상류층은 귀보다 눈에 호소하는 체계에 너무 오랫동안 길들어져 왔
기 때문에 그 변화가 너무도 급작스러운 것이었다. 이것은 마치 화
가에게 생각을 캔버스에 표현하지 말고 대신 피아노로 표현하라고
하는 것이고, 화가에게 모든 미술 기법의 재학습을 요구하는 것과
같다. 예술가 정신이 있는 사람이라면 재학습할 수도 있었겠지만,
그러나 그러한 노력을 인내하는 것은 너무도 큰 부담이기 때문에 그
러한 변화를 쉽게 받아들일 수 없었을 것이다. 두 번째 이유는 한자
의 사용은 상류층과 하류층을 가르는 효과적인 계급 장벽이었다. 한
국에서 항상 명확히 드러났던 계급 정신은 한자의 사용으로 자양분
을 얻고 강화되었다. 왜냐하면 단지 여유가 있는 계층만이 배움의
문 앞에서 "열려라 참깨(Open Sesame)"를 외치고 들어갈 수 있었기
때문이다. 한자의 보유는 중국 사상에 대한 사랑 때문이 아니라 한
편으로는 지적 관성과 다른 한편으로는 계급적 편견 때문에 유지될
수 있었다.

Since the beginning of this dynasty there have been no considerable
borrowings from China.

조선 왕조가 시작되면서부터 중국에서 차용한 것은 별로 없었다.

This closes the historical part of our theme, and now, in commenting upon it, I shall make use of a comparison which, though not exact in all particulars, is sufficiently so for our purposes. I shall attempt to show that the influence of China upon Korea has been almost identical with that of Continental Europe upon the inhabitants of the British Isles. Not that there is any similarity between Korea and England, any more than there is between China and Continental Europe, but that the law of cause and effect has worked in identically the same way in each case.

첫 번째 주제인 역사적 개관은 여기서 마무리한다. 지금부터는 비교를 통해 논의를 전개할 것이다. 이 비교에서 모든 세부적인 사항이 정확하지 않을 수도 있지만 그럼에도 불구하고 한국적인 것의 생존을 논하고자 하는 우리의 목적을 달성하는데 충분할 것이다. 나는 중국이 한국에 미친 영향력은 유럽 대륙이 섬나라 영국에 미친 영향과 거의 동일한 것임을 밝힐 것이다. 그것은 한국과 영국 사이에 어떤 유사성이 있어서이거나, 아니면 중국과 유럽 대륙 사이에 어떤 유사성이 있어서가 아니라, 인과법칙이 각 경우에 동일하게 같은 방식으로 작동하기 때문이다.

I. I have granted that there has been admixture of Chinese blood in Korea. This admixture terminated over a thousand years ago, for the Manchu and Mongol invasions left no traces in the Korean stock. But we find precisely the same process occurring in England at approximately the same time. The admixture of Norman blood in

England was indeed far greater than the Chinese admixture in Korea.

1. 나는 한국에서 중국인의 피가 약간 섞여 온 것을 인정했다. 만주와 몽골 침입은 한국 혈통에 아무런 흔적을 남기지 않았기 때문에 이 두 민족의 피의 혼합은 천년도 더 전에 이미 끝났다. 그러나 거의 같은 시대에 동일한 과정이 영국에서도 발생했다. 영국에 유입된 노르만 혈통은 한국에 들어온 중국 혈통보다 훨씬 더 많았다.

II. I have granted that the language of Korea has been modified by Chinese admixture, but the modification has been identical both in kind and in degree with that which the Romance languages exerted upon English. The changes which occurred among the Korean tribes between the years 200 B.C. and 100 A.D. may fitly be compared with the changes which took place in England at the same or a little later period, namely from the beginning of the Roman conquest. The influence of Norman-French upon English did not begin till somewhat later than the influence of Chinese upon Korean, but it was of the same nature. It is necessary then to inquire what was the kind of influence which the Chinese exerted over the Korean.

2. 나는 한국의 언어가 중국어의 유입으로 변화를 겪은 것을 인정했다. 그러나 그 변화는 로망스어군[8]이 영어에 미친 것과 동일한 종

---

8 로망스어군(Romance languages): 라틴어가 로마제국이 붕괴한 후 옛 제국 영역 내의 각지에서 지방적으로 분화하여 변천을 거듭하다가, 중세기에 이르러 다시

류와 동일한 정도로 진행되었다. 기원전 200년과 서기 100년 사이에 한국 부족민들에 일어났던 변화를 영국에서 동일시기 혹은 약간 그 이후의 시기 즉 로마의 정복이 시작되었던 시기부터 발생한 변화와 적절하게 비교할 수 있다. 노르만계 프랑스어는 중국어가 한국어에 미친 영향보다 조금 더 늦게 영향을 주기 시작되었지만, 그러나 그 성격은 동일했다. 그러므로 중국어가 한국어에 어떤 종류의 영향을 끼쳤는지 알아볼 필요가 있다.

(a) At the time when this influence commenced Korea already possessed a highly inflected language, which differed radically from the Chinese in its phonetics, etymology and syntax, and this difference is as great to-day as ever. If we turn to the British Isles we find that at the time of the Norman conquest there existed in England a highly inflected language which differed widely from that of the conquerors and that the distinction has been maintained in spite of all glossarial innovations.

1) 중국어가 한국어에 영향을 미치기 시작했을 당시 이미 한국에는 굴절이 매우 활성화된 언어가 있었다. 이 굴절어는 음성학, 어원학, 구문론에 있어서 중국어와 근본적으로 다른 언어였다. 오늘날에도 그 차이는 여전하다. 영국의 경우, 노르만 정복 시기에 영국에는

탄생과 성장의 길을 밟아 이루어진 근대어의 총칭이다. 로망스어군 중 근대 국가 성립 후 국어가 언어에는 프랑스어(語)·이탈리아어·에스파냐어·포르투갈어·루마니아어 등이 있다.

정복자의 언어와 상당히 다른 매우 굴절된 언어가 있었다. 노르만 정복으로 영어 어휘 부분에서 많은 새로운 변화가 있었지만 두 언어의 차이는 계속 유지되었다.

(b) The influence of the Chinese upon the Korean, as of the Norman upon the English, consisted almost solely in the borrowing of new terms to express new ideas and of synonyms to add elegance and elasticity to the diction. In both cases the legal, ecclesiastical, scientific and literary terms were borrowed, while the common language of ordinary life remained comparatively free from change. The difficulty of writing in pure Korean without the use of Chinese derivatives is precisely the same as that of writing in pure English without the use of Latin derivatives. Of course there are many Chinese terms that have no Korean equivalent, just as there are many Latin derivatives that have no Anglo-Saxon equivalent. But we must remember that there are thousands of common Korean words that have no Chinese equivalent. The whole range of onomatopoetic or mimetic words, in which Korea is particularly rich, has never been reduced to Chinese nor sought a Chinese synonym. In our English vocabulary there are only 28,000 Anglo-saxon roots. I feel sure that an exhaustive list of Korean words would show a larger proportion of native roots than this.

2) 영어에 미친 노르만어의 영향과 마찬가지로 한국어에 미친 중

국어의 영향은 거의 전적으로 새로운 사상을 포현할 용어를 차용하거나 말투에 우아함과 리듬을 더해 줄 유의어를 차용하는 정도였다. 영국과 한국 모두 법률, 종교, 과학, 문학 용어는 차용하였지만 보통 사람의 일상 언어의 경우 상대적으로 그 언어 변화가 적었다. 영국인이 라틴어 파생어를 사용하지 않고 순 영어로만 글을 쓰는 것이 어려웠듯이 그와 꼭 마찬가지로 한국인도 중국 파생어를 사용하지 않고 순 한국어로만 글을 쓰는 것이 어려웠다. 물론 앵글로 색슨어에서 그 대응어를 찾기 힘든 라틴어가 많듯이 마찬가지로 한국어로 표현할 수 없는 중국 용어들이 많다. 그러나 중국어로 표현할 수 없는 한국 일상어가 수천 가지라는 것을 기억해야 한다. 한국어는 특히 의성어 또는 의태어가 풍부한데, 이 단어들은 중국어로 환원되지 않고 중국어에 이와 유사한 단어가 없다. 영어 어휘에서는 약 28,000개 단어만이 앵글로 색슨어를 어원으로 하지만, 한국의 단어들을 철저하게 조사해보면 토착어에 뿌리를 둔 한국어의 비율은 영어에서보다 훨씬 더 높을 것이다.

(c) Ideas come first, words afterwards, and the Korean who has grasped the idea needs only to borrow the phonetic symbol of the idea. No written character is necessary. The fact that the whole New Testament has been intelligibly rendered into Korean and written in the native alphabet is sufficient answer to all who say that the Korean requires the Chinese character to enable him to express even the most recondite ideas.

3) 사상이 먼저이고 말은 그 다음이다. 사상을 이해한 한국인은 단지 그 사상을 표현해줄 음성학적 상징을 차용하기만 하면 된다. 문자가 필요한 것은 아니다. 신약성서 전체가 한국어로 알기 쉽게 번역되고 그리고 토착 글자로 번역될 수 있다는 사실만으로도 한국인은 한자가 있어야만 가장 난해한 사상을 표현할 수 있다고 말하는 모든 이들의 주장을 충분히 반박할 수 있다.

Ⅲ. I have granted that Korea has borrowed largely from the religious systems of China. I have shown that the Confucian cult was introduced into Korea a little after the beginning of our era. It was at this same time that Christianity was first introduced into England. But Christianity effected a far more radical change in England than Confucianism did in Korea. The ancient Druidical rites of prehistoric England correspond very well with the fetichism of the wild tribes of Korea, but though Christianity put an end to the whole Druidical system Confucianism never was able to displace the fetichism of Korea. It exists here to-day and forms the basis of Korean religious belief. It exercises an influence upon the Korean masses incalculably greater than Confucianism. The fetichism of Korea is not a Chinese product. It is described by the writers who tell of the ancient tribes of Korea, and what they say corresponds closely with what we know of Korean superstitions to-day. There were the full moon and the new moon feast. There was the worship of animals and of spirits of numberless kinds. The omens which the Koreans dreaded long before

133

the coming of the Chinese were the same as those which frightened the ancient Chaldeans, Persians, Romans, namely, eclipses, meteors, wailings, wild animals in the streets, showers of various articles of a most unexpected nature.

　　3. 나는 한국이 중국의 종교 체계를 많이 차용해 온 것을 인정했다. 유교 제식이 한국에 들어온 것은 서력 기원 후 얼마 지나지 않아서이다. 기독교가 영국에 처음으로 전달된 것과 같은 시기였다. 기독교는 영국에 근본적인 변화를 초래했지만 한국의 유교는 그렇지 못했다. 영국 선사시대의 고대 드루이드교 의식은 한국의 야만 부족의 물신숭배와 상당히 일치한다. 그러나 영국에서 기독교가 드루이드교 체계를 모두 종식시킨 것과는 달리 유교는 결코 한국의 물신숭배를 몰아낼 수 없었다. 한국의 물신숭배는 오늘날 여기에 존재하고, 한국의 종교적 믿음의 기초를 형성한다. 한국 대중들에게 유교보다 훨씬 막강한 영향력을 행사하였다. 그러나 한국의 물신숭배는 중국에서 유래한 것이 아니다. 한국의 고대 부족에 대해 말하고 있는 문헌의 기록들은 오늘날 우리가 한국의 미신으로 알고 있는 것과 매우 일치한다. 보름달 축제와 초승달 축제가 있었고, 동물숭배와 셀 수 없이 많은 다양한 종류의 정령 숭배가 있었다. 중국인이 오기 훨씬 이전에 한국인들이 두려워한 전조들은 고대 칼데아인, 페르시아인, 로마인을 경악시킨 것과 동일한 전조들이다. 즉, 일식, 유성, 통곡 소리, 거리의 야생동물, 사람들이 예상조차 못한 다양한 물건들이 하늘에서 쏟아지는 것 등이 이러한 전조에 속한다.

Much stress is naturally laid upon Confucianism, but what is Confucianism? A formulation of those simple laws of conduct which are common to the entire human family. The love of parents is instinctive to the race. It is common even among animals. Conjugal faithfulness, loyalty to rulers, the sacredness of friendship—these are things that all men possess without the suggestion of Confucianism and they existed here before Confucianism was heard of. The Koreans accepted the written Confucian code as naturally as the fledgeling takes to its wings. They had never formulated it before and so they naturally accepted the Chinese code.

유교를 자연스럽게 많이 강조하지만, 그런데 유교란 무엇인가? 유교는 인간 가족 전체에 일반적인 단순한 행동 규범을 공식화한 것이 아닌가. 부모에 대한 사랑은 인간의 본성에 속한다. 심지어 동물도 그러하다. 부부간의 신뢰, 군주에 대한 충성, 우정의 신성함, 이런 것들은 유교의 가르침이 없이도 인간이라면 모두 가지고 있는 것으로, 한국에 유교의 가르침이 있기 전부터 이미 한국에 있었다. 어린 새가 날 듯 한국인들은 자연스럽게 기록된 유교 규범을 받아들었다. 한국인은 그 전에 이러한 규범을 한 번도 공식화한 적이 없었기에 자연스럽게 유교 규범을 받아들이게 되었다.

But I would ask what influence Confucianism has actually exerted upon Korea. It has dictated the form of ceremonial observances and has overspread the surface of Korean social life with a veneer that appeals wholly to the eye, but which finds little sanction in the judgement. Which one of the Confucian precepts have the Koreans observed with even a reasonable degree of faithfulness? Not one. Their Confucianism is a literary shibboleth—a system of casuistry which is as remote from the field of practical ethics as the system of Machiavelli was remote from the field of genuine diplomacy. In Korea Confucianism has moulded merely the form of things and has left the substance untouched. To prove this I would ask to whom or what does the Korean have recourse when in trouble of any kind? Every one conversant with Korean customs will answer that it is to his primitive and inborn fetichism or to that form of shamanism to which Korean Buddhism has degenerated. And this brings us to the subject of Buddhism.

　　여기서 나는 유교가 실제로 한국에 어떤 영향력을 행사해왔는지 묻고 싶다. 유교는 지금까지 의례 형식을 규정하고 한국의 사회적 삶의 현상 속에 널리 퍼져 있으나, 전적으로 보기에 좋은 허례허식일 뿐이며, 행동의 판단 기준으로써 기능하지 못했다. 유교의 교훈 중 어느 하나라도 한국인들이 깊은 신념으로 지켜온 것이 있는가? 하나도 없다. 마키아벨리의 체계가 진정한 외교의 무대와는 거리가 멀 듯이, 한국의 유교는 학문상의 쉬볼렛(shibboleth)[9]일 뿐 실천윤리

---

9 쉬볼렛(shibboleth): 히브리어가 어원인 shibboleth는 길르앗인들을 에프라임인들과 가려내기 위해 사용한 암호이다. 에프라임인들은 이 말을 발음할 수 없었다(판관 12, 4 이하). 오늘날에는 이 말은 자기편을 알아보는 암호라는 뜻으로 쓴다. (『가톨릭에 관한 모든 것』, 2007. 11. 25, 가톨릭대학교출판부). 헐버트가 한

의 장으로부터 완전히 동떨어진 궤변의 체계이다. 한국에서 유교는 단지 사물의 형식의 틀만 형성하였을 뿐 그 본질은 건드리지 못했다. 이것을 증명하기 위해 한국인들이 곤란에 처했을 때 누구에게 무엇에 기대는지 묻고 싶다. 한국의 관습에 정통한 사람이라면 모두 다 그것은 바로 한국인의 타고난 원시적 물신숭배이거나 한국의 불교가 변질된 샤머니즘이라고 대답할 것이다. 이리하여 자연스럽게 다음 주제인 불교로 넘어간다.

Korea received Buddhism not from China but merely by way of China. In origin and philosophy Buddhism is an Indian product and can no more be cited as Chinese influence than Japanese Buddhism can be cited as Korean influence. We must look farther back to trace the genesis of that influence. China was merely the physical medium through which Indian ideas were transmitted to Korea and thence to Japan.

한국은 불교를 중국으로부터가 아니라 단지 중국을 경유해서 받아들었다. 불교의 기원과 철학은 인도라는 나라의 생산물이므로 불교를 중국의 영향으로 볼 수 없다. 그것은 일본 불교를 한국의 영향으로 볼 수 없는 것은 같은 이치이다. 불교의 영향의 기원을 추적하기 위해 더 먼 곳을 살펴보아야 한다. 중국은 인도 사상이 한국으로 다시 일본으로 전달되는 과정에서 물리적 매개체의 역할을 했을 뿐이었다.

<hr />

국의 유교를 literary shibboleth라 한 것은 유교가 양반과 다른 계층을 구별하기 위한 수단으로 사용되어 왔다는 것을 의미하기 위해서인 듯하다.

Buddhism flourished in Korea from about 400 A.D. to 1392 A.D. At that time an opposing current set in which pushed it into the background, but it would be a great mistake to think that the principles and philosophy of Buddhism are extinct. They have been pushed to the background, but they still remain in their modified form the background of the Korean temperament, as I shall show later.

불교는 한국에서 약 400년부터 1392년까지 융성했다. 조선 건국 후 불교를 주변으로 밀어내고자 하는 반대 흐름이 시작되었지만, 오늘날 불교의 원리와 철학이 완전히 사라졌다고 생각한다면 큰 오산이다. 불교가 계속해서 주변으로 밀려난 것은 맞지만 그러나 여전히 변형된 양식으로 한국인 기질의 배경을 형성한다. 나는 이 점을 나중에 밝히겠다.

IV. I shall grant that Korea has received her scientific ideas from China, but in the same way that the English received their fundamental scientific notions from the Continent. The astronomical system of Copernicus, the medical systems of Galen and Hippocrates, the mathematical systems of Euclid and Archimedes and the philosophical systems of Plato, Spinoza, Descartes and Kant—these form the background of English science. In the same way Korea received her astronomy, astrology, geomancy and necromancy from China.

4. 나는 한국이 중국으로부터 학문적 사상을 수용해 온 것을 인정

한다. 그러나 그것은 영국이 근본적인 학문적 사상을 유럽 대륙으로 부터 받아들인 것과 같은 방식이었다. 코페니쿠스의 천문학, 갈레노스·히포크라테스의 의학, 유클리드·아르키메데스의 수학, 플라톤·스피노자·데카르트·칸트의 철학, 이런 사상들은 영국의 학문적 배경이 되었다. 이와 같은 방식으로 한국은 중국으로부터 천문학, 점성술, 풍수지리, 강령술을 받아들였다.

V. I shall grant that Korea received her artistic ideals from China, but in the same sense that the English have always looked upon Phidias and Praxiteles, Correggio and Raphael, Mendelssohn and Bach as unapproachable in their own spheres.

5. 나는 한국이 중국으로부터 예술적 이상을 수용해 온 것을 인정한다. 그러나 그것은 영국인이 항상 페이디아스[10]와 프락시텔레스[11], 코레지오[12]와 라파엘[13], 멘델스존[14]과 바흐[15]를 영국인은 도달할 수 없는 이상으로 바라본 것과 같은 이치이다.

VI. I shall grant that Korea has borrowed her literary ideals from China. But among all the forms of poetry, whether epic, didactic or

---

10 페이디아스(Phidias): '피디아스'로도 불린다. 500?-432? B.C. 그리스의 조각가
11 프락시텔레스(Praxiteles): 기원전 350년경의 그리스의 조각가
12 코레지오(Correggio): 1494-1534, 이탈리아의 화가
13 라파엘(Raphael): 1483-1520, 이탈리아의 화가·조각가·건축가
14 멘델스존(Mendelssohn): 1809-47, 독일의 작곡가
15 바흐(Bach): 1685-1750, 독일의 작곡가

lyric, whether ode, sonnet, elegy or ballad, which one of them has originated in the British Isles? It is all merely a matter of form, not of substance.

6. 나는 한국이 중국으로부터 문학적 이상을 차용해 온 것을 인정한다. 그러나 모든 형식의 시 가운데, 그것이 서사적이든 교훈적이든 아니면 서정적이든 혹 송시이든 소네트이든 애가이든 발라드이든, 그중 어느 것 하나 영국이 그 기원인 시형식이 있는가? 모두 형식의 문제일 뿐 본질의 문제는 아니다.

VII. I shall grant that the Koreans have copied the Chinese in the matter of dress. But is it not a notorious fact that the whole of Christendom has been dictated to in this matter for centuries by a coterie of tailors and modistes in Paris? To-day Korea is more independent of China in the matter of dress than is England of the Continent.

7. 나는 한국인이 중국의 복식을 모방해 온 것을 인정한다. 그러나 복식 문제에 있어서 기독교국 전체가 수세기 동안 파리의 재봉사와 의류 집단의 지시를 받은 것은 악명 높은 사실이 아닌가? 오늘날 한국은 의복에 있어서 영국과 대륙의 관계보다 중국으로부터 더 자유롭다.

VIII. I shall grant that Korea has acknowledged the suzerainty of

China for two thousand years or more. In like manner the English people continued for centuries to pay Peter's pence, but the submission was only a superficial one. Korea had been overawed by the prestige of Chinese literature just as England had been overawed by the papacy, but even as the English people were moved to this more by reverence for authority in the abstract than by the personality of the Roman pontiff so the Koreans were kept bound to China more as a grateful source of intellectual enlightenment than as a political dictator. The Roman pontiff never pressed his temporal claims into the domain of English politics without the people of England becoming restive, and even so the Chinese never pressed their claim to suzerainty over Korea to its logical limits without the people of Korea becoming restive.

8. 나는 한국이 2천년 또는 그 이상 동안 중국의 종주권을 승인해 온 것을 인정한다. 유사한 방식으로 영국인들도 수세기 동안 성 베드로 헌금을 계속 내었지만 그러나 그 종속은 단지 표면적일 뿐이었다. 영국이 교황청에 압도된 것처럼 한국도 중국 문학의 명성에 압도되었다. 그러나 영국인들을 움직인 것은 사람으로서의 로마 교황이 아니라 추상적인 권위에 대한 존경이었다. 마찬가지로 한국인들도 중국을 정치적 지배자가 아닌 지적 교화의 고마운 원천으로 보고 중국에 계속 묶여 있었다. 로마 교황이 만약 세속적인 권리를 영국의 정치 영역에 강요하면 영국인들은 항상 이에 저항했다. 마찬가지로 한국인들은 중국이 논리적 한계를 넘어 한국에 대한 종주권을 강

요하면 항상 이에 저항했다.

These are some of the points of similarity between China's influence upon Korea and the influence of Continental Europe upon England, and I beg to submit the proposition that if the mere borrowing of foreign ideas brings the borrower into complete conformity to the lender we have a right to say that England is as subservient to Continental ideas as Korea is to Chinese. But no one would dream of saying that England has shown any such subserviency. With all her adaptation of foreign ideas England is a distinct and separate national unit. The same is true of Korea. Her borrowings have not merged her personality nor the characteristics of her people into any likeness to the Chinese.

유럽 대륙이 영국에 미친 영향과 중국이 한국에 미친 영향 사이에는 몇몇 유사점이 있다. 만약 외국 사상의 단순한 차용으로 인해 차용인이 대주(貸主)에게 완전히 순응하게 된다면, 영국은 한국이 중국에 그러하듯이 마찬가지로 대륙 사상에 종속된다고 말할 권리가 있다는 제안을 제출하기를 간청한다. 그러나 어느 누구도 영국이 그런 굴종을 보였다고 감히 말하지 못할 것이다. 영국은 외국 사상을 받아들였지만, 여전히 고유한 독립 국가이다. 한국도 마찬가지이다. 한국이 중국 것을 차용하였지만 그 차용으로 한국의 인성이나 한국인의 특성이 조금이라도 중국과 유사해진 것은 아니었다.

The Chinese are utilitarian, phlegmatic, calculating, thrifty, honest through policy, preferring a steady moderate profit to a large but precarious one. The Korean on the other hand, is a man of sanguine temperament, happy-go-lucky, hand-to-mouth, generous when he has the means, unthrifty, honest (when he is honest) not so much from policy as from contempt of dishonesty. This open-handedness of the Korean explains in part the very small amount of mendicancy here as compared with China.

중국인들은 실리적이고, 냉담하며, 계산적이고, 검소하고, 솔직하지만 정치적이고, 불확실한 높은 이익보다 적당한 안정적인 이익을 선호한다. 다른 한편 한국인들은 낙천적인 기질에, 태평스럽고, 앞날을 걱정하지 않고, 재력이 되면 관대하고, 검소하지 않고, (정직할 때) 정치적 계산에서가 아니라 부정직함을 경멸하기 때문에 정직하다. 한국인들의 인심이 후하기 때문에 일정 부분 중국보다 한국의 거지의 수치가 훨씬 더 낮다고 볼 수 있다.

Again, the Korean is passionately fond of nature, and is never so happy as when climbing his native hills or walking beside his streams. There is in him a real poetic vein which I fail to find in the Chinese either through my very slight personal acquaintance with them or through what I read of them in books.

한국인은 자연의 열렬한 애호가로 고향 언덕을 오르거나 개울가

를 거닐 때 가장 행복함을 느낀다. 한국인에게는 진정한 시적 기운
이 흐른다. 나는 중국인을 개인적으로 조금 알고 중국인의 책을 읽
어 보았지만 그들에게서 이러한 시적 정신을 발견하지 못했다.

The barrenness of Chinese literature has not got into the bones of
the Koreans. Their temperament is such as to throw it off as a healthy
mind throws off an attack of melancholy. This is possible because the
Korean study of the classics is a matter of custom or habit and not a
matter of enthusiasm or love. He studies them because he is ashamed
not to know them. Testimony may differ as to the status of Korean
scholarship, but it is the belief of some among us that the average
grade of that scholarship is exceedingly low. Among the so-called
educated class in Korea the vast majority know just enough Chinese
to read their notes to each other and to spell out the easy Chinese that
the daily paper affords, but I am not prepared to admit that more than
the meagrest fraction even of the upper class could take up any
ordinary Chinese book and read it with passable fluency at sight.

중국 문학의 황폐함이 한국인들의 뼈 속에 침투하지 않았다. 건강
한 마음이 우울한 기운의 공격을 막아내듯이 한국인의 기질은 그 황
폐함을 떨쳐내었다. 한국인의 중국 고전 연구가 관습 또는 습관의
문제이지 열정과 사랑의 문제는 아니기 때문에 그렇게 할 수 있다.
한국인이 중국 고전을 연구하는 것은 중국 고전을 모르는 것을 부끄
럽다고 느꼈기 때문이다. 한국인의 학문 수준에 대해 의견이 다를

수 있다. 그러나 우리들 몇몇은 한국인의 평균 학문 수준은 상당히 낮은 것으로 보고 있다. 소위 말하는 한국의 식자층 중 상당수의 한문 지식 정도는 서로에게 글을 읽어주는 정도, 신문에 나오는 쉬운 한문을 쓰는 정도에 불과하다. 상류층에서도 극소수만이 일상적인 한문책을 꺼내 겉으로 보기에 막힘없이 읽을 수 있는 정도이다.

The Korean temperament is a mean between that of the Chinese and that of the Japanese. He is more a child of impulse than the Chinese but less than the Japanese. He combines the rationalism of the Chinese with the idealism of the Japanese. It is the idealism in the Japanese nature that makes the mysticism of the Buddhistic cult such a tremendous power. The Korean is a less enthusiastic Buddhist, but he has in him enough idealism to make it sure that the philosophy of Buddhism will never lose its hold upon him until he comes in contact with the still deeper mysticism of Christianity.

한국인의 기질은 중국과 일본의 중간에 속한다. 한국인은 중국인보다 충동적이지만 일본인보다는 충동적이지 않다. 그는 중국인의 합리주의와 일본인의 이상주의를 결합한다. 일본에서 불교 제식의 신비주의가 그토록 엄청난 힘을 발휘하게 된 것은 바로 일본인의 이상주의적 성격 때문이다. 한국인은 일본인보다는 덜 열정적인 불교 신자이지만 그 속에 충분한 이상주의를 품고 있다. 그래서 한국에서 불교 철학은 한국인들이 더 깊은 기독교 신비주의와 접촉할 때까지 계속 그들을 지배할 것이 확실하다.

In all this he is at the widest remove from the Chinese. I have been informed by one of the most finished students of Chinese, a European who for twenty-seven years held an important position in Peking, that there was not a single monastery within easy distance from that city where there lived a monk who understood even the rudiments of Buddhism. This is quite what we might have expected, and to a certain extent it is true of Korea. The native demonology of Korea has united with Buddhism and formed a composite religion that can hardly be called either the one or the other, but running through it all we can see the underlying Buddhistic fabric, with its four fundamentals—mysticism, fatalism, pessimism and quietism. That these are inherent in the Korean temperament I will show by quoting four of their commonest expressions. "Moragĕsso"—I don't know—is their mysticism. "Halsu öpso" — It can't be helped—is their fatalism. "Mang hagesso"—going to the dogs—is their pessimism, and "Nopsita"—Let's knock off work—is their quietism.

이 모든 점에서 한국인과 중국인은 매우 거리가 있다. 중국어에 매우 정통하며 27년 동안 북경에서 요직에 있었던 한 유럽인에게 들은 바에 의하면, 중국 북경 근처에 있는 절 중에 불교의 아주 기본적인 교리를 아는 승려가 있는 절이 단 한 곳도 없다는 말을 들었다. 충분히 예상할 수 있는 바이고 이것은 어느 정도 한국도 마찬가지이다. 한국의 토착 귀신 사상[무속]은 불교와 결합하여 혼합 종교가 되어서, 불교와 무속을 구분하기가 힘들다. 그러나 한국 무속의 근저에

는 불교적인 정서, 특히 불교의 4가지 근본 정서인 신비주의, 운명주
의, 비관주의, 정적주의[靜寂主義][16]가 유유히 흐르고 있다. 한국의
기질 속에 깊숙이 내재된 4가지 근본 정서의 예를 가장 많이 사용하
는 4개의 일상적인 표현을 예로 보여주겠다. "모르겠어(Moragĕsso)"
는 신비주의, "할 수 없어(Halsu ŏpso)"는 운명주의, "망했어(Mang
hagesso)"는 비관주의, "놉시다(Nopsita)"는 일에서 손을 떼자라는
정적주의의 예다.

If we enter the fruitful field of Korean folk-lore we shall find a
mixture of Confucian, Buddhistic and purely native material. We
should note that the stories of the origin of Korea's heroes are
strikingly non-Chinese. Hyŭk-kŭ-sé, the first king of Sil-la, is said to
have originated from a luminous egg that was found in the forest on
a mountain side. For this reason the kingdom was for many years
called Kyé-rim or "Hen Forest" The second king of Sil-la was
Sŭk-tŭl-hă, who is said to have originated from an egg among the
people of Ta-p'a-ra in northern Japan. The neighbours determined to
destroy the egg, but the mother wrapped it in cotton and, placing it in
a strong chest, committed it to the waters of the sea. Some months
later a fisherman at A-jin harbor in Sil-la saw the chest floating off
the shore. He secured it and upon lifting the cover found a handsome
boy within. He became the second king of Sil-la and in reality the

---

16 정적주의(靜寂主義, quietism): 인간의 능동적인 의지를 최대로 억제하고 권인
   적인 신의 힘에 전적으로 의지하려는 수동적 사상이다.

founder of the line of Sil-la kings. Chu-mong, the founder of Ko-gu-ryŭ, was also born from an egg in far-off North Pu-yŭ. His foster father wished to destroy the egg, but found it impossible to do so even with a sledge-hammer. The mother wrapped it in silks and in time it burst and disclosed the future hero. Origin from an egg is thus found to be a striking trait of Korean folk-lore.

　　풍성한 한국 설화의 영역으로 들어가면 유교, 불교, 순수 토착 소재가 혼재되어 있는 것을 알 수 있다. 한국 영웅의 기원을 다룬 이야기들은 매우 비-중국적임을 주목해야 한다. 신라 최초의 왕인 혁거세는 숲속의 산중턱에서 발견된, 빛이 나는 알에서 나왔다고 한다. 이 때문에 신라는 수년 동안 "닭의 숲(Hen Forest)"을 의미하는 계림[鷄林]으로 불렀다. 신라의 두 번째 왕인 석탈해는 일본의 북부 지방인 타파나국에서 알로 태어났다. 이웃사람들이 알을 파괴하려고 했지만 그 어머니가 알을 면보에 싸 튼튼한 궤짝에 넣어서 바닷물에 맡겼다. 몇 달 뒤 신라의 아진포[阿珍浦]에서 한 어부가 해안가로 떠내려 오는 궤짝을 보았다. 궤짝을 건져 뚜껑을 열어보니 그 안에 잘생긴 남자아이가 있었다. 그는 신라의 두 번째 왕이 되었고 사실상 신라왕의 계보를 형성한 시조가 되었다. 고구려의 시조인 주몽 또한 먼 북쪽 땅 부여에서 알에서 태어났다. 그의 양부는 알을 없애기를 원했지만 큰 망치로도 깨뜨릴 수가 없었다. 주몽의 어머니는 알을 비단에 싸 두었고 시간이 지나 알이 깨어지더니 미래 영웅의 모습이 드러났다. 알 기원설은 한국 설화의 뚜렷한 특징이다.

The transformation into human shape of animals that have drunk of water that has lain for twenty years in a human skull is another favourite theme with Korean story-tellers. Buddhistic stories are very common and probably outnumber all others two to one. This is because Buddhism gives a wider field for the play of the Korean imagination. The stories of filial love and other Confucian themes comprise what may be called the Sunday-school literature of the Koreans and while numerous they hold the same relation to other fiction, as regards amount, that religious or ethical stories hold to ordinary of fiction at home.

동물이 인간의 해골에 20년 동안 담긴 물을 마셨더니 인간으로 변신했다는 이야기는 한국의 이야기꾼들이 좋아하는 또 다른 주제이다. 불교식 이야기가 아주 흔하고 아마도 이야기의 50% 이상이 불교 이야기이다. 이것은 불교가 한국인의 상상력이 놀 수 있는 넓은 장을 제공하기 때문이다. 효심과 기타 유교적 주제를 다룬 이야기는 소위 한국인의 주일 학교의 교재를 구성하고 그 수가 많다. 그러나 양의 관점에서 보면 허구적 이야기가 더 자주 회자된다. 이것은 일반 가정에서 종교적 혹은 윤리적 이야기보다 보통의 허구적 이야기가 더 많이 회자되는 것과 같은 맥락이다.

It remains to sum up what I have tried to say.

지금까지 말하고자 한 것을 요약하겠다.

149

(1) None of the Korean dynasties, since the beginning of the historical era, has been founded through the intervention of Chinese influence.

역사 시대 이후 한국의 그 어떤 왕조도 중국이 개입하여 세운 적이 없다.

(2) The language of Korea, in that particular which all philologists admit to be the most distinctive of any people, namely, in the grammar, has been wholly untouched by the Chinese, and even in the vocabulary the borrowed words have been thoroughly assimilated and form no larger proportion of the whole vocabulary than do borrowed words in English or in many other languages.

한국의 언어는 모든 언어학자들이 개별 민족의 가장 고유한 특징이라고 인정하는 특정 분야 즉 언어 문법에서 중국의 영향을 전혀 받지 않았다. 심지어 어휘에서도 차용된 말은 기존 한국어에 철저히 동화되었고, 한국어의 전체 어휘 목록에서 차용어가 차지하는 비율은 영어와 기타 여러 언어에서 차용어가 차지하는 비율과 비슷하다.

(3) In spite of the adoption of so many Chinese customs the temperament and disposition of the Korean remains clearly defined and strikingly distinct from that of the Chinese.

수많은 중국 관습을 수용하였음에도 불구하고, 한국인의 기질과 경향은 중국과는 현저하게 다른, 뚜렷이 구분되는 특징을 지닌다.

(4) The religion of the vast majority of the Korean people consists of a perfunctory acceptance of Confucian teachings and a vital clinging to their immemorial fetichism, the latter being modified by the Indian Buddhistic philosophy.

대다수 한국인의 종교는 유교적 교훈의 형식적 수용과, 태고적 물신숭배에의 과도한 집착으로 구성되는데, 후자는 인도의 불교 철학에 의해 변형되었다.

(5) The one physical feature that differentiates the Korean from other men in his own eyes and which forms his most cherished heirloom from the past — which in fact is his own badge of Korean citizenship — the top knot, is, according to his own belief, a purely Korean survival; while the Korean hat, the second most cherished thing, is also confessedly of native origin.

한국인과 다른 민족을 시각적으로 구분하는 하나의 신체적 특징은 한국인들이 과거부터 내려온 가장 소중한 가보로 생각하고 사실상 한국인임을 나타내는 배지와 다름없는 상투이다. 한국인들은 상투를 순수한 한국적인 것의 유물이라고 믿는다. 상투 다음으로 소중하게 생각하는 물건인 한국식 모자인 갓 또한 명백히 한국 고유의 것이다.

(6) Every story borrowed from China can be matched with two drawn from native sources and the proverbs of Korea are overwhelmingly Korean. Even in borrowing they Koreanized their borrowings, just as the greatest English poet drew the plots for most of his non-historical dramas from European originals. In a country where illiteracy is so profound as here folk lore exerts a powerful influence upon the people, and the very fact that the Korean resembles the Chinese in nothing except superficial observances shows that Chinese literature has taken no vital hold of him.

중국에서 빌려온 모든 이야기는 한국에서 발원한 것과 조화를 이룬다. 한국의 속담은 압도적으로 한국적이다. 한국인들은 차용할 때에도 차용한 것을 한국화 한다. 이것은 가장 위대한 영국 시인이 대부분의 비-역사적 드라마의 플롯을 유럽에서 차용한 것과 같다. 한국처럼 문맹률이 높아 민담이 백성들에게 강력한 영향력을 행사하는 나라에서, 피상적인 관습을 제외하곤 어디에도 한국인과 중국인이 닮지 않았다는 바로 그 사실은 중국 문학이 한국인을 완전히 장악한 것은 아니라는 것을 보여준다.

(7) When it comes to tabulating those Korean things that are purely native and which have come down through the centuries untouched by Chinese influences the task is impossible because there are so many such things. They abound in Korean architecture, music, painting, medicine, agriculture, fetichism, marriage and burial customs,

sacrifices, exorcism, games, dancing, salutations and jugglery.

순수 토착적이고 중국의 영향을 받지 않고 수세기를 내려온 한국
적인 것을 목록화하는 작업을 하고자 할 때, 그런 것들이 너무 많아
목록화 작업이 불가능하다. 한국의 건축, 음악, 그림, 의학, 농업, 물
신숭배, 결혼, 매장 관습, 제사, 액막이, 사냥, 춤, 인사법, 곡예 등에
서 한국 고유의 것들이 숱하게 많다.

The Korean's boats, carts, saddles, yokes, implements, embroidery,
cabinets, silver work, paper, ji-gis, po-gyos, pipes, fans, candle-
sticks, pillows, matting, musical instruments, knives, and in fact the
whole range of ordinary objects are *sui generis*, and the constant
mention of these objects all down the course of Korean history shows
that they are Korean and not Chinese

한국인의 배, 수레, 안장, 멍에, 연장, 자수, 수납장, 은세공, 종이,
지기(ji-gis), 포교(po-gyos)[17], 담뱃대, 부채, 촛대, 베개, 돗자리, 악기,
칼처럼 사실 전 범위의 일상용품은 독특하다. 한국사의 길 내내 이
런 물건들에 대한 언급이 계속되어온 것은 그것들이 한국적인 것이
지 중국적인 것이 아니라는 것을 보여준다.

In closing, I would call attention to the fact that in carefully

---

17 지기(ji-gis), 포교(po-gyos): 지기는 '지게'를 말하는 듯하고 포교는 '보교(步轎,
輔敎)'를 말하는 듯하다. 보교는 조선 시대, 벼슬아치들이 타던 가마의 하나이다.

studying Korean life and customs it is very easy to pick out those things which are of Chinese origin. Mr. Gale in his valuable paper, pointed out many of them with great distinctness; but this very fact is a refutation of the statement that Korea has been overwhelmed and swallowed up by Chinese ideas. If Korean life were such an exact replica of the Chinese as we have been led to believe, would it not be very difficult thus to pick out the points of resemblance and place them side by side with the points of difference?

끝으로 나는 한국인의 삶과 관습을 주의 깊게 관찰해보면 중국에서 기원한 것을 쉽게 집어낼 수 있다는 사실에 주목하고 싶다. 게일 씨는 앞의 훌륭한 논문에서 뚜렷이 구분되는 중국적인 것을 많이 지적했다. 그러나 바로 이 사실이 한국이 중국 사상에 압도되고 흡수되었다는 진술을 반박할 수 있는 지점이다. 우리가 들은 것처럼, 한국인의 삶이 중국인의 정확한 복사판이라면 유사점을 집어내어 유사점과 차이점을 나란히 배열하는 것이 사실상 어렵지 않을까?

I would ask anyone who has travelled both in China and Korea whether, in walking through the streets of Seoul, he is struck with any sort of resemblance between the Koreans and the Chinese. They do not dress like the Chinese, nor look like them, nor talk like them, nor work like them, nor play like them, nor worship like them, nor eat like them, nor bury like them, nor marry like them, nor trade like them. In all the large, the common, the outstanding facts of daily life and conduct the Korean is no more Chinese than he is Japanese. In his literature he courts the Chinese, but the gross illiteracy of Korea as a whole detracts enormously from the importance of this argument.

중국과 한국을 모두 여행한 이들에게 서울의 거리를 걸으면서 한국인과 중국인이 가진 어떤 유사성에 충격을 받은 적이 있는지 묻고 싶다. 한국인은 중국인처럼 옷을 입지 않고, 중국인처럼 보이지 않으며, 중국인처럼 말하지 않고, 중국인처럼 일하지 않고, 중국인처럼 놀지도 않고, 중국인처럼 제사를 지내지 않으며, 중국인처럼 먹지도 않고, 중국인처럼 장례를 치루지 않고, 중국인들처럼 결혼하지 않고, 중국인들처럼 장사하지도 않는다. 일상생활과 행동의 광범위하고 일반적이며 두드러진 모든 사실에서 한국인은 일본인이 아니듯이 중국인도 아니다. 문학에서 한국인은 중국인의 환심을 사려고 하지만, 한국의 총 문맹률을 고려할 때 전체적으로 이 주장의 그 중요성이 상당히 떨어진다.

It must be confessed then that, all things considered, the points of similarity with the Chinese are the exception and that the survivals of things purely native and indigenous are the rule.

이러한 모든 점들을 고려해 보면, 순수하게 토착적이고 고유한 한국성이 한국에서 지배적이고 중국과 유사한 문화가 오히려 예외적이라는 사실을 인정할 수밖에 없다.

제3장

게일, 존스의 토의문

- 게일, 존스, 「토론」(1900)

J. S. Gale, G. H. Jones, "Discussion," *Transactions of the Korea Branch Of Royal Asiatic Society* 1, 1900.

게일(J. S. Gale), 존스(G. H. Jones)

▌해제 ▌

　1900년 발행된 왕립아시아학회 한국지부 학술지 1호에는 게일-헐버트의 논문 이외에도 토의문이 함께 수록되어 있다. 헐버트의 글에 대한 게일의 답변이자 반박문 그리고 게일-헐버트 두 사람의 논의를 중재한 존스의 논의가 있다. 먼저 게일의 반박문을 보면, 게일 - 헐버트 두 사람 사이 견해의 차이가 발생한 이유를 보다 분명히 알 수 있다.

　첫째, 게일은 헐버트의 논의에 대한 반론을 자신의 논리를 직접 제시하는 차원이 아니라, 한국의 문헌사료를 직접 번역하여 자신의 주장을 펼친다. 게일-헐버트 두 사람의 차이는 과거 정통성을 부여받은 한국 유가지식층의 역사서술에 관한 인식의 차이이기도 하다. 즉, 게일이 과거 정통성을 지녔던 한국역사가의 저술에 대한 번역에 초점을 맞춘 것이라면, 헐버트는 과거의 사료를 통한 한국사의 새로운 재구성을 지향하고 있었던 것이다. 둘째, 영국인과 한국인에게 있어서 고전개념의 차이점이다. 헐버트는 게일의 발표문과 반대의 견지에서, 라틴문명과 영국의 관계와 중국문명과 한국의 관계를 유비로 배치시키며 한국의 고유성을 주장했다. 그렇지만 게일이 보기에, 한국인의 한문고전은 서구인의 고전과는 동등한 것이 아니었다. 그리스 로마문명과 영국의 관계가 진보로 묶여지는 것이라면, 중국문명과 한국의 관계는 그렇지 않았기 때문이다. 오히려 중국문명은 한국인의 사유 속에서 전부였고 동시대적인 것이었다. 즉, 한국인에게 한문고전은 분명히 하나의 '전범'이자 '公準'이었을지 모르지만, '현재와 구분되는 과거의 것', '진보를 향한 미래지향적 기획'은 아니었던 것이다.

학술발표를 마무리한 존스는 게일-헐버트 두 사람의 논의 모두를 인정했다. 그 이유는 게일-헐버트 두 사람의 논의는 모두 한국민족의 기원을 묻는 공통된 탐구였기 때문이다. 즉, 존스는 중국문화에 영향을 받지 않았던 과거 한국 선주민의 존재를 인정할 수 있다는 점에서 헐버트의 논의를 인정했으며, 중국문화가 한국에 영향을 끼친 오랜 역사 역시 인정할 수 있다는 점에서 게일의 논의를 인정했던 것이다.

┃ 참고문헌 ─────

김승우, 『19세기 서구인들이 인식한 한국의 시와 노래』, 소명출판,
    2014.
이상현, 『묻혀진 한국문학사의 사각, 외국인의 언어·문헌학과 조선후
    기-식민지 언어문화의 생태』, 박문사, 2017.
이상현, 『한국고전번역가의 초상, 게일의 고전학 담론과 고소설 번역
    의 지평』, 소명출판, 2013.
이용민, 「게일과 헐버트의 한국사 이해」, 『교회사학』 6권 1호, 한국기
    독교회사학회, 2007.

MR. GALE ─ The writer of this evening's paper was to point out
"what remains that is distinctive of Korea and that differentiates her
from China." I still ask, What are the survivals? The race is here as
little like the Chinese ethnologically as is their language philologically,
but in their world of thought what survives? I ask.

제임스 S. 게일: 오늘 저녁의 발표문의 저자는 '중국과 차별화된
한국의 고유의 것으로 남아 있는 것'을 지적하고자 했다. 나의 질문
은, '살아남음이란 무엇인가'라는 점이다. 한국 민족은 중국인과 민
족학적으로도 그리고 언어학적으로도 거의 유사점이 없는데, 한국
고유의 것이 한국 사상 속에서 살아남았다는 의미가 도대체 무엇인
지 묻고 싶다.

We are told by the reader that they used to call their king Kŭ-sŭ-
gan or Precious One; also Ch'a-ch'a-ong and Ch'a-ch'ŭng, diviner,

wizard; also I-sa-geum, the Honourable; also Ma-rip-kan. No other than our mutual friend Ch'oé Chi-wŭn says that these vulgar uncouth names were disliked, that the officials met and had them wiped out from the vocabulary of the nation. And what have they continued to call the king since 503 A.D.? Wang, in-gun, sang-gam, p'e-ha, whang-je － every native name disappeared and nothing but Chinese names left － just as if in Great Britain they should drop the word king and say "rex" or "roi." This was not forced upon Sil-la, but was of her own accord. Surely this is evidence rather of Chinese influence than of Korean survivals.

헐버트씨는 한국의 왕은 귀인(Precious One: 貴人)을 의미하는 거서간이나 점술가·마법사를 의미하는 차차웅과 차충[1], 그리고 명예로운 자를 의미하는 이사금 또는 마립간으로 불렸다고 발표했다. 헐버트씨와 내가 모두 언급한 신라인 최치원에 의하면, 이 저속하고 상스러운 이름들은 신라에서 환영받지 못해 관리들이 모여 국가의 어휘 목록에서 그 이름들을 지웠다고 한다. 503년 이후 왕은 무엇으로 불렸는가? 왕, 임금, 상감, 폐하, 황제로 불렸다. 토착 이름은 모두 사라지고 중국식 이름만 남았다. 대영제국이라면, 토착어인 'king'을 버리고 외래어인 "rex"와 "roi"로 왕을 지칭해야 할 것이다. 누가 신라에게 강요한 것이 아니고 신라는 자발적으로 그렇게 했다. 이것은 한국

---

1 차차웅(Ch'a-ch'a-ong)과 차충(Ch'a-ch'ŭng): 한 마을의 우두머리로서 천신제 등의 제사를 주관하던 차차웅이 차충 → 충 → 중으로 변하여 불교가 전래된 이후로 승려를 지칭하게 되었다.

적인 것의 생존이라기보다는 중국의 영향을 나타내는 증거이다.

The writer in drawing a contrast between Tan-gun and Keui-ja would seem to leave the impression that Tan-gun's influence was considerable, and that Keui-ja was largely mythical or doubtful and his whole influence to be questioned.

헐버트 씨는 단군과 기자를 대조하면서, 단군의 영향은 상당하지만 기자는 신화적이거나 의심스러운 부분이 많은 인물이므로 기자의 전반적인 영향은 의심스럽다는 인상을 주고 싶은 듯하다.

Let me read a part of the preface of the Tong-guk T'ong-gam, before quoting from it a reference to Tan-gun and Keui-ja. "His Gracious Majesty King Kang-hŭn, in conformity with destiny, opened up the kingdom, collected ancient writings and stored them away in the private library." [This was the founder of the present dynasty, who came to the throne in 1392]. Three kings in succession, increasing in excellent rule, appointed offices, opened up boards and collected histories of Ko-ryŭ, of which there was one called Chŭn-sa and one Chŭl-yo [Complete Chronicle and Important Events], and by degrees the writings of historians were put in order.

단군과 기자에 대한 통국통감의 언급을 인용하기에 앞서, 이 책의 서문의 일부분을 읽어보겠다. "강헌대왕은 운명의 부름을 받아 나

라를 세우고, 옛글을 모아 개인 서고에 보관했다"(강헌대왕은 1392
년에 왕위에 오른 현 왕조의 시조이다). 그를 뒤이은 세 명의 왕은 선
정을 펼치며 관리를 임명하고 위원회를 만들어 고려에 관련된 역사
서를 수집하였다. 그중에는 각각『전사[全史]』와『절요[節要]』(편년
사와 통사)로 불리는 역사서가 있었다. 그들은 역사가들의 글들을 조
금씩 정리하였다.

"King Se-jo He-jang, the holy heaven-sent scholar whose spirit
dwelt in history, said to his courtiers 'Although our Eastern State has
many chronicles or outlines (Sa) it is without an extensive book of
history (T'ong-gam). Let us make one according to the Cha-ch'i' and
so he ordered his scribe to prepare it but it was never finished. (1455-
1468 A.D.)"

"하늘이 내신 성스러운 학자인 세조혜장[世祖惠莊]은 역사에 뜻
을 두어 대신들에게 이르기를, '우리 동방국에 연대기와 사략이 많
다고 하나, 방대한 역사서, 즉『통감』이 없다. 우리도『자치[資治]』[2]
와 같은 역사서를 만들도록 하라'고 하시여 사서에게 통감을 만들도
록 명하였지만 결코 그 완성을 보지 못했다(A.D. 1445년~1468년)."

"His Majesty, our present king, came to the throne, took control

---

2 *A famous history written in the Song dynasty by Sa Ma-giung and used as a model
 by Chu-ji. See Notes on Chinese Literature by Wylie, page 20. [송나라 사마광(Sa
 Ma-giung)이 쓴 유명한 역사서로, 주지(Chu-ji: 주자)가 전범으로 삼았다. Wylie
 의 중국 문학(Chinese Literature)의 각주를 보라. 20쪽]

(1469), and following the plans of his ancestors commanded Prince Tal-sŭng and nine others, including the writer, Ye Keuk-ton, to prepare the Tong-guk T'ong-gam."

"현왕인 주상 전하께서 1469년 왕위에 올라 집권하여, 선조들의 명을 받들어 달성군[達城君]과 저자인 이극돈을 포함한 9인에게『동 국통감』을 마련하도록 명령했다."

They completed their work in the twenty-sixth day of the seventh moon, 1485, seven years before Columbus discovered America, and their work is regarded to-day — yes, I believe I am safe in saying it — as the very highest authority on Korean history. The Educational Department has made it the basis of the Tong-guk Sa-geui recently published.

그들은 콜롬버스(Columbus)가 미국을 발견하기 7년 전인, 1485 년 음력 7월 26일에『동국통감』을 완성했다.『동국통감』은 오늘날 까지 가장 권위 있는 한국사로 간주된다. 필자도 이에 동의한다. 교 육부는『동국통감』을 기초로 한『동국사기』를 최근에 발행하였다.

Now that the authority is given let me in two or three paragraphs quote what is said of Tan-gun and Keui-ja. Regarding Tan-gun it reads—

『동국통감』의 권위를 알게 되었으니, 이 책에서 단군과 기자에 대해 말한 2-3 단락을 인용해 보겠다. 단군을 다룬 단락은 아래와 같다.

"The last State was without a king when a spirit-man alighted beneath the Sandalwood tree. The people of the country made him king. King Sandalwood (Tan-gun). The name of the state was Cho-sŭn. This took place in Mu-jin year of Tang-jo (2333 B.C.). At first P'yŭng-yang was the site of the capital, but afterwards it was removed to Păk-ak. He continued till the year Eul-mi, the eighth year of the Song monarch Mu-jong (1317 B.C.?). Then he entered A-sa-tal Mountain and became a spirit."

"천인이 박달나무 아래로 강림했을 때 그 나라에는 왕이 없었다. 그 나라의 백성들은 그를 왕으로 삼았다. 그가 바로 박달나무(Sandalwood) 왕 즉 단군이었다. 나라의 이름은 조선이었다. 기원전 2333년, 즉 당 요[唐堯] 무진년의 일이었다. 조선의 첫 수도는 평양이었으나 후에 백악[白岳]으로 수도를 옮겼다. 단군은 기원전 1317년(?) 즉 상나라 (the Song) 무종 8년 을미년까지 조선을 다스리다 아사달 산으로 들어가 신령이 되었다."

This is all that is said of Tan-gun. No mention is made of him in Chinese history that I have been able to discover. In fact, he belongs entirely to the mythical age. But with Keui-ja it is different. As long as the "Great Plan" stands in the Book of History we have no doubt of

Keui-ja's having once lived. Over 100 pages in Vol. VI. of the Korean edition are filled with notes of Chu-ja and other sages of China, explaining the meaning and purpose of Wisdom as seen in the Hong-pŭm. We must admit that he existed in a very different way from Tan-gun. Now as to his having been in Korea, Ch'ă-jim, a Chinese scholar of the 12th century, who annotated the Book of History, says "After Keui-ja wrote the Great Plan, King Mu appointed him to Cho-sŭn and made it an independent state because Keui-ja did not wish to serve King Mu." In the ninth book of the Analects we read that Confucius desired to go east and live among the barbarians, crossing the sea, which certainly proves that Manchuria was out of the question. Some one asked, "Would that not soil you, master?" His reply was "Nothing can defile where the Superior Man is." Hu-ja-pang adds the note "When a man like Keui-ja could take over Cho-sŭn and live among barbarians, what is there about it that is mean?" Mayers, Giles and Legge, all understand that Keui-ja came to Cho-sŭn across the Yalu, and Carles says that the sights and associations around P'yŭng-yang make him as evident there as Shakespeare is in Stratford-on-Avon.

단군을 다룬 곳은 이 부분뿐이다. 내가 발견할 수 있는 중국 역사서 어디에도 단군에 대한 언급이 없다. 사실 그는 전적으로 신화시대에 속한다. 그러나 기자는 다르다. 『서경』의 홍범(Great Plan)이 있는 한, 우리는 기자가 실존 인물임을 의심하지 않는다. 한국판 6권의

100쪽 이상을 가득 채운 것은 주자와 여러 중국의 현인들이 홍범에
담긴 지혜의 의미와 목적을 설명한 주석이다. 우리는 기자와 단군은
그 존재 방식이 아주 다른 인물들임을 인정해야 한다. 『서경』에 주석
을 단 12세기의 중국 학자인 채림(Ch'ă-jim)은 기자가 한국에 온 연
유를 다음과 같이 말한다. "기자가 홍범을 쓴 후, 그는 무왕의 신하가
되기를 원하지 않았다. 그러자 무왕은 기자를 조선에 봉하고 조선을
독립국으로 만들었다." 『논어』 9권을 보면 공자가 바다 건너 동쪽에
가서 야만인들과 살고 싶다고 한 부분이 나온다. 이때의 동쪽 나라
가 만주국이 아님은 명백하다. 혹자가 물었다. "그러면 선생님께서
더러워지지 않을까요?" 공자가 답했다. "현인(Superior Man)이 있는
곳은 어떠한 것도 더럽혀지지 않는다." 후자방(Hu-ja-pang)은 공자
의 말에 주석을 달았다. "기자 같은 이가 조선을 맡아 야만인들과 살
수 있다면, 거기에 천한 것이 무엇이 있겠는가?" 메이어스[3], 자일
즈[4], 레게[5] 모두 기자가 압록강을 건너 조선에 왔다고 생각한다. 칼
즈[6]는 스트래트퍼드 온 에이븐[7]과 셰익스피어를 분리할 수 없듯이
평양의 모습은 기자를 연상시킨다고 말한다.

---

3 윌리엄 프레드릭 메이어스(William Frederick Mayers): 영국의 외교관, 중국 연
  구가
4 허버트 알렌 자일즈(Herbert Allen Giles): 영국의 외교관, 캠브리지 대학 중국어
  학과 교수, 중국고전 번역
5 제임스 레게(James Legge): 영국(스코틀랜드)의 선교사·중국학자. 중국고전 번역
6 칼즈(W.R. Carles): "What Shakespeare is to Stratford, and King Alfred was to
  England, Ki-tze was to Korea and is to Phyong-yang." ('Recent Journeys in Korea:
  1883-4]' by William Richard Carles)
7 스트래트퍼드 온 에이븐(Stratford-on-Avon): 영국 위릭셔(Warwickshire)주의
  남서부에 위치한 도시로 셰익스피어의 출생지이자 매장지이다.

The T'ong-gam goes on to say, quoting from the Book of History. Vol. VI., that Keui-ja did not wish to serve a usurper; that King Mu handed him over Cho-sŭn; that he gave the people the Eight Laws and the Nine Field Divisions — in fact, that he endeavoured to carry out the principles so wonderfully stated in the Book of History and so highly praised by the sages of China. The result was — no need to lock the doors; the women were chaste and faithful; fields and meadows were opened up; towns and cities were built [apparently before that time they were the wandering people called the "Nine Tribes" in the Book of History]; people ate from sacrificial dishes and there was development of truth and goodness.

『통감』은 『서경』 6권의 글을 계속 인용한다. 기자가 왕위 찬탈자의 신하가 되기를 거부하자 무왕은 그에게 조선을 넘겼다. 기자는 조선 민족에 '8조법과 9조목'(the Eight Laws and the Nine Field Divisions)을 전하여 이 규범들을 이행하고자 노력했다고 한다. 『서경』에는 중국의 성인들이 극찬한 8조법과 9조목이 매우 뛰어나게 진술되어 있다. 그 결과, 문을 잠글 필요가 없고, 여자들은 순결하고 정숙하며, 들판과 목장은 개방되고, 읍과 도시가 세워졌고(기자 이전, 조선인들은 『서경』에서 '구이[九夷: Nine Tribes]'라 칭한 유목민임이 분명하다.), 사람들은 제사 음식을 먹고, 참과 선의 발전이 있었다.

A Chinaman, Pŭm-yŭp, who lived about the 5th century A.D. and wrote the Book of the After Han, says Keui-ja made his escape, came to Cho-sǔn, gave the document of the Eight Laws and made the people know what they prohibited, so that there was no unchastity or theft in the cities; they did not lock their doors by night; gentleness became the custom; religion and righteousness abounded; laws for teaching were definitely stated, and faith and virtue were practised so that the source of law as acknowledged by the ancient sages was received.

5세기경 『후한서』의 저자인 중국인 범엽(Pǔm-yǔp)은 기자가 조선으로 도망친 후 그 백성들에게 8조법 문서를 주어 금기를 가르쳤더니, 도시에 음란함과 도둑질이 없어지고, 밤에 문을 잠그지 않고, 온화함이 일상이 되고, 종교와 의로움이 넘쳐나고, 가르침의 법이 명확히 명시되고, 믿음과 미덕이 실행에 옮겨져, 옛 성인들이 인정한 법의 발원지가 되었다고 말한다.

Ham Ho-ja also says, "Keui-ja mustered 5,000 men of the Middle Kingdom, came to Cho-sǔn, and brought with him poetry, history, ceremony, music, medicine, witchcraft, the Eum-yang, divination, fortune telling; also the various kinds of workmanship, skilled labor." When he came to Cho-sǔn he could not communicate by speech and so understood by interpretation. He taught poetry, history ― so that the people might know the forms of ceremony and music of the Middle Kingdom ― the religion of father and son, king and courtier, the law of the five relationships, also the eight laws, elevating faith and goodness and making much of culture and causing the customs of the Middle Kingdom to ferment in the land. He taught them to esteem lightly military valour, but to repay violence by virtue. The neighbouring states all looked up at his righteousness and made friends. Because his clothing and fashions were all like those of the Middle Kingdom, they called Cho-sŭn the State of Poetry, History, Ceremony and Music, the King of Charity. Keui-ja began these things and who can fail to think so? As a result of the reign of Keui-ja the Han records speak of Korea as the Development of Goodness; the Tang records, "The Superior Man's Nation"; the Song records, as the Country of Ceremony, Music and Literature.

함호자(Ham Ho-ja)는 또한 다음과 같이 말했다. "기자는 5,000명의 중국인을 모아, 조선에 왔다. 그는 시, 서, 예, 악, 약, 무[巫], 음양, 복서[卜筮], 복술[卜術] 뿐만 아니라 백공[百工] 즉 숙련된 노동자를 함께 데리고 왔다. 조선에 도착한 기자는 말로 의사소통할 수 없어 풀이로 이해했다. 그는 조선인들이 중국의 악과 예를 알 수 있도록 시와 서를 가르치고, 부자[父子]의 법, 군신[君臣]의 법, 오륜, 8조법을 또한 가르쳤다. 그리하여 믿음과 선을 고양하고 문화를 중시하여 중국의 관습이 이 땅에 꽃피게 했다. 기자는 한국인에게 군사적 용맹을 가볍게 여기고 덕으로 폭력을 갚을 것을 가르쳤다. 이웃국가들은 모두 그의 의로움을 공경하여 우방국이 되었다. 기자의 옷과 패션은 모두 중국식이었기에, 우방국들은 조선을 '시, 서, 예, 악의 나라, 자애로운 왕의 나라'로 불렀다. 기자가 이 일들을 시작하지 않았다면 누가 했겠는가? 기자의 치세의 결과, 한나라, 당나라, 송나라의 문헌은 각각 한국을 '선의 발전', '군자의 나라', '예, 악, 문'의 나라로 칭한다.

This ends the account regarding Keui-ja and Tan-gun, and to my mind it excludes the possibility of the correctness of the comparison drawn in today's paper.

기자와 단군에 대한 이야기는 여기서 마친다. 나는 헐버트씨가 오늘 발표문에서 한 비교가 옳지 않음을 이것으로 충분히 증명했다고 생각한다.

I mention Keui-ja particularly because I believe that his is the most powerful influence that has touched this country in the person of one man, for he has continued till to-day in his writing and laws. Even the formulation of the Five Relationships came from Keui-ja.

나는 기자가 오늘날에도 글과 법으로, 한 사람의 개인으로 이 나라에 가장 큰 영향을 준 인물이라고 믿기 때문에 특히 그를 언급하였다. 심지어 오륜도 기자에서 유래했다.

Wi-man is spoken of as a semi-barbarian half Manchu. He was a Yŭn-in, which to-day means Pekingese; he helped build the Great Wall against barbarian tribes, so I include his influence in that of

169

China. When he first came to Cho-sŭn Keui-jun made him a Pak-sa or Doctor of Laws. He must have been acquainted with Chinese civilization to merit such a title — unless he purchased his degree — in which case it would show his respect for things Chinese. I connected the top-knot with Wi-man, because the history says "Wi-man flying for his life with 1000 followers and more wearing the 'Ch'u' (top-knot) came to Korea." I would like to get from the reader of the day the authority that says Tan-gun gave the top-knot and to see the Chinese character that is used to express it.

위만은 반[半]만주인, 반[半]야만인으로 말해진다. 그는 연나라 사람으로, 오늘날 북경인을 뜻한다. 그가 야만족의 침입을 막을 만리장성 축성을 도왔으므로, 나는 그를 중국이 한국에 미친 영향력에 포함하겠다. 위만이 처음 조선에 왔을 때 기준은 그를 박사 즉 법학박사에 임명했다. 그런 명칭을 받을 정도라면 분명 그는 중국 문명에 정통했음에 틀림없다. 그가 학위를 돈을 주고 사지 않았다면 말이다. 어느 경우든 그는 중국적인 것에 대한 존경을 보였을 것이다. 나는 상투를 위만과 연결시켰다. 역사서에 보면, "위만은 추(top-knot)를 한 1,000명 이상의 추종자를 대동하고 필사적으로 한국으로 도망쳐왔다." 오늘날의 발표자인 헐버트씨가 단군이 상투를 전했다고 하는데 이를 뒷받침해주는 권위서를 제시해 주었으면 좋겠고, 상투를 표현하기 위해 사용된 한자를 알고 싶다.

The writer maintains that the Three Hans were all named years before the Chinese came and that they, the Chinese, did not in any way figure in the founding of these states. The name Han, however, has evidently come from China and it came to stay for the present name is Han once more. The Tong-guk T'ong-gam says; "Chin Han[8] (using the Chinese hour character Chin) was to the west of Ma-han. The story is that fugitives from the Chin State of China, in order to escape trouble, came to Han. Han apportioned to them territory to the east, where they set up their city. Their speech was the same as that of the people of Chinese Chin. Some call the country Chin-Han (using the same Chin as the Chinese). They had as king a man from Ma-han, and although they continued from generation to generation it is evident that they did not become independent. They were permanently under the restraint of Ma-han. The land was suitable for the Five Grains. Their custom of agriculture provided sufficient. They skilfully wove silk and cotton; they rode in ox and horse carts. They had marriage laws and the sexes were separated. Those on the road meeting women would stop and ask others to pass before them."

발표자는 삼한(Three Hans) 모두 중국인들이 오기 전에 지어진 이름이고, 중국인들은 삼한의 건국에 어떤 중요한 역할을 하지 않았다고 주장한다. 그러나 '한'이라는 이름은 분명히 중국에서 유래되어 계속 사용되었고 현재의 이름 또한 '한'이다. 『동국통감』을 보자.

---

8 Chin Han: 앞서 '마한'을 'Mah-han'으로 표기했다는 것을 상기한다면, 여기에서 'Han'을 대문자로 표기한 것을 주목할 필요가 있다.

"진한(시간을 나타내는 한자 '진[辰]'을 사용)은 마한의 서쪽에 있
었다. 이야기에 의하면 중국 진나라의 망명자들이 곤란을 피하고자
'한'에 왔다. 한은 영토를 주어 그들을 동쪽으로 보냈는데, 그들은
그곳에 도시를 세웠다. 그들의 말은 중국 진나라 사람들의 말이었
다. 어떤 이는 그 나라를(중국어와 같은 진을 사용) 진-한으로 부른
다. 그들은 마한 사람을 왕으로 삼았다. 그들의 나라는 자자손손 이
어졌지만, 진한은 분명 독립국이 아니었다. 그들은 마한의 영구적인
지배를 받았다. 진한 땅은 오곡을 생산하는데 적합했다. 농경문화는
충분한 것을 제공했다. 그들은 비단과 면 직조술에 뛰어났고, 우마
차를 탔다. 혼례법이 있었고, 남녀는 유별하였다. 길에서 여자를 만
나면 멈추어서 여자들이 먼저 지나가도록 했다."[9]

Kwŭn-geun, who was a minister of the Ko-ryŭ dynasty and royal
librarian in 1375, says "The language of the Three Hans was not the
same. The Cho-sŭn king, Keui-jun, who escaped from the war of
Wi-man and came south by sea, united fifty separate states, opened
up a kingdom and called it Ma-han. It lasted till the time of On-jo of

---

9 "辰韓在馬韓之東, 自言: '秦之亡人, 避役入韓, 韓割東界, 以與之, 入城栅.' 言語有
類秦人, 或謂之秦韓, 常用馬韓人作主, 雖世世相承, 而不得自立, 明其流移之人, 常
制於馬韓. 地宜五穀, 俗饒, 蠶桑, 善作縑布. 乘駕牛馬, 嫁娶禮, 俗男女有別, 行者相
逢, 皆住讓路." 게일은 진한이 마한의 서쪽에 있다고 했는데, 『동국통감』의 원문
에는 동쪽에 있는 것으로 되어 있다. 또, "길에서 여자들 만나면 멈추어서 여자
들이 먼저 지나가도록 했다"라고 했는데, 원문에는 길을 가다가 서로 만나면 모
두 멈추어 서서 길을 양보하였다고 되어 있다. 남녀가 유별하여 길에서 만났을
때 서로 양보하는 풍속을 적은 것인데, 게일은 남자가 여자를 만나 길을 양보하
는 상황에 국한시켰다. 서양의 여성 존중 문화가 반영된 것이다. 그런데 길에서
서로 양보하는 풍속을 남녀가 유별한 사실과 별개로 본다면, 일반적으로 길에
서 사람을 마주쳤을 때의 예의범절로 이해할 수도 있다.

Păk-je, who united it into one. Ok-ju of to-day is the ancient site and people still call it Keui-jun's city. The founder of Sil-la, Hyŭk-kŭ-se, set up Chin-Han or made it one state." All this would seem to contradict what we have heard and to say that the Chinese and descendants of Chinese had much to do with the gathering together of the small separate states under the names of Ma-Han and Chin-Han.

1375년 고려의 대신이자 왕실 사서였던 권근은 말한다. "삼한의 언어는 달랐다. 조선왕 기준은 위만과의 전쟁에서 도망쳐 바다 건너 남쪽으로 온 후 분리된 50개 부족(state)을 통합하여 왕국을 건립하였고 이를 마한이라 칭했다. 온조가 마한을 백제에 통합할 때까지 마한은 이어졌다. 오늘날의 옥주(Ok-ju)는 고대의 장소로 사람들은 이곳을 여전히 기준의 도시라 부른다. 신라의 시조 박혁거세는 진-한을 세웠거나 아니면 그것을 하나의 부족국가로 만들었다." 이 모든 것은 발표자의 주장과 모순되는 듯하고, 중국인과 그 후손들은 마-한과 진-한의 이름하에 분리된 소부족들의 결합체와 더 관련이 있다고 말하는 것 같다.

The reader asks What is Confucianism? Simply a formulation of those simple laws of conduct which are common to the entire human family, the love of parents, etc. I leave a future paper before this Society, whoever it may be written by, to deal with this paragraph. It seems to me it has looked at a detail or two and missed the whole colossal outline of Confucianism.

발표자는 '유교란 무엇인가'라고 묻고, 간단하게, 부모에 대한 사랑처럼 모든 인간 가족에 공통적인 단순한 행동 규범의 공식화라고 답한다. 나는 이 협회의 미래의 논문(그 저자가 누구든)이 이 문단을 다루도록 남겨두겠다. 나에게 이 문단은 유교의 한두 가지 세부사항은 보지만 전체 거대한 윤곽은 놓친 것처럼 보인다.

Sŭl-chŭng invented the Nitu to "wean" the natives from Chinese, we are told, but it seems to me to be a system designed rather to aid and encourage the reading of Chinese.

발표자는 설총이 이두를 창안한 것은 토착민들을 중국어로부터 "이유[離乳]"하기 위해서였다라고 말하지만, 나에게 이두는 오히려 중국어 독해를 돕고 권장하기 위해 창안된 체계인 것 같다.

The simile so well worked out with England as the other quantity is most interesting but I question the correctness of it. If the comparison with England were true and classic and Continental influences were equal to the influence of China upon Korea, I should not expect to find England mother of a republic like the United States or so evident in India, South Africa, Australia and Canada. Since the ancient Britons were, as the reader affirms, much like the ancient Koreans — equal in their manner of life, ignorance and superstition, and if, as the writer also maintains, the influence from the Continent were the same as that of China upon Korea, I should expect to find in England to-day a condition similar to the one here. What would it be? Let us picture it merely in the literary kingdom. I enter a primary school and the boys are singing away at Latin and Greek. There are no girls, I beg you to notice; that is part of the influence. Do they understand what they read? Oh, no! they're studying the sounds now; they'll get the meanings later. No England history is taught; no English literature. English is spoken merely as a means of getting at the classics. "Sing, oh goddess! the destructive wrath of Achilles." In recess time games on the lawn would be between Priam and Agamemnon. They would talk of battering down the walls of Troy, as though it had happened yesterday. The nurse caring for the baby would sing of Diomedes and Hector and the men as they work at the docks would sing of Menelaus, who was a contemporary of Kang-tă-kong that the coolies sing of here; of Agamemnon, who stands for Mo-wang; of the Troubadours of Languedoc, who lived at the time of Yi Ta-păk and of Titus Quintius Flaminius, who was a contemporary of Han-sin. Nine songs out of ten would take you to the Olympian Mountains or the Forum.

영국과 비교한 부분은 매우 흥미롭지만 비유의 적절성이 의문스럽다. 영국과의 비교가 진실되고 고전적이고 대륙이 영국에 준 영향력과 중국이 한국에 준 영향력이 동등하다면, 어떻게 영국이 공화국 미국의 모체가 될 수 있으며 또한 인도, 남아프리카, 오스트레일리아, 캐나다에서 큰 존재감을 행사할 수 있는가? 발표자의 확신처럼, 고대 영국인과 고대 한국인들은 생활 방식, 무지, 미신에서 매우 유사하고, 그리고 발표자의 주장처럼, 대륙과 중국이 각각 영국과 한국에 같은 정도로 영향을 주었다면, 오늘날의 영국은 여기 한국과 비슷할 것으로 예상할 수 있다. 영국은 어떤 모습일까? 간단하게, 문학 세계의 모습을 그려보자. 초등학교에 들어가니 남학생들이 라틴어와 그리스어로 노래를 하고 있다. 여학생들이 없는데, 이것도 영향의 일부분이니 나는 여러분들이 여기에 주목하길 바란다. 그들은 읽고 있는 것을 이해하는가? 전혀, 그렇지 않다. 그들은 지금 소리를 연구하고 있고, 의미는 나중에 파악할 것이다. 영국 역사는 전혀 배우지 않는다. 영국 문학도 마찬가지다. 영어는 고전에 접근하기 위한 수단으로만 말해진다. "노래하라, 오 여신이여! 아킬레스[10]의 파괴적 분노를." 휴식 시간 잔디 위에서는 프리아모스[11]와 아가멤논[12] 사이에 시합이 벌어진다. 그들은 트로이 성의 함락이 마치 어제 일어난 일인 듯 말한다. 아기를 돌보는 유모는 디오메데스[13]와 헥토르[14]를 노래하고, 갑판에서 일하는 사내들은 여기 한국의 일꾼들이 강태공을 노래하듯이 그와 동시대인인 메넬라우스[15]를 노래한다. 무왕을 나타내는 아가멤논, 이태백과 동시대인 랑그도크의 음유시인[16], 한신과 동시대인인 타이터스 퀸틸러스 플라미니우스[17]를 노래

---

10 아킬레스(Achilles): 그리스 신화, 그리스 영웅으로 유일한 약점인 발꿈치에 활을 맞아 죽었다.

11 프리아모스(Priam): 그리스 신화, 트로이 전쟁 때의 트로이의 왕으로, 헥터(Hector)와 패리스(Paris)의 아버지이다.

12 아가멤논(Agamemnon): 그리스 신화, 트로이 전쟁 당시 그리스군 총지휘관이다.

13 디오메데스(Diomedes): 그리스 신화, 트로이를 공략한 그리스군 중에서 아킬레스에 버금가는 용사였다.

14 헥토르(Hector): 그리스 신화, 트로이 전쟁의 영웅이다.

15 메넬라우스(Menelaus): 그리스신화, 스파르타의 왕으로 헬렌의 남편이다.

16 랑그도크의 음유시인(Troubadours of Languedoc): 프랑스 남부의 옛 주인 랑그

한다. 10개의 노래 중 9개가 올림퍼스 산과 그리스 로마 시대의 광장으로 이어진다.

I go to a book-store and inquire "Have you a history of the reign of Elizabeth?" —Upso (no-have-got). "Or of George the Third?" — "George the Third? why you must be ignorant!" says the book man. "There can be no official history of George the Third until after this dynasty goes to pieces. There is one written of Elizabeth, however. I haven't any; but there is a Jew down in Whitechapel who had one last year, but whether it is sold or not I can't tell." "What histories have you, pray?" — "This room is filled with the Taking of Troy, Invasion of the Persians, Battle of Marathon, The Messenic War, Philip of Macedon. Punic Wars, Mithridates, Caesar. Of course you know the Goths came in the 5th century and knocked out everything. We've had no history since. I have here a new edition of a book of prayers to Pluto and Venus. Here is a book also that proves that Ovid was superior to Moses; also the History of the Peloponnesian War by Thucydides. By the way, I have a book or two on the Crusades, but it is too modern to be interesting and the style is poor; I advise you to read Thucydides instead." "But I'm after English history. What about the battle of Waterloo?" — "Waterloo? when was that? Oh,

---

도크는 음유시인으로 유명했다.
17 타이터스 퀸틸러스 플라미니우스(Titus Quintius Flaminius): ?-217 B.C., 로마의 정치가·장군으로 한니발(Hannibal)에게 패했다.

yes! I remember now, but it has never been put into Latin; we have not any. Wellington, was that his name? He was great, they say; but yet he was nothing compared with Leonidas. How those Spartans did fight! Wonderful, wasn't it?" The books, too, are all in Latin and Greek.

나는 서점에 가서 물었다. "엘리자베스 여왕 시대의 역사서가 있습니까?"–"없습니다." "그럼 조지 3세는요?"– "조지 3세? 참으로 무식한 자로군." 서점 주인이 말한다. "조지 3세에 대한 공식적인 역사는 이 왕조가 끝나야 나오지요. 그러나 엘리자베스 여왕 시대의 역사서는 있지요. 난 없지만, 저기 화이트채플[18] 지역의 한 유태인이 작년에 한 권 가지고 있었는데 팔았는지는 잘 모르겠군요." "그럼 여기에는 어떤 역사서가 있나요?"–"여기에는 트로이 함락, 페르시아 전쟁[19], 마라톤 전투[20], 메시아 전쟁, 마케도니아의 필리포스 왕[21], 포에니 전쟁[22], 미트리다테스 왕[23], 시저의 책으로 가득합니다." 5세기 경 고트족이 모든 것을 파괴한 것을 당신도 알고 있겠죠. 우리에게 그 이후의 역사는 없습니다. 플루토와 비너스에게 바치는 새로 나온 기도서가 있습니다. 오비드가 모세보다 우세하다는 것을

---

18 화이트채플(Whitechapel): 영국 잉글랜드의 Greater London, Tower Hamlets의 한 지구.

19 페르시아 전쟁(Invasion of the Persians): 492-448 B.C., 페르시아 제국의 그리스 원정 전쟁.

20 마라톤 전투(Battle of Marathon): BC 490년 1차 페르시아 전쟁 때의 전투.

21 마케도니아의 필리포스 왕(Philip of Macedon): 359-336 B.C., 마케도니아 왕국의 필리포스 2세로 알렉산드로스 대왕의 아버지.

22 포에니 전쟁(Punic Wars): 264- 146 B.C., 로마와 카르타고의 1, 2, 3차 전쟁.

23 미트리다테스(Mithridates): 132?-63 B.C., 로마에 저항하다 패한 폰터스(Pontus) 왕.

증명할 책도 있습니다. 또한 투키디데스[24]가 쓴 펠로폰네소스 역사
도 있습니다. 그런데, 십자군에 관한 책이 한두 권 있지만 너무 최근
것이고 문체가 엉망이라 재미는 별로입니다. 대신 투키디데스 책을
읽어 보세요." —"그러나 저는 영국사를 찾고 있습니다. 워터루 전
투는 있습니까?" —"워터루 전투라구요? 언제 일어난 일이죠? 아 그
래, 생각났습니다. 근데 아직 라틴어로 옮겨지지 않았네요. 지금 없
습니다. 웰링턴[25], 그게 그 사람 이름인가요? 대단한 사람이라고 하
더군요. 그래도 아직 레오니다스[26]에 비할 바는 아니지요. 그 스파르
타인들이 얼마나 잘 싸웠는지! 멋지지 않습니까?" 그 책들 모두 라
틴어와 그리스어로 되어 있다.

At last I find a modest shop that sells English stories. I open one
and it reads "In the Fourth Year of Sextius Pompius" — and drop it.
Another "John Smith, a soldier serving under Charles Martel." This
is the latest date that figures in the book store. Another "When Alaric
invaded Italy." I ask for newspapers and am told that there are none.
"Why do you wish newspapers? Can they equal the classics?" — and
silence settles over me. People talk in a half conscious way of South
Africa but no one knows definitely. Scholars are reading Xenophon
in place of Chamberlain. The non-lettered classes are eating, dozing,

---

24 투키디데스(Thucydides): 460?- 400?B.C., 펠로폰네소스 전쟁을 다른 고대 그리
스의 역사가.
25 웰링턴(Wellington): 나폴레옹 전쟁 때 활약한 영국군 총사령관.
26 레오니다스(Leonidas): 스파르타의 왕(재위 487~480 B.C.)으로 페르시아군이
침입하였을 때 테르모필레를 사수하다 그와 함께 군대 전원이 전사하였다.

smoking, sleeping.

　　드디어 나는 영어 책을 파는 작은 가게를 찾는다. 한 책을 펼쳐보니 "섹스투스 폼페이우스[27] 4년"이라고 적혀 있다. 도로 둔다. 다른 것은 "존 스미스, 칼 마르텔[28] 군대의 군인"으로 이 서점 책 중 가장 최근 시기를 다룬 것이다. 다른 책은 "알라리크[29]가 언제 이탈리아를 침공했나?"이다. 신문을 달라고 했더니 없다고 한다. "왜 신문을 읽죠? 고전만 하겠어요?"-침묵이 나를 엄습한다. 사람들은 반 무의식 상태에서 남아프리카에 대해 말하지만 어느 누구도 명확히 알지 못한다. 학자들은 체임벌린[30] 대신 크세노폰[31]을 읽고 있다. 비식자층들은 먹고, 졸고, 담배를 피우고, 잠을 잔다.

"Who are your noted men and what public days do you have?" I ask. "Our noted men, in fact, the only noted men the world has ever seen, are Homerus, Aeschylus, Aristotle, Demosthenes, Themistocles, Epicurus, Hyacinthus, etc., etc." "But what about Chaucer, Spenser, Shakespeare?" − "We do not keep them. They are low class literature, and you'll find them in second-hand shops and old clothes stores. Our noted days are 1st. The Roman New Year, 2nd. The Birthday of

27　섹투어스 폼페이우스(Sextus Pompeius): 67‑35 B.C., 원문의 'Sextius Pompius'는 'Sextus Pompeius'를 지칭하는 듯하다. 로마의 장군·정치가. 그의 아버지는 폼페우스 장군이다.
28　칼 마르텔(Charles Martel). 690?-741, 프랑크 왕국의 지배자(714-741).
29　알라리크(Alaric): 370-410, 서(西)고트족의 왕으로 410년에 로마를 점령했다.
30　체임벌린(Chamberlain): 1869-1940년, 영국의 보수당 정치가·수상.
31　크세노폰(Xenophon): 434?-355 ?B.C., 그리스의 철학자·역사가·장군.

Romulus[32], 3rd. In honour of Alexander, 4th. Thanksgiving Day."

"당신들에게는 어떤 명사(名師)와 어떤 명절이 있습니까?" 나는 묻는다. "우리의 명사는, 사실 세상에서 가장 뛰어난 명사들로 호메로스[33], 아이스킬로스[34], 아리스토텔레스, 데모스테네스[35], 테미스토클레스[36], 에피쿠로스[37], 히아킨토스[38] 기타 등등입니다." "그럼 초서[39], 스펜서[40], 셰익스피어는 어떤가요?" ㅡ그 사람들은 명사가 아닙니다. 그들의 문학은 하층민의 문학이지요. 중고 가게나 옛날 옷 가게에 가면 살 수 있습니다. 우리의 명절은, 첫째는 로마 신년이고, 둘째는 로물루스 탄생일이고, 셋째는 알렉산더 기념일이고, 넷째는 추수감사절입니다."

"Whom do you worship?" ㅡ "Worship! Why, Jupiter, Venus, Mars, of course and the rest of them."

"누구를 숭배합니까?" ㅡ"숭배라!! 물론, 주피터, 비너스, 마르스

---

32 로물루스(Romulus): 로마의 건설자로서 최초의 국왕, 마르스(Mars)와 레아 실비아(Rhea Silvia)의 아들로 쌍둥이인 레무스(Remus)와 함께 이리에게 양육되었다.

33 호메로스(Homeros): 고대 그리스의 시인, 서사시 일리아드와 오디세이의 작자로 알려져 있다.

34 아이스킬로스(Aeschylus): 525-456 B.C., 그리스의 비극 시인.

35 데모스테네스(Demosthenes): 384?-322 B.C., 고대 그리스의 정치가.

36 테미스토클레스(Themistocles): 527?-460? B.C., 그리스 아테네의 장군·정치가.

37 에피쿠로스(Epicurus): 342?-270 B.C., 그리스의 철학자, 에피쿠로스파의 시조.

38 히아킨토스(Hyacinthus): 그리스신화, 아폴로가 사랑한 미소년.

39 초서(Chaucer): 1342?-1400, 영국의 시인, 켄터베리 이야기의 저자.

40 스펜서(Spenser): Edmund ~(1552?-99), 르네상스 시대 영국의 시인.

이고 그 외 신들이죠."

If I should find such a state of affairs in the world of literature and thought in England I should not say that Englishmen were Romans or that the English language was Greek, but I should say; "These people have been influenced by the Continent in precisely the same way that Korea has been influenced by China." But as there is no such condition I believe there has been no similar influence. The voice of Greece and Rome says "Forward, march!" the voice of China says "Retreat."

영국의 문학계와 사상계가 이와 같다 해도, 나는 영국인은 로마인 이고, 영어는 그리스어였다고 말해서는 안 된다. 나는 대신 "한국이 중국에 영향을 받은 정확하게 동일한 방식으로 영국인들은 유럽 대 륙의 영향을 받았다"라고 말해야 한다. 그러나 영국은 그런 조건에 놓여 있지 않기 때문에 나는 유사한 영향이 있었다고 생각하지 않는 다. 그리스와 로마의 목소리는 "앞으로, 전진하라!"라고 말하고, 중 국의 목소리는 "후퇴하라"라고 말한다.

MR. JONES: − In attempting to identify those customs and institutions of the Koreans which are not traceable to China, and which may be said to be original with the Peninsular people, and to have persisted through the centuries of Chinese influence to the present day, we are confronted at the outset by the question of the origin of the Korean people. Without attempting to enter into a discussion of this very interesting phase of the question, I would say that it seems agreed on all sides that the aboriginal Korean did not come from China. That is to say — there was an original stock here upon which Chinese influence came to work, and in relation to that stock Chinese influence was foreign. Mr. Hulbert is therefore correct in contending that there are among the Koreans many customs and institutions which are purely Korean and do not belong to the category of Chinese influence.

G. H. 존스: 중국에 그 기원을 두지 않고 한반도 사람들이 처음 만들어 수 세기 동안 중국의 영향을 견디고 오늘날까지 살아남은 한국의 관습과 제도를 확인하고자 할 때, 우리는 바로 그 시작부터 한국인의 기원이라는 문제에 봉착하게 된다. 나는 그 문제의 매우 흥미로운 단계를 논의하지 않고 바로 모든 정황들이 한국의 원주민들은 중국에서 오지 않았다는 것을 보여주는 것 같다고 말하고 싶다. 다시 말하면 중국의 영향이 미치기 전에 여기에 원래부터 사람들이 살고 있었고, 그 원주민에게 중국인의 영향은 외래적인 것이었다. 그러므로 헐버트씨가 한국인들 사이에는 순수하게 한국적이고 중국의 영향을 받지 않은 여러 관습과 제도가 있다고 주장하는 것은 옳다.

There was a time when this Chinese influence did not exist here. The Koreans were then simon-pure, as the saying is. They had their own social and political economies, and were developing along the line of forces which were original with themselves. But we must also agree with Mr. Gale that there was a time and a point at which Chinese influence came in, and a period during which it gradually spread itself over the face of Korean society and impressed it with many of its features. We must also agree with Mr. Gale that this period has been a long one and the work very thorough.

이곳에 중국의 영향이 존재하지 않았던 시기가 있었다. 그 당시 한국인들은 말하자면 순수 토착인이었다. 그들은 고유의 사회적, 정치적인 경제를 가졌고, 다른 토착 세력과 함께 발전하고 있었다. 그러나 우리는 또한 게일씨의 주장─중국의 영향이 들어오는 시기와 시점이 있었고 그 기간 동안 점차 한국 사회의 얼굴을 점차 뒤덮어 그 얼굴에 중국의 여러 특징들을 깊이 새겼다─에도 동의해야 한다.

The Chinese influence had its beginning with the Keui-ja dynasty, but when Keui-ja came to Korea he found here a settled populace existing under the rule of the Tan-gun chiefs. Then when Keui-jun, the last of the Keui-jun kings, fled south, he found numerous communities out of which he organized his principality of Ma-han. As history develops we hear of other peoples as inhabiting the Peninsula, such as the Măk, Yé, Ok-chŭ and Eum-yu tribes, all possessing customs and peculiarities of their own. These peoples were confessedly not Chinese, and the customs and habits which they originated have either persisted through the centuries, or have been modified or have been utterly obliterated. Many of them have been obliterated. The So-do or "'thieves' city," a place of refuge for criminals among the Han peoples, to which they might flee from the vengeance of those they had wronged, and which is a remarkable reminder of the Cities of Refuge of the Old Testament[41], has not existed for many centuries. The custom of burying people alive in the tombs of royalty was discontinued in Sil-la in the 6th century A.D. The Ok-chŭ custom of preserving the skeletons of the dead in the trunks of burial-trees has also disappeared. These and many others are the customs of savage tribes, which naturally gave way to the better order Chinese influence introduced.

중국의 영향은 기자 왕국과 함께 시작되었다. 그러나 기자가 한국에 왔을 때 그는 이곳에서 단군 추장들의 통치를 받으며 살고 있는 기존의 정착민들을 발견했다. 이후 기자 왕국의 마지막 왕인 기준이 남쪽으로 도망갔을 때, 그는 그곳에서 수많은 공동체를 발견하였고 이들을 통합하여 마한 공국을 세웠다. 역사가 발전하면서 우리는 맥, 여, 옥저, 음유 부족과 같은 한반도에 거주하는 여러 공동체에 대해 듣게 된다. 이들 모두 독특한 고유의 관습을 가지고 있었다. 그들은 분명히 중국인이 아니었고, 그들에게서 발원된 관습과 습관은 수세기 동안 지속되거나, 변경되거나, 혹은 완전히 지워졌다. 그들의 여러 관습과 습관이 역사에서 없어졌다. 소도 혹은 "도둑의 도시"는

---

41 도피의 도시(the city of refuge): 고대 유대의 과실 치사의 죄인 보호시(保護市) 중의 팔레스타인의 6개 도시의 하나이다.

한민족의 범죄자들이 피해자의 복수를 피하기 위해 도망가는 피난 처로, 구약성서의 도피의 도시들(the Cities of Refuge)과 매우 유사한 곳인데 수 세기 전에 없어졌다. 사람을 산 채로 왕릉에 생매장하는 관습인 순장은 6세기 신라 시대 때 중지되었다. 죽은 사람의 뼈를 목 관에 보존하는 옥저의 관습 또한 사라졌다. 기타 여러 관습들은 미 개족의 관습으로 자연스럽게 중국의 영향으로 유입된, 보다 향상된 질서로 대체된다.

Among the customs and institutions of today which have not come from China, but seem to be entitled to the term "Koran survivals," the spirit or Shaman worship of the Koreans is one of the chief. The traces of Shamanism are to be found in the very dawn of Korean history. Tan-gun, the first worthy mentioned, claimed descent from Ché-sŭk, one of the chief Shaman demons. The early kings of Sil-la took the Shaman title of seers or exorcists for the royal designation. As far as we know this has always been the Korean's religion and while we would not deny that China has its demon worship, yet, at the same time, we would claim that the Koreans did not have to go to China for their system, but that it existed from pre-Keui-ja days and has persisted to the present time.

중국에서 들어오지 않고 "한국적인 것의 생존"이라는 표현을 받 을 자격이 있는 오늘날의 관습과 제도 중에서, 단연 한국의 귀신 혹 은 샤먼 숭배가 있다. 샤머니즘의 흔적은 한국 역사의 여명기에서부터 발견된다. 첫 번째로 언급할 만한 인물은 단군으로 그는 주요 샤먼 악령 중 하나인 제석[帝釋]의 후손으로 주장된다. 신라의 초기 왕들은 예지자 혹은 퇴마사에 해당하는 샤먼 명칭을 왕실 직함에 사용했다. 우리가 아는 한 샤머니즘은 항상 한국인의 종교였다. 우리는 중국에 귀신 숭배가 있다는 것을 부정하지 않지만, 그러나 동시에, 한국인들은 샤머니즘을 얻고자 중국에 갈 필요가 없었고 샤머니즘은 기자 시대 이전에 존재하여 오늘날까지 끈질기게 이어져 왔다.

In this connection I would mention another "survival" of some interest, namely, the fetich system which is a part of Korean Shamanism. The old shoes and battered hats and torn costumes and broken pots which are the emblems of its demons, seem to belong to Korea. This is mentioned as being a special feature, distinguishing the aborigines of South Korea from the Chin emigrants who came to the Peninsula in the days of the Great Wall Builder, and mention is also made at that time of the shrine just inside the door, where, to this day, the Korean keeps the emblems of the gods of luck. Along the same line are the sŭng-whang-dang, or shrine along the way-side and in mountain defiles, composed of loose stones. These, I am told, are certainly not Chinese.

이와 관련해서 나는 약간 흥미로운 다른 '한국만의 고유한 것들'을 언급하고자 한다. 즉 그것은 한국 샤머니즘의 일부인 물신숭배이다. 악마의 상징인 낡은 신발, 망가진 모자, 찢어진 의복, 깨진 그릇은 한국적 물신숭배를 보여준다. 이것은 특히 한국 남쪽의 원주민과 만리장성 축성 때 한반도로 온 중국 진나라 이민자들을 구별하는 특징이다. 당시의 문 바로 안쪽에 있는 사당도 한국적인 것으로 오늘날까지 한국인은 이곳에 행운의 신을 나타내는 상징물을 보관한다. 이런 종류에는 성황당 즉 길가와 산속 좁은 길에 돌을 올려 만든 사당이 있다. 이것은 분명 중국의 것이 아니라고 나는 들었다.

Turning now to the Korean social system we notice that one of its most prominent features is the caste idea which is firmly held to among the Koreans — a feature which stands them up in direct contrast to the Chinese. The gulf which separates the Korean sang-nom from the yang-ban is a wide one. The low-class man may not enter the aristocrat's presence without permission, and then the favour, if granted, must be recompensed with humiliating observances, which would seem to indicate that the yang-ban regards himself as of separate origin and clay from the coolie. We call this Yangbanism, which is another word for Caste. It certainly does not point us to China.

이제 한국의 사회 제도를 살펴보자. 가장 두드러진 특징은 한국인들 사이에 확고히 뿌리 내린 카스트(caste) 사상으로, 중국과 한국을 뚜렷하게 구별시키는 특징이다. 한국에서 상놈과 양반의 거리는 크다. 하층민은 양반의 허락 없이는 양반 앞에 나서지 못한다. 양반이 들어오라고 하면, 하층민은 의례적인 굽신거리는 몸짓으로 감사를 표한다. 이것을 보면, 양반은 스스로를 노동자와는 다른 몸을 가지고 태어난다고 생각하고 있음을 알 수 있다. 우리는 이를 양반주의 (Yangbanism)라고 부르는데, 이것이 바로 카스트의 다른 이름이다. 양반주의는 확실히 중국과 아무런 관련이 없다.

It is not to be deduced from the teachings of the Confucian sages, though these have inspired the Korean with such a high estimation of the worth of learning that he has been willing, in order to recognize literary talent, to mitigate some of the severities of the Caste system. The poor, blooded aristocrat, tracing his ancestry back to a superior and conquering family or clan, moves in a circle of society to which the tainted low-class man can never hope to find entrance. No intermarriage is possible among them. Certain of the middle grades of the social scale may furnish the yang-ban with concubines but never with a wife, and there are some grades among the lower classes from which he would not take even a concubine.

비록 유교 성인들의 가르침이 한국인들에게 학문의 가치를 높이 평가하도록 고무한 것은 맞지만, 한국인들이 문재[文才]을 찾아내기 위해 자발적으로 몇몇 지나친 계급제도를 완화한 것은 그들의 가르침을 따랐기 때문이 아니었다. 가난한 순혈 양반은 잘나가던 정복 시절의 가족 혹은 친족까지 그 가계를 거슬러 추적하며, 오염된 하류층은 감히 들어갈 희망조차 품을 수 없는 사회의 원 안에서 움직인다. 계층 간의 결혼은 전혀 일어날 수 없다. 사회 계층 구조의 중간 계

급의 일부는 양반의 첩은 될 수 있지만 결코 양반의 정실부인이 되지
는 못한다. 그리고 하류층 중 일부 신분의 여성들은 양반의 첩조차
도 될 수 없었다.

Men from the lower classes may by sheer merit force themselves
high up in official preferment, but under the system which prevailed
until 1895, and which was distinctively Korean, there were lines of
civil service from which they and their descendants were for ever
barred by the accident of their low birth. This certainly is not
Chinese. While there is a vast difference between the Caste idea of
India and that of Korea, yet its manifestation in the latter country
points away from and not to China.

하층 계급의 남자들은 순전히 개인의 능력으로 공직에서 들어가
신분을 상승시킬 수도 있다. 그러나 1895년까지 일반적이었던 한국
고유의 제도 하에서는 신분이 낮은 출신과 그 후손들은 그 미천한 출
생 때문에 영원히 들어갈 수 없는 공직 계통이 있었다. 이것은 분명
중국의 것이 아니다. 인도와 한국의 카스트 사상에는 방대한 차이가
있지만 그럼에도 한국에서 드러나는 카스트는 중국이 아닌 중국과
먼 인도를 가리킨다.

Under this general heading of Caste in Korea we must place the
honorifics of the language. These constitute one of the most complicated
and knotty problems confronting the student. And yet to the Korean

they come as easy as breathing the air. To him they are not simply a habit or frame of mind learned from some outside source, but they constitute an element of personality and the key-note of his entire philosophy of life, which neither Confucius nor Sakyamuni have educated out of him.

한국 카스트의 큰 제목 아래에 한국어의 경어가 있다. 경어는 한국어를 배우는 학생들이 당면하는 가장 복잡하고 골치 아픈 문제이다. 그러나 한국인은 경어를 숨 쉬는 것처럼 쉽게 한다. 한국인에게 경어는 외부에서 습득한 정신의 습관 혹은 정신의 구조일 뿐 아니라 인성의 한 요소이고 전체 삶의 철학을 구성하는 기조이다. 공자도 석가모니도 한국인에게 경어를 쓰도록 가르치지 않았다.

Another Korean "survival" may be found in connection with the architecture of the country. For instance, in China the chief building material is brick. Brick meets the eye wherever it turns there. Now I suppose that as good brick can be made of Korean clay as of Chinese clay, and yet the Koreans have remained loyal to their native mud. The constituent materials of which the Korean houses are built have survived all the rude shocks of Chinese influence and are today, as in ancient times, of unbaked mud. We are told that in the times of Tan-gun the aborigines lived in pits in the ground in winter time and in the trees in the summer.

한국적인 것의 또 다른 '생존'은 이 나라의 건축과 관련된다. 예를 들면, 중국의 주요 건축 자재는 벽돌이다. 중국의 어디를 가든 벽돌을 볼 수 있다. 나는 한국의 점토(clay)도 중국 점토 못지않게 좋은 벽돌 재료라고 생각한다. 그럼에도 한국인들은 그 땅에서 난 진흙(mud)만을 고집했다. 한국 가옥을 구성하는 자재들은 중국식 영향의 모든 조잡한 충격을 이겨내었다. 한국은 옛날과 마찬가지로 오늘날에도 굽지 않은 진흙으로 집을 짓는다. 단군 시대에 원주민들은 겨울에는 땅 속 구덩이에 살고, 여름에는 나무에서 살았다고 한다.

And today it would not be difficult to find a score or more of families in Seoul or Chemulpo who have simply dug a pit or hole in the ground, covered it with a thatch-roof with a hole for an entrance, and are living in it unembarrassed to any appreciable extent by this literal return to their original source. Then take the mud hut which is the universal domicile here and contrast it with the pits alongside, and it does not require a very vivid imagination to see in the hut simply the pit or hole in the ground taken out of the ground, set up above the surface, and braced with sticks and straw so that it will stand. The Korean house, as far as the average type is concerned, is not Chinese.

오늘날 어렵지 않게 서울 또는 제물포에서 20여 가구 정도가 땅속에 구덩이 또는 굴을 간단하게 판 후 출입구에 짚으로 만든 지붕을 얹은 움막에서 살고 있는 것을 볼 수 있다. 그들은 문자 그대로 원시

상태의 가옥상태로 되돌아가 살고 있는 것에 대해 별로 무안해하지 않는다. 그럼 여기 한국의 일반적인 가옥인 진흙 오두막을 예로 들어 움막과 대조해 보자. 그다지 큰 상상력을 동원하지 않아도 오두막의 구조를 알 수 있다. 진흙 오두막은 땅 속의 구덩이 혹은 굴을 간단히 땅 속에서 꺼내서, 지면 위에 세우고, 넘어지지 않도록 막대기와 짚으로 떠받친 것이다. 일반 가옥 형태에 관한 한, 한국의 집은 중국과 다르다.

Whether there are any pure Korean "survivals" in the Korean costume I am unable to say, but they themselves claim that the wristlet worn by them is not Chinese. It would be interesting to know whether this claim will stand the test of investigation. While on this point, however, I would say that I am inclined to think that the green cloak worn by the women as a veil over their heads, which has caused some one to liken them to animated Christmas trees, is not Chinese.

한국의 의복에서 '살아남은' 순수 한국적인 것이 있는지의 여부는 나는 알 수 없지만, 한국인은 그들이 차는 팔찌는 중국의 것이 아니라고 주장한다. 이 주장이 맞는지 조사했을 때 어떤 결과가 나올지 알아보는 것은 흥미로울 것이다. 그러나 내가 여기서 말하고 싶은 것은, 어떤 사람들에게는 살아있는 크리스마스트리를 생각나게 하는, 한국 여성들이 얼굴을 가리기 위해 머리 위에 쓰는 푸른 망토[장옷]는 중국의 것이 아니라는 점이다.

From earliest times the Koreans have been noted among the Chinese for their fondness for fermented and distilled drinks. We find this weakness mentioned in the native histories of the aboriginal tribes, and it seems to be in a special sense a Korean custom. The Korean has certainly not gone to China for his beverages, else tea would have come into use here. Neither did the Korean go to China to learn how to make alcoholic drinks. He has certainly possessed that knowledge as long as we find any trace of him.

아주 먼 옛날부터 한국인은 증류주와 양조주를 애호하는 민족으로 중국인들에게 유명했다. 우리는 이 약점을 원주민 부족을 다룬 한국 역사서들에서 찾을 수 있는데 특별한 의미에서 한국적 관습인 듯하다. 한국인은 분명 마실 것을 얻고자 중국에 가지 않았다. 만약 그랬다면 차가 한국에서 사용되었을 것이다. 한국인은 술 제조법을 배우기 위해 중국에 가지도 않았다. 우리의 추적이 닿는 아주 오래 전부터 한국인은 분명 술 제조법을 알고 있었다.

In this connection the Korean's fondness for hot flavours in his food might be mentioned. Pepper is a favourite condiment with him and in this the stands in direct contrast with the Chinese. Among his foodstuffs investigation would doubtless reveal many interesting and remarkable "survivals." And so with ordinary life. Did we know more about the Korean and his history, and how he regards the customs and institutions which are his, we would find many things of which he alone is the ingenious contriver. In conclusion I would mention the Korean method of ironing, which the Koreans claim is their own or at least did not come from China. How true this is I cannot say, but I mention it as representing the native idea in the matter.

이 점과 관련해서 매운 맛을 좋아하는 한국인의 음식 기호를 언급할 수 있다. 고춧가루는 한국인이 선호하는 양념이다. 이 점은 중국인과 뚜렷이 대조된다. 먹을거리를 조사해보면 반드시 매우 흥미롭고 두드러진 한국적인 것의 '생존'이 나타난다. 일상생활도 마찬가지이다. 한국인과 한국의 역사에 대해 더 잘 알게 되고, 또한 한국인이 한국적인 관습과 제도를 어떻게 생각하는지 알게 되면, 우리는 한국인이 직접 창안한 많은 것들을 발견할 것이다. 결론으로 나는 한국식 다림질을 언급하고자 한다. 한국인들은 이것이 고유의 것이거나 아니면 최소한 중국의 것은 아니라고 주장한다. 이 말이 어느 정도 참인지 알 수 없지만 나는 이 말을 이 문제에 관한 토착민의 사상을 대변하는 것으로 보고 언급한다.

서양인의 한국고전학 선집 2
— 한국 한문고전의 발견과 동아시아의 한문맥 —

제2부

존스의 한국고전작가론과
한국의 고유문화

▌해제▐

　존스(G. H. Jones, 趙元時, 1867~1919)는 1887년 9월 한국을 내한한 감리교선교사이다. 서울을 중심으로 선교활동을 했으며, 성서번역위원, 한국어와 한국역사에 정통한 지식을 갖고 있었다. 한국 개신교 선교사의 대표적인 영어정기간행물의 창간, 찬송가 보급, 기독교잡지 『신학월보』의 창간, 하와이이민사업 후원을 통한 재미한인사회형성에 큰 공로가 있다. 또한 그는 당시 한국학에 있어서도 큰 공적을 지닌 인물이기도 했다. 특히 그의 한국 종교에 관한 논저들에는 당시로서는 놀라운 탁견들이 담겨져 있다. 한국을 종교가 없는 공간으로 묘사하던 구미인의 논의들과 달리, 한국의 '무속신앙'을 샤머니즘과 동일시 하며 한국 민간신앙 전체를 포괄하며 그 속에서 한국인에게 깊은 종교성을 발견했다. 또한 한국 종교가 지닌 중층다원성(中層多元性)을 분명하게 인식했다. 그는 비록 한국인은 불교, 유교, 샤머니즘을 구별하여 생각하지만 실상은 세가지 종교 모두 한국인에게 영향을 끼치고 있으며, 서로 공존하며 겹쳐있다는 점을 지적했다. 또한 그는 영한사전 1권을 출판했으며, 한국어, 한국의 구전설화, 출판문화, 설총과 최치원 등의 주제로 한 다수의 한국학 논저를 남긴 인물이기도 했다. 우리는 왕립아시아학회 한국지부 학술지 게일-헐버트의 지면논쟁 이후, 존스의 진전된 시각을 보여주는 2편의 한국고전학 논저를 번역했다.

▌참고문헌 ─────────

김종서,『서양인의 한국종교연구』, 서울대학교 출판부, 2006.

류대영,『초기 미국선교사 1885~1910』, 한국기독교역사연구소, 2001.

류대영,『한국 근현대사와 기독교』, 푸른역사, 2009.

이덕주,「존스의 한국역사와 토착종교 이해」,『신학과 세계』67, 2007.

이만열,『한국기독교와 민족통일운동』, 한국기독교역사연구소, 2001.

이상현,「한국고전작가의 발견과 서양인 문헌학의 계보」,『인문사회
        21』8(4), 2017.

제1장

설총, 한국문학의 아버지

G. H. Jones, "Sŭl-Chong, Father of Korean Literature," *The Korea Review*
I, 1901.

존스(G. H. Jones)

▮해제▮

　우리가 역주작업을 한 존스의 한국고전학 논저, 「설총, 한국
문학의 아버지」는 최치원에 대한 논문과 마찬가지로 한국의 고
전작가론이라고 평가할 수 있다. 그가 이처럼 설총을 주목하게
된 계기는 모리스 쿠랑『한국서지』에 수록된 「서설」(1894)의 영
향력이 존재한다. 쿠랑은 설총이 중국 유교경전을 한국의 고유어
로 풀이했다는『삼국사기』의 기록을 근거로 그를 중국 한자문명
및 유교가 한국에 토착화된 양상을 보여주는 중요한 인물로 살폈
다. 존스의 논문은 이러한 쿠랑의 관점에 기반하고 있지만, 쿠랑
과는 변별되는 지점들이 분명히 존재한다. 존스는 어디까지는 설
총이 한국 문묘에 모셔지는 시원, 당시 한국인이 기억하는 '한국
의 문학가'이자 '한국문학의 기원'이라는 사실을 주목했고 그에
관한 자료를 집성했다. 또한 존스는 비록 원효에 관한 정확한 조

사와 연구에 의거한 것은 아니었지만, 불교의 쇠퇴와 유교 문명의 부상이라는 역사적 시각에서 설총을 조명하고자 했다..

▌참고문헌 ─────

김종서, 『서양인의 한국종교연구』, 서울대학교 출판부, 2006.
류대영, 『초기 미국선교사 1885~1910』, 한국기독교역사연구소, 2001.
류대영, 『한국 근현대사와 기독교』, 푸른역사, 2009.
이덕주, 「존스의 한국역사와 토착종교 이해」, 『신학과 세계』 67, 2007.
이만열, 『한국기독교와 민족통일운동』, 한국기독교역사연구소, 2001.
이상현, 「한국고전작가의 발견과 서양인 문헌학의 계보」, 『인문사회
    21』 8(4), 2017.

In the list of the really great literati of Korea, as so recognized by the scholars of the present dynasty and enrolled in the calendar of literary saints known as the Yu-rim-nok (the "Forest of Scholars,") there are two names selected from the ancient kingdom of Sil-la, Sŭl Ch'ong and Ch'oé Ch'i-wŭn. And as Sil-la is thus chronologically the first kingdom which is acknowledged to have possessed men worthy the name of literateurs, these two names necessarily head the list of the famous scholars of Korea. In their order Sŭl Ch'ong comes first and then Ch'oé Ch'i-wŭn. It is the purpose of this sketch to tell something about the first named of these worthies.

현 조선의 학자들이 인정하는 문학성인(聖人)들의 기록물인 『유림록(학자들의 숲)』에 등재된 한국의 진정한 대문호의 명단에는 고

201

대 신라에서 뽑은 두 이름, 설총과 최치원이 있다.[1] 신라는 문인으로 부를 수 있는 이를 가진 한국 최초의 나라이므로 자연스럽게 설총과 최치원은 한국의 유명한 학자의 명단의 맨 앞에 있다. 설총이 첫 번째이고, 최치원이 그 다음이다. 이 글은 첫 번째로 그 명단을 올린 유명한 학자에 대해 알아보고자 한다.

Sŭl Ch'ong was the first man to hand down to posterity in Korea a lasting fame as a scholar. That there were other literati before him versed in scholarship we have every evidence. Sŭl Ch'ong himself must have had a teacher. Many of these men may have been the equals or even the superiors of Sŭl Ch'ong, but fate in Korea has been

---

1 존스는 설총과 최치원이란 두 인물을 한국문호의 시원적 인물이라는 점을 『儒林錄』을 전거문헌으로 들어 말하고 있다. 모리스 쿠랑의 『한국서지』를 살펴보면, 프랑스 동양어학교로 옮겨간 필사본 『儒林錄』(n.3456)의 존재를 언급하고 있어, 1890년~1900년 사이 서구인들이 실질적으로 이 책을 접촉할 수 있었음을 보여준다. 쿠랑은 이 책의 서지사항과 관련해서는 1책, 2절판, 필사본이며 내용을 보면 신라시대 때부터 순조 때까지 현인과 학자들, 조선조의 임금과 왕비에 관한 전기적 내용을 담고 있다고 말했다.(M. Courant, *Bibliographie Coréenne*, 1901, p.30)
존스가 두 인물에 대한 정보를 얻을 수 있었던 참조문헌의 맥락은 훨씬 더 넓다고 볼 수 있다. 존스의 논문은 왕립아시아학회에 게재되었던 게일·헐버트의 논문, 게일·존스의 토론문과 동시기 출판문화를 공유하고 있기 때문이다. 즉, 게일이 설총, 최치원을 거론하면서 『유림록』 그리고 『동국문헌록(東國文獻錄)』 상권의 부록으로 붙어 있는 『조두록(俎豆錄)』을 언급한 점도 함께 감안할 필요가 있다.(J. S. Gale, "The Influence of China on Korea," *Transactions of the Korea Branch of Royal Asiatic Society* 1, 1901; H. B. Hulbert, "Korean Survivals," J. S. Gale·G. H. Jones, "Discussion," *Transactions of the Korea Branch of Royal Asiatic Society* 1, 1900.) 『동국문헌록』에는 <유림록>이 들어있는 데, 설총과 관련해서는 그의 字가 聰智이며, 신라 신문왕 때 九經을 方言으로 解한 점과 吏文을 만든 점, 고려 현종 때 시호를 받은 점이 기술되어 있다. 후대 만들어진 <유림록>에도 설총에 관한 짧은 내용이 전승된다. 사실 이 내용은 『동국통감』과 『삼국사기』의 설총과 관련된 기사내용을 초과하지 않는다.

unkind to them and we know very little about them, their names having either altogether disappeared, or else are given scant notice in the notes to Korean histories with fragmentary quotations from their writings. As far as the estimate of the present day scholarship of Korea is concerned, as shown in the canonized worthies of Korea's literary past, the father of letters with them is Sŭl Ch'ong. Now this of course runs us into a problem of the first magnitude — that of the date of the beginning of Korean literature, the discussion of which we reserve for the close of our sketch.

설총은 한국의 후손들에게 학자로서의 영속적인 명성을 남긴 최초의 인물이었다.[2] 설총 이전에 학문에 조예가 깊은 다른 문인들이 있었다는 증거는 많다. 설총도 스승이 있었을 것이고, 그들 중 다수는 설총과 수준이 비슷하거나 설총보다 더 뛰어난 이도 있었을 것이다. 그러나 한국에서 그들의 운명은 가혹하여 오늘날의 우리는 그들에 대해 아는 바가 거의 없다. 그들의 이름이 완전히 사라졌거나 아니면 그들의 글을 파편적으로 인용한 한국 역사물의 논평이 별로 주목을 받지 못했기 때문이다. 과거 한국 문학의 성인(聖人)들에게서 찾아 볼 수 있듯이 오늘날 한국 학자들의 평가에 따르면 한국 문학의

---

2 『유림록』 이외에도 존스가 참조했을 설총과 관련된 자료는, 이 논문에서 존스가 실제 출처를 밝히며 인용한 문헌들을 보면, 『동국문헌비고』, 『동국통감』이다. 하지만 서구인 선교사들이 참조한 모리스 쿠랑의 「서설」에도 설총과 관련된 전거로 『동국문헌비고』와 함께 『삼국사기』가 함께 주목받았다는 사실을 염두에 둘 필요가 있다.(M. Courant, "Introduction," *Bibliographie Coréenne* 1, 1894, pp.LXXXV~LXXXVI.)

아버지는 설총이다. 물론 이런 주장은 문제에 직면하게 되는데 먼저 가장 큰 문제는 한국 문학의 연원을 밝히는 것이겠지만 우리는 이 논의를 마지막까지 유보한다.

As to the year of Sŭl Ch'ong's birth we have no definite statement, but we know that he rose to fame in the reign of King Sin-mun of the Sil-la dynasty, who occupied the throne A. D. 681-692. The period in which he flourished was therefore about the end of the seventh century of the Christian era. Sŭl Ch'ong was born of celebrated parentage. His father was named Wŏn Hyo. He had early taken orders as a Buddhist monk and had risen to the rank of an abbot. This, in a nation in which the established religion was Buddhism, was a post of some importance. That Wŏn Hyo was a learned man is clear. It is stated that he was versed in the Buddhist writings which were known in Korea both in the Chinese character and the Pa-li. Some of Sŭl Ch'ong's originality and thirst for learning may undoubtedly be traced to his father the old abbot. After remaining a monk for some time Wŏn Hyo abandoned the Buddhist priesthood.

우리는 설총의 출생년도에 대한 어떤 명확한 진술을 얻지 못하지만 그가 신라 신문왕(681-692) 때 유명해진 것은 알고 있다. 그의 전성기는 대략 서기 7세기 말경이다. 설총의 부모는 저명 인사였다. 아버지의 이름은 원효로 그는 일찍이 불교 승려로 승직을 받아 대사의 지위에 올랐다.[3] 불교가 국교인 나라에서 대사는 어느 정도 중요한 지위였다. 원효가 학식 있는 사람이었다는 것은 명확하다. 그는 한국에 한자와 팔리말[4]로 전해진 불교 경전에 조예가 깊었다고 전해진다. 설총의 창의성과 학문에 대한 갈증은 의심할 여지없이 아버지 원효 대사를 닮아서일 것이다. 한동안 승려로 지냈던 원효는 불교 승려직을 버렸다.

No reason for this course is given, but it may be that already the ferment of the Confucian writings was beginning to make itself felt and the old abbot was one of the many who advocated the adoption of the China Sage and his ethics. Certainly the son became the source and fountain of the present dominance of Confucian Civilization among the Korean people. That the abbot was not only a learned man but also something of a celebrity seems clear from the fact that having abandoned Buddhism he further divested himself of his vows by forming a matrimonial alliance with the reigning house. His wife, the mother of Sŭl Ch'ong was the princess Yo-suk. Some extraordinary influence must have been back of the fortunes of an unfrocked monk by which he could disregard his vows and marry into the family of

---

3 존스가 원효와 관련된 자료로 보았을 문헌은 오늘날 원효의 삶을 다루는 중요한 자료인『三國遺事』卷4 의해5, 「元曉不羈」나『宋高僧傳』卷4, 「唐新羅國黃龍寺元曉傳」은 아니다. 물론 존스의 논문은 설총에 초점이 맞춰진 것이지만, 그가 거론하는 원효와 관련내용은 너무 빈약한 편이며, 이는『동국통감』과『삼국사기』에서 설총을 말하는 짧은 대목에서 원효가 거론된 내용에 가까운 편이다.
4 존스의 논문에서 "the Pali"는 고대 인도의 통속어를 지칭하는 '팔리말'을 지칭한다. 원효가 승려가 되어 佛書에 널리 통달했다는 원문의 내용을 한자와 팔리말에 능통한 것으로 번역한 것으로 보인다.

the King. This princess was a widow.

> 원효가 왜 이 길을 택했는지 그 이유를 알 수 없지만 아마도 이미
> 유교의 씨앗이 발아하기 시작하였거나 그도 공자와 공자의 윤리를
> 도입할 것을 옹호하는 많은 이들 중의 한 명이었는지도 모른다. 확
> 실히 그의 아들은 현재 한국인을 지배하는 유교 문명의 시원이 되었
> 다. 원효 대사가 학식이 있을 뿐만 아니라 어느 정도 저명 인사였다
> 는 것은 그가 불교를 버린 후 심지어 맹세를 저버리고 왕실과 결혼
> 관계를 맺었다는 사실에서 분명해진다. 원효의 아내이자 설총의 어
> 머니는 요석 공주이다. 승복을 벗은 승려를 돕는 어떤 범상치 않은
> 세력이 있었기에 그는 맹세를 저버리고 결혼으로 왕실 가족의 일원
> 이 될 수 있었을 것이다. 요석 공주는 미망인이었다.[5]

Of the early training of Sŭl Ch'ong we have no account, but in all probability he grew up at Court taking his studies under his father. From him he may have imbibed that love of the Chinese Classics which led him to open a school for the explanation of them to the common people. He was placed in high posts at the Court in recognition of his fearlessness of statement and his extensive acquirements. Four things have contributed to his fame.

---

5 만약 존스가 『三國遺事』卷4 의해5, 「元曉不羈」나 『宋高僧傳』卷4, 「唐新羅國黃
龍寺元曉傳」를 참조했다면, 그는 원효와 관련해서 추론 혹은 생략하지 않았을
내용들이 더욱 있었을 것이다. 즉, 원효와 요석공주가 맺어지게 되는 과정에 대
한 상세한 설명, 결연 이후에도 계속 얽매임 없는 승려의 삶을 살아가는 원효의
모습을 생략했다.

어린 시절 설총이 받은 교육에 대해 우리는 아는 바가 없지만 그
가 아버지 밑에서 공부하며 궁궐에서 자랐을 가능성이 매우 높다.
설총은 아버지로부터 중국 고전에 대한 사랑을 흡수하였을 것이다.
그 결과 그는 일반 백성들에게 유교 경전을 설명하는 학파를 만들게
되었다. 그는 과감한 발언과 방대한 학식을 인정받아 궁궐의 고위직
에 임명된다. 네 가지가 그의 명성에 기여했다.

The Mun-hon-pi-go is authority for the statement that he wrote a
history of Sil-la. If so all traces of it, with the exception of the bare
mention of the fact, have disappeared. This is to be regretted like
many other things which have happened in Korea, for it would have
been most interesting to be able to look in on that famous little
kingdom through the eyes of such a man as Sŭl Ch'ong. But the work
is gone and we have only the tantalizing statement of the fact that it
once existed.

『문헌비고』는 설총이 신라사를 저술했다는 진술에 대한 전거[典
據]이다.[6] 그러나 설총이 신라사를 저술했다는 단순 진술만 있을 뿐
설총의 신라사를 증명할 모든 흔적은 사라졌다. 한국에서 일어난 여
러 다른 일들과 마찬가지로 이것은 통탄할 일이다. 설총과 같은 이

---

6 '설총이 신라의 역사를 편찬했다'는 진술은 존스의 오류로 보인다. 이는 『삼국
사기』권46, 열전6에 전하는 기사들과 관련하여 그가 이를 오독한 것이거나 한
국인의 구전으로 들은 것을 오해했을 가능성이 존재한다. 즉 설총이 남긴 비문
중에서 전하는 것이 없다는 기사내용을 오독했거나 傳記를 남긴 김대문(金大
問)을 설총으로 오인했을 가능성이 보인다.

의 눈을 통해 저 유명한 소왕국을 들여다 볼 수 있다면 참으로 흥미로운 일이었을 것이다. 그러나 설총의 신라사는 사라지고 없고 그것이 한때 존재했었다는 사실을 감질나게 말하는 진술만 우리에게 남아 있다.

The second thing on which the fame of Sŭl Ch'ong rests is the "Parable of the Peony." This is preserved for us in the Tong-guk T'ong-gam and as it is an interesting piece of parabolic teaching I venture to give it.

설총이 명성을 얻게 된 두 번째 이유는『동국통감』을 통해 우리에게 전해진 '모란 우화' 때문이다.[7] 이 우화는 우화적 교훈을 주는 재미있는 이야기이기에 여기에 적고자 한다.

It is said that one day King Sin-mun of Sil-la having a few leisure moments called Sŭl Ch'ong to him and said:

"Today the rain is over and the breeze blows fresh and cool, it is a time for high talk and pleasurable conversation, to make glad our hearts, You will therefore narrate some story for me which you may have heard."

To the royal command Sŭl Ch'ong replied:

---

7 『동국통감』, 「신라 신문왕 壬辰年」(692): 이하 번역문과 원문은 '세종대왕기념사업회 편역,『(국역) 동국통감』, 세종대왕기념사업회, 1996'에 의거하여 제시하도록 한다.

어느 날 신라의 신문왕이 한가한 시간에 설총을 불러 말했다고 한다.

"오늘 비가 그치고 바람이 상쾌하고 시원하니 마음을 기쁘게 해 줄 고귀한 이야기와 즐거운 대화를 하기 좋은 때로다. 그대가 들은 이야기를 나에게 말하라."[8]

왕의 명에 설총은 이렇게 답하였다.

"In ancient times the Peony having become king planted a garden of flowers and set up a red pavilion in which he lived. Late in the spring when his color was brilliant and his form lordly all the flowers and the buds came and, doing obeisance, had audience of him. Among these came the lovely Chang-mi whose beautiful face blushed pink and her teeth were like jade. Clad in garments of beauty and walking with captivating grace before the King she found opportunity to secretly praise his great fame and high virtue making use of all her wiles sought to make him her captive."

"옛날에 모란왕이 정원 가득 꽃을 심고 빨간 정자를 지은 뒤 그곳에 살았습니다. 모란의 색이 찬란하고 그 모양이 위풍당당하던 늦은 봄날 각양 꽃과 꽃봉오리가 피어 모란에게 인사를 하며 그를 알현했습니다. 이 중 분홍빛으로 물든 아름다운 얼굴과 옥 같은 치아를 가진 사랑스러운 장미가 나왔습니다. 아름다운 옷을 입은 장미는 왕

8 "오늘은 오랜 비가 처음 개이고 훈풍(薰風)이 약간 서늘하게 불어오니, 고담(高談)·선학(善謔)으로 울적한 심사를 풀까 한다. 그대는 특이한 이야기를 들은 것이 있을 것인데, 어찌 나를 위하여 말하지 않겠는가?"(今日雨初歇薰風微凉 高談善謔 善謔可以舒鬱 子必有異聞盍 爲我陳之聰曰)

209

앞에서 매혹적이고 우아한 걸음으로 왕의 위대한 명성과 높은 덕을
은밀히 찬미할 기회를 가졌고 온갖 간계를 사용하여 왕을 그녀의 포
로로 만들고자 했습니다.[9]

"But then came Old White Head (the chrysanthemum)[10] a man of
lordly mien, clad in sack-cloth, with a leathern girdle and a white cap
on his head; who, leaning on his staff, with bent body and halting
step, approached the king and said: 'Your servant who lives outside
the wall of the royal city is given to musing on things. His Majesty
surrounded by his servants shares with them excellent food but in his
napkin he carries a good medicine Therefore I said to myself, even
though one possess silk and grass-cloth in abundance, it is not wise to
cast away the cheap weeds but not knowing Your Majesty's thought
about this I have come to inquire.'"

---

9 "옛날 화왕(花王)이 처음으로 왔을 때, 이를 향기로운 화원(花園)에 심고 푸른 장
막으로 보호하였더니, 삼춘(三春)을 당하여 피어났는데, 아름답기가 온갖 꽃을
능가하여 홀로 뛰어났었다고 합니다. 이에 예쁘고 영묘(靈妙)하여 아름다운 꽃
들이 분주하게 화왕을 뵈오려 하지 않는 자가 없었는데, 갑자기 장미(薔薇)라 이
름하는 한 가인(佳人)이 있어, 붉은 얼굴과 옥과 같은 치아(齒牙)에, 곱게 단장하
고 아름다운 옷차림으로 혼자 외로이 와서 얌전하게 앞으로 나와 말하기를, '첩
(妾)은 왕의 아름다운 덕을 듣고 향내 풍기는 장막 속에서 잠자리에 모시기를 원
하는데, 왕은 저를 허용해 주시겠습니까?'하였습니다."(植之以香園 護之以翠幕
當三春而發艶 凌百花而獨出 於是自邇及遐 艶 艶之靈 夭夭之英 無不奔走上謁
唯恐不及 忽有 一佳人 朱顏玉齒 鮮粧靚服 伶俜而來 綽約而前 曰 妾履雪白之沙
汀 對鏡淸之海面 沐春雨以去 垢 快淸風而自適 其名曰薔薇 聞王之令德 期薦 枕
於香帷 王其容我乎)
10 chrisanthemum(원문): chrysanthemum

그러나 그 때 백두옹(국화)이 나왔습니다. 삼베옷에, 허리에 가죽
띠를 맨, 머리에는 흰 모자를 쓴 몸가짐이 당당한 자였습니다. 그는
구부정한 몸을 절룩거리며 지팡이를 짚고 왕에게 다가와 말하였습
니다.

"소인은 도성 밖에 사는 자로 이런 저런 생각을 하였습니다. 임금
은 신하들에 둘러싸여 그들과 맛있는 음식은 나누지만 손수건에 양
약을 가지고 다닙니다. 비단과 모시가 아무리 많다 해도 값싼 삼베
를 내던지는 것은 현명한 처사가 아니라고 생각합니다. 이에 대한
임금님의 생각을 알지 못하여 여쭙고자 왔습니다."[11]

"The king replied to this—'My lord's speech is of wisdom but it
will not be easy to obtain another beautiful Chang-mi.' Then the old
man continued: 'When the King has near him old lords he prospers
but when he is intimate with beautiful women he perishes. It is easy
to be of one mind with the beautiful women but it is hard to be
friendly with the old lords. Madame Ha-heui destroyed the Chin[12]

---

11 "또 백두옹(白頭翁)이라 이름한 한 장부(丈夫)가 있었는데, 베옷에 가죽띠를 두
르고 흰 머리에 지팡이를 짚고, 노쇠(老衰)한 걸음으로 구부리고 와서 말하기를,
'저는 경성(京城)의 바깥 길가에 살고 있습니다. 마음속으로 생각하건대, 좌
우(左右)에서 대어주는 것이 아무리 고량진미(膏粱珍味)이고 풍족하다 하더라
도, 상자 속에 저장하는 것은 반드시 좋은 약을 두어야 합니다. 그런 까닭으로
'비록 사마(絲麻)를 가지고 있더라도 간괴를 버리지 않는다.'고 하였습니다. 알
지 못하겠습니다만, 왕께서는 또한 저에게도 뜻을 두시겠습니까?'하니"(又有
一丈夫 布衣韋帶 戴 白持杖 龍鍾而步 傴僂而來曰 僕在京城之外 居 大道之旁 下
臨蒼茫之野景 上倚嵯峨之山色 其 名曰白頭翁 竊謂左右供給 雖足膏粱以充腸 茶
酒以淸神 巾衍儲藏 須有良藥以補氣 惡石以礪 毒 故曰雖有絲麻 無弃菅蕢 凡百君
子 無不代匱 不識王亦有意乎 或曰二者之來 何取何捨)
12 Chi(원문): Chi는 Chin의 오기인 듯하여 진나라로 번역한다.

dynasty of China, and Madame So-si overthrew the O dynasty. Mencius died without being accepted by his generation; and the famous General P'ung-dang grew old and his head whitened with the snows of many winters, but he could not succeed in his plans. From ancient times it has ever been so, what then shall we do?' "

　　왕은 이에 대답하였다.

　　"그대의 말이 이치에 맞지만, 장미처럼 아름다운 이를 다시 얻기는 쉽지 않을 것이다."

　　이에 노인은 말을 이었다.

　　"왕이 주위에 늙은 신하를 두면 번성하지만 미인과 친밀하면 패망합니다. 아름다운 여인과 한 마음이 되기는 쉽지만 늙은 신하와 친구가 되긴 힘들지요. 하희는 중국의 진나라를 파괴하였고, 서시는 오나라를 패망하게 했습니다. 맹자가 죽었을 때 사람들은 그를 알아주지 않았습니다. 또한 유명한 장군인 풍당(馮唐)은 늙어 여러 해의 겨울의 눈으로 백발이 되었지만 그 뜻을 이루지 못했습니다. 옛적부터 항상 그러했으니, 우린들 별 수 있겠습니까?"[13]

---

13 "왕이 말하기를, '장부의 말한 것도 또한 도리(道理)가 있긴 하나 아름다운 여인도 얻기 어려우니, 장차 어떻게 해야 하겠는가?' 하자, 장부가 말하기를, '무릇 임금이 된 사람이 노성(老成)한 신하를 친근히 하면 흥(興)하고 요염한 여자를 가까이하면 망하지 않는 이가 없었습니다. 그렇지만, 요염한 여자와 영합하기는 쉽고, 노성한 신하를 친근히 하기는 어렵습니다. 이렇기 때문에 하희(夏姬)는 진(陳)나라를 망쳤고, 서시(西施)는 오(吳)나라를 멸(滅)하게 하였으며, 맹자(孟子)는 때를 만나지 못하여 일생을 마쳤고, 풍당(馮唐 한 문제(漢文帝) 때 사람)은 중낭서장(中郞署長)으로 묻혀 있다가 백발이 되었으니, 옛날부터 이와 같았는데, 전들 어떻게 하겠습니까?' 하니"(花王 曰丈夫之言 亦有道理 而佳人難得 將如之何 丈 夫進而言曰 吾謂王聰明識理義 故來焉耳 今則 非也 凡爲君者 鮮不親近邪佞 疎遠正直 是以孟 軻不遇以終身 馮唐郎潛而皓首 自古如此 吾其 奈何)

"Then it was that King Peony acknowledged his fault and we have our proverb: 'King Peony confesses he has done wrong.'"

"그때서야 모란왕은 자신의 잘못을 인정하였습니다. '모란왕이 잘못을 고백하다'라는 우리의 속담이 생기게 된 연유입니다."[14]

To this parable of Sŭl Ch'ong King Sin-mun listened with intense interest. It laid bare the foibles of Kings with such an unsparing hand that the very boldness of the story attracted him. Whether it had a personal application in his case or not, we are not told. At any rate Sŭl Ch'ong was ordered to reduce the parable to writing and present it to His Majesty that he might have it as a constant warning to himself. It showed great cleverness on the part of Sŭl Ch'ong to make the story hinge about the peony, for the flower was new in Korea at that time. Of its introduction into the peninSŭla the following interesting story is told. During the reign of Queen Son-duk A. D. 632-647 T'ai Tsung, second emperor of the Tang dynasty, sent to the Sil-la Queen a painting of the peony and some of its seeds. On receiving it the Queen looked it over and said: "This is a flower without perfume for there are no bees or butterflies about it." This statement was received with amazement, until on planting the seeds and obtaining a specimen of the flower the Queen's observation was found to be

---

14 화왕이 사과하기를 '내 잘못이다.' 하였다 합니다."(花王曰 吾過矣吾過矣)

correct. The interest about the flower in Korea was therefore enhanced by this incident and the King was the more prepared to make the application that Sŭl Ch'ong evidently intended. The parable of Sŭl Ch'ong has been handed down from generation to generation as a piece of uncommon wisdom to guide Kings, and has commentators and exponents even in this dynasty. It is regarded as one of the literary treasures of Korea.

　　신문왕은 설총의 이 우화에 깊은 관심을 나타내며 들었다. 왕은 아주 매섭게 왕의 약점을 폭로하는 이 우화의 담대함에 끌렸다. 이 우화가 신문왕의 사례에 직접 기댄 것인지 아닌지 우리는 모른다. 여하튼 설총은 우화를 글로 남겨 왕에게 바치라는 명을 받았다. 왕은 그 글로 끊임없이 자신의 경계로 삼고자 했다. 이야기의 대상을 모란으로 삼은 것은 설총이 매우 영리하다는 것을 보여준다. 모란은 당시 한국에 새로 들어온 꽃이기 때문이다. 모란이 한반도에 들어온 경로에 대한 재미있는 이야기가 전해진다. 선덕여왕 재임 시(632-647) 당나라의 2대 황제인 당 태종은 신라의 여왕에게 모란 그림과 모란 씨를 보냈다. 여왕이 그것을 받고 자세히 보더니 "이 꽃은 향기가 없군. 꽃 주위에 벌과 나비가 없지 않는가"라고 말했다. 모두 여왕의 말에 깜짝 놀랐지만 모란씨를 심고 꽃이 핀 후 그 즉시 여왕의 관찰이 맞았음이 밝혀졌다.[15] 한국에서 모란에 대한 관심은 이 사건으로 커졌다. 그러므로 왕은 설총이 명백하게 의도한 바를 실천에 옮길 마

---

15 『삼국사기』卷5「新羅本紀」5; 『삼국유사』卷1 기이1, 「善德王知幾三事」.

음의 준비가 더 되어 있었다고 볼 수 있다. 설총의 우화는 왕을 지도할 귀중한 한 편의 지혜로서 후세대로 계속 전해졌고 심지어 조선 왕조에서도 이 우화의 비평가와 설명가가 있다. 모란왕 우화는 한국 문학의 보배로 간주된다.

The third thing for which the memory of Sŭl Ch'ong is cherished, and which is his greatest claim to fame from the Korean standpoint, is the work he did in introducing the common people to the Chinese Classics. The times were favorable to the Chinese Sage in Korea. The great Tang dynasty was on the dragon throne in China. The warlike Pak-che and Ko-gu-ryu people were attacking Sil-la on all sides so that the southern kingdom was driven to seek aid from Tang. This was granted and the Tang alliance cemented the relations between Korea and her great neighbor. The Tang year style was introduced, for Korea had at that time her own chronology.

설총을 소중하게 기억하는 세 번째 이유는 그가 중국 고전을 일반 백성들에게 소개했기 때문이다. 한국인의 관점에서 보면 설총의 가장 큰 업적으로 주장할 수 있는 부분이다. 그 당시의 한국은 공자에게 우호적이었다. 당나라가 중국을 지배하고 있었다. 전투적인 백제와 고구려 사람들은 신라를 사면에서 공격하고 있었기에 남쪽 왕국은 당의 도움을 구해야 하는 처지가 되었다. 당이 신라의 요청을 받아들인 후 맺어진 나당 동맹으로 한국과 당의 관계가 공고해졌다. 한국은 당시 고유의 책력을 사용하고 있었지만 당의 책력을 도입하였다.

215

Communication between the two became frequent and cordial and the young men of Sil-la, even scions of the royal house, went to Tang for their education. The result could hardly be otherwise than an increase in the influence of China among the Sil-la people and the introducing of many things from that land. In this we may have a hint of the motives which underlay the action of Sŭl Ch'ong's father, the old abbot, in laying aside his vows as a monk and taking unto himself a wife. The philosophy of China probably became a matter of partisanship and its advocates carried the day for the time being in Sil-la and the downfall of Buddhism began.

나당 간의 교류는 빈번하고 우호적이었고, 신라의 젊은이들 심지어 왕실의 자제까지도 당에 교육을 받으러 갔다. 그 결과 신라인들 사이에 중국의 영향력이 커졌고 중국 땅의 여러 문물이 신라에 들어 왔다. 여기에서 우리는 승려로서의 맹세를 저버리고 스스로 아내를 취한 설총의 아버지인 원효 대사의 행동의 동기를 조금 알 수 있다. 중국의 철학은 파당의 문제가 되었을 것이다. 유교를 지지하는 자들이 한동안 신라에서 우위를 점하고 불교는 몰락하기 시작했다.

Probably no man contributed more to this than Sŭl Ch'ong and in this fact we find the origin[16] of the peculiar sanctity in which he is held among the Koreans. The record of the canonized scholars of

---

16 orgin(원문): origin

Korea above mentioned — The Forest of Scholars — tells us that "Sŭl Ch'ong began to explain the meaning of the Nine Classics, or sacred writings of the Confucian Cult, in the Sil-la colloquial. He thus opened up their treasures to future generations and conferred inestimable blessings on Korea." The explanation of this statement appears to be that up to that time the Sil-la people had carried on the study of the Classics in the language of Tang and that it was not until the time of Sŭl Ch'ong that a man arose who attempted to put them in Korean colloquial. This is a most interesting fact.

다른 어느 누구도 설총만큼 한국 유교의 번성에 기여했지 못했기 때문에 그는 한국인들에서 특이한 성스러움의 기원을 차지한다. 앞에서 언급한 한국 성현들의 기록물인 『유림록』은 다음과 같이 말한다. "설총은 유교 경전인 구경(Nine Classics)의 뜻을 신라의 일상어로 설명하기 시작함으로써 그 보물을 후세대들이 알게 하였고 이리하여 더 없이 소중한 축복을 한국에 선사하였다."[17] 이 진술의 설명에 따르자면 신라인들은 그 당시까지 유교 경전을 당나라어로 공부하다 설총의 시대에 와서야 비로소 한 사람이 나타나 유교 경전

---

17 『동국문헌록』 소재 『유림록』 전문은 "薛聰字聰智神文王時人**以方言讀九經**又製吏文高麗顯宗封贈弘儒從祀文廟"이다. 즉, 존스가 번역한 "그 보물을 후세대들이 알게 하였고 이리하여 더 없이 소중한 축복을 한국에 선사하였다"에 해당되는 구절이 없다. 이는 『동국문헌비고』의 경우도 마찬가지이다.("**以方言解義**九經訓導後生") 가장 근접한 표현은 『삼국사기』 卷 第46, 列傳 第6 「薛聰」에 있다. ("以方言讀九經 訓導後生 至今學者宗之") 즉, 존스가 참조한 『유림록』이 다른 내용일 가능성이 분명히 존재하지만 존스의 이 번역은 의역이었을 가능성이 더 크다.

을 한국의 일상어로 표현하기 시작한 듯하다. 이것은 매우 흥미로운 사실이다.

For we here strike the period when really began in all probability that transformation of the Korean language which has so enriched it with Chinese terms and idioms. Sŭl Ch'ong was in his way a sort of Korean Wyckliffe. Lacking a native script in which to reduce the Classics to the vernacular[18], he got no further than oral instruction of the people in their tenets, but that was an advance of vast importance is evidenced by the stress laid on in it in the eulogies of Sŭl Ch'ong in Korean history. Had he had a medium for writing he would, like Wyckliffe, have stereotyped the Sil-la form on the Korean vocabulary and saved many words for us which are lost today.

왜냐하면 여기서 우리는 중국의 단어와 관용어의 첨가로 한국어가 훨씬 더 풍부해진 한국어 변용이 사실상 시작되었던 시기를 마주하게 된다. 이런 면에서 설총은 한국의 위클리프(Wyckliffe)[19]이다. 설총에게는 경전을 토착어로 옮길 수 있는 고유 표기가 없었기 때문에 그는 신라인들에게 유교 교의를 구술로 강의하는 데에 그쳤다.

---

18 veracular(원문): vernacular
19 존 위클리프(John Wycliffe, 1300~1384): 중세 카톨릭 신학을 비판한 잉글랜드의 신학자, 철학자이자 교회개혁가이다. 그의 종교·사회적 이론에는 16세기 종교개혁을 선취하는 교리내용을 함의하고 있었다. 교회와 교황보다 성경을 더욱 중요한 근거로 삼아야 한다는 관점이 있었다. 존스가 위클리프와 설총을 대비한 까닭은 위클리프가 최초로 영어성서완역을 시행한 개신교 종교개혁의 선구자란 점 때문이다.

그러나 그것이 매우 중요한 진보였다는 증거는 한국사에서 설총을
치하할 때 이 부분을 강조한 것에서 알 수 있다. 만약 신라의 문자가
있었다면 설총은 위클리프처럼 한국의 어휘를 신라의 형식으로 정
형화했을 것이고 그랬다면 없어진 많은 단어들이 오늘날에도 남아
있었을 것이다.

And Wyckliffe had his Lollards who went about reading the Bible
to the common people in the tongue they could understand. So Sŭl
Ch'ong set the vogue in Korea of the verbal explanation of the
Classics in the language of the people. He popularized the Sage of
China in Korea and in less than twenty-five years the portraits of
Confucius and the seventy-two worthies were brought from Tang to
Korea and a shrine to the Sage was erected, where one day Sŭl
Ch'ong himself was destined to occupy a place as a saint.

위클리프에게는 그를 따르는 롤라드파(Lollards)[20]가 있었다. 그
들은 돌아다니며 일반 백성들이 이해할 수 있는 말로 그들에게 성
경을 읽어주었다. 마찬가지로 설총으로 인하여 한국에서는 유교
경전을 백성들의 언어로 말로 설명해주는 것이 유행하게 되었다.
설총은 중국의 공자를 한국에 널리 알렸다. 그리하여 이후 25년도
안 되어 공자와 72명의 명사의 초상화가 당에서 한국으로 들어왔
으며 공자의 사당이 세워졌다. 후에 설총 자신도 성인의 자리를 차

---

20 롤라드파(Lollards): 중세 후반 이후 존 위클리프의 추종자들에게 붙여진 이름이다.

지하게 되었다.[21]

Thus this son of a Buddhist ex-abbot became an epoch marking force in the introduction of Chinese civilization among the Koreans. And it seems conclusive to the writer that it is from this time rather than from the time of Ki-ja that we must date the real supremacy of the Chinese cult in Korea. That is, the civilization which Ki-ja gave Korea must have suffered an eclipse and gone down in the barbarian deluge which had Wi-man and On-jo and other worthies of Korean history for its apostles. Without setting up the claim that Sŭl Ch'ong was the actual founder of Chinese civilization in Korea it does seem clear that he was something more than the apostle of a Confucian renaissance in the Peninsula. Certainly in Sŭl Ch'ong's own Kingdom of Sil-la the national history up to his time bears little trace of Confucian ethics.

과거 불교 대사였던 아버지를 둔 이 아들은 중국 문명을 한국인들에게 소개함으로써 새로운 시대를 여는 세력이 되었다. 중국의 제식이 한국에서 사실상 패권을 차지하게 된 연원의 시작은 기자 시대가 아니라 설총 때부터라고 필자는 결론을 내려야겠다. 다시 말하면 기자가 한국에 전해준 문명은 쇠퇴하였고 위만, 온조, 한국사의 다른 명사들이 그 사도들인 야만적인 대홍수 속으로 침몰하였다. 설총이

---

21 『增補文獻備考』券202, 「學校考」1.

한국에서의 중국 문명의 실제 창시자라는 주장을 하지 않더라도 설총이 한반도의 유교 르네상스를 가져온 사도 이상의 역할을 했다는 것은 분명한 듯하다. 분명 설총의 나라인 신라의 국사[國史]를 보면 설총 전에는 유교 윤리의 흔적은 거의 나타나지 않는다.

Up to A. D. 500 the su-jang or burying alive of servants and followers with the dead had continued and was only discontinued at that late date. It is said that at royal funerals five men and five women were always interred alive to accompany the departed spirit. This certainly points to a barbarism not compatible with Confucianism. Buddhism had been the established religion for two hundred years and if any traces of Confucian civilization had existed it would had been buried beneath the Indian cult. During its supremacy it was the civilizing force in the country and to it is to be attributed such amelioration of the laws and customs of the people as the abolishing of the cruel custom of burying alive, a custom that would suggest only mid-African savagery.

하인과 수행인을 시신과 함께 생매장하던 순장[22]의 풍습이 계속되다가 서기 500년에 이르러서야 비로소 중단되었다. 왕의 장례식에서는 항상 5명의 남자와 5명의 여자를 순장하여 죽은 왕의 영혼을 모시게 했다고 한다. 이것은 유교와 전혀 어울리지 않는 야만적 관

---

22 su-jang(원문): 맥락 상 순장으로 번역한다.

습이다. 불교가 2백 년 동안 국가의 공식 종교이었기 때문에 유교적 문명의 어떤 흔적이 설사 존재했다 하더라도 아마도 유교는 인도의 제식 아래에 묻혀 있었을 것이다. 유교가 지배하게 되자, 유교는 신라를 문명화하는 힘이 되었다. 유교는 아프리카 중부의 미개인에게나 있을 만한 관습인 잔혹한 생매장 관습을 폐기시켰을 뿐만 아니라 그런 류의 신라의 법과 관습을 개선하는데 기여하였다.

Finally if the Confucian cult had prevailed in Sil-la previous to Sŭl Ch'ong it would have produced scholars whose names would have been preserved for us by the Confucian school which has undoubtedly dominated Korea for the last 500 years. As no names are given to us we are led to the conclusion that Sŭl Ch'ong was, in a special sense, the one who inaugurated the reign of Confucian philosophy in Korea. And Confucius is the propulsive force in Chinese civilisation.

마지막으로 유교가 설총 이전의 신라에 우세했었다면 지난 오백 년 동안 한국을 지배했던 유교 학파가 그 학자들의 이름을 우리에게 전해주었을 것이다. 어떤 이름도 우리에게 주어지지 않다는 점에서 우리는 설총이, 특별한 의미에서, 한국 유교 철학의 시대를 출범시킨 인물이라는 결론을 내릴 수 있다. 그리고 공자는 중국 문명의 추진력이다.

The great conquering power of China in Asia in the past is traceable, not to the prowess of her arm, though under some of the dynasties this has been great; nor is it to be found in manufacturing skill, though at this point some of the people of the Chinese empire are very industrious and clever; but it has been the Code of Confucius. This great Code is made up of something more than simply the Five Cardinal Precepts guiding human relationships: it also contains a philosophy, political and social, specially adapted to the stage in the development of tribes coming out of a segregated state of existence, in which they demand something that will bind them into a national whole. Confucianism supplied this.

과거 몇몇 중국 왕조의 군대가 매우 용맹하긴 했지만 중국이 군사력으로 아시아를 정복할 수 있었던 것은 아니다. 또한 어느 시기에 몇몇 중국 왕조의 백성들이 아주 근면하고 재간이 있었던 것도 맞지만 그렇다고 그들이 뛰어난 재조 기술 때문에 아시아를 정복한 것도 아니었다. 중국의 정복력은 바로 유교의 교리에 있다. 이 위대한 유교 강령은 인간관계를 지도하는 오륜(Five Cardinal Precepts)을 포함한 그 이상의 것으로 구성된다. 유교 강령에 포함된 정치 철학과 사회 철학은 특히 부족들이 개별 존재 상태에서 벗어나 다음 단계로 발전하려고 할 때 유용하다. 이 단계의 부족들은 그들을 하나의 전체 국가로 묶을 수 있은 어떤 것을 요구할 것이다. 유교는 이것을 제공했다.

It is well adapted to that stage of political existence where a people are in a transition state from a tribal and patriarchal form of government to pronounced nationality, hence its attractiveness to Asiatic peoples.

Several other features might also be mentioned of almost equal importance but the one indicated will give us a gauge to measure the value of Sŭl Ch'ong's service to his country. He set in movement those forces which have done more to unite the scattered and different tribes in the peninsula into one people, than the political sagacity of Wang-gon, founder of the Ko-ryu dynasty, or the military genius of Yi T'a-jo, founder of the reigning line of monarchs. With Sŭl Ch'ong begin that school of scholars who have written all the Korean literature we have, and have compelled us, in a way, to accept their views on the history and principles of the Koreans, and to become in a sense their partisans.

유교 강령은 어떤 민족이 부족 단위의 가부장적 통치 형태에서 국가 단위의 통치를 천명하는 과도기 상태에 있을 때의 정치 단계에 잘 적용되므로 아시아 민족들에게 매력적이었다. 유교의 다른 몇 가지 특징들이 이보다 중요하지 않다고 볼 수는 없지만 그럼에도 유교의 이 특징으로 신라에 기여한 설총의 영향력을 가늠해 볼 수 있다. 설총은 그러한 세력들을 작동시켜 한반도의 흩어진 여러 부족들을 하나의 국민으로 통합했다. 그것은 고려의 시조 왕건의 정치적 영민함이나 현왕조의 시조인 이태조의 군사적 재능으로도 얻지 못한 성취이었다. 설총과 더불어 한국의 유학파가 생겨났다. 그들은 오늘날 남아 있는 모든 한국 문학을 썼고, 어떤 식으로 한국인의 역사와 철학에 대한 그들의 관점을 받아들일 것을, 어떤 의미에서 그들의 일파가 될 것을 우리에게 강요했다.

The fourth and last claim of Sŭl Ch'ong to fame is based on his invention of the I-du or interlinear symbols to facilitate the reading of Chinese despatches. As this curious system, the first attempt of Korea to grapple with the difficulties which grew out her adoption of Chinese, has been very fully described by Mr. Hulbert in the pages of the Korean Repository(Vol. 5, p. 47) I would refer the reader to that interesting article. Suffice it to say that Sŭl Ch'ong in his endeavor to popularize Chinese in Sil-la found it necessary to invent symbols which would stand for the grammatical inflections of the Sil-la language, and which, introduced into a Chinese text, would make clear the grammatical sense. The system contained in all, as far as we can ascertain today, 233 symbols. These symbols were divided into the following groups.

설총이 명성을 얻게 된 네 번째이자 마지막 근거는 그가 이두 즉 중국의 공문서를 쉽게 읽을 수 있기 위한 행간(行間) 기호인 이두를 창안한 데 있다. 한국이 한자를 채택함으로써 증가하는 어려움을 극복하기 위한 첫 번째 시도인 이 특이한 체계인 이두에 대해서는 헐버트씨가『한국 휘보』(Korean Repository)의 5권 47페이지에서 아주 상세하게 설명하고 있으므로 독자들은 흥미로운 그 논문을 참조하길 바란다.[23] 여기에서는 설총이 한자를 신라에 널리 알리고자 했을 때

23 H. B. Hulbert, "The Itu," *The Korean Repository* Ⅴ, 1898. pp.48~49; 이 글에서 헐버트는 한자-중국한자발음-이두-한국어-언문표기의 형식으로 61가지의 예제를 제시했다.

그가 신라 언어의 문법적 굴절을 대표할 수 있는 기호이면서 한자 텍스트에 들어가서 문법적 의미를 명확하게 해 줄 기호를 필요로 했다는 정도만 말해둔다. 오늘날 우리가 아는 한 이두는 모두 233개의 기호로 구성된다. 이 기호들을 다음과 같이 나눌 수 있다.

Two of them represented one syllable grammatical endings, ninety-eight of them stood for two syllable endings, fifty-two of them for three syllable endings, forty-six of them for four syllable endings, twenty-six of them for five syllable endings, five of them for six syllable endings, and four of them for seven syllable endings. One stipulation in connection with the system was that it was obligatory on all lower class men in speaking, or rather writing, to a superior.

1음절 문법 어미를 가진 것은 2개이고, 2음절 어미는 98개, 3음절 어미는 52개, 4음절 어미는 46개, 5음절 어미는 26개, 6음절 어미는 5개, 7음절 어미는 4개이다. 이 체계와 관련된 하나의 가설은 모든 하층민들이 윗사람에게 말하거나 혹은 글을 쓸 때 이두를 의무적으로 사용했다는 것이다.

Whether as invented by Sŭl Ch'ong it contained more than 233 symbols and some of them have been lost, or whether it contained less than 233 but has been added to in the coarse of time, we cannot now say. But it is a matter for congratulation that so many of the symbols with their equivalents have been presented to us, for they will prove of much value in a historical study of the grammatical development of the Korean language. It remained in force until the time of the invention of the Korean alphabet in the 13th century and even later.

설총이 이두를 창안했든 아니든, 이두에 233개 이상의 기호가 있다가 어떤 것이 상실되었는지 아니면 233개 미만이었는데 시간이 흐르면서 기호가 첨가되었는지 우리는 알 수 없다. 그토록 많은 기호들이 상응하는 한자와 함께 우리에게 전해졌다는 것은 축하할 일이다. 이는 한국 언어의 문법 발달사의 연구에 매우 귀중한 자료가 될 것이다. 이두는 한국의 알파벳이 창제된 시기인 13세기 그리고 그 이후에도 여전히 영향력을 유지했다.[24]

We now come to a crucial question in connection with the whole history of Sŭl Ch'ong: Is he entitled to be called the Father of Korean Literature? If not why then is he the first scholar deemed worthy of remembrance and all before him consigned to oblivion? It seems clear to the writer that there have been two schools of scholarship in Korea, which for lack of a better classification may for the present be known as the Buddhist School and the Confucian School.

---

24 한국의 알파벳 즉 훈민정음이 창제된 시기는 1443년이다. 존스가 어떤 근거에서 13세기라고 했는지 근거가 미약하다.

우리는 이제 설총의 전체 역사와 관련하여 중대한 문제에 도달하게 된다. 그는 정말 한국문학의 아버지로 불릴 자격이 있는가? 그것이 아니라면 왜 그는 기억할 만한 최초의 학자로 평가받고 그 앞의 모든 학자들은 망각되었는가? 필자는 한국에는 두 개의 학파가 있다고 확신한다. 하나는 불교 학파이고 다른 하나는 유교 학파인데 지금으로서는 이 분류에 만족할 수밖에 없다.

The writer would adduce the following reasons for this classification.

(1) No one acquainted with the facts can take the position that the writing of books in Korea began with Sŭl Ch'ong in Sil-la. In that country itself previous to Sŭl Ch'ong we have every reason to believe that there were learned men who must have produced works on history, religion, poetry and romance. Some of their names have come down to us. Kim Ch'un-ch'u who afterward reigned in Sil-la as King Mu-yol, and his son Kim In-mun were both of them mentioned for their skill, in making verses in the Chinese. Earlier in the dynasty a special school was established under the auspices of Buddhism where the youths of Sil-la listened to lectures on filial piety, respect, loyalty, and faithfulness, by monkish professors. Out of their number must have come the men we hear mentioned as writing up the archives of the nation and producing works on various subjects.

필자는 이 분류에 대한 근거를 다음과 같이 도출한다.

(1) 이 사실을 아는 사람이면 어느 누구도 한국에서 책의 저술은

신라의 설총에서 시작되었다는 그러한 입장을 취할 수 없다. 신라만 하더라도 설총 이전에 역사, 종교, 시, 로망스의 작품을 생산한 학자가 틀림없이 있었을 것이라는 믿음은 매우 타당하다. 몇몇 이름들이 우리에게 전해진다. 나중에 신라의 무열왕이 되는 김춘추와 그의 아들 김인문은 중국시작법에 뛰어났던 것으로 전해진다. 신라 초기 불교의 감독 하에 특수학교가 설립되었고 신라의 청년들은 이곳에서 승려 교수들에게서 효와 공경과 충과 신의에 대한 강의를 들었다. 그들 중에서 신라의 고문서를 작성하고 여러 주제에 관한 작품을 생산한 오늘날 언급되어야 할 학자들이 틀림없이 있었을 것이다.

(2) Turning from Sil-la to the other two kingdoms which shared the peninsula with Sil-la, viz. Pak-che, and Ko-gu-ryu, we find traces of literature among them which are not mentioned in the canonical records of scholarship. In Ko-gu-ryu we know of one work which reached the large size of 100 volumes. Under the influence of Buddhism Pak-che had many scholars, some of whom won lasting fame by giving Buddhism and letters to Japan. Why is it that worthies of Ko-gu-ryu who could produce the "Yu-geui,"(above mentioned) and those of Pak-che who became the tutors of a foreign nation, nowhere find mention in the annals of the present school of literateurs in Korea, while Sŭl Ch'ong and Ch'oé Ch'i-wŭn are the only ones of all that long period accorded recognition? Surely the reason must be that they are regarded as belonging to a different school from the one which now dominates Korea.

신라에서 한반도의 또 다른 두 왕국인 백제와 고구려로 가보면 학자들이 정전으로 생각하는 기록물에는 언급되지 않지만 그들이 남긴 문학의 흔적을 발견할 수 있다. 고구려에는 그 분량이 100권에 이르러 작품이 있다.[25] 불교의 영향을 받은 백제에는 여러 학자들이 있었는데 그 중 일부 학자들은 일본에 불교와 문자를 전함으로써 영속적인 이름을 얻었다.[26] 그러면 왜 위에 언급한『유기[遺記]』를 생산한 고구려의 명사들과 외국 나라에서 교수가 된 백제의 명사들에 대한 언급은 한국의 현재 문인 학파의 연대기 어느 곳에서도 찾아볼 수 없고, 반면에 왜 설총과 최치원은 그 오랜 기간 동안 유일하게 인정을 받는 학자가 되었는가? 분명 그 이유는 그들이 현재 한국을 지배하고 있는 이들과 다른 학파에 속하기 때문일 것이다.

(3) It is to be noticed that the discrimination in the canonical records is altogether in favor of writers who belong to the Confucian School of philosophy. Buddhism had a long reign in Korea. And its character as far as learning is concerned has been the same in Korea as elsewhere. Supported by the gifts of the government and the

---

25 고구려의『유기』를 의미한다.『삼국사기』에 고구려는 초기에『유기』라는 100권으로 된 역사서를 편찬한 바 있는데 영양왕 11년에 태학박사 이문진이 이것을 『신집』이라는 5권의 책으로 개수하였다'고 기록되어 있다. 그러나 이 책은 전해지지지는 않는다.

26 『三國史記』券20 高句麗本紀8,「영양왕 11년」(600);『增補文獻備考』券202,「學校考」,1. 하지만 이러한 시각을 최초로 제시해준 것은 모리스 쿠랑『한국서지』의 「서설」(1894)이었다. 그것은 중국 한자와 유교문명이 한국에 도래한 시점과 그 영향력을 끼친 역사적 연원과 과정을 살핀 부분들이다. 쿠랑은『삼국사기』와 『동국문헌비고』를 참조하여 이를 살폈다. 일본에 간 학자는 일본의 사서에 전하는 왕인(王仁)을 지칭한다.

people, the monks had little else to do but study, and that they did so is clear from the character of Sŭl Ch'ong's father. Did these men produce nothing worth handing down to posterity? Did no scholars exist among them? It seems only reasonable to suppose that they did exist and that they wrote on history, religion, biography, philosophy and ethics and these with their successors down to A. D. 1392 would constitute the Buddhist School. But where are their works? This is not such a difficult question to answer. In the first place, at the very best the works produced need not to have been numerous. It is not the intention of the writer to give that impression.

정전 기록물은 유교학파에 속하는 학자들을 차별적으로 선호한다는 점을 주목해야 한다. 불교는 오랫동안 한국을 통치했다. 학문에 관한 한 불교의 성격은 한국과 다른 모든 곳이 같았다. 정부와 백성의 후원을 받는 승려들은 공부 외에 달리 할 것이 없었다. 이 사실은 설총의 아버지를 통해 분명히 알 수 있다. 공부만 한 승려들이 후세에 전할 만한 어떤 것도 생산하지 않았을까? 승려들 중에는 학자가 존재하지 않았을까? 분명 불교 학자들이 존재했으며 그들이 역사와 종교와 전기와 철학과 그리고 윤리에 대한 글을 적었을 것이며 1392년까지 그들의 계승자들이 불교 학파를 구성하였을 것이라고 추정하는 것은 너무도 당연하다. 그런데 그들의 저서들은 어디에 있는가? 이것은 그렇게 어려운 질문이 아니다. 먼저, 최고 수준의 저서라면, 생산된 저작물의 수가 많을 필요는 없다. 그러한 인상을 주는 것은 필자의 의도가 아니다.

The writers of the Buddhist School may have been the authors of much that is strange and inexplicable in Korean history of today. Then the slow painful process by which books were reduplicated by hand would not be favorable to the miltiplication of copies of their works. This would make it easy for these works, during the period of neglect ushered in by the supremacy of the Confucian School, to disappear or be utterly lost. If we should recognise this classification and acknowledge the existence of these two schools in Korean literature and thought the Buddhist School would, to a great extent, antedate the Confucian School, though there was a time when they were co-existent, and a time when during the reign of the Ko-ryu dynasty (Xth. to the XlVth. centuries) that Buddhism again became uppermost and the Confucian School suffered a partial eclipse.

불교 학파의 작가들은 오늘날 한국사에서 이상한 작품이나 불가해한 작품들의 저자일지도 모른다. 그 다음으로, 손으로 책을 필사하는 느리고 고된 과정은 책 사본의 수를 늘리는 것에 불리하게 작용하였을 것이다. 이런 이유로 인해 이들의 저서들이 유학파의 득세로 불교가 방치되던 시기에 사라지거나 또는 완전히 소실되는 일이 잦았을 것이다. 이 분류를 알고 한국 문학과 사상에서 두 학파가 존재한다는 것을 인정한다면 불교 학파의 시기는 유교 학파보다 상당히 앞섰을 것이다. 물론 두 학파가 공존하던 시기도 있었고 고려 왕조(10- 14세기) 때는 불교가 다시 득세하여 유학파가 일시적으로 쇠퇴하기도 했다.

The Confucian School which is dominant in Korea today began with Sŭl Ch'ong. He was the one who set in motion the forces from which has evolved the present school of thought in Korea. Now we note that the Confucian School has produced nearly all the literature which we possess worthy the name in Korea today. In history, philosophy, ethics, law. astronomy, biography they are the workmen upon whom we are forced to rely. It has not been a continuous school. Only two Scholars in Sil-la are specially noted, and thirteen in the Koryu dynasty, a period of four hundred years until we reach the present dynasty, A. D. 1392. But they kept the lamp of their school burning and laid the foundations of the present complete conquest of the Korean mind by the Chinese Sage.

유학파는 오늘의 한국을 지배하고 있고 그 학파는 설총으로 시작되었다. 설총은 현 한국의 사상을 진화시킨 힘을 작동시킨 장본인이다. 유학파가 현 한국에서 이름이 높은 거의 대부분의 문학을 생산해 온 것을 알 수 있다. 그들은 역사와 철학과 윤리와 법과 천문 그리고 전기를 적었고 우리는 그들의 저서에 의지할 수밖에 없다. 유학파는 지속적인 학파는 아니었다. 신라에서는 단지 두 학자만이 특히 주목을 받고, 고려에는 현 왕조가 시작된 1392까지 사백년 동안 13명의 고려 학자가 있다. 그러나 그들은 유학파의 등불을 계속 밝혔고 현재 한국인의 정신을 중국 공자로 완전히 정복할 토대를 마련했다.

233

At the head of this school unquestionably stands Sŭl Chong, the son of the ex-Buddhist abbot. And to the extent to which literature and learning has emanated from that school is he the Father of Korean Letters. This enables us to fix the beginnings of Korean literature in the seventh century of the Christian era, for while the personal contributions of Sŭl Ch'ong to the literature of today are insignificant still he was the one who put in operation the forces from which the literature has been evolved.

이 학파의 선두에는 의심할 여지없이 전 불교 대사의 아들인 설총이 있다. 문학과 학문이 유학파에서 발원하는 한 그는 한국 문학의 아버지이다. 우리는 한국 문학의 연원을 서기 7세기로 고정시킬 수 있다. 그것은 설총이 오늘날의 문학에 개인적으로 기여한 바가 별로 없지만 그럼에도 그는 여전히 한국 문학을 진화시킨 힘을 작동시킨 장본인이기 때문이다.

And the School which he founded has not been ungrateful to his memory. His final reward came when he was canonized as a Confucian Saint and enshrined with the tablets of Confucius to share with the Sage the worship of Korean literati. This occurred during the reign of the Koryu king Hyon-jong, in the year 1023 and the title of Marquis of Hongnu was conferred on him.

설총이 세웠던 유학파는 그에게 감사하며 그를 추모했다. 그는 유교의 성인으로 시성화되어 공자의 위패와 함께 안치되어 공자와 더불어 한국 문인들의 숭배를 받음으로써 비로소 최종 보상을 받았다. 이것은 1023년 고려 현종 때의 일로 설총은 홍유후(弘儒侯)라는 시호를 하사받았다.[27]

---

27 『동국통감』, 「고려 현종 壬戌年」(1022); 『삼국사기』 券46 列傳6 「薛聰」.

제2장

최지원, 그의 삶과 시대

G. H. Jones, "Ch'oe Ch'I-Wun: His life and Times," *Transactions of the Korea Branch Of Royal Asiatic Society* III - Part 1, 1903.

존스(G. H. Jones)

┃ 해제 ┃

존스(G. H. Jones)는 1900년 창설된 왕립아시아학회 한국지부의 부회장을 역임했다. 「최치원: 그의 삶과 시대」는 이 학회의 학술지에 게재된 논문이다. 이 학회의 학술지에 게재된 최초의 발표와 논문은, 존스 본인의 논문에서도 거론되고 있는, 게일(J. S. Gale)의 글이었다. 게일은 '중국문명이 한국문화에 미친 영향력'을 살핀 논문을 발표했다. 게일의 한국문화의 중국에 대한 종속성에 대한 반대의 입장에서, 헐버트는 한국의 고유성을 논하는 글을 발표했고, 이에 대한 종합평을 맡은 인물이 바로 존스였다. 그는 두 사람의 논의를 모두 인정했다. 왜냐하면 중국문화에 영향을 받지 않았던 한국 선주민의 존재를 인정할 수 있고 개신교 선교사들이 접촉한 한국 민족의 생활과 풍습 속에는 중국·일본과는 구별된 변별성이 분명히 존재했기 때문

이다. 하지만 동시에 중국문화가 한국에 영향을 끼친 오래된 역사 그 자체와 한국인에게 한문이 지닌 오랜 전통을 간과할 수 없었다.

사실 게일·헐버트 두 사람의 논의는 연원 그 자체가 오래된 한국문명, 한국민족의 기원을 묻는 공통된 질문을 함의하고 있었기 때문이다. 더 큰 문제는 두 사람이 지적한 고유성과 외래성으로 보이는 두 측면의 관계를 설정하는 것에 있었다. 이 점에서 존스의 「최치원: 그의 삶과 시대」는 '최초의 최치원에 관한 고전작가론'이자 동시에 게일·헐버트의 지면논쟁 이후 진전된 그의 관점을 보여주는 논문이다. 물론 존스의 논문 역시 게일의 논문과 마찬가지로 한국에 영향을 준 중국문화, 유교를 검토한 글이다. 하지만 게일과 달리, 그의 논문은 중국문화에 대한 한국의 종속성을 강조하기보다는 한국의 성현들에 초점을 맞춰 한국의 고유한 유교사상을 살피려는 지향점을 지니고 있다. 또한 그가 초점을 맞춘 것은 기원의 문제가 아니라 중국문명[당]과 한국문명[신라]의 교류, 한국에 토착화된 유교 요컨대 한국인들이 상상하는 한국문학[한국 유교]의 기원이자 성현, 최치원이다. 또만 나말여초라는 한국의 문명전환기를 주목하고 있는 그의 날카로운 예지가 담겨져 있다. 다만, 그의 논문은 아직 한문고전 자료들 그 자체에 대한 충실한 번역을 기반으로 한 것이 아니었다. 즉, 서구인의 중국학 논저와 모리스 쿠랑의 『한국서지』와 같은 저술(2차적인 자료)을 기반으로 하고 있다는 한계점이 존재한다.

┃ 참고문헌 ────────
김종서,『서양인의 한국종교연구』, 서울대학교 출판부, 2006.
류대영,『초기 미국선교사 1885~1910』, 한국기독교역사연구소, 2001.
류대영,『한국 근현대사와 기독교』, 푸른역사, 2009.
이덕주, 「존스의 한국역사와 토착종교 이해」,『신학과 세계』67, 2007.
이만열,『한국기독교와 민족통일운동』, 한국기독교역사연구소, 2001.
이상현, 「한국고전작가의 발견과 서양인 문헌학의 계보」,『인문사회
　　　21』8(4), 2017.

THE dominant literary force in Korea for the past five hundred years has been Confucianist in its philosophy and teachings. Such literary activity as has prevailed has been influenced and controlled by the sages of China. This tendency in Korea's literary development has given origin to a school of writers, numerous and industrious, who have enjoyed royal patronage, and have thus been able to exclude all rival or heretical competitors and to mould to their own standards the literature of the Korean people.

　　지난 오백년 동안 한국문학을 지배한 세력은 유학의 철학과 교훈을 숭상한 유학자들이었다. 시대의 지배적 유파로서 한국 유학자들의 활동은 중국의 성현들의 영향과 지배를 받았다. 이러한 한국 유학의 발전 추세는 수많은 성실한 학자를 낳은 문파의 기원이 되었다. 이 유파는 왕실의 후원을 받았기 때문에 경쟁 관계에 있는 학자들을 이단으로 모두 배척하고, 그들의 표준을 한국 문학의 표준으로 확립할 수 있었다.

Though we have mentioned this school as belonging particularly to the present reigning dynasty, it is only in the sense that its supremacy as a school dates from the founding of the dynasty(A.D. 1392). It long antedates the period indicated, and though it is difficult to say who was the founder of it, still, as far as the present writer has been able to discover, that honour seems to belong to the Silla scholar, Sul- ch'ong(薛聰), who lived in the eighth century of the Christian era. Our reason for suggesting that Sul-ch'ong is the founder of this school in Korea is as follows; It has been the policy of the Confucian school in Korea, following the example set by the great parent school in China, to canonize those of its most famous members who have made some note-worthy contribution to the development of Coufucianism in Korea.

우리는 이 문학파가 특히 현 통치 왕조에 속하는 것으로 언급하였지만, 그것은 단지 이 학파가 하나의 학파로서 우위성을 보인 시점이 조선 왕조의 건국(1392)부터라는 의미에서 그렇다. 이 학파는 현 왕조의 건국보다 시대적으로 훨씬 앞선다. 이 학파의 창시자가 누구라고 말하기는 어렵지만, 그럼에도, 필자가 파악한 바에 의하면, 창시자의 영예는 서기 8세기에 살았던 신라의 학자 설총(薛聰)에게 돌아가는 것 같다.[1] 설총을 한국 유학파의 창시자로 제시할 수 있는 근

---

1 존스(G. H. Jones)는 앞의 논문인 "Sŭl-Chong, Father of Korean Literature"(The Korea Review Ⅰ, 1901.)에서 설총을 7세기의 유학자가 말하였다. 이는 여기서 설총을 8세기 사람이라 한 것과 모순된다.

거는 다음과 같다. 한국 유학파는 원조 격인 중국의 위대한 유학파의 예를 따라 한국의 유학 발달에 주목할 만한 기여를 한 가장 유명한 유학자들을 시성[諡聖]하였다.

This canonization consists in the enshrinement by imperial edict of a tablet to the recipient of the honour in the great temple to Confucius, the Song Kyun Kuan(成均館) at Seoul, the spirit of the disciple thus being permitted to share in the divine honours paid to the Sage. At the same time imperial letters patent are issued conferring a posthumous title on the recipient, usually of a princely or ducal order. Sixteen Koreans have thus far been so honoured, four in the epoch from Sul-ch'ong to Chong Mong-jo(about 600 years), and twelve during the present dynasty, a period of 500 years.

유학자의 시성화는 왕명에 따라 유학자의 위패를 서울의 유교 대사당인 성균관에 안치하고 그 영[靈]을 공자처럼 신성하게 모시는 것으로 이루어진다. 동시에 왕은 그 유학자에게 왕자 혹은 대공에 해당하는 사후 칭호를 수여한다는 윤허를 내린다. 지금까지 16명이 그와 같은 영광을 누렸다. 설총에서 정몽주에 이르기까지 약 육백년 동안 4명의 성현이 있었고 현 왕조 오백년 동안에는 12명의 성현이 있다.

In making out this list it is reasonable to believe that the scholastic authorities would place at its head the one man who, in their estimation, was entitled to be considered as the Founder of the Confucian school in Korea. To have ignored him would have been to put a low estimate upon the introduction of the Confucian school of thought and philosophy to Korea. And as in their estimate this unique honour appeared to belong to Sul-ch'ong his name heads the list of the Illustrious Sixteen. Later scholars on investigation may be led to dispute this, but it appears to be the unbiassed judgement of former times.

권위 있는 학자들이 이 명단을 작성할 때 한국 유교의 창시자로 간주될 자격이 있는 사람을 맨 위에 올렸을 가능성이 높다. 만약 창시자를 무시한다면 그것은 유교 사상과 철학이 한국에 도입된 사건을 저평가하는 것과 같다. 설총이 이러한 명예를 받을 유일한 학자라고 생각했기 때문에 그들은 설총을 16현의 선두에 둔 듯하다. 이후 학자들의 추가적인 조사로 한국 유학의 창시자는 설총이라는 이 주장이 반박될 수도 있겠지만, 하지만 아직까지는 이전 세대의 판단에 편견이 없는 것처럼 보인다.

If this conclusion is adopted it will be wise to mark certain inferences which are not necessarily to be deduced from our assigning the headship to Sul-ch'ong. First of all, it does not mean that previous to Sul-ch'ong Confucianism was unknown as a literary force in Korea. This by no means follows. As has been shown in Mr. Gale's very able paper,[2]*from the time of Kija the writings which form the base of Confucianism were known among the peninsular people. Works were written in the Chinese ideographs by Korean scholars, and customs and institutions were adopted from the great kingdom across the sea. But a distinction may be made historically between Chinese civilization in itself and Confucianism.

이 결론을 수용한다면, 설총을 창시자로 생각하지 않아도 가능한 몇 가지 추론을 해보는 것이 현명할 것이다. 우선, 설총 이전에 유교에 토대를 둔 문학 세력이 한국에 없었다는 의미가 아니다. 결코 그렇지 않다. 게일의 매우 훌륭한 논문에서 알 수 있듯이, 기자 시대부터 한반도인들은 유교의 토대가 되는 글들을 이미 알고 있었다.[3] 한국 학자들은 한자로 글을 적었고, 중국의 관습과 제도가 바다를 건너 들어왔다. 그러나 중국 문명 자체와 유교에 대한 역사적 구분이 이루어져야 한다.

Chinese civilization even to-day is a composite in which Buddhist and Taoist elements, and survivals from savage and barbaric life have a part as well as Confucianism. And for the first few centuries after the death of the Sage, Confucianism had a chequered history in

---

2 "The Influence of China on Korea," *Transactions of Korea Branch of the Royal Asiatic Society* 1.[원주]

3 J. S. Gale, "The Influence of China on Korea," *Transactions of the Korea Branch of Royal Asiatic Society* 1, 1901를 지칭한다. 게일은 이 글에서 한국에 대한 중국문화의 영향력을 다방면에서 고찰했다. 기자 조선을 기원으로 삼고 한국고대사, 한문과 한글의 위상, 한국과 중국의 외교사, 역사관, 교육 등과 같은 주제를 다뤘다. 특히, 그 논증의 근거가 『서경』을 비롯한 중국 문헌들과 『동국통감』, 『동몽선습』, 『아희원람』 등의 한국 문헌들을 자세하게 분석하여, 중국이 한국인의 삶, 문학, 사상, 역사에 지대한 영향을 미쳤음을 고찰했다.

its land of origin, occupying a far different place from what it does now. So that, as appears to have been the case in certain periods between Kija and Sul-ch'ong, Chinese civilization was the vehicle to bring to Korea philosophies and economies vastly different from those for which Confucianism stands. In illustration of this we would instance Buddhism. Therefore in dating the introduction of Confucianism as a school of thought from Sul-ch'ong we do not touch the question of the introduction of Chinese civilization, neither do we deny the presence of Confucian influence previous to Sul-ch'ong. Only the latter was an influence exerted from without, a foreign influence, an exotic. It was the aim of Sul-ch'ong, Ch'oe Ch'i-wun, An-yu and their fellow-schoolmen to make the exotic indigenous.

중국 문명은 심지어 오늘날도 불교와 도교의 요소로 이루어진 복합체이다. 야만적이고 미개한 삶의 잔재물들이 유교처럼 중국 문명의 일부분을 차지한다. 그리고 공자의 사후 처음 몇 세기 동안 유교는 발생지인 중국에서 그 부침이 심했고 오늘날과는 상당히 다른 위치를 점했다. 그래서, 기자 시대와 설총 시대 사이의 어느 시기에 중국 문명 중 유교와 상당히 다른 철학과 경제가 한국에 들어왔다. 불교가 그 한 예이다. 유교 도입 시기를 설총 사상파에 둘 때, 우리는 중국 문명의 도입 시기를 건드리지도 않고, 또한 설총 이전에 유교의 영향이 있었음을 부인하지도 않는다. 공자의 사상은 외부로부터 주어진, 다른 나라의 이색적인 영향이었다. 설총, 최치원, 안유, 동료 학자들의 목적은 그 이색적인 것을 토착화하는

것이었다.[4]

The list of the sixteen canonized scholars of Korea is of much interest historically, as it puts us in possession of the verdict of a very important section of native literatures on the comparative importance of the labours of Korean scholars in the past. We must not fall, however, into the error of thinking that these are Korea's only scholars. Their eminence is due to the fact that they best fulfilled the standard set up by the Confucian school for canonization. This list is as follows: —

1 Sul-ch'ong　　　薛聰

2 Ch'oe Ch'i-wun　崔致遠

3 An-Yu　　　　　安裕

4 Chong Mong-ju　鄭夢周

5 Kim Kong-p'il　　金宏弼

6 Cho Kwang-jo　　趙光祖

7 Yi Whang　　　　李滉

8 Sung Hun　　　　成渾

---

4 동일한 학술지[*Transactions of the Korea Branch of Royal Asiatic Society* 1, 1900]에는 한국의 고유성을 입증하려고 한 헐버트의 반론[H. B. Hulbert, "Korean Survivals"]과 이에 대한 게일, 존스의 토론문[J. S. Gale·G. H. Jones, "Discussion"]이 함께 수록되어 있다. 게일과 헐버트 사이의 지면논쟁 속에서 설총과 최치원은 한국의 고유성과 외래성을 대표하는 인물을 드러난 바 있다. 또한 존스의 이러한 발언은 이러한 양극단을 지향하며 설총 이후 한국유학자의 계보를 이문화의 토착화라는 관점에서 조명하려는 목표를 명백히 보여준다. 즉, 존스는 한국고유성의 기원 혹은 중국문명 유입의 기원이란 문제가 아니라 중국-한국 간의 문명소통의 의미맥락에서 문제에 접근하는 진전된 관점을 보여주고 있는 것이다.

9 Song Si-yul   宋時烈

10 Pak Se-ch'ai   朴世采

11 Chung Yo-ch'ang   鄭汝昌

12 Yi Eun-juk   李彦迪

13 Kim In-hu   金麟厚

14 Yi I   李珥

15 Kim Chang-saing   金長生

16 Song Chun-kil   宋浚吉

한국 16현의 목록은 역사적으로 상당히 흥미롭다. 왜냐하면 이 목록을 통해 우리는 매우 영향력 있는 한국 문학의 한 유파가 과거 한국 학자들의 상대적 중요성에 대해 내린 판결을 얻을 수 있기 때문이다. 그러나 우리는 이들만을 한국의 유일한 학자로 생각하는 오류에 빠져서는 안 된다. 그들이 저명하게 된 것은 유학파가 세운 시성화 기준을 그들이 가장 잘 달성했기 때문이다. 그 목록은 다음과 같다.

1 설총   薛聰

2 최치원   崔致遠

3 안유   安裕

4 정몽주   鄭夢周

5 김종필   金宏弼

6 조광조   趙光祖

7 이황   李滉

8 성혼   成渾

9 송시열   宋時烈

10 박세채	朴世采	
11 정여창	鄭汝昌	
12 이언	李彦迪	
13 김인후	金麟厚	
14 이이	李珥	
15 김장생	金長生	
16 송준길	宋浚吉	

With this introduction we proceed to consider the life, labours and times of the second savant named in this list — the Silla scholar, Ch'oe Ch'i-wun.

우리는 이어서 이 명단의 두 번째에 그 이름이 올라간 대학자 즉 신라의 학자 최치원의 삶과 노고 그리고 그 시대를 살펴볼 것이다.

He was born in troubled times. During the period A.D. 862-876 Kyung-mun(景文王) was King of Silla; but of the events of his reign we know very little, many of the histories simply mentioning his name and the dates of his accession and death. All authorities agree that it was the period of Silla's decline. A long line of forty-seven monarchs had already sat on the throne of Silla. The neighbouring kingdoms of Paik-je(百濟國) and Ko-gu-ryu(高句麗國), which had once divided the peninsula with Silla, had more than two hundred years previously been obliterated from the map by the Silla armies aided by the Tang, and Silla had held sole sway over all clans bearing the Korean name. And now Silla, torn by internecine strife and faction, had become the prey of ambitious mayors of the palace and was slowly verging to her final fall.

최치원이 태어난 시대는 혼란스러웠다. 862-876년 때의 신라왕은 경문왕이었지만 그의 치세 동안 일어난 사건에 대해 우리가 아는 바는 거의 없다. 대부분의 역사서[5]에는 그의 이름과 왕위 승계와 사망 날짜만이 간략하게 언급되어 있다. 권위자들은 모두 경문왕 때가 신라가 멸망하는 시기였다는 것에 동의한다. 이 시기 전까지 이미 47명이나 되는 많은 신라왕들이 왕위에 올랐다. 이웃 국가인 백제와 고구려는 2백년도 더 전에 당의 조력을 받은 신라군에 의해 지도에서 삭제되었다. 그 후 신라는 한국식 이름을 가진 모든 왕족을 휘두르는 유일한 세력이었다. 이제 내부 투쟁과 파당으로 찢겨진 신라는 궁궐의 야심찬 신하들의 먹잇감이 되었고 천천히 마지막 추락을 향해 다가가고 있었다.

It was about this time that two men were born in Korea who were

---

5 존스가 최치원의 삶을 조명하기 위해서 살핀 한국 역사서의 얼개를 구체적으로 논증하기는 어렵다. 다만, 개신교 선교사들이 한국역사서를 직접 인용하며 그 출처를 명확히 밝힌 책들, 쿠랑의 저술을 통해 다음과 같이 짐작해 볼 수는 있다.
  · 개신교 선교사들이 인용한 史書:『三國史記』,『東國通鑑』,『童蒙先習』,『東國輿地勝覽』,『東國文獻備考』,『東史綱目』,『東史會綱』,『東史纂要』,『東史補遺』,『一統志』,『續文獻通考』
  · 쿠랑이『한국서지』에서 직접 검토한 東史類:『三國史記』,『東國通鑑』,『紀年兒覽』,『東史綱目』

destined to climb high the steeps of distinction, and yet whose careers present many contrasts. One of these was Ch'oe Ch'i-wun and the other Wang-gun(王建), founder of the Koryu(高麗) dynasty. It is indeed an interesting fact that these men were contemporaries and acquainted with each other. The man-child of the Wang family was born amid the pine forests of Song-ak, and legend, which ever paints in mysterious colours the birth and childhood of Asiatic dynasty founders, relates many strange stories of the marvellous portents and omens which heralded his entrance upon this world. These stories would have been in all probability transferred to Ch'oe Ch'i-wun had he, instead of Wang-gun, proved the Man of Destiny for Korea and obtained the throne, for which he had received a splendid training.

서로 대조적인 인생 항로를 가지만 가파른 명인의 산에 높이 오를 운명을 가진 두 사람이 한국에 태어난 것은 바로 이 시기이었다. 그 한 사람은 최치원이고 다른 한 사람은 고려(高麗)의 시조인 왕건(王建)이었다. 두 사람이 동시대인이고 서로를 알고 있었다는 사실이 매우 흥미롭다. 왕씨 가문의 아들은 송악의 소나무 숲에서 태어났다. 항상 신비로운 색채로 아시아 왕조의 시조의 탄생과 어린 시절을 채색하는 전설은 왕건의 탄생을 예시하는 경이로운 상과 전조에 대한 여러 기이한 이야기들을 전한다. 만약 왕건이 아닌 최치원이 한국의 '운명의 사나이'로 밝혀지고 왕위에 올랐다면, 이 이야기들은 모두 최치원에 관한 이야기가 되었을 개연성이 매우 높다. 왜냐하면 최치원도

왕이 될 수 있는 훌륭한 교육을 받았기 때문이다.[6]

Ch'oe Ch'i wun was born in the year A.D. 859, the scion of one of the influential families of Kyeng-ju(慶州), the capital of Silla. Of his ancestry we possess very little information. But it seems clear that his family, like that of Sul-ch'ong before him, belonged to the Tang partisans in Korea, who had lost confidence in Buddhism—still the state cult in Korea—and who looked westward across the Yellow Sea for light and salvation. As a mere lad Ch'oe grew up in contact with those educational forces set in operation by Sul-ch'ong a century earlier, which were already beginning to mould and shape the literary life of Korea. We pause for a moment to consider them.

최치원은 신라의 수도인 경주(慶州) 세도가의 자제로 859년에 태어났다.[7] 그의 조상에 대해서 알려진 바는 거의 없다. 그러나 앞 시대의 설총처럼 최치원의 가문도 한국의 국교인 불교에 대한 믿음을 상

---

6 왕건과 최치원을 이처럼 함께 대비하여 서술한 까닭은 『삼국사기』에 전하는 왕건을 최치원이 은밀히 도왔다는 내용, 왕건을 새로운 시대의 왕으로 말하는 내용을 주목했기 때문이다. 이 부분을 존스는 자신의 논문 말미에 소개했다. 더불어 존스가 최치원 역시 왕건과 같이 왕이 될 수 있는 가능성을 지닌 인물로 말한 까닭은, 신라의 육두품이라는 최치원의 신분에 대한 이해가 이 시기 전제되어 있지 않기 때문이다.(『三國史記』券46, 열전「崔致遠」)

7 존스는 최치원이 태어난 시기를 859년이라 말했다. 하지만, 최치원이 때어난 시기는 신라 헌안왕(憲安王) 1년(857)이다. 존스가 거론한 최치원의 행적 기록은 『삼국사기』 소재 최치원의 열전에 의거한 것이다. 하지만 동시에 존스가 살핀 최치원의 시문은 주로 모리스 쿠랑 『한국서지』에서 소개된 작품들이란 점을 주목할 필요가 있다. 그는 최치원의 생애에 관해서 『계원필경집』에 관한 쿠랑의 설명내용들을 함께 참조했다.

실하고 빛과 구원을 찾아 황해 건너 서쪽을 바라본 친당파에 속했음이 분명한 듯하다. 아직 어린 소년에 불과했던 최치원은 한 세기 전의 설총이 가동시킨 친당적인 교육 세력과 접촉하며 성장했다. 이 세력은 이미 한국 문학의 삶을 조성하고 형성하기 시작했다. 잠시 멈추고 이것을 살펴보자.

At this time the tide of the Confucian cult was rising in Korea. The close connection which had existed for centuries between the Tang and Silla courts had undoubtedly prepared the latter to give a favourable hearing to the Chinese Sage, though Silla still held to Buddhism as the state religion.

이 당시 한국은 유교의 물결이 세어지고 있었다. 여전히 불교가 신라 국교의 위치를 고수하고 있긴 했지만 수세기 동안 당과 신라 조정 사이에 밀접한 관계가 존재했기 때문에 의심할 여지없이 신라는 중국의 공자의 말씀을 우호적으로 받아들일 준비가 되어 있었다.

As far as we can gather from the history of the times, Confucianism had not become the dominant cult in Korea. It had influenced the thought and life of the people, it is true; but this influence it exerted from without, from its distant centre in China rather than from the vantage point of a settled location in Korea itself.

당시의 역사서에 의하면, 유교는 아직 한국의 지배적인 종교가 아니었다.[8] 유교가 한국인들의 사상과 삶에 영향을 미쳤던 것은 사실이다. 그러나 그것은 외부로부터, 중국의 먼 중심지에서 한국에 미친 영향력이었지, 한국이라는 정착된 위치의 관점에서 영향을 미치는 것은 아니었다.

The forces, however, which later, under An-yu(安裕), were to bring the Confucian cult bodily to Korea and plant it there were already at work. As a sign of the times we are told in the *Mun-hun-pi-go*(文獻備考) that in 864, five years after the birth of Ch'oe Ch'i-wun, the King of Silla personally attended at the College of Literature and caused the canonical books of China to be read and explained in the royal presence. And with this we may correlate another statement that, sixteen years later, in 880 A.D., the following books were made the basis of education in Silla, viz:

The Book of History	書傳
" " Changes	周易
" " Poetry	詩傳

8 존스의 이하 견해는 쿠랑의 『한국서지』 서설을 참조한 것이기도 하다. 쿠랑은 먼저 최치원을 한국에 있어서 한문의 역사와 관련하여 주목했다. 즉, 최치원은 이름이나 관직명 등에서 음을 단순히 한자로 전사하는 수준을 넘어 한문으로 글을 쓴 전통을 보여주는 대표적인 인물로 기술된다. 쿠랑 역시 유교가 한국의 생활문화 속 깊이 자리 잡는 시기로 간주하지는 않았지만, 한국유교 교리의 시작과 관련하여 8~9C 통일신라를 주목했다. 그 이유는 첫째, 한국인들이 중국의 과거제도, 빈공과를 통해 중국의 관리가 되는 점이다. 둘째, 『東國文獻備考』券 51, 「學校考」에서 신라의 왕이 참여하는 강론의 존재, 신라의 학제가 서술되는 부분이다.(M. Courant, "Introduction," *Bibliographie Coréenne* 1, 1894.)

" " Rites	禮記
Spring and Autumn Annals	春秋
Former Han History	漢書
Later Han History	後漢書
The History 史記 by Sze Ma-ts'ien	(司馬遷)

　　그러나 이후 안유(安裕)의 주도하에 유교를 통째로 한국에 들여와 뿌리 내리게 할 유교 세력이 당시 이미 가동 중이었다. 그 시대의 전조로『문헌비고(文獻備考)』를 읽어보면, 최치원의 탄생 5년 후인 864년에 신라왕은 국학에 직접 참여하고 학자들이 왕 앞에서 중국의 고전들을 읽고 설명하였다.[9] 이후 이는 16년 뒤 880년에 다음의 책들이 신라의 교육의 기초가 되었다고 말하는 다음 진술과 연결된다.[10]

서전	書傳
주역	周易
시전	詩傳
예기	禮記
춘추	春秋
한서	漢書
후한서	後漢書

---

9 경문왕 3년(863), 경문왕이 강(講)한 내용을 언급한 것이다.(『東國文獻備考』 쯍 51, 「學校考」)
10 헌강왕 5년(879)에 헌강왕이 국학에 거둥하여 박사 이하에게 강론하기를 명한 내용과 이후 신라의 학제를 설명한 부분을 참조한 것이다(『東國文獻備考』 쯍 51 「學校考」).

사기(사마천)[11]　　史記

Are we not justified in regarding the presence of the sovereign at public lectures on the sacred books of China as of some significance? We are inclined to believe that it marked the inauguration of a movement which was to place education in Korea on a Confucian rather than a Buddhistic basis. And in this connection it is interesting to note that the *Mun-hun-pi-go* says: "At this time lived Ch'oe Ch'i-wun, who had gone to China and there become an official." Thus showing that Ch'oe's influence became a potent factor in the movement to popularize Chinese literature in Korea.

　　왕이 참석한 가운데서 중국고전의 공개 강연이 열리는 것을 유의미한 사건으로 간주하는 것은 정당하지 않은가? 우리는 이것을 불교보다는 유교의 기초 위에 한국 교육을 놓고자 하는 한 흐름의 시작을 표지하는 사건으로 믿고 싶다. 이와 관련된 『문헌비고』의 다음의 말이 흥미롭다. "이때에 최치원이 살았는데 그는 중국으로 건너가 그곳의 관리가 되었다."[12] 이 진술은 최치원의 영향력이 한국에서 중국 문학을 대중화하는 운동의 강력한 요소가 되었음을 보여준다.

---

11 『동국문헌비고』에서는 『周易』, 『尙書』, 『毛詩』, 『禮記』, 『春秋左氏傳』, 『文選』이란 서적이 구체적으로 거론되고 있다. 하지만 존스는 "만약 오경(五經)·삼사(三史)와 제자 백가(諸子百家)의 서(書)를 겸하여 통하는 자가 있으면 초탁(超擢)해서 등용하였다.(若能兼通五經三史諸子百家子超擢用之)"의 五經三史를 번역하여 제시했을 가능성이 존재한다.

12 『東國文獻備考』券 51 「學校考」에는 없는 진술로 존스의 오류라고 판단된다.

Returning to the chronicle of Ch'oe's life we find that at the time the king was lending the royal presence to public lectures on Confucianism, Ch'oe, a mere lad of five years, was just beginning his studies. For seven years he continued them under such teachers as could be found in the Silla capital, but these at the very best must have been unsatisfactory. At the most he could hardly hope to obtain more than a start in Chinese literature.

다시 최치원의 연대기로 가보면, 왕이 유교 공개 강의에 참석했을 때의 최치원은 공부를 막 시작한 겨우 5살의 어린아이이었다. 최치원은 7년 동안 신라의 수도에서 구할 수 있는 그런 스승들 밑에서 수학을 계속했을 것이다. 그러나 그가 아무리 최고 수준의 교육을 받았다 해도 기껏해야 중국 문학의 기초를 배우는 정도였기에 그는 틀림없이 만족하지 못했을 것이다.

Then it was that his father ordered him to proceed to the land of Tang, and there, at the fountain head of Chinese learning, complete his education. The causes which led him to take this step are not given and yet it is not difficult for us to surmise them. It was not an unknown thing for a Korean to go abroad, even in those early days. Beginning with the custom of sending hostages to reside in foreign Courts, which had been done in Korean relations both with China and Japan, when this became no longer necessary,. a few Koreans had voluntarily crossed the seas to these lands in search of adventure or education. Of recent years, however, these had been confined to members of the royal house. It may have been that Ch'oo's father was a leader among the Tang partisans in Korea and took this radical step to mark his devotion to the Chinese. But better still, it seems to me, is the explanation that the lad had already displayed such large promise that high hopes were based on his ability, which hopes could only be realized by an education abroad. Certainly the tradition that the father in parting with the boy gave him a limit of ten years in which to finish his studies and secure the Doctor's degree, failing which the penalty was to be disinheritance, – this tradition certainly seems to agree with the latter view. At any rate, great was the confidence of the father in the son and high the value he set on a Chinese education when he was willing to send him at such a tender age to a foreign land.

그때 최치원의 아버지는 아들에게 당나라로 가서 그곳 중국 학문의 발생지에서 학문을 완성할 것을 명하였다. 그가 왜 이러한 조치를 취하게 되었는지 그 원인에 대해 알려진 바는 없으나 우리가 그 동기를 추론해 보는 것은 어렵지 않다. 아주 먼 옛날에도 한국인이 외국에 가는 일이 있었다. 이 관습은 한국이 중국과 일본과의 관계를 위해 인질을 외국의 궁정에 살도록 보낸 것에서 시작되었다. 이러한 관습이 더 이상 필요하지 않을 때에도 몇몇 한국인들은 자발적으로 모험과 배움을 찾아 바다를 건너 이들 땅으로 갔다. 그러나 이때 그렇게 할 수 있는 것은 왕실가의 사람들뿐이었다. 최치원의 아버지는 한국 친당파의 우두머리로서 중국적인 것에 헌신한다는 것을 보여주기 위해 이러한 극단적인 조치를 취했을 수도 있다. 그러나 내가 보기에 훨씬 더 적절한 설명은 소년이 이미 대성할 잠재력을 드러내어 그 재주에 대한 기대가 높았고 이 기대는 해외 유학을 통해서만 실현될 수 있었다는 것이다. 아버지는 아들과 헤어지면서 학문을 마치고 박사 학위를 받는데 10년이라는 기한을 주었고 이를 지키지 못하면 그 벌로 아들의 상속권을 박탈하겠다고 했다고 한다.[13] 이 구전은 분명 후자의 관점과 일치하는 듯하다. 아버지가 그토록 어린 나이의 아들을 외국 땅으로 기꺼이 보내고자 한 것을 보면 아들에 대한 믿음이 매우 컸고 또한 중국 교육을 높이 평가했음을 알 수 있다.

Let us glance at the China to which young Ch'oe was introduced. The Tang dynasty still held sway over the land, one of the most powerful, brilliant and wealthy dynasties that ever ruled China. We may not be able to assent to the dictum of a noted writer[14]* that China was at this time probably the most civilized country on earth, but it seems true that under the leadership of the House of Tang she reached one of the highest levels in the development of her culture.

---

13 『삼국사기』「열전」6, "최치원"에서의 서술(十年不第 卽非吾子也 行矣勉之)을 참조한 것으로 보인다. 또한 모리스 쿠랑이 『한국서지』에서 「계원필경집」을 거론한 부분을 활용했을 가능성도 충분히 존재한다. 「계원필경집」에 수록된 홍석주(洪奭周)와 서유구(徐有榘)의 「서문」을 기반으로 모리스 쿠랑은 최치원의 행적을 정리해 놓았다.(M. Courant, *Bibliographie Coréenne* I, 1894, pp.282~283.)

14 *S. Wells Williams in *The Middle Kingdom*[원주](윌리엄스의 『중국』)

어린 최치원이 오게 된 중국을 살펴보자. 당시 중국을 장악하고 있던 당은 역대 중국 왕조 중 가장 강력하고 찬란하며 부유한 왕조였다. 이때의 중국이 지구상의 가장 문명화된 나라였다고 단정한 유명한 작가의 말에 동의하기 힘들 수도 있지만, 당의 지도하에 중국이 가장 높은 수준의 문화를 발달시킨 것은 사실인 듯하다.[15]

It was a period of great military activity. The Tang generals had carried the prowess of the Chinese arms far to the westward, almost to the borders of Europe. They had conquered the savage tribes to the north, had annihilated the warlike Kogurios in the north-east, and spent one campaign on the southern end of the Korean peninsula, helping Silla crush Paik-je.

당은 군사 활동이 활발했던 시기였다. 당의 장군들은 용맹한 중국 군을 이끌고 멀리 서쪽으로 유럽과의 접경 지역까지 갔다. 당나라군은 북쪽의 야만 부족을 정복하고 동북의 호전적인 고구려를 전멸하였으며 한반도의 남쪽 끝에서 전투를 벌여 신라를 도와 백제를 패망하게 했다.

Literature was not neglected. The history of the dynasty is marked

---

15 윌리엄스는 618~908년 동안 중국 당은 중세 서구의 암흑시대에 지구상에서 가장 문명한 국가였다고 평가했다.(S. W. Williams, *The Middle Kingdom* Ⅱ, Lodon: W. H. Allen & Co., 1883 p.167.) 존스는 윌리엄스의 이 진술에 완전히 동의하지는 않았지만, 당에 대한 이 논문의 내용은 윌리엄스의 저술을 참고하여 기술했다.(Ibid, pp.167~171)

by a great revival of the Confucian cult, a complete and accurate edition of all the classics being published. We are told that a school system was inaugurated and learning highly developed. Nationalism showed itself in a reviving interest in the past history of the peoples of the empire, and some of the most illustrious historical writers of China belong to this dynasty.

당은 문[文]을 중시하였다. 당나라 역사의 뚜렷한 특징은 당나라 때 유교가 크게 부활하였고 출판된 고전이 모두 완벽하고 정확했다 것이다. 학교라는 제도가 시작되었고 학문이 크게 발달했다고 한다. 민족주의가 발현되었는데 그것은 제국의 여러 민족들의 과거사에 대한 관심이 부활한 것에서 알 수 있다. 중국의 가장 저명한 역사가 중 일부는 이 왕조에 속한다.

It was during the Tang dynasty that Christianity first made its appearance within the bounds of the Chinese empire. The Nestorians were permitted to settle in the land and propagate the faith, and during this dynasty they reached the zenith of their development, their converts numbering many thousands. At the same time Arab traders obtained a footing, introducing to the East the commerce and science of Europe and bringing the two continents into closer relations.

기독교가 중국 제국의 경계 내에서 그 모습을 처음으로 드러낸 것은 당나라 때였다. 네스토리우스파는 허가를 받아 중국 땅에 정착해서 신앙 전파를 할 수 있었다. 당나라 때 이 종교는 그 절정에 이르렀고, 개종자의 수는 수천 명에 이르렀다. 동시에 아라비아의 상인들은 당에 거점을 마련하여 유럽의 상업과 과학을 동양에 소개하여 두 대륙의 관계를 더욱 긴밀하게 했다.

This is but an indication of some of the influences which were at work in the empire, but these few things — the widely extended conquest of foreign lands by the Tang armies, the revival of Confucianism and the resultant renaissance in literature, the spread of Christianity, and the inauguration of commerce with Europe—all united to give currency to new ideas and to force the nation to higher levels of civilization. What a change for a barbarian lad like Ch'oe, thus suddenly transported from his own land —which was no larger than an ordinary prefecture of China, where all was stagnation and gloom with no signs of new life, — to such an immense theatre as the capital of China and to be thrust out into the current of such a forceful life as then prevailed there.

이것은 단지 당나라 때 있었던 영향력의 일부를 보여줄 뿐이다. 그러나 이 몇 가지의 영향들 즉 당나라 군대의 매우 광대한 해외 영토 정복, 유교의 부활, 그 결과로 인한 문학의 르네상스, 기독교 확산, 그리고 유럽과의 교역 개시, 이 모든 것이 결합하여 새로운 사상이 보급되었고 당은 더 높은 수준의 문명국이 되었다. 최치원과 같은 미개한 소년이 중국의 보통의 군현[郡縣] 정도의 크기 밖에 되지 않고 모든 것이 정체되고 우울하며 새로운 삶의 기미가 전혀 보이지 않는 고국 땅을 떠나 중국의 수도라는 거대한 극장 속으로 들어가 당시 당나라를 지배했던 강력한 삶의 조류 속으로 내던져지게 되었을 때 그 변화가 어떠했겠는가.

Young Ch'oe took his departure for China in the year 870. It is probable he took boat from one of the ancient, ports on the southern end of the peninsula, either Fusan or Kimha, or he may have crossed the mountains into the territory of Paik-je—for that land now belonged to Silla—and found passage in one of the many trading junks that frequented Kunsan. From here he would secure a quick passage across the uneasy Yellow Sea to the Land of Tang. He may have gone in the train of some embassy from Silla to Tang, or, which is the more likely, he went as the protege of some Tang ambassador to Silla. who, at the instance of the father, had assumed charge of the lad. Be this as it may, his subsequent career would indicate that his introduction to Tang must have been under very favourable auspices, for honours came thick and fast upon him.

소년 최치원은 870년 중국으로 출발했다. 그는 아마도 한반도 남쪽 끝 고대 항구였던 부산 혹은 김해에서 배를 탔을 것이다. 아니면 산을 넘어 이젠 신라에 속하게 된 백제의 땅으로 들어가 군산을 자주 왕래하는 무역선을 발견하고 그곳에서 위험한 황해를 건너 당의 땅으로 빠르게 갈 수 있는 방법을 찾았을 것이다. 그러나 이런 방법보다는 신라에 왔던 당나라 사신이 최치원 아버지의 건의로 최치원을 맡게 되고 최치원은 당 사신의 제자 자격으로 당나라에 갔을 가능성이 더 높다. 여하튼 그 이후 당에서 신속하고 후한 영예를 누린 최치원의 경력을 고려할 때, 그가 누군가의 매우 적극적인 후원을 받고 당에 들어간 것이 분명하다.

From the accounts of his life it seems clear that young Ch'oe from the very first, spent his life in the Tang capital at Chang-an(長安) or Si-ngan(西安). Situated in Shensi, in the far interior, it is probably the most interesting city historically in China. Located near one of the branches of the Yellow River, Ch'oe's party would probably reach it only after many weary weeks of travel in a junk. The following description of the city in modern times is of considerable interest:—

최치원의 일대기를 보면, 소년 최치원은 처음부터 당나라의 수도 장안 즉 시안(西安)에서 살았던 것 같다. 먼 내륙의 산시성에 위치한 시안은 중국에서 가장 흥미로운 도시이다. 시안은 황하의 지류와 근접한 곳에 위치하므로 최치원 일행은 아마 수 주 동안의 지루한 배 여행 후 그곳에 도착했을 것이다. 근대 시안의 모습을 그린 다음 묘사는 상당히 흥미롭다.

The city of Si-ngan is the capital of the north-west of China and next to Peking in size, population and importance. It surpasses that city in historical interest and records, and in the long centuries of its existence has upheld its earlier name of Chang-an or "Continuous Peace." The approach to it from the east lies across a bluff whose eastern face is filled with houses cut in the dry earth, and from whose summit the lofty towers and imposing walls are seen across the plain three miles away. These defences were too solid for the Mohammedan rebels, and protected the citizens while even their suburbs were burned. The population occupies the entire enciente, and presents a heterogeneous sprinkling of Tibetans, Mongols and Tartars, of whom many thousand Moslems are still spared because they were loyal. Si-ngan has been taken and retaken, rebuilt and destroyed, since its establishment in the twelfth century B.C. by the Martial King but its position has always assured for it the control of the trade between the central and western provinces and Central Asia. The city itself is picturesquely situated and contains some few remains of its ancient importance, while the neighbourhood promises better returns to the sagacious antiquarian and explorer than any portion of China. The principal record of the Nestorian mission work in China, the famous tablet of A.D. 781 still remains in the yard of a temple. Some miles to the north-west lies the temple Ta-fu-sz, containing a notable colossus of Buddha, the largest in China, said to have been cut by one of the emperors of the Tang in the ninth century. This statue is in a cave hewn out of the sandstone rock, being cut out of the same material and left in the construction of the grotto. Its height is 56 ft. The proportions of limbs and body of the sitting figure are, on the whole, good, the Buddha being represented with right hand upraised in blessing and the figure as well as garments richly covered with color and gilt.[16]*

　시안이라는 도시는 중국 서북쪽의 수도로 크기, 인구, 중요도에 있어 북경에 이어 두 번째이다. 그러나 시안은 역사적 흥미와 기록물에 있어서 북경을 능가한다. 여러 세기 동안 시안은 "장구한 평화"를 의미하는 장안이라는 초기 이름을 유지하고 있다. 동쪽에서 시안으로 접근하면 절벽이 가로 놓여 있다. 절벽의 동쪽 면에는 마른 땅에 새겨진 집들이 가득하다. 절벽의 꼭대기에서 보면 3마일 떨어진 평원 너머 아주 높은 탑들과 위압적인 성벽이 보인다. 이와 같은 방어막이 너무도 견고해서 이슬람 반역자들이 들어갈 수 없었고 성 밖이 불에 타더라도 성 안의 시민들은 안전할 수 있었다. 주민들은 모두 성안에 살았고, 티베트, 몽골, 거란과 같은 이민족들이 드문드문 섞여 있었으며 이민족 중 충성스러운 수천 명의 이슬람인들도 이곳에서 해를 입지 않고 살고 있었다. 시안은 기원전 12세기 무왕이 이 도시를 설립한 이후 뺏고 빼앗기고, 재건설되고 파괴되기를 반복했다. 그러나 시안은 그 위치로 인해 항상 중부와 서부 지방과 중앙아시아의 교역을 확실히 지배할 수 있었다. 도시 자체의 위치는 그림같이 아름답고, 중요한 고대 유물이 이곳에 몇 점 남아 있다. 반면에 근교 지역은 다른 어떤 중국 지역보다 명민한 골동품 수집가와 탐험자에게 최고의 보답을 약속한다. 네스토리우스파의 선교 활동에 대

---

16 Williaims *Middle Kingdom* Vol. 1, p.150.[원주](윌리엄스의 『중국』 1권, 150쪽)

한 주요 기록을 담은 781년 유명한 석비가 아직도 사원의 마당에 남아 있다. 북서쪽으로 몇 마일 떨어진 곳에 있는 봉선사[奉善寺]에는 중국에서 가장 큰 유명한 불교 거상이 있는데 9세기 당나라 황제가 만들었다고 전해진다. 이 조상은 사암을 깎아 만든 석굴에 있는데 이 조상 또한 사암으로 조각된 것이며 감실 동굴로 만든 곳에 있다. 그 높이는 56피트이다. 좌상의 팔 다리와 몸의 비율은 전반적으로 훌륭하다. 이 불상은 오른손을 높이 올려 축복하고 있으며 몸뿐 아니라 의상에도 금과 색채가 풍성하게 덮여 있다.[17]

Into this wonderful city the young Korean lad was introduced, and the effect on him could not have been very different from that which would be the case in any boy in modern times. It is certain that he gave himself up to study, and the time limit set by his father, with the heavy penalty attached, proved an effective spur. That he improved his opportunities is clear from the extended and valuable character of the literary remains which have come down to us and which date from the years he spent in China. He developed into a thorough Tangite. Removed from Korea and the Korean environment in the tender years of childhood, his character was formed by the educative forces of China. Such time as he could spare from his studies was spent in taking in the marvellous scenes about him. He became thoroughly saturated with Confucian philosophy. He saw Buddhism

---

17 존스가 주석으로 밝힌 윌리엄스의 실제 저술 해당 부분을 발췌 인용한 것이다.(S. W. Williams, *The Middle Kingdom* I, Lodon: W. H. Allen & Co., 1883, p.150.)

in a new light. It may be that some account penned by him to his father in Korea describing the Buddhist cave at Si-ngan and its colossus of Gautama may have been the inspiration from whence came Korea's colossal Buddha at Eun-jin. He must often have stood in the presence of the Nestorian Tablet and read its testimony to monotheistic belief and Christian ethics. How powerful all these forces must have been in his character.

이 멋진 도시로 한국의 어린 소년이 오게 되었다. 그가 이 도시에 받은 영향은 현대의 어떤 소년이라도 그곳에 있었다면 받았을 영향과 별반 다르지 않았을 것이다. 그는 공부에 매진했는데 아버지가 정해준 공부 기한과 이를 어길 경우 받을 엄한 벌은 효과적인 자극제였음이 분명하다. 최치원이 자신에게 주어진 기회를 잘 활용했다는 것은 오늘날 우리에게 전해지는 그의 중국 체류기 동안 쓴 문학 작품들이 시야가 넓고 우수한 특징을 보인다는 점에서 명확해진다. 그는 철저히 당나라 사람으로 성장한다. 아직 어린 아동기에 한국과 한국적 환경에서 떨어져 성장한 그의 성격을 형성한 것은 중국 교육의 힘이었다. 공부에서 벗어날 수 있는 시간이면 그는 주위의 경이로운 경치를 흡수하며 보냈다. 그는 유교 철학에 철저하게 물들어 갔다. 그는 불교를 새로운 시각으로 보았다. 아마도 그가 한국에 있는 아버지에게 보낸 편지에서 언급한 시안의 불교 석굴과 석불은 한국의 은진 지역에 있는 거대 불상에 영감을 주었을지 모른다. 그는 때로 네스토리우스파의 석판 앞에 서서 일신론적 믿음과 기독교 윤리의 증언을 읽었음에 틀림없다. 이 모든 힘들이 그의 성격에 얼마나 강력한 힘을 발휘했겠는가.

To his mind the Chinese Court at Chang-an must have been, when compared with Korea, a veritable fairy land. Thus as years passed the Korean hills and the Korean life faded far away into the dim recesses of memory. But though we call this education, it was at the same time also a foreignizing process which must have changed the Korean into a thoroughgoing Chinese. And in this may possibly be the secret of his failure to inspire his countrymen with confidence when he returned to them a comparatively young man.

그의 마음에 장안의 중국 궁전은 한국과 비교했을 때 진정한 신선의 나라였음에 틀림없다. 시간이 지나면서 한국의 산천과 삶은 기억 속에서 점점 희미해져 갔다. 비록 이 과정을 교육이라 부를 수도 있지만, 동시에 이것은 한국인을 철저하게 중국인으로 변화시키는 외국화 과정이기도 했다. 비교적 어린 나이에 신라에 돌아온 최치원이 자신의 동포들에게 믿음을 주지 못한 실패의 비밀이 여기에 있는지도 모른다.

Ch'oe took his degree of Doctor at the Civil Service Examinations in 875, after six years of faithful study and when but eighteen years of age. As we look back over his career it is evident that this was a crisis in his life. Had he then returned to Silla, as was the original intention of his father in sending him to Tang, and applied himself to the solution of some of the problems of his native country, he might have rivalled and even eclipsed the fame of that other young Korean with whom we compared him at the beginning of this sketch. It might have fallen to Ch'oe to set up a strong government, to guide the weak monarchs of Silla along the path of successful administration, or, failing in this, it might have been his fortune, rather than Wang-gun's. to create out of the ruins of Silla a new and more glorious kingdom. But the opportunities were too great, and the call to remain in Tang too loud for him to turn back to Silla. He elected to remain in China.

6년 동안의 성실한 수학 후 최치원은 불과 18세였던 875년에 과거시험에서 박사 학위를 받았다.[18] 그의 행적을 회고해 볼 때 이때가 그의 삶의 위기였음이 분명하다. 만약 그의 아버지가 아들을 당으로 보낼 때 애초 의도한 대로 바로 그때 최치원이 신라로 돌아와 고국의 문제를 해결하는 데 전념했더라면, 그는 이 글의 서두에서 그와 비교되었던 한국의 다른 젊은이[왕건]의 명성과 맞먹거나 심지어 그를 뛰어넘을 명성을 얻었을지도 모른다. 강력한 정부를 세우고 무력한 신라의 왕을 성공적인 통치의 길로 인도하는 임무가 그의 수중에 떨어졌을지 모른다. 이것이 실패했을 경우, 신라의 폐허에서 보다 영광스러운 새로운 나라를 건설하는 것이 왕건의 운명이 아니라 최치원의 운명이 되었을지도 모른다. 그러나 그가 당에서 얻은 기회는

---

18 존스는 최치원이 과거 급제를 한 시기인 唐僖宗 乾符 원년 甲午(874년)을 875년으로 보았다. 그는 최치원이 중국에서 공부를 한 지 6년이 지난 후 급제를 했다는 내용을 기반으로, 최치원이 태어난 시기 그리고 그가 당으로 유학을 가던 시기의 西曆을 추정한 것으로 보인다.

너무도 대단한 것이었고 당에 머물고자 하는 부름은 너무도 컸기 때문에 그는 신라로 돌아갈 수 없었다. 그는 중국에 남는 것을 선택했다.

The Emperor Hi-tsung(僖宗) had ascended the Dragon Throne the year previously [874-888] and with this Emperor Ch'oe became a great favourite. It is possible they had grown up together as students. The Emperor immediately bestowed on the young Korean a Court appointment—that of Si-u-sa(侍御史) a kind of special commissioner in the palace. This was followed shortly afterward by the appointment as Na-kong-pong(內供奉) or Imperial Court Chamberlain. Surely it was a remarkable achievement for a young Korean to rise six years to be the Court favourite of the all-powerful Emperor of China. Certainly some unusual influence must have been back of Ch'oe to secure him these high posts in the Tang Court, yet there must have been much bitterness mingled with the cup of his joys, for the Emperor's career was an ill-starred and disastrous one.[19]*

874년 황위에 오른 당 희종(僖宗, 874-888)은 최치원을 특별히 총애했다. 아마도 두 사람은 학우로서 함께 수학했을 수도 있다. 황제는 즉시 한국의 젊은이를 궁궐의 특별위원인 시어사(侍御史)에 임명하였고, 연이어 다시 내공봉(內供奉) 혹은 궁궐 시종에 임명하였다.

---

19 Vide Macgowan's *History of China*(비드 맥고완의 『중국사』), p. 335.[원주]

젊은 한국인이 6년 만에 황제가 전권을 가진 황궁에서 총신으로 올라간 것은 괄목할 만한 업적이었다. 분명히 어떤 특별한 세력이 뒤를 받쳐주고 있어 그는 그렇게 높은 자리에 오를 수 있었을 것이다. 그러나 황제의 삶이 불운하고 처참했던 것으로 보아 최치원의 기쁨의 잔에는 고통이 많이 섞여 있었을 것이다.[20]

For some years China had been in a very depressed and unsettled condition. Floods had prevailed in certain sections and brought widespread ruin. Other regions had suffered from terrible drought and the people were in a pitiable condition. As is usually the case in such times, robbers and brigands rose everywhere and inaugurated a reign of terror. Widespread brigandage gradually developed into organized insurrection, the leader in rebellion being one Wang-sien. He died in 878, but was succeeded by a more capable leader named Whang-ch'an(黃璨). Raising his standard in the south, he besieged and reduced in rapid succession Canton and the principal cities of Hu-kwang and Kiang-si. He broke the imperial power and defeated and scattered the imperial armies everywhere. There was nothing to stay his terrible march north and in a short time Whang-ch'an was in possession of the two imperial cities of Lo-yang and Si-ngan. The Emperor barely escaped from Chang-an with his life. He was

---

20 존스가 주석으로 밝힌 것은 맥고완의 저술(John Macgowan, *A History of China*, London: Kegan Paul, Trench, Trübner and Co., 1897)이다. 황소의 난과 관련된 기술 부분과 최치원의 전기를 함께 제시한 것이다.

accompanied in his flight by his faithful Korean minister Ch'oe, who never deserted him. In securing possession of Chang-an(Singan), the rebel Whang-ch'an proclaimed himself emperor and ascended the dragon throne of the Tangs with the dynastic title of the Great Tsi.

한동안 중국은 매우 침체되고 불안정했다. 홍수가 발생하여 어떤 지역은 대부분이 폐허가 되었다. 다른 지역은 혹심한 가뭄에 시달렸고 백성은 비참한 상황에 빠졌다. 그런 시기에 흔히 그러하듯 강도와 산적이 모든 곳에서 일어나 공포 정치가 시작되었다. 도처에서 발발한 산적의 행위는 조직적인 반란으로 발전하였고, 그 반군의 우두머리는 왕신이었다. 왕신은 878년에 죽었지만 더 뛰어난 능력의 소유자인 황찬(黃璨)[21]이 그의 뒤를 이었다. 남쪽 지방에서 깃발을 올린 황찬은 연달아 광둥과 후난과 장시성의 주요 도시들을 포위하고 점령했다. 황찬은 황제의 세력을 부수고 모든 곳에서 황군을 격퇴하고 몰아냈다. 어떠한 것도 북쪽으로 가는 그의 무시무시한 행진을 막지 못했다. 왕찬은 단시간에 황도인 뤄양과 시안 두 도시를 손에 넣었다. 황제는 간신히 장안을 달아나 목숨을 구했다. 도망 중인 황제의 뒤를 그의 충실한 한국인 신하인 최치원이 따랐다. 최치원은 결코 황제를 버리지 않았다. 반역자 황찬은 장안(시안)을 확실하게 장악하자 스스로를 황제라 칭하고 당의 왕좌에 올라 국호를 '대제

---

[21] 주지하다시피 존스가 기술하고 있는 역사적 사건은 황소의 난이다. 그렇지만 존스는 맥고완의 저술(Macgowan, *A History of China*, pp.335~336)을 참조할 때, 황소란 인물에 대한 중국식 발음을 한국식 한자음으로 옮기는 과정에서 오류를 범한 것이다. 맥고완의 저술 속에서 황소는 Whang-ch'au로 되어있는데, 이를 존스는 Whang-ch'an으로 잘못 옮겼다.

[大齊]'라 하였다.

The usurper was not destined to reign long. The Tang emperor fleeing for his life from his blood-thirsty foe issued an appeal to the loyal people of the country. And while the pseudo-emperor Whang-ch'an in Chang-an was beheading all relatives of the imperial House of Tang, and flooding the streets of the capital with the blood of inoffensive people, the movement which was to overthrow him was slowly getting under way. And in this movement our Korean Ch'oe Ch'i-wan was playing a most honourable part. Among those who responded to the fugitive emperor's appeal was Li Keh-yung, chief of the Sha-to tribe of Turkomans who lived near Lake Balkash. He was very old and very famous, but the snows of many winters had failed to dampen the fire of his warlike heart. Over thirty years previously he had rendered important service against the Tibetans, for which he had been rewarded by the House of Tang with permission to assume the honourable family name of Yi(Li). He now hastened to the succour of the unfortunate Hi-tsung, coming at the head of 40,000 of his tribesmen. They wore a black costume and were very savage in warfare, which won for them the title of "Black Crows."

황위 찬탈자의 치세는 그리 오래가지 않았다. 피에 굶주린 적을 피해 목숨을 구하고자 달아났던 당의 황제는 당의 충성스러운 백성들에게 호소문을 공표했다. 장안의 유사 황제인 황찬이 당의 모든 황족들을 참수하고 수도 장안의 거리는 죄 없는 사람들의 피로 흘러 넘쳤다. 이런 중에 황찬을 몰아내고자 하는 움직임이 서서히 일어나고 있었다. 그 중 우리의 한국인 최치원은 가장 명예로운 역할을 담당하고 있었다. 도망 중인 황제의 호소에 호응한 이들 중에는 발카쉬호 근처에 사는 돌궐계 사타족의 부족장인 이극용이 있었다. 그는 나이도 아주 많았고 그 이름도 매우 유명했다. 여러 겨울에 내린 눈이 그의 호전적인 가슴의 불꽃은 꺼지 못했다. 지난 30년 넘게 그는 티베트인을 막는 중요한 임무를 수행하였고 이에 대한 보답으로 당의 황실은 그에게 '이(Yi, Li)'라는 명문가의 이름을 허락했다. 이제 그는 4만 명의 부족민을 이끌고 불운한 희종을 돕기 위해 서둘러 떠났다. 그들은 검은 옷을 입었고 전투에서 매우 야만적이었기 때문에 "갈가마귀대"라는 명칭을 얻게 되었다.

In the campaign which the Black Crows undertook against Whang-ch'an, Ch'oe Ch'i-wun served with distinction, acting as adjutant-general to their chief. In fact it is said that from his fertile brain emanated the plans which shattered the rebel power and restored to the Tang emperor the heritage he had almost lost. Legend of course has not lost the opportunity to cast a halo around the exploits of the Korean in this connection. It is said that when Chang-an was attacked by the Black Crows, Ch'oe Ch'i-wun addressed a letter to the usurper within its walls, couched in such terrible terms that as he read it be unconsciously crept down from his seat and crouched like a terrified beast on the floor! The power of the rebel was destroyed and he met his fate at the hands of his nephew, who slew him in order to curry favour with the House of Tang. We have thus gone fully into the course of this rebellion because it is reputed to have been the most terrible ever known to Chinese annals. It lasted for five years, 880-884. Popular tradition says that in its course no less than 8,000,000 lives were lost. And though we may reject this number as preposterous, still the terrible loss of life during the Tai-ping rebellion indicates how enormous may be the destruction wrought by warfare in a populous region like South and Central China.

갈가마귀대와 황찬이 벌인 전투에서, 최치원은 부총사령관으로 두드러진 역할을 했다. 사실 반군 세력을 흩뜨리고 당 황제의 잃어버린 유산을 되돌려 줄 계획들이 최치원의 두뇌에서 나왔다고 한다. 물론 전설은 이와 관련하여 한국인의 공적에 후광을 두를 기회를 놓치지 않았다. 갈가마귀대가 장안을 공격하는 동안 최치원은 성 안의 황위 찬탈자에게 편지를 보냈다고 한다. 그 편지에 쓰인 단어들이 너무도 끔찍해서 왕찬은 읽으면서 자기도 모르게 의자에서 내려와 기며 겁먹은 짐승처럼 바닥에 웅크렸다고 한다. 반군 세력은 궤멸되었고 황찬은 당 황실의 호의를 얻고자 한 조카의 칼에 맞아 운명을 맞이하였다. 우리가 이렇게 깊이 이 반란의 과정을 살펴본 것은 이것이 중국 역사에서 가장 끔찍한 난으로 유명하기 때문이다. 5년 동안 계속된 이 반란으로 널리 알려진 구전에 의하면 8천만명이나 되

는 사람이 목숨을 잃었다고 한다. 그 수가 터무니없이 많다고 반박
할 수는 있지만 태평 반란기 동안의 사망자 수는 중국의 남중부처럼
인구가 밀집된 지역에서 전쟁이 발생할 경우 그 파괴가 얼마나 심각
한 것인지를 보여준다.

Restored to his throne the Emperor Hi-tsong took up his residence
in Chang-an. The rewards which fell to his faithful Korean vassal
must have been of a high and honourable character. Among other
things he was made Vice-President of the Board of War. Thus this
Korean lad who had come from the hills of Kyeng-sang walked the
courts of Tang, a man whose word swayed the destiny of millions.
Surely history offers very few careers more strange and marvellous
than that of Ch'oe Ch'i-wun. For a short time Ch'oe enjoyed his
honours in China. Amid the busy cares of state he found time to write
some treatises. Determining to return to Korea in 886, the Court of
Tang conferred upon him the rank of ambassador and commissioned
him as Imperial Envoy in the peninsula. He was then but twenty-
eight years old according to Korean count.

복위한 희종은 거처를 장안에 잡았다. 그는 충성스러운 한국인 신
하에게 명예로운 큰 상을 내렸는데 그 중 한 보답으로 그를 호부의
부장관에 임명하였다. 그리하여 경상도 구릉지 출신이었던 이 한국
청년은 당의 조정을 거닐며 말로 수백만 명의 운명을 좌우하는 사람
이 되었다. 최치원은 역사상 가장 기이하고 경이로운 경력의 소유자

인 듯하다. 최치원은 단기간 동안 중국에서 영예를 누렸다. 바쁜 국사 와중에도 그는 시간을 내어 몇 가지 조약을 썼다. 886년 최치원이 한국으로 돌아갈 결심을 하자 당의 조정은 그에게 대사직을 수여하고 그를 중국 황제의 한반도 사신에 임명하였다. 그때 그는 한국 나이로 겨우 28세였다.

The native biographies describe Ch'oe as returning to his native land with high purposes and plans in her behalf. He believed that the prestige of his achievements in China and the imperial authority with which he was clothed would secure for him a paramount influence in Silla and enable him to institute reforms and bring order out of confusion. He was doomed to disappointment, and it proved particularly galling to his imperious nature. But Silla's sad plight was beyond his power to amend. He only met with opposition and unfriendliness.

한국의 전기들은 최치원이 조국을 위한 원대한 뜻과 계획을 품고 귀국한 것으로 묘사한다. 최치원은 중국에서 이룬 업적으로 얻은 명성과 당 황제의 권위를 입고 신라에서 최상의 영향력을 확보하여 개혁을 법제화하고 혼돈 상태를 바로잡을 수 있을 것이라고 믿었다. 그러나 그는 결국 실망하였고 그의 도도한 성격에 이것은 매우 분통 터지는 일이었다. 신라의 슬픈 난국은 그의 능력으로 고칠 수 있는 범위를 이미 넘어섰다. 그가 만난 것은 반대와 적대뿐이었다.

King Heun-gang(憲康) was on the throne — a man to whom music

and dancing were more congenial than the responsibilities of state. In the Court the king's sister Man(曼) held sway, leading a dissolute life. Ch'oe was given an appointment, but hatred and jealousy were his reward. It is said that King Heun-gang returning from one of his pleasure excursions met a freak of a human being at a sea-port. This freak could sing and dance, so he became a great favourite of the king's. Later four other "freaks" suddenly appeared in the road before the royal cart in which the king was proceeding on a pleasure jaunt. They are described as hideous in appearance and repulsive to look upon. They danced, singing a ballad the refrain of which was

Chi-ri ta-do

To-p'a, To-p'a.

당시 왕위에 있었던 헌강(憲康)왕은 국사보다는 노래와 춤에 더 취미가 있었다. 왕의 누이인 만(曼)[22]이 방탕한 삶을 살며 신라 조정을 좌지우지하였다. 최치원은 임명을 받았지만 되돌아온 것은 증오와 질투였다. 유람에서 돌아오던 헌강왕은 항구에서 인간 형상을 한 이상한 것을 만났다고 한다. 왕은 노래하고 춤을 추는 이 괴이한 것을 크게 총애했다. 나중에 다른 4개의 귀물[鬼物]이 유람 중인 왕의 수레 앞길에 갑자기 나타났는데 그 모습이 흉측하여 바라보기가 역겨웠다고 한다. 귀물은 다음과 같은 후렴구의 민요를 부르며 춤을 추었다.

---

22 신라 진성여왕

지 리 다 도　智 理 多 逃
도 파 도 파　都 破 都 破[23]

The King railed to note the prophetic warning contained in these words, which declared the overthrow of his capital To-p'a. While men of this character who could pander to the king's whims were installed in the king's presence, a statesman and a scholar like Ch'oe Ch'i-wun was driven by royal indifference and neglect or even hostility into exile.

　　왕은 수도의 전복 즉 '도파'를 선언하는 이 가사의 경고성 예언에 주목하며 격분하였다. 왕의 변덕에 아부할 수 있는 성격의 신하들은 어전에 앉게 되었지만 최치원과 같은 정치가와 학자는 왕의 관심을 받지 못하여 무시당하거나 심지어 미움을 받아 유배되었다.

Silla had already sunk too low ever to rise again. Insurrection was rife in the provinces. The power of the royal government over the outlying clans, ever light, had really been destroyed, and adventurers were rising throughout the land spreading terror and confusion. Among the factors creating disorder in the land and bringing ruin on Silla, one of the chief was an outcast offspring of the king, named Kung-ye, whose deeds of violence and cruelty were of a most atrocious

23 『동국통감』「신라 헌강왕 己亥年」(879); 『동사강목』 제5상, 「기해년 헌강왕 5년」.

nature. Many circumstances thus united to render futile the career of Ch'oe on his return to Silla. The death of his imperial patron Hi-tsung in 888, shortly after his return to Silla, must have, in view of the intimate bond between them, sent Ch'oe into retirement for a time. The scandalous immorality of the Court, dominated as it was by the effronteries of the lascivious Princess Man, and the terrible disorder and confusion abroad in the land, made it impossible for a man like Ch'oe to obtains a hearing.

　　신라는 재기하기엔 이미 너무 깊숙이 가라앉았다. 지방에서는 반란이 들끓었다. 왕의 힘이 지방의 호족들에 강하게 미친 적이 없었지만 이때에 이르러 왕의 지배력이 사실상 사라졌다. 야심가들이 전역에서 일어나 공포와 혼란을 확산시켰다. 그 땅에 무질서를 초래하여 신라를 망하게 한 가장 큰 인물은 궁예라는 이름의 추방된 왕손이었다. 그의 폭력적이고 잔인한 행동은 극악무도하였다.[24] 여러 상황이 결합되어 신라로 돌아온 최치원의 삶은 의미가 없었다. 그가 신라로 돌아온 직후인 888년에 당 희종이 죽었고 두 사람의 친밀한 관계로 보아 이로 인해 그는 한동안 은둔하였음에 틀림없다. 음탕한 공주 만(曼)이 장악하고 있었던 신라 궁전의 추잡한 부도덕함과 신라 땅에서 널리 퍼진 끔찍한 무질서와 혼란으로 인해 최치원과 같은 사람은 왕을 알현할 기회조차 얻지 못했다.[25]

---

24 『삼국사기』券50 열전10 「弓裔」.
25 『삼국사기』卷11 「新羅本紀」11 "眞聖王"; 『동국통감』「신라 진성여왕 戊申年」(888)

Hardly any notices exist of his public acts. Once it is said he appealed to Tang to aid Silla to put down the internal insurrections from which she was suffering. Then again during the reign of Princess Man he addressed a memorial containing ten suggestions for the conduct of state affairs. These met with the same treatment that Korean royalty had ever accorded him, polite courtesy and indifference, veiled in terms of royal gratitude and inaction, more deadly to a patriotic soul than out-spoken antagonism.

그의 공적 행위에 대한 단평은 거의 남아 있지 않다. 최치원은 신라의 내부 반란을 잠재울 수 있도록 도와달라고 당에 호소한 적이 있다 한다. 그리고 다시 만(曼) 공주 때 국사 수행에 대한 시무 10조를 발표했다. 그러나 한국의 왕은 그의 건의는 감사하지만 실천에 옮길 마음은 없다는 것을 감추고 항상 예의를 갖춘 무관심으로 그를 대했다. 이러한 반응은 애국심이 강한 사람에게는 노골적인 적대감보다 더 견디기 힘든 것이었다.

Therefore, in all the accounts which we have of Ch'oe's life after his return to Silla, he comes before us as the scholar and recluse. It is said that he buried his surpassing talents amid the mountain cemeteries. He retired to his ancestral home at Kaya-san, and there gave himself up to literary pursuits, being confessedly the most learned and finished scholar of his times.

그리하여 신라로 돌아온 이후의 최치원에 관한 모든 이야기에서 그는 학자와 은둔자로 우리 앞에 나타난다. 사람들은 그가 산의 묘지에 넘쳐 나는 재능을 파묻었다고 말한다. 그는 고향 땅 가야산으로 물러나 그곳에서 문필에 전념하여 자타공인 그 시대 최고의 학식 있고 완성된 학자가 되었다.

This was the period of his literary activity. He was an essayist, poet and historian, and his pen being a diligent one he must have produced many works which are lost to us. From the scattered notices contained in Maurice Courant's monumental *Bibliographic Coreenne* we have collected the following notes.

이 시기에 그는 문학 활동을 하였다. 그는 수필가이고 시인이자 역사가였다. 그는 성실한 작가이기 때문에 오늘날 전해지지 않지만 많은 작품을 생산하였음이 틀림없다. 우리는 모리스 쿠랑의 기념비적인 저서 『한국서지』에 흩어져 있는 논평들에서 다음의 기록들을 수집하였다.

(1) Poems. The Odes of Remarkable Litterateurs. The *Hyun Sip-ch'o si*(賢十抄詩) contains a selection of Ch'oe Ch'i-wun's poems. This work, compiled about 900 years ago, contained odes from those poets who took precedence in the first rank. Ten examples are given from each writer. This would indicate that Ch'oe was a poet of more than ordinary merit. Our knowledge of this work is derived from the

Tai-tong-un-ko(大東韻考), no copy having came down to us. Of the poets thus preserved six were litterateurs of Tang and only four were Koreans, viz.: Ch'oe Chi-wun, Pak In-pom(朴仁範) Ch'oe Song-a(崔承祐) and Ch'oe Kwang-yu(崔匡裕). These men were all educated in China, the last three having probably been influenced to that course by the example of Ch'oe Ch'i-wun. Ch'oe Ch'i-won also presented on his return from China in 886, to King Heun-gang, a copy of his poetical works in three volumes. These have disappeared.

(1) 시. 뛰어난 문인들의 시. 『현십초시(賢十抄詩)』에는 최치원의 시선집이 들어 있다. 9백년 전에 편찬된 『현십초시』에는 명시인 중에서도 가장 뛰어난 명시인들의 시가 작가마다 10편씩 실려 있다. 이는 최치원이 범상치 않은 재주를 지닌 시인임을 암시한다. 오늘날 『현십초시』는 우리에게 전해지지 않지만 우리는 『대동운고(大東韻考)』를 통해 그 사실을 알게 되었다. 『현십초시』에는 6명의 당나라 시인과 4명의 한국 시인이 있는데 한국 시인에는 최치원, 박인범(朴仁範), 최승애(崔承祐), 최광유(崔匡裕)가 있다. 그들은 모두 중국에서 교육받고 나머지 3명은 아마도 최치원과 비슷한 경로로 중국의 영향을 받았을 것이다. 최치원은 또한 886년 중국에서 귀국했을 때 헌강왕에게 3권으로 된 그의 시작품집을 건넸다. 그러나 이 또한 전해지지 않는다.[26]

26 M. Courant, Bibliographie coréenne 1, 1894, p.305; 『대동운옥』에 수록된 서명을 보고 쿠랑이 정리한 것이다.

(2) The *Chung-san-pu-Koue-jip*(中山覆簀集). This was a work of five volumes written while in China, which we only know about incidentally as part of his writings presented by Ch'oe in 886 to the King of Silla. As it is lost to us we have no means of ascertaining its character.

(2) 『중산복궤집(中山覆簀集)』. 최치원이 중국에 있을 때 쓴 5권으로 된 책이다. 886년 최치원이 신라왕에게 준 글의 일부분이라는 것만 알려져 있다. 지금 전해지지 않기 때문에 어떤 글인지 정확히 알 방법이 없다.[27]

(3) The *Silla Su i-jun*(新羅殊異傳). Narratives of the wonders of Silla. The character of the work can be gathered from its title. It is cited by the Tai-tong-un-ko, but I know of no existing copy. This is to be regretted, as it would be of great value to the student of archaeology

『신라수이전(新羅殊異傳)』(신라의 신이한 이야기). 이 작품의 성격은 그 제목에서 알 수 있다. 『대동운고』에 언급되어 있지만 현존하는 사본은 없는 것으로 알고 있다. 고고학자들에게 엄청난 가치가 있을 책이 소실된 것이 안타깝다.[28]

---

27 Ibid., p.288; 『계원필경집』 홍석주(洪奭周)의 서문을 통해 쿠랑이 정리한 것이다.
28 M. Courant, *Bibliographie coréenne* 2, 1895, p.405; 『대동운옥』에 수록된 서명을 보고 쿠랑이 정리한 것이다.

(4) The *Ch'oe Ch'i-wun Mun-jip*(崔致遠文集 The collected work of Ch'oe Ch'i-wun. This was the collection preserved by his family, but has become scattered and some of the works have been lost. We owe our knowledge of it to the Tai-tong-un-ko.

『최치원문집(崔致遠文集)』(최치원작품모음집). 최치원의 가족들이 이 문집을 보존하였지만 문집 속의 작품들이 흩어지고 몇몇 작품은 소실되었다. 이 문집은『대동운고』로 인해 그 존재가 알려졌다.[29]

(5) The *Che-wang-yun Tai-ryak*.:帝王年代曆) The Chronicles of Emperors and Kings. This was a work on General History, and though lost to us, it is mentioned in the Tai-tong un-ko, and fragments of it may be recovered from such historical works as the *Yul-yo-geui-sul*(燃藜記述)

『제왕연대략(帝王年代曆)』(황제와 왕의 연대기). 이것은 일반 역사에 관한 책이다. 현존하지 않지만『대동운고』에 언급되어 있다. 이 책의 부분들은『연려기술(燃藜記述)』같은 역사서들에서 찾아볼 수 있다.[30]

---

29 M. Courant, *Supplément à la "Bibliographie coréenne*, 1901, p.401; 쿠랑은『대동운옥』이 아니라,『삼국사기』에 이 문집이 언급되었다고 말했다.

30 모리스 쿠랑의『한국서지』에는『帝王年代曆』(n.3105)이 있으며 그 문헌의 존재를『삼국사기』를 통하여 찾은 것으로 보인다.(M. Courant, *Bibliographie coréenne* 2, p.417)

(6) The *Kei-wun-p'il-kyung-jip*(桂苑筆耕集). This title may be translated The Furrows of a Chinese Pen in a Garden of Cinnamon Trees. It extends to twenty volumes and makes up the collection of twenty-eight volumes(the other two being his poems and the *Chung-san-pu-che-jip*) which Ch'oe presented to King Heun-gong in 886 on his arrival as Tang ambassador at the court of Silla. This work has survived the ravages of time and has been preserved to us. We are indebted to an old patrician family, named Hong, of Seoul, for a modern edition of it. Hong Suk-ju, who rose to the post of Prime Minister of the Left, caused a copy of the "Furrows" to be printed in 1834. From the preface we learn that Hong also tried to secure a copy of the *Chung-san pu*, to publish it at the same time but was unable to find any trace of it. The edition of the Farrows was based on a manuscript copy which had been preserved in the Hong family for centuries. It consists of reports, letters, and various other documents, official and private, of Ch'oe and is of great value as the testimony of a keen eye witness of the events of his times. A copy of the 1834 edition is found in the Bibliotheque de l'Ecole des Langues Orientales Vivantes at Paris.

『계원필경집(桂苑筆耕集)』. 이 책의 제목은 '계수나무 동산에서 중국 붓으로 만든 고랑'으로 번역될 수 있다. 『계원필경집』은 20권으로 되어 있고 최치원이 당의 사신으로 신라 조정에 왔을 때 헌강왕에게 준 28권 책의 일부분이다(시집과 『중산복궤집』이 그 나머지를 이룬다).『계원필경집』은 시간의 파괴를 견디고 오늘날 우리에게 전해진다.『계원필경집』현대판을 볼 수 있게 된 것은 서울의 홍이라는 오래된 귀족 가문 덕분이다. 홍석주는 좌상에 오르자 1834년 계원필경 사본을 인쇄하도록 하였다. 홍석주는 서문에서『중산복궤집』을 확보하여 같이 인쇄하고자 애썼지만『중산복궤집』의 흔적을 찾을 수 없었다고 말한다. 계원필경 현대판은 홍씨 가문이 수세기 동안 보존해온 원고에 기초해서 만든 것으로 최치원이 작성한 보고서, 편지, 기타 공적·사적 다양한 문서들로 이루어져 있다. 이것은 그 시대의 사건을 목격한 증인의 예리한 증언으로서 매우 중요한 가치를 가진다. 1834년 판본은 현재 파리 동양어학교 도서관에 있다.[31]

The romantic career of Ch'oe Chi-wun, rivalling as it does the fancies of fiction, prepares us for his end, for he disappears from our view not into history but into legend. The common belief is that after his retirement into Ka-ya- san he gave himself up to the pleasures of literature and music. His days were spent in literary delights with a few kindred spirits. He was an accomplished player on the *Ku-mun-go* or Seven-Stringed Lute, and this instrument plays a large part in the legends of his hermit life. Legend, however, takes its wildest flight in asserting that he secured the Magic Jade Flute of Silla. Upon this he played until the powers of death and dissolution were charmed and compelled to halt at the threshold of his mountain

---

31 『계원필경집』에 관한 모리스 쿠랑의『한국서지』해제내용을 참조한 것으로 보인다. (M. Courant, *Bibliographie coréenne* I, 1894, pp.282~283.)

retreat and to respect the sacredness of his person. It it thus said that he never died but was transformed into a spirit and disappeared into the blue ether above, taking with him the Magic Flute of Jade.

최치원의 낭만적 이력은 사실상 환상 소설에 가깝다. 그의 마지막 이 어떠했는지 우리는 짐작할 수 있다. 그는 우리의 시야에서 사라져 역사가 아닌 전설 속으로 들어갔다. 흔히 사람들은 그가 가야산에 들어간 후 문학과 음악에 몰두하였다고 믿는다. 그는 비슷한 취향을 가진 몇몇 사람들과 문학의 기쁨을 향유하며 시간을 보냈다. 그는 거문고(7현 루트)를 완벽하게 타는 연주자였다. 거문고는 최치원의 은둔 생활을 그린 전설에서 큰 역할을 한다. 그러나 전설에서 비약이 가장 심한 부분은 최치원이 '신라의 요술 옥피리'를 가졌다는 주장이다. 최치원이 이 옥피리를 불자 죽음과 파국의 세력들이 주문에 걸린 듯 그가 은둔하는 산의 입구에 멈추어 서서 그의 신성함을 존경하기에 이른다. 그는 결코 죽지 않고 신선이 되어 요술 옥피리를 들고 저 창공 속으로 사라졌다고 한다.[32]

He secured a prominence in Korean literary life which can never be taken from him. His predecessor, Sul-ch'ong, left so few literary remains that collections of early Korean literature begin with Ch'oe rather than with Sul-ch'ong. Thus the great *Tong-mun-sun*(東文選), Selections from Korean Compositions(54 vols.), compiled by Su-gu-

---

[32] 徐有榘, 「校印桂苑筆耕集序」, 『桂苑筆耕集』.

chung(徐居正) 1478, begins Korean literature really with Ch'oe. This was also the case with an earlier work of similar character by Ch'oe-hai, called the *Tong-in-mun*(東人文) which begins Korean literature with Ch'oe. The fact that these collections of Korean literature begin with Ch'oe Ch'i-wun would seem to confirm the tradition that he was the first Korean writer to produce books in the Chinese characters, a tradition, however, which we are hardly prepared to accept. But an examination of his works certainly introduces us very nearly to the fountain head of Korean literature.

그는 한국 문학에서 한 번도 빼앗긴 적이 없는 명성을 얻었다. 그의 선배인 설총은 문학 작품을 거의 남기지 않았기에 한국 초기 문학은 설총이 아닌 최치원으로 시작한다. 1478년 서거정(徐居正)이 편찬한 54권으로 된 '한국 시문선집'인『동문선(東文選)』은 한국 문학의 시작을 사실상 최치원으로 보고 있다.『동문선』보다 시기적으로 앞선 유사한 성격의 선집인 최해의『동인문(東人文)』도 한국 문학의 출발을 최치원으로 본다. 이들 한국 문학 모음집이 최치원으로 시작한다는 사실은 그가 한자로 책을 만든 최초의 한국 작가라는 통념을 확인해 주는 듯하다. 그러나 우리는 이 통념을 아직 받아들일 준비가 되어 있지 않지만 그의 작품을 조사하면 분명히 한국 문학의 시원에 아주 가까이 다가가게 된다.

We must close our sketch with a legend. Kung-ye(弓裔), the one-eyed monster who had been spawned by King Heui-gang, after a career of blood and rapine in which he had alienated all followers by his acts of atrocious cruelty, was approaching his fall. Among his officers the greatest in fame and best beloved because of his courage and generosity was Wang-gun, the "man child of Song-ak." Gradually the hopes of the people began to centre around Wang-gun and it was felt that he was undoubtedly the Man of Destiny for Korea. The prophetic eye of Ch'oe Ch'i-wun fell upon the rising general and from his retreat in Ka-ya-san he sent to Wang-gun one of those literary enigmas which pass for inspired utterances among Asiatic peoples. It was a stanza of two lines as follows: ─

곡 계	鵠 雞
령 림	嶺 林
청 황	靑 黃
송 엽	松 葉

Translated freely this means "The leaves of the Cock Forest are sear and yellow. But the pines on the Snow Goose Pass are fresh and green."

우리는 이 글을 전설로 마무리해야 한다. 애꾸눈 괴물인 궁예(弓裔)는 희강왕의 아들이다. 그는 잔인한 만행으로 모든 추종자들을 떨어져 나가게 한 피와 약탈의 삶을 산 후 점차 파멸로 치닫고 있었다. 궁예의 부하 중에는 용기와 관대함으로 가장 사랑받고 가장 명성이 높은 '송악의 소년' 왕건이 있었다. 점차 사람들의 희망은 왕건을 중심으로 모이기 시작했고 왕건을 한국을 위한 '운명의 남자'로 생각했다. 최치원는 예언가의 눈으로 신예 장군을 주목하였다. 최치원은 가야산 은둔지에서 왕건에게 문학적 수수께끼를 보냈다. 아시아의 여러 국민들은 최치원이 영감을 받아 이 글을 적은 것으로 믿는다.[33] 2행으로 된 한 연은 다음과 같다.

곡 계	鵠 雞
령 림	嶺 林
청 황	靑 黃
송 엽	松 葉

이것을 자유롭게 번역해 보면 그 의미는 "계림의 잎은 누렇게 시든다. 그러나 곡영의 소나무는 푸르고 신선하다"이다.

This is a poetical metaphor which on the face of it by a flight of fancy is easily translated. Ke-rim(Cock Forest) is the ancient poetical name of Silla. That its leaves are sear and yellow means that the time of its decay and death has arrived. Kok-yung(Snow-Goose Pass) was the ancestral home of Wang, and the freshness and vigour of its pines indicate the prosperity of the young general.

---

33 『삼국사기』 「열전」6, "최치원".

이것은 시적 비유로 그 표면을 바탕으로 환상의 나래를 펼쳐보면 쉽게 해석될 수 있다. 계림(닭의 숲)은 옛 신라의 시적 이름이다. '그 잎이 시들고 누르다'라는 것은 신라의 멸망과 죽음의 때가 왔다는 것을 의미한다. 곡영(흰눈-기러기 고개)는 왕건의 본적지로 그곳 소나무의 신선함과 활기는 젊은 장군의 번성을 암시한다.

Among Ch'oe's descendants have been many litterateurs, some of them rising to high distinction. It was in the year A.D. 1021 that Hyun-chong, eighth monarch of the Korea dynasty, immortalized the memory of Ch'oe by decreeing him a place in the Confucian Temple with the title Marquis Mun-ch'ang.

최치원의 후손 중에는 문인들이 많다. 그들 중 높은 명성을 얻은 이들도 있다. 1021년 고려 8대왕인 현종은 최치원에게 문창공이라는 시호를 부여하고 그를 '문묘'에 안치하라는 왕령을 내림으로써 그를 영원히 기억하게 하였다.[34]

---

34 『삼국사기』「열전」6, "최치원".

제3부

게일의 한국고전학과 한국의 한문고전

┃ 해제 ┃

　게일의 한국문학관련 주요논저들은 다음과 같은 논문들이 있다.

① "A Few Words on Literature," *The Korean Repository* Ⅲ, 1895.
② "Korean Literature(1) - How to approach it," *The Korea Magazine* Ⅰ, 1917. 7.
③ "Korean Literature(2) - Why Read Korean Literature?," *The Korea Magazine* Ⅰ, 1917. 8.
④ "Korean Literature," *The Korea Magazine* Ⅱ, 1918. 7.
⑤ "Korean Literature," *The Open Court,* Chicago, 1918.
⑥ "Fiction," *The Korea Bookman,* 1923. 3.

　①에서는 게일은 『易經』, 시조 작품 속에서 동양적 미학의 단초를 발견했지만, 아직 서구와 차이 속에 대등한 한국의 문학을 기술하지는 못하고 있었다. 본격적인 게일의 한국문학론이 발표된 것은 『옥중화』 영역본을 연재하기 이전에, 한국문학에 대한 연구방법론과 연구목적을 거론한 글(②~③)부터 이다. 이 논문부터 게일이 한국문학의 징수로 여긴 것이 한문고전이란 사실, 역사기술, 필기, 야담, 한시란 사실이 잘 드러난다. 또한 ③에서 "말·글=외면·내면"이란 게일의 한국문학론에 중심기조가 명시되기 시작한다. ④에서 한국의 근대에 대한 비판적인 게일의 관점이 보이기 시작한다. 하지만 ④에 이르기까지 게일의 가

장 큰 관심은 한국문학 속에 반영된 한국인의 종교적 마음이었
지, 한국문학 그 자체는 아니었다. ⑤에 이르러 달라지지만 이
곳에서 근대문학, 고소설과 같은 협의의 문학이 포함되지 않았
다. ⑥에서 비로소 소설이라는 개별장르이지만, 근대문학과 고
소설이 함께 거론되기 시작한다. 우리는 게일이 한국문학연구
의 목적과 방법을 논한 글(②~③) 그리고 그의 한국고전학에 있
어 가장 중심적 기조라고 할 수 있는 지점, 한문문헌 속에서 재
현된 조선인들의 天/造物/神 등의 관념을 서구의 신(God)개념과
대조하며 한국인들의 마음 속에 내재한 유일신 관념을 찾으려
했던 논저(④), 한문고전에 대한 그의 관심이 잘 드러난 논저(⑤)
를 함께 엮었다. 그리고 마지막으로 그의『구운몽』영역본(1922)
에 수록된 영국 여성 독자 스콧(Elspet Robertson Keith Scott)의『구
운몽』서평을 추가했다.

참고문헌

이상현,『한국고전번역가의 초상, 게일의 고전학 담론과 고소설 번역
의 지평』, 소명출판, 2013.

R. King, "James Scarth Gale, Korean Literature in Hanmun, and Korean
Books," 서울대 규장각한국학연구원 편,『해외 한국본 고문헌
자료의 탐색과 검토』, 삼경문화사, 2012.

R. Rutt, *James Scarth Gale and his History of Korean People*,
Seoul : the Royal Asiatic Society, 1972.

제1장

한국문학 연구방법론
- 어떻게 한국문학을 공부하는가?

J. S. Gale, "Korean Literature I —How to Approach it," *The Korea Magazine* I , 1917. 7.

게일(J. S. Gale)

┃ 해제 ┃

　게일(James Scarth Gale, 1863~1937)은 40년 동안 한국에서 머물렀던 '개신교 선교사'이자, 경신학교와 정신여학교를 통해 많은 제자를 길러낸 '교육자'였으며, 많은 저술을 남긴 '한국학자'였다. 그는 어두운 시간이었던 한국의 근대와 그 속을 살아온 한국인들의 생활과 풍습을 묘사한 민족지, 한영사전과 문법서와 같이 한국어의 역사와 흔적을 살필 수 있는 서적, 경신학교의 학생을 위해 편찬한 국어교과서, 다수의 한국문학에 대한 번역물, 한국역사서 등을 남겼다. 그가 한국의 문화, 언어, 고전을 연구한 흔적들은 그의 저술 속에 오롯이 새겨져 있다. 또한 3차례나 발행한 한영사전, 『천로역정』과 성서의 번역, 『구운몽』을 영역하여 서구권에 알린 사실 등이 잘 말해주듯, 그는 한국어와 영어 사이를 횡단한 '번역가'이기도 했다.

그렇지만 그가 본격적인 한국문학론을 개진한 것은 *The Korea Magazine*이란 잡지였다. 1918년 7월에서 8월까지 그는 한국문학에 관한 개론적인 글을 연재한다. 이 2편의 글은 한국문학을 왜 연구해야만 하며, 어떻게 연구해야 되는지를 살핀 글이다. 그 첫 번째 글이라고 할 수 있는 「한국문학(Ⅰ) - 접근방법」에서 게일은 한국문학을 연구하기 위해서 과거를 준비했던 전통적인 한학자들의 도움이 필요함을 말했다. 이 글을 통해 또한 게일이 생각한 한국문학이 무엇인지를 알 수 있다. 게일에게 한국문학의 정수(精髓)는 국민의 고유어, 즉 국어(모어, 속어)로 쓴 국문학이라는 이데올로기 및 제도에 의해 주변부에 놓이게 될 한국의 한문고전이었다. 그에게 한문전적은 문학, 민속학, 역사학을 위한 해석의 대상이나 사료라기보다는 원본을 그대로 번역·재현해야할 대상, 즉 한국인들이 물려받아야할 저술자(작가)의 사상과 정신이 투영된 '문학작품'에 가까운 것이었다.

┃참고문헌 ─────

이상현, 『한국고전번역가의 초상, 게일의 고전학 담론과 고소설 번역의 지평』, 소명출판, 2013.

R. King, "James Scarth Gale, Korean Literature in Hanmun, and Korean Books," 서울대 규장각한국학연구원 편, 『해외 한국본 고문헌 자료의 탐색과 검토』, 삼경문화사, 2012.

R. Rutt, *James Scarth Gale and his History of Korean People*, Seoul : the Royal Asiatic Society, 1972.

If anyone desires to make a study of Korean Literature he must work through the medium of the Chinese character. The fact that there is little or no literature written in the Eunmun makes it necessary in the first place ; and in the second, Eunmun books that exist, are all heavily charged with Chinese words and combinations, so that they are if anything more difficult than the pure Chinese itself.

한국문학을 연구하고자 한다면 반드시 한자라는 매개를 통해야 한다. 왜냐하면 첫째, 언문으로 쓰인 문학이 거의 없기 때문이고 둘째, 언문책이 있다 한들 대부분 한자어나, 합성어로 가득해서 순한문 그 자체보다 읽기가 더 어렵기 때문이다.

To work through the Chinese character, dose not necessarily mean that one should be a Chinese scholar. It is the humble opinion of the writer that there are but few real Chinese scholars among the foreigners of the East, and yet much work is done by many of these through the medium of Chinese. To be able to read the ideograph with its combinations, and to construe, are not the most difficult matters of attainment. It is the understanding of the endless references of Chinese history and mythology that is impossible for a foreigner to become master of, unless he begins study, as does the Oriental, with childhood and continues it on into middle life. It need not therefore discourage any student of the East to think that he is not a Chinese scholar, for if he has a knowledge of the colloquial, and bends his energies to the attainment of whatever is possible in the way of Chinese, he can, with the aid of a good pundit get at the thought that underlies Korean literature. As pertains to so many other aspects of Oriental life, he must see through the teacher's eyes, and read by the aid assistance of the teacher's brain.

한자를 통해 한국문학을 공부하기 위해 반드시 한학자가 되어야 할 필요는 없다. 동양에 있는 외국인 가운데 진정한 한학자는 거의 없다. 그러나 이들이 한자를 이용해 많은 연구를 하고 있다는 것이 필자의 겸손한 의견이다. 한자 합성어와 표의문자인 한자를 읽고 해석하는 것이 그리 달성하기 어려운 일은 아니다. 동양인들처럼 어릴 때부터 시작해서 중년까지 계속 공부한 것이 아니라면, 외국인이 정복하기 불가능한 것은 바로 중국 역사와 신화의 무수한 전고를 이해하는 것이다. 그렇다고 해서 동양을 공부하는 학생이 한학자가 아니라고 낙담할 필요는 없다. 왜냐하면 그가 구어에 대한 지식이 있고 한자를 이용해서 가능한 것은 무엇이든지 얻어내려고 집중한다면 훌륭한 전문가의 도움을 얻어 한국 문학의 기저에 흐르는 사상을 이해할 수 있기 때문이다. 그는 동양적 삶의 다양한 여러 면모를 알기 위해 선생님의 눈을 통해 보고 선생님의 두뇌의 도움 받아 읽어야 한다.

To attempt, therefore, anything like an examination of Korean literature the student requires at his elbow a scholar of the old school. A modern literary graduate knows little or nothing about the classic books which his father have written. As little are they a part of his life as they are the foreigner's.

한국문학을 조사하기 위해서는 옛 학당의 학자를 가까이 두어야
한다. 근대 문학생들은 아버지 세대가 쓴 고전에 대해 별로 아는 바
가 없다. 외국인에게 그러하듯 고전은 그의 삶의 일부분이 아니다.

All Korean literature, if we except Buddhist books, are written in
what is called Chinese *wenli*, or Confucian classic style, and only a
thoroughly versed man of the old school can make anything of them.

한국의 모든 문학은 불교 서적을 제외한다면, 중국식 '문리' 혹은
유교의 고전 스타일로 쓰였기 때문에 옛 학당의 학자만이 이해할 수
있다.

The first question then would be: Have you such a man available?
Remember that the *kwago* (Official examination) was given up in
1894, that is 23 years ago, and that the great incentive to the study of
the character ceased to act from that date. There are those who have
become scholar since, but they are so few and far between that it is
very unlikely that the foreigner will ever meet them. Supposing then
that the man sought for had just arrived at the threshold of knowledge
when the *kwago* ceased to be, he must have been at least 23 years of
age at that time. The two twenty threes make forty six. Remember
then that there will be little chance of finding a good scholar less that

forty-six years of age. Many can read and shuffle along in a way that looks quite skilful to the untrained Western eye, but they will not be scholars. When you seek a literary assistant make forty-five years the minimum of your choice.

그렇다면 다음과 같은 질문이 생긴다. 그렇게 유용한 사람을 찾을 수 있을까? 관리자 시험인 '과거'가 23년 전인 1894년에 폐지되었다는 것 그리고 그때부터 한자를 공부해야 할 큰 동기부여가 상실되었음을 기억해라. 그 이후에 학자가 된 사람들도 있으나 극히 드물어서 외국인이 그들을 만날 가능성은 낮다. 우리가 찾는 사람이 과거가 폐지될 시점에 학문에 막 들어섰다고 가정한다면, 그 당시 그는 적어도 23세는 됐을 것이다. 23의 두 배는 46이다. 그렇다면 46세 이하의 적당한 학자를 찾을 기회는 거의 없다는 것을 기억하라. 훈련되지 않은 서양인의 눈에 훌륭해 보이는 사람이 있을 수 있지만 그들은 학자가 아닐 것이다. 문학적 조언자를 찾는다면 최소한 46세가 되는 사람을 선택해야 한다.

A good scholar, such as the land brought forth in abundance in the old days, can read any page you open, always excepting Buddhist literature, which belongs to another world of thought, and requires its own special study and preparation. Whether it be a monument by the roadside, or a musty book printed before the days of Chaucer, he will read through its mysteries as deftly as a good player awakens to life the harp-strings of the piano, telling you all the story and revealing a world of interest born of old China, that surely must appeal to any intelligent Occidental.

예전에 풍요로움을 낳았던 땅처럼, 훌륭한 학자는 불교문학을 제외한 어떤 책을 펼치든지 읽을 수 있다. 왜냐하면 불교 문학은 다른 세상의 사상에 속한 것으로 그 자체의 특별한 공부와 준비가 필요하기 때문이다. 그것이 길가에서 구한 기념물이든 초서 시대 이전의 인쇄된 곰팡내 나는 책이든, 그는 훌륭한 연주자가 피아노의 줄에 생기를 불어넣는 것처럼 능숙하게 모든 스토리를 말해 주고, 고대 중국이 가진 흥미진진한 세계를 보여주면서 책의 신비를 읽을 것이다. 그리고 그것은 확실히 지적인 서양인에게 매력적일 것이다.

With such a scholar, and they are to be still among the first Christians, the student is prepared to undertake something in the way of investigating Korean literature.

그러한 학자의 도움으로, 1세대 기독교인들이었을 학생들은 한국 문학을 탐색하는 방식에서 임무를 떠맡을 준비가 되었다.

The writer would say that this is written for the benefit of those who like this kind of recreation. To many investigation of this sort would prove an insuperable bore. Let not such a person bother his head with it but try something else more congenial. To those, however, who like to wander through[1] the mental vistas of Asia and see what strange and mysterious forms people them, it will no bore but a dream of wonder and delight.

필자는 이 글이 이런 종류의 취미를 좋아하는 사람들을 위해 쓴 것임을 말하고 싶다. 많은 사람들에게 이런 종류의 탐색이 극복하기 어려울 만큼 지루한 것으로 판명될 것이다. 그런 사람은 자신의 머리를 이런 탐색으로 성가시게 하지 말고 좀 더 취미에 맞는 다른 일을 시도하라. 그러나 아시아의 정신적 조망을 통해 유랑하면서 아시아인들이 살아 온 낯설고 신비로운 방식을 보고 싶어 하는 사람들에게는 이 일은 지루함이 아니라 꿈같은 경이와 기쁨일 것이다.

However, it takes time and patience, and for any substantial attainment some regular hour must be apart each day. The writer has found that an hour in the morning before breakfast reads many pages in the course of the year. To others an hour in the evening would be much better. Suit your own whim as to time, but some time regularly employed is an absolute necessity to even moderate attainment. Some bent in that direction in the first place; a good Korean scholar to aid in the second place; and a set hour of the day in the third place, will supply the means for your reading what Korea has written in days gone by.

---

1 thorugh(원문): through

그러나 이것은 시간과 인내가 필요하며, 실질적인 성취를 얻기 위해서 날마다 규칙적인 시간을 할당해야 한다. 필자는 아침 식사 전에 한 시간씩 일 년에 많은 페이지를 읽었다. 다른 이들에게는 저녁의 한 시간이 더 좋을 것이다. 시간은 자신에게 맞춰라. 그러나 일정한 시간을 규칙적으로 쓰는 것이 적절한 성취를 위해 절대적으로 필요하다. 첫째, 그 방향으로의 집중, 둘째 훌륭한 한국 학자의 조력, 셋째 하루에 일정한 시간의 배정이 있다면, 당신은 지난 시절 한국이 쓴 것을 읽을 수 있을 것이다.

In paper II the writer proposes to say something about *Why Read Korean Literature?*

논문 II에서 필자는 '왜 한국 문학을 읽는지'에 대해 말할 것이다.

제2장

한국문학연구의 목적
– 왜 한국문학을 공부하는가?

J. S. Gale, "Why Read Korean Literature?," *The Korea Magazine* Ⅰ, 1917. 8.

게일(J. S. Gale)

▎해제 ▎

　게일의 「왜 한국문학을 읽는가?」는 *The Korea Magazine* 1917년 7월호에 실린 「한국문학(Ⅰ) ― 접근방법」에 이어지는 글이다. 게일은 먼저 실린 글에서 한국문학 연구방법론을 말한 후, 이 글에서는 한국문학의 연구목적에 관해 언급했다. 이 글에서는 게일의 한국문학관 즉, 게일이 왜 그토록 한국문학 연구에 매진했던 이유를 발견할 수 있다. 게일은 '육체'가 아닌 '정신', '물질'이 아닌 '정신 혹은 문화', '보이는 것'이 아니라 '보이지 않는 세계'가 진실을 담고 있는 것이라고 여겼다. 그는 한국인과의 대화, 그들의 '말'이 한국문화의 순간적이며 표면이라면, 한국인에 의해 '씌어진 것', '문학'에는 내면 속 진실된 목소리가 담겨져 있으며 그것이야말로 한국문화의 심층이라고 보았던 것이다.

이는 이 글 이외에 그가 The Korea Magazine에 다수의 필명을 사용하며 번역했던 한국문학에도 적용되는 그의 일관적인 관점이었다. 「왜 한국문학을 읽는가?」에는 The Korea Magazine에 수록된 최치원, 이규보 등의 문집 소재 한시문, 『대동야승』과 『기문총화』에 수록된 필기·야담의 번역, 「노가재연행록」과 같은 여행기, 『춘향전』과 같은 고소설 작품을 번역한 그의 시각과 목적이 담겨져 있다. 즉, 그의 번역물들은 서구인들의 관찰과 체험으로 기술할 수 없는 층위, 한국문학을 번역함으로 재현할 수 있는 한국의 심층, 한국인의 사상이자 종교적 심성이었다. 이는 평생에 걸쳐 한국문학을 읽고 번역한 그가 도달할 수 있었던 지점이었던 것이다.

┃ 참고문헌 ───────

이상현, 『묻혀진 한국문학사의 사각, 외국인의 언어·문헌학과 조선후기-식민지 언어문화의생태』, 박문사, 2017.

이상현, 『한국고전번역가의 초상, 게일의 고전학 담론과 고소설 번역의 지평』, 소명출판, 2013.

이상현, 「100년 전 한국문학 세계화의 꿈—개신교 선교사 게일과 한국의 고전세계」, 『한국문학논총』 76, 2017.

정혜경, 「The Korean Magazine의 출판 상황과 문학적 관심」, 『우리어문연구』 50, 2014.

최윤희, 「『The Korea Magazine』의 「한국에서 이름난 여성들」 연재물에 관한 연구」, 『비교문화연구』 37, 2014.

R. King, "James Scarth Gale, Korean Literature in Hanmun, and

Korean Books," 서울대 규장각한국학연구원 편, 『해외 한국
본 고문헌 자료의 탐색과 검토』, 삼경문화사, 2012.
R. Rutt, *James Scarth Gale and his History of Korean People*, Seoul :
the Royal Asiatic Society, 1972.

After all is said and done, the mental world is the real world. As a
man thinketh in his heart so is he. If, then, we would really know a
people, we must know their inner thought.

결국 정신세계가 바로 현실세계라는 것은 사실이다. 인간은 자신
이 마음속에 생각하고 있는 것 자체이다. 그래서 어떤 민족을 제대
로 알기 위해서는 그 민족 내면의 사상을 봐야 한다.

Is it possible to live from day to day through a period of years
without coming to know the thinking processes of the race we live
with? The writer, judging from himself thinks it is. He had lived with
the Korean for nearly a score of years, had sat with him on the floor,
and eaten his rice with chopsticks and spoon, without really knowing
anything about the mental world in which his friend and neighbor
dwelt. Perhaps it may have been due to a slow and unreceptive spirit
on his part. He would think not, however, for others of quicker minds
seemed just as wholly unacquainted as himself. They were just as
ignorant as he of what great men Koreans walked with, of the great
women they talked of, what religious ideas they held, what their

poets dreamed of, what endless catacombs of superstition their souls
wandered through, what palaces they had built in fairy land, what
their logic was and how they added two and two together.

함께 살고 있는 민족의 사고 과정을 모르고도 오랜 시간을 같이
살 수 있을까? 필자는 그럴 수 있다고 생각한다. 필자는 거의 이십 년
동안 한국인 친구나 이웃의 정신세계에 관해서 아무 것도 모르는 채
그들과 같이 마루에 앉아 숟가락과 젓가락으로 밥을 먹으며 지내왔
다. 그것은 아마도 필자가 둔하고 감수성이 없기 때문일지도 모른
다. 그러나 그런 것만은 아닐 것이다. 왜냐하면 필자보다 영리한 사
람들도 필자만큼 완전히 낯설어 하는 것처럼 보였다. 그들도 필자만
큼이나 한국인들이 어떤 위인들과 함께 걷고, 어떤 위대한 여성들에
대해 얘기하고, 어떤 종교적 사상을 가지고 있는지, 한국 시인은 무
엇을 꿈꾸는지, 한국인의 영혼이 어떤 미신의 지하 무덤 속을 방랑
하는지, 한국인들은 동화 속에서 어떤 궁전을 짓는지, 어떤 논리를
가지고 있고 어떤 식으로 2 더하기 2를 하는지에 대해 무지했다.

The Korean is a very secretive and silent man. He has learned from
sad experience that it is not safe to speak all one's inner thoughts.
Little by little he has suppressed these till he become wary and
reserved, and tells you little or nothing of the inner life that belongs to
him.

한국인은 아주 비밀스럽고 조용한 사람이다. 한국인은 자신의 속

애기를 하는 것이 위험한 것임을 슬픈 경험을 통해 배웠다. 자신의 내면을 조금씩 억눌러 신중하고 내성적이 되었고 자신의 내면에 관해 거의 말하지 않는다.

A scholar who has been by the writer's elbow for ten years remains as great a mystery as ever. He speaks of nothing concerning himself. By a system of cross question and answer you might extract certain statements from him, but that would only prove the truth of what is said, namely, that the Korean tells not willingly the secrets of his soul to any foreigner. He tells them to his bosom friends only. The man with whom he walks along the street, as he holds his hand, he tells him. He never tells us.

10년 동안 필자와 가까이 지냈던 한 학자는 항상 그랬던 것처럼 여전히 신비로 남아 있다. 그는 자신에 관해 아무것도 말하지 않는다. 질문과 응답을 주고받는 방식을 통해 당신은 그로부터 어떤 진술을 끌어낼 수 있을지도 모른다. 그러나 그것은 단지 한국인은 어떤 외국인에게도 자신의 영혼의 비밀을 기꺼이 털어놓지 않는다는 진실을 입증할 뿐이다. 한국인은 자기의 단짝 친구에게만 내면을 보여준다. 손을 잡고 함께 길을 걷는 친구에게 내면을 털어놓지 우리 같은 외국인에게는 결코 말하지 않는다.

What he loves most to see, he does not speak of ; what his ears delight to hear, is no special concern of ours. We know them not. We may think we do but a little closer consideration of the question will convince the most ardent doubter that it is not so.

한국인은 무엇을 가장 보고 싶어 하는지 말하지 않는다. 한국인이 무엇을 듣고 즐거워하는지는 우리의 특별한 관심사가 아니다. 우리는 한국인들을 모른다. 우리가 안다고 생각할지도 모른다. 그러나 그 문제를 조금 더 밀착해서 연구한다면 그것이 사실이 아님을 알 수 있다.

Broadly speaking the Korean is to the foreigner what he thinks the foreigner would like him to be. Hence if the foreigner would know what the Korean is, he must find it not from the man himself, but only from what the man has written down concerning himself, and which he never dreamed the foreigner would one day look upon and read.

넓게 말해서, 외국인에게 한국인은 외국인이 바라는 한국인이 모습이다. 그래서 외국인이 한국인에 관해 알고 싶다면, 사람 자체가 아니라 한국인이 자신에 관해 기록한 것, 외국인이 언젠가 읽을 것이라고 생각도 못해 본 그런 글을 찾아야 한다.

For example the writer had no idea, though he had lived with the Korean for a score of years, of the part the Taoist genii and the fairies play in his world. They are now, that acquaintance has been made, friends of the most subtle grace and charm, always good and kind and yet wholly of the earth non-earthy. As I have read what the Korean has written I have lived with these *sin-sun* (fairies) in their palaces, have partaken of their choicest fare, have listened to their voices, sweetened and mellowed by age. Yes I have lived with these fairies, heard their music and seen the soft winsome workings of their way.

예를 들어 필자는 한국인과 20년을 살았지만, 도교의 신선과 선녀들이 한국인의 세계에서 어떤 역할을 하는지 전혀 몰랐다. 이제 친숙해져서 그들은 가장 미묘하게 우아하고 매력적이며 항상 선하고 친절한 그러나 완전히 세속적이자 비세속적인 친구가 되었다. 한국인이 쓴 글을 읽을 때, 난 궁전에서 이 신선(神仙, 요정)과 살고, 최고의 음식을 나눠 먹고, 나이에 맞게 그윽해진 그들의 달콤한 목소리를 듣는다. 그렇다. 나는 이 신선들과 살면서 그들의 음악을 듣고, 그들의 부드럽고 쾌활한 일 방식을 본다.[1]

On the first surprise of this acquaintance I reprimanded my secretary for not telling me before, and his answer was, "Why everybody knows of them, why should you be told?" "But," said I, "I

---

[1] 게일이 체험한 한국인의 도교세계에 관한 문학적 상상력과 그에 대한 인식은 『대동야승』을 비롯한 『천예록』, 『기문총화』 등의 필기·야담에 대한 번역을 통하여 구현된다. 그의 한국사 서술(*A History of the Korean People*, The Christian Literature Society of Korea, 1927)에는 그 대표적인 예시작품으로 『천예록』 소재 「關東路遭雨登仙」와 진화의 「桃園歌」가 제시된다. 또한 게일에게 필기·야담은 비단 도교에 제한된 것일 뿐만 아니라, 한국인 마음 속 유교, 불교적 세계를 잘 보여주는 것이기도 했다. *The Korea Magazine*에 번역, 수록된 『용재총화』, 『기문총화』 소재 단편들은 피상적인 관찰만으로는 발견될 수 없는 한국인의 종교적 심성을 제시해 주기 위한 목적이 존재했던 것이다.

did not know of them, and never dreamed that they existed."

이들을 알고 처음에 놀라서는 나는 내게 진작 얘기해 주지 않은 것에 대해 비서를 질책했다. 그의 대답은 "왜 모든 사람이 그들을 알아야 해요? 왜 당신에게 얘기해야만 해요?"였다. 나는 "난 그들을 몰랐다. 그들이 존재한다고 꿈꿔 본 적도 없었다" 라고 말했다.

Now I may say, since being introduced to Korean Literature, that I have gone time and again to the Crystal Palace that sleeps in the bottom of the sea, as well as to the Chilly Halls(*Kwang-han Chun*) of Queen Hang-a in the moon. In one I have met the Dragon King and on the other Wul-lo, the gentle old fairy, who sits under the cassia tree and weaves those threads together that unite lovers in marriage. No Korean ever talks readily of these things, especially to an unsophisticated[2] creature such as he finds the foreigner to be.

한국문학을 소개받은 이래로, 나는 이제 달에 있는 항아 여왕의 추운 방(광한춘)뿐만 아니라 바다 밑바닥에서 잠자는 수정궁까지 간다. 한편에서는 용왕을 만나고 다른 한편에서는 계수나무 아래 앉아 결혼한 연인을 묶을 실을 짜는 친절한 늙은 요정 월노[月下老人]를 만난다.[3] 어떤 한국인도 특히 그들이 보기에 사고가 단순한 외국인

---

2 unspohisticated(원문): unsophisticated
3 그의 이러한 한국문학 체험이 번역으로 구현화된 사례들이 고소설 작품들이다. *The Korea Magazine*에는 『옥중화』에 대한 영역 작품인 Choonyang이 연재되었다.

에게는 쉽사리 이런 것들에 대해 말하지 않는다.

Again there is a whole world of prayer and sacrifice to be introduced to. How great it is can be judged from the large place it occupies in the writings of the literati.

또한 기도와 희생으로 이루어진 완전한 세상도 소개되어야 한다. 그것이 얼마나 위대한지는 지식층의 글의 대부분을 차지하고 있는 것에서 알 수 있다.[4]

What do they think of God, the great creator, a being infinite, eternal, and unchangeable in His wisdom, power and goodness? This surely is worth knowing something of, and yet if the reader be like the writer, he may have passed these twenty years without knowing that the Korean ever thought of God.

그들이 신에 대해, 위대한 창조자, 무한하고 영원하며 변함없는 지혜와 권력과 선함을 가진 존재로 생각할까?[5] 이것은 확실히 알 만한 가치가 있는 대단한 것이고 만약 독자가 필자와 같다면, 그는 한국 사람들이 신에 대해 항상 생각했다는 것을 모르고 지난 20년을 보냈을지도 모른다.

---

4 유가지식층의 한문 고전 및 한국문학작품 속에 담긴 忠孝烈 관념들과 유교적 하늘(天) 관념 등을 지칭한다.

5 이는 게일 한국문학 연구에 있어서 가장 중요한 탐구주제였다. *The Korea Magazine* 1918년 7월호에 그의 한국문학론은 한문고전 속 天, 神이라는 한자에 담긴 한국인의 유일신 관념을 탐구한 글이다.

Their ideas of society too, are of interest, especially in these day of social upheaval, though[6] they cannot be learned from the lips but only from pen.

사회에 대한 한국인의 관념 또한 재미있다. 특히 요즘과 같은 사회적 격변기에는 입이 아닌 펜을 통해 그것을 배울 수 있다.[7]

The thousand and one things that they talk of with their friends but cannot speak of the foreigner are all found faithfully recorded in their writings.

그들이 친구들과 얘기하는 그러나 외국인에게 말할 수 없는 수천 가지의 일들이 그들의 글에 모두 충실히 기록되어 있다.

As regards his travels too, what would a Korean see or note down if he went to Peking, for example, or to Tokyo? Will the reader with his knowledge, be able to imagine such an itinerary? I think not.

또한 여행에 관해서, 예를 들어 한국인이 북경이나 동경에 갔다면 무엇을 보거나 기록할까?[8] 독자가 자신의 지식으로 그러한 상상을

---

6 through(원문): though
7 이와 관련하여 1910년대 게일이 주목한 매체는 『매일신보』였다. *The Korea Magazine* 1918년 12월호에 게일은 『매일신보』에 연재된 춘원 이광수의 「신생활론」 중 기독교 관련 부분을 요약 및 발췌했다.

할 수 있을까? 나는 아니라고 생각한다.

As a man thinketh in his heart so is he. The Korean's heart is reflected in his literature as in no other way. One may be an experienced missionary, may do excellent work, and be able to bring Orientals to his way of thinking, without having glimpsed the mental world in which the Oriental live. He may interest the East and yet be in no sense qualified to interpret it. Still a correct interpretation of the East has its value. Its worth is evident even here and now, and also it has a part in acquainting the great world at home with the great continent of Asia. In view of the changing conditions to day it is surely clear that the West and East are destined to come closer and closer into contact. The door of acquaintance is as yet exceptionally narrow, and can only be widened by each student interested getting into touch with what Asia thinks in heart. Therefore we say, if you have opportunity read her books and acquaint yourself with her literature.

사람이 마음속에 생각하는 것이 그 사람이다. 한국인의 마음은 다름 아닌 한국 문학에 반영된다. 한 경험 있는 선교사가 열심히 작업을 해서 동양인이 살고 있는 정신세계를 힐끗 보지 않고도 동양적인 것들을 자신의 사고방식으로 끌어올 수 있을지도 모른다. 그가 동양

---

8 게일이 번역한 신유한, 김창업의 연행록[『海遊錄』, 『老稼齋燕行錄』]은 이러한 게일의 관심에 부합된 것이다. *The Korea Magazine*에는 『노가재연행록』이 번역·연재되었다.

에 관심을 갖게 할 수 있을지도 모른다. 그러나 그것을 해석할 능력은 없다. 동양에 관한 정확한 해석은 여전히 가치가 있다. 그 가치는 지금 여기에서도 명백히 알 수 있다. 그것은 또한 본국의 위대한 세계가 아시아라는 위대한 대륙과 친해지는 데 역할을 한다. 오늘처럼 변화하는 상황에서, 서양과 동양이 좀 더 가까워져야 할 운명이라는 것은 확실하다. 그러나 교제의 문이 아주 좁아서 아시아인들의 마음 속 생각에 접촉하는 데에 관심이 있는 개개인의 학생들에 의해서만 그 문이 넓어질 수 있다. 그러므로 기회가 있다면, 한국인의 책을 읽고 한국문학과 친해져라.

제3장

한국문학과 한국인의 종교

J. S. Gale, "Korean Literature," *The Korea Magazine* Ⅱ, 1918. 7.

게일(J. S. Gale)

▌해제 ▌

　게일의 「한국문학」은 *The Korea Magazine* 1918년 7월호에 수록되었으며, 한국문학에 나타난 한국인의 유일신 관념을 고찰한 글이다. 이와 같은 한국인의 원시적 유일신 관념에 대한 게일의 탐구는 개신교 선교사의 성취론(fulfillment theory)이라는 타종교 이해와 비교종교학적인 이론에 기반하고 있었다. 성취론은 1910년 에딘버러 세계선교사 대회에서 개신교선교사들이 공식적으로 채택되었고, 한국 개신교선교사들이 수용했던 타종교에 대한 그들의 입장과 관점이다. 성취론은 비기독교적 종교전통, 타종교가 가진 진리, 윤리, 계시의 흔적들을 복음을 위한 준비이자 기독교와 대화할 수 있는 접촉점들로 주목하며, 기독교가 유대교의 율법과 예언을 완성, 성취했듯이 타종교의 근본적인 영적 갈망과 예언을 완성시킨다는 입장이다.

　이와 같은 성취론적 탐구에 의거한 한국의 원시적 유일신 관

315

념에 대한 탐구는 비단, 우리의 자료집에 수록된 그의 한국문학 론만으로 한정되는 것이 아니다. 게일은 한국 한문고전 속 天, 神이란 한자어를 통해 원시적 유일신 관념의 계보와 비유대 기독교 전통 속 계시와 진리를 지속적으로 추적했다. 그렇지만 게일이 서구적 개념과 대등하며—동시에 차이를 지닌—종교적 심성을 지닌 한국민족을 말한 계기는 「한국의 신관(The Korean's view of God)」(1916)이라는 글이었다.

「한국문학」은 이 글과 분명한 연속성을 지니지만, 몇 가지 차별점이 존재한다. 첫째, 「한국인의 신관」이 한국인에게도 종교적 심성을 발견할 수 있다고 진술한 데 비해, 「한국문학」은 서구의 사전적 개념과 동일한 신앙심이 한국인에게도 존재한다고 말하고 있다. 둘째, 두 논저의 제명이 보여주는 차이점과 같이, 게일 한국학이 종교적 탐구에서 문학연구로 그 지향점이 변모된다는 점이다. 셋째, 「한국문학」에서 비로소 단군이 한국유일신 관념의 계보 속에서 종교적인 시원으로 자리매김하게 된다는 점이다.

▌참고문헌

류대영, 『초기 미국선교사 1885~1910』, 한국기독교역사연구소, 2001.
류대영, 『한국 근현대사와 기독교』, 푸른역사, 2009.
옥성득, 「초기 한국교회의 단군신화 이해」 이만열, 『한국기독교와 민족통일운동』, 한국기독교역사연구소, 2001.
이상현, 『한국고전번역가의 초상, 게일의 고전학 담론과 고소설 번역의 지평』, 소명출판, 2013.

If we take the Century Dictionary's rendering namely "the recognition of a super-human power to whom allegiance and service are justly due" as a correct definition of religion, then surely Korean literature is deeply impregnated with religious thought, from its earliest days down to 1894, when state literature ceased to be.

만약 우리가 『20세기 사전』의 종교에 대한 정의 즉 "충성과 봉사를 바쳐 마땅한 초인간적인 힘에 대한 인식"을 종교에 대한 올바른 정의로 받아들인다면, 분명 한국 문학의 아주 초기부터 국가 문학이 중단된 1894년까지 종교적 사상이 한국 문학에 깊이 스며들어 있다.[1]

From the first morning of the race's birth come voices and echoes that speak of God and set the pace for all the ages that were to follow.

---

1 게일이 참조한 사전은 "W. D. Whitney, *The Century dictionary: an encyclopedic lexicon of the English language,* New York: Century Co., 1889~1909"이며, 그는 'Religion'이라는 어의 속 서구인의 종교개념과 대등한 유일신 관념을 한국의 문헌 속에서도 발견할 수 있다고 보았다. 이러한 게일의 논의는 당시 개신교 선교사들이 성취론(fulfillment theory)이라는 관점에서 한국인의 종교문제에 접근하던 정황이 반영된 것이다. 성취론은 1910년 에딘버러 세계선교사대회에서 개신교선교사들이 공식적으로 채택하고 한국의 선교사들 역시 수용했던 관점이다. 비기독교적 전통, 타종교가 가진 윤리, 계시의 흔적들을 복음에의 준비이자 기독교와 대화할 수 있는 접촉점들로 주목하며, 기독교가 유대교의 율법과 예언을 완성, 성취했듯이 타종교의 근본적인 영적 열망과 예언을 완성시킨다는 입장이다. 게일의 이 논문은 성취론적 관점에 기반하여 한국의 문헌을 통해 한국유일신 관념의 계보를 탐구했던 그의 저술들이 보여준 지향점이 잘 반영되어 있다. 게일이 쓴 저술과의 연장선 속에서 이 글이 지닌 가장 큰 차이점은 무엇보다 단군을 한국 유일신 관념의 계보 속 시원으로 자리매김한 점이다.

민족 탄생의 첫 아침부터 신에 대해 말하는 목소리와 메아리가 있었고, 그것은 모든 세대가 따라야 하는 방식이 되었다.

We are informed by credible historians that a mysterious being called Tangoon (See *KOREA MAGAZINE* Sept. 1917), a *shin-in*, angel or God-man, descended from heaven and alighted in the top of the Ever White Mountains, where he taught the Korean people their first lessons in religion. His date is contemporary with Yo of China, or Noah of the Deluge, 2333 B.C.

신뢰할만한 역사가들은 우리에게 단군(*KOREA MAGAZINE* 1917년 9월호 참조)[2], 신인, 천사 혹은 신의 아들이라고 불리는 신비스런 존재가 하늘에서 태백산 정상에 내려와 그곳에서 한국인들에게 처음으로 종교에 대해 가르쳤다고 말한다. 그때는 기원전 2333년으로 중국의 요나라, 노아의 대홍수와 같은 시대이다.[3]

His contribution to Korean thought has ever reminded this people that a great God rules over the world, and that He expects every man to his duty. His altar, built in the giant ages, stands on Mari Mountain overlooking Chemulpo Harbour. A temple erected to his honour in Pyengyang in 1492, has outlasted all these centuries of wind and

---

2 게일은 이 잡지에 쓴 그의 다른 기사(J. S. Gale, "Tangoon", *The Korea Magazine* I 1917.9.)에서 김교헌의 『신단실기』 수록된 단군관련 사료를 번역하여 소개했다.
3 金教獻 편, 「檀君世紀」, 『神檀實記』, 1914, 1~2면.

weather. A Korean house in An-dong, Seoul, has marked over its gate to-day, "The Church of Tanf-goon." Poets and historians, Chinese and Korean, have sung his praises.

그는 한국인들에게 위대한 신이 세상을 지배하고 그 신은 사람들이 각자의 의무를 다하기를 기대하고 있음을 일깨움으로써 한국 사상에 기여했다. 위대한 시기에 건설된 그의 제단이 제물포항이 바라보이는 마이산에 있다. 1492년에 그를 기리기 위해 평양에 세워진한 사원은 수세기에 걸친 바람과 날씨를 견디고 남아 있다. 서울 안동에 있는 한 한국인의 집의 문은 오늘날 "단군의 교회"라고 새겨져 있다.[4] 시인과 역사가들은 한국어와 중국어로 단군을 찬양했다.[5]

A second set of religious ideas entered Korea more than a thousand years later, in 1122 B.C., the most noted period in the history of China as far as religion is concerned. Kings Moon and Moo came to the throne, "at the bidding of God," so reads the records. Moon had a

---

4 게일이 말한 곳은 역사적으로 단군에 제사를 지내는 장소들 즉, 인천군 광역시 강화도 화도면 마니산에 있는 참성단(塹星壇), 평양시 중구역 종로동에 있는 사당인 숭령전(崇靈殿)을 지칭한다. 서울에 있던 장소는 명확히 추정할 수 없으나 최근에 발견된 홍암 나철(1864~1916)의 중광터 혹은 일제 시기 서울 종로구 마동(麻洞)에 있었던 단군교 포교당을 지칭하는 것으로 보인다. 게일은 강화, 평양의 단군관련 유적과 관련하여 『신단실기』에 수록된 「檀君殿廟」 부분을 참조했다. 「檀君殿廟」의 출처는 『東史』, 『修山誌』, 『東文獻備考』으로 제시되어 있다.
5 『신단실기』의 「詩詞樂章」 부분에 수록된 시문을 참조한 것이다. 게일은 "Tangoon"(The Korea Magazine Ⅰ 1917.9.)에서 『신단실기』에 수록된 4작품을 번역했다.(沈光世, 「太白檀哥」, 『海東樂府』; 權近, 「檀君」; 金堉, 「檀君殿」; 明 史道, 「檀君殿」)

brother called Choo-kong who was a great prophet and a teacher of righteousness. This group usurped the throne and inaugurated an era of justice but Keui-ja, one of their associates, refused to join them, claiming that he would have to stand by the old king, good or bad. In this act he became an example for all loyal ministers of the Far East, who swear to serve till death only one master.

두 번째 종교 사상이 한국에 들어온 시기는 그 후 천 년도 더 지난, 종교에 관한 한 중국사에서 가장 주목할 만한 시기인 기원전 1122년 이다. 기록에는 문왕과 무왕이 "신의 명령에 따라" 옥좌에 앉게 되었다라고 한다. 문왕에게는 위대한 예언가이자 정의로운 스승이었던 주공이라는 형제가 있었다. 이 집단은 왕좌를 찬탈하고 새로운 정의의 시대를 출범시켰지만 그들의 동료인 기자는 좋든 나쁘든 옛 왕을 지켜야 한다고 주장하며 그들과 함께 할 것을 거부했다. 이 행동으로 그는 죽을 때까지 한 주인만을 섬기기를 맹세하는, 극동의 모든 충성스러운 신하의 본보기가 되었다.

Knowing Keui-ja's desire, the king gave him Korea as his portion and hither the great master came.

왕은 기자의 열망을 알고 그에게 한국을 몫으로 주었고 이리하여 위대한 스승이 한국에 왔다.

He left an indelible religious impress upon this people and their future history. In Pyengyang, a temple erected to his worship in 1325 A.D. still stands. A stone recording the life and acts of the sages was set up before it, but was destroyed in the Japanese War of 1592. A new stone erected in the last year of Shakespeare's life has on or the following sentences:

> 그는 한국 사람들과 그들의 미래 역사에 지울 수 없는 종교적 각인을 남겼다. 1325년 평양에 그를 경배하기 위한 절이 세워졌고 지금도 남아 있다. 현인들의 삶과 행적을 기록하는 비석이 그 앞에 세워졌지만 이것은 1592년 '일본 전쟁'에서 파괴되었다. 셰익스피어 생애의 마지막 해(1616)에 세워진 새 비석에는 다음과 같은 글이 적혀 있다.[6]

"Keui-ja came, and his teaching was to us, what the teaching of Pok-heui-si was to ancient China. What was this again but the plan and purpose of God?"

> "기자가 왔다. 복희씨가 고대 중국인들에게 가르쳤던 것을 그는 우리에게 가르쳤다. 이것이 신의 계획과 의도가 아니라면 무엇이겠

---

6 「숭인전비(崇仁殿碑)」를 지칭한다. 게일이 직접 방문조사한 시기의 비문을 확인할 수 있는 자료는 朝鮮總督府 編, 『朝鮮金石總攬』下, 일한인쇄소, 1919으로 827~830면에 「숭인전비(崇仁殿碑)」가 수록되어 있다. 게일이 직접 번역한 경우 해당 부분의 원문과 번역문을 주석으로 제시하도록 할 것이다. 『朝鮮金石總攬』에 수록된 비문의 판독문과 번역은 '한국금석문 종합영상정보시스템'에 의거하도록 한다.

는가?"[7]

"God's not permitting to be killed (at the fall of the Eun Kingdom), was because He reserved him to preach religion to us, and to bring our people under the laws of civilization. Even though Keui-ja had desired death at that time he could not have found it; and even though King Moon had determined not to send him he could not have helped it."

"신이 (은 왕조가 몰락할 때) 기자를 죽지 않고 살려 둔 것은 그로 하여금 우리에게 종교를 설교하고 우리 민족을 문명의 법 아래 두기 위해 준비하신 것이다. 비록 기자는 당시에 죽기를 바랐지만 그는 죽을 수 없었다. 비록 문왕이 그를 보내지 않기로 결심했지만 그를 보내지 않을 수 없었다."[8]

The over-ruling sovereignty of God is something as definitely impressed on the Korean mind as it is on that of the Scotch Presbyterian. It came in with pre-Confucian teachers, and has had a mighty influence in the ages that have gone by.

---

7 기자가 우리 나라의 백성들을 가르친 일은 복희·헌원·요임금·순임금이 중국의 백성들을 교화한 일과 같으니, 대개 거기에는 그렇게 되지 않을 수 없는 면이 있었던 것입니다. 이것도 또한 하늘의 뜻이 아니고 무엇이겠습니까."(箕子之敎 東方是猶羲軒堯舜之敎中土盖有不可得而己者此又非天意而誰歟)

8 "하늘이 기자를 죽게 하지 않았던 것은 도(道)를 전해 주기 위해서였고 백성들을 교화하기 위해서였으니, 기자가 비록 죽고자하였던들 가능이나 하였겠으며 무왕이 비록 그를 조선에 봉하지 않으려고 하였던들 가능이나 하였겠습니까."(天之不死箕子爲傳道也爲化民也箕子雖欲死得乎武王雖欲不封于朝鮮得乎)

모든 것을 지배하는 주권자인 신이라는 어떤 것은 스코틀랜드의 장로교도에게 깊은 인상을 남겼듯이 한국인의 정신에도 그러했다. 그것은 유교 이전의 선생들과 함께 들어와서 지나온 긴 세월 동안 강력한 영향을 미쳤다.

Following this, for long centuries, there is a blank. What Korea was busying herself about when Confucius and the Buddha lived no one can say. Page after page of time goes by, white and unrecorded.

이후 오랜 세기 동안 공백기가 있다. 공자와 부처가 살았을 때 한국이 무슨 일로 바빴는지는 아무도 모른다. 시간의 페이지가, 하얗게 기록되지 않은 채 흘렀다.

About 220 B.C. we hear of the landing of bands of Chinaman who had made their escape from the arduous labours of building the Great Wall and came to Korea to set up a kingdom on the east side of the peninsula, which they called Chin-han. Other kingdoms came into being called Ma-han and Pyun-han, three Hans in all, and so time dragged uneventfully by the Christian era.

기원전 220년경 한 무리의 중국인들이 만리장성을 쌓는 고된 노동에서 달아나 한반도 동쪽에 왕국을 세웠는데 그것이 진한이다. 다른 왕국인 마한, 변한과 함께 세 왕국을 이뤘고 그렇게 시간은 기독교 원년까지 별 사건 없이 흘러갔다.

Fifty seven years before it, just about the time when Caesar was attempting the conquest of Britain, the Kingdom of Silla in the south-east corner of the Korean peninsula was founded. A few years later one called Kokuryu was established in the north, and another in the south-west called Paik-je.

기원전 57년 시저가 영국 정복을 시도하던 바로 그 즈음 한반도 남동쪽 구석에 신라 왕국이 건설됐다. 몇 년 후에 북쪽에는 고구려 왕국이 세워졌고, 남서쪽에 백제가 세워졌다.

Here we have three kingdoms occupying the peninsula when the greatest event in its history took place, namely the incoming of Buddhism 372 A.D.

그리하여 한반도에 삼국에 생겼고 그때에 한국 역사상 가장 큰 사건 즉 불교가 372년 들어왔다.

The wonderful story of the Buddha and his upward pilgrimage from a world of sin and sorrow to one of eternal bliss, conquered all hearts. The Koreans took to it as a thirsty man to water, and while they did not cast aside the religious ideas passed on to them by Tan-goon and Keui-ja, Buddha ruled the day.

부처의 경이로운 이야기와 죄와 슬픔의 세계에서 영원한 희열의 세계로 올라가는 그의 순례는 모든 이의 마음을 정복했다. 한국인들은 목마른 사람이 물을 받아들이듯 그렇게 불교를 받아들였다. 한국인들이 단군과 기자가 그들에게 전해준 종교 관념들을 버리지 않았지만 불교는 그 시대를 지배했다.

We are told that black men from India came preaching this religion. It was Korea's first introduction to alien races, a grateful and appreciative introduction. Their visits continued all the way from 400 to 1400 A.D. as Chi-jong one of the most noteworthy of these priests from beyond the Himalayas died in 1363 A.D.

인도에서 온 검은 사람들이 불교를 설파하러 왔다. 처음으로 낯선 인종이 한국에 들어왔고 그것은 고맙고 감사한 일이었다. 그들의 방문은 400년에서 1400년까지 계속되었다. 히말라야를 넘어 온 승려 중 가장 뛰어난 승려인 지공대사가 1363년에 사망한 것을 통해 알 수 있다.

With the 7th Century we find Korea disturbed by internal troubles, the three kingdoms fighting against each with no likelihood of victory for any one of them. The great Tangs were on the throne of China, and Korea had already come to acknowledge them as the suzerain state.

7세기에 한국은 내부 문제로 혼란스러웠고 삼국은 어느 누구도 이길 가망성이 없는 싸움을 계속했다. 당나라가 중국을 지배했고 한국은 이미 당을 종주국으로 받아들었다.

A young prince of Silla by name Kim yoo-sin (金庾信) disturbed by the unsettled condition of his native country, went to the hills to pray about it. We read in the *Sam-gook Sa* (written in 1145 A.D.) that while he fasted and prayed to God and the Buddha, an angel came to him and told him what to do. He was to seek help of the Tangs. Thither he went to the great capital Nak-yang, where his mission was accepted and an army sent to take Silla's part. The result was that in 668 A.D. all the country was made subject to Sills and placed under the suzerainty of the Middle Kingdom.

김유신이라는 신라의 젊은 왕자는 모국의 불안정한 상황이 걱정스러워 산으로 가 기도했다. 『삼국사』(1145)를 보면 김유신이 단식하며 신과 부처에게 기도하고 있을 때 천사가 나타나 그에게 해야 할 일을 알려 주었다. 그는 당의 도움을 청해야 했다. 그는 중국의 대수도인 낙양으로 갔다. 당은 김유신의 임무를 받아들여 신라를 돕기 위해 군대를 파견했다. 그 결과 668년에 전국이 신라에 종속되고 중국의 속국이 되었다.[9]

From 700 to 900 A.D. there are no books to mark the progress of

---

9 『삼국사기』 권41, 열전1, 「김유신」.

the way, and yet it was evidently a period of great literary activity. Many monuments remain still to tell of master Buddhists, and master-hands at the pen, who lived through these two centuries.

700년부터 900년까지의 진행 과정을 표지하는 책은 없지만 그럼에도 분명 이 시기는 문학 활동이 왕성했던 시기였다. 여러 기념비들이 지금도 남아 있어 불교의 대스승과 문학의 대가들이 이 두 세기 동안 살았음을 알 수 있다.

This gives in brief the foundation on which Korean Literature rests, and on which it is built. It has grown to be a vast accumulation of recorded thought on all kind of subjects, especially on religion.

간단히 말하면 이 시기는 한국문학의 토대가 된 시기로 한국문학은 이 위에 세워졌다. 한국문학은 점차 모든 주제 특히 종교와 관련된 사상을 기록한 방대한 축적물이 되었다.

Here are a few sample that show the Korean's appreciation of the immanence of God, and how close. He is to the affairs of men:

신의 내재성과 친밀성을 이해하는 한국인의 인식을 보여 주는 몇 가지 예가 있다. 신은 인간의 문제에 관여한다.

"Ch'oi Seung-no in 982 A.D. wrote a memorial in which he said, 'I pray that your Majesty will do away with all useless sacrifices and prayers, and show instead a righteous life and a repentant spirit, with a soul offered up to God. If this be done trouble will naturally take its departure and blessings will surely come.'"

"982년에 최승로는 다음의 상소문을 적었다. '폐하께서 모든 쓸 모없는 제물과 기도를 버리고 대신 의로운 삶과 회개하는 정신을 보 여 주어 영혼을 신에게 바칠 것을 기도합니다. 이렇게만 한다면 곤 란이 자연스럽게 사라지고 은총이 분명 올 것입니다.'[10]"

The following extract is taken from a memorial offered to King In-jong of Koryu who reigned from 1123 to 1147 A.D. It occurs in Vol. Ⅲ page 148 of the *Koryu sa* (高麗史) (History of Korea).

다음은 고려의 인종(1123-1147)에게 바친 상소문에서 발췌한 것 이다. 『고려사(高麗史)』의 3권 148쪽에 있다.[11]

"Im-Wan(林完) wrote a petition to the King in which these words occur, 'In these days there have been great disturbances in nature,

---

10 이하 『고려사』의 번역문은 북한사회과학원, 허성도 역, 『고려사』, 1998에 의거 한다. 『고려사』권93, 열전6 「崔承老」. "…바라건대 성상께서는 별례(別例)의 기 도와 제사를 그만 두시고 항상 스스로 공손하고 자기를 반성하는 마음을 품어 그것이 하늘에 사무친다면 재해가 스스로 없어지고 복록이 스스로 오게 될 것 입니다…"(…願聖上除別例祈祭 常存恭己責躬之心以格上天則 災害自去 福祿自 來矣…)

11 『고려사』 권98, 열전 11 「林完」.

and Your Majesty fearing that you may have been the cause, has called for honest men to tell you wherein you have erred. I take occasion, therefore, to write, regarding this invitation as the greatest privilege. I read recently a book by one Tong Chung-su of the Han Kingdom which said, 'If a state departs from its faith and is in danger of coming to destruction, it gets, first of all, warnings from God; but if it pays no heed to these, God sends other signs and more startling reminders still to awaken it to a reality of where it stands. If these all fail then destruction follows. This proves that God's heart is really full of love, and that He desires to spare your Majesty and remove from you all trouble. God is ready to help every man, make him glad and restore him whole. If Your Majesty truly takes warning and desires the way of safety, your course is one of sincere repentance. The Sacred Books read, 'God can approached by sincerity only and not by outward form.'

"임완이 왕에게 청원서를 적었는데 다음과 같다. '근래 들어 자연에 큰 혼란이 있었기에 폐하께서는 자신이 그 원인일까 걱정하여 정직한 신하들을 불러 자신의 실수를 말할 것을 요청했습니다. 그래서 저는 이 초대를 가장 큰 특권으로 생각하여 글을 쓰게 되었습니다. 저는 최근에 한나라 동중서의 책을 읽었습니다. '만약 한 국가가 믿음을 버리고 파괴의 위험에 직면해 있다면 먼저 신의 경고를 받게 된다. 그런데 이 신의 경고를 무시한다면 신은 다른 전조들과 보다 끔찍한 것들을 보내어 국가가 서 있는 현실을 일깨우고자 한다. 이 모

든 것이 실패한 경우에 그 나라는 파멸에 이르게 된다.' 이 글은 신의
마음에는 사실상 사랑이 가득하고 신은 폐하를 아끼시어 모든 곤경
에서 벗어나게 해 주기를 원한다는 것을 보여줍니다. 신은 기꺼이
모든 인간을 돕고 그를 기쁘게 하고 그를 회복시켜 완전하게 하고자
합니다. 폐하께서 진정으로 신의 경고를 받아들이고 안전한 방식을
원한다면, 폐하께서 가야할 길은 진실하게 회개하는 것입니다. 경전
에는 '신은 외적인 형식이 아니라 진실함으로만 다가갈 수 있다.'고
적혀 있습니다.[12]

"If Your Majesty truly desires to approach God you need not pray
specially, for blessing will come of itself; but if You make your
service merely a matter of form there will be no profit, and you will
win instead the contempt of the Most High. In the Book of the Sages
it says, 'God has no special friends towards whom He is partial, but

---

12 "…근자에 천변이 이상하게 나타나서 폐하께서 천명(天命)을 두렵게 여기시고
충직한 말을 듣고자 하시어 이제 조서를 내리시고 진언을 요구하시니 이것은
만대의 복입니다. 제가 일찍이 한나라 동중서(董仲舒)의 책론(策)을 읽었는데
그 중에는 '국가가 도리를 잃고 장차 패망할 때에는 하늘이 먼저 재변을 내리어
서 경고하는바 그래도 스스로 반성하지 못하면 또 괴이한 징조를 보이어 경계
하고 두려워하게 하나니 그래도 오히려 개변할 줄 모른다면 손상과 패망이 닥
쳐온다. 이는 하늘이 이 임금을 사랑하는 까닭에 그의 문란한 정사를 고치게 하
려는 표현이다. 만약 크게 무도한 세대가 아니면 하늘은 모두 다 지지하여 안전
하게 하여 주려는 것이다. 그러므로 임금이 하늘의 경고에 대답하는 데는 실질
적으로써 응답하기에 노력하지 않으면 안 된다"고 씌어 있으며 '하늘 마음에 응
답함에는 실질(實)로써 응답할 것이요 외식(文)으로써 응답하여서는 안 된다'
라고 하였는바…"(…近者天變異常陛下祇畏天命思聞直言下詔求言此萬世之福
也 臣嘗觀董仲舒策有曰 國家將有失道之敗天乃先出災異以譴告之不知自省又出
怪異以警懼之尙不知變而傷敗乃至此見天心之仁愛人君而欲止其亂也自非大無
道之世天盡欲扶持而安全之人君所以上答天譴者非勉強以實應之則不可也…)

He always responds to true virtue any and every where. Sacrifice offers no fragrance to Him but a righteous life only,' and this comes from no other source than a pure heart and proper action. Make therefore to yourself a righteous heart and see that your deeds are in accord with the Eight Great Sages of the past.

"폐하께서 진실로 신께 다가가고자 한다면 은총이 저절로 올 것이기 때문에 특별한 기도는 필요 없습니다. 그러나 폐하께서 예식을 단지 형식적으로 한다면 아무런 소용이 없을 것이고 대신 지존의 경멸만을 받을 것입니다. 성현의 책은 다음과 같이 말합니다. '신은 특별히 편애하는 친구가 없지만 신은 항상 어디든 모든 곳에서 진실한 덕에 반응한다. 제물은 신에게 어떠한 향기를 주지 못하고 오로지 의로운 삶만이 그렇게 할 수 있다.' 이것은 순수한 마음과 올바른 행동만이 그 근원이 됨을 보여줍니다. 그러므로 폐하께서는 의로운 마음을 가지시고 폐하의 행동이 과거의 위대한 8명의 성인들과 합치하는지 살피십시오.[13]

---

13 "…임금이 덕을 닦아 하늘에 응답하면 복(福)과 더불어 약속하지 않아도 복이 저절로 올 것이며 만약 덕을 닦지 않고 한갓 공허한 외식만 일삼으면 다만 무익할 뿐만 아니라 또한 하늘을 모독하는 것으로 될 따름입니다. 서경에 이르기를 '하늘은 특별히 친근한 것이 없고 오직 덕 있는 자를 도와준다'라고 하였으며 또 이르기를 '서직(黍稷-제사에 드리는 곡식)이 향기로운 것이 아니라 밝은 덕(明德)만이 향기로운 것이다'라고 하였는데 그 이른바 덕(德)이란 어찌 다른 곳에서 찾을 것이겠습니까? 그것은 임금 자신의 마음 쓰기와 모든 행동에서 찾아야 할 뿐입니다. 마음을 착하게 쓰고 그것이 모든 행동에서 표현된 임금의 실례로는 요(堯), 순(舜), 우(禹), 탕(湯), 문왕(文), 무왕(武), 성왕(成), 강왕(康) 등이 바로 그런 사람들입니다…"(…人君修德以應天不與福期而福自至焉若不修德而徒事虛文則非徒無益適足以瀆天而已 書曰 皇天無親惟德是輔 又曰 黍稷非馨明德惟馨 所謂德者豈他求哉在人君用心與夫行事而已 用心善而見諸行事者若堯舜禹湯文

"In conclusion I may say, God seems a long way off as though He could not hear, but His giving if blessing to the righteous, and punishment to the wicked, is as quick in its movement as the shadow's response to the form, or the echo that follows the sound."

"결론적으로 저는 다음을 말씀드리고자 합니다. 신은 멀리 떨어져 있어 들을 수 없는 것처럼 보이지만, 신은 의로운 자에게는 은총을, 사악한 자에게는 벌을 줍니다. 그 빠른 움직임은 그림자가 형태에 반응하는 것과 같고 메아리가 소리를 따르는 것과 같습니다."[14]

Here is the prayer of a Korean wife over her sick husband. She was grand mother of the famous Yool-gok (栗谷), Korea's greatest Sage who died in 1584.

여기 병든 남편을 위해 기도하는 한국 아내의 기도문이 있다. 그녀는 1584년에 사망한 한국의 가장 위대한 성현, 그 유명한 율곡의 할머니였다.[15]

"Oh Almighty God, Thou givest blessing to the good and trouble

---

武成康是也…)

14 "…하늘과 인간 사이는 상거가 요원해서 서로 말로 타이르며 대답할 수는 없으나 선(善)에 대한 복(福)과 음(淫)에 대한 화(禍)의 관계는 빠르기가 마치 그림자가 따르고 소리가 반향되는 것과 같습니다…"(…天之於人相去遼絶非言可諭而福善禍淫疾若影響…)

15 이이, 「李氏感天記」, 『율곡전서』권40 잡저. (이하 번역문은 『국역 율곡전서』4, 한국정신문화연구원자료조사실, 1988에 의거하여 제시한다.)

to the wayward. The world is full of evil but dear husband has been a good and honest man, and in his acts and deeds has practiced no guile. Even when orders went out that mourning need not be worn, he dressed in sackcloth just the same for his mother. He ate only the poorest fare till he was thin and worn, keeping watch by his parents's grave, and offering his libation daily with his own hands. He dressed in rough sackcloth for three long years. Thou knowest how faithful he was, for God sees the good as well as the evil. Why is it that Thou hast given him so sore a trial as he now suffers?

"오 전능하신 신이시여, 당신은 선한 자에게는 은총을, 그릇된 자에게는 곤경을 주십니다. 세상은 악으로 가득 차 있지만 저의 남편은 선하고 정직한 사람으로 행동과 행위에서 속임이 없습니다. 상복을 입을 필요가 없다는 명이 왔을 때조차도 그는 그의 어미와 똑같은 삼베옷을 입었습니다. 그는 여위고 지칠 때까지 가장 빈약한 음식만을 먹었으며 매일 직접 제주를 바치면서 부모의 무덤을 계속 지켰습니다. 그는 삼년이라는 긴 시간 동안 거친 삼베옷을 입었습니다. 당신은 악과 마찬가지로 선도 지켜보고 계시므로 저희 남편이 얼마나 진실한지 아십니다. 어이하여 당신께서 그에게 지금과 같은 고통스런 시련을 주시는 것입니까?"[16]

16 "하느님이시여! 하느님이시여! 선을 복주고 악을 화주시는 것은 하늘의 원리입니다. 선을 쌓고 악을 쌓는 것은 사람의 일입니다. 그런데 저희 남편은 심지가 사악하지 않고 행동은 악하지 않습니다. 부모의 상도 짧게 입고 마는 요즈음에, 아비의 상을 당하여서는 거친 밥으로 몸이 파리하면서도 산소의 곁을 떠나지 않았고, 친히 제물을 올리며 상복을 입은 채로 3년을 거상하였습니다. 하느님께서

"We have each served our parents and in order to do so faithfully have been separated for sixteen years. Only a few days ago I suffered the loss of my dear mother, and now my husband lies low. If he recovers not, I shall be left in hopeless desolation. As nothing is hidden from Thy sight, great or small, Most High God look down on me I pray Thee."

"우리는 각자 자신의 부모를 충실히 섬겼고 그러기 위해 16년을 떨어져 지냈습니다. 불과 며칠 전 저는 사랑하는 어머니를 잃는 아픔을 겪었고 제 남편은 이제 누워 있습니다. 그가 회복하지 않는다면 전 절망적인 황폐 속에 남겨질 것입니다. 당신은 크든 작든 모든 것을 보십니다. 지존이신 신이시여 저의 기도를 굽어 살피소서."[17]

Then she drew forth a short knife that she had brought along, and with her own hand struck two joints off her big finger.

만약 알고 계시다면 응당 선악을 잘 살피셔야 할 것입니다. 이제 어찌하여 화액을 내리심이 이렇듯이 가혹하신 것입니까?"(天乎天乎! 福善禍淫, 天之理也, 積善累惡, 人之事也. 惟我良人, 志操無邪, 行業無凶. 短喪之際, 身丁父憂, 疏食毁瘁, 不離墓側, 躬執奠饌, 衰絰三年. 天若有知, 應察善惡, 今何降禍如是其酷耶!)『국역 율곡전서』4, 한국정신문화연구원자료조사실, 1988.

17 "저와 남편이 각각 그 어버이를 모시어 서울과 시골에 헤어져 있은 지 16년이 됩니다. 지난번 집안의 재앙으로 인자한 제 어머님께서 돌아가셨는데, 남편까지 또 앓고 있으니, 만약 또 큰 일을 당한다면 외로운 이 몸 사방에 의지할 곳이 없게 됩니다. 엎드려 생각하옵건대 하늘과 사람은 한 이치로 통하고 있고 나타나는 것과 은미한 것은 차이가 없습니다. 황천이시여! 이 가련한 백성의 실정을 보살펴 주소서!"(妾與良人, 各奉其親, 分在京鄕, 十六春秋. 妾之一身, 頃遭門殃, 慈母旣喪, 良人又病, 若不可諱, 則悼悼獨立, 四顧奚託. 伏惟天人一理, 顯微無間, 皇天皇天. 鑑此下情!)『국역 율곡전서』4, 한국정신문화연구원자료조사실, 1988.

그리고 나서 그녀는 항상 지녀온 단도를 꺼내어 자신의 손으로 중지의 두 마디를 잘랐다.

She beat her breast as she looked up saying, "Evidently my faith and my devotion have proved a failure, and so I have come to this place of distress. This body that comes down to me through my parents we are told not to abuse. Still I view my husband as God Himself. If he should die what would I do? Please take my life instead. Great God, Highest of all behold, I pray Thee this broken finger, and this poor devotion of mine."

그녀는 가슴을 치며 하늘을 보며 말했다. "저의 믿음과 헌신은 명백히 실패했음이 입증되었습니다. 그래서 저는 고통의 이 장소로 왔습니다. 이 몸은 부모님께서 나에게 물려 주셨기에 함부로 해서는 안 된다고 배웠습니다. 그렇지만 저는 남편을 신처럼 여깁니다. 그가 죽는다면 제가 뭘 하겠습니까? 제발 저를 대신 데려가십시오. 위대하신 신이시여, 가장 높으신 분이여, 잘린 이 손가락과 저의 가엾은 헌신을 보소서."

An added note says that the husband recovered.

첨부된 글에는 그 남편이 회복되었다고 쓰여 있다.

Here is still another and final extract that comes well down to our own day by a famous literati who died in 1864 A.D. Kang P'il-ho:

여기 1864년에 사망한 유명한 문필가인 강필호가 쓴, 지금까지 전해 내려오는 또 다른 마지막 발췌문을 소개한다.[18]

"Thou High, Exalted and Glorious God dost condescend to dwell in the heart of man. When first created, all men received equally the divine light, the powers of the mind and the emotions of the soul. These were the gifts of God. But man transgressed and went far astray so that he was said to be dead. The difference between a saint and a sinner is the small departure that leads indefinitely away.

"높고 고귀한 영광의 신이시여, 당신은 자신을 낮춰 인간의 마음 가운데 머무셨습니다. 인간이 처음 창조되었을 때 그들 모두는 성스러운 빛과 정신력, 영혼의 감성을 평등하게 받았습니다. 이것은 신의 선물이었다. 그러나 인간은 신을 거역하고 타락하여 죽게 되었습니다. 성인과 죄인의 차이는 작은 것에서 출발하지만 무한히 먼 곳으로 이어집니다."[19]

---

18 생몰년이 일치하는 것은 아니나 강필효(姜必孝, 1764~1848)를 지칭하는 것으로 보인다. 게일은 강필효의 문집인 『海隱遺稿』을 지니고 있었다. 경신학교의 교과서(독본)로 만들어진 『牖蒙續編』에는 『海隱遺稿』16 소재 강필효의 글이 수록되어 있다.(姜必孝, 「是憂堂記」, 『牖蒙續編』, 大韓耶蘇教書會, 1904)

19 『海隱先生遺稿』 卷十五 「표문(表文)으로 하늘에 고하는 잠(露香告天箴)」 "아아 높으신 상제께서 / 선한 본성을 내려주셨네 / 사람이 처음 생길 때 / 그들에게 고르게 품부하였다네 / 마음에는 사단(四端)을 간직하고 / 본성에는 칠정(七情)을 구비했네 / 이 본성으로 편안하게 살아야지 / 어기면 구차하게 사는 것이라네 / 성인과 미치광이가 갈라지는 곳이니 / 털끝만치라도 틀리면 천리나 어긋난다네 /

"Alas oh man, way is it that thou hast destroyed and defiled thyself, leaving the good way to enter steep and dangerous defiles? You have made the flesh your master and smothered out the truth. You have turned out to be a ravenous bird or beast with only clothes to prove that you are man. Once life departs from virtue it becomes a fiery conflict, with destruction as its end. The sons of the mouth and ears, the wicked spirit of the eyes, and the wandering thoughts, become diseases that envelope the whole nature. The fact that man wholly lacks virtue is due to his sins and transgressions that cover all. Thus have I destroyed the good gifts of God. I ought to be ashamed to face even the light that shines into my room. Only by humiliation can I hope once again to resume my broken communion.

"아아, 인간이여, 너는 어이하여 스스로를 파괴하고 더럽혀 옳은 길을 떠나 가파르고 위험한 협곡으로 들어갔느냐? 너는 육을 주인으로 삼고 진실을 질식시켰다. 너는 자신이 인간임을 증명하기 위해 옷만 걸치고 있는, 탐욕스런 새나 짐승에 지나지 않음을 입증하고 있다. 일단 덕에서 떠나면 삶은 격렬한 갈등을 일으키게 되고 그 끝은 파멸이다. 입과 귀의 아들들, 눈의 사악한 정신, 그리고 방황하는 생각들이 전체 자연을 덮는 질병이 된다. 인간이 전적으로 덕이 부족하다는 사실은 모든 것을 덮어 버리는 그의 죄와 거역 때문이다.

요냐 걸이냐 공자냐 도척이냐 / 감정의 기준이 여기에 있다네"(於皇上帝 降衷吾人 人之初生 厥賦惟均 心存四端 性具七情 安焉是性 違曰罔生 聖狂之判 差毫繆里 堯桀孔蹠 有鑑在是)

337

이런 식으로 나는 신의 좋은 선물을 파괴했다. 나는 내 방을 비추는 불조차도 마주하기를 부끄러워해야 한다. 나는 굴욕을 통해서만 깨진 나의 영적 교감을 다시 한 번 회복할 수 있을 것이다.[20]

"When troubles arise and dangers thicken then thoughts of repentance fill the soul. How long this body of mine has been immersed in evil! Let it be cleansed and never more transgress. Let me think of the Sages how they burned sweet incense and worshipped the Most High. Let me recount the actions of the day and tell them over at night to God. If I do so faithfully I shall have no shame, and by so doing a reform will surely be wrought. Tell me my children that you will resolve to do this. A single fault cuts one off, with a heart grieved and pained by its offence. I admit that it is hard to give up old habits, and yet with a brave and valiant spirit we may rise above them."

"문제가 생기고 위험이 짙어졌을 때 회개에 대한 생각이 영혼을 채운다. 내 몸이 얼마나 오랫동안 악에 물들어 있었는가! 그것을 정

---

20 "아아 사람들아 / 어이해 스스로를 비천하게 하느냐 / 저 넓은 길을 버리고 / 이 꼬불길로 들어가느냐 / 오직 제 몸에 부림받아 / 드디어 그 참 성품을 가둬버리네 / 저 날짐승과 길짐승이 되어 / 훌륭한 옷과 띠를 더럽히는구나 / 우리들 부덕(不德)하게 태어나 / 얼음과 숯처럼 서로 용납 못하는 선과 악을 둘다 가졌다네 / 말하고 듣는 데서 실수하고 / 마음과 눈이 좋은 것만 쫓다보니 / 속으로 병이 들어 / 가만히 퍼져 제어할 길 없게 되네 / 어찌 한 가지 선한 본성도 안남았을까마는 / 허물과 병통에 온통 덮여버렸다네 / 하늘이 나를 도우시니 / 내 진실로 스스로의 허물을 보네 / 어두운 방 구석에서도 부끄러워하면 / 하늘을 섬길 자격이 있다네"(吁嗟人矣 胡自卑汙 舍彼周行 入此崎嶇 惟形斯役 遂牿其眞 乃禽乃獸 穢厥襟紳 我生不德 抱此氷炭 口耳之失 心目之玩 陰病裏症 潛滋莫制 豈無一善 瑕累是蔽 天之畀我 我實自愆 屋漏尙媿 而可事天)

화하고 더 이상 거역하지 않게 하자. 달콤한 향을 피우고 신을 경배한 성인들에 대해 생각하자. 밤에 그날의 행동을 신에게 하나하나 이야기하자. 그렇게 성실하게 한다면 어떤 수치심도 없을 것이며 그렇게 함으로써 확실히 개조될 것이다. 나의 자식들아, 이렇게 하기로 결심했다고 나에게 말해다오. 한 가지의 잘못이라도 그 죄로 아파하고 슬퍼하는 마음을 가지고 떼어 버려라. 오래된 습관을 포기하는 게 어렵다는 것을 인정한다. 그러나 용감하고 씩씩한 정신으로 우리는 이길 수 있다."[21]

Thus literature has been the greatest power in the land, not that Koreans made a study of their own literature, or bought or sold their own books in the shops of the Capital. This they did not do, but the study of Sacred Books of China has been their one greatest stepping stone to influence and office.

이런 식으로 문학은 한국에서 가장 위대한 힘이 되었다. 한국인이 자신의 문학을 연구하거나 수도의 가게에서 그들의 책을 사고파는 것을 통해서가 아니었다. 중국의 경전을 연구하는 것이 한국인들이

---

21 "바람과 천둥의 효상(爻象)을 연구하니 / 후회하는 마음이 싹튼다네 / 태어난 이래 이 몸은 / 몇 년이나 흙구덩이에 있었나 / 거의 마음을 깨끗이 씻어버리고서 / 머뭇머뭇하지 말라 / 옛 돌아가신 성인들을 마음에 두고 / 표문으로 상제를 섬기네 / 낮 동안 했던 일을 / 밤이면 고하네 / 이것을 부끄러움이 없다 말하니 / 이것을 닦아 깊이 체득토록 하라 / 아 우리들 어린 것들은 / 이 법칙대로 하여서 / 한 가지 죄악의 마음도 / 통절하게 억누르고 막도록 하라 / 몸에 익은 것은 잊기 어려운 법 / 용맹하게 떨쳐 일어나라"(風雷玩象 悔心之萌 生來此身 幾年塹坑 庶幾洗心 無然泄泄 念昔先哲 露香事帝 日間所爲 夜則以告 是曰無愧 厥修澡造 嗟余小子 尙克是式 一念罪過 痛加抑遏 熟處難忘 勇猛奮躍)

관직에 올라 영향력을 행사하는 단 하나의 가장 큰 초석이었다.

From earliest dawn till latest hours at night the sons of the literati were ever hard at work grinding away at their long list of books that ranged all the way from the Thousand Character to the Canon of Changes.

이른 새벽부터 밤늦게까지 문학자의 아들들은『천자문』에서『주역』에 이르기까지 모든 영역을 망라하는, 긴 목록의 책들을 갈고 닦으면서 열심히 공부했다.

Twice a year long lines of pilgrims, as though journeying to a hundred Canterburys, were seen wending, not only their youthful way, but old age as well, up to the Capital to try their hand at the Examination. The honour of holding the pen in presence of His Majesty, and writing on the subject given for the day, Virtue, or the Pine Tree, or whatever it might be, was the highest in the land. This ambition to share in the 「kwaga」 and, if possible, win honour, held young men steady through many generations. It impregnated their lives with the best thoughts of the Classics, and made them gentlemen, of the old Confucian School. As a Korean friend remarked, it was the policeman in the soul that forbade wandering thoughts and illicit ways.

일 년에 두 번 나그네들의 긴 행렬이, 마치 백 명의 캔터베리 참배자들처럼, 젊은이들뿐만 아니라 노인들도 과거 시험을 보기 위해 수도로 향했다. 그날 주어진 주제, 덕이나 소나무 또는 그 주제가 뭐든 그 주제에 관해 왕 앞에서 붓을 들고 쓰는 것이 그 땅에서는 가장 고귀한 일이었다. '과거'에 참여하고자 하는 야망, 그리고 가능하다면 그 시험에 붙어 명예를 얻고자 하는 야망이 수 세대에 걸쳐 젊은이들에게 확고하게 자리 잡았다. 과거시험은 그들의 삶 속에 고전에 대한 훌륭한 사상이 스며들게 하였고, 그들을 오랜 유학파의 선비들로 만들었다. 한국 친구가 말한 것처럼, 과거시험은 방황하는 생각들과 불법적인 방식들을 막는, 영혼의 경찰관이었다.

Not only so, it reached out in its influence even to the lowest classes. The coolie, or the labouring man, has just as truly had his ideals of a Confucian gentleman as the minister or the literati, so that in a large sense Korea could be said to be a land of gentle people. This was the law written in the heart that certainly has had much to do with steadying the race through long years, and while from a governmental point of view Korea was a failure, she retained certain ideals that placed her among the highly civilized races of the earth.

뿐만 아니라 과거시험은 심지어 가장 비천한 계급에까지도 영향을 미쳤다. 막일꾼이나 노동자는 유학 선비들을 문학자나 조정 대신으로 진심으로 생각했고 그래서 넓은 의미에서 한국은 선비의 나라가 되었다고 말할 수 있다. 과거시험은 오랜 세월에 걸쳐 한민족을 한

결같이 견실하게 해 온 것과 깊은 관련이 있는, 마음속에 새겨진 법이었다. 정치적 관점에서 봤을 때 한국은 실패했지만, 지구상에 고도로 문명화된 민족들 사이에 낄 수 있는 어떤 이념을 보유하게 되었다.

With the promulgation of the new laws in January 1895 the Examination ceased to be and with it has gone the universal study of the Classics. Confucianism died in a night and so the ship of state slipped its old anchor chains and was adrift.

1895년 1월 새로운 법의 공표와 함께 과거시험은 중단되었고 중국 고전에 대한 보편적 연구도 사라졌다. 하루 밤 사이에 유교사상은 죽었고 국가라는 배는 오래된 닻의 사슬을 놓쳐서 표류하게 되었다.

For twenty years she has been widening the distance from her ancient anchorage just as the winds of fortune happen to drive her, so that we may truly say to-day that she is far at sea. The old have gone and the new have not yet come to be. Japanese ideals, western ideals, new world thoughts are like wireless messages clashing through the air without anything as yet being clearly defined.

이십 년 동안 한국은 공교롭게도 운명의 바람에 의해 밀려가는 것처럼, 오랜 정박지를 벗어나 그 거리를 넓혀 나갔고 이제 이렇게 먼 바다로 와버렸다. 옛 것은 사라졌고 새로운 것은 아직 오지 않았다. 일본의 사상과 서구 사상 그리고 새로운 세계의 사상은 아직 어떤 것도 명확히 정의되지 않은 채, 무선의 전보처럼 공중에서 부딪쳤다.

In the many transitions the literary one is perhaps the most momentous. One transition takes the Korean from the leisurely world of the patriarchs into the modern age of high-pressure competition, where every man os supposed to outdo his neighbour. Still another transition takes him from his native world, thoroughly ancient Chinese, into that of Japan, so that in adapting himself to new conditions of to-day he must do so as Japan does, though he has lived for long ages out of touch with that Empire. One transition more is his change from the Confucian style of writing to the unadorned modern colloquial.

　　많은 변화 가운데 문학적인 것이 아마도 가장 중대하다. 한 변화는 한국인들이 여유로운 가부장적 세계에서 이웃보다 뛰어나야 하는, 스트레스가 심한 경쟁이라는 현대적 국면으로 전환했다는 것이다. 또 다른 변화는 타고 나기를 철저하게 고대 중국적이었던 세계에서 일본적인 것으로의 전환했다는 점이다. 한국은 비록 오랫동안 일본과 접촉 없이 살아왔을지라도, 오늘의 새로운 상황에 자신을 적응시키기 위해 일본이 하는 그대로 해야만 했다. 다른 또 한 가지는 유교식의 문어체에서 간소한 현대적 구어체로의 변화이다.

Today as far as the student world is concerned the Imperial Government is doing a great service in requiring that all studies be

343

taken in the Japanese language. This might seem to an onlooker as a great and overtaxing burden, but not so. The Korean students readily learn to read and speak Japanese and the result is that when they graduate they are thorough masters of the educated Japanese world, with its thought and tradition. This, in addition to the fact that they are also masters of their own Korean, puts them between the ruling world and the 15,000,000 of their own people, and gives them an opportunity for useful service such as any young man might well envy. They become intermediaries for good in a day when an understanding is all important. From a literary point of view these are able to make use of all that Japan can give them.

오늘날 학생의 세계에 관한 한, 제국 정부는 모든 공부를 일본어로 해야 한다고 요구하면서 대단한 공헌을 하고 있다. 이것은 구경꾼에게 매우 과도한 부담처럼 보일지도 모르지만 그렇지 않다. 한국 학생들은 쉽게 일본어로 읽고 말하는 것을 배운다. 그 결과 대학을 졸업할 때, 한국 학생들은 일본의 사상과 전통을 갖춘, 교육 받은 일본 세계의 철저한 전문가가 된다. 모국어인 한국어에 능통한 이들은 지배 세계와 천오백만의 한국인들 사이에 자리 잡게 되어 젊은 사람들이 당연히 부러워하는 유용한 일을 할 기회를 갖게 된다. 그들은 이해가 중요한 시대에 선을 위한 중개자가 된다. 문학적인 관점에서 이들은 일본이 줄 수 있는 모든 것을 이용할 수 있다.

There remains, however, the great mass of the people who have lost the Confucian ideals and are waiting for new ones to take their place. It must seem to even an indifference passer that since Buddha and Confucius, who have both been here, and in their day have done a work of lasting service, have receded into the shadow, that nothing but the best Christian ideals can suffice to meet the people's needs. They are a people at present without the sign-posts and signals that hold the soul in place, so that pleasure and money-making are all that are left them worth the while. The 20th century region of the soul so easily says. There is no God.

그러나 유교사상을 잃어버리고 그것을 대체할 새로운 사상을 기다리고 있는 대중들이 여전히 남아 있다. 현존하면서 꾸준히 공헌했던, 부처와 공자가 그림자 속으로 후퇴한 이래로, 기독교적인 사상만이 한국인의 필요를 충족시킬 수 있는 것처럼 무관심한 통행인에게도 보인다. 그들은 현재 영혼을 잡아둘 신호나 기둥이 없는 사람들이다. 그래서 쾌락과 돈 버는 것이 그들을 가치 있게 하는 전부가 되어버렸다. 20세기의 영혼 영역은 그렇게 쉽게 말한다. 신은 없다고.

한국의 한문고전문학

J. S. Gale, "Korean Literature," *Open Court* 741, Chicago, 1918.

게일(J. S. Gale)

┃해제┃

　게일의 「한국문학」은 재외의 영미정기간행물에 게재된 그의
문학론이다. 또한 이 글은 캐나다토론토대 토마스피셔 희귀본
장서실 『게일유고』(*Gale, James Scarth Papers*)에 소장된 자료이며,
그가 출판하고자 한 단행본 *Old Korea*의 첫 번째 논저이기도
하다. 그의 유물 속에 「한국문학」이 남겨져 있는 까닭은 그가
쓴 다른 한국문학론과의 차이점 때문이다. 물론 그의 「한국문
학」 역시 한국 종교에 대한 관심이 완연히 배제된 것은 아니지
만, 어디까지나 한국문학작품에 대한 번역이 그 중심을 이루고
있다. 더불어 한국의 근대사조나 근대문학에 관한 비판적 관점,
고소설 작품에 대한 언급이 없다. 즉, 그가 세계에 전하고 싶은
한국 문학 정전은 한국의 한문고전이었다. 또한 이 논문에서 게
일이 한국의 한문고전을 비평·연구라는 차원이 아니라 번역을
통해 그대로 전하고 싶었음을 발견할 수 있다.

「한국문학」에 번역된 작품 중에는 *The Korea Magazine*이나 한국사에 관한 저술인 *A History of the Korea People*에 수록된 작품들이 물론 존재한다. 하지만 잡지와 역사서에 발견할 수 없는 게일의 번역작품을 또한 발견할 수 있다. 더불어 주목해야 될 점은 이와 같이 게일이 다수의 한문고전을 번역한 계기가 '대량출판된 한국의 고전'으로 가능했다는 사실이다. 「한국문학」에 번역된 작품 중에는 게일이 소장한 한국의 문집이 저본인 것도 있다. 하지만 그의 개인소장만으로는 참조할 수 없었던 자료들이 존재한다. 즉, 재조선일본인 민간학술단체(조선고서간행회, 조선연구회)가 영인한 고서들의 발행은 게일이 한국의 한문고전을 접촉, 번역함에 있어 큰 이점을 제공했던 것이다.

┃참고문헌

이상현, 『묻혀진 한국문학사의 사각, 외국인의 언어·문헌학과 조선후기-식민지 언어문화의생태』, 박문사, 2017.
이상현, 『한국고전번역가의 초상, 게일의 고전학 담론과 고소설 번역의 지평』, 소명출판, 2013.
R. King, "James Scarth Gale, Korean Literature in Hanmun, and Korean Books," 서울대 규장각한국학연구원 편, 『해외 한국본 고문헌 자료의 탐색과 검토』, 삼경문화사, 2012.
R. Rutt, *James Scarth Gale and his History of Korean People*, Seoul : the Royal Asiatic Society, 1972.

Some of the greatest thoughts that dominate Korean Literature have come from the misty ages of the past. How long ago who can say? We are informed by credible historians that a mysterious being called Tang-goon, a *shin-in*, god-man or angel, descended from heaven and alighted on the top of the Ever White Mountains where he taught the people their first lessons in religion. The date given is contemporary with Yo of China, 2333 B.C.

한국 문학을 지배하는 가장 위대한 사상의 일부는 까마득한 먼 과거의 유산이다. 얼마나 먼 과거였는지는 알 수 없다. 권위 있는 역사가에 따르면 신인(god-man), 혹은 천사인 단군이라 불리는 신비로운 존재가 하늘에서 태백산 꼭대기로 강림하여 사람들에게 처음으로 종교를 가르쳤다고 한다. 이 시기는 BC 2333년 중국 요나라 때이다.

Whoever he may have been, or whatever he may have taught, must remain a mystery, but echoes of this strange being are heard all down through the ages. Many writers have recorded the story of Tan-goon. The opening pages of the Tong-gook T'ong gam, the greatest history of the early kingdoms of Korea, written about 1450 A.D., tell of his doings. The earliest contribution to Korean thought seems to have come from him, reminding the world that God lives, that he had a son, and that righteousness should rule in the earth.

그가 누구였는지 그의 가르침이 무엇이었는지는 알 수 없지만, 이 기이한 존재의 반향은 전 시대를 거쳐 들린다. 여러 작가들이 단군의 이야기를 기록하였다. 가장 위대한 한국 고대사인 1450경의 『東

國通鑑』은 첫 페이지를 단군의 행적을 그리는 것으로 시작한다.[1] 한
국 사상에 가장 먼저 기여한 이는 단군으로 세상 사람들에게 신
(God)이 살아 있고 신에게 아들이 있었고 의로움이 그 땅을 통치한
다는 것을 일깨워주었다.

A temple erected in his honor in Pyengyang, in 1429, still stands
today. A huge altar, also, on the top of Mari Mountain not far from
Chemulpo, date unknown, tells of his greatness in the distant past.
Poets and historians, Koreans and Chinese, have sung his praises.

단군을 기리는 사원이 1429년 평양에 세워졌고 아직도 남아 있
다. 또한 그 시기는 모르지만 제물포에서 멀지 않은 마니산 꼭대기
에 세워진 거대한 단군 제단은 먼 과거의 그의 위대함을 말해 준다.
한국과 중국의 시인과 역사가들은 그의 위대함을 찬양하였다.

A second set of thoughts entered Korea more than a thousand years
later, in 1122 B.C. This is indeed the most noted period in the history
of the Far East as far as religion is concerned. Kings Moon and Moo
of China came to the throne, "at the bidding of God," so reads the
record. Moon had a brother called Choo-kong, who was a great
prophet and teacher of righteousness. This group usurped the throne
and inaugurated an era of justice, but Keui-ja, one of their associates,

---

1 『東國通鑑』外記,「檀君朝鮮」.

refused to swear allegiance, claiming that he would have to stand by the old king, good or bad. In this act he set the pace for all loyal ministers of East Asia who swear to serve only one master till death. Knowing Keui-ja's desire, the King gave him Korea, or the East Kingdom, as his portion, and hither this great minister came.

천년 뒤 BC 1122년에 제2차 사상이 한국에 들어왔다. 이 시기는 극동의 종교사에서 가장 잘 알려진 시기이다. 중국의 문왕과 무왕은 기록에 의하면 "신의 부름으로" 왕위에 올랐다고 한다. 문왕에게는 위대한 예언가이자 의로움의 스승인 형제 주공(Choo-kong)이 있었다. 이들은 (은나라의) 왕권을 강탈하여 정의의 시대를 열었지만, 동료인 기자는 좋은 왕이든 나쁜 왕이든 옛 군주를 지킬 것을 주장하며 새로운 왕에 대한 충성 맹세를 거부했다. 기자의 이러한 행위는 죽을 때까지 오로지 한 주인만을 섬기겠다고 맹세하는 동아시아 모든 충신들의 모범이 되었다. 왕은 기자의 뜻을 알고 한국 즉 동국(東國)을 그에게 하사하였다. 이리하여 이 위대한 신하가 한국에 오게 되었다.

He left an indelible impress upon the hearts of this people and all their future history.

기자는 한국인들의 가슴과 그 이후 모든 한국사에 지울 수 없는 영향을 남겼다.

In Pyengyang there was a temple erected to his worship in 1325

A.D. that still stands. A stone recording his life and acts was set up just before it, but was destroyed in the Japanese War of 1592. A new stone was erected in the last year of Shakespeare's life, and on it I found the following sentences:

평양 기자 사원은 1325년 건립되었고 아직도 남아있다. 그의 삶과 행적을 기록한 비문이 그 사원 앞에 세워졌지만 1592년 임진왜란 (Japanese War) 때 파손되었다가 셰익스피어가 사망한 해인 1616년에 다시 만들어졌다. 나는 비석에서 다음 글들을 발견하였다.[2]

"Keui-ja came, and his teaching was to us what the teaching of Pok-heui-si was to ancient China. What was this again but the plan and purpose of God?"

"기자가 왔고 우리에게 주신 그 가르침은 복희씨가 고대 중국에 주신 가르침이라. 이 가르침을 다시 주심은 신의 계획과 목적이 아니고 무엇이겠는가?"[3]

---

2 「숭인전비(崇仁殿碑)」를 지칭한다. 게일이 직접 방문조사한 시기의 비문을 확인할 수 있는 자료는 朝鮮總督府 編, 『朝鮮金石總覽』下, 일한인쇄소, 1919으로 827~830면에 「숭인전비(崇仁殿碑)」가 수록되어 있다. 게일이 직접 번역한 경우 해당 부분의 원문과 번역문을 주석으로 제시하도록 할 것이다. 『朝鮮金石總覽』에 수록된 비문의 판독문과 번역은 '한국금석문 종합영상정보시스템'에 의거하도록 한다.

3 게일은 이 글에서 天을 God으로 번역한다. "기자가 우리 나라의 백성들을 가르친 일은 복희·헌원·요임금·순임금이 중국의 백성들을 교화한 일과 같으니, 대개 거기에는 그렇게 되지 않을 수 없는 면이 있었던 것입니다. 이것도 또한 하늘의 뜻이 아니고 무엇이겠습니까."(箕子之敎東方是猶羲軒堯舜之敎中土盖有不可得而己者此又非天意而誰歟)

351

"God's not permitting Keui-ja to be killed,"(at the fall of the Eun Kingdom) "was because He reserved him to preach religion to us, and to bring our people under the laws of civilization. Even though Ke had desired death at that time he could not have found it; and even though King Moon had determined not to send him to Korea he could not have helped it."

"(은나라가 멸망할 때) 신이 기자가 죽도록 허하지 않은 것은 그를 두었다가 우리에게 종교를 설파하여 우리 백성들에게 문명의 법을 가져다주기 위함이었다. 기자가 비록 그때 죽기를 원했으나 죽을 수 없었고 문왕이 비록 그를 한국에 보내고자 하지 않았으나 보내지 않을 수 없었다."[4]

An appreciation of the over-ruling sovereignty of God is something as indelibly impressed on the Korean mind as it is on that of the Scotch Presbyterian. It came in with the pre-Confucian teachings of the East, and had had a might influence on the poets and thinkers of the peninsula ever since.

만물을 주재하는 주권자인 신에 대한 개념이 한국인의 마음에 남긴 깊은 인상은 그것이 스코틀랜드 장로교파에 미친 것과 같았다.

---

4 "하늘이 기자를 죽게 하지 않았던 것은 도(道)를 전해주기 위해서였고 백성들을 교화하기 위해서였으니, 기자가 비록 죽고자하였던들 가능이나 하였겠으며 무왕이 비록 그를 조선에 봉하지 않으려고 하였던들 가능이나 하였겠습니까."(天之不死箕子爲傳道也爲化民也箕子雖欲死得乎武王雖欲不封于朝鮮得乎)

이런 신의 개념은 동양에 유교적 가르침이 있기 이전에 있었고 그 이후 한반도의 시인과 사상가들에게 강력한 영향을 미쳤다.

Following this for long centuries there is a blank. What Korea was busying herself about when Confucius and Buddha lived, no one can say. Page after page of time goes by all white and unrecorded.

이후 오랜 세기 동안 백지 상태였다. 공자와 석가모니가 살았던 시기에 한국은 무엇을 했는지 아무도 모른다. 시간의 여러 페이지들이 모두 백지 상태로 기록되지 않은 채 넘어간다.

About 220 B.C. we hear of the landing of bands of Chinamen, who had made their escape from the arduous labors of the Great Wall, and come to Korea to set up a kingdom on the east side of the peninsula, which they called Chin Han. Other kingdoms later came into being, called Ma Han and Pyun Han, three Hans in all, and so time dragged uneventfully on till the Christian era.

BC 220년 경 일단의 중국인들이 도착했다는 소리가 들린다. 그들은 만리장성 축조의 고된 노동을 피해 도망치다 한국에 왔고 한반도의 동쪽에 왕국을 세운 후 진한이라 불렀다. 이후 마한, 변한이라는 이름의 다른 왕국들이 생겨 모두 삼한이 되었다. 기독교 원년까지 시간은 별 사건 없이 그렇게 흘러갔다.

Fifty eight years before it, just about the time when Caesar was attempting his conquest of Britain, the Kingdom of Silla in the south-east corner of the Korean peninsula was established. A few years later one called Ko-ku-ryu was likewise set up in the north, and another in the south-west called Paik-je.

BC 58년 시이저가 영국을 정복할 즈음 한반도 남동쪽 모퉁이에 신라 왕국이 건국되었다. 그후 몇 년 뒤 북쪽에 고구려, 남서쪽에 백제가 건국되었다.

Here we had three kingdoms occupying the peninsula when the greatest event in its history took place, namely the incoming of Buddhism. In 372 A.D. it entered the north kingdom.

이리하여 삼국이 한반도를 차지하고 역사상 가장 큰 사건이 생기는데 그것은 바로 불교의 유입이다. 372년 불교가 고구려에 들어왔다.

The wonderful story of the Buddha and his upward pilgrimage from a world of sorrow and sin to one of eternal bliss, conquered all hearts. The Koreans took to it as a thirsty man to water, and while they did not cast aside the great thoughts passed on to them by Tan-goon and Ke, Buddha ruled supreme.

석가모니의 경이로운 이야기와 슬픔과 죄의 세계에서 극락의 세

계로 올라간 석가모니의 순례이야기는 모든 이의 가슴을 사로잡았
다. 한국인들은 목마른 자가 물을 찾듯이 불교에 빠져들었다. 그러
나 그들은 불교의 치세 동안에도 단군과 기자가 전해준 위대한 사상
을 내치지 않았다.

We are told that black men from India came preaching this
religion. This was Korea's first introduction to alien races, a grateful
and appreciated introduction. Their visits continued all the way from
400 to 1400 A.D., as Chi-jong, one of the most noteworthy of the
men from beyond the Himalayas, died in 1363.

검은 인도 사람들이 불교를 설파하기 위해 한국에 왔다고 한다.
낯선 인종이 처음으로 한국에 들어온 것은 감사하고 고마운 일이었
다. 인도 승려의 방문은 400년에서 1400년까지 쭉 계속되었고 히말
라야 산맥을 넘어온 이들 중 가장 유명한 승려인 지공(Chi-jong)[5]은
1363년에 사망했다.

The most interesting monument in existence today bearing witness

---

5 指空和尙(?~1363): 인도출신의 승려로 마갈타국(摩羯陀國)의 왕자였다. 8살 때
  인도 나란타사의 율현에게 출가했으며, 이름은 제납박타(提納薄陀, 禪賢)다. 원
  나라로 건너가 불법을 전했는데, 이때 고려(高麗)의 나옹화상(懶翁和尙)에게 인
  가(印可)를 주었다. 충숙왕 15년(1328) 고려에 들어와서 금강산 법기도량(法起
  道場)에 예배하고 연복정(延福亭)에서 계를 설했다. 다시 원나라로 가 연경(燕
  京)에서 법원사(法源寺)를 짓고 머물렀는데 이때 고려의 혜근(慧勤)에게 선종
  을 전수하기도 했다. 그의 부도가 양주(楊州) 회암사(檜巖寺)와 개성시 화장사
  (華藏寺)에 남아 있다.

to this fact, is the cave-temple situated near the old capital of Silla, Kyung-joo. The writer once crossed the hill to pay it a visit. As he reached the highest point of the pass, away to the east lay the Sea of Japan, with the mottled hummocks of smaller ridges lying between him and the shore. A short distance down the hill he came to this cave-temple. Entering by a narrow way he found himself in a large hall with the Buddha seated in the middle and many figures in bas-relief on the walls about. One was Kwannon. Others were stately and graceful women quite unlike any types seen in the peninsula or Chana; others again, seemed to represent these far-off men of India-who wear strange half Shylock faces, types of the visitors, doubtless, who came preaching the good news of the Buddha 1500 years ago.

이 사실을 증명하는 오늘날 현존하는 가장 흥미로운 기념물은 신라의 수도 경주 근처에 있는 석굴암이다. 필자는 산을 넘어 이곳을 방문한 적이 있다. 산 정상에 올라 보면 저 동쪽에는 일본해가 있고 산 정상과 해변 사이에 놓인 낮은 산등성이에는 작은 언덕들이 군데군데 있다. 필자는 언덕을 조금 내려가 석굴암에 도착했다. 좁은 통로로 들어가자 중간에 부처가 앉고 여러 상들이 주변 벽에 얕게 양각된 큰 방이 있었다. 하나는 관음상이고 나머지 상들은 장엄하고 우아한 여자들이었는데 한반도나 중국에서 볼 수 있는 형태와는 상당히 달랐다. 그 외 나머지는 틀림없이 1500년 전 부처 소식을 전하고자 한국에 온 방문객들처럼 부분적으로 샤일록의 기이한 얼굴을 한 멀리 인도서 온 사람들인 듯했다.

The present Prime Minister and former Governor General of Chosen, had plaster casts made of them and placed in the museum of Seoul in 1915.

현재의 총리이자 조선의 전 총독은 석굴암 불상의 석고 모형을 떠서 1915년 서울 박물관에 두었다.[6]

Buddhism besides being a religious cult, introduced Korea to the outside world and brought in its train arts and industries that made of this people a great and highly enlightened nation.

불교는 종교 의식이면서 또한 한국을 외부 세계에 소개하였고 한국인들을 고도로 계몽된 위대한 국가의 국민으로 만들어 줄 예술과 산업을 함께 가지고 왔다.

With the middle of the seventh century we find Korea disturbed by internal troubles. The three kingdoms were fighting against each other with no likelihood of victory for any of them. The great Tangs were on the throne of China and Korea had already come to acknowledge them as the suzerain state.

---

6 아마 석굴암에 있는 사천왕상과 인왕상의 분노한 모습을 이렇게 표현한 것으로 보인다. 샤일록은 셰익스피어의 희곡 「베니스의 상인」에 나오는 비열한 유태인 고리대금업자로 흥분을 잘하는 사람이다

7세기 중반은 한국이 내부 문제로 혼란스러운 시기였다. 삼국은 누가 승리할지 모르는 상태에서 서로 싸웠다. 당나라가 중국을 지배했고 한국은 이미 당나라를 종주국으로 인정하기에 이르렀다.

A young prince of Silla, by name Kim Yoo-sin, disturbed by the unsettled condition of his native land, went to the hills to pray about it. We are told in the History of the Three Kingdoms(written in 1145 A.D.) that while he fasted and prayed to God and the Buddha, an angel came to him and told him what to do. He was to seek help of the Tangs. Thither he went, to the great capital Mak-yang[7], where his mission was accepted and an army sent to take Silla's part.

신라의 젊은 왕자 김유신은 고국의 불안정한 상황을 걱정하여 이에 대해 기도하고자 산으로 갔다. 『삼국사기』(1145)에 의하면 김유신이 단식하며 신과 부처에게 기도하는 동안 천사가 내려와 그에게 할 일을 일러주었다고 한다.[8] 이에 그는 당나라의 도움을 얻고자 당나라 대수도 낙양으로 갔다[9]. 그의 임무가 성공을 거두었고 당은 신라를 돕고자 군대를 보냈다.

The result was that in 668 A.D. all the country was made subject to Silla and placed under the suzerainty of the Middle Kingdom.

7 Nak-yang의 오기인 듯하다.
8 『삼국사기』 권 제41, 열전 제1, 「김유신」(上)
9 이 대목은 김춘추가 648년(진덕왕 2)에 당나라로 갔던 것을 혼동한 듯하다. 김유신은 당나라에 청병간 일이 없다

그 결과 668년 온 나라는 신라에 종속되어 중국의 종주권 하에 놓이게 되었다.

An old pagoda erected at that time, commemorating the event, stands near the town of Kong-joo. Its long inscription down the face is one of the early literary remains extant.

이 사건을 기념하는 탑이 그 당시 공주 부근에 세워졌다[10] 탑의 면석에 적힌 장문의 글은 현존하는 초기 문학의 하나이다.

From 700 to 900 A.D. there are no books to mark the progress of events, and yet it was evidently a period of great literary activity. Many manumental remains still stand that tell of master Buddhists who lived through these two centuries. Some of these stones are eight feet high and four feet wide and have as many as two thousand characters inscribed on them, so that they constitutes a careful and concise biography.

---

10 문맥으로 보아 문무왕릉비를 가리키는 것으로 보인다. 무열왕릉비와 김유신묘비는 전하지 않는다. 따라서 공주(Kong-joo)는 경주(Kyung-joo)의 오자로 보인다. 문무왕릉비는 그 존재가 전해 알려지지 않다가 조선 정조 때인 1790년대 후반에 밭갈던 농부가 대편(大片) 2개를 발견하고 이를 당시 경주부윤 홍양호가 세상에 알렸다. 나중에 청(淸)의 금석학자 유희해(劉喜海)가 <해동금석원 海東金石苑>에 이를 수록하였다. 만든 시기는 682년(신문왕 2) 6월 이후 얼마 되지 않은 시점으로 보는 것이 일반적이다. 최근 비석 전체가 발견되어 경주박물관에 소장 중이다.

700년부터 900년 사이 두드러진 사건은 발생하지 않은 듯하다. 그럼에도 이때는 분명히 위대한 문학 활동의 시기였다. 현존하는 여러 기념비적 유물들에는 이 두 세기 동안의 불교 고승들의 존재를 보여준다. 어떤 비석은 높이 8피트 넓이 4피트로 비석 위에 2천 자나 새겨 있어 이 자체가 하나의 세심하고 간결한 한 사람의 전기가 된다.

Here are extracts from one erected in 916 A.D.

다음은 916년 세워진 기념비에서 뽑은 발췌문들이다.[11]

"A Life of the Teacher of two Kings of Silla, called by the State Master Nang-kong …
"His religious name was Haing-juk, Walking in Silence. . . .

신라 두 왕의 스승인 낭공 대사의 생애
그의 법명은 行寂(침묵으로 걷기)

"His mother's name was Sul. In a dream of the night she met a priest who said to her, 'From a past existence I have longed to be your

---

11 「太子寺郎空大師碑」, 조선총독부 편, 『조선금석총람』上, 일한인쇄소, 1919, 181~188면.; 이는 태자사 터에 있던 것을 국립중앙박물관에 옮겨 보존하고 있는 신라말 고려초의 선사 낭공대사 행적[朗空大師 行寂, 832(흥덕왕 7)~916(신덕왕 5)]의 비이다. 신라말 고려초의 문인 최인연(崔仁渷)이 짓고 신라 명필 김생(金生)의 행서 글씨를 승려 단목(端目)이 집자하여 승려 숭태(嵩太), 수규(秀規), 청직(淸直), 혜초(惠超)가 새겨 954년(광종 5)에 세웠다.

son.'

> 모친의 이름은 설이다. 그녀의 꿈에 한 사제가 나타나 말하길, "전생에서부터 나는 당신의 아들이 되기를 고대하였습니다"라 한다.[12]

"Even after waking she was still moved by the wonder she had seen which she told to her husband. Immediately she put away all flesh foods and cherished with the utmost reverence the object of her conception, and so on the thirtieth day of the twelfth moon of the sixth year of T'ai-wha(832 A.D.) her child was born.

> "깨어난 후에도 꿈에서 본 것이 믿기지 않아 이를 남편에게 말하였다. 그녀는 즉시 모든 육고기를 멀리하고 최대한의 정성을 쏟아 태중의 씨를 소중히 하였더니 당나라 문종 태화6년 음력 12월 13일째 되는 날에 아이가 태어났다.[13]

"His appearance and great behavior differed from that of ordinary mortals, for from the days of his childhood he played with delight at

---

12 "어머니는 설씨(薛氏)이니, 꿈에 어떤 스님이 나타나서 하는 말이 "숙세(宿世)의 인연을 쫓아 아양(阿孃)의 아들이 되기를 원합니다"라 하거늘"(母薛氏夢見僧謂曰宿因所追願爲阿孃之子)

13 "꿈을 깬 후 그 영서(靈瑞)를 감득하고는, 그 일을 소천(所天)에게 낱낱이 여쭈었다. 그로부터 어머니는 비린내 나는 육류 등을 먹지 아니하며 정성을 다하여 태교를 하였다. 그후 태화(太和) 6년 12월 30일에 탄생하였다."(覺後感其靈瑞備啓所天自屛膻腴勤爲胎敎以大和六年十二月三十日誕生)

the service of the Buddha. He would gather together sand and make pagodas'; and bring spices and make perfume. From his earliest years he loved to seek out his teacher and study before him, forgetting all about eating and sleeping. When he had attained to a thoughtful age he loves to choose great subjects and write essays thereon. When once his faith was established in the golden words of the Buddha, his thoughts left the dusty world and he said to his father, 'I would like to give myself up to religion and make some return to my parents for all the kindness they have shown me.' The father, recalling the fact that he had been a priest in a former existence, realized that his dreams had come true. He offered no objection, but gave a loving consent. So he cut his hair, dyed his clothes, dressed in black and went forth to the hardships and labors of the religious life. He went here and there in his search for the 'sea of knowledge'. . . finding among the 'scattered flowers' beautiful thought and pearls of the faith.

"그 아이의 모습과 태도는 남달랐다. 어린 시절부터 불교 사원에서 놀기를 좋아했다 그는 모래를 모아 탑을 쌓고, 향료를 가져다 향을 만들기도 했다. 유년기부터 스승을 찾아 그 앞에서 공부하기를 좋아했고, 침식을 잊을 정도였다. 생각이 여무는 나이에 이르자, 큰 주제들을 선택해서 이에 대한 글들을 적기를 좋아했다. 부처님의 황금 같은 말씀에 대한 신념이 확고해지자 그는 속세에 대한 미련을 버렸다. 그는 아버지에게 "종교에 헌신하고 부모님이 주신 은혜를 갚고자 합니다." 그 아버지는 아들이 전생에 사제였다는 사실을 기억

하고 아들의 꿈이 드디어 실현되었다는 것을 알고 반대를 하지 않고
기꺼이 허락해 주었다. 그는 머리를 깎고 검은 색으로 옷을 염색하
여 입고 구도의 고행과 노동을 향해 나아갔다. 그는 여기 저기 "지식
의 바다"를 찾아 다녔으며 '흩어진 꽃들' 사이에서 아름다운 생각과
진주 같은 믿음을 구했다.[14]

"His teacher said to his other pupils, 'Prince Sak-ka-mon-ni was
most earnest in his search for truth, and An-ja loved best of all to
learn from the Master(Confucius). I used to take these things as mere
sayings but now I have found a man who combines both. Blue-eyed
and red-beared priests of whatever excellence cannot compare with
him. (Men of India?)

"그의 스승이 다른 제자들에게 말하였다. '석가모니는 어느 누구
보다 성실히 진리를 찾았고, 안자는 스승 공자로부터 배우는 것을
가장 사랑했다. 나는 이런 것들을 말로만 들었는데 오늘 두 가지를

---

14 "태어날 때부터 기이한 골상이어서 보통사람과는 달랐다. 아이들과 놀 때에는
반드시 불사(佛事)를 하였으니, 항상 모래를 모아 탑을 만들고 풀잎을 따서 향으
로 삼았다. 푸른 옷을 입는 어릴 때부터 학당(學堂)으로 선생을 찾았으며, 공부
를 할 때에는 먹는 것과 자는 것을 잊었고, 문장(文章)에 임해서는 그 뜻의 근본
을 총괄하는 예지가 있었다. 일찍부터 부처님 말씀을 깊이 믿었고, 마음으로는
세속을 떠나려는 생각이 간절하였다. 아버지에게 고하되 "나의 소원은 출가수
도(出家修道)하여 부모님의 끝없는 은혜에 보답하려는 것입니다"라 하니, 아버
지 또한 숙세(宿世)부터 선근(善根)이 있어, 전날의 태몽과 합부(合符)하는 줄 알
고는 그 뜻을 막지 않고 사랑하는 마음 간절하였으나, 슬픔을 머금고 승낙하였
다." (大師生標奇骨有異凡流遊戲之時須爲佛事每聚沙而造塔常摘葉以爲香爰自
青襟尋師絳帳請業則都忘寢食臨文則惣括宗源甞以深信金言志遺塵俗謂父曰所
願出家修道以報罔極之恩其父知有宿根合符前夢不阻其志愛而許之)

모두 가진 사람을 알게 되었다. 푸른 눈과 붉은 수염의 사제들[15]이 아무리 뛰어나다 해도 이 사람엔 미치지 못한다. (인도인들?)[16]

"In the ninth of Tai-chong(855 A.D.) at the Kwan-tai Altar, in the Pok-chun Monastery, he received his confirmation orders, and so from that time on with his pilgrim bag and staff, he went to live in the grass hut of the religionist. His love for the faith was very great, and he longed to enter into the hidden recesses, where he might attain the desires of the heart."

---

15 "靑眼"은 비마라차(卑摩羅叉)스님을, "赤子"는 불타야사(佛陀耶舍)스님을 지칭한다. 비마라차는 계빈국 사람으로 처음에 구자국에 있으면서 율장(律藏)을 강설하니, 사방에서 학자들이 다투어 찾아와 제자가 되었다. 구마라집도 그에게 법을 배웠다. 구마라집이 장안에서 경전을 널리 편다는 말을 듣고, 율장을 중국에 전하려고 406년(동진 의희 2) 민중(閩中)에 갔다가, 구마라집이 죽은 뒤에 수춘(壽春) 석간사(石澗寺)에 있으면서 율장을 선양(宣揚)하며, 구마라집이 번역한『십송률』58권을 나누어 61권으로 만드는 등 많은 공적을 남기고 석간사에서 입적했다. 특히 눈이 푸르므로 그 당시 사람들이 "청안율사(靑眼律師)"라 불렸다. 불타야사는 계빈국 사람으로 바라문 종족이다. 처음은 외도를 섬기다가 13세에 불교에 귀의하여 대승·소승 경전을 읽고 27세에 비구계를 받고, 글 읽기를 일삼다. 뒤에 사륵국에 가서 태자 달마불다의 존경을 받아 궁중에서 공양을 받았다. 그 때 이 나라에 있던 구마라집에게『아비담』과『십송률』을 배웠다. 후일 구마라집이 중국에 갔단 말을 듣고, 장안에 따라와 소요원(逍遙園)의 신성(新省)에 있었고, 구마라집이『십주경』을 번역할 때, 함께 의심 있다는 것을 물어서 글과 뜻을 결정했다. 홍시(弘始, 399~416) 연간에『사분률』·『장아함경』·『사분승계본』을 번역하고, 412년(의희 8)에 여산에 들어가 백련사(白蓮社)에 참예함. 그후에 본국에 돌아가『허공장보살경』을 얻어 장사꾼에게 부탁하여 양주(涼州)의 스님들에게 전했다.
16 "어느 날 스님께서 학도(學徒)들에게 이르시되, "석자(釋子)는 다문(多聞)이요 안생(顏生)은 호학(好學)이라 하였는데, 옛날에는 그 말만 들었지만 이제 참으로 그런 사람을 보았으니, 어찌 청안(靑眼)과 적자(赤髭)를 비교해 같다고만 할 수 있겠는가"라 하였다."(師謂學徒曰釋子多聞顏生好學昔聞其語今見其人豈與靑眼赤髭同年而語哉)

당나라 선종 대중(大中) 9년(855년) 복천사 관대단에서 대사는 승계를 받고 그 때부터 순례 봇짐과 지팡이를 들고 승려들의 초막에 살러 갔다. 그는 신심이 매우 깊어서 마음이 소망에 도달할 수 있는 감춰진 깊은 곳으로 들어가기를 갈망했다.[17]

"(He visited the capital of China) and on the birthday of the Emperor was received in audience. His majesty's chief desire was to be a blessing to the state and to advance the deep things of religion.

"(그는 중국 수도를 방문하여) 황제 탄생일에 황제를 알현하게 되었다. 황제의 가장 큰 바람은 그로 인해 국가가 복이 있고 종교를 더욱 발전시키는 것이었다.

He asked of the Master, "What is your purpose in coming thus across the Great Sea?"

그는 대사에게 묻기를, "대해를 건너 여기에 온 목적이 무엇인가?"[18]

---

17 "대중(大中) 9년 복천사(福泉寺) 관단(官壇)에서 구족계(具足戒)를 받고는 부낭(浮囊)에 대한 뜻이 간절하였고, 초계비구(草繫比丘)와 같이 자비의 정이 깊었다. '상교(像敎)의 종지(宗旨)는 이미 최선을 다하여 배우고 힘썼지만, 현기(玄機)의 비밀한 뜻을 어찌 마음에서 구하지 않으랴'하고는 행장을 꾸려 지팡이를 짚고 하산하여 길을 찾아 곧바로 굴산(崛山)으로 나아갔다."(大中九年於福泉寺官壇受其戒旣而浮囊志切繫草情深像敎之宗已努力學玄機之旨盡以心求所以杖策挈瓶下山尋路徑詣崛山)

18 "황제가 대사에게 묻되 "머나 먼 바다를 건너오신 것은 무엇을 구하려 함입니까"하였다"(懿宗皇帝遽弘至化虔仰玄風問)

365

"The master replied," Your humble servant has been so blessed as to see the capital of this great empire, and to hear religion spoken favorably of within its precincts. Today I bathe in the boundless favor of this holy of holies. My desire is to follow in the footsteps of the Sages······ bring greater light to my people, and leave the mark of the Buddha on the hearts of my fellow countrymen.'

"대사가 말하기를," 소승은 너무도 큰 복을 받아 대제국의 수도를 보고 그 영지 안에서 종교(불교)의 좋은 말씀을 듣게 되었습니다. 오늘 소승은 이 지성소에서 무한한 은혜를 입게 되었습니다. 저의 바람은 성인들의 발자국을 따라가는 것이고 저의 백성들에게 큰 빛을 가져다주어 부처의 말씀이 내 동포의 가슴에 새겨지는 것입니다.'[19]

"The Emperor, delighted with what he said, loved him dearly and showered rich favors upon him."

"황제는 그 말에 기뻐하며 그를 더욱 사랑하여 그에게 은혜를 아낌없이 내렸다."

---

[19] "대사가 황제에게 대답하되, "빈도(貧道)는 상국(上國)의 풍속을 관찰하고 불도(佛道)를 중화(中華)에게 묻고자 하였는데, 오늘 다행히도 홍은(鴻恩)을 입어 성사(盛事)를 볼 수 있게 되었으며, 소승(小僧)이 구하고자 하는 것은 두루 영적(靈跡)을 샅샅이 참배하여 적수(赤水)의 구슬을 찾고, 귀국하여서는 우리나라를 비추는 청구(靑丘)의 법인(法印)을 짓고자 합니다"라고 하였다."(大師對勅曰貧道幸獲上國問道 中華今日叨 沐鴻恩得窺盛事所求遍遊靈跡追尋赤水之珠還耀吾鄕更作靑丘之印)

"In the seventh moon of autumn the Master, longing for the beauty of nature, retired to his temple in Mam-san. Here he lived in touch with the Four Great Hill Peaks, and near the South Seas. The wasters of the streams that rushed by were like the rivers of the Golden Valley, the hill peaks, too, fought battles for supremacy like the Chaga peaks of China, a worthy place for a great master of religion to dwell in.

　　음력 가을 7월에 대사는 자연의 아름다움을 보기를 갈망하여 은 닉하여 남산의 절로 갔다. 그곳에서 그는 남해 부근 사대산봉을 보 며 지냈다. 세차게 흐르는 개울물은 금곡의 강과 같고, 산봉우리 또 한 중국의 장가봉과 그 우위를 다투었으니 불교의 대승에게 과히 어 울리는 곳이었다.[20]

"In the second moon of the following year(916 A.D.) he realized that he was unwell and that sickness had overtaken him. On the twelfth day he arose early in the morning and said to his disciples, 'Life has its appointed limits, I am about to die. Forget not the truth,

---

20 "석남산사(石南山寺)를 스님께 드려서 영원히 주지하시라 청하니, 가을[秋] 7월 에 대사는 기꺼이 이를 받아들이고 비로소 이 절에 주석(住錫)하기로 결심하였 다. 이 절은 멀리는 4악(四岳)을 연(連)하였고, 높기로는 남쪽의 바다를 눌렀으 며, 시냇물과 석간수가 다투어 흐르는 것은 마치 금곡과 같았다. 암만(岩巒)이 다투어 빼어난 것은 자계봉(紫盖峰)이 하늘로 치솟은 것과 같았으니, 참으로 은 사(隱士)를 초빙하여 유거(幽据)하게 할만한 곳이며…"(石南山寺請爲收領永以 住持秋七月大師以甚愜雅懷始謀栖止此寺也遠連西岳高壓南溟溪澗爭流酷似金 興之谷巖巒鬪峻疑如紫盖之峰誠招隱之幽…)

be diligent in its practice, I pray you, be diligent.'

다음해 916년 음력 2월 대사는 몸이 좋지 않아 질병에 걸렸음을 알게 되었다. 그달 12일에 그는 아침 일찍 일어나 제자들에게 말했다. "삶에는 주어진 한계가 있으니 나는 곧 죽을 것이다. 진리를 잊지 말고 수행을 게을리 하지 말며 수행에 전진하기를 바라노라."[21]

"He sat as the Buddha, with his feet crossed on the couch, and so passed away. His age was eighty-five. For sixty-one years he had been a learner of the truth.

"대사는 부처처럼 가부좌를 틀고 그 상태에서 입적하였다. 그의 나이 85세였다. 그는 지난 61년 동안 진리를 찾는 구도자였다.

"At his death the clouds gathered dark upon the mountains and the thunder rolled. The people beneath the hill looked up and saw halos of glory while the colors of the rainbow filled the upper air. In the midst of it they saw something that ascended like a golden shaft.

---

21 "…다음 해 봄 2월 초에 대사는 가벼운 병을 앓다가 12일 이른 아침에 대중을 모아 놓고 이르시되 "생명이란 마침내 끝이 있는 법. 나는 곧 세상을 떠나려 하니 도(道)를 잘 지키고 잃지 말 것이며, 너희들은 정진에 힘써 노력하고 게을리하지 말라"하시고…"(…明年春二月初大師覺其不念稱染微疴至十二日詰旦告衆曰生也有涯吾將行矣守而勿失汝等勉勌趺坐繩床儼然就…)

"그가 죽자 산 위로 검은 구름이 몰려오고 천둥이 쳤다. 산 아래 사람들이 산 위를 보니 무지개 색이 하늘에 가득하고 영광의 광원이 하늘에 걸린 가운데 황금관 같은 것이 하늘 위로 올라가고 있었다.[22]

"The Master's will had been submissive and so God had given him something better than a flowery pavilion to shelter him; and because he was a master of the Law, a spiritual coffin bore him into the heights. His disciples were left broken-hearted as though they had lost their all."

"대사는 부처님께 평생 순종하였으므로 신은 그의 거주지로 화정(花亭)보다 좋은 것을 하사했다. 대사는 율법의 대가이므로 영적인 관이 그를 품고 하늘로 올라갔다. 스승을 떠나보낸 제자의 마음은 찢어져 마치 모든 것을 잃어버린 것 같았다."[23]

---

22 "그 때에 구름과 안개가 마치 그믐처럼 캄캄하였고 산봉우리가 진동하였다. 산 아래 사람이 산정(山頂)을 올려다보니 오색(五色)의 광기(光氣)가 하늘로 향해 뻗쳐 있고, 그 가운데 한 물건(物件)이 하늘로 올라가는데 마치 금으로 된 기둥과 꼭 같았다."(于時雲霧晦冥山巒震動有山下人望山頂者五色光氣衝於空中中有一物上天宛然金柱)

23 게일은 지순(智順)스님과 법성(法成)스님의 열반과 입적에 관한 전거를 생략하고 그에 맞춰 변용한 것으로 보인다. 게일이 참조했을 것이라 추정되는 해당 대목을 펼쳐보면 다음과 같다.
"이것이 어찌 지순(智順)스님이 열반할 때 방안에 향기가 가득하고 하늘로부터 화개(花盖)가 드리운 것과 법성(法成)스님이 입적(入寂)함에 염한 시신을 감마(紺馬) 등에 업고 허공으로 올라가는 것뿐이라 하겠는가! 이 때에 문인(門人)들은 마치 오정(五情)을 잘라내는 것과 같이 애통(哀痛)해 하였으니 천속(天屬)을 잃은 것과 다를 바 없었다"(豈止智順則天垂花盖法成則空歙靈棺而已哉於是門人等傷割五情若忘天屬)

"For years he had been a distinguished guest of the state, serving two kings and two courts.... He made the royal house to stand secure so that demon enemies came forth and bowed submission.... His departure from earth was like the fairy's ascent to the heights of heaven.... There was no limit to his wisdom and his spiritual insight was most perfect."

"그는 수년 간 국가의 귀빈으로 두 왕과 두 조정을 섬겼다. 그가 왕실을 굳건하게 하였으므로 사악한 적들이 앞으로 나와 항복의 절을 하였다. 그가 세상을 떠날 때 마치 신선이 천국으로 올라가는 것 같았다....그의 지혜는 끝은 없었고 영적 통찰력은 너무도 완벽했다."[24]

"His disciples made request that a stone be erected to his memory and so His Majesty undertook the grateful task and prepared this memorial to do him honor. He gave him a special name, calling him Nang-kong, Light of the Heavens, and his pagoda, Paik-wul Soo-oon, White Moon amid the Clouds.

"그의 제자들의 요청으로 그를 기리는 비석이 세워졌다. 왕은 감

---

24 "두 임금을 양조(兩朝)에 걸쳐 보비(補裨)하고 군생을 삼계고해(三界苦海)에서 구제하였다. 그리하여 나라가 태평들하고 마적(魔賊)을 모두 귀항(歸降)하게 하였으니, 참으로 대각의 진신(眞身)이며 관음의 후신(後身)인 줄 알겠도다…가히 정혜(定慧) 무방(無方)하며 신통이 자재(自在)한 분이라고 할만 하도다…" (二主於兩朝濟群生於三界邦家安太魔賊歸降則知大覺眞身觀音後體…可謂定慧無方神通自在者焉)

사의 표시로 이 일에 착공하여 그를 기리는 이 기념비를 준비하도록
했다. 왕은 그에게 낭공, 즉 하늘의 빛이란 시호를 내리고 그의 탑은
백월수운, 즉 구름 속의 흰 달로 불렸다.[25]

"A wise and gifted teacher he,

Born in Silla by the Sea,

Bright as sun and moon are bright,

Great as space and void are free ……

"신라 바닷가에서 태어난

지혜롭고 다재한 스승이셨던 그

해처럼 밝고 달처럼 밝으며

우주처럼 광대하고 空처럼 자유롭다…[26]

"Written by his disciple, Member of the Hallim, Secretary of War,
etc. Ch'oi in-yun. (916 A.D.)

---

25 "…거해(巨海)에 먼지가 날듯, 강한 바람에 번갯불이 꺼지듯, 스님의 고매한 위
적(偉跡)이 점점 연멸할까 염려하여, 여러 차례 위궐(魏闕)에 주달하여 비명 세
우기를 청하였다. 지금 임금이 홍기(洪基)에 올라 공손히 보록(寶錄)을 계승하
고, 아울러 선화(禪化)를 흠숭(欽崇)하시기를 전조(前朝)와 다름없이 하였다. 그
리하여 시호를 낭공대사(朗空大師)라 하고, 탑명(塔名)을 백월서운지탑(白月栖
雲之塔)이라 추증하였다…"(念巨海塵飛高風電絶累趍魏闕請樹豊碑今上克纘洪
基恭承寶錄欽崇禪化不異前朝贈諡曰朗空大師塔名白月栖雲之塔)

26 "…동방(東方)에 빛나는 해동(海東)에 태어났도다. / 지혜의 총명함은 일월(日
月)보다 더 하고 / 풍도(風度)의 높고 넓음은 허공(虛空)과 같도다."(生我海東 /
明同日月 / 量等虛空)

낭공의 제자인 한림학사와 병부시랑인 최인연(崔仁渷, 916)이 적다.

This is an example of the kind of men and thoughts that ruled Korea in the earliest days of her literature.

이 비문은 한국 문학의 초기 이 나라를 지배했던 사람과 사상이 어떠했는지 보여주는 한 예이다.

While the priest Hang-kong lived there lived also a man who is called the father of Korean literature, Ch'oi Ch'i-won(858-951 A.D.) whose collected works are the earliest productions we have. What did he write about? On examination we find congratulations to the Emperor, to the King, to special friends; prayers to the Buddha; Taoist sacrificial memorials; much about nature, home life etc.

낭공 대사가 살았을 때 한국 문학의 아버지라 불리는 최치원(858-951) 또한 살았다. 그의 작품 모음집은 우리에게 전해지는 한국의 가장 초기의 작품들이다. 그는 무엇에 대해 썼는가? 조사 결과 그가 중국 황제와 신라 왕 그리고 지인들에게 바치는 축사, 부처에게 드리는 기도, 도교 희생비문, 그리고 자연, 고향에서의 삶 등에 관해 적었음을 알 수 있다.

Here are a few samples.

몇 작품을 살펴보자.[27]

The Tides

「파도」

"Like a rushing storm of snow or driving sleet, on you come, a thousand rollers from the deep, thou tide. Over the track so deeply worn against you come and go. As I see how you never fail to keep the appointed time. I am ashamed to think how wasterful my days have been, and how I spent in idle dissipation the precious hours.

"쏟아지는 눈보라와 휘몰아치는 진눈깨비처럼, 바다 깊은 곳에서 올라온 천 번째 너울인 그대 파도여. 깊이 새긴 길을 따라 오고가며 한 번도 정해진 시간을 어긴 적이 없는 파도. 나는 부끄럽게도 얼마나 소중한 시간을 나태하고 방탕하게 보내며 세월을 허비하였던가.

"Your impact on the shore is like reverberating thunder, or as if the cloud-topped hills were falling. When I behold your speed I think of Chong-kak and his wish to ride the winds; and when I see your all-prevailing majesty I think of the sleeping dragon that has awakened."

"해안에 부딪치는 파도 소리는 벼락이 치는 듯하고 구름 위로 솟

---

27 이후 게일의 번역문과 대비해볼 번역과 원문의 인용은 <한국고전번역원>의 "한국고전종합DB"를 따른다.

은 산이 무너지는 듯하구나. 파도의 빠름은 바람을 타고자 했던 종각과 같고 그 장엄한 기상은 잠에서 깬 용과 같구나."[28]

The Swallow.

"She goes with the fading summer and comes with returning spring, faithful and true is she, regular as the warm breezes or the chilly rains of autumn. We are old friends, she and I. You know that I readily consent to your occupying a place in my spacious home, but you have more than once soiled the painted rafters, are you not ashamed? You have left hawks and uncanny birds far off in the islands of the sea, and have come to join your friends, the herons and ibis of the streams and sunny shallows. Your rank is equal to that of the gold finch I should think, but when it comes to bringing finger-rings in your bill as gifts to your master you fail me."

「제비」

"봄의 따뜻한 바람과 가을의 찬비처럼 변함없이 여름과 함께 가고 봄과 같이 오는 제비는 진실로 신의가 있는 나의 오랜 친구이다. 하여 나는 내 넓은 집의 한 공간을 너 제비에게 기꺼이 내주었다. 그런데도 너는 채색 서까래를 여러 번 더럽혔으니 부끄럽지도 않느

---

28 최치원, 「潮浪」, 『계원필경집』 20권 시. "치달리며 뒤집히는 천만 겹 서리와 눈 / 현망에 왔다 갔다 종전의 길 반복하네 / 너는 종일토록 신의를 제대로 지키는데 / 나는 아무 때나 멋대로 구니 부끄러워 / 석벽과 싸우는 소리 벽력이 날아가고 / 운봉은 거꾸로 박혀 연꽃으로 일렁이네 / 인하여 생각나는 종각의 장풍의 말 / 호기가 발동하며 와룡을 추억하네"(驟雪霜千萬重 往來弦望躡前蹤 見君終日能懷信 愧我趨時盡放慵 石壁戰聲飛霹靂 雲峯倒影撼芙蓉 因思宗愨長風語 壯氣橫生憶臥龍)

냐? 너는 저 멀리 바다 섬에 매와 기이한 새들을 떠나 네 친구인 반짝이는 여울과 강에 사는 해오라기와 따오기를 따라 왔지. 나는 너의 지위가 금방울새 급이라고 생각하였는데 너는 주인에게 줄 선물로 반지를 물고 오지 않았으니 참으로 실망스럽구나."[29]

The Sea-Gull.
「갈매기」

"So free are you to ride the running white-caps of the sea rising and falling with the rolling waters. When you lightly shake your feathery skirts and mount aloft you are indeed the fairy of the deep. Up you soar and down you sweep serenely free. No taint have you of man or of the dusty world. Your practised flight must have been learned in the abodes of the genii. Enticements of the rice and millet fields have no power to woo you, but the spirit of the winds and moon are your delight. I think of Chang-ja who dreamed of the fairy butterfly. Surely I too dream as I behold you."

"출렁대는 물마루를 오르내리는 갈매기는 참으로 자유롭구나.

---

29 최치원,「歸燕吟獻太尉」,『계원필경집』20권 시. "가을에 갔다 봄에 오는 약속 지키며 / 다순 바람 서늘한 비 실컷 맛보았네 / 큰 집에 다시 지낼 허락도 받았지만 / 오래 들보 더럽혀서 스스로 부끄러워 / 새매를 피하려고 섬으로 숨을 적엔 / 강가에 노니는 해오리가 부러웠소 / 지위와 등급은 황작과 나란하건만 / 함환을 양보해서 기분이 언짢네요"(秋去春來能守信 暖風涼雨飽相諳 再依大廈雖知許 久汚雕梁却自慙 深避鷹鸇投海島 羨他鴛鷺戲江潭 只將名品齊黃雀 獨讓銜環意未甘)

가벼이 깃털 치마를 털고 높이 솟는 너는 진정 바다의 신선이로다. 유유히 거침없이 위로 솟아오르고 아래로 활주하는 너, 인간과 속세의 더러움을 찾아 볼 수 없으니, 그 능숙한 비행은 선계의 것이리라. 논밭의 유혹은 너를 매혹하지 못하나 풍월의 기운은 너를 기쁘게 하는구나. 꿈에 나비를 본 장자처럼, 갈매기를 바라보며 나 또한 꿈을 꾼다."[30]

Tea.

「차」

"Today a gift of tea comes to me from the general of the forces by the hand of one of his trusty aides. Very many thanks. Tea was first grown in Ch'ok and brought to great excellence of cultivation. It was one of the rareties in the garden of the Soo Kingdom(589-618). The practice of picking the leaves began then, and its clear and grateful flavors from that time were known. Its especially fine qualities are manifest when its delicate leaves are steeped in a golden kettle. The fragrance of its breath ascends from the white goblets into which it is poured. If it were not to the quite abode of the genii that I am invited

---

[30] 최치원, 「海鷗」, 『계원필경집』 20권 시. "꽃잎 뜬 물결 따라 한가로이 나부끼다 / 가볍게 털옷 터는 모습 진정 수선일세 / 세상 밖을 벗어나서 마음대로 출몰하니 / 신선 세계 왕래도 무슨 어려움 있겠는가 / 도량의 맛있는 먹이도 거들떠보지 않는 / 풍월과 같은 그 내면이 정말 어여뻐라 / 생각하면 칠원의 호접몽이라는 것도 / 내가 너를 부러워하다 졸았던 것임을 알겠도다"(慢隨花浪飄飄然 輕擺毛衣眞水仙 出沒自由塵外境 往來何妨洞中天 稻粱滋味好不識 風月性靈深可憐 想得漆園蝴蝶夢 只應知我對君眠)

to make my respectful obeisance, or to those high angels whose wings have grown, how could ever such a gift of the gods come to a common literatus like me? I need not a sight of the plum forest to quench my thirst, nor any day-lilies to drive away my care. Very many thanks and much grateful appreciation.

"오늘 장군께서 믿을 만한 부하 편으로 차 선물을 보냈습니다. 너무도 감사합니다. 차는 처음 촉나라에서 자라 훌륭하게 재배되었습니다. 차는 수나라(589-618) 정원에서는 귀한 것이었습니다. 그때부터 차 잎을 따는 관습이 시작되어 차의 맑고 상쾌한 풍미가 알려졌습니다. 특히 금 주전자에 담긴 어린 차 잎은 특히 그 맛이 좋습니다. 차의 향기는 하얀 잔의 찻물에서 위로 올라옵니다. 내가 선계에 초대받아 날개가 자라는 높은 천사들을 공손히 모셨기에 외람되게 평범한 글쟁이인 내게 이런 신의 선물이 왔습니다. 매림(梅林)을 보지 않아도 갈증이 풀리고 원추리 없어도 근심이 물러갑니다. 크고 높은 은혜 진심으로 감사드립니다."[31]

---

31 최치원, 「謝新茶狀」, 『계원필경집』 18권 書狀啓. "오늘 중군사(中軍使) 유공초(兪公楚)가 받들어 전한 처분을 보건대, 전건(前件)의 작설차[茶芽]를 보낸다는 내용이었습니다. 삼가 생각건대, 이 차는 촉강(蜀岡)에서 빼어난 기운을 기르고, 수원(隋苑)에서 향기를 드날리던 것으로, 이제 막 손으로 따고 뜯는 공을 들여서, 바야흐로 깨끗하고 순수한 맛을 이룬 것입니다. 따라서 당연히 녹차(綠茶)의 유액(乳液)을 황금 솥에 끓이고, 방향(芳香)의 지고(脂膏)를 옥 찻잔에 띄운 뒤에, 만약 선옹(禪翁)에게 조용히 읍(揖)하지 않는다면, 바로 우객(羽客)을 한가로이 맞아야 할 터인데, 이 선경(仙境)의 선물이 범상한 유자(儒者)에게 외람되게 미칠 줄이야 어찌 생각이나 하였겠습니까. 매림(梅林)을 찾을 필요도 없이 저절로 갈증이 그치고, 훤초(萱草)를 구하지 않아도 근심을 잊을 수 있게 되었습니다. 그지없이 감격하고 황공하며 간절한 심정을 금하지 못하겠기에, 삼가 사례하며 장문을 올립니다."(右某今日中軍使兪公楚奉傳處分 送前件茶芽者 伏以

By Night.

「밤중에」

Ch'oi Ch'ung(986-1068 A.D.)

최충(986~1068)

"The light I saw when I awoke,

Was from the torch that has no smoke.

The hill whose shade came through the wall,

Has paid an uninvited call.

The music of the pine tree's wings

Comes from the harp that has no strings.

I saw and heard, the sight, the song,

But cannot pass its joys along.

밤잠에서 깨어 바라본 그 불빛

연기 없는 등불이요

벽에 어리는 산 그림자

초대받지 않는 손님일세.

소나무 날개가 만드는 음악은

줄 없는 거문고에서 나는 소리이구나.

보고 들은 그 모습 그 노래

蜀岡養秀 隋苑騰芳 始興採摘之功 方就精華之味 所宜烹綠乳於金鼎 泛香膏於玉
甌 若非靜揖禪翁 卽是閒邀羽客 豈期仙貺 猥及凡儒 不假梅林 自能愈渴 免求萱草
始得忘憂 下情無任感恩惶懼激切之至 謹陳謝 謹狀)

즐거움을 전할 길이 없구나.[32]

Kim Poo-sik(1075-1151 A.D.) is the earliest historian of Korea. He it is who wrote the *Sam-gook Sa* or *History of the Three Kingdoms*, one of the most highly prized books today.

김부식(1075-1151)은 초기 한국의 역사가이다. 그가 바로 오늘날 매우 높이 평가받는『삼국사기』의 저자이다.

Two selections from his pen are given herewith that furnish the reader with a slight glimpse of the far-off world of the days of William the Conqueror. Kim Poo-sick was not only a noted literatus but a great general. He was a man of immense height who quite overawed the world by his commanding stature.

여기 선보이는 그의 두 편을 통해 독자들은 정복왕 윌리엄 시대의 먼 나라의 모습을 엿볼 수 있다. 김부식은 유명한 문인이기도 했지만 또한 대장군이기도 했다. 그는 키가 엄청 컸고 그의 장대한 신장은 사람들에게 경외심을 불러일으켰다.

---

32 최충,「絶句」,『동문선』19 七言絶句. "뜰에 가득한 달빛은 연기 없는 촛불이요 / 자리에 드는 산빛은 청하지 않은 손님일세 / 거기에 또 솔거문고 있어 악보 없는 곡조를 타노니 / 다만 진중히 하여 사람에게 전하지 마소"(滿庭月色無煙燭 入座 山光不速賓 更有松絃彈 譜外 只堪珍重未傳人)

The King's Prayer to the Buddha.

「부처님께 드리는 왕의 기도」

(Written by Kim Poo-sik.)

김부식

"This is my prayer: May the indescribable blessing of the Buddha, and his love that is beyond tongue to tell, come upon these forsaken souls in Hades, so that they may awaken from the misery of their lot. May their resentful voices be heard no more on earth, but may they enter the regions of eternal quiet. If this burden be lifted from me I shall be blessed indeed, and this distressing sickness will give place to joy. May the nation be blessed likewise and a great festival of the Buddha result."

"부처님께 기도드립니다. 형언할 수 없는 부처님의 축복과 말로 표현할 수 없는 부처님의 사랑이 지하세계의 이 버려진 영혼들에게 내리시어 그들의 비참한 운명에서 깨어나도록 해주십시오. 그들의 분노의 목소리가 이 땅에 더 이상 울리지 않고 그들이 극락세계에 들어갈 수 있게 해주십시오. 저에게 복을 주시어 이 짐을 덜어주시고 이 참혹한 병을 거두시고 기쁨을 주옵소서. 이 나라에도 복을 주시어 이곳이 부처님의 축제의 장이 되게 하소서."[33]

---

[33] 김부식, 「興王寺弘敎院華嚴會疏」, 『동문선』권110 疏. "…엎드려 원하건대, 혜택이 비처럼 적셔 주시고 부처님의 구름[梵雲]이 덮어 주셔서, 복은 냇물처럼 이르고 덕은 날로 새로워지게 하소서. 몸으로 하여금 편안히 있게 하여 하늘이 주신 수명의 장구함을 누리게 하며, 국가와 더불어 경사를 함께 하여 왕업을 기울

The Dumb Cock.

「울지 않는 수탉」

"The closing of the year speeds on. Long nights and shorter days they weary me. It is not on account of lack of candle light that I do not read, but because I'm ill and my soul is distressed. I toss about for sleep that fails to come. A hundred thoughts are tangled in my brain. The rooster bird sits silent on his perch. I wait. Sooner or later he will surely flap his wings and crow. I toss the quilts aside and sit me up, and through the window chink come rays of light. I fling the door wide out and look abroad, and there off to the west the night-stars shine. I call my boy, 'Wake up. What ails that cock that he does not crow? Is he dead, or does he live? Has some one served him up for fare, or has some weasel bandit done him ill? Why are his eyes tight shut and head bent low, with not a sound forthcoming from his bill?'

"한 해가 빠르게 저물어 간다. 밤은 길어지고 낮은 더 짧아져 나는 지쳐간다. 글을 읽지 않음은 촛불이 부족해서가 아니라 몸에 병이 있고 내 마음이 괴로워서이다. 전전반측하며 헛되이 잠을 청하나 온 갖 생각으로 머리가 복잡하다. 수탉은 말없이 횃대에 앉았고 나는

지 않게 하소서……가까이는 구족에서부터 멀리는 삼도(三塗)에 이르기까지 아비규환(阿鼻叫喚)의 신고(辛苦)에 빠지는 것을 면하고 다 비로자나불과 같은 신토(身土)를 얻게 하소서."(伏願慧 澤霑濡 梵雲覆幬 福如川至 德以日新 俾躬處休 享天年之有永與國同慶 置神器於不傾…近從九族 廣及三塗 免 淪阿鼻之苦辛 皆得毗盧之身土)

머지않아 수탉이 날개를 펄럭이며 울기를 기다린다. 이불을 젖히고 몸을 세워 앉으니 창문 틈으로 빛이 들어온다. 문을 활짝 젖히고 밖을 내다보니 저 멀리 서쪽에 저녁 별들이 반짝인다. 아이를 불렀다. '일어나거라. 어이해서 저 수탉은 울지 않는 것이냐? 죽은 것이냐? 산 것이냐? 누가 수탉을 잡아먹었느냐? 족제비가 공격했느냐? 눈을 꼭 감고 머리를 숙인 채 왜 주둥이에서 소리가 나오지 않는 것이냐?'

"This is the cock-crow hour and yet he sleeps. I ask 'Are you not breaking God's most primal law? The dog who fails to see the thief and bark; the cat who fails to chase the rat, deserve the direst punishment. Yet, death itself would not be too severe.' Still, Sages have a word to say; Love forbids that one should kill. I am moved to let you live. Be warned, however, and show repentance."

"수탉이 울 시간이지만 수탉은 아직도 자고 있다. 나는 묻는다. '네가 지금 신의 계율을 깨고 있는 것이 아니냐? 도둑을 보고 짖지 않는 개와 쥐를 잡지 않는 고양이는 가혹한 벌을 받아 마땅하다. 차라리 죽는 것이 낫다. 성현들의 말씀에 따르면 사랑으로 살인을 금하라고 하셨으므로 내 오늘 너의 목숨을 살려 두겠지만 내 말을 새기고 회개하도록 하라.'"[34]

---

34 김부식, 「啞鷄賦」, 『동문선』 권1 賦. "어느덧 한 해가 저물어 가 / 낮이 짧고 밤이 긴 것이 괴로운데 / 등 없어 글 읽지 못하랴마는 / 병으로 꾸준히 노력할 수 없어 / 밤새껏 뒤척이며 잠못 이루니 / 온갖 걱정이 뱃속에 감돈다 / 닭의 홰가 근처에 놓여 있으니 / 조금만 있으면 날개쳐 울리 / 잠옷 그대로 가만히 일어나 앉아 / 창 틈으로 바깥을 내다보다가 / 갑자기 문 열고 바라보니 / 별들이 가뭇가뭇 서쪽으

Other writers follow, the best of all being Yi Koo-bo(1168-1241 A.D.). He was not a Buddhist but a Confucianist, and yet all through his writings is to be found a note of respect for the sincere religion of the Buddha.

김부식 이후의 문인들 중에서 최고 문인은 이규보(1168-1241)이다. 그는 불교도가 아니고 유학자이지만 그의 글 전편에서 불교를 진정한 종교로 보는 불교에 대한 그의 존경을 볼 수 있다.

He was an original character with a lively imagination, and a gift of expression possessed by no succeeding writer.

이규보는 상상력이 살아있는 창의적인 인물로 어떠한 후배 작가들도 그만큼의 타고한 표현력을 가지지 못했다.

로 기울어 있다 / 아이놈 불러 일으켜서 / 닭이 죽었나 물어보았다 / 잡아서 제자상에 놓지 않았는데 / 삵에게 물렸는가 왜 머리를 숙이고 눈을 감고 / 입을 다물고 아무말 없는가 / 옛 시엔 네 울음에 군자를 생각해 / 풍우에도 그치지 않음을 탄식했는데 / 이제 울어야 할 때 울지 않으니 / 이 어찌 천리를 어김이 아닌가 / 개가 도적을 알고도 안 짖으며 / 고양이가 쥐를 보고도 쫓지 않는 것 같이 / 제 구실 못하기는 매일반이니 / 잡아버려도 마땅하다마는 / 다만 옛 성인의 가르치심에 / 안 죽임이 어질다 하였으니 / 네가 생각해서 고마움 알면 / 부디 회개하여 새로워져라"(歲崢嶸而向暮 苦晝短而夜長 豈無燈以讀書 病不能以自强 但展轉以不寐 百慮縈于寸腸 想鷄塒之在邇 早晩鼓翼以一鳴 擁寢衣而幽坐 見牕隙之微明 遽出戶以迎望 參昴潛其西傾 呼童子 而令起 乃問鷄之死生 旣不羞於俎豆 恐見害於狸猩 何低頭而瞑目 竟緘口而無聲 國風思其君 子嘆風雨而不已 今可鳴而反嘿 豈不違其天理) 與夫狗知盜而不吠。猫見鼠而不追。校不才之一 揆。雖屠之而亦宜。惟聖人之敎誡。以不殺而爲仁。 倘有心而知感。可悔過而自新。)

383

Here are a few samples of what he wrote:

그의 작품 중 몇 편을 보자.

The Body.
「몸」

"Thou Creator of all visible things art hidden away in the shadows invisible. Who can say what Thou art like? Thou it is who hast given me my body, but who is it that puts sickness upon me? The Sage is a master to rule and make use of things, and never was intended to be a slave; but for me I am the servant of the conditions that are about me. I cannot even move or stand as I would wish. I have been created by Thee, and now have come to this place of weariness and helplessness. My body, as composed of the Four Elements was not always here, where has it come from? Like a floating cloud it appears for a moment and then vanishes away. Whither it tends I know not. As I look into the mists and darkness of it, all I can say is, it is vanity. Why didst Thou bring me forth into being to make me old and compel me to die? Here I am ushered in among eternal laws and compelled to make the best of it. Nothing remains for me but to accept and to be jostled by they please. Alas, Thou Creator, what concern can my little affairs have for Thee?"

"모든 보이는 사물의 조물주인 당신은 보이지 않는 그림자 속에 숨어 있습니다. 당신의 모습이 어떠한지 아무도 모릅니다. 나에게 이 몸을 주신 것도 당신이지만 나에게 병을 주신 것도 누구란 말입니까? 공자는 사물을 지배하고 이용하는 대가로서 결코 노예가 될 뜻이 결코 없습니다. 그러나 나로 말하지만 저는 주변 조건의 노예입니다. 나는 원하는 대로 움직이지도 서지도 못합니다. 나를 창조한 것은 당신이지만, 이제 나는 피로와 무기력의 이곳에 오게 되었습니다. 4원소로 만들어진 내 몸은 항상 여기에 있었던 것이 아니었다면 내 몸은 어디에서 온 것입니까? 내 몸은 떠다니는 구름처럼 한 순간 나타났다 다음 순간 사라집니다. 내 몸이 어디로 가는지 나는 모릅니다. 몸의 구석구석을 살핀 후 내가 드릴 수 있는 말은 몸은 공(空)이라는 것입니다. 어찌하여 당신은 나를 태어나게 하고 늙게 하고 그리고 죽게 만듭니까? 나를 이곳의 영원한 법 안으로 들어오게 하였으니 나는 그 법을 최대한 이용할 수밖에 없습니다. 나는 법을 받아들여 법이 원하는 대로 떠밀려 살 수밖에 없습니다. 아아, 그러나 나의 이 사소한 개인사가 창조주 당신에게 관심거리나 되겠습니까?"[35]

---

35 이규보, 「病中」, 『동국이상국후집』 권1 고율시. "조물주는 그윽하여 보이지 않으니 / 무엇으로도 형상할 수 없네 / 반드시 스스로 생긴 것뿐이니 / 나를 병들게 한 자 그 누구겠나 / 성인은 능히 물건을 물건으로 대하여 / 한 번도 물건의 부림이 되지 않는데 / 나는 물건의 사로잡힘이 되어 / 행동을 내 마음대로 하지 못하고 / 네 조화의 손에 걸려 / 이렇듯이 곤하다오 / 사대는 본래 없는 것인데 / 이들이 어디에서 왔는가 / 뜬구름 나타났다가 다시 스러지는 듯 / 끝내 근원을 알 수 없네 / 그윽히 관조하면 모두가 공이니 / 그 누가 태어나고 늙고 죽는가 / 나는 자연으로 뭉쳐진 몸 / 본성대로 순리에 따를 뿐이니 / 저놈의 조물주야 / 어찌 여기에 관계하랴"(造物在冥冥 形狀復何似 必爾生自身 病我者誰是 聖人能物物 未始爲物使 我爲物所物 行止不由己 遭爾造化手 折困我如此 四大本非有 適從何處至 浮雲起復滅 了莫知所自 冥觀則皆空 孰爲生老死 我皆堆自然 因性循理耳 咄彼造物

On Flies
「파리」

"I have ever hated the way in which the fly continually annoys and bothers people. The thing that I dislike most of all is to have him sit on the rims of my ears and settle squabbles with his neighbor. When I am ill and see him about me, I am afflicted with a double illness over and above my original complaint. In seeing the multitude of his breed swarming about, I cannot but make my complaints to God.

"나는 사람들을 계속 성가시게 하고 짜증나게 하는 파리가 정말 싫다. 그중 가장 싫은 파리는 내 귓바퀴에 자리 잡고 앉아 다른 파리와 아웅다웅하는 파리이다. 몸이 좋지 않을 때 파리가 내 주위에 알짱거리면 원래의 통증이 두 배로 심해지는 것 같다. 파리 떼가 득실대면 나는 참지 못하고 신에게 불평을 한다.[36]

A Prayer to God offered by the King and Minister of Korea, asking for help against an invasion of the Kitan Tartars.

거란의 침입을 막을 수 있도록 도와달라고 신에게 간청하는 한국의 왕과 대신들의 기도

兒 何與於此矣)

36 이규보, 「蠅」, 『동국이상국집』 권 3 고율시. "닭이 우는가 착각시킴을 미워하고 / 흰 옥에 점 남기는 것 꺼린다 / 쫓아도 가지 않으니 / 왕사의 쫓김 당하는 것 당연하다"(疾爾誤鳴鷄 畏爾點白玉 驅之又不去 宜見王思逐)

BY YI KYOO-BO

이규보

"We, the King and Officers of the State, having burned incense, bathed and done the necessary acts of purification for soul and body, bow our heads in pain and distress to make our prayer to God and the angels of heaven. We know there is no partiality shown in the matter of dispensing blessing and misfortune, and that it depends on man himself. Because of our evil ways God has brought death and war upon our state by an invasion of the Tartars, who have, without cause, encroached upon our people. More and more are they encircling us till now the very capital itself is threatened. Like tigers are they after flesh, so that those ravished and destroyed by them cover the roadways. In vain are all our thoughts of ways and means to defend ourselves, and we do not know what to do to meet the urgency of the situation. All we can do is to clasp our bowing knees, look helplessly up and sigh.

"우리 고려의 왕과 대신들은 향을 피우고 목욕재계하여 몸과 마음을 정화한 후 고통과 절망 속에서 머리 숙여 신과 하늘의 천사들에게 기도를 드립니다. 신께서 공평하게 복과 액을 나누시고 모든 것은 인간에게 달려 있음을 압니다. 신은 우리의 사악한 행동을 보시고 거란족으로 하여금 우리나라를 침범하게 하여 우리나라에게 죽음과 전쟁을 내려습니다. 거란족은 이유 없이 우리 백성들을 침략하

387

더니 이제 도성마저 포위하였습니다. 그들은 호랑이처럼 고기를 탐하니 이제 길은 그들에게 노략당하고 파괴된 이들로 덮였습니다. 스스로를 방어하기 위한 모든 수단과 방법이 소용이 없었고 우리는 이 위기 상황을 어떻게 대처해야 할지 알지 못합니다. 우리는 이제 그저 무릎을 꿇고 하늘을 하염없이 바라보며 한숨만 쉬고 있습니다.

"These Tartars are our debtors really, and have received many favors from us, and heretofore we have never had any cause to dislike them. Of a sudden has their fierce dread flood broken in upon us. This cannot be by accident but must, we know, be due wholly to our sins. But the past is the past, and our desire it to do right from now on. Grant that we may not sin. Thus it is that we ask our lives from God. If Thou, God, dost not wholly intend to destroy our nation, wilt Thou not in the end have mercy? This will be to us a lesson and so I write out this prayer as we make our promise to Thee. Be pleased, oh God, to look upon us."

"사실 이 거란은 우리의 채무자로 우리는 그들에게 여러 번 호의를 베풀었습니다. 지금까지 그들을 싫어할 이유가 전혀 없었는데 그들은 갑작스럽게 거센 죽음의 홍수가 되어 우리를 덮쳤습니다. 이것은 우연히 발생한 것이 아니고 전적으로 우리의 죄로 인한 것입니다. 그러나 과거는 과거이고 우리는 지금부터 옳은 일을 하고자 합니다. 우리가 죄를 짓지 않도록 하소서. 우리의 목숨을 구해주십시오. 신이신 당신께서 우리나라를 완전히 파괴할 의도가 아니라며 자비를 베풀어 주십시오. 우리는 이번 일을 교훈으로 삼을 것이니 당신에게 드리는 우리의 약속으로 이 기도문을 적습니다. 신이시여, 부디 우리를 굽어 살피옵소서.[37]

To his Portrait and the Artist.

「초상화와 화가에게」

"Tis God who gave this body that I wear,

The artist's hand sends me along through space.

Old as I am I live again in you,

---

37 이규보, 「辛卯十二月日 君臣盟告文」, 『동국이상국지』 권25 雜著. "하토(下土)에 있는 신(臣) 아무 등은 목욕 재계하고 삼가 돈수 재배하며 황천상제(皇天上帝)와 일체의 영관(靈官)에게 애절히 고유합니다. / 무릇 화복(禍福)은 저절로 오는 것이 아니라, 사람이 자초하게 되는 것입니다. 요즘 신등의 불초로 인하여 하느님이 국가에 상란(喪亂)을 내리사, 저 달단(韃靼)의 완악한 종내기가 이유없이 국경을 침범하여 우리 변경을 패잔하고 우리 인민을 살육하여, 점점 침투해서 경기에 이르러 사방을 유린하되 마치 범이 고기를 고르는 것처럼 하니, 백성들이 겁박을 당해 죽은 자가 길에 낭자합니다. 그런데 군신(君臣)은 막아낼 계책을 생각하나 창황해서 어떻게 해야 할 방도를 모르고, 단지 무릎을 끼고 앉아 두루 돌아보면서 길게 탄식만 하고 있을 뿐입니다. / 또 달단은 일찍이 우리에게 은혜를 받았는지라, 불만을 품을 자가 아닌데 일조에 이처럼 잔폭한 일을 하니, 이것이 어찌 우연한 일이겠습니까? 앞에서 말한 신등의 불초로 인해 그런 것입니다. / 아, 지나간 일은 추궁할 것 없거니와, 이후로는 다시 이런 비법(非法)의 일을 행하지 말았으면 합니다. 이것을 상제께 청원하오니, 상제께서 우리나라를 아주 도륙시키지 않으려 하신다면 끝내 버려두고 불쌍히 여기지 않겠습니까? 우리가 경계해야 할 일은 딴 글에 갖추 기재하여 상제께 맹세하오니, 상제께서는 살펴주소서."(右下土臣某等 熏沐齋戒 謹頓首再拜 哀顧于皇天上帝及一切靈官 夫禍福無門 惟人所召 今者以臣等不肖之故 天降喪亂于國家 彼達旦之頑種 無故犯境 殘敗我邊鄙 殺戮我人民 侵淫至于京畿 騰踐四郊 如虎擇肉 民之被劫物故者 狼籍于道 君臣思所以捍禦之計 倉惶罔知所圖 但把膝環顧 長大息而已 且達旦嘗有恩於我耳 非有所憾者 而一旦更加殘虐如此 豈偶然者耶 向所謂臣等不肖所致然也 噫 既往不可追 庶幾從此已後 勿復行非法之事 以此請命于上天 天若不甚處劉我國 則其終忍而不矜耶 所可得行而爲戒者 備載于文底 盟于上天 惟帝其鑑之)

I love to have you for companion dear.

He took me as I was, an old dry tree,

And sitting down reformed and pictured me.

I find it is my likeness true to life,

And yet my ills have all been spelled away.

What power against my deep defects had he

That thus he paints me sound, without a flaw?

Sometimes a handsome, stately, gifted lord

Has but a beast's heart underneath his chin;

Sometimes a cluttered most ill-favored waif

Is gifted high above his fellow-man.

I am so glad there's nothing on my head,

For rank and office I sincerely loathe.

You have put thought and sense into my eye,

And not the dust-begrimèd look I wear.

My hair and beard are lesser white as well;

I'm not so old as I had thought to be.

By nature I am given o'er much to drink,

And yet my hand is free, no glass is seen.

I doubt you wish to point me to the law,

That I a mad old drunkard may not be.

You write a verse as well, which verse I claim

Is equal to the matchless picture drawn."

"나에게 이 몸을 주신 분은 신이지만
나를 후세에 보내는 것은 화가의 손이로다.
늙은 내가 너 안에서 다시 사니
너를 사랑스러운 친구로 삼고 싶구나.
늙고 마른 나무인 나의 모습
너는 앉아서 고치고 그렸구나.
실물과 닮은 그 그림에는
나의 질병은 하나도 없구나.
내 큰 결함에도 어떤 능력으로 이렇게
나를 건강하게 흠 없이 그렸을꼬?
준수하고 당당하고 재능 있는 영주(領主)도 때로
턱 아래에 짐승의 마음만을 가지지만,
못생긴 추한 방랑자는 때로
어느 친구보다 뛰어난 재능을 가지도다.
내 머리 위에 아무 것도 없음을 기뻐함은
지위나 관직을 참으로 혐오하기 때문이다.
너는 내 눈을 생각과 감각으로 채우고
나의 먼지 낀 더러운 모습을 그리지 않았구나.
나의 머리와 수염 또한 덜 희니
생각보다 늙어 보이지 않는구나.
내 본래 술을 탐닉하나
내 손에 술잔은 없구나.
너는 법도를 생각하여 나를
늙고 미친 주정뱅이로 그리지 않았겠지.

너의 시 또한 단언컨대
너의 그림처럼 뛰어나구나."[38]

The Angel's Letter.
「천사의 편지」[39]

"On a certain month and a certain day a minister in the Palace of God sent a golden messenger to earth with a letter to a certain Yi Kyoo-bo of Korea. It read: 'To His Excellency who dwells amid the noise and confusion of the mortal world, with all its discomforts. We bow and ask the state of your honored health. We think of you and long for you as no words can express, for we too serve on the hight hand of God and await His commands. You, our exalted teacher,

---

38 이규보, 「謝寫眞」, 『동국이상국집』 권5 고율시. "천지가 내몸 태어나게 했는데 / 후세에 전하게 됨은 그대 솜씨 덕분일세 / 평생을 함께 살아온 내 몸뚱이라 / 영자(影子)와 짝이 되었으니 기껍구려 / 진정 한 개 고목의 형용인데 / 궤에 기댄 으젓한 모습 그렸네 / 바라보니 실물과 닮은 것 같으나 / 내 못생긴 것 그대로 옮기지는 못했네 / 못생긴 내 얼굴 그대 왜 혐의하나 / 사람을 취함에 있어 모습은 뒤인 것을 / 헌칠하고 아름다운 남아도 / 마음은 관 쓴 짐승일 수 있고 / 보잘것없는 모습의 사람도 / 재능은 남보다 뛰어날 수 있다네 / 기쁘구나 머리에 관 쓰지 않은 것 / 내 이미 벼슬길로 달려감 싫어졌으니까 / 얼굴 모습 자못 깨끗하니 / 때 묻은 지금의 모습 아니요 / 수염과 머리털 다 희지 않으니 / 나이든 지금 모습 아니네 / 내 성품 본디 술을 즐기는데 / 손에는 어째서 술잔이 없는가 / 나를 예법 사이에 앉혀 놓고 / 미친 늙은이 되길 허락지 않았네 / 더욱이 시까지 보내 주었으니 / 그림과 시에 뛰어난 줄 남들은 알까"(天地生我身 傳之者君手 予老少與偕 甘與影爲偶 眞箇槁木形 君於隱几取 望之雖肖眞 未甚移吾醜 吾醜子何嫌 取人貌可後 魁岸美丈夫 心或如冠獸 叢陋可笑者 才有出人右 喜哉首不弁 已脫名途驟 眉目頗洒然 不以今蒙垢 鬢髮未全皓 不以今之壽 我性本嗜酒 手曷無卮酒 置我禮法間 不許作狂叟 況復投珠聯 雙絕人知不)

39 이규보, 「代仙人寄予書」, 『동국이상국집』 권26 書.

---

were formerly a literary attendant of the Almighty, took his commands and recorded them, so that when spring came it was you who dispensed the soft and balmy airs, that brought forth the buds and leaves. In winter too, you scattered frost and wind, and sternly put to death the glory of the summer. Some times you sent wild thunder, wind and rain, sleet and snow, clouds and mist. All the things that God commanded for the earth were written by your hand. Not a jot did you fail to fulfil his service, so that God was pleased and thought of how he might reward you.

"모월 모일에 신궁의 한 재상이 중요한 심부름꾼을 지상에 보내, 한국의 이규보라는 사람에게 편지를 보냈다. 편지는 다음과 같다. '인간 세상의 소음과 혼돈 가운데, 온갖 불편함을 안고 머물고 계시는 나리에게 보냅니다. 고개 숙여 나리의 고귀한 건강 상태를 여쭙니다. 우리는 어떤 말로도 표현할 수 없을 만큼 당신을 생각하며 갈망하고 있습니다. 왜냐하면 우리도 신의 약속의 손을 섬기고 신의 명을 기다리기 때문입니다. 우리가 우러르는 스승인 당신은 과거 전능한 신의 문학 수행원으로 신의 명령을 받아 기록하였습니다. 봄이 왔을 때 부드럽고 향기로운 공기를 내놓아, 꽃봉오리와 잎들을 내는 것도 바로 당신입니다. 겨울에도 역시, 당신은 서리와 바람을 흩뜨려서 여름의 영광을 가혹하게 끝냈습니다. 가끔씩 당신은 천둥과 바람과 비와 진눈깨비와 눈과 구름과 안개를 보냅니다. 신이 대지에 명령한 모든 것은 당신의 손으로 쓰여 졌습니다. 당신은 언제나 완벽하게 신의 임무를 완성하였습니다. 그래서 신은 기뻐하며 당신에게 어떻게 보답할지 생각했습니다."[40]

He asked a way of us and we said in reply, 'Let him lay down for a little the office of secretary of heaven and go as a great scholar among men, to wait in the presence of a mortal king and serve as his literary guide. Let him be in the palace halls of mankind, share in the government of men, and make the world bright and happy by his presence. Let his name be sounded abroad and known throughout the world, and, after that, bid him back to heaven to take his place among the angels. We think that in so doing You will fitly reward his many faithful services.'

그는 우리에게 방법을 물었고, 우리는 대답을 했습니다. '그에게 하늘의 비서직을 잠시 내려놓고 위대한 학자로 인간들 세상에 가게

---

40 "모월 모일 자미궁사(紫微宮使) 아무와 단원진인(丹元眞人) 아무 등은 삼가 금동(金童)을 보내어 동국(東國) 이춘경(李春卿) 좌우(座右)에 글월을 올립니다. 인간 세상이 번잡하여 매우 괴롭고도 괴로울 것입니다. 삼가 생각하건대, 도용(道用)이 어떠한지 사모하여 그리는 마음 그지없습니다. 우리 둘은 상제(上帝)의 곁에 있으면서 하늘의 명령을 출납(出納)하는 사람인데, 옛적에는 오자(吾子)도 상제의 문신(文臣)이 되어 상제의 제칙(制勅)을 맡아 보셨습니다. 무릇 봄이면 온화한 기운을 펴서 초목을 기르고, 겨울에는 추위를 떨쳐 만물을 숙살(肅殺)하며, 더러는 뇌성 번개치거나 비바람이 치고 서리와 눈이 내리며 구름과 안개 끼는 이 모두가 상제께서 천하에 호령하는 것입니다. 제칙이 한 번 오자의 손에서 나오면 상제의 뜻에 맞지 않는 것이 없어 상제께서 덕보았으므로, 그 노고에 보답하고자 하여"(月日. 紫微宮使某甲 丹元眞人某乙等 謹遣金童 奉書于東國 李春卿座右 人間喧雜 甚苦甚苦 伏惟道用何似 傾佇罔極 吾二人 居帝之左右 出納天命者也 昔者 吾子亦爲上帝之文臣 掌帝之制勅 凡春而布和氣 煦育草木 冬而振寒令 肅殺萬物 其或雷霆也風雨也霜雪也雲霧也 是皆帝之所以號令於天下者 制勅一出子手 無不稱之 帝用德之 圖有以報爾之勞者)

해서, 현세의 왕을 알현하고 그의 문학적 안내자로 봉사하게 하소서. 그를 인간의 궁전으로 보내 인간의 정치에 참여하게 하여 그의 존재를 통해 세상을 밝고 행복하게 만들게 하소서. 그의 이름이 해외로 세상으로 널리 퍼지게 한 후 천국으로 되돌아와 천사들 사이에 서게 하소서. 그렇게 하면 신께서 그의 수많은 충성스러운 공헌에 적절한 보상을 할 수 있을 것으로 사료됩니다.'[41]

"God was pleased at this and gave immediate commands that it be carried out. He showed upon you unheard-of gifts and graces, and clothed you with the commanding presence of the Superior Man, so that you might have a hundred chariots in your train, and ten thousand horses to follow after. He sent you forth and had you born into the earth in that nation that first catches the light of the morning as it rises from the Poosang Mountains. Now several years have passed, and we have not heard of your special rank, or of your having won a name. Nothing startling has been done by you, and no great book written. Not a sound has reached the ears of God. We were anxious about this and so were about to sent a messenger to find out,

---

41 "신등(臣等)에게 하문하시기에 신등이 의논드리기를 '잠시 천상(天上)의 문관(文官) 자리를 비워두고 인간의 학사(學士)로 내려보내어, 서액(西掖)·북문(北門)에서는 신속하게 홍니(紅泥)의 제고(制誥)를 초(草)하고, 자미(紫微)·황각(黃閣)에서는 금정(金鼎)의 국을 알맞게 조리(調理)하여, 민생을 혜택 입혀 천하에 이름이 떨친 뒤에, 천상으로 소환하여 다시 선반(仙班)에 배치하소서. 이렇게 한다면 그의 노고에 보답될 듯합니다.'"(俯詢於臣等 臣等議曰 暫虛天上之文官 遣作人間之學士 西掖北門 快草紅泥之誥 紫微黃閣 穩調金鼎之羹 澤潤生民 名振 環宇 然後勅還天上 更綴仙班 如是儻可以償其勞矣)

when, unexpectedly, there came one from earth to us of whom we made inquiry.

"신은 기뻐하며 그렇게 실행하라는 명을 즉시 내렸습니다. 그는 전대미문의 선물과 은혜를 당신에게 보여주었고, '현인'의 위엄 있는 영향력을 부여했습니다. 그래서 당신은 수 백 개의 전차와 수만 필의 말을 대동하게 되었습니다. 그는 당신을 지상으로 보내 부상에서 떠오르는 아침의 빛을 처음으로 잡는 나라에 태어나게 했습니다. 이제 몇 년이 흘렀고 당신이 특별한 지위에 있다거나 이름을 날렸다거나 했다는 소식을 전혀 듣지 못했습니다. 당신은 놀랄만한 일을 하지 않았고 위대한 책도 전혀 쓰지 않았습니다. 어떤 소리도 신의 귀에 들려오지 않았다. 우리는 이에 염려가 되어 사신을 보내 당신을 찾아내려고 했습니다. 바로 그때 예상치 않게 우리가 알아보려는 자에 관한 소식을 들고 지상으로부터의 사자가 왔습니다.[42]

"He replied, 'The man called Kyoo-bo is in greatest straits, most far removed from any sort of honor. He is given over to drink and

---

[42] 상제께서 곧 윤허(允許)하시니, 그제야 오자에게 충화(沖和)한 기운을 보익(輔翼)하고 준상(峻爽)한 자질을 덧붙여 주며, 무릇 목록에 적힌 수레 1백 대와 말 1만 필을 뒤딸리어, 동해(東海)의 부상(扶桑) 모퉁이 해 돋는 나라에 태어나도록 보냈습니다. 오자가 떠난 지 몇 해가 되어도 아직껏 한 가지 벼슬을 하거나 한 자리를 제배받든지, 한 가지 기적(奇跡)을 저술하거나 한 가지 큰 책(冊)을 찬집(撰集)하여 상제에게 계문(啓聞)하였다는 것을 듣지 못하였기에, 우리들이 매우 의아스러워 바야흐로 사자(使者)를 시켜 그 연유를 힐문하였습니다.(帝卽肯允 於是輔子以沖和之氣 益爾以峻爽之資 凡載錄 車百兩馬萬蹄 踵隨于後 遣生於東海扶桑隅日始出之邦矣 子去幾年 尙未聞調一官除一名 著一奇跡 撰一大冊 以聞于帝耳者 吾等甚訝之 方欲使使詰其所然 適有自人間來者 問之則曰)

madness; goes here and there about the hills and by the graves writing verses; but no seal of state hangs from his belt, nor wreath adorns his brow. He is like a dragon that has lost its pool, or a dog in the house of mourning; an ill-fated lonely literatus, he, and yet all from the hightest to the lowest know his name. Whether it be that he is so extravagant that he has not been used, or because they have have not chosen him I do not know.'

　　"사신은 말했습니다. '규보라 불리는 자가 명예와는 거리가 먼, 매우 큰 곤경에 빠졌습니다. 그는 술 마시고 미쳐 지내며 여기저기 산을 돌아다니며 무덤 옆에서 시를 씁니다. 그의 허리엔 국가의 인장이 걸려 있지 않고 머리를 꾸미는 화환도 없습니다. 그는 여의주를 잃은 용과 같고 상갓집의 개와 같습니다. 그는 불운한 외로운 문인이지만 가장 높은 자로부터 가장 비천한 자에 이르기까지 그를 모르는 이가 없습니다. 그가 기용되지 않는 것이 그렇게 방탕해서인지 아니면 그들이 그를 선택하지 않았기 때문인지는 저는 모르겠습니다.'[43]

---

43 …대답이 '소위 춘경(春卿)이란 사람은 곤궁한 길을 헤매어 일명(一命)의 벼슬도 하지 못하고, 적선(謫仙 이백(李白))처럼 술잔으로 자못 광전(狂顛)을 일삼거나 원결(元結)처럼 계산(溪山)에서 속절없이 만랑(慢浪)을 되뇌어, 허리에는 자반[尺五]의 인끈도 드리우지 못하고 머리에는 삼량(三梁)의 감투도 쓰지 못하였으니, 물 잃은 용(龍)이거나 집 잃은 개가 아니면, 단지 누루(纍纍)하고도 무무(貿貿)한 하나의 누더기를 걸친 궁사(窮士)일 뿐입니다. 공경(公卿)·진신(搢紳)들이 그의 이름을 모르는 것이 아니니, 어찌 그가 오활(迂闊)하고 사세에 절당하지 못하여 채용되지 못하는 것이 아니겠습니까.' 하였습니다.(所謂春卿者困躓窮塗 阻靃一命 謫仙杯酒 頗事狂顛 元結溪山 空稱漫浪 腰未垂尺五之組 頭未峙三梁之冠 失水之龍耶 喪家之狗耶 特纍纍貿貿一布褐之窮士耳 公卿搢紳 非不知名也 豈以其迂闊不切事 而不容揀採歟)

397

"Before he had finished this, however, we gave a great start and struck our hands in wonder saying, 'His earth companions are evidently haters of the good, and jealous of the wise. We must take not.'

"그러나 그가 말을 마치기도 전에, 우리는 크게 놀라 손뼉을 치며 의아해서 말했습니다. '그의 세속의 친구들은 분명 선한 자를 싫어하고 지혜로운 자들을 질투합니다. 우리는 받아들이면 안 됩니다.'[44]

"Thus it was we wrote a memorial embodying what had been told and God regarded it as right. He has prepared a great lock and key for these offenders, and now mediates setting matters straight. Little by little your wings will unfold, and your footsteps will take their upward way toward the heights. Far will you enter into the halls of fame. To the Chamber of the Ministry, though not equal to heaven, you will proceed. How glorious your way will be! Now indeed you will drink your fill of heart's best joy, and the splendor of its dusty way. We, friends of yours, who are in heaven, impatient wait your high return. The harp that ought to dispense sweet music has dust upon its strings, and sad, awaits your coming. Your halls are silent as they mourn your absence, longing once again to open wide their

---

[44] "말이 끝나기도 전에 우리들은 깜짝 놀라 승낙하고, 곧 당신 나라의 어진 자를 질투하고 유능한 자를 기피(忌避)하는 사람의 죄를 논하여"(言未終 吾等愕然彈指尋讞爾國之嫉賢忌能者之罪)

gates. God has made ready sweetmeats of red dew, and butter of the golden mists of morning on which He feeds His angel hosts so freely. Make haste to fulfill your office among men and come back to heaven. First, however, you must attain to greatness of name and merit, wealth and honor. What we urge upon you is, be diligent, be diligent. We bow with this and present our grateful honor."

이리하여 우리는 들었던 것과 신이 옳다고 여긴 것을 구체화하는 청원서를 썼었습니다. 신은 이 방훼꾼들을 가둘 자물쇠와 열쇠를 준비했고, 그리고 지금 중재하여 문제를 바로잡고자 하십니다. 당신의 날개는 조금씩 펼쳐질 것이고 당신의 발걸음은 높은 곳을 향해 위로 내딛을 것입니다. 당신은 멀리 떨어진 명예의 전당으로 들어갈 것입니다. 비록 하늘과 같지는 않지만 재상의 집무실로 들어가게 될 것입니다. 당신의 길이 얼마나 영광스럽겠습니까! 지금 당신은 마음속의 최상의 환희를 한 가득 들이키고 먼지 나는 여정의 웅장함을 맛볼 것입니다. 하늘에 있는, 당신의 친구인 우리들은, 당신이 높게 되어 되돌아올 것이 초조하게 기다리고 있습니다. 달콤한 소리를 내야 하는 거문고의 줄은 먼지에 쌓인 채 슬프게 당신이 오기를 기다립니다. 당신의 부재를 애도하며 다시 한 번 그 문이 활짝 열리기를 갈망하고 있는 당신의 방은 적막합니다. 신은 달콤한 고기 같은 붉은 이슬과 버터 같은 아침의 황금 안개를 준비했고 그걸로 자신의 천사 무리들을 자유롭게 먹입니다. 인간들 사이에서 임무를 서둘러 완수하고 하늘로 돌아오십시오. 그러나 먼저, 이름과 공로와 부와 명예를 크게 이뤄야만 합니다. 우리가 당신에게 요구하는 것은 부지런하고

부지런하라는 것입니다. 우리는 이 말로 인사를 전하며 감사의 예를
바칩니다.[45]

This is a piece of imaginative work, unusual to say the least. It was
evidently written as a protest against his own adverse fortune from a
political point of view.

　　이것은 상상적인 작품의 일부로, 가장 단순하게 말하면 특이한 글
이다. 정치적인 관점으로 인해 생긴 그 자신의 불운에 저항하는 글
이 분명하였다.

Yi Kyoo-bo writes on a wide variety of subjects. He touches nature

---

45 "상제에게 함주(緘奏)하자, 상제께서 이미 가하다고 하셨습니다. 장차 그 사람
들을 단단히 금고(禁錮)하고 당신의 굴욕을 펴 주게 되면, 오자(吾子)의 날개가
분발하게 될 것이요, 오자의 걸음걸이가 높아질 것입니다. 옥당(玉堂)은 길이 있
는데 어찌 깊어서 못 들어가며, 봉각(鳳閣)은 하늘이 아닌데 어찌 높아서 오르지
못하겠습니까. 홍진(紅塵)의 하계(下界)에서는 바야흐로 한식경[一餉]의 영화
가 흥겨운데, 벽락(碧落)의 고인(故人)들은 속절없이 선인(仙人)이 되어 오기를
바랄 것입니다. 티끌 긴 요슬(瑤瑟)은 장차 오자를 기다렸다 뜯고, 주인 없는 옥
실(玉室 자미궁(紫微宮)의 옥당(玉堂))은 장차 오자를 기다렸다 열겠으며, 자황
(紫皇 자미궁(紫微宮)의 천제(天帝))께서 내리신 단로장(丹露漿)과 금하액(金霞
液)은 홀로 우리들만 날마다 싫도록 마시고 오래도록 오자와 함께 마시지 못하
니, 속히 소지(素志)를 실현하고 다시 현도(玄都)로 뛰어오소서. 아아, 공명(功
名)을 이루지 않을 수 없으나 부귀는 오래도록 탐할 수 없는 것이기에, 우리들이
오자에게 권면할 것은 이뿐이니, 힘쓰소서. 돈수재배(頓首再拜)합니다."(緘奏
于上帝 帝已領可 將大錮其人 而信爾之屈也 則子之翼將奮矣 子之步將高矣 玉堂
有路 何深不入 鳳閣非天 何高不陟 紅塵下界 方酣一餉之榮 碧落故人 空望九還之
就 瑤瑟兮生塵 將待子而弄 玉室兮無人 將待子而開 紫皇所賜丹露之漿 金霞之液
獨吾等日厭飫耳 久矣不得與吾子共酌也 宜速償於素志 復超躡於玄都 噫 功名不
可不遂 富貴不可久貪 吾等所以勖子者此耳 勉旃 頓首再拜謹白)

again and again. Here is a translation of one of his poems on the family life:

이규보는 광범위하고 다양한 주제에 대해 썼다. 그는 되풀이하여 자연을 건드렸다. 가족의 삶에 대한 그의 시 중의 한 편의 번역이 여기 있다.

On the Death of a Little Daughter
「어린 딸의 죽음에 대하여」

"My little girl with face like shining snow,
So bright and wise was never seen before,
At two she talked both sweet and clear,
Better than parrot's tongue was ever heard.
At three, retiring, bashful, timid, she
Kept modestly inside the outer gates.
This year she had been four
And learned her first wee lessons with the pen,
What shall I do, alas, since she is gone?
A flash of light she came and fled away,
A little fledging of the springtime, she;
My little pigeon of this troubled nest.
I know of God and so can camly wait,
But what will help the mother's tears to dry?

I look out toward the distant fields,

The ears shoot forth upon the stalks of grain,

Yet wind and hail sometimes await unseen.

When once they strike the world has fallen full low.

'Tis God who gives us life;

'Tis God who takes our life away.

How can both death and life continue so?

These changes seem like deathly phantoms drear.

We hang on turnings of the wheel of fate,

No answer comes, we are just what we are."

어린 딸의 얼굴 빛나는 눈과 같고

밝고 총명함은 이루 말할 수 없고,

두 살에 벌써 분명하고 상냥하게 말하니

앵무새 소리보다 듣기 좋았다.

세 살에 내성적이고 수줍고 겁이 많아

문 안에서 삼가며 지냈다.

올해 네 살이 되어

펜을 들고 첫 수업을 들었던 딸

이제 가고 없으니 나는 어쩌란 말인가?

번개처럼 왔다 저 멀리 가는구나.

봄날의 어린 새였던 나의 딸

이 허술한 둥지의 작은 비둘기

나는 신을 알아 조용히 기다리나

어미의 눈물은 어쩌란 말인가?

저 먼 곳의 논을 보니

벼 줄기에 돋은 새순

바람과 우박이 숨은 채 기다리다 치니

세상의 모든 것이 떨어지는구나.

우리에게 생명을 주신 것도 신

우리의 생명을 뺏는 것도 신이라.

삶과 죽음이 이렇게 계속되는가?

생사의 변화가 끔직한 죽음의 환영과 같구나.

우리는 운명의 바퀴가 돌기를 매달리나

답은 없고 우리는 그저 지금 그대로 일뿐이구나. [46]

Here is one of his little quartettes that touches nature:

여기 자연을 다룬 작은 콰르텟[47]이 있다.

---

46 이규보, 「悼小女」, 『동국이상국집』 권5 고율시. "딸아이의 얼굴 눈송이와 같고 / 총명함도 말할 수 없었네 / 두 살에 말할 줄을 알아 / 앵무새의 혀보다 원활하였고 / 세 살에 수줌음을 알아 / 문 밖에 나가 놀지 않았으며 / 올해에 막 네 살박이로 / 여공(女工)도 제법 배워가더니 / 어쩌다가 이런 참변을 만났는지 / 너무도 갑작스러워 꿈만 같구나 / 마치 새새끼를 땅에 떨어뜨린 것 같으니 / 비둘기의 둥우리 옹졸했음을 알겠네 / 도를 배운 나는 그런대로 참겠지만 / 아내의 울음이야 언제 그치려나 / 내가 보니 저 밭에 / 작물도 막 자랄 때 / 바람이나 우박이 불시에 덮치면 / 여지없이 모두 결단나더군 / 조물주가 이미 내어놓고 / 조물주가 다시 갑자기 빼앗아가니 / 영과 고가 어찌 그리 덧없는가 / 변과 화가 속임수만 같구나 / 오고 가는 것 다 허깨비이니 / 이제는 그만이야 영원한 이별이구나"(小女面如雪 聰慧難具說 二齡已能言 圓於鸚鵡舌 三歲似恥人 遊不越門闑 今年方四齡 頗能學組綴 胡爲遭奪歸 倏若駭電滅 春雛墮未成 始覺鳩巢拙 學道我稍寬 婦哭何時輟 吾觀野田中 有穀苗初苗 風雹或不時 撲地皆摧沒 造物旣生之 造物又暴奪 枯榮本何常 變化還似譎 去來皆幻爾 已矣從此訣)

The Cherry.

'How wonderful god'd work!

So delicately mixed his sweet and bitter!

And yet your beautiful rounded shape

And rosy hue invite the robber bird."

「체리」

얼마나 멋진 신의 솜씨인가!

달콤함과 신맛을 절묘하게 섞었구나!

그러나 아름다운 둥근 모양

장밋빛 홍조는 도둑 새를 불러들인다.[48]

As time passes on other masters follow, one Yi Che-hyen, specially noted. He lacks the versatility of Yi Kyoo-bo but in power of expression even surpasses him.

시간이 흘러 다른 대가들이 나오는데 그 중 이제현이 특히 주목할 만하다. 그는 이규보의 다재다능함에는 미치지 못하지만 표현력에 있어서는 그를 능가한다.

He was sent in the year 1314 as a young envoy to China to the court

---

[47] 네 줄로 된 시.

[48] 이규보, 「櫻桃」, 『동국이상국집』 권16 고율시. "하늘의 솜씨 어찌 그리 기묘하뇨 / 시고 단맛 알맞게 만들었도다 / 한갓 탄환처럼 둥글게 생겨 / 뭇새의 쪼아댐을 막지 못하는도다"(天工獨何妙 調味適酸甘 徒爾圓如彈 難防衆鳥含)

of the Mongot emperors. A memorial was presented about that time that Korea be made a province of China proper. Yi Che-hyun, started at this, wrote so powerful and persuasive a rejoinder that the emperor cancelled the memorial and let KOREA STAND.

1314년 그는 젊은 사신으로 중국 몽고 황제의 궁으로 가게 되었다. 한국을 중국 영토의 지방으로 두자는 문서가 있었다. 이제현은 이에 놀라 매우 힘 있고 설득력 있는 반박문을 썼고 이에 황제는 그 문서를 취소하고 '한국을 존속시키기'로 했다.

He traveled much in China, and so I give one of the selections that he wrote there:

그는 중국의 여러 곳을 여행하였다. 나는 중국에서 쓴 그의 글 중 하나를 소개한다.

The Whangho River.
"Down comes the rolling Whangho from the west, with sources in the fabled peaks of Kol-yoon. The envoy of great Han built him a raft and went to see its fountain-head. From the heart of the hills it rushes forth, a thousand measures downward to the sea. He found it was the Milky Way that pours its torrents east-ward and comes sweeping toward us. By nine great circles it outspans the earth even to the farthest limits of the eye.

「황호강」

황호강이 서쪽에서 아래로 흐르는데, 그 근원은 전설의 곤륜산 봉우리이다. 위대한 한의 사신이 뗏목을 만들어 황호의 수원을 보러 갔다. 산의 가운데에서 바다로 천리를 콸콸 내려간다. 급류가 동쪽으로 쏟아져 우리를 휩쓸 듯 흘러오는 것이 은하수 같았다. 눈으로 볼 수 있는 가장 먼 땅에 이르러 강물은 아홉 개의 큰 원처럼 이어진다.[49]

"It is like a battle fierce between the Hans and Chos; the crash of ten thousand horse in an onset on the plain. Slantwise it comes rolling in big battalions, ever ceaseless. When it mounts and over-flowers the fields and meadows, people's hearts forsake them from pale fear. By the opening gates of the mountains its way is cloven eastward. The fierce strokes of its blade cut a thundering pathway toward the sea.

"그것은 한나라와 초나라의 맹렬한 전투 같았다. 만 마리의 말이 평야에서 습격하는 요란한 소리 같다. 그것은 큰 병력이 멈춤 없이 비스듬히 굴러오는 것 같았다. 강물이 들판과 초원을 흘러넘칠 때, 사람들의 마음은 창백한 두려움에서 그곳을 버리고 갔다. 산의 초입에서 강은 동쪽으로 갈라진다. 칼날 같은 무시무시한 일격으로 강물

---

49 이제현, 「黃河」, 『익재난고』 권1 詩. "황하는 서쪽 곤륜산(崑崙山)에서 흘러오는데 / 한 나라 사신 떼를 타고 근원을 찾았었다네 / 곤륜산 높이 몇 천 길도 넘는 데서 / 하늘의 은하수 끊임없이 쏟아진다 / 아홉 구비 지나올 때 지축(地軸)이 무너지는 듯(黃河西流自崑崙 漢使乘槎昔窮源 崑崙山高幾千仞 天河倒瀉流渾渾 崩騰九曲轉坤軸)

은 바다를 향한 우레 소리의 길을 만든다."[50]

"When I was young I played upon the bosom of the deep and wished to ride the fabled Moni. Now I would fain drink from the waters of this Western river. As I sit high and look upon it my soul and sprit are overwhelmed with awe. The fishy breezes kiss my startled gaze; great waves mount high in view like castled walls. The tall masts in the distance jostle the mountain tops. The sailor shouts his shrilly cry while sweat outlines his tightened chin, Though the day darkens far he still must go before he lights upon the gentle village of the plain. I am not Maing Myung-si who set fire to his boats in order to settle accounts with the people of Chin; nor am I the man who threw his jewels into its boiling deep. Still, I like them, and my soul has longed to see this stately river. If the iron ox that stands upon the shore had wits to prompt his sleepy soul he would laugh at such as me and say, 'What brought you here through wind and weather and all the dangers of the way?"

"어렸을 때 나는 전설의 모니(Moni)[51]를 타게 해달라고 가슴 속 깊

---

50 "만리도 넘게 일렁이는 모습 하늘 끝까지 뜨는 것 같다오 / 마치 초한이 서로 해 하에서 전쟁할 때 / 천병 만마가 들판으로 달리는 듯 / 가끔 막을 수 없는 횡류가 / 전야에 넘쳐서 온 백성들 걱정시켰지 / 양쪽 산을 깎아 동쪽으로 흐르게 하였으 니 / 신고한 거령 손바닥 자취 남았다오"(浩蕩萬里浮天垠 有如楚漢戰垓下 千兵 萬馬驅平原 橫流往往不可止 泛溢田野愁黎元 擘開兩山俾東注 辛苦巨靈留掌痕)

51 곤이[鯤]에 대한 오탈자로 보인다.

407

이 기도했다. 이제 나는 이 서강의 물을 기꺼이 마시려고 한다. 높은 데 앉아서 강을 내려다보면 나의 영혼과 정신은 경외감으로 압도된 다. 비린내 나는 산들바람이 나의 놀란 눈에 키스한다. 거대한 파도 가 성벽처럼 시야에서 높이 넘실댄다. 멀리 큰 돛대들이 산꼭대기에 서 서로 부딪힌다. 선원들이 날카로운 소리를 지르고, 땀방울이 꽉 다문 턱 선을 따라 흐른다. 멀리서 날이 어두워지고 있을지라도 초 원의 친절한 마을을 발견할 때까지 계속 가야 한다. 나는 진나라 사 람들과 거래를 트기 위해 자신의 배에 불을 지른 맹명씨가 아니다. 나는 끓는 물속으로 보석을 던진 그 남자도 아니다. 그럼에도 불구 하고 나는 그들이 좋다. 내 영혼은 이 장엄한 강을 보기를 갈망한다. 바닷가에 서 있는 쇠로 된 황소가 자신의 졸린 영혼을 자극할 기지가 있다면, 그는 나를 조롱하며 '무엇 때문에 비바람과 모든 위험을 무 릅쓰고 여기에 왔느냐?' 하고 물을 것이다."[52]

Before YI Che-hyun has passed away from the world there was born into Korea's circle of literati a most famous man to be, called Yi

---

[52] "아내 소년 시절 해상에서 놀 제 / 호탕한 기운 장생의 곤어 타려고 했었지 / 서강 물도 한 입에 들어 마실 만하고 / 운몽은 가슴속에 삼킬 것도 없었네 / 오늘날 백 사장 가에서 닻줄을 풀려고 하니 / 고독한 나의 마음 갑자기 아찔해진다 / 집채처 럼 닥치는 물결 바람 따라 머리를 두들기자 / 긴 돛대 산과 함께 흔들리는구나 / 뱃사공 땀 흘리면서 힘껏 저어가도 / 해저물 때까지 남쪽 마을에 못 이르네 / 나 는 선박을 불태우던 맹명 시처럼 / 진 나라 백성 위해 꼭 설분해야겠다는 것도 아 니었고 / 또는 구슬을 물에 던지던 진 공자처럼 / 그의 외삼촌과 저버리지 말자고 맹세한 것도 아니었네 / 만약 철우가 안다면 빙긋이 웃을 텐데 / 왜 험난함을 무 릅쓰고 서남으로 달리려 하나"(塞予少年遊海上 豪氣欲跨莊生鯤 西江眞堪一口 吸 雲夢不足胸中呑 今日沙頭欲解纜 兀坐不覺驚心魂 腥風打頭浪如屋 長帆遠與 山相掀 篙師絕叫汚流灘 日暮未到南岸村 我不是焚舟孟明視 期爲秦民一雪無窮冤 又不是投璧晉公子 誓與舅氏不負平生言 鐵牛有知應解笑 胡爲涉險西南奔)

Saik who dates from 1328 to 1396 A.D. He is regarded as the greatest of Korea's authors, and yet the writer must confess that his investigation of his works has not led to that conclusion. A most voluminous writer he is, his complete works, numbering some fifty volumes, cannot be bought for less than thirty dollars. The charm of best originality seems lacking. He is lacking. He is a great master of the laws of Confucian composition, and from that point of view his works are faultless.

이제현이 죽기 전에 한국 문학자들 범주에서 가장 유명해 질 사람, 이색이 태어났다. 그는 1328에서 1396까지 살았다. 그는 한국작가 중 가장 위대한 작가로 간주된다. 그러나 필자가 이제현의 작품을 연구한 후 내린 결론은 이와 다르다는 것을 고백해야겠다. 그는 다작을 한 작가이다. 50권에 이르는 그의 완성된 작품들은 30달러 이하에는 살 수가 없다. 독창성의 매력이 부족해 보인다. 그는 부족하다. 그는 유교 작문법에 대가이고 그런 관점에서 볼 때 그의 작품은 결함이 없다.

Two short examples translated herewith give only the thought, the real power of his Chinese composition is not evident.

여기 짧은 두 글은 번역으로 인해 그 생각만이 드러날 뿐 그가 가진 한자 작법의 생생한 힘은 명백히 드러나지 않는다.

Concerning Himself

「그 자신에 관하여」

"This form of mine is small and poorly built, so passers think me but a mere hunchback. My eyes defective are, and ears, too dull to hear. When some one speaks I took around to see who it is, and act much like a frightened deer that hunts the busy mart.

"내 몸의 형태는 작고 빈약하게 만들어졌다. 그래서 지나가는 사람들은 나를 단지 꼽추로 생각한다. 내 눈은 결함이 있고 귀도 잘 안 들린다. 누군가가 말할 때 누군지 보기 위해 주위를 두리번거리고 분주한 시장을 뒤지는 겁먹은 사슴처럼 행동한다.[53]

"Even though some one were found to be my friend, he soon would change his mind and cast me off. Though I should show mine inner heart and soul to prove I was a grateful man, he'd run the faster. So my friendships end. Although my face may shine and lips speak sweetest things, to voice my heart, I still would be the northern cart that finds itself within the southern kingdom. Who is there then to fit my arrow-head or wing my shaft for me? Who comfort lends or listens to my woe?

---

[53] 이제현, 「自訟辭」,『목은시고』권1 詩. "네 몸뚱이 왜소하고 못생겼음이여 / 남이 보기에 곧 넘어질 것 같으리 / 보는 것이 짧은 데다 듣는 것도 어두워 / 남의 소리 들으려면 좌우를 돌아보네 / 놀란 사슴이 저자엘 들어왔음이여"(汝之軀矮而陋兮 人視之若將仆也 視旣短而聽又瑩兮 中人聲而左右顧也 驚麕駭鹿之入于市兮)

"비록 누군가가 내 친구가 되었더라도, 금방 그는 마음을 바꿔 나를 버릴 것이다. 비록 내가 고마워하는 사람임을 입증하기 위해 내 내면의 마음과 영혼을 보여준다 할지라도 그는 더 빨리 도망갈 것이다. 그렇게 내 우정은 끝난다. 비록 내 마음을 말하기 위해 내 얼굴이 빛나고 입술이 가장 달콤한 얘기를 말한다 할지라도, 나는 여전히 남쪽 나라에서 발견된 북쪽의 마차일 것이다. 그렇다면 누가 나를 위해 화살을 끼워 넣어 쏠 것인가? 누가 내 슬픔에 귀를 기울이고 위로해 줄 것인가?[54]

"Away into unfathomed depths have gone the friends once loved and trusted, like trees that hide within the evening mist. If I regard myself I am as lonely as a single lock of hair upon a bullock's back. Whose teeth will ever part to speak his grateful word in my behalf? And yet just wherein have I sinned, or how departed from the rightful way? My wish and my desire stand firm toward the truth. Where have my deeds been sordid, low or mixed with cunning? I am a straight and honest man, why then this doubt and disregard of me? My wish is one to teach all men the way. Why is my learning held of no account? In study my desire is full attainment. Where are the

---

[54] "누가 서로 벗 삼아 종유하려 하리요 / 다행히 서로 만나 잠깐 즐거웠더라도 / 선뜻 배신하여 이내 욕을 하고요 / 속마음 다 꺼내서 허여하길 바라건만 / 아득히 추향 달라 우합할 이 없도다 / 네 얼굴 유순히 하고 네 말 좋게 하여 / 진정을 계속해서 쏟아 내건만 / 수레는 북으로 맘은 남으로 가는 듯해라 / 어느 것이 살촉이고 어느 것이 깃인고 / 근심과 슬픔 풀고 즐길 곳이 어드메뇨" (孰肯從而相友雖 幸聚而乍成懽兮 倏背焉而旋詬 出肺腑肉以求可兮 薮異馳而莫之遇 柔爾顔兮甘爾言 寫眞情之繼吐 猶北轅而適楚兮 夫誰鏃而誰羽 舒憂娛悲之何所兮)

flaws? What have I failed to do? I hold the plummet line of rectitude.

"한때 사랑하고 신뢰했던 친구들은 저녁 안개 속에 숨은 나무처럼, 깊이를 모르는 심연 속으로 멀리 사라졌다. 내가 나를 봤을 때, 나는 거세한 황소의 등에 붙은 한 타래의 머리처럼 외롭다. 누구의 이빨이 나를 위해 고마운 말을 해 줄 텐가? 그러나 나는 죄를 어디서 지었거나 혹은 어떻게 바른 길에서 벗어났는가? 나의 바람과 욕망은 진실을 향해 확고하게 서 있다. 어떻게 나의 행위가 더럽고 비천해지고 교활함과 섞이게 됐는가? 나는 곧고 정직한 사람인데, 나에 대한 이 의심과 무시는 왜 생겼는가? 내 바람은 모든 사람들에게 그 길을 가르치는 것이다. 왜 나의 학식은 중요하지 않는 것인가? 공부에 있어서, 나의 욕망은 충분히 달성되었다. 문제가 무엇인가? 내가 무엇을 실패했는가? 나는 청렴이라는 추의 줄을 갖고 있다.[55]

"My failure, faults, and lack of round success are due to the one wish I had that good would rule. I may have failed, how far I cannot know, yet why expect success from him who's but a beast, whose

---

[55] "하늘은 아득히 광활하기만 하여라 / 오직 친한 벗이 멀리 떨어져 있음이여 / 저 문 구름과 봄날의 숲만 아득하구나 / 천지 사이에 내 한 몸을 살펴보건대 / 아홉 마리 소에 털 하나 불기와 같거니 / 그 누가 나 같은 사람 들먹여나 주리요 / 또한 부당하게 여김도 알기 어렵도다 / 어찌 나의 덕이 거짓되는가 / 나는 순일한 마음만 품어 왔노라 / 어찌 나의 행실이 부정한가 / 나는 정직하게 여길 뿐이로다 / 어찌 나의 말이 거짓되는가 / 나는 진실함만 본받았을 뿐이네 / 어찌 나의 학문이 거치는가 / 나는 궁극의 경지에 이르렀다오 / 어찌 나의 정사가 흠이 많은가 / 나는 법도만 좇아서 할 뿐이로다 /(漠茫茫其天宇 惟情親之乖離兮 杳暮雲而春樹 觀吾身於霄壤兮 吹毛一於牛九 疇其置齒牙間兮 抑難知其所否 豈予德之回譎兮 予則懷其純一也 豈予行之奇邪兮 予則視其正直也 豈予言之訏詐兮 予則師其悃愊也 豈予學之鹵莽兮 予則至于其極也 豈予政之多疵兮 予則蹈夫繩墨也)

name is counted over on the finger-tips, as though he were a bandit chief?[56]

"나의 웬만한 성공의 결여, 실패, 잘못은 선이 지배하리라는 내 하나의 바람 때문이다. 나는 실패했을 수도 있지만 어느 정도인지 알지 못한다. 그러나 어째서 짐승에 불과한 자에게서 성공을 기대하는가? 마치 그가 산적 두목인 것처럼 그 이름을 손으로 꼽을 수 있다.

"Faults lie with you, my critics, you must change. God who sees full well and knows me he will count me clear. The law required, with all its feet and inches I have kept. No matter who, if he confess his faults, his past is buried evermore. To say I'm right and good, what joy is that? To jeer and treat me with contempt what care? Let me but so conduct myself that I be not an agent of the dark. To keep God's law this be my all in all."

"잘못은 당신들, 비평가들에게 있다. 당신들은 변해야 한다. 나를 제대로 보고 알고 있는 신은 나를 깨끗하다고 한다. 나는 법이 요구하는 것을 한 치의 오차 없이 지켰다. 누구든 자신의 잘못을 고백한다면 그의 과거는 영원히 묻힌다. 내가 옳고 선하다고 당신들이 말한들 무슨 즐거움을 주는가? 나를 조롱하고 경멸한다 해도 나와 무

---

56 "오직 나만 전도하고 낭패함이여 / 선을 주로 삼는 순일함을 몰랐어라 / 오직 순일함에 합할 줄 모름이여 / 저 금수의 무리와 무엇이 다르랴 / 의당 어진 이가 함께 할 수 없어라"(惟吾之顚頓狼狽兮 莫知主善之克一也 夫惟一之罔知協兮 禽獸之歸而何擇 宜仁人之不齒兮)

슨 상관인가? 나는 그저 악의 대리인이 되기 않기 위해 제대로 행동할 뿐이다. 신의 법을 지키는 것 그것이 나의 전부가 되기를."[57]

Japan and the Japanese.
「일본과 일본인」

(Written on the departure of Chung Mong-joo as special envoy, 1377 A.D.)
(1377년 정몽주가 특사로 파견됐을 때 씀)

"There is a king who dwells off toward the east, proud in his own esteem. He claims the belt he wears is righteousness, his robe the kindliest sheen. Stern his appearance but gentle is his speech. How wags the world he holds his even poise, strong to endure. He recks not of this little life, and death he counts an honor. Not even Pook-goong could stand a match to him. His land recalls the warlike states of Choo. Fearful he is enough to scare one's locks straight stiff, or make one's soul jump from his skin. Be it distress that overtakes, he will accept no pity from another. A single look askance and he

---

57 "정직하지 못한 삶이 바로 적이로세 / 어찌하여 일찍 반관하지 못했는가 / 하늘이 위에서 환하게 굽어보나니 / 그 순순히 예법을 실천하면은 / 하늘이 바로 내 눈앞에 있느니라 / 죄과를 자책하고 용서를 바라노니 / 이미 지나간 일을 누가 책망하리요 / 나를 포양해 준들 무엇이 기꺼우며 / 나를 훼방한들 무엇이 두려우랴 / 온화한 용모로 조신의 반열에 처하면 / 자신도 모르는 가운데 천리에 부합하리라"(罔之生也是敵 胡反觀之不蚤兮 上帝臨之而赫赫也 其循循而踞禮兮 則不違於咫尺也 引罪辜以謝過兮 孰旣往之追責 貸予襃兮何欣 附予毁兮何怵 雍容袍笏之班兮 不識不知而順帝之則也)

takes vengeance on the same. He counts not father, brother, son, if they oppose his way; his wife and daughters he regards as slaves, not even dogs or swine are they. His thought is in a name. 'Tis better death than lose one's honor, and he who soils his office mars the state. He'd make his people a refined, steel-hardened race. Though they regard it thus why should we blame? What runs its fullest source is bound to change, and change within a morning. Then we shall see what gentle habits will possess his world.

"동쪽 멀리 사는, 자신의 명성을 자랑스러워하는 한 왕이 있다. 그는 자신이 맨 허리띠가 의로움이, 자신이 입은 옷은 가장 친절한 광택을 가진다고 주장한다. 그의 외모는 엄격하나 말은 부드럽다. 세상이 요동을 치더라도 그는 평정을 유지하고 강하게 견딘다. 그는 이런 사소한 삶에는 마음 쓰지 않는다. 그는 죽음을 명예로 여긴다. 북궁조차도 그와 견줄 수 없다. 그의 나라는 주나라의 전쟁 같은 상태를 생각나게 한다. 그는 머리털이 뻣뻣하게 서고 혼이 피부에서 뛰어오르게 할 만큼 두려운 존재이다. 고통에 사로잡힐 지라도 그는 다른 사람으로부터의 동정을 허용하지 않을 것이다. 곁눈질만 한번 해도 그는 똑같이 복수한다. 그는 자신의 길을 반대한다면 아버지도 형제도 아들도 중요하지 않다. 아내와 딸은 개도 돼지도 아니지만 그는 그들을 노예처럼 여긴다. 그의 생각은 한 명분 안에 담겨 있다. 명예를 잃는 것보다 죽는 게 낫다. 자신의 지위를 더럽힌 자는 나라를 망친다. 그는 자신의 백성을 강철처럼 단단한, 정제된 민족으로 만들고자 한다. 그들이 그렇게 여긴들 우리가 왜 비난해야 하는가?

수원이 가득 차면 반드시 변하기 마련이다. 아침이 오기 전에 변한다. 그러면 우리는 어떤 부드러운 습관이 그의 세상을 사로잡게 될지 보게 될 것이다."[58]

"Alas, we Chosenese know not to change, their boats and carts go everywhere while I have never crossed the threshold of my door. Theirs is the Sunrise Kingdom linked to the fairy world. All things that live and grow abound on every side. The sun that shines upon its level plains lights up its world with splendor. How comes it that the evil-hearted rise from such a land, and like mad dogs bound forth on all who pass? Their wicked name has gone throughout the earth and all the world dislikes them. The thoughtful, learned, and good, regard this eastern state with deep dispair. The end will be a whole world roused to war. And then her fate? We two stand side by side. Let's

---

58 이색, 「東方辭(送鄭達可奉使日本國)」, 『목은시고』권1 辭. "저 동방에 임금 있어 / 태고로부터 자존했네 / 그 사람들이 의와 인을 숭상하고 / 기는 세차고 말은 온순했었네 / 그러나 그 뒤 세도가 변천하매 / 강렬만을 숭상하여 / 걸핏하면 목숨 버림이 / 북궁유(北宮黝)로도 못 비길지라 / 주말 전국을 본뜬 풍속 / 오싹 소름이 끼치고 간담을 서늘케 하네 / 던져 주는 밥 먹지 않고, 눈 흘김도 원수를 갚아 / 아비와 형도 모르거니 자식·손자 아랑곳할까 / 하물며 처자와 하인들을 / 보기를 개 돼지만도 못하고 / 이 몸이 시어져도 / 이름만은 남긴다네 / 선비는 죽일지언정 / 욕되게는 못할것이요 / 의관으로 욕 다함은 나라의 치욕이로세 / 이렇듯 백성을 가다듬어 풍습을 길렀으니 / 그들로선 그럴듯한 일, 무엇을 책할쏘냐. / 사물이 극하면 반드시 변하는 법 / 예양의 풍속이 혹 금시 이뤄질 듯 / 중국의 의관은 몇 번이나 제도가 바뀌었으냐"(詹東方之有君兮 肇大始以自尊也 其人佩義而服仁兮 厥氣勁而詞溫也 越世道之升降兮 尙剛烈而專門也 其輕生而敢死兮 何北宮黝之足言也 倣周季之戰國兮 凜凜乎使人毛竪而驚魂也 嗟來不食兮睚眦必報 上忘父兄兮下忘後昆也 矧妻孥與輿臺兮 視之不啻犬豚也 蓋此身兮澌盡 羌名譽兮求存也 士可殺 不可辱兮 辱衣冠痛在國也 勵于民而陶俗兮 亦其宜而何責也 極而閜有不變兮 揖讓或在於旦夕也 中華衣冠之幾更制兮)

---

think how China's states went down. Cho lost her monkey and the fell result enveloped all the forest. Now we enter upon friendly relations but as we have no heart in it they will be sure to fail. Deceit is all they spell. You, a spiritually enlightened man, are trusted with a great commission. Full powers have you in hand, go forth. Be careful of the food you have to eat and hold your imagination well in hand. Keep sound in body and see to your office with right diligence and care. I am unable to write all my heart would say. Thoughts unexpressed rise still within my soul."

"세상에, 우리 조선인들은 변화를 모른다. 나는 한 번도 문지방을 넘지 않았지만 그들의 배와 마차는 어디든지 간다. 그들의 왕국은 전설과 관련된 해 뜨는 나라이다. 만물이 도처에서 살아나고 자란다. 왕국의 평평한 초원을 비추던 태양이 그 광휘로 왕국을 밝힌다. 어떻게 사악한 자들이 그런 땅에서 나와, 미친개처럼 지나가는 사람들에게 달려드는가? 그들의 사악한 이름이 지구 곳곳에 퍼져 세상 사람들이 모두 그들을 증오한다. 사려 깊고, 학식 있고 선한 사람들이 이 동쪽 나라를 깊은 절망으로 본다. 그 끝은 전 세계의 전쟁이 될 것이다. 그럼 그 나라의 운명은? 우리 두 나라는 나란히 선다. 중국이란 나라가 어떻게 몰락했는지 생각하자. 초가 원숭이를 잃은 후 무시무시한 결과가 온 숲을 뒤덮었다. 이제 우리는 우호적인 관계에 들어섰으나 그 안에 어떤 진심도 없기 때문에 실패할 것이 확실하다. 그들이 말하는 것은 전부 속임수다. 정신적으로 계몽된 당신은 커다란 사명을 위탁 받았다. 전권이 당신의 손 안에 있으니, 나아가라. 먹

417

는 음식에 주의하고 상상력을 손에 잘 쥐고 있어라. 몸을 건강하게 유지하고 부지런함과 관심으로 당신의 임무를 살펴라. 나는 내 마음이 말하고 싶어 하는 전부를 쓸 수 없다. 표현되지 않은 생각들이 여전히 내 영혼 안에서 떠오른다."[59]

The Korean viewed the Japanese in those days much as the Englishman viewed the Frenchman. Beneath his highly contemptuous manner, however, there was also a high regard. So it has been. So it is to-day. Koreans enjoy a safety of life and property as never before, have a door of opportunity open to them that they never could have erected themselves, and they give promise of not only forming an honorable part of the great Empire of Japan but of contributing

---

[59] "우리는 아직 옛날 그대로이네 / 천하 만국이 모두 서로 교통하건만 / 우리는 아직 문턱을 넘은 일도 없네 / 해 뜨는 곳의 천자가 / 부상 땅에 터전을 잡았도다 / 원래 만물이 자라고 큼은 / 동풍이 따스하게 불어 주는 때문이요 / 온 누리를 환하게 내리비춤은 / 저 햇님이 혁혁히 떠 있음이라 / 이 두 가지가 나오는 고장은 / 과연 천하 무적의 나라이건만 / 어쩌다 군흉들이 틈타 내달아 / 지금껏 저렇게 창궐하였는가 / 악명을 천하에 뿌리고 죄가 이미 극도에 이르니 / 지사·인인들이 모두 동방을 위하여 애석히 여기네 / 이는 천하의 전쟁을 불러 일으킬 징조 / 의심 없으니 점칠 것도 없네 / 볼과 턱뼈는 서로 의지하는 것 / 우와 괵이 거울이요 / 초 나라가 잔나비를 잃으면 화가 온 수풀에 미치는 법 / 교빙을 하면서도 진정으로 하잖으면 / 위에 계신 신명이 정직히 감찰하시리 / 이제 그 권이 그대에게 있으니 / 그대는 음식을 부디 삼가고 / 일상 생활에 생각을 줄이세 / 건강을 보전하여 그 직책을 다하소 / 서투른 나의 글이 필력이 쇠했으니 / 말은 끝났어도 뜻은 그지없사외다"(我酒猶夫古昔也 舟車所至之必通兮 我酒足不踰閾也 日出處之天子兮 奄宅扶桑之域也 惟萬物之生育兮 酒谷風之習習也 惟下土之照臨兮 酒陽烏之林赫也 之二者之所出兮 信天下之無敵也 胡群兇之竊發兮 至于今其猖獗也 播惡名於天下而旣稔兮 志士仁人莫不爲東方惜也 是將動天下之兵端兮 不疑又何卜也 輔車相依兮 虞虢是監 楚國亡猿兮禍林木也 旣交聘兮或不以情 上有神明兮司正直也 今其權兮有所在 子其愼兮飲食也 少思慮兮興居 保厥躬兮供厥職也 謇予詞兮筆力衰 言有盡兮意無極也)

something original to this illustrious nation.

한국은 그 당시에 일본을, 영국인들이 프랑스인을 생각한 것처럼 그렇게 봤다. 그러나 매우 경멸적인 태도 아래에 또한 매우 높은 관심이 있었다. 지금까지 그래 왔고 오늘날도 그렇다. 한국인들은 전에 없던 안전한 삶과 풍요로움을 만끽하고, 그들에게 개방된 기회의 문을 가진다. 그들 스스로는 결코 이 문을 세울 수 없었을 것이다. 그들은 대일본 제국의 일부가 되기로 하고 독창적인 어떤 것을 이 눈부신 나라에 민족에 기여하기로 약속한다.

Chung Mong-joo who went as envoy to Japan in 1377 A.D. is also regarded as one of Korea's foremost literary men. He is the model, too, of the faithful courtier like Keui-ja, for he refused in 1392 to swear allegiance to the new dynasty, and died a martyr. His blood marks are pointed out in all sincerity to-day on the stone bridge in Songdo where he fell. Perhaps the fact that he lived up to this golden rule of the Far East, Serve only one Master, makes his writings more valuable than they would otherwise be. He went several times to Nangking on messages from his king and was once shipwrecked on the way. He is regarded by both Chinese and Japanese as a great master of the pen.

1377년 일본에 사절로 간 정몽주는 한국의 뛰어난 문학자로 여겨졌다. 그는 기자와 같은 충성스런 신하의 본보기이다. 왜냐하면

1392년에 새 왕조에 충성을 맹세하는 것을 거절하고 순교자로 죽었기 때문이다. 오늘날 그의 피의 흔적이 송도에 있는 돌다리에 진정으로 표시되어 있다. 아마도 그가 '한 임금만을 섬기는', 동방의 황금률을 지켰다는 사실이 실제보다 더 그의 작품을 가치 있게 만들었을지도 모른다. 그는 왕의 메시지를 들고 여러 번 남경에 갔으며 도중에 난파당한 적도 있었다. 그는 중국인들과 일본인들에게 위대한 저술가로 간주되었다.

In Nangking.
「남경에서」

BY CHUNG MONG-JOO.
정몽주

"I, Chung Mong-joo. in 1386, fourth moon, with my commission from my king was in Nangking in the Assembly Hall. On the twenty-third day the Emperor, while seated in the Gate of Divine Worship, sent a palace maid-in-waiting with a command saying that His Imperial Majesty desired me to come. I went and he talked with me face to face. What he said was most gracious. He ordered the yearly tribute paid by Korea, gold, silver, horses, cotton goods etc. to be entirely remitted. Greatly moved by this I wrote the accompanying song:

"나 정몽주는 1386년 네 번째 달이 뜬 날, 왕의 임무를 받고 회의 장이 있는 남경에 있다. 23일째 되는 날에, 황제는 '봉천문'에 앉아 있다가, 나인을 보내 나에게 오라고 명했다. 나는 가서 황제와 얼굴을 마주하고 이야기했다. 그가 하는 말은 품위가 있었다. 그는 한국에서 매년 조공으로 바치는 금, 은, 말, 면직물 등등을 완전히 면제한다는 명을 내렸다. 이것에 크게 감명 받아, 나는 다음의 시를 썼다.[60]

"A palace-maid at noon passed the command,

And had me called before the Dragon Throne.

To hear his gracious words it seemed to me that God was near:

Unbounded favors from his hand reach out beyond the sea.

I did not realize that in my joy my eyes were filmed with tears.

All I can say is May His Gracious Majesty live on forever.

From this day forth we thrive, land of the Han, how blessed.

We plough and dig our wells and sing our songs of peace."

　　"정오에 궁녀가 명을 전달하기를

　　용좌로 나를 부르신다하네.

　　그의 우아한 말을 들으니 신이 곁에 있는 것 같네.

---

60 "신 정몽주는 홍무 병인년(1366) 4월에 표문(表文)을 받들고 남경 회동관(會同館)에 갔습니다. 이달 23일에 상이 봉천문(奉天門)에 거둥하셨습니다. 근신(近臣)이 말씀을 전하면서 신에게 빨리 궁에 들도록 하여 친히 말씀을 받들게 하였는데 살펴주심이 간절하고 지극하였습니다. 이어서 우리나라에서 세공(歲貢)으로 바치던 금·은·말·베 일체를 면제해주시기에 지극한 성은을 입음에 느꺼움을 이길 수 없어 삼가 시를 지어 마음을 표현하였습니다." (臣夢周於洪武丙寅四月, 奉國表在京師會同館. 是月二十三日, 上御奉天門. 內人傳宣促臣入內 親奉宣諭 敎誨切至 因將本國歲貢金銀馬布一切蠲免, 不勝感荷聖恩之至, 謹賦詩以自著云.) 정몽주, 「皇都」, 『포은집』 권1 詩.

그의 손에서 무한한 호의가 바다 건너로 뻗치네.

나는 기쁨으로 내 눈이 눈물범벅이 됨을 깨닫지 못했네.

그저 황제의 만수무강을 말할 뿐이네.

오늘부터 우리는 번성하네, 한 나라, 얼마나 축복받은 나라인가.

우리는 쟁기를 갈고 우물을 파면서 평화의 노래를 부르네."[61]

In Japan.

「일본에서」

BY CHUNG MONG-JOO.(1377 A.D.)

정몽주(1377년)

"A thousand years have stood these islands of the deep,

By 'raft' I came and long I linger here;

Priests from the hills are asking for a song;

My host, too, sends me drink to cheer the day.

I am so glad we can be friend and kind to one another,

Because of race let's not be mean in mind or jealous.

Who then can say one is not happy on a foreign soil?

Daily we go by chair to see the plums in blossom."

---

61 "근신이 정오에 문득 황제 명을 전하매 / 대궐 뜰로 달려가서 황제 잔치상 받았네 / 황제의 말씀 가까이서 들으니 하늘이 바로 곁이요 / 너그러운 은전이 멀리 해동에까지 미쳤네 / 물러나오니 어느새 두줄기 눈물이 주루룩 / 마음에 느껴워 오직 성수만세 축원할 뿐이네 / 이제부터 삼한이 황제 힘을 입어서 / 밭갈고 우물 파며 모두 편히 쉬리라"(內人日午忽傳宣 走上龍墀向御筵 聖訓近聞天咫尺 寬恩 遠及海東邊 退來不覺流雙涕 感激唯知祝萬年 從此三韓蒙帝力 耕田鑿井摠安眠)

천년을 서 있던 이 바다 섬

뗏목타고 여기 와서 오랫동안 머무른다.

산에서 온 스님은 노래를 청하고

집주인도 때로 술을 보내 하루를 즐겁게 한다.

서로에게 다정한 친구가 되어 기쁘니

나라가 다르다고 마음이 인색하고 시기하랴.

타국이라 행복하지 않다 누가 말하나?

날마다 가마 빌려 이른 매화 구경 가네[62]

"Raft" is a reference to the supposed means of conveyance by which Chang Gon went all the way to Rome and to the Milky Way.

"뗏목"은 창곤이 로마와 은하수를 갈 때 이용한 운송 수단으로 짐작된다고 언급되어 있다.

In the next century, the fifteenth, a greater number of writers appear, historians, as well, like Su Ku-jung who wrote the <Mirror of the Eastern Kingdom>, the best history we have of the early days of his people. All through it he shows himself a man of level head who

---

62 정몽주, 「洪武丁巳 奉使日本作」, 『포은집』 권1 詩. "바닷섬이 오랜 세월 동안 군읍을 열었기로 / 배 타고 여기 와서 오랫동안 배회했네 / 산승은 매번 시 지어달라고 찾아오고 / 지주는 이따금씩 술을 보내오는도다 / 인정은 그래도 힘입을 수 있어 기쁘니 / 물색 가지고 서로 시기하지 말자꾸나 / 타국이라고 그 누가 좋은 흥취 없다 하랴 / 날마다 견여 빌려 타고 이른 매화를 찾노라"(海島千年郡邑開 乘槎到此久徘徊 山僧每爲求詩至 地主時能送酒來 却喜人情猶可賴 休將物色共相猜 殊方孰謂無佳興 日借肩輿訪早梅 僑居寂寞閱年華)

423

draws a definite line between mere superstition and facts for history to record.

다음 세기인 15세기에 더 많은 수의 작가가 나타난다. 마찬가지로 서거정 같은 역사가들도 많은데, 그는 한국 민족의 초기에 관한 가장 훌륭한 역사서인『동국통감』을 썼다. 그 책을 통해 그는 자신이 단순한 미신과 기록될 만한 역사적 사실 사이에 명확한 선을 긋는 지성인임을 보여 준다.

And yet it was a day of superstition, for one of his contemporaries. Sung Hyun, writes endless stories like the following:

그러나 당시는 미신의 시대였고, 그와 동시대 사람인 성현은 다음과 같이 끝없는 이야기를 썼다:

Odd Story of a Priestess.

「여승에 대한 기묘한 이야기」

"Minister Hong, once on a journey was overtaken by rain and went into a side way where was a house in which he found a young priestess about eighteen years of age. She was very pretty and possessed of great dignity. Hong asked her how it came that she was here by herself in this lonely place, when she replied," We are three of us, but my two companions have gone to town to obtain supplies.'

　　"옛날에 홍 제상이 여행을 하다가 비가 와서 옆길로 들어섰는데, 거기서 18살 정도 먹은 젊은 여승이 사는 집을 발견하게 되었다. 그녀는 아주 예쁘고 우아함을 지녔다. 홍 제상은 어떻게 여기 이 외로운 곳에 혼자 있게 되었냐고 그 여자에게 물었다. 그 여자는" 원래 셋인데, 두 친구가 음식을 구하러 마을에 가고 없다"라고 대답했다.[63]

　　"By flattery and persuasive words he promised, on condition that she yield herself to him, to make her his secondary wife on such and such a day of the year. The priestess all too readily believed him and awaited the day, but he never came, and the appointed season passed without sound of footfall or shadow of any kind. She fell ill and died.

　　그는 아첨과 설득의 말로 그에게 항복한다면 그해에 이러이러한 날에 그녀를 두 번째 부인으로 맞아들이겠다고 약속했다. 그 여승은 너무 쉽게 그를 믿었고 그날을 기다렸으나 그는 오지 않았다. 약속한 계절이 어떤 발자국 소리나 그림자도 없이 지났다. 그녀는 병들어 죽었다.[64]

63　성현, 『용재총화』권4. " 홍 재상(洪宰相)이 아직 현달하지 못한 때였다. 길을 가다 비를 만나 조그만 굴 속으로 달려 들어갔더니 그 굴 속에는 집이 있고 17, 8세의 태도가 어여쁜 여승이 엄연히 홀로 앉아 있었다. 공이. "어째서 홀로 앉아 있느냐." 물으니, 여승은, "세 여승과 같이 있사온데 두 여승은 양식을 빌리러 마을로 내려갔습니다" 하였다."(洪宰樞微時路逢雨 趨入小洞 洞中有舍 有一尼 年十七八 有姿色 儼然獨坐 公問何獨居 尼云三尼同居 二尼丐粮下村耳)

64　"공은 마침내 그 여승과 정을 통하고 약속하기를, "아무 달 아무 날에 그대를 맞아 집으로 돌아가리라." 하였다. 여승은 이 말만 믿고 매양 그날이 오기를 기다렸으나 그날이 지나가도 나타나지 않자 마음에 병이 되어 죽었다."(公遂與敍歡

"Later Hong was sent south as provincial governor of Kyungsang Province. While there he one day saw a lizard run across his room and pass over his bed quilt. He ordered his secretary to throw it out, and not only did he so but he killed it as well. The next day a snake made its appearance and crawled stealthily into the room. The secretary had this killed also, but another snake came the day following.

"나중에 홍 제상이 경상도 감사가 되어 남쪽으로 파견되었다. 어느 날 그는 도마뱀 한 마리가 방을 가로질러 이불 위로 지나가는 것을 보았다. 그는 이방에게 그것을 던져 버리라고 명령했다. 이방은 그렇게 했을 뿐만 아니라 그것을 죽였다. 다음날 뱀이 나타나 몰래 방으로 기어 들어갔다. 이방은 뱀도 죽였다. 그러나 다른 뱀이 그 다음날 또 나타났다.

"The governor began questioning the manner of this visitation and thought of the priestess. Still he trusted in his power and position to keep safe from all such trivial evils, so he had them killed as they came and gave orders accordingly. Every day snakes came, and as day followed day they grew larger in size and more evil in their manner, until at last great constrictors came pouring in upon him. He had his soldiers marshalled with swords and spears to ward them aff and yet somehow they managed to break through. The soldiers slashed

---

約曰 某年月迎汝歸家 尼信之每待某期 期過而竟無影響 遂成心疾而死)

at them with their sabres; fires were built into which the snakes were flung and yet they increased in numbers and grew. In the hope of placating this enemy the governor caught one of them and put it in a jar letting it loose at night to crawl about as it pleased over his bed and returning it once more to its place when the day dawned. Wherever he went, about the town or on a journey, he had a man carry the snake along in the jar. Little by little the governor's mind weakened under the strain of it, his form grew thin and shortly afterward he died."

"감사는 이런 출현 방식에 의문을 품기 시작했고 그 여승을 생각해 냈다. 그는 여전히 모든 그러한 사소한 악에서 자신의 권력과 직위가 자신을 안전하게 지켜줄 거라고 믿었다. 그래서 나타날 때마다 죽이고 명령을 내렸다. 매일 뱀들이 왔고, 뱀들은 점점 크기가 커졌으며, 더 사악해졌다. 마침내 큰 뱀들이 그에게 쏟아졌다. 그는 뱀들을 쫓아내기 위해 병사들을 창과 검으로 무장시켰으나 어떤 방법으로든 그들은 뚫고 들어왔다. 병사들은 칼로 뱀들을 찌르고, 뱀들을 내던진 곳에 불을 피웠다. 이 적들을 달래려고 감사는 그들 가운데 한 마리를 잡아 단지에 넣고는 밤에 풀어주어 원하는 만큼 침대 위를 기어 다니게 하고는 새벽이 되면 제자리로 다시 돌려놓았다. 마을에 가거나 여행을 갈 때마다, 그는 하인이 뱀을 넣은 단지를 들고 따라다니게 했다. 불안으로 조금씩 수령의 정신이 쇠약해졌고 체격이 마르게 되더니 결국 그는 죽었다."[65]

This unsavory thread of superstition runs all through the writings of East Asia and shares a large part in the mental fabric of the race to-day. The law of reason that governs modern thought is more and more making its influence felt through the newspaper and the modern book, and this old world is bound to disappear. The fairy part of it we would still see live; but the snakes and devils may well go.

이처럼 불쾌한 미신의 가닥이 동아시아의 저서를 통해 이어지며 오늘까지 한국 민족의 정신적 구조의 많은 부분을 공유하고 있다. 현대 사상을 지배하는 이성의 법칙은 신문과 현대 서적을 통해 점점 더 그 영향력을 행사하게 되었고 미신의 구세계는 사라지게 되었다. 우리는 동화적인 부분이 살아있는 것을 보고 싶지만, 뱀과 악마는

---

65 "공이 나중에 남방절도사가 되어 진영(鎭營)에 있을 때, 하루는 도마뱀[蜥蜴]과 같은 조그만 물건이 공의 이불을 지나가거늘 공은 아전에게 명하여 밖으로 내던지게 하자 아전은 죽여버렸는데, 다음날에도 조그만 뱀이 들어오거늘 아전은 또 죽여버렸다. 또 다음날에도 뱀이 다시 방에 들어오므로 비로소 전에 약속했던 여승의 빌미[神禍]인가 의심하였다. 그러나 자신의 위세를 믿고 아주 없애버리려고 또 명하여 죽여버리게 하였더니 이 뒤로는 매일 오지 않은 날이 없을 뿐만 아니라 나올 때마다 몸뚱이가 점점 커져서 마침내 큰 구렁이가 되었다. 공은 영중(營中)에 있는 모든 군졸을 모아 모두 칼을 들고 사방을 둘러싸게 하였으나 구렁이는 여전히 포위를 뚫고 들어오므로 군졸도 들어오는 대로 다투어 찍어버리거나 장작불을 사면에 질러놓고 보기만 하면 다투어 불 속엘 집어던졌다. 하지만 그래도 없어지지 않았다. 이에 공은 밤이면 구렁이를 함 속에 넣어 방 안에 두고 낮에는 함 속에 넣어 변방을 순행할 때도 사람을 시켜 함을 짊어지고 앞서 가게 하였다. 그러나 공의 정신이 점점 쇠약해지고 얼굴빛도 파리해지더니 마침내 병들어 죽었다."(公後爲南方節度使在鎭 一日有小物如蜥蜴 行公褥上 公命吏擲外 吏遂殺之 翌日有小蛇入房 吏又殺之 又明日蛇復入房 始訝爲尼所祟 然恃其威武 欲殲絶之 卽命殺之 自後無日不至 至則隨日而漸大 竟爲巨蟒 公聚營中軍卒 咸執刀釰圍四面 蟒穿圍而入 軍卒爭斫之 又設柴火於四面 見蟒則爭投之 猶不絶 公於是夜則以櫝褁蟒置寢房 晝則貯藏於櫝 行巡邊徼 則令人負櫝前行 公精神漸耗 顏色憔悴 竟搆疾而卒)

사라져도 좋다.

As time passed on and the rumor became fixed that Koryu met its fate in 1392 through the evil influence of the Buddha, Confucianism became more and more the state religion and the literati were the scribes and Pharisees who taught and explained its sacred books. While many of them were merely creatures of the letter, some again were devoutly religious and apparently most attractive characters. One named Yi I, or Yool-gok as he is familiarly called, lived from 1536 to 1584. His name to-day is recorded in the Confucian Temple No. 52 on the east side of the Master, and is revered by his people as no other.

시간이 지남에 따라, 불교의 악영향으로 1392년에 고려가 운명을 맞게 됐다는 소문이 확고한 사실이 되자, 유교 사상은 점점 더 국교가 되었고 문인들은 경전을 가르치고 설명하는 서기관과 바리새인이 되었다. 그들 가운데 많은 사람들이 단지 글자를 아는 사람에 불과한 반면, 몇몇은 열렬히 종교적이었고 매우 매력적인 인물임이 분명했다. 이이, 혹은 흔히 율곡이란 불리는 자가 1536년에서 1584년 사이에 살았다. 오늘날 그의 이름은 문묘에서 공자의 동편 52번으로 기록되어 있으며, 그는 다른 누구보다도 한국 사람들의 존경을 받았다.

The Flowery Rock Pavilion.

「화암정」

BY YI I.

이이

"Autumn has come to my home in the woods, how many things I would like to write about. The long line of river goes by us on its way from heaven. The red leaves, tinted by the frost look upward toward the sun. The hills kiss the round circle of the lonely moon. The streamlets catch the breezes that come a thousand li. Why are the geese going north I wonder. Their voices are lost in the evening clouds."

"가을이 숲속 우리집에 왔다. 쓰고 싶은 것이 얼마나 많은지. 긴 강의 우리 곁을 지나 강의 긴 선은 하늘에서 우리 곁으로 왔다. 서리에 물든 빨간 잎들은 태양을 올려다본다. 언덕은 둥근 원의 고독한 달에게 키스한다. 작은 시내는 천리를 거쳐 온 산들바람을 붙잡는다. 기러기는 왜 북으로 가는 것일까. 기러기 소리는 저녁 구름 속으로 사라진다."[66]

---

[66] 이이, 「花石亭」, 『율곡선생전서』 권1 詩. "숲 속 정자에 가을이 이미 깊으니 / 시인의 생각 끝없이 일어나네 / 멀리 보이는 저 물빛은 하늘에 닿아 푸르고 / 서리 맞은 단풍은 햇볕 받아 붉구나 / 산은 외로운 달을 토해 내고 / 강은 만 리 바람을 머금었네 / 변방 기러기는 어디로 가는가 / 저녁 구름 속으로 소리 사라지네"(林亭秋已晚 騷客意無窮 遠水連天碧 霜楓向日紅 山吐孤輪月 江含萬里風 寒鴻何處去 聲斷暮雲中)

God's Way.

「신의 길」

BY YI I.

이이

"God's way is difficult to know and difficult to explain. The sun and moon are fixed in the heavens. The days and nights go by, some longer, some shorter. Who made them so, I wonder. Sometimes these lights are seen together in the heavens; sometimes again they are eclipsed and narrowed down. What causes this? Five of the stars pass us on the celestial warp, while the rest swing by on the wings of the woof. Can you say definitely why these things are so? When do propitious stars appear, and when, again such wild uncanny things as comets? Some say that the soul of creation has gone out and formed the stars. Is there any proof of this?

"신의 길은 알기도 설명하기도 어렵다. 해와 달은 하늘에 고정되어 있다. 어떤 때는 더 길게, 어떤 때는 더 짧게, 낮과 밤은 지나간다, 누가 그렇게 만들었는지 궁금하다. 때때로 이 빛들이 하늘에서 함께 보이고, 때로 그들은 다시 가려져서 좁아진다. 원인이 무엇인가? 다섯 개의 별이 천상의 날줄로 우리를 지나고 나머지는 날개 같은 씨줄에 매달려 있다. 당신은 이 별들이 왜 그러는지 명확하게 말할 수 있는가? 길조의 별은 언제 나타나며, 언제 혜성 같은 그러한 매우 기이한 일이 생기는 것인가? 혹자는 창조주의 영혼이 빠져나가 별을 만

들었다고 말한다. 증거가 있는가?"⁶⁷

"When the winds spring up where do they come from, and whither do they go? Sometimes though it blows the branches of the trees do not even sing: at other times trees are torn from their roots and houses are carried away. There is the gentle maiden wind, and then there is the fierce typhoon. On what law do these two depend?

"바람이 불 때 그들은 어디서 와서 어디로 가는 것인가? 때때로 바람이 불어와도 나뭇가지는 노래도 안 하고, 어떤 때는 나무들이 뿌리에서 찢겨지고 집들이 옮겨진다. 부드러운 아가씨 바람이 있고 맹렬한 태풍도 있다. 이 둘은 무슨 법칙에 의존하는 것인가?"⁶⁸

"Where do the clouds come from and how again do they dissipate into the five original colors? What law do they follow? Though like

---

67 이이, 「天道策」, 『율곡선생전서』 권14 잡저. "천도는 알기도 어렵고 또 말하기도 어렵다. 해와 달이 하늘에 걸려서 한 번은 낮이 되고 한 번은 밤이 되는데, 더디고 빠른 것은 누가 그렇게 한 것인가? / 간혹 해와 달이 함께 나와서 때로는 겹쳐서 일식과 월식이 되는 것은 무엇 때문인가? / 오성(五星)은 씨[緯]가 되고 여러 별은 날[經]이 되는 것을 또한 상세하게 말할 수 있는가? / 경성(景星)은 어느 때에 나타나며 혜발(彗孛)이 나오는 것은 역시 어느 때 있는 것인가? 혹자가 말하기를, "만물의 정기(精氣)가 올라가서 여러 별이 된다" 하는데, 이 말은 또한 어디에 근거한 것인가?"(天道難知 亦難言也 日月麗乎天 一晝一夜 有遲有速者 孰使之然歟 其或日月並出 有時薄蝕者 何歟 五星爲緯 衆星爲經者 亦可得言其詳歟 景星見於何時 彗孛之生 亦在何代歟 或云萬物之精 上爲列星 此說亦何據歟)

68 "바람은 어느 곳에서 일어나 어디로 들어가는가? / 어떤 때에는 불어도 나무가 울리지 아니하는데, 어떤 때에는 나무를 꺾고 집을 허물어뜨리며, 순풍도 되고 폭풍도 되는 것은 무엇 때문인가?"(風之起也 始於何處而入於何所歟 或吹不鳴條 或折木拔屋 爲少女爲颶母者 何歟)

smoke, they are not smoke. Piled up they stand and swiftly they sail by. What causes this?

"구름은 어디서 와서 어떻게 원래의 오색으로 흩어지는 것인가? 그들은 무슨 법칙을 따르는 것인가? 연기 같지만 연기는 아니다. 차곡차곡 쌓여서 신속하게 항해한다. 이유가 무엇인가?"[69]

"The mists, too, what impels them to rise? Sometimes they are red and sometimes blue. Does this signify aught? At times heavy yellow mists shut out all the points of the compass, and again a smothering fog will darken the very sun at noon.

"안개 역시, 무엇이 그들을 떠오르게 하는 것인가? 어떤 때는 안개가 붉은색이다가 어떤 때는 푸른색이다. 이것은 무엇을 의미하는가? 때때로 짙은 노란 안개는 사방팔방을 차단한다. 그리고 숨 막히는 안개는 정오에 바로 그 해를 어둡게 할 것이다."[70]

"Who has charge of the thunder and the sharp strokes of lightning?

---

69 "구름은 어디로부터 일어나며, 흩어져서 오색(五色)이 되는 것은 무엇에 감응한 것이며, 간혹 연기 같고 연기 아닌 것 같기도 한 것이 욱욱(郁郁)하고 분분(紛紛)한 것은 무엇 때문인가?"(雲者 何自而起 散爲五色者 何應歟 其或似煙非煙 郁郁紛紛者 何歟)

70 "안개는 무슨 기운이 발한 것이며, 그것이 붉고 푸르게 되는 것은 무슨 징조인가? 누런 안개가 사방을 막기도 하고, 낮에 많은 안개가 끼어 어둡기도 한 것은 또 무엇 때문인가?"(霧者 何氣所發 而其爲赤爲靑者 有何徵歟 或黃霧四塞 或大霧晝昏者 亦何歟)

The blinding flashes that accompany them and their roarings that shake the earth? What does it mean? Sometimes they strike men dead. What law directs this I wonder?

천둥과 날카로운 번개는 누가 담당하는 것일까? 천둥과 번개가 동반하는 섬광과 땅을 흔드는 굉음은? 그것은 무엇을 의미하는 것인가? 때때로 그것들은 사람을 쳐서 죽게 한다. 무슨 법칙이 이것을 이끄는 것일까?[71]

The frosts kill the tender leaves, while the dew makes all fresh and green again. Can you guess the law by which these are governed?

이슬이 모든 것을 다시 신선하고 푸르게 하는 반면, 서리는 연한 잎들을 죽인다. 이들을 지배하는 법칙을 당신은 추측할 수 있는가?[72]

"Rain comes forth from the clouds as it falls, but again there are dark clouds that have no rain. What makes this difference? In the days of Sillong rains came when the people wished them, and desisted when their hopes were fulfilled. In the Golden Age they fell

---

71 "우레와 벼락은 누가 이를 주재하여 그 빛이 번쩍번쩍하고 그 소리가 두려운 것은 무엇 때문인가? 간혹 사람이나 물건이 벼락을 맞는 것은 또 무슨 이치인가?" (雷霆霹靂 孰主張是 而其光燁燁 其聲虩虩者 何歟 或震於人 或震於物者 亦何理歟)

72 "서리는 풀을 죽이고 이슬은 만물을 적시는데 서리가 되고 이슬이 되는 이유를 들어 볼 수 있는가?…"(霜以殺草 露以潤物 其爲霜爲露之由 可得聞歟…)

just thirty-six times, definitely fixed. Was it because God was specially favorable to those people? When soldiers rise in defense of the right rain comes; rain comes too, when prisoners are set free. What do you suppose could cause this?

"비는 내릴 때 구름에서 떨어지나 비를 내리지 않는 먹구름도 있다. 무엇이 이런 차이를 만드는 것인가? 신농씨 시대에는 사람들이 바랐을 때 비가 왔고 그들의 희망이 이뤄졌을 때 멈췄다. 황금시대에는, 단지 36차례 비가 내렸는데 명확하게 정해져 있었다. 신이 특별히 그 사람들을 좋아했기 때문인가? 병사들이 정의를 수호하기 위해 일어났을 때 비가 왔고, 죄수들이 풀려날 때도 비가 왔다. 당신은 무엇이 이런 일을 일어나게 하는지 추측할 수 있는가?[73]

Flowers and blossoms have five petals, but the flakes of snow have six. Who could have decided this?

꽃과 봉오리들은 다섯 개의 꽃잎을 가지고 있으나 눈송이는 여섯 개를 가지고 있다. 누가 이런 것을 결정했을까?[74]

---

73 "비는 구름을 따라 내리는 것인데, 간혹 구름만 자욱하고 비가 오지 아니하는 것은 무엇 때문인가? 신농씨(神農氏) 때에는 비가 오기를 원하면 비가 오는 태평한 세상이라 36번의 비가 있었으니, 천도(天道)도 사사롭게 후한 것이 있는가? 혹은 군사를 일으킬 적에 비가 오고, 혹은 옥사(獄事)를 판결할 적에 비가 오는 것은 무엇 때문인가"(雨者 從雲而下 或有密雲不雨 何歟 神農之時 欲雨而雨 太平之世 三十六雨 天道亦有私厚歟 或師興而雨 或決獄而雨者 抑何歟)

74 "초목의 꽃술은 다섯 잎으로 된 것이 많은데, 눈꽃[雪花]은 유독 여섯 잎으로 된 것은 무엇 때문인가?…"(草木之花 五數居多 而雪花獨六者 何歟…)

"Now hail is not white frost nor is it snow. By what power has it become congealed? Some of its stones are big as horses' heads, and some again are only as large as chickens' eggs. Sometimes they deal out death to man and beast. At what time do these things happen? Did God give to each particular thing its own sphere of action when he made it?

"이제 우박은 하얀 서리도 아니고 눈도 아니다. 무슨 힘이 그것을 얼게 하는 것일까? 어떤 돌은 말 머리만큼 크고 어떤 돌은 계란만하다. 때때로 돌은 사람과 짐승에게 죽음을 가져다준다. 언제 이런 일이 벌어지는 걸까? 신은 창조할 때 각각의 특정한 사물들에 고유의 행동 영역을 주셨는가?[75]

"There are times when the elements seem to battle with each other as when rain and snow compete. Is this due to something wrong in nature, or in man's way?

"비와 눈이 경쟁할 때처럼, 원소들이 서로 싸우는 것처럼 보일 때가 있다. 이것은 자연이나 인간의 방식에 있어서 뭔가가 잘못되었기

---

[75] "우박[雹]은 서리도 아니고 눈도 아닌데, 무슨 기운이 모인 것인가? 어떤 것은 말의 머리만큼 크고, 어떤 것은 달걀만큼 커서, 사람과 새와 짐승들을 죽인 것은 어느 때에 있었는가? / 천지가 만상(萬象)에게 각각 그 기운을 두어서 이루었는가, 아니면 한 기운이 유행하여 흩어져서 만상이 되었는가?"(雹者 非霜非雪 何氣之所鍾歟 或如馬頭 或如鷄卵 殺人鳥獸 亦在於何代歟 天地之於萬象 各有其氣而致之歟 抑一氣流行而散爲萬殊歟)

때문인가?[76]

"What shall we do to do away with eclipses altogether, and have the stars keep their appointed course? So that thunder will not startle the world; that frosts may not come in summer; that snows may not afflict us, nor hailstones deal out death; that no wild typhoons may blow; that no floods prevail; that all nature run sweetly and smooth, and so that heaven and earth will work in accord to the blessing of mankind? Where shall we find such a doctrine? All you literati who are deeply learned, I should think that some of you could tell me. Open your hearts now and let me know."

"일식을 완전히 없애고 별들이 정해진 길을 가도록 하기 위해 우리는 무엇을 해야 하는가? 천둥소리에 세상이 놀라지 않게 하기 위해, 서리가 여름에 내리지 않게 하기 위해, 눈이 우리를 괴롭히지도 우박이 죽음을 가져오지 않기 위해, 사나운 태풍이 불지 않게 하기 위해, 홍수가 만연하지 않게 하기 위해, 모든 자연이 부드럽고 달콤하게 흘러가게 하기 위해, 그러면 천지가 인류의 축복과 조화를 이루게 되는가? 우리는 그런 학설을 어디서 찾을까? 심오한 학식이 있는 당신 문인들 가운데 누군가가 나에게 얘기해 줄 수 있다고 나는 생각한다. 이제 당신의 마음을 열고 나에게 알려 달라."[77]

---

76 "간혹 보통의 도리에 어긋나는 것은 하늘의 기운이 어그러진 때문인가, 사람의 일이 잘못되었기 때문인가?"(如或反常 則天氣之乖歟 人事之失歟)

77 "어떻게 하면 일식과 월식이 없을 것이며 별이 제자리를 잃지 않을 것이며, 우레와 벼락이 치지 않을 것이며, 서리가 여름에 내리지 않을 것이며, 눈이 너무 많이

To prove that literary talent was not confined to the halls of the rich we have a number of authors who rose from the lowest social stratum to shine high in the firmament. One, son of a slave, called Song Ik-p'il was born in 1534 and died in 1599. His works were re-published in 1762 and are regarded to-day as among Korea's best, almost sacred writings.

문학적 재능이 부자들의 전당에만 국한되지 않았음을 증명하기 위해, 가장 낮은 사회적 계층에서 하늘 높은 데까지 올라 빛을 낸 많은 작가들이 있다. 서출이었던 송익필은 1534년에 태어나 1599년에 죽었다. 그의 작품들은 1762년에 재발간되었으며, 오늘날 한국에서 가장 훌륭하고 거의 경전으로 간주된다.

On Being Satisfied.

「만족에 관하여」

BY SONG IK-P'IL.

송익필

내리지 아니하며, 우박이 재앙이 되지 아니하며, 풍해와 수해가 없이 각각 그 질서에 순응하여, 마침내 천지가 안정되고 만물이 육성되는 경지에 이를 수 있을 것인가? 그 도는 어떤 것에서 말미암는가? / 여러 선비들은 널리 경사(經史)에 통하여 능히 이런 것을 말할 수 있을 것이니, 각각 마음을 다하여 대답하라"(何以則日月無薄蝕 星辰不失躔 雷不出震 霜不夏隕 雪不爲沴 雹不爲災 無烈風 無淫雨 各順其序 終至於位天地育萬物 其道何由 諸生博通經史 必能言是者 其各悉心以對)

"How is it that the good man always has enough, and why the evil man should always lack? The reason is that when I count my lacks as best I have enough; but worry goes with poverty and worrying souls are always poor. If I take what comes as good and count it best, what lack have I. But to complain against Almighty God and then my fellow men means grieving o'er my lacks. If I ask only what I have I'm never poor; but if I grasp at what I have not how can I ever have enough? One glass of water, even that may satisfy, while thousands spent in richest fare may leave me poor in soul. From ancient days all gladness rests in being satisfied, while all the ills of life are found in selfishness and greed. The Emperor Chin-see's son who lived within the Mang-heui Palace was heard to say, 'Though I live out my life, 'tis all too short,' and so his worries came. The ruler of the Tangs we're told cast lots to meet his love beyond the veil because his heart was cheerless here, and yet we poorest of the poor when we wish only what we have how rich we are. How poor are kings and princes who reach out for more, while he who's poor may be the richest. Riches and poverty lie within the soul, they never rest in outward things. I now am seventy and my house has nothing, so that men point at me and exclaim 'How poor.' But when I see the shafts of light tip all the hill tops in the morning my soul is satisfied with richest treasure; and in the evening, when I behold the round disk of the moon that lights the world and shines across the water, how rich my eyes! In spring the plum-trees bloom, in autumn the chrysanthemum.

The flowers that go call to the flowers that come. How rich my joy! Within the Sacred Books what deep delight! As I foregather with the great who've gone, how rich! My virtues I'll admit are poor, but when I see my hair grow white, my years how rich! My joys attend unbroken all my days. I have them all. All these most rich and satisfying things are mine. I can stand up and gaze above, and bend and look below, the joy is mine. How rich God's gifts! My soul is satisfied."

　　"어째서 선한 사람은 항상 족하다고 하고, 악한 사람은 왜 항상 부족하다고 하는 것인가? 나의 부족한 것을 최고로 생각하면 나는 족하지만 근심은 가난과 함께 하고 근심하는 영혼은 항상 가난하다. 좋은 것을 좋은 것으로 안다면 뭐가 부족한가. 그러나 전지전능한 신과 그런 다음 친구들에게 불평한다는 것은 나의 부족을 한탄한다는 것을 의미한다. 내가 가진 것만을 요구한다면, 나는 결코 가난하지 않지만, 내가 갖지 못한 것을 잡으려 한다면 어떻게 충족을 얻을 수 있겠는가? 한 잔의 물, 그것만으로도 만족할 수 있다, 반면에 가장 부유한 식사에 사용된 천 잔이 나의 영혼을 가난하게 할 수 있다. 고대로부터 모든 즐거움은 만족에 있고 인생의 모든 병은 이기심과 탐욕에서 발견된다고 했다. 망해궁에서 산, 진시 황제의 아들은 '내가 인생을 살고 있지만 너무 짧다.' 라고 말했다고 한다. 그래서 그의 걱정이 시작되었다. 당나라의 한 지배자는 그의 심장이 여기서는 즐겁지 않았기 때문에 베일 너머 자신의 사랑을 만나기 위해 운명을 던졌다고 한다. 그러나 가난한 자들 가운데 가장 가난하지만 가진 것만을 바랄 때, 우리는 얼마나 부자가 되는가. 더 많이 가지려고 욕심내는 왕과 왕자는 얼마나 가난한가? 가난한 자가 가장 부자일 수 있다. 부와 가난은 영혼 안에 있지 결코 외부에 있지 않다. 이제 나는 칠십이고 집에는 아무 것도 없다. 그래서 사람들은 나를 가리키며 '얼마나 가난한지'를 설명한다. 그러나 나는 아침에 언덕 위에 올라 햇살을 바라볼 때, 내 영혼이 풍부한 보물로 만족스럽고, 저녁에 세상을 비추고 물 위에서 빛나는 둥근 달을 바라볼 때 나의 눈은 얼마나 부자인지! 봄엔 자두나무가 꽃을 피우고 가을에는 국화꽃이 피고, 가는 꽃이 오는 꽃을 부른다. 내 즐거움이 얼마나 부유한가! 경서에는 또한 얼마나 심오한 기쁨이 있는가! 내가 과거의 위인들과 사귄다니 얼마나 부자인가! 내가 인정할 나의 미덕은 가난이지만 내 머리가 희어질 때 나의 인생은 얼마나 부자인가! 나의 즐거움은 하루하루 중단 없이 나와 함께 한다. 난 그들 모두를 가졌다. 가장 부유하고 만족스런 이 모든 것들이 나의 것이다. 서서 위를 응시하며, 숙여서 아래를 보는 것, 그 기쁨은 나의 것이다. 얼마나 풍요로운 신의 선물인가! 나의 영혼은 만족스럽다."[78]

---

78 "군자는 어찌하여 늘 스스로 족하며 / 소인은 어찌하여 늘 족하지 아니한가 / 부족하나 만족하면 늘 남음이 있고 / 족한데도 부족타 하면 언제나 부족하네 / 즐거움이 넉넉함에 있으면 족하지 않음 없지만 / 근심이 부족함에 있으면 언제나 만족할까 / 때에 맞춰 순리로 살면 또 무엇을 근심하리 / 하늘을 원망하고 남 탓해도 슬픔은 끝이 없네 / 내게 있는 것을 구하면 족하지 않음이 없지만 / 밖에 있는 것을 구하면 어찌 능히 만족하리 / 한 표주박의 물로도 즐거움은 남음이 있고 / 만금의 진수성으로도 근심은 끝이 없네 / 고금의 지극한 즐거움은 족함을 앎에 있나니 / 천하의 큰 근심은 족함을 알지 못함에 있도다 / 秦 2세황제 망이궁에서 베개 높이하고 있을 땐 / 이대로 내목숨 다해도 오히려 부족할 줄 알았지 / 당현종이 마외파에서 곤궁에 처했어도 / 다음생을 살아도 만족하지 못하리라 말했다네 / 필부가 한 아름 가진 것도 족함 알면 즐겁고 / 왕공의 부귀라도 외려 부족하다네 / 천자의 한 자리도 족한 것은 아닐진대 / 필부의 가난은 그 족함이 부러

The times of Shakespeare were the most prolific days of Korea's long period of literature. Suddenly a great tragedy befell the land in the war of Hideyoshi in 1592. This filled the mind of the new generation with its horror as one can easily see through the literature that followed.

셰익스피어 시대는 장구한 한국 문학에서도 가장 다작이었던 시기였다. 갑자기 큰 비극이 1592년 히데요시의 전쟁으로 이 땅에 닥쳤다. 이것은 젊은 세대의 정신을 공포로 채웠는데, 전쟁 이후의 문학을 통해 이를 쉽게 알 수 있다.

Kim Man-choong, the author of the Cloud Dream of the Nine was

---

워라 / 부족함과 족함은 모두 내게 달렸으니 / 외물이 어찌하여 족함과 부족함이 되리오 / 내 나이 일흔에 궁곡에 누웠자니 / 남들이 부족다 해도 나는야 족해 / 아침에 만 봉우리에서 흰 구름 피어남 보노라면 / 절로 갔다 절로 오는 높은 운치가 족하고 / 저물녘에 푸른바다 밝은 달 토함을 보면 / 가없는 금 물결에 안계가 족하도다 / 봄에는 매화있고 가을엔 국화있어 / 피고 짐이 끝없으니 그윽한 흥치가 족하고 / 천고를 벗삼으니 스승과 벗이 족하네 / 덕은 선현에 비해 비록 부족하지만 / 머리 가득 흰 머리털, 나이는 족하도다 / 내 즐길 바 함께 함에 진실로 때가 있어 / 몸에 책을 간직하니 즐거움이 족하고 / 하늘을 우러르고 땅을 굽어보아 능히 자재로우니 / 하늘도 나를 보고 족하다고 하겠지."(君子如何長自足 小人如何長不足 不足之足每有餘 足而不足常不足 樂在有餘無不足 憂在不足何時足 安時處順更何憂 怨天尤人悲不足 求在我者無不足 求在外者何能足 一瓢之水樂有餘 萬錢之羞憂不足 古今至樂在知足 天下大患在不足 二世高枕望夷宮 擬盡吾年猶不足 唐宗路窮馬嵬坡 謂卜他生曾未足 匹夫一抱知足樂 王公富貴還不足 天子一坐不知足 匹夫之貧羨其足 不足與足皆在己 外物焉爲足不足 吾年七十臥窮谷 人謂不足吾則足 朝看萬峯生白雲 自去自來高致足 暮看滄海吐明月 浩浩金波眼界足 春有梅花秋有菊 代謝無窮幽興足 一床經書道味深 尙友萬古師友足 德比先賢雖不足 白髮滿頭年紀足 同吾所樂信有時 卷藏於身樂已足 俯仰天地能自在 天之待我亦云足) 송익필,「足不足」,『龜峯先生集』권1 七言古詩.

born in 1617, the year after Shakespeare died. The echoes of the terrible war were not only sounded in his ears as a little boy, for his father and mother had seen it, but when he was nineteen years of age the Manchoos came pouring in and extorted a humiliating treaty from Korea. By the side of the river, just out of Seoul, a tall stone with Chinese writing on one side, and Manchoo script on the other, told how Korea was brought under the imperial heel. The stone stood till 1894 when some of the youthful patriots of that day knocked it over, and it still lies on its face.

『구운몽』의 작가, 김만중은 셰익스피어가 죽은 해인 1617년에 태어났다. 김만중의 부모가 그 전쟁을 목격했기 때문에 끔찍한 전쟁의 메아리는 어린 소년이었던 그의 귀에 들렸다. 그 뿐만 아니라, 19살 때에는 만주족이 몰려 와서 한국에 굴욕적인 조약을 강요했다.[79] 서울 바로 밖에 있는 강변에는 큰 비석이 있었는데, 한 면에는 한자로, 다른 한 면에는 만주어로 어떻게 한국이 제국의 발뒤꿈치 아래 놓이게 되었는지 말해주었다. 그 비석은 몇몇 젊은 애국자가 1894년 넘어뜨렸을 때까지 계속 있었고, 지금도 그 모습으로 놓여 있다.[80]

It would seem as though the spirit of destruction had entered

---

[79] 김만중에 대한 서술부분은 게일의 실수로 보인다. 김만중의 생몰년은 1637~1692년이며 그는 인조가 남한산성을 내려와 항복했으니 병자호란이 끝난 지 열흘 뒤에 태어났다.

[80] 조선시대 한양을 찾아오는 청나라의 사신을 영접하던 장소인 영은문과 모화관을 허물고 1898년 독립협회가 건설한 독립문을 말한다.

society in the fateful seventeenth century, for the four political parties fought each other not as Whigs and Tories, who talk a bit, and then take afternoon tea together, but with knife and deadly potion. Song Si-yul, the greatest literary light of Kim's day, had to drink the hemlock when he was eighty-two and so depart this life. These were the days of Samuel Pepys, the Plague and the Great Fire of London. It would seem as though the spirit of trouble had abounded even to East Asia.

운명적인 17세기에 파괴의 정신이 사회에 들어온 것처럼 보인다. 조금 대화하다 오후에 차를 함께 마셨던 휘그당과 토리당과는 달리 네 개의 정당이 칼과 치명적인 독으로 서로 싸웠기 때문이다.[81] 송시열은 김만중이 활동하던 시기에 가장 위대한 문학적 빛이었는데 그의 나이 82세 때 독약을 마시고 이승을 떠나야 했다. 이 시기는 사무엘 페피스의 시대[82]로 흑사병이 돌고 런던 대화재가 발생했던 때이

---

81 휘그당(Whig Party)과 토리당(Tory Party)는 영국정당의 시초이다. 1679년 왕제(王弟) 요크공(제임스 2세)이 가톨릭 교도란 이유로 왕위계승권에서 제외시키려고 대한 왕위배제법안이 상정되었을 때, 후일 이에 대한 찬성과 반대의 입장을 보여준 의원들이 각기 휘그와 토리로 불렸다. 휘그당은 귀족을 지도자로 하면서 상인이나 비국교도의 지지를 받아 반왕권적 성격이 강했으며, 1714년 하노버왕가 성립 이후 약 50년간 전성기를 맞이했다. 토리당은 휘그당의 휘하에 있을정도로 세력이 약하다, 프랑스혁명에 대한 공포, 빈체제 등에 의한 보수적 풍조에 힘입어 1830년까지 그 전성기를 맞이하게 된다. 게일은 한국의 붕당이 서구의 근대인 정치당파와의 싸움과는 다른 것이라고 진술하는 것이다. 요컨대 의회제도나 민주주의를 기반으로 한 형태가 아니었음을 이야기한 셈이다.

82 사무엘 페피스(Samuel Pepys, 1633~1703) 17세기 영국의 저작가이자 행정가이다. 왕정복고 이후 정계에서 활약, 해군장관, 왕립협회 회장을 역임했다. 그가 남긴 9권의 일기는 왕정복고 때의 궁정 분위기, 항해사정, 연극유람, 사교, 여성관계 등의 풍속을 잘 보여주는 자료이기도 하다.

다. 분란의 정신이 심지어 동아시아에서도 득실댄 것처럼 보인다.

Here are some of the echoes of that period as seen in the shorter poems:

그 시대의 메아리가 여기 단시에서 들린다.

Avarice.

「탐욕」

BY SOO-KWANG.(1563-1628 A.D.)

수광(1563- 1628)

"Busy all my days with head and hand,
And now at last a mountain high I have of treasure;
But when I come to die, the problem's how to carry it.
My greedy name is all that's left behind me."

"머리와 손을 하루 종일 바쁘게 하여
마침내 산 높이의 보물을 이제 갖게 되었다.
그러나 죽게 될 때 어떻게 가져가느냐가 문제이다.
나의 탐욕스런 이름만이 내 뒤에 남게 되겠지."[83]

---

83 이 원문에는 수광으로 표시되었지만, 이수광의 생몰년과 일치한다. 향후 게일
이 단행본 출판을 준비한 것으로 보이는 게일문고(Gale, James Scarth's Paper

Temptation.

「유혹」

BY KIM CHANG-HYUP.

(1651-1708 A.D.)

김창협(1651-1708)

"So many tempters lay siege to the soul,

Who would not lose his way?

For though the axe cuts deep the fateful tree,

The roots shoot forth anew.

By early morning light awake, my friend,

And try thy soul and see."

"많은 유혹자들이 영혼을 포위하니

누군들 길을 잃지 않을까?

도끼가 운명적인 나무를 깊이 자른다 해도

뿌리에서 새순이 돋아난다.

이른 아침에 햇살이 깨운다, 친구여,

그대의 영혼을 시험해 보라."[84]

Box8)의 책자(Miscellaneous Writings 29~30, Old Korea)에는 동일한 번역문의 저자 이수광(Yi Soo Kwang)으로 표기되어 있다. 하지만 이곳에서도 원본의 출처를 표기해 놓은 내용이 없어 그의 번역문만으로 해당 저본을 찾을 수는 없다.

84 게일의 번역문 만으로는 해당 원문의 추정이 어렵다.

Queen In-mok was one of the famous literary women of this age. She was a broken-hearted mother of royalty who spent her exile days writing out with silver ink on black paper the sacred Mita Book of the Buddha. This relic is preserved as a special treasure in the Yoo jum Monastery of the Diamond Mountains where the writer had a chance to look it through in October of this year(1917).

인목대비는 그 당시 유명한 여성 문학가이었다. 그녀는 슬픔에 잠긴 국모로 망명 기간 동안 검정 종이에 은 잉크로 아미타경을 쓰면서 시간을 보냈다. 이 유물은 금강산의 유점사[楡岾寺]에 특별 보물로 보전되어 있는데 필자는 1917년 올해 10월에 그녀의 글을 살펴볼 기회가 있었다.

Here is one of her poems:

여기 그녀의 시 가운데 한 편이 있다.

The Worn-Out Laborer.
「지친 노동자」

BY QUEEN IN-MOK. (About 1608 A.D.)
인목대비(약 1608년)

"The weary ox grown old with toil through years of labor,

With neck sore chafed and skin worn through in holes would fain
go sleep.

Now ploughing's done and harrow days are over and spring rains
fall,

Why does his master still lay on the goad and give him pain?"

> "여러 해의 노역으로 늙고 지친 소
> 목은 쓸려 아프고 피부는 헤어져 구멍이 나 잠들고 싶은데
> 쟁기질도 마치고 써레질도 끝났고 봄비 내리는 지금
> 어이하여 주인은 아직도 채찍으로 그를 아프게 하는가?"[85]

An Ode.

「송시」

BY YOON CHEUNG.(1629-1715 A.D.)

윤증(1629-1715)

"Little there is that I can do in life,

I leave it all to God and go my way.

---

[85] 금강산 4대 사찰 중 하나인 楡岾寺에서 7언시가 쓰여진 인목대비의 친필 족자를 보고 게일이 적은 것을 번역한 것으로 보인다. 영창대군을 잃고 위기에 몰려 용주사의 암자인 칠장사로 피했을 때 이 친필 족자를 남긴 것으로 추정되고 있으며, 이 족자는 현재 '시도유형문화재34호'로 지정되어 있다. "늙은 소 힘써 일한 지 벌써 여러 해 / 목 찢기고 가죽도 뚫어져 그저 조는게 좋다네 / 밭갈이 이미 마치고 봄비도 충분한데 / 주인은 무엇이 나빠 또 채찍질인고"(老牛用力已多年 領破皮穿只愛眠 犁耙已休春雨足 主人何苦又加鞭)

When brack and fern thick clothe the hills with green,

Why should I sweat to till and dig the soil?

And when wild hemp and creeping plants enclose the way.

What need I furthermore of fence or wall?

Although the breeze no contract written has,

Yet still it comes unfailingly to cheer;

And though the moon has sworn no oath of brotherhood,

It nightly shines its beams upon my way.

If any come to jar my ears with earthly woe

Tell him no word of me or where I am.

Within my mystic walls I sit supreme,

And dream of ancients, honored, reverenced, glorified."

"인생에서 내가 할 수 있는 게 거의 없어

나는 신에게 전부 맡기고 나의 길을 간다.

고사리와 이끼가 산을 짙은 초록으로 뒤덮는데

땀 흘리며 땅을 갈고 파면 무엇 하나?

야생의 마와 덩굴 식물이 길을 에워싸는데

내게 울타리와 담이 무슨 소용 있나?

산들바람과 어떤 서면 계약을 하지 않아도

변함없이 와서 나를 기쁘게 하고

달이 동지의 맹세를 하지 않아도

밤마다 나의 길을 밝게 비춘다.

누군가 세속적인 우환으로 내 귀를 거슬리면

나에 대해, 나의 집에 대해 말하지 않는다.

신비스런 나의 벽 안에서 나는 최고의 자리에 앉아

명예, 경외, 영광의 존재들인 옛 사람들을 꿈꾼다."[86]

Since Kim's day famous authors have lived, many of them, and literature has held unquestioned sway till the year 1894 when by order of the new regime the government examinations were discontinued. With this edict all incentive for the study of the classics disappeared, and the old school system ceased to be. It is twenty- three years since this edict was promulgated, and a young man must have been at least twenty-two or twenty-three at that time to have had even a reasonable grounding. The result is seen to-day in the fact that Korea has no good classic scholars of less than forty-five years of age.

　김만중 이후 유명한 작가들이 다수 있었다. 문학은 새 정권의 명령으로 과거 시험을 중단했던 1894년까지 의문의 여지없이 그 영향력을 유지되었다. 이 칙령으로 고전 문학에 대한 연구 동기는 사라졌고 옛 학교 제도는 중단되었다. 이 칙령이 공표된 이래로 23년이 지났다. 젊은이가 타당한 기초를 갖기 위해서는 그 당시에 22세나 23세여야만 한다. 그 결과는 오늘날 한국에서는 45세 이하의 훌륭한 고전학자가 없다는 사실에서 나타난다.

---

86 1629(인조7)~1714(숙종40)을 살아간 조선후기의 학자이며 소론의 영수로 추대된 윤증(尹拯, 1629~1714)의 시문인 것으로 추정되지만 역시 번역원문을 추정하기는 어렵다.

This tragic death of native literature that followed the fateful edict is seen in the fact that a famous father of the old school may have a famous son, yes, a graduate of Tokyo University, who still cannot any more read what his father has written than the ordinary graduate at home can read Herodotus or Livy at sight; and the father, learned though he be, can no more understand what his son reads or studies, than a hermit from the hills of India can read a modern newspaper. So they sit, this father and this son, separated by a gulf of a thousand years pitiful to see.

이 치명적인 칙령 후 발생한 자국 문학의 비극적인 죽음은 다음의 사실에서 알 수 있다. 구학교의 유명한 아버지에게 유명한 아들이 있는데, 그렇지, 그는 동경대 졸업생이다. 한국의 평범한 졸업생이 헤로도토스나 리비우스를 읽지 못하듯이 그는 아버지가 쓴 글을 읽지 못한다. 인도 산에서 온 은둔자가 현대 신문을 읽지 못하듯 그 아비는 학식이 있더라도 아들이 읽고 공부하는 것을 이해하지 못한다. 그렇게 그들은 앉아있지만, 천 년의 심연이 이 아버지와 이 아들을 가르고 있어 보기가 안타깝다.

Nevertheless the poems, the literary notes, the graceful letters, the inscriptions, the biographies, the memorials, the sacrificial prayers, the stories, the fairy tales of old Korea will remain, a proof of the graceful and interesting civilization of this ancient people.

　　그럼에도 불구하고 한국의 시, 문학 단편, 우아한 편지, 비문, 전기문, 문서, 제사 기도문, 이야기, 고대 한국의 동화 이야기들은 이 고대 한국 민족의 우아하고 흥미로운 문명을 보여주는 증거로 남아 있다.

제5장

영국의 여성독자,
게일의 〈구운몽 영역본〉을 읽다
- 스콧의『구운몽』서문(1922)

E. R. K. Scott, "Introduction," *The Cloud Dream of the Nine A Korean Novel: A story of the times of the Tangs of China about 840 A.D.*, London: Daniel O'Connor, 1922.

스콧(E. R. K. Scott)

▌해제▌

  게일 〈구운몽 영역본〉의 출판이 가능해진 계기를 제공해 준 인물이 1919년 3월 한국을 방문한 엘리자베스 키스(Elizabeth Keith)와 스콧(Elspet Robertson Keith Scott) 자매였다. 이 만남을 계기로 게일은 두 자매의 도움을 받아 영국 런던의 다니엘 오코너 출판사를 소개받고 그의 〈구운몽 영역본〉은 1922년 세상에 빛을 보게 되었다. 여기서 스콧은 〈구운몽 영역본〉 서설을 쓴 저자이기도 했다. 사실 오늘날 더 유명한 인물은 서설을 남긴 스콧보다는 누이 엘리자베스 키스이다. 그녀는 1897년 스코틀랜드 애버딘셔에서 태어나 1915년부터 일본, 한국, 중국 등을 여행하며 회화를 남겼기 때문이다. 엘리자베스 키스는 동양의 색체를 감각적으로 표현한 판화가로 널리 인정받았다. 평생 미혼으로 살다 1956년 세상을 떠났다. 토마스피셔 희귀본 장서실에 보관 중인 게일의 미간행 자료를 보면, 게일은 엘리자베스 키스의 회화작품과 함께 저술을 출판할 계획이 있었음을 알 수 있다.

누이 동생 스콧은 남편과 함께 일본에 거주하며, 엘리자베스 키스 평생의 후원자가 되었다. 그럼에도 스콧이 남겨놓은 서설역시 충분히 의미있는 자료이다. 무엇보다 게일의 <구운몽 영역본>을 서구인이 어떻게 수용했는지를 살필 수 있는 소중한자료이기 때문이다. 즉, 1922년 영국의 여성독자 스콧이 한국의 고소설『구운몽』을 읽은 그 독서체험이 반영되어 있는 것이다. 스콧의 서설을 살펴보면,『구운몽』은 '동양'이라는 지리적경계를 획득하며 서구의 도덕관념으로 이해할 수 없는 이문화권의 텍스트란 의미를 지닌다. 여기서 이러한 이문화는 일부다처제라는 가족제도와 유불도라는 동양인의 종교적인 사유이다. 그렇지만 더욱 주목해야 될 점은 스콧은『구운몽』의 삼교융합 즉, 유불도 사상이 혼용되어 있다는 측면보다 동양인에게 이상향으로 제시되는 장면을 더욱 강조한다. 또한 비록 일부다처제라는 제도 그 자체보다 이러한 상황이 반영되어 있지만 여성들이 스스로의 목소리를 낸다는 사실을 주목했다. 즉, 동양이라는 낯선 이문화 속 사랑이야기를 대면한 서구인 여성독자의 모습을 그녀의 서설을 통해서 만날 수 있는 것이다.

참고문헌

오윤선,『한국 고소설 영역본으로의 초대』, 지문당, 2008.

엘리자베스 키스, 엘스펫 K. 로버트슨 스콧 저, 송영달 역,『영국화가 엘리자베스 키스의 코리아』, 책과함께, 2006.

엘리자베스 키스 저, 송영달 역,『키스 동양의 창을 열다』, 책과함께, 2012.

이상현,『묻혀진 한국문학사의 사각, 외국인의 언어·문헌학과 조선후기-식민지 언어문화의생태』, 박문사, 2017.

이상현,『한국 고전번역가의 초상, 게일의 고소설 담론과 고소설 번역의 지평』, 소명출판, 2013.

이상현, 「100년 전 한국문학 세계화의 꿈―개신교 선교사 게일과 한국의 고전세계」,『한국문학논총』76, 2017.

장효현, 「구운몽 영역본의 비교연구」, *Journal of Korean Culture* 6, 2004.

장효현, 「한국고전소설영역의 제문제」,『고전문학연구』19, 2001.

정규복, 「구운몽 영역본考 - Gale 박사의 The Cloud Dream of the Nine」,『국어국문학』21, 1959.

Rutt, Ricahrd. *James Scarth Gale and his History of Korean People.* Seoul : the Royal Asiatic Society, 1972.

Introduction

　서문

I. THE BOOK

　이 책에 대하여

THE reader must lay aside all Western notions of morality if he would thoroughly enjoy this book. The scene of the amazing "Cloud Dream of the Nine," the most moving romance of polygamy ever written, is laid about 849 A.D. in the period of the great Chinese dynasty of the Tangs. By its simple directness this hitherto unknown Korean classic makes an ineffaceable impression.

　　이 책을 충실하게 즐기려는 독자들은 서구의 모든 도덕관념들을 옆으로 내려둬야 한다. 지금까지 저작된 일부다처의 로맨스 중 가장 감동을 주는 『아홉 사람의 구름 같은 꿈』의 흥미진진한 장면은 서기 849년 중국의 거대한 왕조인 당나라 시기 전후를 배경으로 펼쳐진다. 이전까지 알려지지 않은 이 한국의 고전은 작품의 꾸밈없는 직접성으로 지울 수 없는 인상을 남긴다.

But the story of the devotion of Master Yang to eight women and of their devotion to him and to each other is more than a naive tale of the relations of men and women under a social code so far removed from our own as to be almost incredible. It is a record of emotions, aspirations and ideas which enables us to look into the innermost chambers of the Chinese soul. "The Cloud Dream of the Nine" is a revelation of what the Oriental thinks and feels not only about things of the earth but about the hidden things of the Universe. It helps us towards a comprehensible knowledge of the Far East.

　　그러나 여덟 명의 여인에 대한 선비 양씨의 헌신, 그에 대한 여인들의 헌신, 그리고 서로에 대한 헌신 등은 남녀 관계에 관한 천진난만한 이야기를 넘어서는 내용인데, 이는 지금까지 우리 자신의 사회에서 거의 믿기지 않을 정도로 이미 제거되어 버린 어떤 다른 사회적 규범 하에서 이뤄진다. 이 작품은 우리로 하여금 중국인 영혼의 가장 깊숙한 방들을 들여다 볼 수 있게끔 하는 감성, 열망, 이상 등에 관한 기록이다. 『아홉 사람의 구름 같은 꿈』은 동양인들이 세상 사물에 관해서 뿐 아니라 우주의 감춰진 문제들에 관해서 생각하고 느끼는 바를 드러낸다. 또한 이 작품은 극동 지역을 이해할 수 있는 지식에로 우리를 이끌어준다.

II. THE TRANSLATOR
번역자에 대하여

But first a word on the medium through which this extraordinary book reaches us.

그러나 먼저 이렇게 비범한 책을 우리에게 오도록 하는 매개자에 대한 한 마디가 우리의 마음에 와 닿는다.

Travellers, artists, students, archæologists and history writers, journalists and literary folk, officials and diplomatic dignitaries who wend their way to China by way of Seoul, carry in their wallets letters of introduction to Dr. James Gale.*

서울을 경유하여 중국으로 나아가는 여행가, 예술가, 학생, 고고학자, 역사가, 언론인, 민속연구자, 관리, 외교 고위층 들은 자기들

457

서류 가방에 제임스 게일 박사에 대한 소개문을 넣어 다닌다.

For more than thirty years Dr. Gale has been clearing and hewing in a virgin forest, the literature of Korea. He is the foremost literary interpreter to the West of the Korean mind. This is how he regards that mind－the words are taken from an address to a group of Japanese officials who sought Gale's counsel on a memorable occasion:

> 게일 박사는 30년 이상 한국 문학이라는 전인미답의 숲으로 들어가 개척해 왔다. 그는 한국의 정신을 서구에 소개하는 선구적인 문학 해설가이다. 이는 그 정신을 이해하는 방식을 의미하는데, 이런 말은 어떤 중요한 사안이 있을 때 게일의 조언을 구했던 일정한 집단의 일본인 관리들에게 행한 연설로부터 유래됐다.

"The Korean lives apart in a world of wonder, something quite unlike our modern civilisation, in a beautiful world of the mind. I have studied for thirty years to enter sympathetically into this world of the Korean mind and I am still an outsider. Yet the more I penetrate this ancient Korean civilisation the more I respect it."

> "한국인은 우리 근대 문명과 아주 다른 어떤 경이로운 세계, 그 정신이 만들어내는 아름다운 세계에 외따로 살고 있다. 나는 이런 한국 정신의 세계에 공감하는 마음으로 들어가기 위해 30년 동안 공부

해왔다. 그럼에도 난 여전히 이방인이다. 하지만 이런 고대 한국 문명을 파고들면 들수록, 나는 더욱더 한국의 정신을 존경하게 된다."

No man knows more of Korea or more deeply loves her people, and is loved by them, than Dr. Gale. Japanese officials have also a sincere regard for Dr. Gale. They have been accustomed to carry to him their perplexity over Korean problems, just as the Korean has come to Gale in his troubles with the Japanese. It is because of a combination of social qualities with scholarship that Dr. Gale has been able so convincingly to translate Far Eastern romance and character study.

게일 박사보다 한국에 관하여 아는 이는 없으며, 한국인을 더 깊이 사랑하는 동시에 한국인에게 사랑받는 사람도 없다. 일본 관리들 또한 게일 박사에게 진실한 경의를 표한다. 그들은 한국의 문제들과 관련한 자기들의 곤혹스러움을 으레 게일에게 가져온다. 이는 일본인과 관련하여 한국인들이 곤란할 때 게일에게 오는 것과 마찬가지다. 이런 신뢰는 게일 박사의 사교적 자질과 학식의 결합에서 연유하는데, 이런 바탕은 그로 하여금 극동의 로맨스 및 특성을 묘사한 문헌을 아주 설득력 있게 번역할 수 있도록 했다.

 * The Rev. James Scarth Gale, son of John Gale, a native of Aberdeen, N.B., and Miami Bradt of Ontario. Born 1863. Published "Korean Grammatical Forms," 1892; "The Vanguard: a Tale of Korea,"

1894; "Korean-English Dictionary," 1897; "Korean Sketches," 1898; " Korean Folk Tales," 1913. For ten years was one of the translators of the Bible into Korean. Married, first, the widow of Dr. Heron, Physician to the Emperor of Korea; second, Ada Sale of Yokohama. Presbyterian missionary since leaving the Toronto University.

제임스 스카스 게일 목사는 1863년 영국 북부 애버딘 태생의 존 게일과 온타리오의 마이애미 브랫 사이에서 태어난 아들이다. 1892년『한국어 문법 형식』, 1894년『선구자: 한국 이야기』, 1897년『한-영 사전』, 1898년『한국 소묘』, 1913년『한국 민담』등을 출판했다. 그는 또한 한국어 성서 번역 위원이기도 했다. 한국 황제의 의사였던 헤론 박사의 미망인과 첫 결혼을 했었고, 두 번째로는 토론토 대학을 졸업하고, 요코하마에서 장로교회 선교사로 일하던 이더 세일과 결혼했다.

All the literary interpretative work that Gale has done before the present book ― from the fascinating diary of a Korean general of a thousand years ago, who wrote his impressions as he travelled through Manchuria to pay his devoirs at the great court of China, to that literary gem preserved in Gale's translation of the brief Petition of two aged Korean Viscounts, who pleaded in terms of archaic simplicity with the Japanese Governor-General Hasegawa to listen to the plaint of their people for freedom ― is so sincere, lucid, and impersonal, that the reader knows that he is being given reality and not an adaptation.

1천 년 전 중국의 황제 궁정에 경의를 표하기 위해 만주를 여행하면서 자기 인상을 적었던 어느 한국인 장군의 흥미진진한 일상 기록에서부터, 일본 총독 하세가와에게 자기 백성들의 자유를 갈구하는 불평을 경청하도록 꾸밈없는 의고체로 탄원하는 연로한 두 한국인 자작의 짧막한 청원의 번역에서 보존된 문학적 보고에 이르기까지, 이번 책 이전까지 게일의 전체적인 번역 작업은 독자들이 그가 어떠한 변용도 없이 실제적 내용을 전달하고 있음을 알도록 아주 진실하고 명쾌하며 객관적인 태도를 보여준다.

Dr. Gale is the unhurried man who has time for every public behest. Much of the hard literary work of his full day is done in the hours of morning calm before the world has breakfasted. The chief native helper of this quiet-eyed missionary in the work of translation has been with him for thirty years. The unsought, almost unconscious influence of a man like Gale justifies the hopes of the most old-fashioned believers in Christian missions and lends romance to work that too often seems to lead nowhere. Here is the real ambassador in a foreign land: that rare thing the idealist and scholar who has an understanding of the small things of life; the judicially-minded man who makes such deep demands on principle that he draws all men to him.

게일 박사는 공적으로 간절하게 해오는 모든 부탁에 일일이 시간을 내줄 정도로 성급하지 않은 사람이다. 그의 전체 하루 중 그 힘든 문학적 작업의 많은 부분은 세상이 조반을 먹기 전까지 아침의 고요함이 유지되는 시간에 이루어졌다. 그는 번역 작업을 통하여 이렇게 조용한 안목의 선교를 위한 주요한 토착민 협력자로서 30년 동안 일했다. 원하지 않으면서도 거의 무의식적으로 미치는 게일과 같은 사람의 영향은 기독교 선교에서 가장 전통적인 신자들의 희망을 정당화하고, 또한 종종 어디에도 없는 곳으로 인도하는 것 같이 보이는 작업에 로맨스 같은 정서를 제공한다. 바로 이런 점에서 그는 어느 낯선 땅에서 활약하는 진정한 외교관인 것이다. 또한 그런 만큼이나 삶의 사소한 일들을 이해하는 이상주의적 학자인 동시에 모든 사람들을 자신에게 끌어당기는 원리를 아주 절실히 요구하도록 만드는 분별력 있는 사람은 드물 것이다.

Ⅲ. THE AUTHOR
작가에 대하여

Writing somewhere of the Korean love of literature, Dr. Gale says: "Literature has been everything in Korea. The literati were the only men privileged to ride the dragon up into the highest heaven. The scholar might not only look at the King, he could talk with him. Could you but read, intone or expound the classics, you might materially be dropping to tatters but still the world would wait on you and listen regardfully to show you honour. Many an unkempt son of the literati has the writer looked on with surprise to see him receive the respectful and profound salutations of the better laundered classes. Korea is not commercial, not military, not industrial, but she is a devotee of letters. She exalts books."

한국인의 문학 사랑에 관해 다른 곳에서 언급하면서 게일 박사는 "한국에서는 만사가 문학이었다. 지식 계급은 용을 타고 가장 높이 하늘로 올라갈 특권을 받은 유일한 사람들이었다. 학자들은 하늘의 왕을 볼 수 있을 뿐 아니라 이야기를 나눌 수도 있다. 실제로는 매우 힘들 일이 되겠지만, 만약 여러분들이 가락을 넣거나 해설하면서 그 고전들을 강독할 수 있다면, 그 세계 사람들은 당신을 찾아가 예의 바르게 경의를 표하며 경청할 것이다. 지식 계급의 다수 단정하지 못한 자식들은 작가와 함께 책을 읽으며 더 훌륭하고 세련된 계급에 대한 존경과 깊은 경의를 수용하는 놀라움을 경험한다. 한국은 상업적이지도 군사적이지도 산업적이지도 않지만, 문학에 대한 열성이 대단하다. 한국은 책을 칭송한다"라고 말한다.

I hear some traveller say: "What! Do you mean to suggest that those funny chaps I saw in the streets of Seoul wearing baggy white trousers and queer little Welsh hats, who sat around in lazy groups smoking long pipes and looking into nowhere, have a literature? I always understood that the Japanese had an awful time cleaning up their country and getting them to bury their dead. I've always heard that if it weren't for Japanese money and hustle the Koreans would be nothing but walking hosts of smallpox and plague germs."

나는 어느 여행가의 이야기를 들은 적이 있다. 그는 "뭐라고요! 내가 서울 거리에서 본 헐렁한 흰색 바지 차림에 이상하게 생긴 작은 웨일스 풍 모자를 쓰고 긴 파이프 담배를 피우며 멍한 눈길을 보내는 게으른 집단들 안에 둘러 앉아 있는, 그 얄궂은 녀석들이 문학을 애호한다고요? 나는 언제나 일본인들이 와서 그들 나라를 청결하게 하고 한국인들이 자기네 시신들을 매장하게끔 하느라 불쾌한 시간을 보냈다고 생각했다. 만약 일본인들이 자금을 동원하여 강제로 떠밀지 않는다면, 한국인들은 천연두와 전염병 균들을 갖고 다니는 보균자들에 다름 아닐 것이라고 항상 들어왔다"라고 말했다.

And the traveller would be wrong.

그런데 그 여행자의 말은 틀렸을 것이다.

"The Cloud Dream of the Nine" lures the reader into mysterious vales and vistas of remotest Asia and opens to him some of the sealed gateways of the East.

『아홉 사람의 구름 같은 꿈』은 독자를 가장 아득한 아시아의 계곡들과 풍경들로 이끌어 동아시아의 밀봉된 관문들 중 일부를 열어 보일 것이다.

The seventeenth-century author, Kim Man-Choong, mourned all his life that he should have been born after his father had died. So remarkable was his filial piety that his fame as a son spread far and wide.

17세기 작가 김만중은 부친 별세 후 태어날 수밖에 없었던 운명을 생각하며 일생을 통해 부친을 애도했다. 그의 효심은 몹시 지극해서 효자로서의 명성이 폭넓게 알려졌다.

In his devotion to his mother, Yoon See, he never left her side except on Court duty. He would entertain her as did those of ancient days who "played with birds before their parents, or dressed and acted like little children." In his efforts to entertain his mother Kim Man-Choong would read to her interesting stories, novels and old histories. He would read far into the night to give her pleasure, and his reward was to hear her laugh of joyful appreciation.

자신의 어머니 윤씨에 헌신했던 김만중은 궁정 일을 볼 때를 제외하고 어머니 곁을 절대 떠나지 않았다. 그는 옛 어른들이 "자기 부모들 앞에서 새들처럼 놀고 또 어린 아이들 차림으로 재롱부렸던 것"처럼 어머니를 즐겁게 모셨다. 어머니를 즐겁게 모시는 가운데, 김만중은 어머니께 흥미로운 담화들, 소설들, 오래된 역사 이야기들을 읽어주곤 했다. 그는 어머니에게 즐거움을 선사하기 위해 밤늦게까지 책을 읽었고, 기쁜 마음으로 감상하는 그녀의 웃음소리가 그의 노고에 위안이었다.

But there came a day when Kim Man-Choong was sent into exile. His mother's words were: "All the great ones of the earth, sooner or later, have gone thus to distant outlying sea coasts or to the hills. Have a care for your health and do not grieve on my account." But those who heard these brave words wept on the mother's behalf.

그러나 김만중에게 유배 생활의 날이 도래했다. 그의 어머니는 이렇게 말했다. "세상 모든 위대한 것들도 언젠가는 머나먼 외진 바닷가나 골짜기로 사라진다. 건강에 유념하고, 내 걱정을 말아라." 하지만 이런 두려움 없는 말씀을 들은 사람들은 그 어머니 마음을 읽고서 애통해 했다.

Kim Man-Choong wrote "The Cloud Dream of the Nine" while he was an exile, and his aim in writing it was to cheer and comfort his mother. The thought underlying the story is that earth's best attainments are fleeting vanity and that without religion nothing avails. The book became a favourite among the virtuous women of the day and for long afterwards.

김만중은 귀양살이를 하면서 『아홉 사람의 구름 같은 꿈』을 썼다. 집필의 목적은 자기 어머니를 즐겁고 편안하게 해주는 것이었다. 그 이야기의 밑에 흐르는 사상은 세상 최고의 공적도 무의미한 것으로 덧없이 지나가고, 종교 이외에 어떤 것도 도움 되지 않는다는 것이다. 이 책은 동시대와 이후 오랫동안 어진 여성들 사이에 즐겨 읽히는 책이 되었다.

Kim Man-Choong matriculated in 1665 and was made later a famous Doctor of Literature and President of the Confucian College. He was exiled in 1689. On his death the State erected a Gate of Honour calling attention to his filial piety and marking his title, Moon-hyo Kong, Prince Moon-hyo. So says "Korea's Famous Men," Vol. III, page 205.

김만중은 1665년 유교대학에 입학 허가를 받았고, 이후 유명한 문학 박사가 되고 또 학장이 되었다. 1689년 귀양을 떠났다. 그가 사망하자, 국가는 그의 효심을 기리기 위해 명예의 효자문을 세우고, 문효공(문효 공작)이라는 작위를 부여했다. 『한국의 유명 인사』 제3권(205쪽)에 그렇게 전해진다.

IV. THE TALE
이야기

Far off in the glorious mountains of Eastern Asia, whose peaks "block the clouds in their course and startle the world with the wonder of their formation," there is an innermost group that is "charged with divine influences." Since the days of the Chinese

Deluge (B.C. 2205-2197)holy men and women and genii have been wont to dwell in these mountain fastnesses, and no pen can ever record all the strange and wonderful things that have happened there.

동아시아의 외따로 떨어진 장엄한 산봉우리들은 "구름으로 산길들을 가리고 경이로운 형태로 세상을 깜짝 놀라게 한다." 거기엔 "신령이 내린" 은둔 집단이 있다. 중국 대홍수 시기(기원전 2205년-2197)이래로 신령한 남녀들과 정령들은 이런 산속 요새에 기거하곤 했다. 거기서 일어났던 기이하고 놀라운 모든 일들은 어떤 글로도 기록될 수 없었다.

Here in the days of the Tang dynasty a priest from India who was a "Master of the Six Temptations" was so moved by the marvellous beauty of the hills that he built a monastery on Lotus Peak and there preached the doctrines of the Buddha. Among his 600 disciples the youngest, Song-jin, barely twenty, who was without guile and most beautiful in face and form, had greater wisdom and goodness than all the other followers, so that the Master chose him to be his successor when he should "take his departure to the West."

당나라 시대 이곳으로 온 "여섯 유혹에 관한 달인"[1]으로서 인도 출신의 스님은 그 언덕의 경이로운 아름다움에 감동하여, 연화봉에 절을

---

1 육관대사. <구운몽>, 정병설 옮김, 파주: 문학동네, 2013.와 특히 명칭에 있어 다른 경우, 별도의 설명 없이 각주로 표시하였음.

세우고 부처의 계율을 강론했다. 그의 600명 제자들 중 스무 살 가까이 된 가장 젊은 성진이란 자는 인물과 풍채에서 꾸밈이 없고 제일 빼어났다. 그는 여타 제자들보다 더 지혜롭고 선한 마음을 가져서, 그의 스승이 "서역으로 떠나야" 했을 때, 그를 자기 계승자로 낙점했다.

But temptation befel Song-jin.

그러나 성진에게 유혹이 닥쳤다.

He was sent by the Master with a greeting to the Dragon King, who feasted him and deceived him with wine. Although Song-jin refused many times, saying, "Wine is a drink that upsets and maddens the soul and is therefore strictly forbidden by the Buddha," he finally drank three glasses and a "dizzy indistinctness possessed him." On his way back to the monastery he sat by the bank of a stream to bathe his hot face in the limpid water and reprimand himself for his sinfulness. He thought also of the chiding he would receive from the Master.

하루는 대사가 용왕에게 인사하도록 그를 파견했는데, 용왕이 그를 극진히 대접하면서 속여서 술을 마시게 했다. 성진이 "술이란 혼을 뒤집어엎고 미치게 만드는 음료라서, 부처께서 엄격하게 금지했다"라고 말하면서 수차례 거부했지만, 결국 세 잔을 마시게 되었고 "어지러운 판단 무능력이 그를 사로잡아 버렸다." 절로 돌아오는 길에 그는 맑은 물로 뜨거워진 얼굴을 씻기 위해 강기슭에 앉아서 죄책감에 스스로를 책망했다. 그는 대사에게 받게 될 꾸지람 또한 걱정했다.

But a strange and novel fragrance was wafted towards him. It was "neither the perfume of orchid nor of musk," but of "something wholly new and not experienced before." It seemed to "dissipate the soul of passion and uncleanliness." Song-jin decided to follow the course of the stream until he should find the wonderful flowers.

그런데 어떤 이상하고도 신기한 향이 그에게 날아왔다. 그것은 "난의 향도 사향 냄새도 아니었고" "지금까지 맡아보지 못했던 전혀 새로운 어떤 것"이었다. 열정과 불순의 혼을 흩뿌리는 것 같았다. 성진은 그 불가사이한 꽃들을 찾을 때까지 강을 따라 가보기로 했다.

He found, instead of flowers, eight fairy maidens seated on a stone bridge.

그는 꽃 대신에 어느 석조 다리에 앉은 여덟 명의 선녀를 발견했다.

These maidens were messengers sent by a Queen of the genii who had become a Taoist by divine command and had settled on one of the mountain peaks with a company of angelic boys and fairy girls. While Song-jin was at the palace of the Dragon King, these eight fairy girls were calling on the Master of the monastery with greetings and offerings from their heavenly Queen. They had rested on the bridge to admire the scenery and had dallied there fascinated by their own reflections in the stream below.

이 선녀들은 신성한 명령에 따라 도교 신도가 되어 선남선녀들의 무리와 함께 그 산의 봉우리들 중 하나에 정착해 있던 정령들의 여왕이 보낸 사신이었다. 성진이 용왕의 왕궁에 있을 동안, 이 여덟 명의 선녀들은 자기들의 성스러운 여왕의 인사와 선물을 갖고 그 절의 대사를 방문하고 있었다. 그런 다음, 그들은 경치를 감상하기 위해 그 돌다리에서 머물러 있었고, 다리 아래 강물에 비친 자기들 모습에 매혹되어 시간을 보내고 있었던 것이다.

Song-jin greeted them ceremoniously and told them that he was a humble priest returning to his home in the monastery. "This stone bridge is very narrow," he said, "and you goddesses being seated upon it block the way. Will you not kindly take your lotus footsteps hence and let me pass?" The fairies bowed in return and teased the young man. They quoted the Book of Ceremony to the effect that "man goes to the left and woman to the right," but they refused to budge and recommended that Song-jin cross by some other way. They laughingly challenged him: if he were a disciple of the Teacher Yook-kwan he could follow the example of the great Talma who "crossed the ocean on a leaf." At this Song-jin also laughed, and answered their challenge by throwing before them a peach blossom that he carried in his hand. The blossom immediately became four couplets of red flowers and these again were transformed into eight jewels. The fairies each picked up a jewel, then they looked towards Song-jin, laughed delightedly and "mounted on the winds and sailed through the air."

성진은 격식을 갖추어 그들에게 인사하고, 자신은 집이 있는 절로 돌아가는 순진한 중이라고 말했다.

"이 다리는 매우 좁습니다"라면서 그는 "여러 여신들께서 앉아 있어 길이 가로 막혔습니다. 친절하게 연꽃 같은 발걸음을 옮겨주시어 저를 지나가도록 해주지 않으실는지요?" 라고 말했다. 그 선녀들은 되받아 인사를 건네며 그 젊은 사내를 놀렸다. 그들은 "남자는 왼편으로 여자는 오른편으로 간다"는 뜻의 예서의 문구를 인용하면서, 꿈쩍도 하지 않았고 성진에게 어떤 다른 길로 강을 건너기를 권유했다. 그들은 그가 정말 육관 대사의 제자라면 "나뭇잎을 타고 대양을 건너는" 달마 대사의 본보기를 따를 수 있을 것이라면서 웃으며 그에게 도발했다. 이런 상황에서 성진 또한 웃었고, 자기 손에 들고 온 복숭아꽃을 그들 앞에 던짐으로써 그들의 도전에 답했다. 그 꽃은 곧바로 붉은 꽃 네 짝으로 되었다가, 다시 이것들이 여덟 개의 보석으로 변모했다. 선녀들은 각각 보석 하나씩 주웠고, 기쁘게 웃으며 성진을 쳐다보고는 바람에 올라타서 허공을 뚫고 나아갔다.

There followed a period of darkness and misery for Song-jin. He tried to justify himself to the Master for his long tarrying, but though

he tried to rein in his thoughts when he retired to his cell the lure of
earth was strong. "If one study diligently the Confucian classics,"
said the tempter to him, "one may become a General or a Minister of
State, one may dress in silk and bow before the King and dispense
favours among the people. One can look on beautiful things with the
eyes and hear delightful sounds with the ears, whereas we Buddhists
have only our little dish of rice and spare flask of water, many dry
books to learn and our beads to say over till we are old and grey. The
vacant longings that are never satisfied are too deep to express. When
once the spirit and soul dissipate into smoke and nothingness, who
will ever know that a person called Song-jin lived upon this earth?"

성진에게는 어둠과 고통의 시기가 기다리고 있었다. 그는 대사에
게 오랜 지체에 대하여 스스로를 정당화하려고 애썼다. 그러나 자신
의 방으로 물러가 있을 때, 그는 자기 생각을 억제하고자 했으나, 세
상의 유혹은 강했다. "만약 유교의 고전을 부지런히 공부했다면,"
하고 그 유혹자가 그에게 다음과 같이 말했다. "그 사람은 국가의 장
군이나 재상이 될 수도 있으며, 비단 옷을 입어도 좋을 것이고 왕 앞
에서 절을 할 수도 있을 뿐 아니라 세속 사람들과 어울려 호의를 베
풀어줄 수도 있을 것이다. 눈으로는 아름다운 것들을 보고 귀로는
기쁨의 소리를 들을 수 있을 것이다. 그런 반면 우리 불교도들은 늙
어서 희끗해질 때까지 겨우 작은 밥그릇을 가지고 물병과 배워야 할
다수의 무미건조한 책들과 되풀이 말하는 우리의 운명만 남긴다. 결
코 채워지지 않는 공허한 욕구는 너무 깊이 뿌리내려 표현할 수 없

다. 만약 정신과 혼이 연기와 무로 전락했을 때, 대체 누가 이 세상에 성진이라는 사람이 살았다는 사실을 알아줄 것인가?"

The young priest was tormented by visions of the eight fairy maidens, his ears ringing with sweet voices until he became like one "half insane or intoxicated." He burnt incense, knelt, called in all his thoughts, counted his beads, and recalled to his consciousness the thousand Buddhas who could help him. But in the middle of the night the Master called him and, refusing all excuse, condemned him to Hell.

한창 젊은 스님은 눈앞에 아른거리는 그 여덟 명 선녀들 모습에 몹시 괴로워했다. 그가 "반쯤 정신 나가거나 술에 취한" 사람처럼 되었을 때까지 감미로운 목소리들이 귓가에 울렸던 것이다. 그는 향을 피우고, 무릎을 꿇고, 자기의 모든 생각을 불러 모았으며, 자기 운명을 헤아리고 또한 자기의식에 자신을 도와줄 천불을 소생시켰다. 하지만 대사가 한밤중에 그를 불렀고, 모든 변명을 물리치면서 그를 지옥으로 보내는 저주를 내렸다.

The young Song-jin pleaded with tears and many eloquent words, saying: "I came to you when only twelve. Our love is as between an only son and a father. My hopes are all here. Where shall I go?"

젊은 성진은 눈물과 이런저런 설득력 있는 말들로 간청하였다.

"저는 겨우 열두 살 때 대사님께 왔습니다. 우리의 정은 아버지와 독자 사이와 같습니다. 저의 희망은 여기 있는 것이 전부입니다. 제가 어디로 가야한단 말입니까?"

To Song-jin's appeal for mercy the Master said: "While your mind remains unpurified, even though you are here in the mountains, you cannot attain to the Truth. But if you never forget it and hold fast, you may mix with the dust and impurities of the way and your return is sure. If you ever desire to come back here I will go to bring you. You desire to go; that is what makes me send you off. You ask, 'Where shall I go?' I answer, 'To the place where you desire to go.'"

자비를 구하는 성진의 호소에 대사는 다음과 같이 말했다. "네 마음이 불순해 있다면, 비록 네가 산속 여기에 와 있다 하더라도, 너는 진리에 다다를 수 없을 것이다. 그러나 네가 그것을 절대 잊지 않고 신념을 지킨다면, 너는 그 길의 흙과 불순함을 섞을 수 있을 것이며, 너의 귀환은 확실할 것이다. 만약 네가 언제나 이곳으로 돌아오고자 한다면, 내가 너를 데리러 갈 것이다. 너는 가려고 한다. 그것이 바로 나로 하여금 너를 떠나보내게 하는 것이다. 너는 묻는다. '내가 어디로 가야 합니까?' 나는 대답한다. '네가 가고자 하는 곳으로 가라.'"

Song-jin descended into Hell, and the King of that region was so surprised and perplexed by his coming that he sent to the Buddhist God of the Earth for advice about punishing him.

성진은 지옥 행으로 떨어졌고, 지옥의 왕은 그가 온 데 대해 아주 놀라고 또 당황해서, 지상의 불교 신에게 조언과 그에게 내릴 벌에 관해 묻기 위해 전령을 파견했다.

At the same time the eight fairy maidens arrived in Hell, and the King after hearing their story commanded nine of his messengers, "in a low voice," to "take these nine and get them back as soon as possible to the world of the living."

그러자 동시에 그 여덟 명의 선녀들 또한 지옥에 도착했다. 왕은 그들의 이야기를 들은 후, "낮은 목소리로" 자기 전령들 중 아홉 명에게 "이들 아홉을 각자 데리고 가서 가능한 빨리 그들을 세속으로 돌려보내라" 하고 명령했다.

So a great wind arose, tossed and carried the nine through space, and after whirling them to the four ends of the earth, finally landed them on solid ground. They were all born into different families, and as human beings knew nothing of their former existence nor guessed that their present experience was an expiation.

굉장한 바람이 일었고, 그 아홉 명을 들어 올려 허공을 가로질러 데려갔다. 그리고 세상의 네 끝 지점을 향하여 그들을 회오리쳐 내고, 마침내 그들을 단단한 땅에 내려놓았다. 그들은 모두 서로 다른 가정에 태어났고, 인간들은 자기 전생의 존재에 관해 아무 것도 모르고 또 자기들 현재 경험이 속죄의 과정임을 추측하지도 못하게 되었던 것이다.

Song-jin was born again as the only child of a hermit and his wife. They loved him greatly, for they saw that he was a heavenly visitor. The father, who was originally of another world, when he recognised his son to be a "Superior Man," said good-bye to his wife whom he had faithfully loved, content now to leave her in the care of their son, and he returned to his friends the genii on a famous mountain.

성진은 어느 은둔 선비와 그의 부인 사이의 독자로 다시 태어났다. 부부는 그가 하늘에서 온 방문자라고 생각했던 까닭에 아이를 극진히 사랑했다. 원래 다른 세상 사람이었던 그의 아버지는 자기 아들이 "우월한 사람"이라는 점을 알고는, 이제 아들 보호 하에 아내를 두고 떠나도 충분하다 생각하며 그가 충심으로 사랑했던 아내에게 작별을 고하고, 명산의 정령들인 자기 동무들에게로 돌아갔다.

There follows the story of Song-jin's earthly life and his eight-fold love story. Each fairy maiden having an affinity with Song-jin was destined to serve him as wife or mistress. Song-jin bore the name of his hermit father, Yang, and the name given him at birth.

그리고 이어서 성진의 세속 삶에 관한 이야기와 그의 여덟 겹의 사랑 이야기가 계속된다. 성진과 친화력을 보이는 각각의 선녀들은

그의 아내와 첩으로서 그를 모실 운명이었다. 성진은 태어나면서 은
둔자 아버지의 성인, 양씨를 물려받았다.

Master Yang, as we shall now know him, was a child of such
beauty and a youth of such wisdom that the governor of his county
called him the "Marvellous Lad" and offered to recommend him to
the Court. His physical strength, learning and ability in the Classics
and composition, his marvellous knowledge of astronomy and
geomancy, his military prowess—he was a wonder of skill in tossing
the spear and fencing with the short sword—were only equalled by
his filial piety. He "deftly solved the mysteries of life as one would
split the bamboo."

이제 우리가 알게 될 미래의 양사부는 그 지방 군수가 그를 일러
"멋진 청년"이라 하고 그를 궁정에 추천할 것이라 제의했다. 그의
신체적 강인함, 고전과 작문 공부와 능력, 그의 천문학과 풍수지리
에 대한 놀랄만한 학식, 창던지기와 단검 결투에서 신기를 가진 무
사적인 용맹 등은 그의 효심과 일치했다. 그는 "대나무를 쪼개듯이
인생의 수수께끼들을 능숙하게 해결했다."

While still in his teens Yang expressed his desire to go forth to
compete at the Government Examination so that he should "for ever
establish the reputation and honour" of his family. His faithful
mother stifled her fears for the long journey, for she saw that his

"spirit was awake and anxious." By selling her few treasures she was able to supply means for his travels. Master Yang set out on his adventure accompanied by a little serving-lad and a limping donkey. As he had a long and leisured way before him he was able to linger over the beauties of the scenery through which he passed.

그가 아직 10대였을 무렵 양생은 과거를 보러 가서 자기 가문의 "영원한 명성과 위신을 세워야 하겠다"는 열망을 표현했다. 그의 자애로운 어머니는 자식의 "정신이 빈틈없고 또 뭔가를 갈망하고 있다"는 사실을 알았기 때문에, 먼 길 여행에 대한 걱정을 억눌렀다. 그녀는 자신의 몇 가지 패물을 팔아 아들의 여행 경비를 마련할 수 있었다. 양생은 자그만 하인 한 명과 절름발이 당나귀를 동반하고 자신의 모험 길을 나섰다. 앞으로 갈 길이 멀고 시간이 많았던 까닭에, 그는 통과해 지나는 풍경의 아름다움을 여유롭게 구경하며 갈 수 있었다.

The story unfolds with fascinating perplexity the love drama of nine. The maidens are all peerless in beauty, virtue, talent, goodness and charm. So generous is the flame of Master Yang's affection that he enshrines each love with apparently equal and unabated warmth. Of the eight maidens, seven openly declared their choice of Yang as their master and one was sought deliberately by him. No shade of jealousy mars the perfect affinity of the nine.

이야기는 그들 아홉 명이 펼쳐내는 극적인 사랑 이야기를 황홀하면서도 혼란스럽게 전개시킨다. 그 여인들은 미모, 덕성, 재능, 선한 마음, 매력 등에 있어 완전히 비길 데가 없다. 양사부는 각각의 사랑을 틀림없이 동등하고도 식지 않는 열정으로 소중히 간직함으로써, 그 사랑의 열정을 아주 아량 있게 베풀었다. 여덟 명의 여인들 중 일곱 명은 양을 자기들 주인으로 선택했음을 공개적으로 천명했고, 한 명은 그가 의도적으로 구했던 인물이다. 어떠한 질투의 그림자조차도 그 아홉 명의 완벽한 친화력을 망쳐놓지는 못한다.

Yang easily won the highest place in the Government Competitive Examination and became a master of literary rank. This raised him from obscurity to fame and from poverty to wealth. "His name shook the city. All the nobility and peers who had marriageable daughters strove together in their applications through go-betweens."

양은 과거 시험에서 쉽게 장원급제 했고, 문학적 관리의 서열에서 최고가 되었다. 이는 그를 이름 없는 사람에서 유명인으로 가난뱅이에서 부유한 인사로 지위를 상승시켰다. "그의 이름은 도성을 흔들었다. 혼기에 든 딸을 가진 모든 귀족과 동료들은 중매쟁이들을 통해 관계를 성사시키려 애썼다."

But Yang had already decided to offer marriage to the only daughter of a certain Justice Cheung. Disguised as a Taoist priestess, he had gained entry into the inner court of the Cheung household some days before the examination. In the presence of the ladies of the family he had played on his harp and had sung with a voice of unearthly sweetness certain songs that had been taught to him by genii.

그렇지만 양은 이미 정이라는 이름의 어느 정법관[2]의 외동딸에게 청혼하기로 결정했었다. 여성 도교 신도로서 위장한 그는 과거 시험을 앞둔 어느 날 정씨 집 안으로 들어갈 수 있게 되었다. 그 집안의 여성들 앞에서 그는 거문고를 연주했고, 정령들에게 배웠던 몇몇 노래를 천상의 감미로운 목소리로 불렀다.

The young lady sat attentively listening while she identified in turn each song, "Feathery Robes," "The Garden of Green Gems and Trees," "The Distant Barbarian " and others. She defined one as "the supreme expression of all music," the thought of which ran, she said, "He travelled through all the nine provinces and found no place in which to rest his heart." The young lady so amazed Yang by her accuracy and skill in divining and revealing the nature and history of the rare music that finally, "kneeling, he cast more incense on the fire and played the famous 'Nam-hoon Palace of King Soon.'" On which she quoted, "The south wind is warm and sweet and bears away on its wings the sorrows of the world." "This is lovely," the young lady said, "and fills one's heart to overflowing. Even though you know others I have no desire to hear them."

---

2 정사도. 향후 사도로 통일

젊은 여인은 앉아서 "깃털 같은 옷" "녹색 보석과 나무의 정원" "멀리 있는 오랑캐" 등등 차례로 각 노래에 빠져들어 주의 깊게 경청했다. 그녀는 한 노래의 주조를 이루는 생각을 들어 "모든 음악 중 최상의 표현"이라고 밝혔다. 그녀는 "그가 모두 아홉 지방을 두루 다녔지만 자기 마음을 쉬게 할 어떤 장소도 찾지 못했다"라고 말했다. 그 젊은 여인은 진귀한 음악의 본성과 역사를 통찰하고 드러내는 양의 정확성과 연주 기법에 아주 매료되어 마침내 "무릎을 꿇자, 그는 화로에 향을 더 넣고 그 유명한 '순 임금의 남훈궁'을 연주했다." 그녀가 인용하기를, "따뜻하고 감미로운 남풍은 그 날개에 세상 시름을 실어가네." 그 젊은 여인은 "이 곡은 정말 아름답고, 마음을 넘쳐 흐르게 채워주네요. 당신이 다른 연주자를 안다고 하더라도 그들의 연주를 더 이상 듣고 싶지 않습니다," 라고 말했다.

She would have left the apartment, but the disguised Yang humbly begged permission to play and sing one other. He straightened the bridge of his harp and "the music seemed far distant at first, awakening a sense of delight and calling the soul to a fast and lively way. The flowers of the court opened out at the sound of it; the swallows in pairs swung through their delightful dancings; the orioles sang in chorus to each other. The young mistress dropped her head, closed her eyes and sat silent for a moment till the part was reached which tells how the phoenix came back to his native land gliding across the wide expanse of sea looking for his mate. She looked at the pretended priestess, the red blushes mounted to her cheeks and drove even the pale colour from her brow. She quietly arose and went into her own apartment."

그 여인이 그 현장을 떠날 예정이었지만, 여자로 변장한 양은 여인에게 겸손하게 다른 곡 하나를 연주하고 노래할 수 있도록 허락을 청했다. 그는 거문고 판을 똑바로 했다. 그리고 "그 곡은 희열의 감각을 깨우고 혼을 빠르고 생기 있는 길로 인도하면서, 처음에는 멀리 아득한 듯했다. 음악 소리에 정원의 꽃들이 활짝 피어났다. 짝을 이룬 제비가 즐거운 춤을 추며 왔다 갔다 했다. 꾀꼬리들은 마주보며 합창으로 노래했다. 그 젊은 여인은 고개를 떨어뜨린 채 눈을 감았다. 그리고 불사조가 자기 짝을 찾아서 광활한 바다를 가로질러 날아서 자기 고향으로 돌아오는 방식을 이야기하는 부분에 이르기까지 한 동안 말없이 앉아 있었다. 그녀는 그 위장한 여승을 쳐다보았고, 양 볼이 발개졌으며, 안색은 창백한 기마저 들었다. 그녀는 조용히 일어나 자기 처소로 돌아갔다."

Neither her mother nor any of the attendants understood why the young mistress had retired, nor could they persuade her to return. But in the privacy of her chamber, Jewel, for that was the name of the young lady, spoke to her adopted sister, Cloudlet.

그녀의 어머니뿐 아니라 이날 참석자들 중 어느 누구도 왜 젊은 여인이 처소로 물러갔는지 몰랐고, 다시 돌아오라고 그녀를 설득할 수 없었다. 하지만 그 젊은 여인의 이름은 주얼이었다. 주얼은 자기만의 방에서 자기 수양 자매 클라우들릿에게 이야기했다.

"Cloudlet, my dear, you know I have been careful of my behaviour as the Book of Rites requires, guarding my thoughts as pearls and jewels, and that my feet have never ventured outside the middle gates······ I, an unmarried girl of the inner quarters, have sat for two full hours face to face with a strange man unblushingly talking to him. When I heard the song of the phoenix seeking her mate I looked closely into the priestess's face. Assuredly it was not a girl's face at all. Did anyone ever hear such a thing in the world before? I cannot tell this even to my mother."

"나의 다정한 벗, 클라우들릿, 너도 알다시피 나는 예서에 나온 대로 내 행동에 조심해왔고, 내 생각을 진주와 보석처럼 다듬었으며, 중문 바깥으로는 발도 내디딘 적이 없지 않느냐······ 집안에서 살아온 미혼의 여자인 내가 어느 낯선 남자와 두 시간 동안이나 얼굴도 붉히지 않고 대면하여 이야기를 나누고 앉아 있었다니. 불사조가 짝을 찾아가는 노래를 들었을 때, 나는 그 여승의 얼굴을 유심히 보았어. 확실히 말하건대, 그것은 전혀 여인의 얼굴이 아니었어. 세상에 어느 누가 이전에 이런 일을 들었을까? 나는 어머니께도 이 말씀을 드릴 수 없어."

Cloudlet pleaded for the young man whose beauty and powers were so unusual. But Jewel was not to be moved, and when later

Master Yang formally called on Justice Cheung and proposed marriage and the Justice was honoured by his proposal and delighted to accept it, Jewel's scruples were hard to overcome. She felt that the young man must be punished, and to "save her face" determined to carry out a scheme of revenge on her affianced. Her plan needed the help of her beloved adopted sister Cloudlet, who, as we have seen, had conceived a partiality for the bold lover Yang. According to custom Yang was invited to stay at a guest house in the grounds of the Cheung residence, and was treated as a loved son by the Justice and his lady. The lady Cheung herself supervised his food and clothing. Jewel proposed to her mother that Cloudlet, who was skilful as well as beautiful, should be appointed to oversee Master Yang's comfort so as to save her mother. The mother protested. "Your father desires," said the lady Cheung, "that a special husband should be chosen for Cloudlet that she may have a home of her own. When you are married Cloudlet could not go with you as a servant; her station and attainments are superior to that. The only way open to you in accordwith ancient rites would be to have her attend as the Master's secondary wife."

클라우들릿은 그 젊은 남자의 빼어난 용모와 활력이 비상하다면서 진정하기를 청했다. 그렇지만 주얼은 꿈쩍도 하지 않았고, 나중에 양사부가 공식적으로 정사도를 찾아와 청혼을 하고 사도가 그의 제안을 정중히 받아 기쁘게 승낙했을 때까지도, 주얼의 도덕관념은

485

좀처럼 극복되지 않았다. 그녀는 그 젊은 남자는 벌을 받아 마땅하고, 약혼자에 대한 복수의 계획을 이행하기 위해 "자신의 얼굴을 숨기기로" 결정했다. 그녀의 계획에는 수양 자매 클라우들릿의 도움이 필요했는데, 그녀는 이미 확인했듯이 과감한 연인 양을 짝사랑하고 있었다. 관습에 따라 양은 정씨 집안의 사랑방에 머물도록 초대받았고, 사도와 그의 부인은 그를 아들로 대우했다. 정사도의 아내 자신은 그의 음식과 옷차림을 관리했다. 주얼은 자기 어머니에게 아름다울 뿐 아니라 능숙한 클라우들릿이 어머니 대신 양사부를 편안히 돌보도록 해야 한다고 제안한다. 어머니는 반대한다. 정사도의 부인은 말했다. "너의 아버진 클라우들릿이 자기 자신의 가정을 갖기 위해 훌륭한 배필을 선택하기를 바라고 있어. 네가 결혼하면, 클라우들릿은 하인으로서 너를 따라가기에는 그 지위나 소양이 월등한 까닭에 그럴 수가 없단다. 예로부터의 의식에 맞춰 너에게 유일한 길은 그녀를 사부의 첩으로 모시게 하는 것이야."

Jewel's answer to her mother was: "Master Yang is now eighteen. He is a scholar of daring spirit who even ventured into the inner quarters of a Minister's home and made sport with his unmarried daughter. How can you expect such a man to be satisfied with only one wife? Later when he becomes a Minister of State and gets ten thousand rice bags as salary, how many Cloudlets will he not have to bear him company?"

어머니 말씀에 대한 주얼의 답은 다음과 같았다. "양사부는 이제

열여덟 살이에요. 그는 관리의 가정 안으로 들어와 그의 미혼 딸과 놀았을 정도로 과감한 정신을 가진 학자입니다. 어떻게 그런 사내가 겨우 한 아내로 만족할 수 있단 말입니까? 나중에 그가 국가의 재상이 되어 봉급으로 1만석을 받는다면, 그가 동반자로서 함께 살 클라우들릿과 같은 여인이 얼마나 많겠습니까?"

But Jewel's mother was not satisfied, and when the Justice was appealed to, she said " To appoint a secondary wife before the first marriage is something I am quite opposed to." The mother was overborne, however, and the Justice entered with amusement into his beloved daughter's plan of revenge.

하지만 주얼의 어머니는 만족하지 못했고, 주얼이 정사도에게 호소했을 때, 어머니는 "첫 결혼도 하기 전에 첩을 들이는 일은 내가 결단코 반대한다"고 말했다. 그렇지만 결국 어머니는 손을 들었고, 사도는 흥미로운 맘으로 사랑스런 딸의 복수 계획에 합류했다.

Jewel then put the matter to her beloved Cloudlet thus: "Cloudlet, I have been with you ever since the hair grew on our brows together. We have loved each other since the days we fought with flower buds. Now that I have my wedding gifts sent me, I wonder who you have thought of for a husband." Cloudlet answered: "I have specially loved you, dear mistress. If I could but hold your dressing mirror for ever I should be satisfied." Jewel continued: "You know that Master

Yang made a ninny of me when he played the harp in the inner compound. Only by you, Cloudlet, can I ever hope to wipe out the disgrace. We have a summer pavilion in a secluded part of South Mountain. We could prepare a marriage chamber there. The views are beautiful, like a world of the fairies. I am only desirous that you, Cloudlet, will not mind taking your part in it." Cloudlet laughed and said: "Though I die I will go through with it and do just as you say."

그리고 주얼은 클라우들릿에게 그 문제를 말했다. "클라우들릿, 나는 머리카락이 이마까지 자란 이래로 쭉 함께 너와 살아왔다. 우리는 꽃 봉우리를 두고 서로 싸웠던 이후부터 줄곧 서로를 아껴왔다. 나는 이제 결혼 선물[3]이 나에게 오도록 했는데, 나는 네가 남편으로서 누구를 염두에 두고 있는지 궁금해". 클라우들릿은 "나는 여주인으로서 아씨를 특별히 사랑해왔어요. 나는 내가 영원히 아씨의 옷거울을 들어줄 수 있기만 한다면, 만족할 거예요" 하고 대답했다. 주얼은 설명을 이어갔다. "너도 알다시피 양사부는 내당에서 나를 바보로 만들었어. 오로지 클라우들릿 너만이 나의 불명예를 씻어줄 수 있으리라고 나는 줄곧 희망해왔어. 우리에겐 남산의 외딴 곳에 여름 별관을 있어. 우리는 거기에 신혼 방을 준비할 수 있을 거야. 그곳의 경치는 선녀들 세계처럼 아름다워. 나는 클라우들릿, 네가 거기에 너의 방을 꾸몄으면 해." 클라우들릿은 웃으며 말했다. "비록 내가 죽는다 할지라도 그렇게 할게요. 말씀대로 하겠습니다."

---

3 폐백

Master Yang was lured to South Mountain with the help of a male cousin and left in a lonely but beautiful place. Here Cloudlet appeared in the guise of a fairy and enticed him into the pavilion. So skilful was Cloudlet's wooing that Yang "loved her from the depths of his heart and his love was reciprocated." A most intricate practical joke was played on Yang for many weeks. Cloudlet pretended to vanish and reappear as a disembodied spirit, and the love-making was then continued in the house given to Yang in the Cheung compound. Then Cloudlet disappeared again, and Yang's "sleep failed him and his desire for food fell away."

어느 사촌 남성의 도움을 얻어 양사부를 남산으로 유혹할 수 있었고, 그는 외딴 곳이지만 아름다운 장소에 남겨졌다. 여기에 클라우들릿이 선녀 차림으로 나타나서 그를 그 별관으로 유혹했다. 클라우들릿의 구애가 매우 훌륭해서 양은 "그녀를 마음 깊이 사랑했으며, 그의 사랑은 상호교유 되었다." 수 주 동안 양에게 매우 미묘한 짓궂은 장난이 이어졌다. 클라우들릿은 사라진 듯 꾸미고는 육신과 분리된 귀신으로 다시 나타났다. 그리고 그 사랑은 정사도의 가옥 내 양의 처소에서 계속 이어졌다. 그런 다음 다시 클라우들릿은 사라졌고, 양은 "잠을 이룰 수 없었고, 식욕을 잃게 되었다."

The whole household was in the secret, and the Justice, who was watching the affair with amusement, obtained Yang's confidence and hinted that it was a mistake to let a disembodied spirit make love to him. "Even though you say she is a disembodied spirit," said the distressed young man, "this girl is firm and substantial in form and by no means a piece of nothingness." When the Justice felt that the joke had gone far enough he revealed the deception to Yang. The male cousin "rolled in fits of merriment" and "the servants were convulsed with laughter." The old people quietly enjoyed what the Justice said was "a laughable enough joke in its way." Cloudlet gained the desirable position of secondary wife before the consummation of the first marriage and proved her loyalty and love for Mistress Jewel, while Yang had the joy of Cloudlet's constant care and attention.

그 별실 전체는 숨겨졌고, 흥미롭게 그 사랑을 주시하고 있던 정사도는 양의 고백을 듣고, 육신과 분리된 귀신이 그를 사랑하도록 놔둔 것이 실수였다고 암시한다. 그 곤경에 빠진 젊은이는 "사도께서는 그녀가 육신과 분리된 귀신이라고 말하겠지만, 이 여인은 형태상 모양도 확실하고 실체를 가져, 결코 무(無)와 같은 종류가 아닙니다." 라고 말했다. 사도가 자기들의 놀림이 충분했다고 생각했을 때, 양에게 그 속임수의 비밀을 공개했다. 그 남자 사촌은 "재미있어 배 잡고 굴렀고" "하인들은 웃지 않을 수 없었다." 노인들은 조용히 정사도가 말하는 것이 그것대로 충분히 웃을 만한 내용이라고 생각했다. 클라우들릿은 첫 결혼이 이뤄지기도 전에 두 번째 부인이라는 바람직한 자리를 차지했고, 자기 여주인 주얼에 대한 충성과 사랑을 증명했다. 한편 양은 클라우들릿의 일상적인 보호와 보살핌을 받는 즐거움을 누렸다.

But before the consummation of Yang's marriage with Jewel many stirring events were to happen. He was sent to far regions to quell rebellions against the State and, after many victories, rose to the highest military command in the land. Meanwhile, the other six love affairs were unfolded. Two of these had been started on his first journey from his native village before passing the Government Examination. The first was the meeting with the maiden, Chin See.

그런데 양의 주얼과의 결혼 성립 이전에 많은 떠들썩한 사건들이 일어났다. 그는 국가에 항거한 반란을 평정할 임무를 띠고 먼 지역으로 파견되었다. 그리고 여러 차례 진압에 성공하여, 그 나라에서 군부 최고위직에 올랐다. 이러는 가운데, 다른 6명과의 연애 사건들이 전개되었다. 이들 중 2명은 과거 시험을 보러 자기 고향 마을에서 첫 여행을 떠나는 길에 지나는 고을에서 시작되었다. 그 첫 번째가 진씨라는 아가씨와의 만남이었다.

"At a certain place he saw a beautiful grove of willow trees. A blue line of smoke, like silken rolls unwinding, rose skyward. In a retired part of the enclosure he saw a picturesque pavilion with a perfectly kept approach. He slowed up his beast and went near to enjoy the prospect. He sighed and said: In our world of Chok there are many pretty groves, but none that I ever saw so lovely as this. He rapidly composed a poem which ran:

　　어떤 장소에 이르러 그는 버드나무들이 있는 아름다운 작은 숲을 보았다. 마치 비단 두루마리가 되감기듯이 파란 연기의 결이 하늘을 향해 오르고 있었다. 둘러쳐진 울타리의 외진 부분에 있는 완벽하게 접근을 막는 그림 같은 누각을 보았다. 그는 타고 가던 당나귀를 세우고는 그 광경을 음미하기 위해 가까이 갔다. 한숨 쉬며 그는 말했다. 우리 촉나라에도 다수의 작은 숲들이 있지만, 이 만큼 어여쁜 것은 본적이 없구나. 그는 단번에 다음과 같이 시를 지었다.

Willows hung with woven green
Veiling all the view between;
Planted by some fairy free,
Sheltering her and calling me.
Willows, greenest of the green,
Brushing by her silken screen,
Speak by every waving wand,
Of an unseen fairy hand.

　　버들가지 녹색 천으로 늘어져서
　　중간에서 전체 광경을 가리네,
　　어떤 선녀가 방해받지 않고 심어
　　그녀를 숨겨놓고, 나를 부르네,
　　녹색의 것들 중 가장 푸른 버드나무는
　　그녀의 비단 가림 막을 스치네,
　　저마다 흔들리는 나뭇가지들로 말해다오,

보이지 않는 선녀의 손에 대하여.

"He sang it out with a rich clear voice. It was heard in the top storey of the pavilion, where a beautiful maiden was having a siesta. She opened the embroidered shade and looked out through the painted railing. Her hair, like a tumbled cloud, rested soft and warm upon her temples. The long jade pin that held the plaits together had been pushed aside till it showed slantwise through her tresses. Her sleepy eyelids were as if she had just emerged from dreamland. Rouge and cosmetics had vanished under the unceremonious hand of sleep and her natural beauty was unveiled, a beauty such as no painter has ever portrayed. The two looked at each other with a fixed and startled expression but said not a word. The maiden suddenly recollected herself, closed the blind and disappeared from view. A suggestion of sweet fragrance was borne to Yang on the breeze."

"그는 시를 청량한 목소리로 노래했다. 그 노래는 그 누각의 꼭대기 층으로 전해졌다. 그곳에는 아름다운 여인이 낮잠을 즐기고 있었다. 그녀는 수놓인 그늘 막을 걷어내고는 색칠된 난간을 통해 바깥을 내다봤다. 굽이쳐 늘어진 구름처럼 그녀의 머리카락은 관자놀이 위로 부드럽고 온화하게 흘러내렸다. 땋은 머리를 모아 놓은 긴 옥비녀는 머리 뭉치들로 기울어져서 비켜나 있었다. 그녀의 눈꺼풀은 마치 그녀가 막 꿈나라에서 나타난 형국을 하고 있었다. 연지와 화장이 잠결의 얽매임 없는 손길에 의해 지워져서, 그녀의 본래 아름다움이 모습을 드러냈다. 그 아름다움은 어떤 화가조차 그려내지 못했던 모습이었다. 두 사람은 정지한 듯 놀란 표정으로 아무런 말도 못하고 서로를 바라봤다. 그 여인은 서둘러 마음을 진정시키고, 가림 막을 닫고 시야에서 사라졌다. 그윽한 향기가 바람에 실려 양에게 다가왔다."

The maiden, Chin See, said to her old nurse: "A woman's lot in life is to follow her husband. Her glory or her shame, her experiences for the span of life are wrapped up in her lord and master. I am an unmarried girl and dislike dreadfully to become my own go-between and propose marriage, but it is said that in ancient times courtiers chose their own king, so I shall make inquiry concerning this gentleman. I cannot wait for my father's return, for who knows whither he has gone or where I shall look for him in the four quarters of the earth?" She then unclasped a roll of satin paper and wrote a verse or two which she gave to her nurse, telling her to find "a gentleman handsome as the gods, with eyebrows like the loftiest touches of a picture, and his form among common men like the phoenix among feathered fowls." The practical old nurse replied, "What shall I do if the gentleman is already married or engaged?" The maiden thought for a moment and then said, "If that unfortunately be so, I shall not object to become his secondary wife." Her message was:

그 여인, 진씨는 늙은 보모에게 말했다. "인생에서 여자의 몫은 자기 남편을 따르는 일입니다. 일생 동안의 영광과 수치와 경험은 자기 주인이자 남편에 의해 결정되지요. 난 미혼의 소녀여서 내 자신의 중매쟁이가 되어 청혼을 하기가 끔찍하게 싫습니다. 하지만 옛날 조신들도 자기 왕을 선택하였다 하니, 내가 이 선비에 관해 문의해 보려고 합니다. 난 아버지의 귀가를 기다릴 수가 없습니다. 그가 어디론가 떠나버릴지 누가 알겠어요? 혹은 내가 이 세상천지 어디서 그를 찾겠습니까?" 그러고는 말려 있던 부드러운 종이를 펼치고는, 그녀가 보모에게 "어떤 그림에 나오는 가장 고상한 필치 같은 눈썹을 하고 있는 잘생긴 선비와 닭 무리 속의 불사조와 같이 평민들 속에서 두드러지는 그의 용모"를 찾으라고 말하면서, 시 한 두 편을 써서 그녀에게 주었다. 노련한 늙은 보모는 대답했다. "혹시 그 신사가 벌써 결혼이나 약혼을 했다면, 어떻게 하지요?" 그 여인은 잠시 생각하더니, 다음과 같이 말했다. "만약 불행하게도 그렇다고 한다면, 나는 그의 둘째 부인이 되는 것도 꺼리지 않겠습니다."

그녀의 시는 다음과 같았다.

"Willows waving by the way,
Bade my lord his course to stay,
He, alas, has failed to ken,
Draws his whip and rides again."

　　"길가에서 버드나무 손 흔드는 것은
　　내 주인님 도중에 머물기를 권하는 것인데
　　아, 그는 이해하지 못 하였네

채찍을 들어 다시 말을 타는구나."

Yang's response was prompt and unmistakably reassuring:

양의 반응은 즉각 나왔고, 어김없이 안심시키는 내용이었다.

"Willow catkins soft and dear,
Bid thy soul to have no fears
Ever may they bind us true,
You to me, and me to you."

"부드럽고 다정한 버드나무 화수(花穗),
내 혼을 어떤 걱정도 갖지 않도록 권하는 한편,
언제나 우리를 참으로 묶을 수 있네
당신을 나에게, 나를 당신에게"

But Yang's love affair with Chin See of the willow grove came nearer tragedy than any of the eight experiences. Many vicissitudes prevented their speedy union. Meanwhile the love dramas in which two peerless dancing girls, Moonlight and Wildgoose, played their part saved Master Yang from grieving too much over the temporary loss of Chin See.

하지만 버드나무 정원의 진씨와 양의 연애는 여덟 차례 연애 중 어느 것보다도 거의 비극으로 전개된다. 다양한 부침의 과정은 그들의 빠른 결합을 막았다. 그런 한편, 두 명의 겨룰 자 없는 무희, 문라이트와 와일드구스가 자기들 역할을 행했으며, 진씨의 일시적 상실에 대하여 너무 비통해 있던 양생을 구해냈다.

Moonlight was the next love. She it was who foretold Yang's future greatness and his certain victory at the Competitive Examination. Moonlight chose Yang from among a group of youths who were competing for her favour. When Yang, at Moonlight's invitation, was entertained by her privately, she made her feelings known to him with entire frankness. "I am yours from to-day," she said, "and shall tell you my whole heart." She told the story of the death of her father and the sale of herself by her stepmother for one hundred yang. "I stifled my resentful soul and did my best to be faithful," said Moonlight, "praying to God, who has had pity on me. To-day I have met my lord and look again on the light of sun and moon. I have had opportunity to study thousands of passers by, yet never has one passed who is equal to my master. Unworthy as I am I would gladly become your serving-maid." Yang was as yet without experience and Moonlight became his wise counsellor, giving him hope for the future and confidence in his powers. As he was too poor to marry her, they agreed that he would always come to visit her when he passed that way.

　　문라이트는 두 번째 사랑이었다. 그녀는 양의 장래 성공과 그의 과거 시험에서의 급제를 예언했다. 문라이트는 자신의 호감을 얻으려 경쟁하는 젊은이 무리들 중에서 양을 선택했다. 양이 문라이트의 초대를 받아 그녀와 사적으로 유흥하고 있을 때, 그녀는 그에게 자기 마음을 남김없이 솔직하게 알렸다. "저는 오늘부터 당신 것"이라면서, 그녀는 "저의 마음을 전부 말씀 드리겠습니다" 라고 말했다. 그녀는 자기 부친의 죽음과 계모가 100냥에 자신을 팔았던 사연을 말했다. "저는 원통한 제 혼을 억누르고, 충실한 여인이 되려고 최선의 노력을 했습니다" 라고 하면서, 문라이트는 "저를 불쌍히 여기는 하늘에 기도했지요. 오늘에서야 저는 제 주인을 만나서, 해와 달의 빛을 제대로 다시 보게 되었습니다. 저는 수천 명의 과객들을 만나고 뜯어보았지만, 제 주인과 견줄만한 이는 한 명도 겪지 못했지요. 제 처지가 하찮지만 기쁜 마음으로 당신을 섬기는 하녀가 될 것입니다." 양은 이제껏 이런 경험이 없었으므로, 자신에게 앞날의 희망과 능력에 대한 믿음을 주었던 문라이트를 현명한 조언자로 삼았다. 그는 너무 가난하여 그녀와 결혼할 수 없는 까닭에, 자신이 지나는 길에 그녀를 어김없이 방문하기로 약속 맺었다.

　　Moonlight's prophecy was speedily fulfilled, and when Yang next visited her he had become a famous general and was on the road with "all the insignia of power－flags, drums and battle axes." Their meeting was full of joy. "Yang, with pent-up heart longings and desire to see her face to face, caught her lovely expression, which took fresh grip of him……　Moonlight saw him dismount and bowed low. She accompanied him into the guest room, where in her joy of soul she took hold of the border of his robes. Her tears flowed faster than her words. She congratulated Yang on his engagement to the daughter of Justice Cheung, and told him how she had had at one time to cut off her hair to escape dishonour so that she might remain true to him." They renewed their former happy acquaintance and he tarried for several days."

문라이트의 계시는 급속도로 이뤄졌고, 양이 다음으로 그녀를 찾았을 때, 그는 명성이 자자한 장군이 되어 있었고 그가 지나는 길에는 "권력의 표지인 깃발과 북과 전투용 도끼"로 가득했다. 그들의 만남은 기쁨으로 가득했다. "그녀를 대면하고픈 갈망과 욕망 때문에 심적으로 울적했던 양은 그를 신선하게 사로잡았던 사랑스런 표현을 곱씹었다…… 문라이트는 말에서 내리는 그를 맞이하며 몸을 숙여 절했다. 그녀는 그와 함께 객관으로 들어갔다. 거기서 그녀는 영혼의 기쁨에 취해 그의 옷자락을 움켜쥐었다. 어떤 이야기보다 그녀의 눈물이 더 먼저 흘러나왔다." 그녀는 양이 정사도의 딸과 맺은 약혼을 축하하면서, 자신이 그에게 한때는 불명예에서 벗어나기 위해 머리를 자르고 입산하여 진정한 사랑으로 남아 있으려고 했다는 사실을 이야기했다. "그들은 이전의 자기들의 행복한 교제를 되살렸으며, 그는 며칠 동안 머물렀다."

Then follows an account of Moonlight's ruse to let Wildgoose become acquainted with Master Yang without his knowledge: "That night he talked over the past with Moonlight and said how they had indeed been destined for each other. They drank and were happy till the hours grew late. Then they put out the lights and slept. When the east began to lighten he awoke and saw Moonlight dressing her hair before the mirror. He looked at her with tenderest interest and then gave a start and looked again. The delicate eyebrows, the bright eyes, the wavy hair like a cloud over the temples, the rosy-tinted cheeks, the lithe graceful form, the white complexion－all were Moonlight's, and yet it was not she."

　　그런 연후에 이어지는 것은 문라이트의 간계로 양사부가 모르는 사이 그와 와일드구스가 친분을 쌓게 되는 이야기이다. "그날 밤 그는 문라이트와 함께 지난 과거에 대해 이야기를 나눴고, 그들이 실제로 어떻게 서로에게 운명적으로 맺어졌는지를 말했다. 그들은 술을 마셨고 늦은 시간이 되기까지 행복했다. 그리고 그들은 불을 끄고 잠들었다. 동녘이 밝아오기 시작했을 때, 그는 깨어 와일드구스가 거울 앞에서 머리를 매만지는 모습을 보았다. 그는 부드러운 눈길로 관심 있게 쳐다보았으며 깜짝 놀라며 다시 보았다. 가냘픈 눈썹, 반짝이는 눈, 사찰들을 덮은 구름 같이 굽이치는 머릿결, 붉은 빛 볼, 유연하고 품위 있는 체형, 하얀 얼굴 등 모두가 문라이트이었지만, 그것은 실제 그녀가 아니었다."

Wildgoose made an eloquent plea for her presence. "How could I ever have ventured to do such a thing," she said, "were it not that I have had born in me one great indomitable longing that has possessed me all my life — to attach myself to some renowned hero or superior lord. When the King of Yon learned my name and bought me for a heaped-up bag of jewels, he fed me on the daintiest fare and dressed me in rarest silk. Yet I had no delight in it but was in distress. When the King of Yon invited you to a feast I spied on you through the screen chinks and you were the one man that my heart bounded forth to follow. The palace has nine gateways of approach, but when you had been gone ten days I secretly took one of the King's fast horses and sped forth on my way. What I did last night was at the request of Moonlight. If you will permit me to find shelter under your wide-spreading tree, where I may build my little nest, Moonlight and I will live together, and after the Master is married to some noble lady, she and I will come and speak our good wishes and congratulations."

와일드구스는 자기가 여기 있는 데 대해 설득력 있게 용서를 빌었다. "제가 어찌하여 그런 일을 감히 할 수나 있었겠습니까?" 그녀는 "제 평생 어느 군자 혹은 위대한 주인을 만나기를 바랐고, 저를 사로잡아온 그 거창한 꺾이지 않는 욕구의 장본인은 본래의 제가 아니었습니다. 연나라 왕이 저의 이름을 듣고 보석을 가득채운 가방으로 저를 샀을 때, 최고로 맛있는 요리로 먹여주고 가장 귀한 비단으로 입혀주었지요. 그러나 저는 거기서 기쁨을 누리지 못하고 오히려 싫증이 났습니다. 연왕이 당신을 연회에 초대했을 때, 저는 가림 막 틈새로 상공을 몰래 보았는데, 당신이 바로 제 마음이 따르기로 운명적으로 정해졌던 그 남자였던 것이지요. 그 성은 아홉 개 관문으로 에워싸여 있지만, 당신이 떠나고 10일째 되는 날 저는 왕의 날쌘 말들 중 하나를 몰래 타고 제 길로 내달렸습니다. 제가 어젯밤 했던 일은 문라이트의 요청에 따른 것이지요. 만약 당신의 넓게 뻗은 나무 아래 제가 안식처를 구하도록 당신이 허락하신다면, 작은 둥지 하나 지은 그곳에서 문라이트와 제가 함께 살겠습니다. 그리고 상공께서 어느 귀부인과 결혼하게 된 후에는, 문라이트와 제가 찾아가 우리들의 진심어린 기원과 축하를 드릴 것입니다."

Yang replied with generous words, and Moonlight also appeared and said: "Now that Wildgoose has waited on my lord as well as I, I thank thee on her behalf." And they bowed repeatedly.

양은 아량 있는 말로 답했다. 그리고 문라이트 또한 나타나서 "저뿐 아니라 와일드구스도 내 주인을 섬겼으니, 저는 그녀를 대신하여 감사할 따름입니다"라고 말했다. 그리고 그들은 거듭 절했다.

The most startling of Yang's love stories is his meeting with Swallow. It happened during a military campaign. The General was seated in his tent with a lighted candle before him reading despatches during the third watch of the night. Suddenly a cold wind extinguished the light of the candle, an eerie chill filled the tent, and a maiden stepped in upon him from the upper air holding a glittering double-edged sword in her hand. The General, "guessing her to be an assassin," did not quail but stood his ground sternly and asked who she was. "I am under the command of the King of Tibet," she said, "to have thy head." The General laughed. "The Superior Man," he replied, "never fears to die. Take my head, if you please, and go." At this the maiden disclosed her real intent. She had entered the camp at the bidding of the King of Tibet for the ostensible purpose of carrying back to that monarch the head of the great General, but her real object was to reveal her love for Yang and to save his life and help him to victory. "Her face was bright like rose petals with dew on them. She wore phoenix-tail shoes, and her tones were like the oriole." The Teacher who had helped her to become a "master of the sword drill" and had taught her how to "ride the winds, follow the lightnings, and in an instant travel 3,000 li," had also revealed to Swallow that Yang was her destined master and her true affinity.

양의 사랑 중 제일 놀라운 이야기는 스왈로우와의 만남이다. 그 만남은 전쟁 중에 일어났다. 양 장군은 3경 동안 막사 안에서 촛불을 밝히고 급송 공문서들을 읽으며 앉아 있었다. 느닷없이 차가운 바람 이 촛불을 끄고, 으스스한 냉기가 막사를 채우더니, 한 처자가 손에 양날로 빛나는 검을 쥐고 공중으로부터 그의 위쪽으로 접근해왔다. "그녀를 암살자로 추측한" 장군은 조금의 움츠림도 없이 그 자리에 서 단호하게 서서 그녀가 누군지 물었다. 그녀는 "나는 당신의 머리 를 가져오라는 티베트 왕의 명령을 받은 자요" 라고 말했다. 장군은 웃었다. 그는 "대장부가 죽기를 두려워하겠느냐. 원하는 대로 내 머리를 가져가라"고 말했다. 이런 반응에 그 처자는 자신의 진짜 의도를 밝혔다. 그녀는 장군의 머리를 티베트 왕에게 가지고 돌아가는 표면상 목적을 위해 명령을 이행하기 위해 병영으로 들어왔던 것이다. 하지만 그녀의 실제 목적은 양 장군을 향한 사랑을 고백하고 그의 생명을 구하여 승리를 돕는 일이었다. "그녀 얼굴은 이슬을 머금은 장미 꽃잎처럼 빛났다. 그녀는 불사조 꼬리 장식의 신발을 신고 있었고, 음성은 꾀꼬리 같았다." 그녀가 "검술의 명인"이 되고 "번개를 따라서 바람을 타고 한번에 3000리 여행하는" 방법을 가르친 선생은 또한 그녀에게 양 장군이 운명의 주인이며 그녀의 진정한 연인임을 알려줬던 것이다.

Yang was naturally as delighted as he had been surprised, so "they plighted their troth, the glitter of swords and spears serving for candle light" and the "sound of cymbals for the festal harp." After many days of pleasure Swallow said to Yang, "A military camp is no place for women; I fear that I shall hinder the movements of the troops, so I must go." In vain Yang tried to persuade her that she was not as other women. The Swallow gave him a parting talisman and some sound advice and then "sprang into the air and was gone."

양은 당연히 자신이 놀랐던 만큼이나 기뻐했다. 그래서 "그들은 번쩍이는 검과 창을 촛불로 삼고 징 소리를 축하 음악으로 삼아 부부의 언약을 맺었다." 며칠 동안 즐거운 시간을 보낸 후, 스왈로우는 "병영이란 여자의 자리가 아닙니다. 제가 군대의 활동에 방해가 될 것이라 걱정되어 가야 하겠습니다." 양은 그녀가 다른 처자들과는 다르다며 헛되이 설득하려고 시도했다. 스왈로우는 이별에 즈음하여 그에게 부적을 주면서 몇 가지 유용한 조언을 해주었고, 그런 연후에 "공중으로 튀어 올라 사라졌다."

As astounding also was General Yang's love affair with White-cap, the daughter of the Dragon King. This lady helped Yang in his military career by means of magic. Her love-making took place in a grotto under a mountain lake, where she was in hiding in the form of a mermaid. "I am Pak Neung-pa," said White-cap, giving her full name. "When I was born my father was having an audience with God Almighty."

양장군의 용왕의 딸인 화이트캡과의 애정 또한 놀라운 사건이었다. 이 여인은 그의 정벌에 마술을 써서 양을 도왔다. 그녀의 사랑 만들기는 어느 산 중 호수 아래 동굴에서 일어났는데, 거기서 그녀는 인어 형태로 숨어 있었다. "저는 백능파입니다" 라고 화이트캡이 자기 성명을 댔다. "제가 태어났을 때, 저의 아버님께서는 전능한 신을 알현하고 있었습니다."

She then explained how she had been dowered from birth with superhuman abilities and had incurred the hatred of a neighbouring King because she refused to listen to the wooing of his undesirable son. She had sought Yang because her affinity with him had been divinely disclosed. White-cap went on: "I have already made promise to you of this humble body, but there are three reasons why I ought not to be mated to your Excellency. First, I have not told my parents; second, I can accompany you only after changing this mermaid form of mine. I still have scales and fishy odours with fins that would defile my lord's presence. Third, there are spies of my unwelcome royal suitor all around us. Our meeting will arouse their anger and cause disaster." The General waived all the objections. "Your ladyship was a fairy in a former life," he said, "and you therefore have a spiritual nature. Between men and disembodied spirits intercourse may be carried on without wrong, then why should I have aversion to scales and fins? Why should we miss this opportunity to seal our happy contract?" So they "swore the oath of marriage and found great delight in each other." After this encounter Yang's military victories were more glorious than ever and he returned home the greatest man of the age.

그런 다음 그녀는 자기가 나면서부터 초인적 능력을 부여받고, 또 이웃나라 왕의 달갑지 않은 아들의 구애를 경청하지 않은 까닭에 미움을 사게 된 경위를 설명했다. 그녀는 양과의 친밀한 관계가 신성하게 드러났기 때문에 양을 찾고 있었던 것이다. 화이트캡은 계속해서 말했다. "저는 이미 천한 몸을 당신에게 드렸습니다만, 제가 사부님과 맺어지지 못했던 세 가지 이유가 있습니다. 먼저 제가 부모님께 고하지 못했던 이유입니다. 둘째, 저는 이런 인어 모양의 형태를 변신한 이후에야 당신과 함께 할 수 있다는 겁니다. 저는 내 주인을 모독할 비늘과 지느러미의 생선 비린내를 풍기고 있습니다. 셋째, 그 달갑잖은 왕실의 구혼자가 정탐꾼을 우리 주변에 보내놨다는 것입니다. 우리의 만남은 그들의 화를 일으키고 재앙을 초래할 것입니다." 장군은 모든 이견을 철회했다. 그는 "숙녀로서 당신의 품위는 전생에 천사와 같소. 그래서 그대는 영적인 본성을 갖고 있소. 인간과 실체 없는 영들 사이의 교섭이 어김없이 이행되고 있다면, 내가 무슨 연유로 비늘과 지느러미를 혐오한단 말이오? 우리의 행복한 약혼을 이행할 기회를 왜 놓친단 말이오?" 그래서 그들은 "혼인의 서약을 맹세하고 서로에게서 쾌락을 찾았다." 이런 만남 이후에 양의 군대의 승리는 이전보다 더 영광스러웠고, 그는 당대 최고의 인물이 되어 귀향했다.

On Yang's return to the capital the highest honour had been prepared for him that can fall to the lot of an Imperial subject. A marriage had been arranged between him and the lovely Princess of the Imperial family, Princess Orchid, and he became a Prince in rank. How this marriage was arranged, and Yang's marriage with Justice Cheung's daughter, Jewel, who was raised to Imperial rank by adoption, was consummated, and how the reunion took place with Cloudlet and Chin See, the reader is told with many thrilling and humorous details.

도성으로 귀환하는 양에게 제국의 백성에게 내려질 수 있는 최고

507

의 영예가 그를 위해 준비되고 있었다. 제국의 황실의 총애 받는 오키드 공주와 그 사이에 혼인이 준비되고 있었다. 그리고 그는 왕의 지위에 올랐다. 황실의 결혼 정리 방식과 정사도의 딸과 양의 결혼은 주얼을 황실로 입양하여 등급을 맞춤으로써 완성된다. 독자들은 클라우들릿 및 진씨와의 재결합이 이뤄지는 과정을 짜릿하면서도 익살스런 많은 이야기들을 통해 즐길 수 있다.

Yang's aged mother was brought with great ceremony to the capital. Honours and gifts were showered upon her. The two Princesses bowed before her as dutiful daughters-in-law, and the six secondary wives also delighted in giving her honour. Yang's princely household was so great that palaces, halls, galleries and pagodas were requisitioned. His life with his eight wives, their children and his aged mother, was a revelation of earthly bliss and wondrous grandeur. The Emperor's reign was also a notable time of peace and prosperity. Even in old age Yang and his ladies had beauty and the power of enjoyment.

양은 늙은 어머니를 성대한 환영을 받는 가운데 도성으로 모셔왔다. 영예와 선물이 그녀에게 쏟아졌다. 두 명의 공주들이 충실한 며느리로서 그녀 앞에 절을 올렸다. 그리고 여섯 명의 첩들 역시 그녀에게 영예를 올림으로써 즐거움을 선사했다. 왕이 된 양의 집은 아주 거대해서 궁궐과 방들과 회랑과 탑들이 갖춰졌다. 그의 여덟 명의 아내들과 아이들과 노년의 어머니와 함께하는 양의 삶은 세속의 환희와 경이로운 장엄함의 계시였다. 또한 황제의 통치는 평화와 번영이 두드러진 시대가 되었다. 양과 그의 부인들은 늙어서도 아름다웠고 또 즐겁게 지냈다.

But a day came when the Master heard "faint voices calling from another world." "Slowly his spirit withdraws from earthly delights."

하지만 "다른 세계로부터 들려오는 아련한 목소리들"을 듣는 날이 양사부에게 찾아왔다. "천천히 그의 정신은 세속의 즐거움으로 부터 멀어져가고 있었다."

One day, while sitting in a high tower from which there was a view of Chin River stretching in silvery reaches for a hundred miles, he drew forth his green stone flute and played for his ladies a "plaintive air as though heaped-up sorrows and tears had broken forth upon them." The two Princesses asked why he should suggest such sorrow in the midst of their exceeding happiness with "golden flowers dropping petals" at his feet, and "our loving hearts around you?" The Master pointed to distant ruins of palaces that had held famous men and their women folk. He spoke of his boyhood as a poor scholar and the wonderful triumphs of his career and their nine rare affinities. "Children who gather wood or feed their cattle on the hillside," he said, "will sing their songs and tell our mournful story, saying, 'This is where Master Yang made merry with his wives and family. All his honours and delights, all the pretty faces of his ladies are gone for ever.'" Hearing the Master's words the ladies were moved and knew that he "was about to meet the Enlightened One."

어느 날 1백 마일 정도 은빛으로 뻗어나가는 진강의 광경이 눈에 들어오는 높은 탑에 앉아 있는 동안 그는 옥피리를 꺼내서 부인들을 위하여 "마치 그들에게 느닷없이 쌓인 슬픔과 눈물이 쏟아지는 듯이 애처로운 분위기"를 연주했다. 두 명의 공주는 그의 발에 "꽃잎을 늘어뜨리는 황금 꽃들과 우리들의 사랑으로 둘러싸여" 둘도 없는 행복한 가운데, 왜 그렇게 구슬픈 곡을 연주하는지 물었다. 사부는 멀리 유명한 남녀들이 살다간 성들의 폐허를 가리켰다. 그는 가난한 학자로 살았던 어린 시절, 경이로운 승승장구의 경력, 자기들 귀중한 아홉 명의 친밀한 관계에 대해 말했다. 그는 "언덕 편에 나무를 주워 모으고 가축을 먹이는 아이들은 자기들 노래를 부르고 우리들의 구슬픈 사연을 이야기할 것이다. 이를테면 '이곳이 양사부가 아내들과 결혼하여 가족을 이뤘던 곳이다. 그의 모든 명예와 즐거움, 자기 부인들의 어여쁜 얼굴도 모두 영원히 사라졌다'고 말하면서" 라고 말했다. 사부의 말을 들은 부인들은 감동했고, 그가 "깨달음의 존재를 막 만나려 한다"는 사실을 알았다.

Then there appeared an old man leaning upon a staff. His "eyebrows were an ell long and his eyes were like the blue waves of the sea." He was the aged priest of Lotus Peak who had come to summon Yang. He conversed with Yang, who did not at first recognise him —and in a little while Yang woke to find himself in a small cell in a monastery on a mountain side. He looked at himself and at his dress. He was again Song-jin the acolyte. His earthly power and his eight wives had vanished as a dream that is gone. The Teacher came to him and said: "You have soared on the wings of worldly delight and have seen and known for yourself. You say that you have dreamed a dream of mortal life upon the wheel and now you think the world and the dream itself to be different. But this is not so. If you think it so, this shows that you are not awakened from your sleep." Song-jin replied: "I am a darkened soul and so cannot distinguish which is the dream and which is the actual reality. Please open to me the truth."

그런 연후 지팡이에 기댄 한 노인이 나타났다. 그의 "눈썹은 한 자 길이였고, 눈은 푸른 파도와 같았다." 그는 양에게 와서 설교를 했었던 바로 연화봉의 그 연로한 대사였다. 그는 양과 대화를 나눴는데, 처음에 양은 그를 알아보지 못했다. 그런데 잠시 지난 후 양은 산 한쪽 수도원의 작은 방에 있는 자신을 알아보게 되었다. 그는 자신을 보았고 또 자기 복장을 보았다. 그는 바로 종자(從者)로 일했던 성진이었다. 그의 세속적 권력과 여덟 명의 부인은 사라지는 꿈처럼 없어졌다. 그 대사가 그에게 다가와 말했다. "너는 세속적 기쁨의 날개를 타고 솟아올랐고, 너 스스로 볼 것을 보고 알 것을 알았다. 너는 네가 인생의 수레바퀴에 놓인 운명적 삶의 꿈을 꾸었다고 말하며, 이제 세상과 꿈 그 자체는 다르다고 생각한다. 그렇지만 그런 게 아니야. 만약 네가 그렇다고 생각한다면, 네가 잠에서 깨어나지 않았다는 사실을 알려주는 것이지." 성진은 대답했다. "저는 눈 먼 영혼이며, 그래서 어느 것이 꿈이고 어느 것이 실제 현실인지 구분할 수 없습니다. 제발 저에게 진리를 열어 보여주십시오."

Before the Teacher had time to explain, the eight fairies of the Queen of the genii appeared at the monastery gate. They said to the Teacher: "Our earthly desires have gone forth after sin and evil in the dream of mortal life, and there is none to save us but the Great Teacher who in love and mercy himself came to call us."

대사가 설명하기 전에 여왕 신령의 여덟 요정들이 수도원 대문에 등장했다. 그들은 대사에게 말했다.
"우리들의 세속적 욕망은 운명적 삶의 꿈 속 죄와 악을 좇았습니다. 그런데 우리를 부르려 오신 사랑과 자비의 대선사를 제외하고는 우리를 구원할 어떤 존재도 없었습니다."

The Great Teacher appointed the eight fairies their places in the Hall of the Buddha. Then he took "his cassock, his alms-dish, water-bottle and his ornamented staff, his Diamond Sutra, gave them to Song-jin, bade them all farewell and took his departure to the West." Song-jin became chief of the disciples on that height and taught the Doctrine, and the eight fairies, as priestesses, served him as their master and drank deeply of the Doctrine.

대선사는 여덟 명의 선녀들에게 법당에 자기들 자리를 지정했다. 그런 연후 그는 "자기 법복, 기부금 그릇, 물병, 장식된 지팡이, 다이 아몬드 경전(금강경, 金剛經) 등을 들어서 성진에게 주었으며, 작별을 고하고는 서역으로 떠났다." 성진은 그 산의 수도자들의 장이 되었으며, 교리를 가르쳤다. 그리고 여수도자로서 여덟 명의 선녀들은 자기들의 사부로서 양을 모시며 교리를 깊이 흡수했다.

And at last they all reached the blissful heights of Paradise.

그리하여 마침내 그들 모두는 더없이 행복한 천국의 하늘에 도착 했던 것이다.

V. WOMAN'S VOICE IN POLYGAMY
일부다처제에서 여성의 목소리

Polygamy is the chief bulwark of the Chinese and Korean family system, and when its basic claim is accepted by a community its practicableness, if not its justice, is undoubted. The men of the Tang era had everything to gain by such a system. The women meekly accepted their place because they believed that they were expiating the faults of a former existence by enduring the shame of being women. But in this tale, which honours the mating of one man and eight women, we find some of the women giving voice to an inward discontent.

513

일부다처제는 중국과 한국 가족체계의 보루이다. 공동체는 그것의 기본적 요구를 수용했는데, 거기서는 비록 그것의 정당성이 아니더라도 실행가능성은 의심되지 않았다. 당 왕조 시대에 남성들은 그런 체계에 의해 얻을 수 있는 모든 것을 가졌다. 여성들은 여성임을 수치로 견디면서 전생의 과오를 속죄하고 있다고 믿었기 때문에, 자기들 분수를 유순하게 받아들였다. 하지만 한 남성과 여덟 여인의 짝짓기를 영광스럽게 그려내는 이 이야기에서, 우리는 몇몇 여성들에게 내적 불만족을 표명하는 목소리를 준 점을 발견한다.

The Princess Orchid, Jewel and Cloudlet, we read, sat "like the three feet of the incense burner," so perfectly were they matched in beauty, grace and learning. "They laughed sweetly and talked in soft and tender accents. Perfect agreement possessed them in thought and mind and soul, and they loved each other with an infinite delight. They talked of all the great masters of the past and of the renowned ladies of ages gone by till the shadows of the night began to cast their lines athwart the silken window."

우리가 읽는 바, 오키드 공주, 주얼, 클라우들릿은 "향로의 세 발처럼" 앉아 있어서, 아름다움과 품위와 학문이라는 형태로 완벽하게 들어맞는다. "그들은 즐겁게 웃으며 부드럽고 온화한 억양으로 이야기를 나눴다. 생각과 정신과 혼에서 완전한 일치가 그들을 하나로 묶었다. 무한한 기쁨으로 그들은 서로를 사랑했다. 그들은 밤의 어둠이 창호를 가로질러 선을 그어 놓을 때까지 과거의 위대한 사부들과 지난 시대의 명성 있는 여성들에 관해 이야기했다."

There is nothing more convincing in the whole story than the impression that the writer unconsciously gives of the strenuous intellectual and artistic pastimes of these women of the Tang era. Their physical charms are dwelt on poetically and fancifully but never sensuously; their accomplishments are so varied that they not only embroider and paint, study music, dancing and sword drill, and write poems so that their "pens flew like swift wind or a sudden squall of rain," but in classical allusion and metaphor they hold their own in conversation with literary men.

전체 이야기 중에서 작가가 당 왕조 시대의 이들 여성들에게 무의식적으로 활발한 지적·예술적 오락 시간을 부여한다는 인상보다 더 그럴싸한 내용은 없다. 그들의 신체적 매력은 시적이며 환상적이지 결코 외설적인 데 있지는 않다. 그들의 소양은 아주 다양해서 단지 수를 놓고 그림을 그리며 음악과 춤과 검술을 배우고 또한 시를 써서 그들의 "펜이 마치 바람처럼 빠르고 소나기처럼 쏟아지는" 지경일 뿐 아니라, 고전적인 비유로 말하자면 그들은 또한 문사들과의 대화 가운데 자신들의 능력을 견지하고 있는 것이다.

The Princess said to Jewel: "A boy is free to go to all points of the land and sea, he can pick and choose good friends, can learn from another and can correct his faults, while a girl meets no one but the servants of her own household. How can she expect to grow in goodness or to find in any such place answers to the questions of the soul? I was mourning over the fact that I was a girl shut up in prison when I heard that your knowledge was equal to that of Pang-So and your virtue and loveliness like that of the ancients. Though you do not pass outside your own gateway, yet your name is known abroad even to the Imperial Palace. You have not refused me admittance and now I have attained my heart's dearest desire."

공주는 주얼에게 말했다. "사내란 땅과 바다의 어느 곳이든 갈 수 있고, 훌륭한 벗을 고를 수 있으며, 다른 이들에게서 배우고 자기 잘못을 교정할 수도 있지만, 여자는 자기 집안의 하인들 이외에 어떤 이도 만날 수 없다. 이런 형편에 여자가 어떻게 우수성을 키우고 영혼의 질문에 대한 답을 어느 곳에서 찾기를 기대할 수 있겠는가? 나는 너의 지식이 반소의 지식과 동등하고 너의 미덕과 관용이 선조들의 그것과 같다는 것을 듣고, 내가 감옥에 갇힌 소녀였다는 사실에 슬퍼하고 있었다. 비록 네가 너희 집 대문 밖을 나가지 않았다손 치더라도, 너의 이름은 널리 퍼져 제국의 왕실에까지 알려졌다. 너는 내가 관계에 끼어드는 일을 거부하지 않았고, 이제 나는 내 가장 소중한 욕망을 이루었다."

Jewel made answer: "Your kind words will live for ever in my humble heart. Locked up as I am in these inner quarters, my footsteps are hindered from freedom and my sight and hearing are limited to this small enclosure. I have never seen the waters of the wide sea nor the long stretches of the hills. So limited in experience and knowledge am I that your praise of me is too great altogether."

주얼은 대답했다. "칭찬의 말씀은 저의 천한 마음속에 영원히 살아 있을 것입니다. 이렇게 규방에만 감금되어 있는 까닭에, 저의 발걸음은 자유로울 수 없었으며 제 견문은 이와 같이 좁은 범위에 한정될 따름입니다. 저로선 드넓은 바닷물도 장대한 고원도 본적이 없답니다. 제 경험과 지식이 그렇게 한정된 까닭에 공주님의 칭찬은 전체적으로 과찬일 따름입니다."

And Jewel's real inner heart is expressed in her prayer to Buddha when she believed that she would have to give up Yang, who was under royal command to wed the Imperial Princess. She prayed:

그리고 주얼의 진짜 속마음은 그녀가 양이 황실의 공주와 결혼하라는 황제의 명령을 받아 자신이 포기해야 한다고 생각했을 때 부처 앞에 드린 기도에서 표현된다. 그녀는 기도한다.

"Thy disciple, Kyong-pai, by means of her servant, Cloudlet, who has bathed and made the required offerings, bows low, worships and makes her petition.

"목욕시키고 필수적인 보살핌을 베풀어온 하녀 클라우들릿을 시켜 당신의 문하생 경패가 공손한 절로 경의를 표하며 기원합니다."

"Thy disciple has many sins to answer for, sins of a former existence as yet unexpiated. These account for her birth into this life as a desolate girl who never knew the joy of sisterhood. Condescend, ye Holy Ones, to accept this prayer of mine, extend to me pity and let my parents live long like the endless measure of the sky. Grant that I be free from sickness and trouble so that I may be able to dress neatly and to please them, and thus play out my little part in life on their behalf. When their appointed span is over I will break with all the bonds of earth, submit my actions to the requirements of the law and give my heart to the reading of the sacred sutras, keep myself pure, worship the Holy One and make payment for all the unmerited blessings that have come to me.

"당신의 문하생은 아직 속죄되지 않은 전생의 죄, 보답해야 할 많은 죄를 지었습니다. 이 죄들은 자매 관계의 즐거움을 몰랐던 쓸쓸한 여자로서 그녀의 이생으로의 탄생을 설명합니다. 스스로를 낮추어서 저의 이 기도를 들으시는 신성한 존재이시여, 저를 불쌍히 여기시고 저희 부모님들이 하늘의 한정 없는 넓이만큼 오래 살도록 해주십시오. 제가 병고로부터 해방되어 곱게 옷 차려 입고 부모님을 즐겁게 해드리고 그분들을 위해 제 생의 작은 부분을 쓸 수 있도록 허락해주십시오. 그 분들의 정해진 수명이 다 했을 때, 저는 세속의 모든 결연을 끊고 행실의 법도에 맞게 할 것이며, 또한 전심을 다해

신성한 경전을 읽으며 신성한 존재를 숭배하고 저에게 왔던 분에 넘친 복에 대해 보상하겠습니다.

"My servant, Cloudlet, who is my chosen companion, brings this to thee. Though in name we two are maid and mistress we are in reality friend and friend. She in obedience to my orders became the secondary wife of General Yang, but now that matters have fallen otherwise and there is no longer hope for the happy affinity that was ours, she too has bade a long farewell to him and has come back to me so that we may be one in sorrow as well as in blessing, in death as well as in life. I earnestly pray that the divine Buddha will condescend to read our two hearts and grant that for all generations and transmigrations to come we may escape the lot of being born women, that thou wilt put away all our sins of a former existence, give blessing for the future so that we may transmigrate to some happy place to share endless bliss for ever."

"저의 선택된 동반자인 제 하녀 클라우들릿은 이것을 당신에게 바칩니다. 비록 우리 둘이 명색으로 여주인과 하녀이긴 하여도, 실제로는 친구입니다. 저의 명령에 복종하는 그녀는 양장군의 첩이 되었지만, 이제 그 문제는 다른 식으로 흘러가고 우리가 함께 누렸던 행복한 친분 관계에 대한 더 이상의 희망도 없어진 상황에서, 그녀 역시 그에게 작별을 고하고 저에게로 돌아왔습니다. 그래서 우리는 축복이든 슬픔이든, 살아서든 죽어서든 한 몸이 됩니다. 진정으로 기도하나니, 신령하신 부처님께서 우리 둘의 마음을 굽어 읽어주시기 바랍니다. 그리고 다음 생과 윤회에서 우리가 여자로 태어나는 업을 벗도록 해주십시오. 전생의 우리 모든 죄를 면함으로써 미래의 축복을 내리소서. 그리하여 우리가 영원히 그침 없는 기쁨을 나누며 살아갈 어느 행복한 장소에 태어나도록 하십시오."

Cloudlet's good-bye to Master Yang proves that Jewel's belief in her devotion and loyalty was well founded. Yang had tried to persuade Cloudlet that she might remain with him. He said: "Your devotion to your mistress is most commendable. Still your lady's person and yours are different. While she goes north, south, east or west as she chooses, your following her and at the same time attempting to render service to another, would break all the laws that govern a woman's existence."

클라우들릿이 양사부에게 작별한 것은 클라우들릿의 헌신과 충성에 대한 주얼의 믿음이 근거가 없는 것이 아니라는 것을 증명한다. 양은 클라우들릿이 그와 함께 있어주도록 그녀를 설득하려 애썼다. 그는 "여주인에 대한 너의 헌신은 너무나 훌륭하다. 그럼에도 불구하고 네 주인이라는 사람과 너라는 사람은 다른 것이다. 주인이 선택해서 동서남북 어디로든 간다하더라도, 그녀에 대한 너의 추종과 동시에 다른 사람을 섬기려는 시도는 모름지기 여성을 지배하는 모든 법도에 어긋날 것" 이라고 말했다

Cloudlet replied: "Your words prove that you do not know the mind of my mistress. She has already decided to remain with her aged parents. When they die she will preserve her purity, cut off her hair, enter a monastery and give herself up in prayer to the Buddha, in the hope that in the life to come she may not be born a woman. I, too, will do just the same as she. If your lordship intends to see me again your marriage gifts must go back to the rooms of my lady. If not, then to-day marks our parting for life. Since I have waited on your lordship I have been greatly loved and favoured and I can never repay even in a hundred years a thousandth part of all your kindness. My one wish is that in the life to come I may be your faithful dog or horse……" She then blessed him and turned away weeping bitterly.

클라우들릿은 대답했다. "사부의 말씀은 제 여주인 마음을 모르고 하시는 것입니다. 그녀는 이미 연로한 부모님과 함께 남기로 결정하였습니다. 그분들이 죽으면 그녀는 자신의 순결을 보존하고 머리카락을 자르고 남은 생에서 자신이 여성으로 태어나지 않기를 희망하면서, 수도원으로 들어가 부처님에 드린 기도에 따라 불교에 귀의할 것입니다. 저 또한 그녀가 하는 바대로 할 것입니다. 만약 사부께서 다시 저를 보려하신다면, 당신이 주신 결혼 선물들은 저의 여주인의 공간으로 돌아가야 할 것입니다. 만약 그렇지 않다면, 오늘 이 생에서 우리가 작별해야 할 시점일 것입니다. 제가 사부를 모신 이래로 크나큰 사랑과 은혜를 입었고, 저로선 당신의 자애로움의 천분의 일조차 백 년 동안이라 하더라도 갚을 수 없을 것입니다. 제 하

521

나의 소원은 남은 생에서 제가 당신의 충성스러운 개나 말이 되는 것입니다……" 그런 연후에 그녀는 그에게 예를 다하고 비통하게 흐느끼며 돌아섰다.

VI. HEAVEN ON EARTH
지상의 천국

Confucian, Buddhist and Taoist ideas are mingled throughout the story, but everyone speaks with confidence of Heaven as a place. While the Buddhist conception of Heaven is so pure that no earthly desire can exist there, Yang is carried in dreamland to a very different Heaven. He is being entertained by the Dragon King, who desires to do him all honour and to express gratitude for Yang's deliverance of the Dragon King's daughter from her enemy. After being borne on the wind to a spot "close to the outskirts of Heaven," they arrive at the palace, where a gorgeous feast is spread for them.

이야기 전반에는 유교, 불교, 도교의 이상이 뒤섞여 있다. 그러나 모든 등장인물들은 어떤 장소로서 하늘에 대한 신앙으로 발언한다. 하늘에 관한 불교도의 생각은 아주 순수한 것이어서 어떠한 세속적 욕망도 존재하지 않는 곳이지만, 양은 꿈속에서 아주 다른 하늘로 가게 된다. 그는 용왕의 후한 대접을 받게 되는데, 용왕은 양이 적으로부터 자기 딸을 구해줬기 때문에 그에게 영예를 돌리고 고마움의 뜻을 표하려고 했기 때문이다. "하늘의 가장자리 가까이 어느 지점으로 바람에 실려 간 이후, 그들은 자기들을 위해 호화로운 잔치상이 차려진 궁전에 도착한다.

"They" (the Dragon King, Yang and the Dragon King's daughter) "drank till their hearts were merry and then the King called for music. Splendid music it was, arranged in mystic harmony unlike the music of the earth. A thousand giants, each bearing sword and spear, beat monster drums. Six rows of dancing girls dressed in phoenix garb and wearing bright moon ornaments, gracefully shook their long flowing sleeves and danced in pairs, a thrilling and enchanting sight."

"그들(용왕, 양, 그리고 용왕의 딸)은 마음이 즐거울 때까지 마셨고, 왕은 음악을 청했다. 정말 화려한 음악이었는데, 그것은 지상의 음악과는 다른 신비로운 조화를 이루었다. 저마다 검과 창으로 무장한 일천 명의 거인들이 거대한 북을 두드렸다. 불사조의 복장을 하고 빛나는 달 장식물을 달고 있는 여섯 번째 줄에 있는 무희들은 길게 늘어진 소매를 우아하게 흔들었고 짝지어 춤추는 가운데 오싹하면서도 매혹적인 광경을 연출했다."

Yang seems to have touched the height of satiety also at a festival in his earthly paradise. We read:

양은 지상의 파라다이스에서 벌어지는 축제에서 만족의 극치에

523

이른 것 같다. 다음과 같은 설명이 이어진다.

"The Master(Yang) and the Prince were compelled by the falling shadows of the evening to break up the feast and return. They gave each performer rich presents of gold, silver and silk. Grain measures of gems were scattered about, and rolls of costly materials were piled up like hillocks. The Master and the Prince, taking advantage of the moonlight, returned home to the city amid the ringing of bells. All the dancers and musicians jostled each other along the way. The sound of gems and tinkling ornaments was like falling water, and perfume filled the atmosphere. Straying hair-pins and jewelled ornaments were crushed by the horses' hoofs and the passing of countless feet. The crowd in the city, desiring to see, stood like a wall on each side of the way. Old men of ninety and a hundred wept tears of joy, saying: 'In my younger days I saw his Majesty Hyon-jong (A.D. 713-736)out on procession and his splendour alone could be compared with this.'"

"사부(양)와 왕은 저녁 어스름이 내리면서 축하연을 끝내고 돌아가야 했다. 그들은 공연자들 각자에게 금과 은과 비단으로 만든 고운 선물을 주었다. 낱낱의 보석 덩이들이 주변에 흩어졌고, 두루마리 비단과 진귀한 물건들이 작은 언덕처럼 쌓였다. 달빛을 이용하여 사부와 왕은 종소리가 울리는 가운데 도시를 향해 귀가했다. 춤꾼들과 악사들 모두가 그 길을 따라서 서로 밀치면서 따랐다. 보석과 딸랑이는 장식 소리가 낙수 소리 같았고 향내가 공기에 넘쳤다. 이리저리 흘러 떨어진 머리 꽂이들과 보석 장식물들이 말발굽과 지나는 수없는 발걸음에 짓밟혔다. 그 광경을 보려는 도시의 군중들이 행로의 양쪽에 벽처럼 도열했다. 아흔 살에서 백 살 정도의 노인들은 기쁨으로 눈물을 흘리며 이렇게 말했다. '내 젊은 시절 현종 폐하(서기 713-736)의 행차를 보았는데, 그 행렬만이 이와 비교될 수 있을 것이야.'"

We smile at such an absurd conception of life. But it is to this strange ideal of a commingling of earthly paradises and fairy heavens that the world owes the exquisite perfection of so much Chinese craftsmanship. The artists of that bygone day moulded the drinking vessels, embroidered the robes, fashioned the jade flutes and made all the other lovely things worshipfully. A more sophisticated age looks almost with despair on the remnants of the loveliness they created.

우리 독자들은 인생에 대한 그같이 부조리한 개념에 미소 짓는다. 그런데 중국 장인 정신이 만들어내는 절묘한 완벽성은 이런 세속적인 파라다이스들이 뒤섞인 기이한 이상형에 기대는 세계에서 나온다. 저 지난 시대의 예술가들은 음료 용기들을 만들었고, 예복들을 수놓았으며, 옥피리를 제작했으며, 그 밖의 모든 우러러볼만한 아름다운 물건들을 만들었다. 더욱 세련된 시대의 사람들은 그들이 창조했던 아름다움의 그저 잔여물들만 거의 무기력하게 바라볼 따름이다.

525

VII. THE PRESENT TRANSLATION
이 번역본에 대하여

On the literary presentation of this work a word may be said. Dr. Gale is a scholar and a broad-minded and intensely sympathetic student of Oriental life. His first aim, his compelling aim, is, in his own words to the writer, "to contribute towards some more correct knowledge of the Far East." His thoughts are on a faithful interpretation of the Far Eastern mind and Far Eastern manners rather than on those felicities of word and phrase with which literary reputations are sought. We have had of late a piece of Far Eastern translation in which too much was sacrificed to literary form. Dr. Gale makes no claim whatever to literary graces. Only those whose knowledge of the Korean language, life and character approaches the learning of Dr. Gale may safely criticise his phrasings. It is clear that, in executing the immense task he set himself, his wish has been to write down the simplest possible renderings. Some may wish that more time had been spared for niceties; no reader will fail to feel the self-suppression of the translator and the absence of linguistic or other affectations. Because there is no labouring after the literary, because the translator's heart is set first on sincerity, the artless happy word and phrase constantly occur. The way in which this version carries us through the mazes of a story on a plan so foreign to that of Western fiction is marvellous. The work must enhance, if that be possible, the reputation of Dr. Gale as an interpreter of the Korean mind and increase that sense of obligation which every man and woman who wishes to grasp something of Far Eastern thought and sentiment already feels towards this unusual man.

이 문학 작품의 공개에 관하여 한 마디 드리겠다. 게일 박사는 학자이며 동양적 삶에 대하여 폭넓은 마음으로 크게 공감하는 학생이었다. 그의 말에 따르면, 그의 가장 흥미로운 첫 번째 목적은 "극동에 대한 어느 정도 더 정확한 지식을 향한 길에 공헌하는 것"이다. 그의 생각은 문학적 평가가 추구하는 단어나 문구의 정교함과 같은 데 기울여지기보다, 오히려 극동 지역의 정신과 관습에 대한 충실한 해석에 맞춰졌다. 우리는 최근에 문학적 형식을 너무 많이 희생시킨 극동 지역 작품의 번역본을 받았다. 게일 박사는 여하 간에 문학적 세련도를 주장하지 않았다. 한국어와 생활 그리고 특징에 대한 지식이 게일 박사의 학식에 도달한 사람들만이 그의 문장을 온전히 비판할 수 있을 것이다. 그가 스스로 착수했던 막대한 일을 수행하면서 그의 바람은 가장 단순하게 가능한 번역문을 써나가는 것이었음은 분명하다. 어떤 사람들은 미세한 차이들에 더 많은 시간을 기울이기를 바랄 수도 있다. 한편 어떤 독자도 번역자의 자기 압박과 언어적 허세나 여타 가식의 결여를 느끼는 데 실패하지 않을 것이다. 왜냐하면 문학성을 추구하려는 어떤 노력도 없었고, 번역자의 마음은 먼저 진정성에 있었으며, 꾸밈없는 행복한 단어와 문구가 계속해서 출현하기 때문이다. 이 작품이 서구 소설의 그것에 비해 아주 낯선 바탕 위에서 이야기의 미로를 통하여 우리 독자들을 이끄는 방식은 경이롭다. 만약 가능하다면, 이 작품은 한국의 정신에 대한 해설자로서 게일 박사의 명성을 드높일 뿐만 아니라, 극동의 사상 및 감성과 관련한 뭔가를 파악하려는 모든 사람들은 이 비범한 사람이 가졌던 책임 의식을 점점 더 크게 느낄 것임에 틀림없다.